세계문학을
향하여

세계문학을 향하여

윤지관 지음

지구시대의 문학연구

창비

필자가 대학원을 졸업하고 처음 강단에 섰을 때 학생들로부터 많이 들었던 질문 가운데 하나가 어떻게 영문학을 하게 되었느냐는 것이었다. 그 간단한 질문에 꽤나 열심히 답변하곤 했던 기억이 나는데, 아마도 강단 초년생다운 열정 때문이었겠지만 당시의 시대적 정황도 의식했던 듯하다. 캠퍼스에 반미 감정이 고조되어 있던 1980년대 중엽의 상황에서 다른 무엇도 아닌 영문학을 공부하는 데 대한 자의식이 없을 수 없었다. 어떤 경로로 영문학을 하게 되었는지 못지않게 왜 영문학을 하는지 설명하려고 애썼던 것 같으니까 말이다.

당시의 대답을 자세히 기억하지는 못하지만, 거의 30년이 다 되어가는 지금에 와서도 그 질문은 필자의 뇌리를 떠나지 않고 있다. 책을 내면서 지난 10여년간의 작업을 다시 읽으니, 그 모두가 결국 왜 영문학을 하는지, 어떻게 영문학을 해야 하는지에 대한 답을 찾는 과정이라는 생각이 들었다. 외국문학, 그것도 영문학을 이 땅에서 공부하는 의미를 찾는 일은 영어와 영문학의 어떤 특별한 위상을 염두에 둔 사회적 실천의 모색이기도 했다. 이것은 필자만이 아니라 '지금 이곳'에서의 영문학 연구의 남다른 의의를 인식하고 있는 많은 동학들의 문제의식이기도 하다.

짐작하긴 했지만 모아놓은 결과도 역시 반 이상이 영미문학연구회에서 발간하는 『안과밖』과 『영미문학연구』를 통해 발표한 논문이다. 돌이켜보면 1995년 당시 학문의 길에 막 들어선 선후배 신진학자들과 함께 이 연구회를 만든 것부터가 바로 운동으로서의 문학연구, 실천으로서의 영문학 공부를 추구하는 흐름에 동참하고자 하는 마음에서였고, 동학들과의 협업을 통해서 이 시대 영문학자들이 감당해야 할 책무를 일부라도 수행해야겠다는 각오가 없지 않았다. 그리고 이 연구회를 매개로 뜻있는 친구들과 같이 토론하고 일한 경험은 필자의 삶에서나 학문경력에서 소중한 기억이자 자산으로 남아 있다.

그러나 그간 발표한 논문들을 모아내는 일종의 개인적인 중간결산을 해보니, 역시 공력의 부족이 여기저기 눈에 들어온다. 연구회가 출범하던 날 축하의 말씀을 해주신 존경하는 스승께서는 "일도 해야겠지만 공부도 게을리하지 말 것"을 주문하셨는데, 일은 몰라도 공부가 많이 부족한 점에 대해서는 무어라고 드릴 말씀이 없을 것 같다. 그렇다고 영문학자들이 이 시대에 맡아야 할 과업도 충분히 해낸 것 같지는 않아서, 역시 책을 내는 뿌듯함보다는 반성부터 드는 것은 어쩔 수 없다.

10여년 전에 비하면 지금의 영문학계는 규모도 커졌고 활동도 많아졌다. 관련 학회만 해도 두 손으로 꼽기 어려울 정도로 많고 수많은 학술지가 발간되고 국내 학회뿐 아니라 국제학술대회도 빈번히 열리고 있다. 그러나 이같은 성세에도 불구하고 과연 한국의 영문학이 우리 문학이나 사회에 의미있는 대응을 하고 있는지는 여전히 의문이다. 아니 오히려 갈수록 더 많은 실적을 요구하는 경쟁 위주의 대학풍토에 억눌려 제대로 된 대응을 위한 공부도 실천도 더 힘들어졌다는 하소연을 많은 후배 연구자들에게서 듣게 된다. 어떤 점에서는 이런 외적인 팽창이 오히려 한국 영문학의 위기를 심화시키고 있는지도 모른다.

지금 국면에서 영문학 분야에서 다시 학술운동이 부활할 필요가 있지 않나 하는 위기감조차 드는 것은 이같은 학술 내적인 추세도 추세지만, 오랜 동안 보수정권이 지속되고 있는 정치상황 탓도 크다. 대학사회가 활력을 상실하고 연구업적이니 취업률 등 지표경쟁에 매달리는 마당이니 비판적이고 의식있는 연구자들의 입지는 점점 더 좁아지고 있다. 이런 상황에서는 영문학이 이 시대에 할 일이 무엇인지를 묻는 새로운 목소리가 울려나오기를 기대하게 된다.

겨우 논문집 한권 내면서 너무 심각한 소리만 한 듯해서 민망스럽긴 하나, 필자가 앞에서 이 책을 '중간결산'이라고 표현한 속뜻도 여기에 있다고 봐주면 좋겠다. 영문학 연구자들에 부과되는 과제가 더욱 엄중해진 만큼 필자 또한 여기에 약간의 기여라도 할 생각이며, 그런 점에서는 부족한 성과를 만회할 여지가 마련되고 있는 셈이다. 과연 얼마나 그 기회를 살릴 수 있을지 모르겠지만, 아직 연구자로서의 도정이 끝나지 않았다는 마음가짐만은 늘 간직하고 있다.

이 책의 내용은 세 주제로 묶여져 있는데, 제3부에 실린 두 편의 글(「타자의 영문학과 주체」와 「영문학 교육과 리얼리즘」)을 제외하면 모두 금세기 들어와서 발표된 것들 가운데 논문 성격의 글을 고른 것이다. 또 제1부에 실린 「영어의 억압, 그 기원과 구조」와 「지구화에 대한 한 고찰」은 각각 편저인 『영어, 내 마음의 식민주의』(당대)와 평론집 『놋쇠하늘 아래서』

(창비)에 수록된 적이 있지만, 이 책의 주제에 꼭 필요하다고 보아 다시 넣게 되었다. 책 전체에서 영문학 자체를 주제로 한 것은 제3부이고, 제1부와 제2부는 지구화의 도래와 함께 새로운 중요성을 띠게 된 번역, 영어, 세계문학 등의 주제에 대한 비교적 최근의 관심사를 반영한 글들로 구성되어 있다. 역시 여기에는 영미문학연구회에서 영미 고전에 대한 번역검토 작업을 하는 등 영문학에서의 일거리를 챙긴 경험이 녹아 있고, 특히 세계문학에 대한 글들에는 2005년부터 3년 가까이 학교를 떠나서 한국문학번역원 원장으로 복무한 경력도 적지 않은 도움이 되었다. 교정을 위해 다시 읽으면서 지금으로서는 다소 불만인 부분도 없지 않지만, 발표 당시의 시의성을 살리기 위해서 어색한 문장을 손보는 이상으로 내용을 고치지는 않았다.

필자는 스스로를 연구자로 생각하고 사회운동에 그리 헌신한 적은 없으나, "공부는 운동하는 마음으로, 운동은 공부하는 마음으로!"라는 마음속 다짐을 지키려고 애써왔다. 미흡한 성과를 내놓는 마당이니 그 다짐을 내세우기도 쑥스럽긴 하다. 그렇지만 이번에도 그런 연구자들의 요람이자 터전이라고 할 수 있는 창비에서 책을 내게 되어 기쁘다. 편집부 여러분들과 특히 책임편집을 맡아준 김성은 씨의 수고에 감사드리고, 또 이 논문들이 발표되던 시기에 읽고 논평해준 모든 분들에게 머리 숙인다.

2013년 12월
윤지관

차

례

번역의 정치학: 외국문학 번역과 근대성

> 그러니까 나는 혹을 떼러 갔다가 혹을 하나 붙여오고 그 두개가
> 된 혹을 또 떼러 갔다가 또 혹을 그 위에 하나 더 붙여온 셈이 되었
> 다. 이제 출판사 사장하고의 거래는 완전히 그의 KO승이다. 이렇게
> 되면 나의 전술은 간교해지는 수밖에 없다. 에라 모르겠다, 최모의
> 번역을 군데군데 어벌쩡 고쳐가며 베끼는 수밖에 없다, 이런 불쌍
> 한 생각까지도 예사로 하게 된다. 이러니 나는 내가 욕하는 최모씨
> 나 정모씨보다 더 나쁘면 나빴지 조금도 나을 게 없다.
>
> — 김수영 수필 「모기와 개미」(1966) 중에서

1. 번역, 무엇이 문제인가

탁월한 시인이면서 한편으론 번역으로 생업을 삼을 수밖에 없었던 김
수영(金洙暎)이 외국 문학작품의 번역을 두고 겪은 경험을 적은 위의 수필
만큼 한국 번역문화의 후진성을 집약적으로 보여주는 예도 드물 것이다.
여기에는 호손(N. Hawthorne)의 명작 『주홍글씨』를 싼값에 졸속으로 번
역 출간하려는 출판사와 오역투성이의 기존 번역본들, 일역본의 중역에
의존해온 번역관행, 그리고 바른 번역에 대한 업계와 일반의 무감각이 실
감나게 그려져 있다. 또한 이 절망적인 풍토에 기생하며 살 수밖에 없는
번역인의 고민과 패배감이 자조적인 어조에 짙게 실려 있다. 이것이 시인
이 한탄하던 1960년대 후반의 지적 분위기라면, 적어도 번역풍토에 관한
한 이같은 후진성이 지금까지 완전히 극복되었다고 말하기는 어려울 것
이다. 『주홍글씨』만 하더라도 번역본이 수십종에 달하지만, 제목부터 『주
홍글자』(*The Scarlet Letter*)라고 제대로 된 것이 서너개에 불과한데다 어
느 것이 원본인지 불확실할 정도로 서로 베낀 경우도 많다. 김수영이 마

음으로만 범한 간교함을 아무런 죄의식 없이 거의 무의식적으로 범해온 '번역가'들과 출판사들이 다수를 점하고 있는 것이 현실이다.

물론 이같은 번역풍토에 대한 비판과 자성의 목소리가 없는 것은 아니고, 실제로 1960년대에 비해 양과 질에서의 성장이 있었던 것은 분명하지만, 엄밀함이 요구되는 번역의 과업에 제대로 대응할 만한 실력이나 기준은 아직도 부족하다. 그 요인에는 번역자 개개인의 역량이나 의식의 문제만은 아닌, 식민지시대 이래로 누적되어온 사회·문화적인 관행과 지배적인 관념들이 개입되어 있다. 번역(혹은 번역행위)이 창작이나 연구에 비해 대체로 기계적이고 지엽적인 일로 여겨지는 것도 그런 관념의 하나이다. 번역이 허드렛일처럼 여겨지는 풍토에서 훌륭한 번역가나 번역물이 나오기는 어렵다.

번역을 창작에 비해서 부차적인 것으로 취급하는 관행이 반드시 우리 사회에만 존재하는 것은 아니다. 오히려 정치·문화적으로 앞서 있는 곳일수록 더욱 심한 면이 있다. 비서구 제3세계의 경우 번역은 실상 그 사회를 지배하는 담론의 형성에 결정적일 정도의 힘을 발휘하기도 하지만, 주류 담론의 생산자인 서구사회에서 번역의 위상은 그리 높지 않다. 근래 들어 번역학이 학문 분야로 부상하면서 번역의 부차성에 대한 문제제기가 꾸준히 있어왔고, 특히 원본과 번역을 구별하고 원본의 우위성이 확보된 것은 17세기 저작권의 확립과 때를 같이하는 근대의 도래 이후라는 점이 지적된다.[1] 이는 번역이 가지고 있는 근대와의 착잡하고도 긴밀한 관계를 환기하는 동시에, 서구에서 발원하여 퍼져나간 지구적인 근대화 과정에서 식민주의와도 불가피하게 얽혀들어갈 수밖에 없음을 말해준다.

번역은 일차적으로 한 언어를 다른 언어로 옮기는 행위나 그 옮겨진 생

---

1 일반화된 인식이기도 하지만, 가령 Susan Bassnett & Harish Trivedi eds., *Postcolonial Translation: Theory and Practice*(London and New York: Routledge 1999) 2면 참조.

산물을 지칭하지만, 단순히 기계적인 과정이나 수동적인 전환만을 뜻하지는 않는다. 인식론적인 차원에서 인식행위 자체가 하나의 해석이자 번역이라는 입장은 어느정도 일반화되어 있는데, 가령 번역은 해석에 반드시 개입하는 요소로서 '바벨 이후' 우리는 이미 번역의 세계 속에 존재하며 번역이란 "결코 끝나지 않는 과업"(never-ending task)이라는 조지 스타이너(George Steiner)의 언명은 그 대표적인 경우이다.[2] 모든 언어활동이 결국 번역을 내포하고 있다는 이같은 입장은 번역에 좀더 적극적인 의미를 부여하는 것으로, 번역이 중립적이고 투명한 과정이 아님을 말하는 것이기도 하다. 여기서 번역이 이데올로기 및 권력과 맺는 관계에 대한 논란들, 그리고 근대와 주체성을 둘러싼 논의들이 개입한다.

어느 사회에서나 번역은 그 자체가 만만찮은 사회·문화적 중요성을 지니거니와, 특히 우리와 같은 비서구 제3세계적인 현실에서 그것이 차지하는 담론 형성상의 위력은 거의 절대적이라고까지 할 수 있다. 식민지 체험을 가진 대개의 제3세계가 그렇듯이 우리의 경우도 근대화는 서구세력 혹은 서구화한 일본의 식민화와 함께 이루어졌으며, 근대화 초기 국면 및 이후의 식민화·탈식민화 과정에서 번역은 근대적인 문화의 향방을 가늠하는 결정적인 역할을 수행했다. 즉 번역은 제국의 편에서는 식민화의 필수도구요, 피지배국에서는 근대성의 확보를 위해 피할 수 없는 요청이었던 것이다.

우리 학계에서는 번역이 가지는 이러한 중요성에 걸맞은 관심이 존재하지 않았다는 것이 우선 지적되어야 할 사항이다. 특히 번역을 통한 학문활동이 일반화된 인문학이나 사회과학에서 이는 학문에 대한 자의식의 결핍을 말해준다. 즉 어떤 의미에서 우리의 근대가 서구에 대한 거대

---

2 George Steiner, *After Babel*: *Aspects of Language and Tradition*(Oxford: Oxford Univ. Press 1975) 49면.

한 번역과정이라면, 명시적이든 그렇지 않든 서구 특히 미국에 집중된 번역에 대한 의식화된 인식 혹은 대결의식은 이 땅에서 활동하는 학자들의 운명이기도 하다. 번역이라면 일차적으로는 외국어를 다루는 연구자들의 책무이지만, 근대성과 종속성 그리고 주체성에 대한 물음은 어느 분야에서나 피할 수 없는 것이며, 그런 점에서 번역의 존재론이나 번역의 정치학에 대한 관심은 학문의 기본적인 영역에 자리잡고 있다고 보아야 할 것이다. 번역현상에 대한 이론적인 모색들이 소개·시도되고 있는 최근의 추세가 주목되는 이유도 이 때문이다.

2. 번역의 정치성에 대한 논의들

번역(행위)은 흔히 중립적이고 투명한 것, 즉 한 언어를 그대로 다른 언어로 '옮기는' 행위라고 규정된다. 그러나 번역을 이처럼 '중립적인 옮김'으로 국한하면, 번역이 함유하고 있는 정치적이고 사회적인 의미는 희석된다. 번역은 자구(字句)의 등가적인 대입이 아니라 문화적인 전환의 과정이다. 문화들 사이의 등가성(equivalence)을 당연시한다면 그같은 전환이 중립적일 수도 있겠으나, 민족이나 문화들 사이에는 권력관계가 존재하게 마련이다. 또 번역의 대상이자 매개이기도 한 언어 자체가 정치적 힘의 관계망을 벗어나서는 존재할 수 없다. 단적으로 말해 힘을 가진 언어에서 힘이 없는 언어로 옮기는 과정에서 혹은 그 역의 과정에서 정치적인 권력관계가 투영되게 마련이며, 여기서 대체로 힘을 가진 언어는 보편적인 언어로, 힘이 없는 언어는 주변적이고 한정적인 언어로 규정된다. 번역의 기술만이 아니라 그 정치학이 새롭게 고찰되어야 하는 이유가 여기에 있다.

필자가 2000년 가을 영미문학연구회 심포지엄 '번역, 무엇이 문제인가'

에서 '번역의 정치학'을 거론한 것은, 우리 현실에서 압도적인 비중을 차지하면서도 의식적으로 짚어지지 않았던 번역영역에 대한 비평적인 인식이 필요함을 환기하기 위해서였다.[3] 한 민족에, 특히 번역을 통해 근대화에 접근할 수밖에 없는 후진국에서, 번역에 대한 문화적인 전략과 민족어의 활용 및 개발의 문제는 경우에 따라서는 사활적인 중요성을 가진다. 가령 일본의 경우 메이지시대 때 번역에 기울인 국가적인 노력은 서구의 근대를 맞이하는 일본 나름의 적극적인 대응이었고, 서구를 번역하는 과정에서 스스로를 근대국가로 정립하는 것은 메이지시대 개혁의 한 축이었다.[4] 그러나 한국에서는 번역의 과업에 대한 이같은 자의식부터가 부족했다. 번역을 통한 서구 수용은 합방 이전부터 일본에 거의 절대적으로 의존하고 있었고, 식민지시대 내내 그리고 해방 이후 상당 기간 서구문학이 대체로 일역본을 통해 중역(重譯)되어왔다는 사실에서도 이를 확인할 수 있다.[5]

이같은 문제들은 역시 근대성의 확립과 근대적인 자아의 형성이 서구를 번역하는 가운데 진행될 수밖에 없었던 비서구 식민지 국가들 일반의 운명을 환기시키면서, 특히 일본이라는 창을 통해 근대를 경험하고 수용하는 과정에서 일어난 왜곡, 즉 일종의 이중 번역된 근대라는 한국 특유의 사정에도 주목하게 한다. 근대의 수용과정에서 나타난 민족 간의 차이가 번역을 바라보는 데서 중요한 것은 이 때문이다. 특히 근자에 번역된 『번역과 일본의 근대』라는 책은 동양에서 근대의 성립과 번역의 상관관계에 대한 물음을 촉발하는 데 기여하였다. 이와 더불어 영미문학연구회

---

3 2000년 가을 영미문학연구회 제10회 학술대회 '번역, 무엇이 문제인가'의 기조발제 참조. 이 글은 이 발표문을 토대로 대폭 보완한 것이다.

4 이에 대해서는 마루야마 마사오·카또오 슈우이찌 『번역과 일본의 근대』(임성모 옮김, 이산 2000) 참조.

5 개화기 및 식민지시대의 번역현실에 대한 상세한 사정에 대해서는 김병철 『한국근대 번역문학사 연구』(을유문화사 1975) 참조.

의 심포지엄이 하나의 계기가 되어 번역의 정치성에 대한 관심이 일기 시작했는데, 필자는 여기서 어떤 특정한 관점으로의 경사가 나타나고 있음에 주목한다.

『번역과 일본의 근대』는 일본이 메이지시대 근대사회를 구성해간 과정에서 번역이 지엽적이 아니라 오히려 중심적인 역할을 한 점에 주목한다. 이 책에 설명된 일본의 사례는 번역의 정치성에 대한 한 예증이 될 것이다. 국가적인 차원에서 번역을 지원하고 그를 통해 자국 전통의 변용을 시도한 것은 일본을 근대적인 국가로 재구성하려는 커다란 기획의 중요한 부분이었다. 이 책의 의미에 주목한 역자가 "번역은 단지 외국의 개념과 사상을 수용하는 지적 행위가 아니라 그 과정에서 이루어지는 타자와의 대화를 통해 자기 정체성을 자각하는 문화적 실천"이라고 설명하는 것에는 상당한 타당성이 있다. 그러나 그럼에도 이같은 정의에는 정체성이 번역에 의해서 '구성'되는 면에 역점을 두는 최근 문화론적 번역관으로의 경사가 엿보이기도 한다. 실상 비교적 최근에 학문분야로 성립하게 된 번역학(Translation Studies)에서, 특히 1990년대 들어 번역의 사회적 효과에 초점을 두는 기능주의적인 접근(functionalism)이 새로이 부각되면서, 번역이 정치적인 관계와 정체성을 구성해내는 측면을 강조하는 문화론적 시각의 주도가 두드러지고 있다.

이와 같은 현상은 최근 '다국어 저널'로 나온 『흔적』(Trace) 창간호에서 더욱 분명하고 강화된 형태로 나타난다. 창간호의 주제가 '서구의 유령과 번역의 정치'인 점에서도 짐작되듯이, 『흔적』은 최근에 점증하는 번역에 대한 이론적 관심을 반영하면서 동시에 번역을 서구 지배질서에 대한 해체의 기제로 내세우고자 한다. 이는 번역의 정치를 말하는 이 글의 관심사가 될 만하다.

번역의 정치를 바라보는 『흔적』의 시각은 특히 창간 취지문을 기초로 하여 작성된 사까이 나오끼(酒井直樹)의 「서문」에서 직설적으로 표현되고 있다. 사까이는 근대화에 대한 역사주의적인 견해를 단일한 근대화의 설정이라고 비판하면서 '복수의 근대성들'을 말한다. "근대성은 지리적·문화적·사회적 거리들에도 불구하고" "사람들이 서로 접촉하기 위해서 수많은 종류의 거리들을 극복하는 한 형태"라는 것이다. 그런 점에서 "근대성은 번역에 대한 준거 없이는 고찰될 수 없다." 접촉은 상호관계이므로 그 교류에 연루된 양쪽을 모두 전환시킬 수 있으며, 따라서 그것은 일방적인 동질화의 과정이 아니라 "양방 모두에 폭력적인 것임"을 강조한다. 여기서 서구화로 전제된 근대성의 확산이라는 기존의 일반화된 논리는 성립하지 않게 된다.[6]

　사까이의 이같은 '복수의 근대성들'에 대한 주장은 이제 그다지 낯선 것은 아니고, 서구 담론을 통해 규정된 근대주의적 발상에 대한 어느정도 일반화된 비판이다. 번역을 이같은 다중적인 근대성들 사이의 접촉이자 대화라고 보는 것은 사까이의 전제에서 자연스럽고, 이것이 여러 언어로 번역되어 유통되는 새로운 형식의 저널을 이론적으로 뒷받침하고자 하는 것임도 이해할 수 있다. 그러나 사까이를 위시한 『흔적』 그룹의 이같은 발상에는 최근 문화론의 주된 흐름이라고 할 구성주의적 관점이 짙게 드리워져 있다. 복수의 근대성에 대한 사고가 서구화를 근대화와 동일시하는 기존 이념에 대한 해체인 점은 인정되어야겠지만, 다중적인 근대성들 사이의 접촉과 대화로서의 번역이라는 이 새로운 사고틀 속에는 민족 주체를 포함한 일체의 주체에 대한 회의와 부정이 깔려 있는 것이다. 『흔적』이라는 제목에서 암시되듯, 이 그룹이 지향하는 바는 모든 텍스트 속에 깃든 '타자의 흔적들'에 대한 인식으로서, 이 속에서 다중적인 근대성들을 '비교의 평면으로 끌어내는' 번역이라는 활동은 구성된 것으로서의 담론의 공간을 벗어날 수 없다.

---

6 『흔적』 창간호(2001) 한국어판 9~10면.

『흔적』그룹의 번역관에는 기본적으로 언어 자체가 다중적이며 번역은 애초부터 불가피하게 요구된다는 자끄 데리다(Jacques Derrida)적인 사고가 전제되어 있다.[7] 데리다에게는 해체라는 개념 자체가 어떤 점에서 번역문제를 내포한다. 언어의 내재적인 불확정성과 의미화 과정의 불안정성 등이 번역을 강요하기도 하고 또 불가능하게 하기도 한다. 그런 점에서 번역은 데리다에게 이차적인 어떤 것이 아니라 언어의 성격 속에 내재된 것이며, 실패하면서도 끝없이 부과되는 한없는 과정이기도 하다. 사까이와『흔적』이 목표로 하는, 번역을 통한 오역과 오해의 한없는 되풀이를 통해 열어가는 대화의 길이란 이같은 해체론의 논리를 번역의 정치학으로 다시 풀어놓은 것에 불과하다. 말하자면 모든 글쓰기가 번역임을 밝힘으로써 원본/번역의 이분법을 해체하는 것, 사까이의 경우에는 서구/서구의 타자라는 이분법을 전복하는 것이다. 그러나 이러한 해체전략이 담론의 틀 속에서만 이루어지는 한, 늘 구체적인 문제에 부딪히게 마련인 번역을 이론의 틀 속에 가두어버린다는 비판이 성립하게 된다. 『흔적』이 애초의 의도와는 달리 서구 주류담론의 지배에서 벗어나기보다는 오히려 그 이론 구성에 적극 동참하는 결과를 빚는 것은 아닌가 물어봄직하다.

번역이 반드시 수동적이거나 이차적인 것이 아니라 적극적인 정치적 기입(inscription)임을 환기시켰다는 점에서 이같은 접근은 의미가 있겠으나, 번역이라는 현상 혹은 활동에 과도한 의미를 부여하는 것이 올바른 정치적 실천으로 반드시 귀결되지는 않는다. 번역에 대한 이러한 문화론적인 편향은 지구화시대의 다양성을 강조하는 다문화주의(multi-culturalism)의 한 변종이라는 혐의가 짙다. 번역의 정치학에 대한 올바른

---

7 번역에 대한 데리다의 생각이 직접적으로 피력된 글로는 "Des Tours de Babel" 및 "Letter to a Japanese Friend"가 있다. Peggy Kamuf ed., *A Derrida Reader*(New York: Colombia Univ. Press 1991) 참조.

관점은 이같은 지구화 이념들과의 싸움을 동반할 수밖에 없다. 기본적으로 번역이라는 것이 두 언어 사이의 관계를 떠나서 말할 수 없다면, 민족어와 민족이 처한 조건이 번역이라는 행위 속에 필연적으로 끼어들게 되고 거기서 발원하는 현실적이고 이론적인 문제들이 제기되게 마련이다. 이때 민족어를 통해 삶의 경험을 축적하고 이룩해가는 어떤 '민족적 주체'에 대한 사유를 피할 수 없게 된다. 그러나 역시 사까이의 문화론적인 접근에서 이같은 주체 문제는 서구적인 근대화론의 다른 한 측면으로 처리될 뿐인데, 이것은 일반적으로 민족을 구성물로만 파악하는 최근 문화론의 일반적인 관점을 반영한 것이다. 번역의 정치학을 논의함에서, 번역을 투명한 소통도구로 보는 기존의 이념에서 벗어나는 한편으로, 문화론적인 과잉을 비판적으로 극복할 필요가 생기는 것도 이 때문이다.

3. 지구화시대의 민족과 번역

지구화의 확산이 번역의 실제와 이론 양면에 큰 영향을 미친 것은 당연하다고 할 수 있다. 지구화가 세계를 하나의 단일한 체제로 구성해내는 움직임이면서 상이한 지역들 간의 교류가 폭발적으로 증가하는 현상이라면, 그것은 번역이라는 활동을 일상적인 것으로 만드는 과정이기도 하다. 지구화는 한편으로 국지화를 촉진한다는 점에서 지국화(地局化, glocalization)라고 불리기도 하는데,[8] 이처럼 국지적인 지역들이 서로 교섭하고 접촉하는 과정에서 각 지역의 언어들 사이에 이루어지는 번역이라는 행위가 개인이나 공동체에 삶의 필수요건이 된다.

---

8 지구화와 국지화의 긴밀한 관계에 대한 논의는 졸고 「지구화에 대한 한 고찰: 근대성, 민족, 그리고 문학」, 『안과밖』 2000년 상반기호 10~13면(본서 110~13면) 참조.

그러나 다른 한편 이같은 지구화의 진행이 단일체제로의 지향을 가지는 만큼이나 지역의 존립기반, 특히 민족국가의 존립기반은 위협당하고, 지역어 혹은 민족어는 좀더 힘있는 언어에 의해 정복되고 소멸되어가는 위기국면에 처하게 된다. 단적으로 말해서 지구화를 주도하는 미국의 언어인 영어(구체적으로는 미국식 영어)가 점차 보편적인 소통의 도구가 되면서, 번역의 요구 또한 지역어의 위축과 더불어 점차 약화되어가는 현상이 생길 수도 있다. 주지하다시피 영어가 일종의 필수어로 대접받고 있는 우리 사회에서 사적·공적 생활에 미치는 영어의 영향력은 더욱 강화되고 있다. 한국에서 영어를 공용어로 채택해야 한다는 주장이 일각에서 제기되는가 하면, 일본의 경우지만 그것이 정책적인 차원에서까지 검토되는 상황으로 치닫기도 한다.

각 민족어에 닥친 이같은 위기는 삶의 실질적인 영위와 관련을 맺고 있는 민족적 주체성의 문제를 새롭게 제기한다. 기본적으로 언어는 문화와 떨어질 수 없게 연결되어 있으며, 어느 공동체에서든 모국어의 체험은 그 언어 사용자들의 정신뿐 아니라 육체에까지 새겨져 있어 존재와의 밀착성을 지닌다. 특히 단일어를 사용하는 단일 혈통의 성격이 상대적으로 강한 민족의 경우(우리가 그 한 예가 될 터인데) 그러한 긴밀성이 더 짙어지며, 근대적인 국민국가의 형성과 더불어 언어가 통합되어간 대개의 경우에도 그같은 민족어의 체험은 민족적 주체를 이루는 피할 수 없는 요건이 되었다. 민족마다 그리고 민족어마다 정도의 차이는 있지만, 민족어를 주변으로 내모는 영어의 지배는 단순히 언어영역의 위기일 뿐 아니라, 공동체와 개인의 삶 전체에 대한 교란이 된다. 또 이러한 영어의 점유는 시장화와 상품화, 그리고 미국의 획일화된 대중문화의 확산과 함께 일어난다는 점에서 지구화가 삶에 가하는 근본적인 위협의 중요한 한 부분이기도 하다. 지구화를 환영하고 반기는 목소리가 있는 한편으로 주체적인 입장에서 제국주의적 침투에 맞서는 움직임이 형성되듯이, 언어를 둘러싼 싸움은 민족 주체의 참다운 삶을 지키는 싸움이기도 하다. 그렇다고 지배언어의 침탈에 맞서 모국어의 순결성에 집착하는 것만으로 언어에 닥친 위기가 해소되지는 않는다.

지구화의 궁극적인 완성이 다양한 종류의 언어들을 소멸시키고 몇가지 혹은 심지어 한가지 지배언어로 통합되는 결과를 빚을 수도 있겠고, 그 경우 번역 자체가 소멸되는 현상도 논리적으로는 가능하다. 바벨 이후의 시대가 다시 그 종말에 달하는 묵시록적인 시간에서 이같은 원초어 혹은 궁극어로의 통합을 전망할 수 있다. 그러나 그같은 통일의 순간은 일종의 유토피아적 전망일 뿐 근대의 시간이 부과하는 것은 역시 언어들 간의 차이와 번역의 과제이며, 실제로 지구화 과정 속에서는 더욱 많은 번역 요구가 생겨난다. 그리고 예외적인 경우도 있겠지만, 대체로 지배언어를 사용하는 나라가 아닌 주변국에서 특히 이같은 요구가 강하고 절박할 수밖에 없다. 주변국에서 영어의 제국주의적 지배가 힘을 더해가면서 민족어를 토대로 하여 지탱되고 생명을 얻는 민족문화는 끊임없이 위기에 처하게 된다. 번역이 여기서 의미를 가지게 되는 것은 번역활동이 이같은 위기와 싸우는 어떤 공간, 즉 언어 간의 교섭 혹은 싸움, 민족문화의 보존과 저항, 민족어의 적응력과 존속 등 지구화에 맞서는 민족국가의 응전력이 집결되는 지점이 될 수 있기 때문이다.

번역이 민족 정체성을 확립하는 데 중요한 역할을 한 사례는 대개 민족국가가 형성되던 근대 초기의 서구에서 찾아볼 수 있다. 특히 번역에 대한 자의식이 강했던 독일의 경우, 슐라이어마허(F. Schleiermacher)와 훔볼트(Humboldt)로 대변되는 낭만주의적 민족론자의 관점에서 보여지듯, 번역을 통한 외래적인 것의 수용은 언어의 새로운 혁신을 통해 민족적 정체성을 형성해나가는 중요한 기제가 되었다.[9] 지구화의 진행으로

---

9 Lawrence Venuti, *The Translator's Invisibility: A History of Translation*(London and New

초래된 민족어의 위기국면에서 번역은 과연 과거처럼 민족 형성의 에너지를 소환하고 복원할 수 있을 것인가? 번역이 지구화와 신식민주의적인 대세에 맞서는 하나의 거점이 될 수 있는가의 여부는 지금의 시점에서 새로운 의미를 얻게 된다.

번역이 싸움의 공간이 될 수 있다면, 지구화가 동원하고 또 그것이 우리 자신 속에 내면화시킨 이념과의 싸움이 전제될 수밖에 없다. 그 이념은 때로는 보편주의의 모습으로 때로는 다원론의 모습으로 나타난다. 이런 이념은 지구화를 통해 근대성이 확산됨으로써 인류의 다양한 문화가 존중되고 다양성이 미덕이 되는 새로운 시대가 열린다고 주장한다. 그러나 다양성과 그것에 바치는 경의는, 상호 소통과 번역과정에서 개입하게 마련인 권력관계(힘을 가진 언어와 그렇지 못한 언어 사이의 위계)가 지닌 모순을 은폐한다. 번역이 다중적인 사회에서의 접촉을 가능하게 하는 것은 사실이지만, 동등한 교환이 아니라 실제로는 중심부 담론이 주변부로 전이되고 강요되는 번역의 역학과 구조 속에서 불평등은 심화된다.

번역에서 이데올로기가 작용하는 방식은 중심부와 주변부가 반드시 같은 것이 아니다. 로런스 베누티(Lawrence Venuti)는 미국의 번역현실에서 마치 번역자가 존재하지 않는 것처럼 취급되는 현상을 비판하면서, '유려하고 자연스러운'(fluent and natural) 문체를 높이 평가하는 관행이 실은 외국 작품을 자국의 규범에 복속시키는 이데올로기의 작동이라고 지적한다.[10] 번역자가 마치 투명인간처럼 보이지 않는 현상은, 타자의 타자됨을 인정치 않고 그것을 미국적 질서에 편입시키는 번역상의 제국주의를 반영하고 있으며, 이같은 번역관행에 맞서서 번역주체를 부각하는 활동은 일종의 저항이 될 수 있다고 주장한다.

York: Routledge 1995) 99~102면.
10 같은 책 15~17면.

그렇지만 실제로 번역자의 불가시성(invisibility)이라는 현상보다 더 노골적으로 동양을 서양의 상(像)에 따라 구성하는 오리엔탈리즘이 서구의 식민지 정복 및 동화과정에서 일어났고, 또 그러한 기획이 은밀한 형태로 여전히 지속되고 있음은 말할 것도 없다. 그런 점에서 특히 탈식민주의 담론과 관련을 맺고 전개되는 번역학의 한 경향은 주목의 대상이 될 만하다. 왜냐하면 탈식민주의적 번역론은 기본적으로 서양이 동양을 지배하는 과정에서 번역이 작용한 방식을 이해하려 하고 있으며 그럼으로써 어떤 저항의 단초를 제공할 수도 있기 때문이다. 다시 말해 '서양이 동양을 자신의 관점에서 번역하고 그렇게 만들어진'(orientalized) 동양을 자국민과 식민지에 내면화시키고 전파해온 것이 근대사라면, 제국이 식민사업을 위해 이용해온 절차를 반대로 뒤집어서 번역을 탈식민의 도구로 전환할 수도 있는 것이다. 즉 거꾸로 서양을 자신의 관점에 따라 번역해내며 이를 통해 민족적 주체를 강화해나갈 수도 있다. 그러나 오리엔탈리즘의 역상(逆像)이라고 할 수 있는 이같은 대응은 번역에서 이루어지는 가장 직접적인 저항의 방식이기는 하지만, 서구의 자민족 중심주의를 복사하는 셈이며 결국 배타적인 민족주의로 떨어질 위험성이 있다. 민족의 정체성 자체가 외부에 닫힌 것도 아니며 근대 이래로 서구적인 양상들이 개입되어온 현실은, 이같은 소박한 민족주의적 대응만으로 풀리지 않는 복합성을 가진다.

이러한 민족주의의 틀을 넘어서는 동시에 제국주의로부터의 해방을 말할 때, 탈식민주의의 핵심명제라고 할 혼종성(hybridity)에 대한 인식과 부딪치게 된다. 인도 출신의 학자 호미 바바(Homi Bhabha)에게 이는 탈식민주의적인 상황, 즉 순수한 민족적 주체가 부재한 가운데 서구적인 것과 민족적인 것이 떼어질 수 없게 혼합된 상황을 말한다. 혼종성이 지배하는 곳에서는 한 언어에서 다른 언어로의 전환을 뜻하는 번역은 경계 없는 중간지대에서 일상적으로 일어나게 마련인 피할 수 없는 존재조건이 된다.[11] 그러나 탈식민주의의 전략에는 근본적인 문제점이 있다. 민족이라는 범주에서도 그렇지만 언어에 있어서도, 그 경계가 불명확한 점이 있긴 하지만 각 민족어들이 그 나름의 정체성을 가지고 서로 구별되면서 대응하고 있는 것이 엄연한 현실인 것이다. 이같이 현실적으로 존재하는 민족국가나 민족어의 경계와 그 실체에 대한 망각을 부추긴다는 점에서, 탈식민주의의 전제들은 보편주의에 못지않게 주류 학계의 담론에 포섭되어 있다고 할 수 있다.

역시 핵심이 되는 것은 언어에 대한 관점의 문제이다. 영어가 세계에 대한 지배력을 강화하는 현실에서는 언어를 보는 관점에 따라서 영어에 대한 전혀 다른 대응이 나온다. 언어를 문화적이고 창조적인 것으로 보지 않고 기능적이고 소통적인 것으로 받아들이는 경우, 영어의 지배가 주는 위기감은 그다지 심각한 것은 아니다. 의사소통의 장애를 기술적으로 극복하게 되면, 영어가 확장되는 현상은 오히려 민족의 한계를 넘어서 경쟁력을 확보한다는 시대적인 요청에 부응할 기회가 된다. 그리고 그것이 지구화시대를 살아내는 가장 현실적인 방법처럼도 보인다. 그러나 언어가 그것을 사용하는 민족의 체험과 삶에 뿌리박은 창조의 원천이라는 관점에서는 영어의 확장과 지배는 삶의 근원을 흔드는 위협이 된다.

실제로 영어의 권력화가 우리 사회에 확산되는 과정에서, 이것이 삶에 대한 근원적인 위협이라는 인식보다 하나의 도구로서 영어의 위력에 집중해온 것이 일반적 현상이다. 영어 구사력이 지구화시대의 경쟁력임은 틀림없지만, 그리고 어느정도 영어를 도구로 부리는 실력이 높아질 필요도 있지만, 영어의 권력화와 그것이 우리의 삶에 미치는 영향에 대한 주체적인 성찰은 긴요하다. 영구불변한 민족성이나 민족어를 상정해서가

---

11 Douglas Robinson, *Translation and Empire: Postcolonial Theories Explained*(Manchester: St. Jerome Publishing 1997) 27면.

아니라, 인간의 삶 자체가 일종의 언어세계 속에서 영위되고 이루어진다는 점, 그리고 특히 우리 민족의 경우 통일된 민족어가 기반이 되어왔다는 점을 고려할 때, 도구화된 언어의 지배가 강화되는 상황은 공동체의 삶 전체의 차원에서도 심각한 위기임이 분명하다. 영어가 보편어이고 가령 한국어가 특수한 지방어라는 발상은 은연중에 영어를 진리에 대한 보편적 담지체로 상정하고 그것을 향한 충동과 욕망을 부추기게 된다. 이것은 한 민족구성원에게 주체의 흔들림이자 상실의 계기가 된다. 이같은 위기 속에서 자기 주체를 중심언어가 요구하는 상투형(stereotype)에 따라서 재구성하는 주체의 망실과 종속이 일어난다.[12]

그럼에도 언어에 대한 이러한 기능적인 인식을 확장하고 있는 것이 지구화가 앞세우는 경쟁논리이다. 바로 이 대목에서 언어의 창조성에 대한 깊은 인식 없이는 존재할 수 없는 문학의 자리가 의미를 얻는다. 각 민족의 문학은 이같은 중심언어의 정복에 대항하는 가장 본원적인 터전이며, 그런 점에서 번역에서도 기능적인 것을 넘어 창조적이고 생산적인 활동이 가능한 곳이 다름 아닌 문학 영역임을 상기하게 된다. 따라서 문학 번역의 이념에 대한 모색은 지구화시대에 맞서는 문화적 대응의 하나인 셈이다.

4. 문학 번역의 이념으로서의 충실성

번역이 현실적으로 이루어지는 가운데서도 번역가능성(translatability)

---

12 국내의 한 중견작가가 연전에 했던 '세계화의 시대에 영어로 번역되는 것을 염두에 두고 작품을 써야 할 것'이라는 취지의 발언을 두고 반드시 이같은 심리적 종속의 양상이라고 일반화할 수는 없을 것이다. 그러나 이러한 발언 자체는 영어가 언어영역에서 불러일으키는 이데올로기 효과의 한 징후임은 분명하다.

에 대한 의문은 끊임없이 제기되고 있다. 특히 20세기 중엽의 번역논의에서 핵심이 되었던 것은 바로 번역의 불가능성에 대한 논의이기도 했다. 번역이 한 언어에서 다른 언어로의 전환이라고 하지만 엄밀히 말해서 서로 다른 언어에서는 완전히 일치하는 하나의 단어조차 찾기 어려우며, 이는 단어 혹은 구문의 차원에서만이 아니라 언어체계에서도 드러난다. 그런 점에서 번역이란 본질적으로 불가능한 것이라는 관점도 가능하다. 그러나 두 언어 사이의 완전한 일치는 애초부터 번역이 목적하는 바는 아니었다. 오히려 그렇기 때문에 두 언어를 어떤 방식으로든 연결하는 번역행위는 가능하기도 하고 필요하기도 한 것이다. 번역의 잘잘못을 따질 여지도 여기서 생긴다.

그런데 일상적이거나 혹은 실무적인 소통을 목적으로 하는 기능적인 번역에 비해서 문학 번역은 상대적으로 더 까다로울 수밖에 없다. 어떻게 보면 문학 번역이야말로 기능적인 번역의 한계, 심지어 번역의 불가능성이라는 명제를 가장 극명하게 예시하는 동시에 번역의 본질적인 성격을 드러낸다고 할 수 있다. 즉 번역은 기계적인 것이 아니라 언어의 속성과 연관되어 있고 그것이 가지고 있는 창조성을 구현해내는 한 방식인 것이다. 이같은 창조성이 번역에서 필요하다고 해서 번역이 원전에서 벗어나 그 나름의 창작을 해도 좋다는 것은 물론 아니다. 스타이너가 말한 것처럼, 모든 번역이론은 피할 수 없는 유일무이한 질문, 즉 충실성(fidelity)에 대한 물음의 종속변수일 뿐이며[13] 이것은 다름 아닌 문학에서도 그러하다.

실제로 번역이 학문으로 성립하기 이전부터 이같은 충실성의 문제는 번역에서 중요한 물음이 되어왔다. 가령 단어 중심(word for word)이냐 의미 중심(sense for sense)이냐, 혹은 문자(letter)인가 정신(spirit)인

---

13 George Steiner, 앞의 책 275면.

가 등의 전통적인 질문은 바로 번역의 충실성에 대한 질문이다. 다만 이 것이 체계를 갖춘 이론의 모습으로 나타난 것은 1960년대 소위 등가이론 (theory of equivalence)의 등장과 함께라고 할 수 있다. 어떤 점에서 등가 이론은 번역에 대한 가장 상식적인 정의라고도 할 수 있지만, 원전과 번 역 사이의 형식적인 등가란 것이 실제로 가능하지 않은 까닭에 등가의 방 식과 가능성에 대한 많은 논란을 낳게 된다. 이에 그 주창자인 유진 나이 더(Eugene Nida)가 원전보다 수용자의 반응을 중시하는 역동적인 등가 성(dynamic equivalence) 개념을 형식적인 것과 대비하여 내세우게 되는 데, 실제로 역동적인 등가성은 과거 전통적인 논의에서 의미 중심의 번역 과 통하는 것이다.[14]

충실성을 논할 때에 또다른 기본적인 질문은, 번역자가 원전에 충실해 야 하는가 아니면 독자에게 충실해야 하는가이다. 원전에 충실할 경우 번 역은 원전과의 정합성이나 정확성 따위를 따지게 되고, 독자에 충실할 경 우에는 독자에 대한 배려가 우선시된다. 이것이 칼로 자르듯 갈라지는 것 은 아닐 테지만 대체로 등가이론이 전자를 염두에 두고 있다면, 그 문제 점을 비판하고 나온 다체계(polysystem)론이라든가 스코포스(Skopos)론 같은 것은 후자를 중시한다. 다체계론은 이븐-조하(Itamar Even-Zohar) 와 투리(Gideon Toury) 같은 이론가들이 주창한 것으로 번역이론에서 일 종의 발상 전환을 했다는 점에서 획기적인데, 이것은 번역을 보는 시각 을 원전과의 관계에서가 아니라 그것이 산출되는 목표지 중심으로 전환 한 것이다. 즉 번역이 원산지와는 상관없이 목표지라는 또다른 체계 내 에 자리잡고 일정한 기능을 한다는 데 주목함으로써 기존의 충실성이라 는 문제틀에서 벗어난 것이다. 이같은 목적지 중심의 관점은 1980년대에

---

14 등가이론에 대해서는 Eugene Nida, "Principles of Correspondence," Lawrence Venuti ed., *The Translation Studies Reader*(London and New York: Routledge 2000) 121~22, 126~40면.

들어와서 번역을 목적지의 의도에 따라 보아야 한다는 베르메르(Hans J. Vermeer)의 스코포스(의도)론으로 발전된다.[15]

그러나 이같은 논의들은 기본적으로 대상이 원전이 되든 독자가 되든 어떤 충실성에 대한 물음인 데 비하여, 최근 해체론과 접목한 번역론은 충실성이라는 범주 자체를 회의한다. 가령 1990년대의 대표적인 번역이론가인 앙드레 르페베르(André Lefevere)는 '옳으냐 그르냐'(right or wrong), '충실하냐 자유로우냐'(faithful or free) 등의 굳어진 범주를 배격하면서, "번역자는 문학전통들 사이를 매개하는 것이며, 중립적이고 객관적인 방식으로 '원전을 접할 수 있게 만들겠다'는 것과는 다른 목표를 마음속에 두고서 그렇게 한다"고 주장한다.[16] 객관성이란 가장에 불과하며 그런 가장하에 전복의 권력을 휘두르는 존재가 다시쓰기(rewriting)를 하는 번역가라는 르페베르의 생각은 객관성을 해체되어야 할 신화 혹은 이념으로 보는 해체론과 밀접하게 연관되어 있다.

정확성, 중립성, 적합성, 일관성, 객관성 따위의 범주는 해체론에 의해 그 이데올로기적인 성격이 폭로되고, 번역에서 이같은 기준은 성립할 수 없는 것으로 비판받는다. 가령 정확성(accuracy)이라는 범주는 실상 근대 이후에 생겨난 것으로, 과학적인 이성이 우위를 점하는 위계를 상정하는 것이다. 번역에서 이는 원전에 대한 정확한 모방을 추구함으로써 번역에 대한 원전의 우위라는 위계질서를 생산해내며, 여기에는 원전/번역의 이분법적 대립이 전제된다. 이와 같은 해체전략은 탈식민주의와 결합하여, 원전에 대한 충실성은 서구를 원전으로 삼고 그 우월성을 당연시하는 신화라고 간주한다. 대체로 최근의 번역이론에서 충실성은 구태의연하며

---

15 1970년대 이후 번역학의 전개에 대한 간략한 소개로는 Susan Bassnett, *Comparative Literature: A Critical Introduction*(Oxford: Blackwell 1993) 138~61면의 내용이 간명하다.
16 André Lefevere, *Translating Literature: Practice and Theory in a Comparative Literature Context*(New York: The Modern Language Associcatin of America 1992) 6면.

30 제1부 지구화시대의 언어와 번역

기성질서와 연관되어 있는 극복되어야 할 이념으로 이해된다.

르페베르가 말하는 '중립적이고 객관적인 방식'이 실제로 무엇인지는 논란의 여지가 있지만, 상이한 두 언어 사이에서 중립적인 입장이란 것 자체가 성립하기 어렵고 더구나 언제나 존재하고 작용하는 권력관계를 고려하면, 중립성이란 하나의 환상이며 기존의 위계질서를 승인하는 논리가 될 수 있다. 그러나 동시에 우리가 생각해보아야 할 것은 '객관성'이 꼭 '중립성'을 의미하지는 않는다는 점이다. 자연과학적인 의미로 이해된 가치중립적인 객관성이라면 모르겠으되, '사물을 있는 그대로 본다'는 의미에서의 사심 없는 객관성이란 반드시 과학적이고 가치중립적인 일치만을 뜻하는 것은 아니며, 번역에서 지켜야 하는 충실성은 바로 이런 의미에서의 객관성이다.

문학작품의 번역이 얼마나 충실한가는 따라서 그것이 얼마나 객관적인가를 묻는 것이기도 하다. 어떤 텍스트 번역보다 창조성이 개입되는 문학 번역의 경우 객관성을 요구하는 것 자체는 얼핏 무리한 요구처럼 보인다. 문학은 어떤 것보다도 자유로운 번역이 가능한 영역이기 때문이다. 그러나 달리 생각하면 문학작품은 창작의 소산인 만큼 마음대로 변경할 수 없는 독창성을 지니며, 특유의 문체와 암시를 통해 어떤 텍스트보다 단단하게 조직된 언어라고 할 수 있다. 그런 까닭에 번역에서 원전에 대한 충실성이 이보다 더 요구되는 경우도 없다. 가령 원전의 수사학에 충실하지 못하여 그 메시지만 전달하거나 핵심적인 부분에서 미묘한 뉘앙스의 왜곡이나 상실이 초래됨은 원전의 작품성을 제대로 번역해내지 못한 것이다. 그런 연유로 문학작품의 번역에서 오히려 축자역(逐字譯, literalism)에 대한 요구가 강하게 나타난다.

축자역에 대한 요구는 번역에서 외국 텍스트의 외국성(foreignness)을 보존해야 한다는 주장과 병행한다. 슐라이어마허가 문학 번역에서 외국적인 성격을 그대로 살림으로써 민족어의 새로운 혁신을 도모한 것은 가장 유명한 예지만, 해체론에 기울어 있는 가야트리 스피박(Gayatri Spivak)이 문학 번역에서 축자역을 옹호하고 있는 것은 또다른 맥락에서 흥미롭다. 스피박은 인도 벵골어로 작품을 쓴 마하스웨타 데이비(Mahasweta Devi)의 작품을 영역한 경험을 토대로, "번역자는 텍스트에 항복하여야 한다"고 단언한다.[17] 이것은 철저한 축자역을 주장한 것으로, 스피박에 따르면 축자역은 원작의 언어가 담고 있는 수사적 성격을 되살림으로써 언어의 논리적인 체계성을 깨뜨릴 수 있는 방식이다. 달리 생각하면 이같은 원전에의 승복이란 해체론자들이 비판해 마지않는 충실성의 이데올로기에 대한 노골적인 옹호인 것처럼도 보인다. 그러나 원작에 충실하고자 하는 노력은 오히려 스피박에게 있어서는 중심국의 자민족 중심주의를 허물 수 있는 전복의 힘을 번역에 부여하는 것이다.[18]

그런데 스피박의 축자역에 대한 옹호가 벵골어를 영어로 옮기는 것을 예로 하고 있음은 또다른 문제를 환기시킨다. 즉 그에게 축자역이란 주변국 작품을 영어로 번역할 때 생겨나고 개입되는 이데올로기 작용을 차단하기 위한 것이라는 측면이 있다는 점이다. 그렇다면 영어 텍스트를 벵골어나 한국어로 옮기는 데도 스피박의 요구, 즉 '원작에 항복하기'가 유효한가? 오히려 영어 원작에 저항하고 때로는 그것을 변형하려는 적극적인 자세가 더 요구되는 것은 아닌가 하는 의문이 제기된다. 그러나 역시 지배적인 언어를 주변어로 옮기는 이 역(逆)의 경우에서도 객관성은 번역의 이념으로 유지되어야 할 것이다. 권력어로 쓰인 원작에 대한 자민족 중심의 대응이 민족주의와 반제국주의라는 대의 아래 행해진다면, 이는

---

17 Gayatri Spivak, "The Politics of Translation," Lawrence Venuti ed., *The Translation Studies Leaders*(London: Routledge 2000) 400면.
18 이 점은 베누티가 외국의 텍스트를 내국화하는(domesticating) 미국의 번역상황을 말하면서, 나이더 식의 '역동적 등가'가 자민족 중심의 폭력임을 지적한 것과 일맥상통한다.(Lawrence Venuti, *The Translator's Invisibility*, 21~22면 참조)

의도적인 원작의 왜곡이며 따라서 진정한 해방의 대의에 기여하지 못하게 된다.

한편으로 축자역이 무엇인가라는 물음은 그 자체로 긴요하다. 엄밀한 의미에서의 축자역이란 서로 다른 체계를 가진 두 언어에서는 가능하지도 않거니와, 축자역이 의도적인 오역이나 오독 따위와 맞서 원전에 대한 충실성을 확립하는 기본이 될 수는 있지만, 그렇다고 그것만으로 문학작품이 지니고 있고 뿜어내는 어떤 경지에 도달할 충분한 방법이 되지는 못한다. 그 점에서는 문학 번역에서 축자역의 정신과 아울러 일종의 유연성이 요청되게 마련이다. 역시 번역에는 그 작품에 대한 깊이있는 이해와 안목이 필요하며 그런 맥락에서 훌륭한 번역자는 비평가를 겸해야 한다. 물론 일차적으로는 외국어 독해능력이 필수적이겠으나, 진정한 독해력은 비평력 없이는 성립하기도 어렵고, 아울러 모국어에 대한 감각 또한 그것대로 비평력을 요구한다. 문학 번역에서의 충실성 혹은 객관성이란 비록 정의하기 어려울지라도, 결국 작품을 '있는 그대로' 보고 그것을 '있는 그대로' 옮기려는 비평의 정신과 그 실천이라고 할 수 있을 것이다.

5. 결어: 번역비평의 수립을 위하여

이제 이같은 객관성과 더불어 다시 김수영의 곤경으로 돌아가보자. 과연 지금에 이르러 김수영이 토로한 번역의 고질적 문제들은 얼마나 해결되었는가? 최근 들어 번역이 과거보다 현저하게 왕성해져 출판물에서 번역이 차지하는 비중도 그만큼 커졌다. 그에 발맞추어 번역에 대한 사회적인 관심도 높아지고 있다. 그럼에도 '무엇을, 어떻게, 왜' 번역하는가라는 문제의식이 우선되기보다 대체로 시장의 논리에 맡겨져 있는 것이 현실이니, 지구화가 동반하고 있는 신자유주의 이념은 번역현장에서도 그대로 관철되고 있다고 보아야 할 것이다. 물론 국제저작권법 가입 이후 무분별한 중복 번역에 제동이 걸린 것은 사실이며, 그것이 출판구조를 근대화한 하나의 토대가 된 점은 부정하기 어려울 것이다. 그럼에도 출판시장이 개방되어 세계시장의 영향을 더욱 직접적으로 받게 됨으로써 상업성이 국내의 출판을 좌우하는 중심요소가 될 위험도 그만큼 커졌다. 국제저작권법 가입으로 판권문제가 개입됨으로써 벌어지는 경쟁적인 판권확보 싸움도 싸움이지만, 역설적이면서 치명적인 문제도 새롭게 생겨날 수 있다. 즉 번역할 가치가 있는 훌륭한 책의 출판권을 획득한 출판사가 부실한 번역을 내놓는 경우, 그 책의 의미는 대폭 상실되고 심지어 계속적으로 악영향을 미치게 된다는 점이다. 그럼에도 불구하고 저작권법에 따라 새로운 번역은 봉쇄되는데, 그러한 사례들을 우리는 벌써 적지 않게 목격한 바 있다.

근대적인 제도 수립의 필요성에도 불구하고 이같은 해묵은 번역풍토가 초래한 새로운 재앙은 대단히 역설적이다. 결국 번역관행이 바뀌지 않은 상태에서 강요된 근대성에 대한 요구는 데리다의 표현을 빌리면 "합법적인 해적행위에 대항하는 해적행위"를 오히려 요구하는 면도 있다.[19] 부실한 번역이 죽인 그 텍스트를 되살리기 위한 해적행위가 그것이다. 그러나 비유의 차원이 아니라면 실상 현실성도 없거니와, 그같은 위반전략보다 더욱 본질적이고 시급한 것은 현재의 이러한 번역풍토를 개혁하는 일이다. 객관성의 이념을 흐트러뜨리고 그 기준을 부정하는 온갖 포스트 담론들에 맞서는 이론을 수립하는 것도 긴요하거니와 부실한 번역을 허용하지 않는 분위기를 조성해나가는 실천도 그에 못지않게 중요하다. 구체적으로는 번역작품의 수준을 엄정하게 평가하는 작업을 통해 악화를 구축하고 수입상들의 무분별한 난립을 막아내는 일이 요구된다. 이와 같은

---

19 『흔적』 창간호 163면.

번역평가 작업은 비평력과 언어능력을 갖춘 전문가들의 집단적인 노력을 통하지 않고는 불가능하다. 이는 번역문화를 정화하는 차원에 그치지 않고 지구적인 담론의 교환과정에서 다른 어떤 문화론적인 고담준론보다도 더욱 실천적으로 개입하는 일이 될 것이다.

번역의 정치성과 사회적 기능

1. 지구화시대와 번역

미국의 비평가 조지 스타이너(George Steiner)는 일찍이 『바벨 이후』(*After Babel*, 1975)라는 평론서에서 역사와 현실 자체가 "종종 무의식적이지만 결코 끝이 없는 내적 번역의 행위"라고 언명한 바 있다.[1] 단일한 보편언어를 잃어버리고 각 민족어로 언어의 분열이 일어난 상징적 사건이 바벨탑의 붕괴라면, 이후 서로 다른 언어 사이의 소통을 위해 번역은 필수적인 수단이 되었다. 역사적으로 각 민족어의 형성과 분화는 시기적으로나 지역적으로 차이가 있지만 언어는 민족을 구성하는 가장 중요한 요소 가운데 하나이고, 비록 세계 민족지형의 변화에 따라 다언어 민족이나 국가들이 존재했고 또 지금도 존재하고 있지만, 번역이 사적이건 공적이건 국제관계에서의 소통에 토대가 되어온 것은 분명하다. 그만큼 번역이

---

[1] George Steiner, *After Babel: Aspects of Language and Translation* (Oxford: Oxford Univ. Press 1997) 31면.

인류사 전체에서 차지하는 의미는 본질적이라고 할 수 있다.

바벨탑의 우화를 민족이나 역사적 사실과 관련짓기보다 언어 자체의 성격에 대한 이야기로 해석한 자끄 데리다(Jacques Derrida)의 관점에서도 번역은 모든 언어의 운명이자 요구가 된다. 언어에서 의미는 확정되지 못하고 끊임없이 미끄러지고 연기되는 차이(差移, différance)의 회로 속에 있는 것이라면, 언어란 끊임없는 해석에 의해 형성되는 것, 즉 번역의 연속과 다를 바 없다. 데리다가 바벨의 이야기를 "번역이라는 필수적이고도 불가능한 과업"을 말해주는 은유로 설명하고 있는 것은 이 때문이다.[2]

전통적인 인문학자 스타이너와 해체론자 데리다가 공통적으로 세계의 구성에서 번역이 차지하는 핵심적인 의미를 말하고 있는 것은 흥미롭다. 여기에는 번역이 원작에 비해서 부차적이고 지엽적인 것이라는 일반화된 관점에 대한 비판이 포함되어 있다. 또한 두 상이한 언어 사이의 옮김이라는 좁은 의미의 번역개념을 넘어서 번역을 좀더 일반적인 철학적 사유의 대상으로 삼고 사회와 삶의 핵심범주로 이해하려는 시도가 들어 있다. 필자가 주목하는 이 두 학자의 또다른 공통점 가운데 하나는, 번역이란 불가피하게 인간에게 부과되는 운명이면서 그것이 사회의 기성질서를 변혁하거나 재구성해낼 수 있는 힘을 간직하고 있다는 인식이다. 스타이너가 번역의 이중적 의미를 말하면서 번역행위는 다양성을 철폐하고 차이를 지우는 한편으로 "의미의 형태를 재창조하고 대안적인 언명을 발견하고 정당화하려 한다"[3]고 한 것도 그렇거니와, 데리다가 번역행위의 전복성을 내세우는 가운데 번역을 불가피하게 요구하는 상황이 "식민적 폭력이나 언어제국주의"를 훼방하고 있다고 한 것[4]도 시사적이다. 이들에게

---

2 Jacques Derrida, "Des Tours de Babel," Peggy Kamuf ed., *A Derrida Reader*(New York: Colombia Univ. Press 1991) 250면.

3 George Steiner, 앞의 책 246면.

4 Jacques Derrida, 앞의 글 253면.

서 번역은 기계적인 차원의 옮김에 머무르지 않고, 기성의 인식틀이나 가치질서 자체를 뒤엎을 수 있는 저항의 무기로 재탄생한다.

이처럼 번역은 개별적인 번역행위에서부터 인식론의 차원까지 포괄하는 용어인데, 필자는 이처럼 새로운 핵심어로 떠오르고 있는 번역이라는 문제를 거시적인 관점에서 생각해볼 필요가 있다고 본다. 번역이 점점 더 중요한 고찰의 대상이 되고 있는 현실은 서구 학계에서 근래 들어 부쩍 부각된 번역학과 번역이론의 성세를 떠올리는 것으로 족할 것이다. 여기에는 구조주의 이후의 언어관에 깊이 침윤되어 있는 서구 담론의 영향도 크겠고, 원본과 번역의 경계를 허무는 해체론적인 번역이론이 탄생한 까닭도 있겠지만, 더 깊숙이에는 지구화로 일컬어지는 큰 방향의 변화에 따라 민족의 경계를 뛰어넘는 활동들이 과거에 비해서 현저하게 증가한 현상이 자리잡고 있다. 과거에도 번역에 대한 요구가 없었던 것이 아니고 언제 어디서나 번역은 필수적인 요소였다는 것이 두 학자의 주장이긴 하나, 지구화가 가속화되면서 번역에 대한 요구가 더욱 강해진 것이 사실이다. 아울러 지구화라는 이 대세가 거꾸로 번역을 철폐하고 하나의 보편언어를 확립하고자 하는 움직임을 낳기도 하는 것에도 주목해야 한다. 이것은 번역이 지구화가 동반하고 있는 민족 경계의 해체와 이산과 이민, 단일시장의 형성과 인터넷으로 표상되는 매체의 통일성 따위의 현상들과 긴밀히 관련을 맺으면서 우리 시대의 현안이 되고 있다는 의미이기도 하다. 이와 같은 상황은 우리 사회의 방향을 둘러싼 논의 속에 번역이 중요한 요소로 떠올랐다는 말인데, 이 글은 이런 문제의식 아래 번역이 정치와 맺는 관계를 고찰하면서 현 상황에서 번역문제에 대한 올바른 인식이 무엇인지 생각해보고 영어의 지배를 당연시하는 언어제국주의의 대세 속에서 번역이 차지하는 사회적 의미를 짚어보게 될 것이다.

2. 번역의 정치성과 탈식민의 과제

번역이 두 언어 사이의 소통과 교환을 의미한다고 할 때, 그것은 단순히 기계적인 옮김의 차원에만 한정되지 않는다. 무엇보다도 언어 사용 자체가 본원적으로 투명하고 중립적인 것이 아니라 계급적이고 사회적인 권력관계와 얽혀 있다는 것은 어느정도 일반화된 인식이다. 한 언어 내에서도 표준어와 사투리, 상류층 언어와 하층민 언어, 교양층 언어와 비교양층 언어의 구별에서 보이는 것처럼 언어문제는 정치적인 힘의 관계와 따로 떨어져 존재하지는 않는다. 한 언어 내의 구별과는 별도로, 두 상이한 언어 간의 교환과정에서도 위계관계가 있으며 이것이 한 언어 내의 구별과 결합하여 더욱 복합적인 양상을 띠기도 한다. 번역이라는 현상이 정치성을 띨 수밖에 없는 것은, 민족어 사이의 힘 관계가 번역행위 속에 어떤 식으로든 개입되기 때문이다.

데리다가 해체전략에 기반하여 '식민적 폭력'에 대한 번역의 훼방을 언명하고 있는 것도 번역에 개입되어 있는 힘의 관계를 염두에 둔 것이지만, 일차적으로 번역의 정치성은 저항의 모습으로서보다는 지배의 방식으로 나타나기 쉽다. 힘을 가진 언어와 힘이 없는 언어의 만남에서 서로의 관계는 전자의 지배적 문화가 후자 속으로 전이되고 이를 통해 전자의 지배를 이룩하는 형식으로 이루어진다고 할 수 있다. 가령 일제 강점기에 일본어와 조선어의 만남에서 일본어의 우위가 확보되자 자연히 조선어는 후진적이고 비문명적인 열악한 언어로 화하였다. 선진 문물을 받아들임에 있어 일본어로부터의 번역은 당연시되었고, 일본어 텍스트는 많은 조선 지식인들에게 원전이자 문명의 전달자였다. 그리고 이처럼 지배민족의 언어가 피지배민족의 언어에 계몽의 형식으로 가하는 폭력은 비단 일본과 한국의 관계에서만 보이는 것은 아니었다. 번역의 필요성이 강화된 때는 서구 제국주의가 식민지를 개척하려던 때와 시기적으로 일치한다는 사실을 돌이켜볼 필요가 있다. 그런 점에서 번역이 "피식민지인들의 조건을 규정하는 불평등 권력관계를 위한 압도적인 은유"[5]라고 한 탈식민주의적 번역이론가 니란자나(Niranjana)의 발언은 과장만은 아니다.

번역학자 더글러스 로빈슨(Douglas Robinson)은 식민주의와 번역의 문제를 다룬 저서 『번역과 제국』(*Translation and Empire*)에서 번역에서의 불평등 문제를 몇가지로 정리하고 있다. 그에 따르면, ① 피지배문화가 지배문화를 더 많이 번역한다. ② 지배문화가 피지배문화를 번역할 때에는 소수 지식인을 대상으로 그것을 신비화하는 방식으로, 피지배문화가 지배문화를 번역할 때는 대중에게 필요한 방식으로 한다. ③ 지배문화는 지배문화의 선입관에 맞는 피지배문화의 작가를 번역한다. ④ 피지배문화의 작가가 더 많은 청중을 꿈꿀 때는 지배문화에서 요구하는 형태로 쓰려는 경향이 있다.[6] 이 네가지는 어느정도 도식화된 정의이기 때문에 모든 경우에 다 적용될 수 있는 것은 아닐 것이다. 그러나 번역이 서구의 제국주의 침탈과 함께 이루어졌고 그 이후에 뿌리 깊이 존재한 식민문화의 잔재들을 생각하면 우리에게도 시사하는 바가 크다. 물론 번역의 이같은 불평등 현상은 반드시 부정적인 관점에서만 볼 일은 아니다. 번역에서의 불평등이라는 조건은 어떤 점에서는 정치에서의 불평등 문제에 개입하고 이것을 극복하는 계기가 될 수도 있기 때문이다. 번역의 정치성은 이처럼 이중적인 방향을 취하고 있는 셈인데, 이 일반적인 정의를 하나씩 점검해보는 것은 논의를 진전시키는 한 방법이 될 듯하다.

첫째, 피지배문화가 지배문화를 번역하는 양이 역방향보다 많다는 사

5 Susan Bassnett & Harish Trivedi eds., *Postcolonial Translation: Theory and Practice*(London and New York: Routledge 1999) 12면.
6 Douglas Robinson, *Translation and Empire: Postcolonial Theories Explained*(Manchester: St. Jerome Publishing 1997) 32면.

실은 쉽게 이해될 수 있다. 가령 서구의 경우 번역에 대한 의존이 상대적으로 적고 특히 미국 경우는 번역된 책의 비율이 전체의 3.5%에 불과하다는 통계가 나와 있다.[7] 그에 비해 식민지나 식민지 경험을 가진 제3세계 국가들에서는 지배문화를 받아들이고 거기에 동화됨으로써 식민본국의 헤게모니가 수립되도록 하는 데 번역이 큰 기능을 해온 것이 사실이다. 그렇지만 한편으로는 한 문화가 새로운 단계로 진입하거나 스스로를 혁신할 때 번역이 중요한 계기로 작용할 수 있다. 가령 19세기 독일의 경우 새로운 프러시아 민족주의 운동의 핵심에는 번역이 있었다. 슐라이어마허(F. Schleiermacher)가 그 중심인물로서 그는 서구문화의 번역을 통해서 기성의 봉건 지배문화와 중하층민들의 문화적 취향을 동시에 넘어서는 새 문화운동의 단초를 세울 수 있었다.[8] 일본의 경우도 메이지유신을 통한 근대일본의 형성에 번역이 중심적인 역할을 했다는 점은 널리 알려져 있다.[9] 우리의 경우에도 비록 독일이나 일본에서와 같은 대규모의 번역운동은 찾기 어렵지만, 해방 이후 1960, 70년대에 여러 출판사에서 세계문학전집 출간 붐이 일어난 현상이나 80년대 민주민중운동이 주류를 이루던 시기에 진보사상을 담은 인문사회과학 서적들이 봇물처럼 번역된 현상은 번역을 통해서 새로운 의식과 사상을 흡수하고 그것을 사회변혁의 동력으로 전환시키고자 한 역동적인 문화운동의 일환이었다.

둘째, 지배문화는 피지배문화를 대상으로 번역을 하나의 계몽수단으로 사용할 수 있으며 이것이 헤게모니 수립의 한 방편임은 앞에서도 말했거니와, 거꾸로 피지배문화를 지배문화에 소개할 때는 신비화하는 방식

---

7 Susan Bassnett, *Comparative Literature: A Critical Introduction*(Oxford: Blackwell 1993) 142면.

8 Lawrence Venuti, *The Translator's Invisibility: A History of Translation*(London and New York: Routledge 1995) 116면.

9 이와 관련해서는 마루야마 마사오·카또오 슈우이찌 『번역과 일본의 근대』 (임성모 옮김, 이산 2000) 참조.

으로 이루어지는 것은, 번역에서의 오리엔탈리즘을 말해준다고 할 수 있다. 지배문화의 번역에 제국주의적 기획이 깔려 있고 작용하고 있음은 분명한 사실이다. 실제로 영국이 인도를 지배할 때 영국문학 고전의 우월성에 대한 신화를 전파함으로써 이룩한 이데올로기적 지배 사례도 있거니와, 계몽이라는 미명하에 서구의 가치관이 제3세계 식민지들에 유입되어 식민지의 전통문화를 파괴한 과정은 그야말로 식민화라는 이름에 들어맞는 것이기도 했다. 그러나 앞에서와 마찬가지로 이와 같은 계몽은 서구화의 진전이면서 동시에 근대적 의식의 깨어남과 대중의식 혹은 시민의식의 성장과도 관련이 있는 양날의 칼이어서, 번역이 가진 야누스의 얼굴은 여기서도 드러난다. 로빈슨의 관찰에서 주목할 것은 피지배문화의 번역으로, 여기에는 번역에서의 오리엔탈리즘이 제국 본국에 일반화되어 있다는 관찰이 있다. 번역은 타자와의 소통인바, 지배문화에서 타자가 소외되고 타자화되는 과정은 민족 간의 소통관계에서 번역의 왜곡을 초래하게 된다. 미국에서 번역의 오리엔탈리즘이 드러나는 양상을 번역자가 번역에서 보이지 않는 현상과 관련지어 날카롭게 비판한 번역학자 로런스 베누티(Lawrence Venuti)는, 미국에서 번역자의 불가시성은 타자의 차이를 내국화(內國化)하여 동화시킴으로써 타자를 배제하고 나르시시스트적인 자기확인으로 귀결되는 미국 지배문화의 병폐임을 말하고 있다.[10] 그가 말하는 '낯설게 하는 번역'은 타자를 신비화하는 오리엔탈리즘으로 빠지지 않고 타자의 타자성에 대한 인식과 수용으로 나아갈 때라야 번역의 이념이 제대로 구현된다는 것이다.

마지막으로, 로빈슨이 말한 번역의 불평등에 대한 정의 ③과 ④는 번역이라는 상호소통의 과정이 힘의 관계 속에서 어떻게 실제로 왜곡되는가를 말해주는 것이라고 할 수 있다. 이 두 정의는 소위 정형(stereotype)

---

10 Lawrence Venuti, 앞의 책 16~20면.

에 대한 관찰로, 지배문화 측에서 타자를 정형화하는 기제가 작용하는 한편으로, 피지배문화 측에서 이 정형에 스스로를 맞춰나가는 의식의 왜곡과 주체의 망실이 번역현상에서 나타나고 있음을 말하고 있다. 번역의 정치성은 무엇을 번역대상으로 선택하는가와도 관련이 있는데 특히 지배문화에서는 피지배문화에 대한 상투화된 관념에 부합하는 작가나 사상가를 선별적으로 번역 소개하여 부각하거나, 아니면 번역을 통해서 그 작가나 사상가의 상(像)을 지배문화적인 기준에서 세워나간다. 가령 미국이 프로이트를 번역하는 방식을 보면 프로이트에 내포되어 있는 문명비판과 사회계급에 대한 문제의식을 사상하고 미국의 정신분석 경향에 부합하는 방향으로 번역해냈다는 베누티의 지적은 그 한 예가 될 것이다.[11] 더욱 흥미로운 관찰은 피지배문화에 속한 작가가 스스로를 정형화하는 심리적 기제와 전략이다. 이는 파농(F. Fanon)이 프랑스어를 통해서 프랑스인의 의식을 자기화하려 한 마르띠니끄 사람들의 심리현상을 지적한 것과 상통하는 것으로, 식민의식의 내면화라고 할 수 있다. 실상 이같은 지배문화의 정형을 따르고자 하는 욕망은 우리 현실에서도 흔히 드러나는데, 연전에 한 중견작가는 앞으로 영어로 번역되는 것을 염두에 두고 작품을 써야 한다고 주장하기도 했다. 세계인으로서의 의식을 가지고 창작에 임하는 것 자체를 탓할 수는 없지만, 여기에는 민족어로 행하는 창작활동의 의미에 대한 왜곡과 코스모폴리탄을 가장한 지배문화 지향의 속물의식이 엿보인다. 이것은 역설적이게도 언어와 문화 그리고 번역이 철저하게 권력과 정치의 문제이기도 함을 환기한다.

로빈슨의 정리를 고찰해보면서 결국 번역이라는 자리가 가지고 있는 이중적인 정치적 함의에 어떻게 대응해가느냐란 물음은 번역을 정치와 관련시켜 바라보는 입장에서 중요하다는 것을 알게 된다. 단적으로 번역

---

11 같은 책 26~27면.

은 식민본국에서는 지배와 설득의 도구로서 필수적이고, 반면 피식민지에서는 근대성의 달성을 통한 탈식민의 과제를 위해서 긴요한 것이 된다. 넓은 의미에서 우리의 근대성 자체가 서구의 거대한 번역이라는 측면이 있다면, 번역을 통해 새로운 가치를 창출하는 것이야말로 번역의 창조성을 살려내는 길이라고 할 수 있다. 지배와 항거라는 이 상충하는 힘들의 쟁투가 벌어지는 장소가 다름 아닌 번역이라면, 번역은 아직도 존재하고 있고 재생산되고 있는 제국의 유산들에 대해 점검하고, 번역된 근대를 넘어 우리 나름의 새로운 사회를 구성하는 계기로 작용해야 한다는 이중적 과제를 안고 있다.

3. 영어, 민족어, 그리고 번역

번역이 바벨 이후 인류의 운명이 된 이래 하나의 보편언어에 대한 인간의 지향은 끊임없이 이어져왔다. 만약 전 인류가 공동으로 사용하는 보편언어가 존재한다면 번역은 더이상 우리에게 저주도 축복도 아닐 것이다. 보편언어에 대한 모색은 에스페란토 운동에서 실천적인 형태를 취하기도 하였다. 타락하고 파편화되기 이전의 완전하고 순수한 원초적인 언어에 대한 꿈은 민족들 사이의, 그리고 인간과 사물들 사이의 궁극적 소통을 향한 좀더 깊은 욕망에 닿아 있다고 해야 할 것이다. 이 '진실한 하나의 언어'를 향한 지향을 발터 벤야민(Walter Benjamin)의 경우는 번역에서 찾았는데, 그에 따르면 번역은 "두 죽은 언어 사이의 메마른 균등화"가 아니라 언어들 사이의 화해와 보충과 조화를 통해 '진실한 하나의 언어'로 통합해가려는 시도이다.[12]

---

12 Walter Benjamin, "The Task of the Translator," Lawrence Venuti ed., *The Transltation*

그렇다면 번역의 요구가 기하급수적으로 높아진 지구화시대에 언어의 상황은 어떠한가? 번역을 통한 상호소통의 빈도가 잦아졌지만 '진실한 하나의 언어'를 이룩해나가는 활동이 활발하다고는 할 수 없으며, 세계인이 함께 소통할 수 있는 보편언어가 영어라는 형태로 떠오르고 있는 것이 작금의 상황이다. 실로 영어는 단순히 주요 국제어 중 하나라는 지위를 넘어서 전 세계인이 필수적으로 익히고 사용하는 유일한 보편어의 모습을 띠게 되었다. 수많은 민족어들이 존재하고 실제로 각 민족은 그것을 사용함으로써 삶을 영위하고 있는 것이 현실이나, 영어는 지구화시대의 필수어로 자리매김되어 모든 사람은 그것을 익히고 사용하도록 강요받고 있다. 그렇다면 영어는 바벨 이후 언어의 파편화를 극복하고 통합해낼 보편언어의 이념을 구현하거나 아니면 앞으로 그러한 유토피아적인 소통을 이룩해낼 도구가 될 수 있는가?

언어는 그 자체가 각 민족의 문화를 이룩해가는 근본이며 영어도 예외는 아니다. 영어가 그 사용권에서 언어의 창조적 가능성을 구현하고 그것을 모국어로 사용하는 사람들에게 삶의 내용을 채우는 매개가 되고 있는 것은 물론이다. 그러나 그것이 현재처럼 국제적인 소통어의 기능을 하고 있을 때는 이야기가 달라진다. 영어를 통한 국제적인 의사소통에서 영어가 모국어 사용자들 사이에서 하고 있는 역할, 즉 사용자의 삶의 실감과 밀착되고 자신의 존재감을 확인해주는 언어 본연의 역할은 거의 살아 있지 못하다. 영어는 상업적 목적이든 학문적 목적이든 외교적 목적이든 서로 다른 모국어를 가지고 있는 사람들 사이의 소통을 위한 기능어로 쓰일 뿐이고, 여기에 이를테면 셰익스피어의 언어가 가지고 있는 창조적 활력은 담겨 있지 않다. 국제어로서의 영어는 언어의 전모를 담아내기보다 기능화된 언어에 머문다는 점에서 '진실한 하나의 언어'와는 거리가 멀고,

---

Studies Reader(London and New York: Routledge 2000) 17~20면.

오히려 그 본령에서 벗어나 훼손되어 있는 언어이다.

　더구나 영어의 문제 가운데 하나는 바로 영어가 지구화시대에 권력의 언어와 동격이라는 사실이다. 현재의 국제적 용도에서 영어는 단순히 도구적이고 기능적인 언어의 성격을 가지고 있음에도 불구하고 다른 언어에 비해서 우월한 지위를 획득하고 있고 영어 구사자는 그 자체로 우월한 자질의 소유자로 대접받는다. 이것은 세계적인 현상이지만 광풍이라고 할 만큼 영어에 대한 편식과 지배가 강화되고 있는 한국과 같은 영어 종속적 국가에서는 더욱 악화된 형태로 나타난다. 벤야민이 말한 번역을 통한 언어의 보충과 순수언어로의 지향이라는 이념은 특히 영어로 번역될 때는 모순을 일으킨다. 그것은 영어 번역에 남다른 권력적 요소가 덧씌워지기 때문인데, 실제로 각 민족어, 이를테면 한국어로 씌어진 작품이나 학문적 업적은 영어로 번역되거나 다시 씌어질 때 비로소 국제사회에서 인정되고 가치가 부여된다. 이것은 벤야민이 말한 보충과 조화의 영역 너머에 정치와 권력의 차원이 번역에 존재하고 있음을 상기시킨다.

　19세기에 오마르 카이얌의 『루바이야트』가 피츠제럴드(E. Fitzgerald)에 의해 영어로 번역되었을 때, 그 번역을 통해서 비로소 서구세계에 이 시가 알려졌을 뿐만 아니라 제대로 예술성을 인정받게 되었다는 평가가 많다.[13] 여기에는 유럽문화의 우월성, 특히 페르시아어에 비해 영어가 우월하다는 서구 중심적 관념이 깔려 있는 것은 물론이지만, 문학작품의 번역에서 영어의 창조적 가능성을 입증했다는 점에서 언어 사이의 조화와 보충을 보여준 사례도 될 것이다. 그러나 영역본 『루바이야트』에는 영어로의 변환과정에서 일정한 변형이나 내국화가 이루어질 수밖에 없었으니, 페르시아 문학을 영어로 접하던 인도에서 페르시아어 원서를 직접 번역하는 행위가 영국의 개입과 지배문화에 대한 단호한 저항으로 여겨진

---

13 Susan Bassnett, 앞의 책 6면.

적도 있었다.[14]

　그러나 현금의 영어지배의 현실은 언어의 이러한 가능성을 살리는 것이 아니라 오히려 단절시키고 봉쇄한다는 점에서 영어의 타락이자 언어의 타락이다. 기계적인 소통의 도구로 전락한 언어에는 한 민족의 언어가 담고 있는 품격, 삶과의 연관성에서 나오는 실감과 깊이가 상실되어 있다. 민족의 경계를 지우는 지구화의 방향은 민족 간의 만남을 통한 창조성의 고양이 아니라 각 민족어에 담긴 문화와 전통을 폭력적으로 해체하고 획일화·기계화로 몰아간다는 점에서 오히려 지구적 문화 위기를 야기하고 있는 것이다. 스타이너의 다음 구절은 1970대 중반에 나온 목소리지만 지구화가 각 민족어에 가하는 부작용과 지배적 언어로 통합되어가는 언어 소통의 방향에 대한 경고가 실려 있다.

　한 언어가 죽으면 가능한 세계도 그와 함께 죽는다. (…) 비록 한줌의, 파괴된 공동체의 내몰린 잔존자들에 의해 사용되는 경우일지라도 한 언어는 현실에 대한 발견과 재창조와 나름의 꿈의 한없는 가능성을 그 속에 간직하고 있다. 우리에게 신화로, 시로, 형이상학적 추정으로, 법의 담론으로 알려져 있는 것이 바로 그것들이다. (…) 그러나 우리의 지구를 가로질러 언어들이 가속적으로 사라지고 있으며, 소위 주요 언어들이 대중적 시장화와 기술공학과 매체가 전지구적으로 퍼지는 가운데 역동적인 효율성을 얻게 되면서 다른 언어들을 지우고 지배적이 되고 있다.[15]

　21세기에 들어와 소수 언어들은 지구상에서 더욱더 위기에 처하고 주요 언어들 가운데서도 영어의 지배성은 더욱 높아지고 있다. 또한 없어진

---

14 같은 책 7~13면.
15 George Steiner, 앞의 책 xiv면.

공동체의 언어뿐 아니라 한국어와 같이 세계 속에 확고히 자리잡고 수천만의 사용자를 가진 언어조차 영어의 위협에 노출되어 있는 상황이 전개된다. 한국사회에 불어닥친 영어 열풍과 아울러 영어를 공용어로 사용하자는 일각의 주장은 이러한 지구화의 언어통합 현상에 영합하고 부응하는 목소리로서, 이는 스타이너의 경고와 마찬가지로 민족어를 토대로 형성된 민족문화의 망실을 초래해 우리 삶의 영역을 본질적으로 위협할 수 있음을 말해준다.

그럼에도 불구하고, 혹은 그렇기 때문에 지구화의 이런 상황에 대처하려는 모색들과 지향들이 일어나게 되는바, 각각의 민족어를 보존하고 거기서 발원된 문화를 살아 있는 것으로 만드는 기획도 그중의 하나이다. 그러할 때 민족문화의 창조적 성취를 다른 민족과 서로 교환하고 그 가능성의 공간을 키워나가는 작업이 더욱 필요해질 수밖에 없다. 번역이 지구화 시대에 중요한 저항과 보존의 공간이 될 수 있는 것은 이 때문이다. 영어의 지배와 언어통합의 요구가 번역의 필요성과 배치되는 그런 모순에서 우리는 번역이 하나의 대안이 될 수 있음을 발견하게 된다. 번역은 지구화로 인하여 민족어가 당하는 위협에 맞서면서 민족어 사이의 교환과 새로운 해석을 통해 인류 문화를 풍성하게 해나갈 가능성으로 등장한다.

우리나라에서 영어 구사력이 개인이나 국가의 경쟁력 지표로 상정되면서 영어실력이 다른 가치들과 자질들을 압도하는 형국으로 되어가고 있는 것이 현실이다. 영어가 사회적 문제로 부각되고 민족 정체성의 위기까지 거론되는 가운데 수년 전 영어 공용어론이 지식인들 사이에 논쟁거리가 되었다. 그러나 영어 공용어화에 드는 돈의 4분의 1만 영어 교육과 기계번역 씨스템에 투자하면 국가와 사회의 경쟁력을 기르는 데 훨씬 더 효율적이라고 한 영어학자의 진단도 있거니와[16] 번역에 대한 올바른 이해와

---

16 채희락 「영어 공용화/모국어화의 환상과 그 대안」, 『실천문학』 2000년 가을호 177면.

대응은 국가경쟁력을 기르는 방편으로서만이 아니라 지구화시대에 삶의 질을 보전하고 확장하는 중요한 계기가 되고 있다. 지구화의 대세 앞에서 보편어로 위장한 도구화된 영어에 의해 획일화되느냐, 각 민족의 언어적 창조성을 서로 교환하고 진작하는 번역을 지향하느냐의 물음 앞에 우리는 서 있다.

4. 맺으며: 쌍방향 번역의 필요성

번역이 근대사회에서 중요한 의제임은 분명하며, 특히 지구화시대에는 더욱 그러함을 필자는 말해왔다. 번역은 두 언어 사이의 옮김이고 더 크게는 문화 사이의 옮김이지만, 여기에는 힘의 관계가 작용한다. 그 결과 로빈슨의 지적처럼, 그리고 현실이 그러한 것처럼, 번역의 방향은 피지배문화가 지배문화를 받아들이고 거기에 적응하는 쪽으로 편중되어 있다. 한국이든 일본이든 시기상의 차이가 있지만 번역은 서구적 근대성을 새롭게 형성하는 일에 핵심적인 역할을 해왔고, 번역을 통한 서구의 흡수와 수용 양상은 지금까지도 되풀이되고 있다. 우리에게 번역이란 일차적으로 서구로 대변되는 외국어를 우리말로 옮기는 것, 혹은 서구의 제도와 습속을 우리 사회로 옮기는 것과 다를 바 없었다.

이같은 상황에서 불가피한 측면도 있지만, 일종의 번역 역조현상이 심화되는 것은 문화들 사이의 교류와 소통, 그것을 통한 세계문화 형성이라는 이념에 비추어 결코 바람직하지 않다. 우리 사회의 경우 외국 작품이나 사상들을 번역하고 활용하고 추종하는 것이 학문에서건 출판에서건 자연스럽게 받아들여져온 반면, 우리의 창조적 성취물을 해외로 번역하고 소개하는 일에 대해서는 관심이 태부족하였다. 물론 문화의 흐름은 억지로 거스를 수 없지만, 한 민족어가 도달한 창조적 성취가 다른 언어로 번역되고 향유되는 과정이 없다면, 세계문화의 형성도 어렵거나 왜곡될 수밖에 없다. 미국화된 대중문화가 세계문화의 외양을 하고 전파되고 있는 현실에 대응하는 일도 그렇지만, 번역을 통해 민족어의 보존과 성취를 공유하는 일에 동참하는 것은 지구화시대일수록 실천적 의미를 가지게 된다.

서구의 번역을 통해 근대체제를 형성해간 일본의 경우만 하더라도 패전 이후 자국의 문화적 유산과 성과를 해외로 번역하는 일에 많은 사회적 역량을 투입하였고, 그 결과 일본에서 쌍방향의 번역활동은 우리와 비교가 되지 않을 정도로 활발하다. 한국도 1990년대 들어서 쌍방향 번역의 문제에 관심을 가지게 되었고 2001년 한국문학번역원의 설립으로 뒤늦게나마 그것이 국가사업의 일환이 되었다. 좁은 의미의 국익이나 국가경쟁력 차원에서만이 아니라, 지구화시대를 올바로 형성하는 과업에 일정한 몫을 하기 위해서라도 우리 문학과 문화를 해외로 번역하는 일에 사회적 관심이 모아져야 할 것이다.

인문정신과 번역

◆

조지 스타이너를 위하여

1

번역과 번역비평이 인문학의 중요한 분야로 떠오르고 있는 이 시기에 조지 스타이너(George Steiner)의 번역론을 검토해보는 것은 남다른 의미가 있다. 스타이너가 번역에 대한 철학적인 고찰로서 『바벨 이후: 언어와 번역의 양상들』(*After Babel : Aspects of Language and Translation*)을 단행본으로 냈던 1975년은, 번역이론 분야에서 새로운 논의들이 속속 나오던 기념할 만한 해였다. 그해에 현대 번역이론의 기수라고 할 유진 나이더 (Eugene Nida)의 『언어구조와 번역』(*Language Structure and Translation*) 이 나왔고, 문학번역 이론을 한 단계 진척시킨 앙드레 르페베르(André Lefevere)의 『시를 번역하기: 일곱개의 전략과 하나의 청사진』(*Translating Poetry : Seven Strategies and a Blueprint*)과 안톤 포포비치(Anton Popovič) 의 『예술번역의 이론: 텍스트와 문학적 메타소통의 양상』(*The Theory of Artistic Translation : Aspects of the Text and of Literary Metacommunication*) 이 나왔다. 이 시기에 역작들이 잇달아 나옴으로써 차후 번역이론 분야는 더욱 논리적이고 체계적인 학문범주로 자리잡게 된다. 그런데 역설적이 게도 번역에 대한 활발한 이론적 논의의 시작은 동시에 인문주의의 입장 에서 이루어진 기존 번역관에 대한 비판을 담고 있었고, 크게는 현대비평 의 큰 흐름인 구조주의와 탈구조주의를 비롯한 반휴머니즘적인 이론화 흐름에 힘입고 있었다. 스타이너의 작업이 가지는 특별한 의미는 이러한 번역이론의 경향을 추종하지 않고 오히려 전통적이고 인문주의적인 사고 로 번역의 현대적인 의미를 탐구했다는 점이다. 스타이너가 번역이론가 로 분류되기 어려운 이런 사정은 오히려 그가 번역이론에서 인문주의의 현재성을 따져보기에 적합한 인물이었다는 반증이 될 수 있다.[1]

『바벨 이후』를 내놓기 전에 스타이너는 평론활동을 통해서 문명의 핵 심부라는 유럽의 야만적인 폭력으로 '중심적인 유럽 휴머니즘'(central European humanism)의 정신이 유린된 시기, 즉 인문적 기대의 위기가 초 래된 시기에 인문주의의 가능성이 남아 있는가를 고통스럽게 탐구해왔 다. 전통적인 인문주의의 사회이념이라고 할 교양(culture)을 통한 삶의 질의 고취라는 전망이 전체주의의 발흥을 막는 방벽이 되지 못했다는 분 노와 자괴감을 느끼는 가운데서도, 또 대중사회의 범속성이 더욱 증가한 문화의 위기 가운데서도, 비평의 존재의미에 대한 물음을 멈추지 않고 언 어의 창조적인 가능성을 탐구했던 사람이 스타이너였다. 콜리지(Samuel T. Coleridge)에서부터 아널드(Matthew Arnold)에 이르는 19세기 인문주 의의 전통에 서서 문학과 비평의 회복을 말하던 그가 번역이라는 주제에

---

1 스타이너의 비평은 『바벨 이후』 이전부터 인문주의적인 전통에 깊이 의존하여왔다. 그 는 초기작 『똘스또이냐 도스또옙스끼냐』(*Tolstoy or Dostoevsky*, 1960)에서 자신의 비평 을 구비평(old criticism)이라고 칭하는데, 이는 당시 미국에서 지배적인 경향이었던 신 비평(New Criticism)에 대한 그의 비판의식을 보여준다. 신비평은 작품을 시대상황이 나 삶과는 별개로 과학적인 분석대상으로 보아야 한다는 관점을 가지고 있어서 당시로 서는 전통적인 인문주의를 부정하는 과학주의적 비평으로 꼽혔다. 졸역 『톨스토이나 도스토예프스키냐』(서울: 종로서적 1983) 5~7면 참조.

대해서 한권의 책을 쓰게 된 것은 무엇 때문인가? 번역이란 것이 인문주의 정신과 도대체 어떤 관련이 있기에 이 저서가 나온 것인가? 번역에서 인문정신의 위기를 극복해나갈 어떤 실마리가 있다는 것인가? 인문정신과 번역의 문제를 생각해보고자 하는 필자의 뇌리에는 이같은 질문들이 떠오른다.

1967년에 출판된 스타이너의 첫 평론서 『언어와 침묵』(*Language and Silence*)을 지배하는 문제의식은 문학과 예술, 더 나아가 서구문명 전체가 아우슈비츠의 참상을 막지 못했다는 것, 셰익스피어를 읽고 슈베르트를 즐길 줄 아는 교양있는 인간이 다음날 야만적인 고문과 학살에 참여했다는 사실에 대한 참혹한 인식에서 시작된다. 이런 문제의식은 어떻게 언어가 훼손되고 훼절되는가, 그리고 언어의 건강성을 확보하는 것이 어떻게 이 암담한 시대에 중요한 싸움이 되는가라는 물음으로 이어진다. 스타이너가 다른 무엇보다도 언어의 문제를 천착한 것은, 전체주의하에서 언어가 껍데기만 남고 공허해진 것과 아울러 기술공학과 과학주의가 부각되고 새로운 대중매체들이 대두함으로써, 언어의 문제를 제대로 이해하는 것이 문화의 위기를 돌파하는 길이라고 여긴 때문이다. 그리하여 그는 '언어의 철학'(a philosophy of language)의 수립을 첫 평론서의 목표로 내세웠는데, 그에 의하면 언어는 "그 속에 인간의 정체성과 역사적 현존이 특이하게 현시"(in it his identity and historical presence are uniquely explicit)되어 있고, "결정론적인 신호코드들로부터 인간을 분리하는 것"(that severs man from the deterministic signal codes)이기 때문이다.[2]

---

2 George Steiner, *Language and Silence*(Harmondsworth: Penguin 1979) 16~17면. 이 발언은 언어의 속성이 창조적이라는 인문적인 의식을 반영한 것인데, 언어가 인간을 '결정론적인 신호코드'와 갈라지게 한다는 언명에서 보이듯이 당시에 대두된 구조주의 언어관에 대한 간접적인 반대를 함축하고 있는 것처럼 보인다. 구조주의는 언어를 기호의 작용으로 이해하고, 의미를 그 연구방법에서 배제하고 있기에 언어구조가 인간을 규정한다, 혹은 사물을 규정한다는 결정론을 전제하고 있다고 할 수 있다.

흥미롭게도 그는 당시의 학계에서 일반화된 순문학적인 문학 접근을 비판하고 실제 삶에서 문학이 가지는 전복적 의미를 되살려야 한다고 말하면서, 이같은 문제의식을 가진 네명의 비평가들을 호명하고 있다. 즉 루카치(G. Lukács), 벤야민(Walter Benjamin), 윌슨(Edmund Wilson), 그리고 리비스(F. R. Leavis)가 그들이다. 이 가운데 앞의 세 사람이 크게 보아 맑스주의적인 입장에 서 있고 실천적인 문학관과 바로 연결된다면, 리비스는 20세기에 인문적인 사유와 비평을 펼친 대표적인 인물이다. 실제로 스타이너는 비평의 책무나 언어의 창조성에 대한 믿음에서 리비스와 인식을 공유하는 면이 있다. 위기의 시기에 스타이너는 비평의 역할을 말하면서, 비평이란 무엇을 어떻게 읽을 것인가를 말하고, 서로를 연결시켜주고, 당대의 문학에 대해서 평가를 내림으로써 핵심적인 기능을 한다고 주장했는데,[3] 여기에는 문학비평이 삶에 대한 가장 섬세한 인식으로서 가치평가를 내릴 때 의미있다는 리비스의 관점이 반영되어 있다.[4]

언어의 본원적인 창조성을 드러내고 그것에 대한 억압이나 훼손에 맞서서 싸우는 활동이 비평이라면, 그것이 번역과 가지는 관련은 어디서 찾을 수 있는가? 스타이너가 리비스적인 언어의 창조성에 토대를 두고 제시한 비평의 기능 가운데 두번째로 거론한 '연결짓기'(connecting)가 특히 주목된다. 비평가는 매개자로 활동하면서 "언어들 사이의 접촉선을 열어두려고 노력"(try to keep open the lines of contact between languages)한다고 한다. 언어들 사이의 접촉은 당연히 번역을 상정하는 것이며, "시가

---

3 같은 책 24~27면.
4 그렇다고 나머지 세 비평가가 인문정신과 어긋난 비평적 입지에 있었다는 말은 아니다. 루카치만 하더라도 현실변혁의 이론을 문학작품의 창조성에 대한 이해와 결합하려한 비평가로 특출하거니와 고전과 작품성에 대한 그의 관심과 중시는 일관되다고 할수 있고, 윌슨이나 벤야민의 경우도 마찬가지다. 다만 명백히 인문주의적인, 말하자면 '구비평적' 스타이너의 태도가 특히 20세기의 주요 비평가 가운데서 리비스의 노선과 가깝다는 점은 분명하다.

완전한 생명을 획득하려면, 번역하려는 시도는 늘 필요하다"(the attempt to translate is a constant need if the poem is to achieve its full life)는 말도 그는 하고 있다.[5] 결국 스타이너는 번역에 대한 관심이 비평가의 마땅한 책무임을 말하면서, 민족어들 사이의 번역을 통한 교환이 열린 사회를 위해서 반드시 필요하다는 인식을 했는데, 민족 간의 열림에 대한 이같은 전망이 나치즘으로 나타난 자국중심주의에 대한 비판에 기반하고 있는 것은 자연스러워 보인다. 그가 이후 소통의 문제에 더욱 관심을 기울이고, 그 가장 핵심적인 형식으로서 번역을 중점적인 연구의 대상으로 삼게 된 것은 인문정신의 회복을 위한 그의 구상에서 비롯된 것이다.

2

바벨 이후 제기되어온 번역은 인문학의 과제이기도 하고 스타이너의 작업이 그러하듯이 인문학의 위기를 돌파할 계기가 되기도 한다. 그러나 이런 생각은 학계의 현실에서 번역이 처한 형편과는 많이 다르다. 학문활동에서 번역이 마땅히 받아야 할 인정을 받지 못하고 있다는 지적은 수없이 되풀이되고 있는데, 여전히 번역은 논문에 비해서 부차적인 것으로 치부되고 있다. 대학에 따라서 차이가 있기는 하나 번역서의 출간이 논문 한편 혹은 때로는 그 이하의 연구업적으로 취급되고 있는 것이 현실이다. 번역은 많은 노고와 시간이 드는 일이지만, 좀더 본격적이고 창조적인 활동인 논문에 비해 열등하다는, 좀처럼 깨지지 않는 선입관이 여기에 깔려있는 것이다. 인문학의 위기 담론과 함께 근년에 인문학 진흥을 위한 공적 기금이 투입되고 있고, 연구비의 수주 여부에 각 대학은 그야말로 목

---

5 같은 책 27면.

을 매고 있다. 인문학 진흥사업의 공과를 여기서 논할 계제는 아니지만, 그것이 강요하다시피 하는 실적주의의 결과로 불필요한 논문이 양산되고 오히려 인문학의 원뜻을 훼손하고 있다는 비판이 인문학계 내부에서도 나오고 있는 실정이다. 그리고 그같은 부작용의 중요한 한 근거로 지적할 만한 것이 인문학에서 논문 중시와 번역 홀대의 풍토와 잣대이다.

근대의 시발점이 된 르네상스가 번역에 크게 의존했다는 점을 새삼 환기할 필요도 없이, 번역은 스타이너의 말대로 바벨 이후의 세계에서 인류의 운명이 되었다고 해도 과언이 아니다. 그만큼 번역은 문명의 형성과 전개에 불가피하고도 핵심적인 역할을 해왔다. 일차적으로 번역은 한 언어에서 다른 언어로의 전환을 말하는 것이지만, 스타이너의 해석학적 입장에서 번역은 모든 소통행위에 반드시 내재되어 있기 마련인 해석활동이다. 즉 "이해하는 것은 해독하는 것"(to understand is to decipher)이며, "의미를 듣는다는 것은 번역하는 것"(to hear significance is to translate)이다.[6] 이처럼 스타이너는 번역을 인간의 소통양식 전체에서 일어나는 일로 보면서 세계를 창조하는 측면을 강조하고 있기에, 번역활동은 그에게 언어의 창조성을 재현하는 것이 된다.

어떤 점에서 스타이너 식으로 번역을 광범위하게 이해하는 것은 통상적인 의미의 번역개념을 말하는 입장과는 상반된 것처럼 보인다. 두 언어 사이에서 일어나는 통상적인 의미의 번역개념에 비해서, 그가 말하는 번역은 동일한 언어 내부에서도 일어나고 나아가 모든 소통행위에서 일어나는 인식의 근원을 칭하는 것이기 때문이다. 그러나 그의 이같은 번역관을 뒤집어보면 우리가 부차적인 일 혹은 허드렛일로 치부하는 좁은 의미의 번역이라는 것이 다름 아닌 새로운 인식과 창조의 거점이라는 말도 된

---

6 George Steiner, *After Babel: Aspects of Language and Translation*(Oxford: Oxford Univ. Press 1998) xii면.

다. 실제로 번역활동은 두 언어 사이의 교섭을 사고하면서 그 접촉점을 찾아내려는 끊임없는 시도이며, 여기에는 단순한 기계적인 것 이상의 정신활동이 동반된다. 번역을 위해서는 원작에 대한 이해, 원작이 생산된 문화에 대한 이해, 그리고 원작을 구성하는 언어조직에 대한 이해가 선행되어야 하고, 이같은 이해부터가 일정한 비평적 인식을 요구한다. 원작을 번역할 때는 두 언어 혹은 두 문화 사이의 교섭이 이루어지면서 그 둘 사이의 간극을 메워나가려는 활동이 동시에 일어나게 되는데 여기에서도 번역가의 비평적인 활동이 개입하게 된다. 번역은 이런 점에서 중요한 학술활동의 하나이며, 비평이 그 활동 속에 전제된다는 점에서 인문적인 것의 핵심에 닿아 있다.

물론 번역이 우리 사회에서 가지는 큰 비중에도 불구하고 학문연구에 값하는 관심이 여기에 얼마나 주어져왔는지는 또다른 문제이다. 제대로 번역을 하려면 원문 해독력뿐 아니라 관련분야에 대한 지식이 따라야 한다. 그리고 번역활동에는 근원적으로 비평적인 인식이 개입된다는 점에서 한 학자의 학문적 역량이 총체적으로 드러나는 현장이라고 할 수 있다. 두 언어에 대한 지식만이 아니라 비평용어 하나를 번역하는 문제에서도 해당 분야의 여러 측면에 대한 심도 깊은 이해가 동반되어야 하고, 그것을 우리말의 맥락 속에 위치시키는 감각이 필요하다. 번역은 그 자체로서 높은 학문적 가치를 지니기에 마땅히 저서와 맞먹는 업적으로 인정되어야 한다. 번역의 이같은 학문적인 중요성과 현실에서의 홀대 사이에 존재하는 간격이 너무도 크기 때문에, 인문학에 대한 진흥이 이루어지는 와중에서 번역에 대한 관심과 성과는 오히려 떨어지고 있다.

인문학의 위기를 말하는 경우에도 그 위기의 성격을 어떻게 판단하는가에 따라 대응이 달라질 수밖에 없다. 스타이너는 현실과 담을 쌓은 순전히 학술적인 작업들이 당대 비평계와 학계를 지배하고 있다는 문제의식 아래서 학문과 비평이 현실의 참상을 외면하지 않을 때만 인문적인 인식도 의미를 가진다고 보았다. 아무리 문학 내지 인문학 분야의 논문들이 쏟아져나와도 작품 자체보다 작품에 대한 이런저런 언설에 현혹되고, 실제 현실보다 추상적인 담론을 되풀이하는 학계의 관행이 인문학 위기의 본모습일지도 모른다. 아무런 현실성도 없고 새로운 고민도 없는 논문의 양산이야말로 인문학 위기를 오히려 가속화하고 있는 것이다. 학문적 역량을 총체적으로 기울일 때에만 제대로 실현될 수 있는 번역, 우리 사회와 문화에 폭넓게 작용하는 번역이라는 과제야말로 실용적이면서도 실사구시적인 학문의 한 방향이 아니겠는가?

3

스타이너는 번역을 현실의 모든 해석으로까지 확장하였으니 여기에는 기본적으로 번역이 원작을 문자 그대로 되풀이하는 것이 아니라 새로운 창조이기도 하다는 전제가 깔려 있다. 스타이너가 말하는 번역과정의 네 과정 중 마지막 단계인 복원(restitution)도 이 점을 말해주고 있다.[7] 그런데 번역을 창조로 이해하는 관점은 양날의 칼이다. 사실 번역이 언어의 교환이자 모색이라면 여기에 창조의 요소가 불가피하게 들어올 수밖에 없기는 하다. 그러나 한편으로 원작에서 벗어난 자유를 구가할 수는 없기 때문에 원작의 구속성을 느끼는 것은 당연한 일이다. 번역에 자율적인 면이 있다 하더라도 어디까지나 그것은 상대적이다. 그런 점에서 번역에서든 번역비평에서든 중요한 논점이 되고 있는 충실성 문제를 짚어볼 필요가 있다. 번역이 원작에 얼마나 충실한가의 문제는 번역을 평가할 때 가장 일차적인 기준이기 때문이다.

---

7 같은 책 316면.

이 익숙한 문제에 대한 필자의 관점을 한마디로 말하면, 번역에서든 번역비평에서든 번역이 원전에 얼마나 충실한가란 질문은 다른 무엇보다도 핵심적이라는 것이다. 번역을 평가할 때 대개 기준으로 내세워지는 것이 충실성과 가독성 두 범주인데, 이 둘은 경우에 따라 서로 상충하는 경우도 발생한다. 가령 원문에는 충실하게 번역했으나 번역어로 읽기에는 어색하거나 부정확한 경우가 있을 수 있고, 한편으로 번역어로만 읽으면 쉽게 읽혀지지만 원문과 대조해서 확인해보면 명백한 오역이나 정확하지 않은 부분들이 대거 나오는 경우도 있다. 그러나 이런 사례들은 모두 잘못된 번역의 범주에 들어가는 것이고, 좋은 번역은 충실하면서도 가독성을 갖추고 있어서 기본적으로 이 둘이 구별될 필요조차 없이 결합되어 있는 것이다. 부정확하면서 가독성만 높은 번역은 충실하지 못한 번역이다. 그런 점에서 두 범주 중 충실성의 범주를 좀더 넓게 바라보면, 번역이 충실한가의 여부는 번역비평의 근거를 이루는 평가의 알파요 오메가라고 해도 좋다.

충실성이 번역에서 가장 중요하고 평가에서도 그렇다는 입장은 현재의 번역이론 흐름을 거스르는 면이 있다. 충실성에 대한 강조는 원전의 우위를 상정한다는 점에서 위계적이며 번역이 재창조의 산실이라는 사실을 간과한 것이라는 비판이 곧바로 따르게 된다. 실제로 근래 들어와서 오역 여부를 따진다거나 정확성을 거론하는 것은 번역비평이 요구하는 수준에 도달하지 못한 것이라는 지적과 함께, 충실성이라든가 정확성의 기준 자체가 본질적으로 이데올로기적이라는 비판이 자주 제기된다. 이같은 원전중심주의를 해체하는 일은 탈식민주의나 여성해방론적인 논의로까지 이어진다. 원전의 우위를 상정하는 것 자체가 민족어 간의 관계에서 볼 때 억압적인 것이며, 기성질서로서의 남성 중심적인 담론과 결합되어 있다는 것이다. 대체로 해체론과 결합되어 있는 이러한 번역이론 경향은 그 나름으로 전통적인 번역논의가 포괄하지 못한 민족문제나 성별문제가 번역과 관련맺고 있는 양상을 밝혀낸 공이 있다.

그러나 이처럼 문화정치적인 관점을 통해서 번역에 접근하는 것은 번역가가 실제로 처하고 있는 현실, 즉 원전을 가지고 씨름하면서 그것을 정확하게 옮겨내려고 노력하며 나아가 그 의미에 대한 비평적인 해석을 통해 적합한 언어를 찾아나가는 지난한 노동 혹은 학술활동의 현장과는 너무나 거리가 먼 것이다. 번역은 일차적으로 번역가의 작업에서 시작하고 거기에서 벗어나서도 안된다. 스타이너가 번역이론이 본격화되던 시기에 『바벨 이후』를 집필하면서 이론 중심의 접근은 실천성을 약화시킨다고 하면서, 언어의 특수한 활동으로서의 문학이나 번역은 과학과는 달리 직관과 감성의 영역에 있는 만큼 이론으로 포괄되지 않는 '정확한 기술 혹은 예술'(an exact art)이라고 말한 것도 그런 맥락에서이다.[8] 이처럼 충실성을 부차적으로 보거나 적대적으로 보는 번역이론은 번역가의 실천적 작업의 의미를 간과한다는 점에서, 그리고 충실하지 않은 번역이 학문이나 사회 전체에 미치는 악영향에 무감각하다는 점에서 오히려 인문학 위기와 관련되어 있지 않은가 한다.

인문학의 핵심에 언어가 있고 인문정신의 근저에 언어의 창조성에 대한 믿음이 있다는 것은 대개 동의하는 바이다. 충실성의 범주가 언어의 창조성이 최고도로 발휘되어 있다고 여겨지는 문학작품의 번역에서 어떻게 적용되어야 하는가는 반드시 마주해야 할 질문이다. 문학작품은 자유로운 상상력의 발현물이고 언어활용이 일상어와는 달리 창의적으로 이루어지기 때문에, 그런 문학작품의 번역은 가령 학술논문의 번역과는 다른 차원이라는 생각이 있을 수 있다. 번역대상이 과학적 문헌인지 역사적 기록인지 아니면 창조적 작품인지에 따라 실제의 번역작업도 달라지고 평가도 어느정도 달리 이루어지는 것은 당연하다. 따라서 과학문헌이나 역

---

8 같은 책 xv면.

사기록과는 달리 창조적인 문학작품에서는 충실성이나 정확성이 핵심이 아니라는 주장이 있을 수 있고, 실제로 번역평가에서 정확성을 따지는 작업이 문체나 비유나 구문 등의 독특한 활용을 고려하지 않은 일방적인 잣대라는 견해도 나온다.

그러나 창조적 작품일수록 더 충실하게 번역할 필요가 있다는 정반대의 관점에 필자는 동의한다. 창조적 작품이 예술성을 가지는 한 그 원작의 언어활용은 정교하고 신선하고 심도 깊게 이루어졌으리라고 여겨진다. 그러할 때 원작을 대상으로 하는 번역에서 그같은 언어활용의 근간을 흔드는 자유를 발휘하는 것은, 결국 원작의 작품성을 훼손하거나 왜곡할 가능성을 높이게 된다. 나름의 감수성과 비평적 판단에 따라 원래의 언어를 다른 언어로 구현해야 하는 입장에 있는 번역가는 최대한 원작에 충실하고자 하는 노력을 통해서 원작이 지닌 위력을 번역에서도 일정정도 구현해야 한다. 이 충실성이 번역가에게 윤리일 뿐만 아니라 경제이기도 하다는 스타이너의 발언은 이 대목에서 유효하다.[9] 이와 관련하여 스타이너가 충실성을 축자주의(literalism)와 구분하면서 해석학적 운동에서 충실성을 통해 도달하는 '역동적인 균형'(dynamic equilibrium)에 대해 말했지만,[10] 여기서 한걸음 더 나아가 문학작품의 번역에서 축자주의가 필요함을 강력하게 주장한 사람이 놀랍게도 대표적인 해체론적 탈식민주의 이론가인 스피박(G. Spivak)이다. 스스로 인도 작가 마하스웨타 데이비(Mahasweta Devi)의 작품을 영어로 번역한 체험을 통해서, 스피박은 언어의 수사적인 측면이 담고 있는 어떤 침묵들을 되살리기 위해 "번역자는 텍스트에 항복해야 한다"(the translator must surrender to the text)고 주장한다.[11] 이 항복을 통해서 제3세계의 작품 속에 언표되지 않은 목소리들

---

9 같은 책 318면.
10 같은 면.
11 Gayatri Spivak, "The Politics of Translation," Lawrence Venuti ed., *The Translation*

이 되살아나게 된다는 것이다. 이때 이같은 극단적인 충실성으로서의 축자역은 번역이 기성질서에 흡수되지 않고 오히려 그것을 전복하는 힘으로 작용하게 만든다.

당대의 현실 속에서 문학을 고민하고 모색한 비평가로 스타이너가 꼽은 벤야민의 경우에도, 그가 데리다와 같은 해체론자의 번역론에 근거를 주기도 했지만, 충실성과 축자역이 번역의 명백한 요구임을 분명히 하고 있다. 「번역가의 과제」라는 기념비적인 에세이에서 벤야민은 원전과 번역의 관계를 말하면서 번역가의 과제가 모든 흩어진 언어들에 들어 있는 하나의 진정한 언어를 형성하는 것이라고 주장한다. "번역들에서 원전의 삶은 매번 새로운 형태로 가장 최후의, 가장 광범위한 전개를 맞게 되는 것"이라거나, "작품들의 영원한 살아남음과 언어들의 무한정한 부활에 불을 붙이는 번역은 언어들의 저 성스러운 성장에 대한 끊임없는 새로운 시험이다"는 등의 발언[12]을 접하면, 번역이 원전에 대해 하위에 있는 것이 아니라 원전과 대등한, 더 나아가 원전에 비해서 오히려 더 '순수언어'에 가까워지는 또 하나의 창조라는 논리에 힘을 보태는 것처럼 여겨진다. 그렇지만 "외국어 속에 마법으로 묶여 있는 저 순수언어를 자기 언어를 통해 풀어내고, 작품 속에 갇혀 있는 저 순수언어를 작품의 재창조를 통해 해방하는 것, 바로 이것이 번역가의 과제"라는 그의 주장[13]은, 원전과 번역이 내밀하게 연관되어 있는 양상을 철학적으로 혹은 거의 시적으로 표현하고 있는 것이지, 번역가가 원전에서 자유로운 창조적인 번역을 할 수 있다는 말은 아니며, 하물며 원전을 정확히 번역하는 것에 대한 요구가 무의미하다는 말은 더더욱 아니다. 오히려 번역방법에서는 축자역

Studies Reader(London: Routledge 2000) 400면.

12 발터 벤야민 「번역가의 과제」(황현산·김영옥 옮김), 『번역비평』 2007 가을호(창간호) 189~91면.

13 같은 글 196면.

62 제1부 지구화시대의 언어와 번역

과 직역이 명백한 정당성을 가지며, 번역은 "원전의 의미와 닮은 것이 되려고 하는 대신, 원전의 의미하는 방식을 자기 언어 속에서 사랑의 마음으로 그 세부에 이르기까지 닮아야 한다"는 발언[14]에 대해서는, 의역을 배제하고 직역을 통해서, 그 내용이 아닌 방식을 옮기는 것이 올바른 번역이라는 뜻으로 이해하는 것이 옳을 것이다. 이는 의미를 전달하려는 번역이 아니라 언어를 통해 언표되지 않은 침묵으로서의 수사를 살려내기 위해서 축자역을 지향해야 한다는 스피박의 주장과 유사하다는 점에서 매우 흥미롭다.

4

번역의 충실성에 대해서 길게 언급한 것은, 번역이 인문정신을 회복하는 힘이 되려면 실제에서든 이론에서든 이 문제가 핵심이라고 보기 때문이다. 번역에서는 충실성이 기본이 되어야 한다는 상식이 도전받고 있는 시대이지만, 충실한 번역, 정확한 번역, 신뢰할 만한 번역이 장려되고, 좋은 번역을 그렇지 않은 번역과 구별하려는 노력이 중시되는 그런 환경을 조성하는 일이야말로 인문학의 위기를 극복하는 한 방법이 될 것이다. 왜냐하면 스타이너가 지적했듯이 현대의 학문은 너무도 이론화에 몰두한 나머지 현실과의 접점을 잃게 되었고, 가치나 진리의 문제를 해체하려고 한 나머지 무엇을 올바로 보고 판단해야 하는가란 비평적인 안목이 흐려지는 우려할 만한 상황에 있기 때문이다. 이론의 미로 속에 빠져서 현실과의 접점을 잃어버릴 경우 인문정신은 실천성을 읽고 쇠퇴하게 된다. 인문학의 위기를 극복하는 한 방안은 인문학이 우리 현실의 실천적인 문제

---

14 같은 글 195면.

를 고민하는 그런 학문이 되도록, 말하자면 실사구시의 학문이 되도록 하는 데서 시작될 수 있다. 진정한 의미의 실용적인 연구는 사물을 있는 그대로 보려는 비평적 시각을 유지할 때 비로소 이루어질 수 있다. 그리고 번역활동이 일어나는 현장은, 원전을 정확하게 읽어내고 해석하면서 그것을 통해 벤야민이 말한 '진실한 하나의 언어'를 지향하고, 현실에 즉하여 진실을 추구하는 실사구시 정신을 살릴 수 있는 곳이라는 점에서, 인문학의 갱생을 위한 중요한 싸움터라고 할 것이다.

언어·문학·공동체

◆

매체혁명을 넘어서

1. 서언: 매체혁명시대의 문학

"시로써 한 나라를 세울 수 있다"라는 19세기 초 영국 시인 셸리(P. B. Shelley)의 고양된 선언이나, 문인공화국에 대한 빅토리아 시대 매슈 아널드(Matthew Arnold)의 구상이나, 문학적 소양을 갖춘 교양있는 소수에게 바치는 20세기 중엽 리비스(F. R. Leavis)의 헌신은 지금의 문학인들에게는 위안이 되지 못한다. 대중매체의 폭발적인 성장과 연속적으로 일어나는 과학혁명의 시대에, 문학을 말하는 일은 어떤 자의식과 억압이 동반되지 않고는 어렵게 된 것이다. 문학의 영광과 그것을 가능하게 했던 언어의 활력, 공동체의 존재는 과거의 일로 여겨지고 있다. 한때 문화의 중심에 자리잡았던 문학은, 서구와 우리 현실에서 정도의 차이는 있지만, 분명 억압되고 주변화되었거나 혹은 그같은 위협에 시달리고 있다. 문학이론 영역 내부에서부터 '문학'(Literature)이라는 기성권위에 대한 해체와 전복이 집중되었다. 1960년대 이래 구미에서 정전(正典) 비판이라는 이름으로 진행되어온 고전 위주의 전통적인 문학관에 대한 이론적·실천적인 비판을 통해 지금은 문학 지형도가 대폭 재구성되어 있기도 하다. '문학'은 부르주아 지배권력과 결탁된 이데올로기임이 폭로되고 문학을 옹호하고 나서면 과거의 영광에 연연하는 복고주의자나 수구세력으로 몰리기 십상이다. 그리고 이같은 반문학 캠페인의 배경에는 대중매체의 거듭된 혁신과 문화산업의 번성이 존재하고 있다. 이같은 변화는 비단 큰 규모의 제도나 정치적 차원뿐만이 아니라 우리의 일상적인 삶에서의 감정구조를 다시 편성하기를 요구하는 좀더 근본적인 추세와도 관련을 맺고 있다.

이와 같은 사정은 문학의 중요성에 대한 옹호가 시대착오적이라는 어느정도 일반화된 인식을 뒷받침한다. 소위 매체혁명으로 초래된 인간의 삶 일반의 변화가 일종의 시대정신(Zeitgeist)이라면, 문학의 옹호는 자칫 과거의 권위를 옹호하고 새로움을 거부하는 전형적인 보수주의로 떨어질 수도 있다. 매체혁명시대의 대세를 인정하는 입장에서, 문학 옹호가 가진 착잡한 처지는 여기서 비롯한다. 그러나 한번 달리 생각해보자. 주변에 의한 전복과 중심의 해체가 오늘날 비평이론의 대세라면, 문학영역 혹은 문학이 함유하는 속성이야말로 지금 주변화의 위협과 강요 속에서 오히려 전복의 주체로서의 자리를 확보하고 있는 것은 아닌가? 이처럼 결을 거스르는 활동이 좀더 근본적인 저항과 혁명의 에너지와 맺어질 가능성은 없을까? 매체혁명과 대중매체의 시대에 문학의 의미를 묻는 일은 이같은 역설의 유효성을 부추긴다.

물론 이 글이 문학이냐 문화냐, 혹은 언어냐 대중매체냐 하는 이분법과 거기에 바탕을 둔 우위싸움을 주제로 하는 것은 아니다. 해체와 전복의 논리가 기계적인 뒤집기에 그치는 것도 아니거니와, 이 두 대립항들의 관계는 쉽사리 단순화할 수 없는 면을 지니고 있다. 이 글은 산업사회 이래 본격화된 문학 옹호라는 유서 깊은 전통의 맥과 닿으려고 하되, 주변과 중심이라는 대립 이전에 놓여 있는 좀더 근본적인 문제들을 짚어보려고 한다. 매체혁명에 개입되는 문제들은 비단 문학과 문화라는 좁은 의미의 대립을 떠나서, 기술과 문명, 인간과 삶, 정치적 지배와 지구화, 민주주의 등 큼직한 문제뿐 아니라, 감각과 느낌, 인식, 이와 결합된 주체 혹은 정체성의 문제 등과도 얽혀 있다. 필자는 언어와 문학 그리고 공동체라는 범주를 화두로 삼아 이같은 기본문제들을 짚어보고자 한다.

2. '두 문화' 논쟁 재론

언어·문학·공동체, 각각으로도 그러하지만 묶어놓으니 더욱 그 낡음이 과거의 고색창연한 유물을 보는 듯한 느낌이 든다. 언어 대신 영상이라든가 매체를, 문학 대신 문화를, 그리고 공동체 대신 몸이나 육체를 말하는 것이 더 모던하거나 포스트모던해 보인다. 언어·문학·공동체라는 세 영역이 담론에서 각기 혹은 함께 위기나 죽음 또는 시효 상실의 대상이 되고 있음도 다시 상기할 수 있겠다. 그런데 이같은 전통적인 범주들과 새롭게 부상하는 범주들의 차이가 무엇보다도 기술공학(technology)의 문제와 밀접하다는 사실을 우선 생각해볼 필요가 있다. 언어를 대체한다고 여겨지는 새로운 매체들, 가령 사진이나 영화, TV, 비디오, 컴퓨터 등은 이미지나 영상을 이용하는 것인데, 이들 매체들은 기술공학의 획기적인 발전과 더불어 가능해진 것들이다. 물론 문자언어 자체도 기술공학의 발전과 별개인 것은 아니다. 주지하다시피 인쇄술과 서적은 문화에 근대적이고도 새로운 혁신을 가능케 했다. 그럼에도 불구하고 잇따른 과학혁명의 결과 최근의 디지털 기술에까지 이어지는 매체 확장은, 근대 초기의 혁신과는 질적으로 다른 새로운 단계의 기술공학이 발현된 결과라고 할 수 있다. 무엇보다 새로운 기술들은 더욱 공고해진 자본주의체제 및 거대자본과 결합되어 있다는 점을 지적해야 할 것이다. 새로운 매체에 기반한 대중문화가 문학과 어떤 차이가 있다면, 이처럼 견고하게 체제화된 기술공학과 맺고 있는 특별한 관계를 떠나서는 생각하기 어렵다.

문학이냐 과학이냐라는 물음은 산업화가 진행되는 가운데 점점 더 중요한 주제로 부각되었다. 영국의 경우 빅토리아 시대 인문학과 과학의 이념을 둘러싼 아널드와 헉슬리(T. H. Huxley)의 유명한 논쟁 이후 이른바 '스노우-리비스 논쟁'(the Snow-Leavis Controversy)의 형태로 20세기 중엽에 재연되었다.[1] 문학과 과학의 분리와 갈등이라는 주제를 새삼 화두로 삼고 있는 이 논쟁은, 1959년 과학자이자 소설가인 C. P. 스노우의 「두 문화와 과학혁명」(The Two Cultures and the Scientific Revolution)이라는 강연에 대해, 3년 후 리비스가 「두 문화라고? C. P. 스노우의 의미」(Two Cultures? The Significance of C. P. Snow)라는 글에서 공격을 가하면서 촉발되었다. 이 논쟁에 트릴링(Lionel Trilling)을 비롯한 여러 논자들이 가담하게 되고 일종의 감정싸움으로 비화되면서 그 의미가 폄훼되기도 하였으나, 또 한번의 과학혁명을 맞이하고 있던 당시의 상황 속에서 문화의 의미를 되새겨보게 한 점은 분명한 성과이다. 전자기술을 포함한 당시의 과학혁명이 그 이후 급격히 이루어진 대중매체의 확산과 무관하지 않다면, 이 논쟁이 한 세기를 시작하면서 디지털 혁명으로 불리는 새로운 매체혁명이 부각되는 지금의 국면에서도 의미를 가지는 것은 물론이다. 내용을 자세히 소개할 자리는 아니지만, 핵심적인 쟁점을 다시 한번 검토해보는 것은 이 글의 목적에 중요하겠다.

스노우는 지식인사회에서 문학과 과학의 분리현상을 지적하고 이같은 양극화가 문제를 야기하고 있음을 지적한다. 그러나 그는 이같은 타당한 지적에서 더 나아가 문학지식인이 얼마나 과학지식에 무지하며 과학혁명의 의미를 모르는 문외한들인가를 말하면서, 전통적 지식인들 특히 문학

---

1 이 논쟁을 모아놓은 책으로는 David K. Cornelius & Edwin St. Vincent eds., *Culture in Conflict: Perspectives on the Snow-Leavis Controversy*(Chicago: Scott, Foresman and Company 1964) 참조.

지식인들은 '타고난 러다이트'(natural Luddite)이고, 그 반면 과학자들은 과학발전을 통해 다수 궁핍한 사람들을 구원할 수 있는, 그런 점에서 "뼛속에 미래를 간직하고 있는" 진보적이고 민주적인 문화인이라고 주장한다. 문학인을 '타고난 러다이트'라고 칭한 이같은 관점이 널리 주목을 받게 되자, 문학전통에 남다른 의미를 부여해온 리비스가 이를 정면에서 비판하고 나서게 되었다. 리비스는 기술공학의 진전으로 이루어진 문명의 진행을 부정하거나 뒤엎자는 것이 아니고 기술 자체가 원래 인간의 창조성이 발현된 것이라는 전제하에서, 스노우의 단순논리를 논박한다. 리비스는 스노우가 폄훼한 로런스(D. H. Lawrence)를 비롯한 문학인들이 과학과 기술의 대두나 지배에 무관심했던 것이 아니며, 오히려 그것을 탁월하게 진단해내고 그것이 삶에 미치는 영향과 의미를 깊이 사색했다고 주장한다. 로런스의 "삶만이 중요하다"(nothing matters but life)는 발언 속에 담긴, 양적으로 합산되거나 동등해질 수 없고 또 그렇게 취급될 수도 없는 살아 있는 삶의 개별성은 스노우가 내세우는 과학기술이 줄 수 있는 혜택과는 다른 차원에 있다는 것이다. 리비스는 "현대사회의 평균적인 구성원이 과연 부시맨이나 인디언 농부보다 더 충분히 인간적이거나 더 살아 있다고 누가 확신할 것인가"라고 질문하면서, 다음과 같이 결론짓는다.

그러나 나로서는 내내 나의 목적이었던(나는 러다이트가 아니므로) 바를 다음과 같이 분명하게 밝히고자 한다. 과학과 기술공학의 발전이 일정 방향으로 너무나 급속히 인간의 미래를 변화시키고, 너무나 전례 없게 시험과 도전을 야기하고, 너무나 거창하고도 모르는 사이에 결정들 혹은 결정되지 않은 상태에서의 결과들이 닥쳐와서, 인류는 ─ 이는 아주 분명한데 ─ 그 완전한 인간성을 충만하고도 예지롭게 소유하고 있을 필요가 있을 것이다. (…) 나는 인류가 그 모든 전통적 지혜를 필요로 할 것이라고 말하는 것은 아닌데, 그것은 나로서는 적(敵)인 일종의 보수주의를 시사할 수도 있기 때문이다. 우리가 필요로 하는 것, 그리고 계속하여 더욱 필요하게 될 것은, 가장 깊은 곳에서 생생하게 살아 있는 본능과 관련된 그 무엇이다. 즉 지성이라고 할, 시대의 새로운 도전들에 창조적으로 대응하는 힘 — 경험 속에 튼튼히 뿌리내린, 지극히 인간적인 힘 — 인바, 그것은 스노우가 말하는 두 문화 어느 쪽에도 낯선 어떤 것이다.[2]

스노우의 이분법적 이해에 맞선 리비스의 대응은 지금의 국면에서도 숙고할 만하다. 문학이냐 과학이냐고 묻기에 앞서, 진정한 삶이 무엇인가를 물어야 한다. 대개 과학의 필요성이 제기될 때마다 문학은 이에 맞서거나 방해가 되는 어떤 것으로 간주되는 것이 일반적이었다. 그러나 문학을 말할 때 우리가 고려해야 할 점은, 문학이 의미있는 개인적·사회적 실천이 된 것 자체가 근대와 근대문명의 도래와 전개에 빚지고 있다는 사실이다. 그런 점에서 문학은 근대성의 일부, 즉 과학이 그것을 주도하고는 있으나 과학의 일방성에 전적으로 승복하지 않고 거기에 맞서는 힘을 내포한 진정한 근대성의 과제 속에 제외할 수 없는 항목이 된다. 문학의 위기와 죽음이라는 담론은 근대에 항상적으로 존재하며, 문학의 의미 자체가 오히려 이같은 죽음과 위기라는 영속적인 위험에서 나온 것이라는 역설도 성립한다. 근대가 과학기술문명의 지배를 확고히 하는 방향으로 나아가고 있다면, 이 흐름 속에서 견디며 싸워내고 있는 문학의 생존이야말로 과학기술문명의 지배의 틈새를 파고드는 전복의 가능성이 존재한다는 것과, 삶의 의미내용을 보존하려는 생명의 욕구가 존속한다는 것을 말해준다. 이것이 리비스가 지성이라는 말로 포괄하려고 한 인간적인 자질이자 능력이며, 이는 좁은 의미의 스노우식 구분, 즉 문학/과학 구별을 넘어

---

2 같은 책 16면.

선 차원에 있다.

그럼에도 불구하고 여전히 '타고난 러다이트'로서의 문학지식인이라는 규정은 끊임없이 되살아나는 문학에 대한 의혹인 것만은 사실이다. 이같은 혐의는 기계공학적인 문명의 흐름 속에서 문학이라는 저항영역에 가해지는 억압이라고 해도 좋을 것이다. 그러나 그렇기 때문에 이같은 규정에 대한 새로운 시각, 혹은 일종의 전복이 유용할 수도 있다. 19세기 초 러다이트들은 기계 혐오자이자 파괴자들로, 반체제적인 폭도들로 알려졌지만, 러다이트 운동에는 몇가지 적극적인 측면도 있었다. 무엇보다 소생산자들이 생존권을 지키려 한 운동이었다는 점도 그렇지만, 그외에 수공업에서 공장제 공업으로 넘어가면서 생겨나는 물건의 질 하락이라는 문제, 그리고 생산수단이 공장소유주 즉 자본가에게 집중되는 현상에 대한 반발 등이 이 항의운동 속에는 들어 있었다.[3] 당시 유럽을 휩쓸던 혁명적 분위기를 우려하던 영국 지배층이 이들을 불순한 파괴분자로 규정하고 가혹하게 탄압한 것도 운동의 이같은 성격 때문이었다. 이런 점을 되살려 볼 때, '타고난 러다이트'라는 말에는 스노우의 원래 뜻과는 달리 욕설이 아닌 적극적 의미를 부여할 가능성도 열린다. 그러나 그렇다고 리비스의 대응과 문제제기가 불필요해지는 것은 아니다.

역시 이 모든 논란에서 관건이 되는 것은 리비스가 강조한 삶의 창조성 문제이다. 19세기 초 러다이트들의 항의가 산업혁명의 결과와 관련된 것이라면, 최근의 디지털 기술을 앞세운 매체혁명은 '산업'혁명이 아닌 '지식'과 '정보'의 혁명임을 내세운다. 여기에는 과거 산업혁명의 문제점들을 새로운 혁명을 통해 치유하고 극복할 수 있다는 논리가 숨어 있다. 실제로 그러하다면 21세기의 '타고난 러다이트'는 설 자리를 잃을 것이다. 그러나 이 대목에서 다시 리비스처럼 매체혁명이 과연 삶의 창조성 문제

---

3 J. F. C. 해리슨 『영국민중사』(이영석 옮김, 소나무 1989) 240면.

에 대해 어떤 가능성을 보여주었는가를 물을 필요가 있다. 매체혁명은 기술공학 발전의 새로운 차원이고 기술 또한 인간의 창조성의 발현이지만, 문제는 기술이 자본주의체제와 결합되면서 기술에 내재한 '창조성'의 흔적이 지워지고 그 기능만이 극대화되는 방식으로 구현되고 있다는 점이다. 이러할 때 과학혁명으로 생겨난 문제들이 또다른 과학혁명으로 해소될 것이라는 믿음은 단순하고 안일한 스노우적 사고일 뿐이다. 문학의 위기는 창조적 언어활동의 기반을 이루는 나날의 삶에서 창조성을 박탈하는 기술공학문명의 속성에서 비롯한 것이기 때문이다.

3. 언어의 창조성과 기억의 양식

언어에 대한 물음은 긴 역사를 가지고 있는데, 어떤 점에서는 쏘쉬르 (Ferdinand de Saussure) 이후 최근 이론들의 발원점은 바로 언어구조 자체이다. 그런데 이처럼 언어의 '구조'에 대한 관심이 지배적으로 되면서, 언어가 나날의 삶에서 살아 움직이는 것이자 그 활용을 통해 어느 누구에게나 일상적인 창조성의 발현이 될 수 있다는 당연한 진실이 시야에서 사라지고 말았다. 이 글이 처음 발표된 학술대회의 주제에서도 이같은 경향이 엿보인다.[4] 문자와 언어가 동일한 것은 아니지만, 문자와 영상이 함께 '문화적 매체'로 다루어짐으로써, 문자를 통해 좀더 직접적으로 발현될 수 있는 언어의 창조성에 대한 물음은 약해진다. 매체라는 것은 무엇을 실어나르는 수레라고 할 수 있는데, 언어를 도구로 보는 발상부터가 언어의 성격에 대한 하나의 판단 혹은 제한을 내포하고 있다. 언어가 매체인 것

---

4 이 논문은 비평이론학회 2000년 가을학기 학술대회에서 발표한 논문을 수정 보완한 것이며, 학술대회의 주제는 '문화적 매체로서의 문자와 영상'이다.

은 사실이지만, 매체인 동시에 혹은 매체이기 이전에 그것을 사용하는 인간의 총체적인 삶 혹은 존재와 결합되어 있다. 이같은 속성이 언어를 영상매체를 비롯한 여타 매체들과 구별되게 하는 점이다.

언어가 최근의 이론들에서 '기호'(sign)로 이해됨으로써 구체적인 개인에 의한 언어의 실제 사용영역이 연구의 대상에서 제외된 것은 주지의 사실이다. 언어학의 연구대상은 대개 쏘쉬르를 시작으로 하는 구조주의적 언어관에 입각해 발화인 '빠롤'(parole)이 아니라 그것을 가능케 하는 구조 즉 '랑그'(langue)로 한정된다. 여기서 랑그의 '체계'나 '구조'를 밝히는 것이 언어학의 목적이 되며, 이 쏘쉬르적 언어관이 구조주의 및 탈구조주의 방법론의 토대가 된다. 물론 탈구조주의는 이같은 구조가 굳어진 것이 아니라, '해체적인' 구조임을 밝히려는 시도이기에 구조주의와 구별되는 점이 있지만, 이 해체적인 활동이 언어모델의 외부로, 즉 언어활용이나 실재하는 외부현실과의 결합 혹은 만남으로 나아가지는 못한다. 데리다(Jacques Derrida)의 이른바 '차이'(差移, différance)와 흔적(trace)의 개념에서 엿보이는 시간성이 언어구조의 한계지어진 공간을 벗어날 어떤 낌새를 보여주는 것은 사실이나,[5] 동시에 기표와 기의의 불확정성이라는 기본 전제부터가 모든 것을 텍스트의 활동에서 비롯한 구성물로 보는 구조주의적인 사고에서 근본적으로 벗어난 것은 아니다.

언어가 기호가 됨으로써, 혹은 모든 기호가 언어모델에 종속된다는 전제하에서, 언어는 창조적인 성격을 제한당하고 그 기능적인 면이 부각될 수밖에 없다. 쏘쉬르 자신에게 일종의 방법론적인 분리였던 이같은 구조주의적 언어관은 언어란 따로 존재하는 외부세계와 필연적으로 관련을 맺고 있다는 환상을 깬 점은 있으나, 이 방법론에 연원하는 이후의 이

---

5 Fredric Jameson, *The Prisonhouse of Language: A Critical Account of Structuralism and Russian Formalism*(Princeton Univ. Press 1972) 186~88면 참조.

론적 작업들은 대개 언어 내부의 구조 속으로, 말하자면 '언어의 감옥' 속으로 유폐되었고, 그 결과 실세계와 관련을 맺고 그것을 드러내기도 하고 이룩하기도 하는 언어의 역동적이고 창조적인 영역은 망각되게 되었다. 이러한 망각은 자본주의적인 체제가 확고해지면서, 즉 사물화가 진전되면서 추상적인 기호화가 심화되고 진척된, 그럼으로써 창조성이 삶의 여러 국면에서 사라지는 세계상(世界像)에 조응하는 것이다. 이와 함께 언어는 창조성의 신화를 허물려고 하는 넓은 의미의 스노우적인 과학주의자들에 의해 폄훼되어왔다. 인간의 삶을 형성하는 언어의 근본적인 창조성을 거론하면서 언어 사용이 일상의 창조행위일 수 있다는 리비스적인 인식이야말로 지금 국면에서는 발상의 전환이 될 수 있다고 본다.

언어가 기능만이 아님은 그것이 인간이라는 주체의 형성에 개입하고 인간의 정체성에 각인되어 있기 때문인데, 그런 점에서 의식뿐 아니라 무의식에까지, 두뇌뿐 아니라 몸에까지 스며들어 있다고 할 수 있다. 물론 이러하기에 무의식이나 몸조차 언어의 구성물이라는 구조주의적 시각이 자리잡을 소지가 그만큼 존재하기는 하나,[6] 인간이 과학적인 체계의 한 부속물로 떨어지는 것을 당연시하지 않는 한, 언어를 통한 소통과정에는 삶을 기계적인 것이 아니라 창조적인 것으로 형성하려는 충동이 내재되어 있다. 그렇지만 역시 기술공학적인 문명은 인간의 살아 있는 삶을 기계적인 구조 속에 편입시키려는 움직임을 강화하기 마련이고, 이와 더불어 애초 언어와 기술에 담지된 창조적인 속성이 지워지고 망각되는 것이 지배적인 흐름임을 부정하기는 어렵다.

그럼에도 불구하고, 아니 그렇기 때문에 더욱더 언어에 실려 있는 창조성의 영역을 일깨우는 것이 중요하고, 그같은 작업을 고도로 행하는 문학

---

6 가령 단적으로는 "무의식이 언어처럼 구조화되어 있다"는 라깡(Jacques Lacan)의 전제나, 구조주의적인 몸 담론들을 상기할 수 있겠다.

의 중요성을 되풀이해 거론하는 것이다. 문학의 활동, 특히 시적 언어구사는 무슨 특별한 언어활용이라기보다 언어의 본래적인 모습을 보여주는 것이다. 언어를 습득할 때는 개별적인 과정을 거치지만, 언어체험, 특히 모국어의 체험에는 공동체의 삶 전체가 개입한다. 그것은 당대의 삶뿐 아니라 과거로부터 이어져온 문화적 유산에 대한 체험이기도 하다. 언어에는 과거에 대한 기억이 부착되어 있다. 기억의 담지체로서의 언어가 사람들 사이를 맺어주는 양식이라고 할 때, 그것은 단순히 어떤 기능이나 도구가 아니라 가치를 간직한 창조의 근원이고 삶을 살아 있게 만드는 힘이 되는 것이다.

언어가 아닌 근대적인 영상매체들도 기억의 양식으로서 그 나름의 역할을 한다. 가령 사진이 과거의 한 순간에 대한 기억을 되살리는 힘이 있다는 사실은 그 누구도 부정하기 힘들다. 빛바랜 사진 한장이 인간에게 불러일으키는 감흥은 기계적인 기록 이상의 어떤 것임에 틀림없다. 그럼에도 사진이 제공하는 기억은 기본적으로 기계적 이미지에 의존한다. 말하자면 찰칵하고 찍히는 그 순간에 이미 살아 있는 삶의 풍부함과 현장감각은 상당부분 상실되고, 기묘하게 고정된 과거의 한 박제된 이미지만이 남게 되는 것이다. 파편화된 과거의 한 단면은 손쉽게 그리움의 대상이 되고 사진이 불러일으키는 향수의 요인이 되지만, 여기에는 사진이라는 기계적 매체가 원천적으로 삭제하고 있는 삶 자체의 풍부함에 대한 상실감이 실려 있기도 하다.[7] 사진에 움직임을 부여한 활동사진과 영화의 경우에는, 그 동적인 이미지 연쇄들이 사진과는 분명 다른 효과를 산출하는 것이 사실이다. 스크린에 비치는 영상들은 마치 살아 있는 것과 같은 느낌을 관객들에게 불러일으킨다. 그럼에도 이같은 영상을 통해 창출되

---

[7] 사진의 파편성, 필연적 관계가 붕괴된 잔해의 세계 혹은 폐허의 드러냄이 가지는 의미에 대해서는 박성수 『영화, 이미지, 이론』(문화과학사 1999) 134~45면 참조.

는 실감은 일종의 환상적 공간을 체험하는 것으로서, 겉으로의 활동성을 인위적으로 창출해내 사진에 결핍된 충만한 삶의 느낌을 가장해 만들어 낼 뿐, 궁극적으로 사진이 내포한 상실을 만회하지는 못한다. 영화이론가 크라카우어(Siegfried Kracauer)의 주장대로 영화는 파편화된 현실에 조응하는 매체이면서 오히려 그 파편성을 매개로 현실의 닫힌 구조를 벗어날 수 있는 이중성을 가지고 있음을 인정해야 할 것이고, 이는 사진에도 해당되는 특성일 것이다.[8] 그러나 한편 이런 해석부터가 세계를 파편화된 형상으로 파악하는 모더니즘적 이데올로기와 얽혀 있다.

이런 판단은 영상매체에 기대를 거는 문화론의 대세와는 어긋나는 소리일지 모르나, 하여간 영상이 언어를 대체할 수도, 언어의 충만함을 온전히 복원해낼 수도 없다는 그 원천적인 결핍에 대해서는 생각해볼 필요가 있다. 그것은 기술공학적 문명이 생성해낸 사회적 조건 전체에 대한 비판적 시각을 환기하는 일이기도 하다. 물론 언어의 충만함이라는 관념이야말로 환상일 수 있으며, 데리다의 '이성중심주의'(logocentricism)는 다름 아닌 발화를 우선시하는 '음성중심주의'(phonocentricism)의 다른 이름인 것은 주지의 사실이다. 그럼에도 불구하고 그의 해체론이 일종의 구조주의적인 환원이 될 수밖에 없는 것은 언어의 살아 있는 현장성을 희생한 댓가인 것이다.[9] 언어의 충만성을 전제하는 것이 현존(presence)의 형이상학에 매이는 것이라 하더라도, 현실 속에서 이룩되고 사용되는 언어의 창조적 가능성을 망각한 논의는 오히려 또다른 이데올로기일 수 있음을 감안해야 한다.

---

8 크라카우어의 영화이론에 대해서는 박성수, 앞의 책 170면 참조.
9 이 현장성 속에는 정치적·사회적 관계가 포함되어 있는데, 말하기(speaking) 행위에 개입된 좀더 복합적이고 창조적인 활동이 쏘쉬르적인 구조주의 언어관에서 삭제됨으로써 생겨난 문제점에 대한 비판은 Pierre Bourdieu, *Language and Symbolic Power*, trans. Gino Raymond & Matthew Adamson(Cambridge, MA: Havard Univ. Press 1991) 7면 참조.

발터 벤야민(Walter Benjamin)은 일찍이 기술복제의 문제가 초래한 '아우라(Aura)의 상실'을 지적한 바 있지만, 대량복제의 기술이 거의 질적인 비약을 이룩한, 미디어 혁신으로서의 '디지털 혁명' 이후를 살고 있는 우리에게 실체험에 대한 기억과 상실의 문제는 더욱 중요한 의미를 가진다. 디지털은 기억의 구성을 고도로 단순화·기계화하여, 즉 디지트(digit)화하여 기계장치 속에 보관하고 언제라도 거의 무한대로 복원·복사·재생한다. 그것은 더이상 기억이나 지식의 차원이 아니라 정보로 화한다. 숫자화된 정보들은 결국 스크린에 복원되어 영상으로 표현되지만, 그 고도로 기계화된 기억의 저편에는 0과 1로 지극히 단순화된 디지트의 무한한 조합만이 존재할 뿐 살아 있는 삶의 현장성은 망각된다. 기억이 기계화되고 정보화되고 상품화되며, 그 가치의식과 역사성의 깊이가 상실됨으로써 초래된 표피성과 유희성이 디지털 영상에서도 드러나는데, 이것이야말로 프레드릭 제임슨(Fredric Jameson)이 말한 후기자본주의의 문화적 지배종으로서의 '포스트모더니즘'의 한 정점이기도 하다.[10]

4. 반자본주의로서의 문학과 공동체

앞에서 언급했다시피, 문학은 언어의 창조성을 극대화하며 그같은 창조적 성과들을 일종의 '위대한 전통'으로 수립해왔다. 이 위대한 전통이란 것이 부르주아 이데올로기로 비판받거나 심지어 문학주의로 조소되는

---

10 Fredric Jameson, *Postmodernism, or the Cultural Logic of Late Capitalism*(Durham: Duke Univ. Press 1991) 서장 참조. 이와 더불어 저자의 죽음, 텍스트 해체 등 해체론의 복잡한 이론들을 담은 싸이버스페이스에서는 초등학생도 실천하는 것이라는 한 싸이버 논자의 발언은, 맥락은 다르지만 해체론을 희화화하는 효과를 가지는 흥미로운 대목이다. 백욱인 「디지털 시대의 네트 문화」, 『비평』 2000년 하반기호 114면.

경향이 최근의 흐름이며, 과학자 스노우가 전통적인 문학지식인을 '타고
난 러다이트'라고 몰아붙인 것도 별로 놀라운 일이 못된다. 그러나 정전
주의 이데올로기에 대한 비판과 정전에 담겨 있는 인간적 가치와 탁월함
에 대한 의식과 보존이 상반되는 것이 아니듯, 최근 디지털 혁명이 몰고
온 변화 중의 하나가 바로 컴퓨터라는 기계의 일상적인 사용이라면, 문학
인이 컴퓨터를 러다이트처럼 파괴하지는 못해도 최소한 소가 닭 보듯 무
시할 수는 있을 것이다. 실지로 문인들 가운데는 아직도 원고지를 고집하
거나 아니면 타이프라이터를 애용하는 사람도 있지만, 필자가 알기로는
요즘의 '타고난 러다이트'들은 컴퓨터 사용을 별로 기피하지 않는 듯 보
인다. (최근 구미에서 일어난 뉴러다이트 운동은 웹싸이트를 운영하고 있
다.) 심지어 컴퓨터문학이나 싸이버문학을 새로운 매체를 통한 문학의 가
능성으로 내세우는 논자들도 나오고 있는 실정이다.

그러나 이와 같은 현상은 문학지식인이 과학문명의 대세에 뒤늦게 합
류하여 두 문화 사이의 합일과 화해가 이루어졌다는 증표가 될 수는 없
다. 19세기의 러다이트들과 리비스가 말하는 창조적인 작가가 다른 것은,
후자가 즉물적인 저항이나 파괴 혹은 자본주의 이전으로의 복귀를 요구
하는 것이 아니라 과학문명에 대한 창조적인 대응을 모색한다는 데 있다.
따지고 보면 문학이 산업사회 속에서 강력한 대응력으로 성장할 수 있었
던 것에는 다름 아닌 인쇄매체라는 과학기술의 뒷받침이 있었기 때문이
다. 그런 점에서 문학이라는 것부터가 근대의 산물이면서 근대성이 강화
되어갈수록 자본주의체제 내에서 저항영역으로서 점차 그 공간을 확보해
왔다고 할 수 있다. 문학의 창조활동은 언어와의 씨름이며 그것은 기계적
인 계산으로는 도저히 불가능하고 철저한 수공업적인 노고 없이는 이룩
될 수 없는 것이다. 러다이트들이 울컥하여 한바탕 반항적 행동을 한 직
조 수공업자들이라면, 언어의 수공업자인 문학인의 저항은 조용하지만
더 지독하고 심원하다 하겠다. 문학인은 언어라는 무형의 질료를 주물러

서 자신의 생명과 같은 작품을 만들어낸다. 문제는 이 창조의 과정에 있는 것이지 그것을 표기하는 도구가 필기구냐, 타이프 자판이냐에 있는 것은 아니다. 또 수공의 과정도 과정이지만 그에 대한 대접은 그 결과로서 나온 작품의 질과 가치에 전적으로 달려 있다는 점이 문학의 특징이다. 즉 문학에서는 질과 가치의 영역이 핵심이 되는 것이다.

문학이 철저하게 반자본주의적, 반기계문명적일 수 있는 것은 이러한 까닭에서이다. 즉 문학은 그 수공업적인 성격으로 인해 자본주의의 대량생산과 기술복제에 승복할 수 없는 어떤 저항성을 지니며, 또 질과 가치를 본질로 함으로써 양적 계산이라는 벤섬(J. Bentham)적인 효율성에 바탕한 기술공학적 문명과 결코 어떤 식으로든 화해할 수 없는 것이다. 문학의 위기나 죽음이 자본주의적 기술공학의 승리와 동전의 양면을 이루고 있는 이유가 여기에 있다. 만약 문학과 기술공학이 행복하게 결합할 수 있다고 믿고 실천하는 문학이 있다면 그것은 거짓이다. 그것은 기술공학의 그림자이지 문학이 아니다. 최근 컴퓨터문학 또는 싸이버문학의 이름으로 새로운 잡종적인 유형의 문학이 주창되고 있는 것은 사실이나, 그것이 바탕하는 바가 기술공학적 가정과 벤섬적인 논리인 한, 사이비문학에 불과할 뿐이다.

그렇지만 이렇게 이야기를 끌고 가면 피할 수 없는, 그러나 피하고 싶은 다음과 같은 질문이 나 자신에게서도 나오기 마련이다. 즉 "문학의 본질에 대한 당신의 (구태의연한) 주장은 그만 하면 이제 알겠다. 그것을 인정한다 해도, 문학의 본질을 발현하지 못하게 하는 현재의 기술공학적 자본주의체제 내에서 문학의 중요성을 되풀이 말하는 것은 결국 문학주의자의 이상론이자 비현실적인 소리로 들린다. 이같은 체제에 맞서 더욱 실천적인 대응을 모색하는 것이 오히려 더 창조적인 일이 아니겠는가?"라는 질문이다. 문자와 영상을 대비하여 논의하는 입장이라면, 문화적 매체로서의 영상에 대한 좀더 적극적인 의미 부여를 촉구할 수도 있겠다. 이 질문에 대답하는 것으로 이 글을 마감하기로 하자.

문학에서 문화로 지적 대응이 확장되어야 한다는 주장은 근래 보편화되다시피 했지만, 영국의 경우 리비스의 전통을 계승한 레이먼드 윌리엄즈(Raymond Williams)가 진작부터 내세운 바이기도 하다. 윌리엄즈는 좌파 리비스주의자라고 불리기도 하는데, 리비스의 인문주의적 문화론을 맑스주의와 결합하려 한 점에서 리비스의 계승자이면서 비판자이기도 하다. 이 자리에서 윌리엄즈의 유물론적인 문화론에 대해서 새삼 논의할 필요는 없을 터이나, 대중문화가 문화의 획일화와 질적인 하락을 초래한다는 비판에 맞서 평등의 이념과 문화의 민주화에 기여한 적극적인 면을 높이 사려는 시각이 윌리엄즈의 문화론에 깊이 의존하고 있는 것은 사실이다. 라디오, 영화, TV로 대변되는 대중매체, 특히 스크린을 통해 영화와 TV가 새롭게 구성해내는 이른바 공동의 문화(common culture)에 대한 문제의식도 그중 하나이다.[11] 공동의 문화를 거론함으로써 윌리엄즈는 리비스가 창조활동의 바탕으로 설정한 '교양있는 공중'(educated public)이 사라지는 것에서 느끼는 위기감과는 대비되게, 근대문명에 좀더 적극적인 의미를 부여하고자 한다. 창조성을 위축시키는 벤섬적인 문명에 대한 본질적인 거부라든가, 교양있는 공중이 사라지는 객관적 국면에서 그같은 공중을 기르고 복원하려는 리비스의 기획이 비실제적이라면, 문화가 대중화됨으로써 노동계급 속에서 이룩되는 민주적인 문화의 가능성은 하나의 실천적인 대안이자 전망이 될 수 있다.

그러나 윌리엄즈의 일견 현실적인 대응에는 기술공학문명의 속성이 기본적으로 창조성에 반한다는 리비스의 긴박한 위기감과 통찰이 덜한 편이며, 그런 만큼 기술공학의 발전을 통한 새로운 길찾기가 유용하고 결국

---

11 Raymond Williams, *Resources of Hope: Culture, Democracy, Socialism*(London: Verso 1989) 32~38면.

그것이 하나의 발전임을 승인한다는 점에서 구태의연한 진보논리에 빠질 위험도 여전히 존재한다.[12] 필자는 리비스에서 윌리엄즈로 이어지는 영국 문화론의 전통을 고찰할 때 그 이어짐보다 단절에 더 주목해야 한다고 본다. 이는 문화에서 질과 가치의 문제가 핵심이라는 입장과 기술공학이 열어놓은 소위 '평등한' 민주적 문화에 대한 지향 사이의 단절이다. 그러나 주지하다시피 만약 평등이 의미하는 바가 질을 도외시한 평준화라면, 민주적 문화가 획일화되고 표준화되는 것은 자연스런 일일 것이다. 실제로 포스트모던 시대를 지배하는 공동의 문화가 미국이 주도하는 전지구적인 상품시장에서의 규격으로 표준화되고 있다는 지적은 흔히 있다. 그리고 이같은 현상을 수용하는 포스트모더니즘의 논리 속에는 20세기 초반까지 존재하던 어떤 상실감(가령 벤야민의 아우라의 상실에 대한 아쉬움)이 지워져 있음을 알 수 있다.[13]

영상매체를 창조적으로 활용하고자 하는 노력이 중요하다는 것은 부정할 수 없다. 다만 필자가 말하고자 하는 것은, 영상매체가 단순히 활용대상이자 도구로 존재하는 것만이 아니며, 대규모 산업자본에 의해 기술공학적인 자본주의 기제에 종속되어 있다는 점에서 기본적으로 반(反)창조적인 면을 내포하고 있음을 비판적으로 성찰하자는 것이다.[14] 그런 점에서 문학이냐 문화냐, 언어냐 영상이냐 하는 이분법적 물음은 이 시대에 창조성의 구현과 그 가능성이라는 근본적인 물음에 가닿지 않으면 공

---

12 이 점에 대한 지적으로는 김영희 『비평의 객관성과 실천적 지평: F. R. 리비스와 레이먼드 윌리엄즈 연구』(창비 1993) 74~76면.

13 Terry Eagleton, *Against the Grains*(London: Verso 1986) 139~41면.

14 가령 윌리엄즈는 대중적인 매체가 가지는 직접성(듣고 보기)에 의미를 부여하고 있으나(*Culture*, Glasgow: William Collins Sons & Co. 1981, 109~12면), 그것이 거대한 매체의 기제에 의해 조직되고 구성되어 있음을 우리는 고려해야 한다. 이 점에서 매체의 체제구속성을 강하게 주장한 장 보드리야르 「대중매체를 위한 진혼곡」, 『기호의 정치경제학 비판』(이규현 옮김, 문학과지성사 1992) 183~210면 참조.

허한 것이 되고 만다. 대중매체의 시대에 문학이라는 전통적인 영역이 여전히 중요한 것은, 인간의 삶에서 창조성이 발현되는 장소, 그것도 일상적인 발현이 이루어지는 장소란, 일반인들이 사용하는 살아 있는 언어의 세계를 떠나서 달리 찾기 힘들기 때문이다. 물론 여기에는 그같은 언어를 지탱하는 공동체가 과연 존재하는가, 혹은 과거에 존재했지만 지금은 사라진 것이 아닌가, 혹은 사라진 것을 복원할 수 있는가 등의 질문이 뒤따른다.

서두에서 암시한 대로 공동체란 범주가 최근의 이론에서 그다지 주목받지 못하고 또한 공동체의 이념마저 무너져버린 듯한 분위기가 우리 지식인사회에서 팽배하지만, 작게는 지역공동체에서부터 크게는 지구공동체에 이르기까지 공동체에 대한 관심과 모색은 계속되어왔다. 최근 지구화 현상의 강화와 더불어 공동체의 와해를 말하는 담론이 대세를 점하고 있으나, 이러한 상황일수록 오히려 공동체 의식과 그 가능성의 문제가 거꾸로 부각될 수가 있다.[15] 언어와 관련하여 말하자면, 역시 언어공동체로서 민족의 문제가 제기될 수밖에 없고, 한 민족의 생존터전에서 그 민족어로 이루어진 문학의 입지가 논의될 필요가 있을 것이다. 언어는 구체적으로 사용된다는 점에서 추상화된 기호에 그치지 않고 민족 및 민족의 현실과 결합되어 존재할 수밖에 없는데, 역시 문학의 창조적 가능성 문제는 민족어의 활용과 그것을 지탱하는 공동체적인 삶의 양상에서 찾아질 수 있을 것이다. 이처럼 민족어는 구성원들의 삶과 긴밀하게 맺어짐으로써, 기술공학이 지배하는 서구문명의 흐름에 항거하는 하나의 거점이나 근거가 될 여지가 생긴다.

디지털 혁명과 관련해 새로운 공동체의 형성에 대한 전망이 나오는 점

---

15 졸고 「지구화에 대한 한 고찰: 근대성, 민족 그리고 문학」, 『안과밖』 2000년 상반기호 8~30면(본서 108~30면).

도 주목해야 할 것이다. 가상공간에서의 가상공동체(virtual community)에 대한 희망과 의미 부여가 새로운 기술에 기대를 거는 쪽에서 나오고 있는데, 가령 인터넷의 쌍방향성을 말하며 싸이버민주주의의 가능성을 높이 보는 흐름이 그것이다. 공동체의 문제에 대응하여 새로운 매체를 활용하는 일의 중요성은 인정해야 할 것이나, 한편으로 보드리야르(Jean Baudrillard)처럼 매체가 자본주의체제 속에 구조화되어 체제종속적인 기능에서 벗어날 수 없다고 보는 비평적 시각도 필요할 것이다. 싸이버공간의 자율성에 대한 주장은 그같은 공간이 거대자본의 움직임에 제도적으로 종속될 수밖에 없는 현실을 도외시하는 한, 허구일 수밖에 없다. 디지털 혁명이 공동체에 던진 물음은 이 자리에서 충분히 논의되지 못했으나, 그같은 가상성이 띠고 있는, 실재의 삶과 유리되어 존재하는 일종의 유령과 같은 성격이 그 나름으로 특권화되는 현상에 대해서는 충분한 경계가 있어야 할 것으로 본다.

5. 결어: 비평의 역할

문자와 영상, 문학과 문화라는 대립항을 전제하면서 문자와 문학의 당대적인 의미를 옹호하는 일은 서두에서 말한 것처럼 수월치 않은 과제이다. 역시 영상과 문화가 대세를 이루는 시기에, 그리고 달라진 현실을 인정하고 영상과 문화의 가능성을 적극 찾아야 마땅하다는 당위 앞에서, 필자의 입장이 새로운 것에 대한 거부와 낡은 것에의 안주라는 보수적 태도로 받아들여질 위험은 감수해야 할 것이다. 그럼에도 불구하고 언어와 문자의 고유한 역할이 영상매체시대에 더욱 긴요할 수 있는 하나의 근거가 다름 아닌 비평의 존재라는 점을 마지막으로 환기하고 싶다.

비평이 무엇인가라는 물음에는 다양한 답변이 가능할 것이나, 우선 그것이 문자언어로 하는 활동이라는 점에 주목하자. 비평이 언어로 행해진다는 것은 너무나 당연한 사실인데, 오히려 그러하기에 평소에 잊기 쉽고 또 대개 그렇기도 하다. 그러나 이같은 당연한 사실을 환기함으로써 우리는 '문화적 매체' 문제에 있어 언어의 중요성에 관한 중요한 시사를 얻게 된다. 비평의 존재는 언어를 고도로 활용하는 문학이 모든 문화활동의 근거가 될 수 있다는 하나의 증거이기 때문이다.

　문학에 대해서든, 영상에 대해서든, 다른 어떤 문화적 산물이나 활동에 대해서든 비평은 존재하며 그것이 제 기능을 수행하기를 요구받는다. 문화적 산물에 대한 높은 수준의 의견교환이나 평가는 언어를 통한 창조적 협동과정을 거쳐 이룩된다. 비평이 이처럼 언어로 하는 활동인 만큼 언어의 본래적인 창조성에 대한 물음이 삭제된 비평은 그 힘과 진정성이 그만큼 부족할 수밖에 없다. 그런 점에서 모든 비평의 원천에는 문학이 있다. 왜냐하면 문학은 언어의 창조성을 극대화하는 활동이고, 문학비평은 문학을 토대로 한 평가와 성찰의 공간이기 때문이다. 창조적인 문학이 질과 가치 평가에 대한 훈련을 제공한다면, 문학비평은 그같은 훈련을 삶 일반에 적용할 수 있고 또 그러해야만 진정한 의미를 획득한다. 그런 점에서 문학비평은 기본적으로 사회비평이자 문화비평이기도 하며, 거꾸로 탁월한 사회비평과 문화비평은 질에 대한 판단과 연결된 '문학적인' 감각을 수반하기 마련이다. 영상매체를 평가하는 일에서도 문학적 훈련이 필요한 이유는 바로 비평의 속성 그 자체에 있다고 할 것이다.

영어의 억압, 그 기원과 구조

1. 영어의 억압과 정복

　외국어 가운데 하나인 영어는 우리 생활에 깊숙이 들어와 있고, 전문적인 업무뿐 아니라 일상적인 삶을 영위하는 데서도 유용하고 필요한 도구이다. 그러나 그와 동시에 그 유용성에 의해 영어가 우리 사회의 절대 다수 구성원들에게 커다란 억압으로 작용하고 있다는 점도 부정할 수 없는 사실이다. 실상 영어로부터 비롯되는 심적인 부담은 개인에 따라 정도의 차이는 있지만, 때로는 절박하기까지 한 생존의 문제로 다가오기도 한다. 개별적인 필요나 욕구와 관련되어 있는 것이 사실이라 해도, 이같은 심리는 다수 한국인에게 집단적으로 부과되는 일반화된 억압의 한 양태이다. 이 글의 목적은 영어가 우리에게 가하는 억압이 어디에서 기원하며 어떤 방식으로 우리의 삶에 영향을 미치고 있는가를 고찰해보는 것이다. 이것은 영어가 한국인인 우리에게 도대체 무엇이며, 영어의 이같은 지배와 사회구조와의 관계는 무엇인지를 묻는 일이기도 하다. 한국어가 사적인 일상과 공적인 생활 모두에서 통용되고 있는 상황에서, 영어라는 외국어가 우리에게 부과하는 이 특별한 억압은 도대체 어떻게 해석해야 할 것인가? 이는 인간의 삶과 관련하여 사회현상을 바라보는 인문학적인 고찰의 대상이 될 만하고, 되어 마땅한 주제이다.

그러나 영어를 둘러싼 문제가 갈수록 심각한 사회현안이 되고 있음에도, 그것이 가하는 억압에 대한 본격적인 관심 혹은 학문적인 관심은 거의 부재하다고 할 수 있다. 영어의 억압이라는 문제의 상시적인 존재와 점증하는 그 문제의 절실함에 견주어볼 때 이러한 부재 자체가 하나의 생각거리를 제공해준다. 영어의 억압이 현존하고 있고 누구나 느끼고 있음에도 의식적으로 환기되고 공개적인 논점으로 제기되지 않아왔다는 것은 우리 학문의 고답성이나 실천성의 부족과도 무관하지 않겠지만, 영어라는 억압기제가 우리 사회와 인간들의 심층에 깊이 자리잡고 있다는 하나의 방증일 수도 있다. 영어는 근대 이후 우리 삶에서 발휘하는 위력이 가히 폭발적으로 커져가면서, 의심을 떠올릴 여지조차 없이 반드시 습득되어야 할 당위의 모습으로 우리의 심리 속에 굳어져왔다. 영어의 권위가 사회 내에 그리고 사회적 권위의 투사로서 각 개인의 심리 속에 견고하게 자리잡을수록, 이에 대한 적응과 순화의 노력이 개별적인 차원에서 이루어지고 그것을 소유하고자 하는 욕망을 불러일으킨다. 그러나 결코 완전히 성취할 수 없는 그 욕망의 끊임없는 좌절이 특정한 심리적인 결핍으로서의 억압을 탄생시킨다. 그 때문에 영어가 턱없이 스트레스를 주고 있음에 때로는 통탄하고 때로는 분개하면서도, 왜 이 낯선 언어가 우리에게 이토록 삶의 문제를 야기하는가 하는 물음 자체는 은폐되고 심지어 망각되어온 측면이 있다.

영어의 억압은 일차적으로 각 개인에게 닥치는 스트레스의 형태로 나타나지만, 그같은 개별적 발현의 근저에는 우리 개개인의 삶뿐 아니라 사회의 방향 전체를 추동하는 어떤 구조적인 모순이 자리잡고 있다는 것이 필자의 생각이며, 그것이 앞으로 논의하고자 하는 주제이다. 영어를 잘하는 사람이건 못하는 사람이건 한국어를 모국어로 하는 사람이라면 영어에 대한 어떤 자의식(주눅든 열등감으로 나타나든 거꾸로 속물적인 우월감으로 나타나든, 혹은 그 양자가 결합된 양태로 나타나든)을 완전히 벗어나기는 힘든데, 이것은 영어라는 외국어와 관계맺으면서 필연적으로 일어나게 마련인 어떤 착잡한 심리적 곤경을 말해준다. 이 착잡함에는 인정하기는 싫지만 받아들일 수밖에 없는 현실, 즉 스스로 내키지 않음에도 이방의 언어를 강제로 배우고 익혀야 하는 처지에 있다는 점, 그 이방의 언어가 실질적인 위력과 권력으로 다가오고 있다는 점, 그것의 소유가 이 사회에서는 자기 실현의 필수적인 조건이 되고 있다는 점 등에 대한 쓰라린 인정이(혹은 속물적인 우월감이) 깔려 있다.

영어의 억압이 존재하는 한 그것을 소유하고자 하는 욕망이 생겨난다. 그것은 억압의 대상에 대한 일종의 공격적인 형태의 소유욕, 흔히 쓰이는 말로 "영어를 정복"(conquest of English)하고자 하는 욕구로 표출된다. 일상화된 이같은 말 속에는 영어를 단순히 하나의 외국어로 접하고 배우는 태도, 즉 배움에 요구되는 일정한 평상심의 너머에 있는 억압과 욕망의 뒤엉킨 심리상태가 존재한다. 그러나 아무리 '영어 정복'의 욕망과 그것을 부추기는 외부적 충동이 강하다 해도, 이같은 '정복'은 끝내 이루어질 수 없는 불가능의 영역이며, 이 불가능성이 오히려 그 욕망의 지속성을 보장하게 된다. 한국어를 모국어로 가진 사람에게 영어라는 영토에는 끝내 정복되지 않는 부분이 남게 마련이니, 이로 인해 야기될 수밖에 없는 한없이 되풀이되는 실패에도 불구하고 한번 마음속에 구조적으로 자리잡은 욕망은 사라지지 않을뿐더러 더욱 부추겨지고 재생산된다. 그것을 가능케 하고 지속시키는 강력한 기제가 현실 속에 존재하기 때문이다. 그러한 기제는 우리 사회의 공적 영역으로는 교육제도를 통해서, 사적 영역으로는 상업적 이익과 결합되어 있고 영어산업이라고 칭해도 좋을 각종 사업들을 통해서 우리의 일상생활에 작용한다.

영어를 자기 것으로 삼고 말겠다는 이러한 소유욕과 공격 충동은 한편으로는 잡히지 않는 영어에 대한 좌절감을 표현하는 것이지만, 동시에 영어를 습득해가면서 느끼는 성취감을 동반하기도 한다. 영어 정복의 험한 도정에서 이같은 상반된 감정들이 교차하는 체험은 끊임없이 되풀이된다. 그러나 이같은 험로를 거쳐 자랑스럽게 도달하는 습득의 단계들이 한편으로는 영어라는 제국에 정복되는 과정이기도 함을 인식할 필요가 있다. 우리가 영어를 정복하는 것이 아니라, 영어가 우리를 정복하는 것이다. 영어를 어느정도 정복하여 제법 마음먹은 대로 부리게 되었다고 생각하는 순간, 영어는 어느새 우리의 마음을 지배하고 자기 뜻대로 우리를 조정하는 힘을 획득한다. 언어는 '우리'가 활용하는 수단으로서의 어떤 (정복의) '대상'일 뿐만 아니라, 우리 속에 개입하고 우리를 형성하는 힘이기도 하다. 영어를 정복하겠다는 욕망이 결국 영어에 지배되는 결과로 나타나는 것은, 영어라는 언어에 동반된 문화적인 힘이 우리 속에 영어가 자연스러워지는 정도에 따라 비록 정비례하는 것은 아닐지라도 어떤 방식으로든 우리의 정신에 작용하게 마련이기 때문이다. 영어와의 얽힘은 결국 한 민족이나 그 구성원들의 (문화적) 정체성의 문제를 불러일으키게 된다.

지배적인 외국어의 존재가 민족구성원의 삶에 야기하는 정체성 위기와 정체성 왜곡의 기록은 일찍이 프란츠 파농(Franz Fanon)이 초기 저작에서 인상적으로 기록한 바 있다. 파농은 『검은 피부, 흰 가면』(*Black Skin, White Masks*, 1952)에서 프랑스 식민지였던 서인도 앙띠유 제도(the Antilles)의 흑인이 프랑스어를 습득하면서 프랑스 백인과 자신을 동일시하는 심리에 휩싸이게 되는 현상을 실감나게 그려냈다.[1] 이 과정에서 흑인은 백인의 인정을 받고 그의 사고방식에 자신을 맞추고자 하는 욕망을

---

1 Franz Fanon, *Black Skin, White Masks*, trans. Charles Lam Markmann (New York: Grove Press 1967) 17~40면.

통해, 심리적으로 스스로를 백인과 동일시하고 흑인됨을 부정하는 자기 분열에 빠진다. 이같은 언어체험을 거치면서 흑인은 결국 자기 자신의 존재에서 소외되고 가짜 백인의 욕망에 빠져 정체성의 왜곡을 겪는다. 식민지배가 피식민인들에게 초래하는 심리적 악영향과 소외는 이처럼 지배자의 언어를 매개로 하여 나타나고 또 강화된다.

파농이 기술한 서인도 제도의 상황이 우리의 모습과 일치하는 것은 아니지만, 식민주의의 심리적 영향이 언어와 관계맺는 양상에 대한 관찰은, 영어라는 언어의 제국주의적 속성이 더욱 뚜렷해져가는 지금 적지 않은 시사를 던져준다. 영어제국주의의 존재와 그 영향에 관한 논의는 주로 영미의 식민지 지배와 관련하여 이루어져왔으나, 영미권의 구식민지에서도 파농의 기술(記述)은 유효해 보인다. 그러나 과거 형태의 식민지는 더이상 존재하지 않거니와 새로 부각되는 영어의 제국주의적 성격은 미국 대중문화의 전지구적 확산이라는 현상과 결합되어 나타난다는 점에서, 파농의 문제틀에서 벗어나는 새로운 면모를 보여준다. 하여간 영어가 세계어로 등장하고 또 그것을 이념적으로 뒷받침하는 주장들이 늘어나는 가운데, 영어의 지배가 한 민족공동체에 던지는 정체성의 위기는 첨예한 문제로 떠오르고 있다. 영어의 억압에 대한 고찰이 단순히 우리 사회에만 국한될 것이 아니라, 지구화와 미국 중심의 세계 자본주의체제, 그리고 다변화된 문화침투의 양상을 동반하는 제국주의의 새롭다면 새로운 국면에 대한 해석을 필요로 함은 이 때문이다.

2. 영어의 지구적 확산과 특수성

(1) 영어 확산의 역사적 구조와 우리 상황의 특수성

우리 사회에서 영어가 차지하는 특별한 지위는, 영어의 세계지배라는 보편적인 현상의 반영이면서 또한 우리 나름의 특수한 면도 보인다. 영어의 확산, 문자 그대로 지구적인 확산은 비단 근래에 한정되는 현상이 아니라, 영국이 해외진출을 본격화한 17세기 이후부터 유구한 역사를 가진다. 말할 것도 없이 이같은 영어의 확산은 식민주의와 긴밀한 관련을 맺고 있으니, 영국과 미국이라는 영어 사용 제국의 등장은 결정적이었다. 영어의 세계적인 확산을 촉진해온 이같은 식민주의 기획은 대개 20세기 초반 식민지들이 독립하기 시작할 때까지 수백년간 지속·강화되어왔다. 물론 시기적으로 다소간의 차이는 있지만 여타 유럽어들, 가령 프랑스어와 뽀르뚜갈어, 스페인어가 식민지에 유입되는 현상과 영어의 확산은 유사한 속성을 가진다고 할 수 있다. 그러나 영어는 몇가지 중요한 요인, 말하자면 영국이 근대세계의 실질적인 패권국가가 되었다든가, 미국·캐나다 그리고 오스트레일리아라는 대규모의 영어 사용 독립국이 생겨났다든가, 20세기 초에 이르러 미국이 새로운 강자로 등장했다든가 하는 요인들을 통해 다른 유럽어들을 제압하고 바야흐로 '세계어'(global language)의 지위와 위력을 획득하게 된다.[2]

한국은 유럽이나 미국이 아닌 일본의 식민지였으며 서양어가 강요되거나 유포된 경험은 없지만, 크게 보아 영어권이 패권을 장악하고 있던 시기에 세계질서 속으로 편입되었고 영어권 문화의 영향을 크게 받아왔다. 처음에는 직접적인 영향이 아니라 일본을 통한 것이었지만, 문학의 영역에서만 보더라도 문호개방 전후나 일제 강점기 동안 서구문학 가운데서도 영미의 작품이 압도적으로 많이 번역되었다는 사실은 이같은 정황을 잘 말해준다.[3] 해방 이후 남한사회는 미군정 치하에서 국가의 형태를 갖

---

2 세계어로서의 영어의 지위에 대한 주장과 개괄적인 설명으로는 David Crystal, *English as a Global Language*(Cambridge: Cambridge Univ. Press 1997) 참조.
3 김병철 『한국근대번역문학사 연구』(을유문화사 1975). 번역된 영미권 문학 가운데서 해방 후부터는 영국 작품보다 미국 작품이 현저한 우위(해방 후 5년간 시는 두배, 소설

추어갔고 그후 미국에 대한 정치적·경제적·군사적 종속이 지속 강화되면서, 실제로 영국이나 미국의 직접 식민지 시기를 거친 민족과 차이는 있지만, 영어에 대한 요구가 다른 외국어에 대한 요구보다 압도적으로 많아졌다. 미군정청은 군정기간 중 영어를 '공어'(公語)로 선포하고 사용하였으며, 자연히 미국 유학 출신으로 영어에 능숙하고 친미적인 성향을 가진 한국인들이 정책결정에 주로 관여하며 권력을 행사하게 된다.[4] 특히 이 시기에 확립된 교육제도는 미국의 것을 그대로 수용하여 이후 한국사회의 교육과 가치관의 형성에 절대적인 영향을 미치게 된다. 우리 현대사가 말해주듯이 한반도, 특히 남한에 대한 미국의 주도적인 개입이 진행되고 미국에 대한 남한의 종속적인 관계가 굳어지면서, 미국과 미국적 사고방식을 이해하거나 영어를 구사할 줄 아는 사람들은 실질적인 지배세력으로 새롭게 부상하였다. 남한사회의 각 분야에서 소위 지도층으로 불리는 세력의 절대다수는 다름 아닌 미국 유학생 출신으로 이루어지게 된 것이다. 이런 조건 아래 영어의 특권과 지배는 제도적으로 정착되었고, 영어가 권력어로서 신분상승을 꿈꾸는 일반인들의 선망의 대상이자 필수요건으로 자리잡는 환경이 조성되었다.

물론 우리의 역사적 과정과 환경은 영어권 식민지를 경험한 지역들과는 차이가 있다. 남한의 경우 영어의 본격적인 지배는 소위 신식민지 시대라 불리는 2차대전 이후로서, 진작부터 영어가 강요되고 침투하여 이미 사회의 몸체 속으로 들어와버린 구 영어권 식민지와는 구별된다. 가령

은 세배)를 보이는 역전 현상에 대한 언급과 자료 소개는 824~37면 참조.

4 미군정청이 친미적인 영어 구사자들을 한국인 보조역으로 중용한 것에 대한 상세한 소개와 논의는 이길상 「미군정의 국가적 성격과 교육정책」, 『정신문화연구』 47호(1992) 193~209면 참조. 과장된 말이긴 하지만 당시 미군정청의 한 관리(Robert W. Wiley)는 "모든 한국의 중등학교 졸업생들의 꿈은 어떤 희생을 무릅쓰고라도 미국에 유학가는 것"이며 "미국에 가는 것이 당시 한국 젊은이들에 의해 특권으로 받아들여지고 있었"다고 증언한 바 있다.

아시아와 아프리카의 영어권 식민지들, 인도·말레이시아·싱가포르·필리핀이라든가 탄자니아·케냐·나이지리아·가나 등에서 영어는 사회구조 속에 크든 작든 자리잡았으니, 실제로 이 모든 나라들에서 식민지 지배언어였던 영어는 독립 이후에도 쉽게 벗어던질 수 없는 일상적인 소통어였고, 나아가 대개의 신생독립국에서 요구되는 '국민적 통합'을 위한 '연결어'(link language)의 역할을 하기도 했다. 이같은 여건에서 나이지리아의 아체베(Chinua Achebe)처럼 각 나라의 '국민문학'(national literature)은 식민지 이전의 분산된 부족어가 아닌 영어를 매개로 해서 가능하다는 주장과 실천이 나오게 된다.[5] 영어권 구식민지들이 공식적으로든 비공식적으로든 영어를 공용어(official language)로 할 수밖에 없었던 사정은 이처럼 오랫동안 이루어져온 영어의 산포(散布)와 관련이 있다.

그러나 이 신생독립국들에서 영어라는 언어의 존재는, 새롭게 발흥한 민족국가의 통합이념으로서의 민족주의와 필연적으로 충돌하게 된다. 민족통합을 위한 '연결어'의 역할을 일정정도 수행해온 것이 사실이지만, 때로는 부족 간의 분쟁을 촉발하는 수단으로 동원되기도 하고, 근본적으로는 '연결' 자체가 영어소통이 가능한 소수 교육계층에 한정되어 다수 일반민중에게는 무용하거나 그들을 소외시키는 데 일조했기 때문이다.[6]

---

5 영어로 쓴 작품의 '국민문학적' 성격을 의식적으로 주장한 아체베와 이에 맞서 그를 비판하고 아프리카어의 재생과 민족문학의 민중성을 강조한 응구기 와 시옹오(Ngũgĩ wa Thiong'o)의 입장이 날카롭게 대립하는데, 이에 대한 상세한 논의는『안과밖』12호 (2002년도 상반기)에 이 글과 함께 실린 이경원「영어제국주의와 탈식민적 저항의 가능성」참조.

6 아프리카에서 영어가 부족들의 분쟁을 촉발하는 수단으로 사용된 예에 대한 지적으로는 Terence Ranger, "The Invention of Tradition in Colonial Africa," Eric Hobsbawm & Terence Ranger eds., *The Invention of Tradition* (Cambridge: Cambridge Univ. Press 1983) 247~52면. 또 영어가 연결어이기는 하나 소수 지배층만을 위한 도구가 된 스리랑카의 경우는 Arjuna Parakrama, *De-hegemonizing Language Standards: Learning from (Post) Colonial Englishes about 'English'* (London: Macmillan Press 1995) 175면 참조.

독립 후 한동안 영어를 공용어로 인정하던 말레이시아가 결국 1969년 토착어인 말레이어를 유일한 국어(national language)로 정하는 개혁을 추진하였을 때 이를 둘러싸고 일어난 사회적 갈등의 확산과 분열이라든가,[7] 인도에서 힌디어와 영어의 경합이 초래한 착잡한 인종갈등 및 계급분쟁 등을 살펴볼 때, 영어라는 외국어는 구식민지에서 먹기도 힘들고 버리기도 어려운 계륵과 같은 것으로, 탈식민사회의 모순구조를 반영하고 증폭하는 정치적 계기로도 작용해왔다. 특히 인도의 상황에 대한 아흐마드 (Aijaz Ahmad)의 다음 발언은 구식민지국에서 영어의 애매한 지위가 사회구조와 얽혀 있는 딜레마를 잘 드러내준다. 아흐마드는 영어가 식민지 시기부터 통합의 힘으로 여겨진 것이 피식민국의 부르주아계급의 공고화 및 팽창과 연결되어 있으며, 영어로의 글쓰기가 '지역적인'(regional) 것을 벗어난 '민족적인'(national) 문학이라고 내세우는 것이 소수 영어엘리뜨 계층의 이데올로기임을 날카롭게 지적하면서도, 다음과 같이 쓰고 있다.

그것이 애초 식민주의를 통해 삽입되었다는 근거에서 이제 와서 영어를 거부할 수 없는 것은, 같은 이유로 철로를 보이콧할 수 없는 것과 마찬가지이다. (…) 인도의 문명적 에토스라는 것이 만약 있다면, 그것은 어떤 경우에서든 어휘들과 도구들의 인도화의 과정에 깊이 새겨져 있다. (…) 영어는 이제 어엿이 인도 자신의 언어들 가운데 하나이고 현금의 문제는 그것을 축출할 가능성이 아니라 우리의 사회적 조직 속으로 그것이 동화되는 양식과, 언어적 차이의 다른 기본구조처럼 이 언어가 지금 이곳에서의 계급 형성과 사회적 편견의 과정에서 사용되는 방

---

[7] 말레이시아의 국어문제를 둘러싼 갈등과 말레이어와 영어의 쟁패를 둘러싼 정치적 문제에 대해서는 Alastair Pennycook, *The Cultural Politics of English as an International Language*(London: Longman 1994) 183~221면.

식이다.[8]

　아흐마드의 고민은 영어라는 언어의 존재가 인도사회에 일으키는 혼란
에 머물지 않고 인도사회의 구조적 모순에 그것이 결합되어 있는 양상에까
지 닿아 있다. '지금 이곳'에서 이러한 근본 딜레마를 야기한 그 시원은 물
론 식민지 경험이라는 업보이다. 여기에는 애초 영어가 식민지에 이식될
때, 무엇보다도 식민지의 계급적 분리를 창출·고착해내는 요인이 되었다
는 치명적인 역사적 사정이 깔려 있다. 즉 식민자들이 소수 토착 지배엘리
뜨와 결탁하는 과정에서 영어교육이 결정적인 역할을 하였던 것이다. 영
어로 교육을 받은 소수 엘리뜨는 다수 민중과 자신을 분리시켰으며, 이로
써 영어는 식민국에서 특권과 기회 그리고 지배의 언어로 자리잡아갔다.[9]
　이처럼 명백한 식민기획 아래 영어가 확산·통제·조절되는 과정은 '영
어제국주의'가 실제로 작용하는 모습을 보여주고, 이처럼 이식된 영어와
계급분리의 구조는 독립 이후까지 구식민지 제3세계에 쉽게 해소될 수 없
는 갈등과 딜레마를 초래했다. 영미권의 식민지들이 독립 후 실질적으로
대미 혹은 대영 종속관계에서 벗어나지 못한 이유는, 부를 장악한 지배층,
기본적으로 영어교육을 받은 소수 부르주아 엘리뜨들이 각 나라에서 여전
히 경제적·정치적 지배블록을 형성하고 있고, 여기에 그들이 근대화의 이
념을 주창하면서 반제국주의적 민중에 대한 통제를 실현해왔기 때문이다.[10]

---

8 Aijaz Ahmad, *In Theory: Classes, Nations, Literatures* (London and New York: Verso 1992)
　77면.
9 인도의 경우, 식민 초기에 식민자들은 자기들의 목적을 위해서 인도의 언어와 문화를
　장려하는 정책을 펴려고 했으나, 오히려 인도의 부르주아 계층이 이를 반대하고 영어
　중심의 교육을 주장하였다는 사실은 시사적이다. 이후 19세기 중엽부터 다수에게는 지
　방어를, 소수 엘리뜨에게는 영어를 교육하는 방식으로 영어엘리뜨 정책을 강화하게 된
　다.(Alastair Pennycook, 앞의 책 75~80면 참조)
10 아프리카의 경우, 전체 국가의 60%가 영어를 공용어로 하고 있으나 영어 자체는 소수
　만이 구사하는 언어이며, 아프리카통일기구(Organization of African Unity, 약칭 OAU)

이런 구식민지들의 상황은, 대미 종속이 해방 이후에 이루어져 급속도로 공고화된 남한사회와는 다르다. 더구나 다수의 종족어가 공존하고 때로는 갈등하는 상황에서 영어의 기능 중 중요한 것으로 부각된 사회통합의 매개라는 성격이, 한국처럼 하나의 통일된 언어가 확고하게 자리잡은 곳에서는 전혀 유효하지 않다는 점에서도 구 영어권 식민지와 한국은 엄연히 다르다. 따라서 영어문제는 각 지역이나 민족의 조건에 따라서 구체적으로 대응해야 할 사안이지, 영어의 세계화 논리를 우리 현실에 그대로 적용할 수는 없다. 그럼에도 우리 근대사에 대한 미국의 결정적인 개입이 가져온 영어의 권력화 현상에 대해서는 앞에서도 언급하였거니와, 가령 영국문화원이나 풀브라이트(Fulbright) 재단의 역할에서 보듯이, 우리 현대사에서는 영어엘리뜨층을 형성하고 재생산해내려는 영어권의 교육 및 문화활동이 어느 곳 못지않게 활발하게 이루어져온 것이 사실이다. 우리 사회에서 영어문제는 구식민지들과는 분명 다르지만, 사회구조 속으로 틈입해 들어와 계층문제를 유발한다는 점에서는 유사한 면모가 없지 않다.

영어는 '제국주의적' 과거를 지닌 언어이고 지금도 그런 속성을 띠고 있지만, 그것이 이미 사회 속의 일부로, 소통의 도구로 뿌리내린 곳에서 이를 배척하고 토착어를 유일한 국가의 언어로 채택하는 정책이 현실성이 없음은 분명하다. 남한사회 또한 영어가 유입되어온 역사와 그에 수반된 제도적 장치들과 관념들을 송두리째 들어낼 수 없거니와 이런 상황에서 영어의 파급과 위력을 부정하고 모국어의 순결성을 강조하는 자민족중심적인 논리로 영어를 배격하는 방식은 제국주의에 맞서는 기획으로서

가 아프리카어의 사용을 권장하였으나 스와힐리어 같은 극소수를 빼고는 주변화를 면하지 못하고 있고, 거꾸로 이 기구의 언어국이 1986년 폐지된 것은 흥미롭게도 이같은 정책을 못마땅해하던 영어 사용 엘리뜨들의 압력이라는 사실을 지적한 것은 Robert Phillipson, *Linguistic Imperialism*(Oxford: Oxford Univ. Press 1992) 27면.

한계를 가질 수밖에 없다. 식민화와 동시에 진행된, 그리고 우리의 삶이 그것에 따라 구조화될 수밖에 없었던 근대화라는 과정 자체가 서구어 특히 영어와의 연계를 떠나서 이루어질 수 없었음은 제3세계의 일원인 우리의 운명이기도 했다. 그런 만큼 영어라는 외국어는 손쉽게 끊어낼 수 없을 정도로 우리의 삶속에 들어와 있으며, 또 그러하기에 역으로 영어와의 씨름은 삶의 여러 국면에 걸친 어떤 본질적인 문제에 대한 싸움으로 이어질 수 있는 잠재력을 지니고 있기도 하다. 여기에서 민족 전체의 차원에서나 국지적인 차원에서 실천적인 활동과 결합된 '영어의 정치'(politics of English)가 작용할 여지가 열리게 된다.

(2) 지구화의 계기와 세계어의 이데올로기

영어 확산은 이처럼 오랜 기간에 걸쳐 이루어진 셈이지만, 근래 들어 제기된 '세계영어'(global English 혹은 world English)에 대한 개념 혹은 관념은 '영어의 정치'에 새로운 도전을 야기한다. 무엇보다도 현재 우리 사회의 문제라고도 할 영어에 대한 이상과열 현상은 해방 이후의 전통적인 영어중시 정책과 더불어 영어의 세계화에 대한 의식과 주장들에 의해 추동되고 뒷받침되고 있다. 영어가 세계언어라는 말은 어폐가 있는데, 실제로 사용인구가 한정되어 있기도 하고 지역적으로 프랑스어나 중국어·스페인어·아라비아어 등 여타 공통어(lingua franca)들이 공존하고 있는 것이 현실이다. 그럼에도 냉전이 끝난 1990년대 이후 국제적이고 상업적인 혹은 학문적인 면에서 영어가 세계의 유일한 공통어로 되어가는 현상은 더욱 현저한 것처럼 보인다.[11]

실제로 수년 전부터 우리 사회에서 영어 공용어화 주장이 제기되어 사

---

11 이와 관련하여 다른 공통어(lingua franca)들과 나란히 분류되던 영어가 지금에 와서는 오히려 사전적(辭典的)으로도 유일한 공통어로 올려진 현상에 대한 지적은 Robert Phillipson, 앞의 책 41~42면 참조.

회적으로 논란이 벌어졌고 아직도 그 불씨가 가라앉지 않은 것도 이와 관련이 있다. 기본적으로 이같은 주장 자체는 영어가 통용되는 영역이나 지역이 존재하지 않는 나라에서는 터무니없이 과격하고 현실성도 없다. 심지어 영어권의 구식민지처럼 영어가 사회의 일부에서 혹은 전반적으로 유통되고 있는 조건에서도 영어의 공용어화를 둘러싼 사회적 저항이 있어온 것이 현실이다. 가령 말레이시아가 말레이어를 유일한 국어로 인정한 것이나, 필리핀이 영어를 자연과학 분야에만 허용하고 일반적인 교육의 매개체로서는 제한하는 조치를 취한 것도 그런 예들이다.[12] 우리나라처럼 영어가 민족구성원들의 일부에서조차 일상어로 통용되지 않는 곳에서 공용어화 주장이 나오는 것은 세계적으로 흔치 않은 일인데, 그럼에도 불구하고 여기에 부응하는 목소리들이 일부 지식인들이나 심지어 정권 담당자의 입에서 거침없이 나왔다는 사실은 영어와 미국이 얼마나 깊이 우리의 사회적 무의식 혹은 의식을 장악하고 있는지를 보여준다. 그러나 동시에 영어에 대한 이같은 과잉의식이 미국이 주도하고 있는 지구화의 피할 수 없는 현실과 관련되어 있는 것은 그것대로 진실이며, 이것은 영어가 통용되지 않는 다른 동아시아국, 즉 중국이나 일본에서도 정도의 차이는 있을지언정 비슷한 주장이 사회 일각에서 대두되고 있는 사정을 연상시킨다.[13]

세계어로서의 영어라는 관념은 영어를 지배와 식민화의 매개체로 이해하는 시각과 첨예하게 대립한다. 무엇보다도 세계어로서 영어는 모든 상

---

12 Joshua Fishman, "Sociology of English as an Additional Language," Braj Kachru ed., *The Other Tongue: English Across Cultures*(Urbana and Chicago: Univ. of Illinois Press 1992) 22면.

13 일본의 경우는 수년 전 영어 공용어화에 대한 총리의 언급으로 우리와 유사한 논란을 겪은 일이 있고, 최근 영어학습 열기가 뜨거운 중국에서도 영어가 "거의 국제적인 의사소통에만 쓰이던 데서 중국인들 사이의 의사소통으로 확대"되어야 한다는 주장이 학계에서 제기되었다는 소개는 Robert Phillipson, 앞의 책 30~31면 참조.

이한 언어들이 공존하는 상황에서 세계 내 종족이나 민족 간의 소통을 가능하게 해주는 공통어로, 그런 점에서 편리하고 필수적인 하나의 소통도구로 이해된다. 이같은 시각에서 영어의 지배언어로서의 성격을 합리화하는 가장 핵심적인 논거는 다음 두가지이다. 하나는 영어는 중립적인 매개체라는 것이며, 다른 하나는 영어는 '강요'되는 것이 아니라 오히려 '요구'된다는 것이다.

영어의 중립성을 주장하는 시각에서는 영어가 이제 어느 특정 국가의 민족어가 아니라 세계에 산포되어 있는 세계어라는 현실이 강조되고, 여기에 기본적으로 언어는 소통의 도구일 뿐이라는 언어관이 뒷받침된다. 한마디로 영어는 현재 가장 소용에 닿고 그런 만큼 필요에 따라 사용하면 그뿐이라는 것이다. 이런 중립성에 대한 주장이 영어를 언어제국주의의 첨병으로 보는 관점과 상충하는 것은 물론이다. 세계어로서의 영어의 가치를 적극 주장하는 대표적인 논자인 카크루(Braj Kachru)가 "영어가 일찍이 어떤 이유로 퍼지게 되었든지 간에" 지금의 현상을 인정할 수밖에 없고 영어를 식민 과거와 연관짓는다거나 나쁜 영향을 끼치는 것으로 보는 것은 피해야 한다고 주문하는 것은 그런 예이다.[14] 영어가 강요되지 않고 요구된다는 두번째 주장도 중립성과 관련되어 있다. 영어가 세계적으로 유용한 도구이니 필요한 사람들이 스스로 찾게 마련이고, 따라서 영어 사용을 강요할 필요도 강요할 이유도 없으며, 그런 점에서 영어의 확산과 지배는 자연스러운 현상이라는 것이다.[15] 이러한 관념들이 현재 영어의

---

14 Braj Kachru, "Models for Non-Native Englishes," Braj Kachru ed., 앞의 책 67면.
15 현상적으로 그릇된 말은 아니지만, 이것은 자본주의사회에서 수요는 자연발생적인 것이 아니라 창출된다는 경제학의 기본에 대한 무시이며, 동시에 영어가 제도적·문화적·이념적으로 부추겨지고 강제되는, 즉 비폭력적인 '강요'가 수반되는 현실과도 어긋난다. 국제어로서의 영어에 대한 담론과 영어의 확산이 제도적으로 뒷받침되어 가속화하는 점에 대한 상세한 논의와 비판은 Alastair Pennycook, 앞의 책 11~24면 참조. 또 영어의 확산이 시장주의와 관련을 맺고 있는 점에 대한 지적으로는 Marnie Holborow,

성세와 그 현상을 부추기고 환호하는 움직임과 결합되어 있음은 분명한 사실이다.

영어의 보편성에 대한 이러한 주장들은 지구화 담론이 성행하고 그것이 현실적으로 힘을 얻고 있는 지금의 상황과 부합한다. 그러나 지구화가 영어의 지위와 성격에 미친 변화를 십분 감안하더라도, 이와 같은 세계어로서의 영어라는 관념은 현실의 심층을 호도하는 하나의 신화이자 허구이다. 영어의 중립성 주장 가운데 영어 자체의 속성에서 그것을 찾는 태도가 이데올로기적 성격을 띠는 것은 분명하지만,[16] 영어가 더이상 특정 민족의 언어가 아닌 보편적인 언어라는 주장은 영어의 산포와 각지에 생성된 비표준 영어(각 지역의 다양한 영어 변형과 피진pidgin이나 크리올 creole 영어)의 존재를 염두에 둔 것이다. 여기에는 좀더 전복적인 관점이 게재되어 있기도 한데, 이같은 비표준 영어의 지위를 인정하면서 표준 영어의 특권과 권위에 도전하는 영어학의 최근의 한 흐름이 '해방언어학' (liberation linguistics)이라는 별칭을 얻고 있는 것은 그런 까닭이다.[17] 그러나 변형영어 현상을 단순히 인정하자는 것은, 그 각각의 지역에서 변형된 영어가 지배계층과 단단히 맺어져 권력을 행사하고 있으며 그것이 미국 중심의 세계질서와 결합되어 있는 정치현실을 묵과하게 될 위험이 크다. 영어가 중립적이라는 주장에는 또한 언어가 하나의 도구라는 발상이 전제되어 있다. 이같은 발상은 그 자체로 아주 틀린 것은 아니지만, 볼로시노프(V. N. Volosinov)의 표현을 빌려 말하면, 언어란 중립적인 '기호'

The Politics of English(London: Sage Publications 1999) 72~73면 참조.

16 가령 영어가 세계어가 된 이유를 그 개방적인 성격에서 찾는 Peter Strevens, "English as an International Language," Braj Kachru ed., 앞의 책 31~32면 참조.

17 이 표현 자체는 랜돌프 퀵크(Randolf Quirk)에 의한 것이나 원래 이 경향에 반대하던 입장에서 경멸적으로 붙인 것이다. 카크루(Braj Kachru)가 그러하듯이 이러한 '해방언어학'의 주창자들이 실은 영어의 지배현상을 긍정하는 경향을 보이는 점은 흥미롭다. 이 점에 대해서는 Robert Phillipson, 앞의 책 25~27면 참조.

(sign)일 뿐 아니라 그 기호에 역사적으로 부착된 '의미'(meaning)이기도 하다는 점을 도외시한 것이다. 실상 언어라는 기호는 실생활에서 구체적으로 사용되는 맥락을 떠나 독자적으로 존재하지 않는다는 것이 볼로시노프의 관점이다. 현실 속에 살아 있는 언어에 대한 이러한 인식을 통해 언어에 구조화된 기성질서에 개입할 공간이 열린다.[18] 나중에 상술하겠지만, 언어의 본원적인 사회성과 창조성을 도외시하는 도구주의적인 언어관이나 기능주의적인 언어관은 영어의 득세와 관련해 가장 심각한 삶의 왜곡을 야기한다고 할 수 있다.

영어의 억압의 기원과 구조를 살필 때 필자의 관심은 결국 우리 사회에서 특히 두드러지는 영어에 대한 광증이 어떤 사회적인 역학관계 혹은 병리학과 관련되어 있는가 하는 점으로 모아진다. 우리 사회에서 영어에 대한 의미 부여는 분명 과잉되어 있고, 이것을 한국인들의 심성과 관련지어 설명하는 것도 아주 불가능하지는 않다. 이를테면 쉽게 끓어오르고 쉽게 식어버리는 심성이 그것이다. 그러나 이같은 개별적인 혹은 집단적인 심성과는 무관하게 영어가 하나의 숭배대상이 되다시피 한 이 현상의 근저에는, 영어를 물신화하는 기제가 작용하고 있다. 영어는 온갖 매혹과 미신과 환상이 부착되어 있어, 마치 그 자체로 생명을 가진 영험한 존재처럼 우리의 정신영역에 자리잡고 있다. 즉 영어는 어느새 투명한 매개체가 아니라 부와 진보와 문명의 표상이 부여된 물신이 되었으며, 이처럼 신격화된 대상이 됨으로써 영어가 자본주의의 언어라는 명제를 확인시켜준다. 영어가 물신으로 자리잡는 현상에는 모든 것을 사물화하는 자본주의의 기제가 작용하고 있는데, 이는 자본주의의 전개와 영어의 세계적 확산이 긴밀히 관련되어 있음을 환기시킨다.[19]

---

18 볼로시노프의 언어관에 대해서는 V. N. Volosinov, *Marxism and the Philosophy of Language*, trans. Ladislav Matejka & I. R. Titunik(New York and London: Seminar Press 1973) 17~24면 참조.

실상 영어가 그 이전의 지배적인 언어였던 라틴어나 프랑스어와 그 성격을 달리하는 것은 그 확산이 다름 아닌 자본주의의 발흥과 때를 같이하고 있다는 점이며, 영국에 이어 미국이 패권을 장악하는 20세기에 와서 자본주의 언어로서의 위상은 더욱 공고해진다. 그리고 이제 자본주의체제가 완성을 향해 나아가는 지구화시대에 이르러 영어는 이 시대에 어울리는 가장 자연스럽고 보편적이며 매력적인 매개체가 된다. 결국 우리를 억압하는 영어라는 외국어는 심층적으로 자본주의 구조와 깊이 맺어져 있는 것이다.[20] 이 때문에 영어의 확산은 언어로서의 창조적인 가능성이 아니라 그 효용성을 제고하고자 하는 방향으로 쏠리게 되고, 이것이 공리주의(utilitarianism)라는 자본주의의 핵심이념과 결합하게 된 것은 자연스러운 일이다. 단적으로 영어에 대한 제도적인 부추김과 강요는 인간을 자본주의적 생산의 도구, 즉 인적자본(human capital)으로 보는 관점과 이어져 있다.

이와 같은 맥락에서 보면 우리 사회에서 근년에 일어나고 있는 영어에 대한 광증은 자본주의의 지구화라는 거대한 흐름과 연결되어 있다고 할 수 있다. 신자유주의 이념에 종속된 일부 학자나 지식인들의 영어 공용화론이 그 이데올로기적인 공세의 일환이라면, 작년 제주도의 국제자유도시화 계획과 관련하여 제주도에서의 제한적인 영어 공용을 정책적으로 제기한 우리 정부와 집권당이 보여준 영어와 영어정책에 대한 천박한 이해는 지구화가 동반하는 신자유주의의 충실한 수행과 관련있는 만큼 반

---

19 이 문제에 대해서는 Marnie Holborow, 앞의 책 제3장 "Money Talks: The Politics of World English"(53~96면)가 명쾌하다.

20 이와 관련하여 흥미로운 사례는 영국의 식민지였던 아프리카의 두 인접국 케냐와 탄자니아의 경우로, 자본주의체제인 케냐에서는 영어의 특권적 지위가 광범하고 압도적이 된 반면, 사회주의를 받아들인 탄자니아에서는 스와힐리어가 공용어로 자리잡는 대비를 보여주었다. 이와 함께 지구화가 본격화되고 영어의 힘이 커져감에 따라 탄자니아에서 그같은 정책이 도전받고 있다는 사실은 시사적이다.(Alastair Pennycook, 앞의 책 16면)

드시 돌출적인 것만은 아니다. 그러나 그것이 일반 국민에게는 극심한 언어 억압의 형태로 부과된다는 점만은 짚어야 할 것이다.[21]

3. 비판적 영어교육의 가능성: 영어 억압을 넘어서

한국인으로서 영어의 억압을 피할 길이 없다면, 영어가 강요되고 그것이 심리적 압박감으로 존재하는 상황은 우리에게 하나의 운명처럼 여겨질 수도 있다. 실상 이것은 지구화라는 현실 속에서 어느 곳 못지않게 미국의 강한 영향력 아래 살아야 하는 우리 민족에게 부과된 피할 수 없는 형벌이기도 하다. 비유적으로 말하자면 우리는 우리 땅에 살면서 이국의 언어를 숭배하고, 우리말로 생활하면서 이국의 언어를 존중하는 이산민(diaspora)의 처지에 빠져 있는 셈이다. 국가기구가 앞서서 이같은 언어적 이산을 강요하는 마당이니, 개별 시민이 삶에서 이러한 추세를 감당하기란 힘겨워 보인다. 그러나 달리 보면 억압은 어떤 모순에 대한 인식의 실마리를 제공하기도 하며, 한편으로 모순을 극복하는 에너지의 원천이 되기도 한다. 영어로 인한 억압이 강화되는 환경이 거꾸로 이에 대한 저항의 터전으로 발전할 가능성을 찾는 일, 이것은 지구화의 전일적인 공간 속에서 어떤 파열점을 찾아내려는 노력과 통한다.

이런 점에서 볼 때 영어를 가르치고 배우고 익히는 생활은 단순히 유

---

21 제주도에서의 영어 공용화 문제는 무엇보다 제주주민자치연대를 비롯한 제주 시민단체들의 강력한 반발에 부딪혀 외국인의 외국어 공문서를 허용하는 선으로 물러선 것으로 알려져 있다.(『제주일보』 2001년 10월 22일자) 영어문제를 둘러싸고 제주도에서 벌어진 이같은 갈등과 그 잠정적인 귀결은 영어가 민족적 혹은 지역적 정치학의 중요한 고리가 되고 있는 현실을 환기시킨다. 즉 영어 공용화 정책에 대한 일부 이권집단의 옹호와 다수 시민들의 반발이라는 '영어의 정치학'은, 반민중적인 성격의 신자유주의 정책과 이에 대한 시민적 저항이라는 점에서 주목된다.

용한 한 언어를 숙달하는 차원에만 그치는 것이 아니라, 식민화와 탈식민화 그리고 자본주의적 지구화의 상황에 대한 감각을 훈련할 수 있는 장이 될 수도 있다. 이 경우 필자는 핵심적인 문제를 '실용영어'라는 개념에서 찾을 수 있다고 본다. 대수롭지 않은 듯 보이는 이 말 속에 언어와 인간의 삶, 그리고 문명의 방향을 둘러싼 쟁점이 내재해 있다. 현재 우리 사회의 대다수에게 가해지는 영어 억압의 직접적인 원인은 다름 아닌 이 '실용영어'에 대한 공포나 욕망과 관련되어 있다. 일상생활에서의 의사소통을 캐치프레이즈로 내건 이 실용영어라는 관념은 현재 교육현장과 영어정책 입안자 모두의 생각을 거의 장악하고 있는 실정이다. 실용이란 것이 나쁠 리 없고, 영어의 '실용성'을 추구하는 것이 필요한 것도 사실이다. 그러나 언어의 실용성이란 것에 일상회화의 차원만 있는 것도 아니고, 근본적으로 언어에 실용성만이 존재하는 것도 아니다. 언어를 실용성의 차원에서만 이해하는 것은, 언어가 창조성을 낳는 공간이며 동시에 문화의 축적이 일어나는 장소라는 점을 도외시하는 것이다. 언어의 진정한 용도를 실용성만으로 환원할 때, 거기에는 상품의 거래와 같은 기계적인 소통만 남을 것이다.

영어의 제국주의적 성격이 국제어로서의 영어를 교습하는 과정에서 그대로 드러난다는 점에 주목한 로버트 필립슨(Robert Phillipson)은 『언어제국주의』(*Linguistic Imperialism*)에서 1960년대 이래 '효율성'을 중심으로 이루어진 영어교습에서 영어는 "'진보'와 번영의 약속의 땅"으로 인도한다는 전제를 깔고 있음을 지적하고, 그같은 방향이 영어교육을 기술과 기능에 초점을 맞추는 전문가주의로 나아가게 했다고 비판한다.[22] 실상 우리 영어교육의 현장에서도 실용영어라는 관념이 지배적으로 되어 그에 대한 맹목적인 추구가 더욱 힘을 얻고 있으며, 영어교육에 대한 소위 '전

---

22 Robert Phillipson, 앞의 책 216면.

문가'들의 기술적 접근이 거역할 수 없는 대세처럼 되어가고 있다. 이것은 필립슨이 말한 '약속의 땅'이라는 영어에 대한 허상에 토대를 두고 있기도 하거니와, 우리 영어학습에서 실용영어가 중시되는 것은 무엇보다도 실생활에서의 경쟁력을 앞세우는 신자유주의적 정책과 긴밀히 관련을 맺고 있다. 그러나 실용영어로 길러지는 경쟁력이란 직접적인 상거래에서 큰 손해를 보지 않고 외국인과 상대할 수 있을 정도의 언어기술을 획득하는 것이며 그것이 아주 무의미하지는 않겠으나, 사실 그러한 차원의 경쟁력을 위해서는 해당 분야의 전문가 양성 프로그램에 집중하는 것이 더 효과적일 것이다. 그럼에도 언어교육의 전 체계를 효율 중심으로 '개혁'한다는 미명 아래 거의 모든 국민에게 불필요하고 과도한 억압을 가하고 있는 것이 현재의 영어정책이다.

그러나 이것은 유독 우리 정부의 영어정책이 특이해서 그런 것은 아니다. 실제로 영어는 지구화가 대세로 굳어진 후에 더욱더 하나의 기능어로 스스로를 규정하려는 움직임을 보여왔다. 즉 국제어로서의 영어는 기능어인 셈이다. 이것은 영어가 워낙 근대화와 개발 그리고 (최근의 컴퓨터 언어까지 포괄한) 기술공학과 밀접하게 연관된 언어라는 현실 및 이미지와 일맥상통하는 것으로 전혀 부자연스럽게 보이지는 않는다. 그러나 이같은 상황에 처한 영어라는 언어는 단적으로 말해서 역사적으로 그리고 그 모국에서의 일상적인 사용에서 담지하고 있던 창조적인 활동의 영역이 거세되어버린, 기능만 남은 죽은 언어로 화하게 된다. 비유컨대 '실용영어'라는 관념과 정책은 이런 죽은 언어를 습득하는 것을 최고의 목적으로 삼는 제사행위와 같은 것이다.

실제로 영어교육의 이데올로기는 처음부터 영어를 '중립적'이고 '자연스러운' 것으로, 말하자면 그 정치적·사회적 맥락을 배제한 채 순수하고 추상적인 언어체계인 것처럼 가장하는 데 있다. 언어는 언어이지 정치가 아니라는 것이다. 영어의 가르침과 배움이 진행되는 공간에서 영어에 담긴 모든 정치학이 휘발되고, 순수한 기술로서의 언어라는 환상이 작용한다. 그러나 이같은 영어교육의 이데올로기는 역사적으로 언어에 의한 문화적인 식민화를 은폐하고, 지금에 이르러서는 경쟁체계와 상품 중심의 자본주의세계를 당연시하는 논리로 기능한다. 더구나 영어는 이제 무언가를 전하는 그릇일 뿐 아니라 그 자체가 하나의 목적인 상품이 되었고 영어산업은 실용영어의 환상을 부추기는 환경에 힘입어, 그리고 영어 모국의 재생산과 이해관계를 반영하여 날로 팽창해왔다.[23] 우리 사회에서 큰 비중을 차지하는 영어교육이 삶의 창조적인 재생 및 자기실현과 맺어지기는커녕 오히려 그것에 역행해온 것이 일반적인 현실이며, 그같은 추세는 지구화가 진행되는 과정에서 더욱 가중되고 있다.

우리에게 가해지는 영어의 억압이 이처럼 구조적인 차원에 닿아 있을 때, 그리고 그것이 재생산의 기제까지 갖추고 있을 때, 여기에 맞서고 이를 막아낼 여지는 그만큼 좁아 보인다. 영어의 억압을 해소할 방책은 스스로 영어를 정복하는 길밖에 없다는 해답 아닌 해답이 나올 수도 있으나, 그 정복의 과정 자체를 역전시켜 오히려 억압을 증폭시키는 방향으로 돌려놓을 수 있는 것이 바로 이 기제의 무서운 힘이다. 근본적으로 영어에 실린 과잉부하를 막아내고 오도된 영어정책을 바꿀 실천방안을 모색하라는 것이 영어를 업으로 삼는 전문가들에게 바라는 이 시대의 요청이라면, 이것은 작게는 영어교육 현장을 지배하는 신자유주의적이고 기능주의적인 대세에 맞서는 것이고, 크게는 지구화의 흐름 전체에 대해 문제를 제기하는 일과 결합된다.

구체적인 개입의 방식을 찾는 일이 단순하지도 쉽지도 않겠지만, 이는

---

23 영어가 영어 모국에 '황금알을 낳는 거위'라는 말은 과장만은 아니며, 지구화가 본격적으로 거론되기 전인 1980년대 후반에 이미 영어권 국가들의 영어교습 시장과 토플 등의 시험시장이 엄청난 규모로 성장하였고, 특히 한국이 그 가운데서 중요한 수입원이 되고 있다는 조사결과에 대해서는 Alastair Pennycook, 앞의 책 154~58면 참조.

필자를 비롯한 소위 영어 연구자 및 교육자들의 실천과제임을 확인하면서, 여기서는 교육현장과 관련하여 전문 연구자들의 기본적인 자세의 문제를 짚어보는 것으로 그치겠다. 무엇보다 현재 성행하고 강화되고 있는 영어교습 형태의 이념적 성격에 대한 인식을 좀더 강화할 필요가 있으며, 이것은 우선 내 마음속의 억압을 철저하게 들여다보는 데서 시작할 수 있을 것이다. 미약한 시작처럼 보일지 몰라도 모두에게 이같은 억압이 내면화되어 있다면, 자기성찰을 떠나서는 영어를 비판적으로 사고하고 공부하는 것이 가능하지 않을 터이다. 영어를 자기 삶과 우리 사회의 맥락에서 이해하는 인문적 시각이 자리잡을 때, 영어교습 현장이 영어 모국의 제국주의 이념에 맞서는 의미있고 주체적인 언어교육의 장으로 변화할 단초가 열릴 것이다. 여기에는 언어를 도구나 기술의 차원만이 아니라 창조의 과정이자 역사와 정치가 축적되어 있는 사회적 공간으로 바라보는 시각이 기본이 되어야 한다. 즉 어느 때보다도 영어선생들의 주체적이고 의식적인 역할이 필요한 국면인 것이다.

이와 관련하여 팔레스타인 출신의 미국 비평가인 에드워드 싸이드(Edward Said)가 1980년대에 중동지역을 방문했을 때의 체험을 상기해볼 수 있다. 싸이드는 중동 걸프지역의 대학들에서 두가지의 영어가 존재하고 있음을 보았다. 하나는 상업과 공업기술이라는 일상생활과 결합된 기능적인 영어이고, 다른 하나는 전문적인 연구의 대상인 고상한 영문학이었다. 싸이드가 보기에 이 양자는 모두 왜곡된 형태의 영어로 영어제국주의에 대한 대응에서는 무능할 수밖에 없었다.[24] 그렇다면 과연 우리 현실은 어떠한가? 영미의 연구를 순전히 학문으로서 되풀이하거나, 아니면 영어를 철저하게 기능적으로 대하고 가르쳐오지 않았던가? 영어선생의 한 사람으로서 반성이 되면서도, 한편으로 우리 영문학계에서는 싸이드가

---

[24] Edward Said, *Culture and Imperialism*(New York: Vintage Books 1993) 304~305면.

본 걸프지역의 대학들과는 달리 주체적인 영문학 연구의 노력이 일각에서 진행되고 있으며, 그것이 영어의 정치에 대응하는 힘이 될 수 있으리라는 기대와 다짐으로 이 글을 마치고자 한다.

지구화에 대한 한 고찰

◆

근대성, 민족 그리고 문학

1. 지구화가 제기하는 문제들

지구화(globalization)라는 말이 구미 학계에서, 그리고 어느정도 시차가 있지만 우리 학계에서 관심의 대상으로 떠오른 지 대략 10년이 지났다. 1990년대에 진행된 지구화에 대한 논의는 1980년대에 중심을 이루던 탈근대성(postmodernity) 및 그와 연관된 근대성(modernity)에 대한 논의를 이어받아, 여러 학문분야의 담론 형성에 중요한 변수이자 요인이 되어왔다. 지구화란 개념은 사회과학에서 당대 사회의 변화를 해석하는 새롭고도 핵심적인 범주로 떠올랐지만, 인문학이나 문학예술에 던진 파장도 심원했던 것으로 보인다. 지구화는 그야말로 다양하고 복합적인 운동을 함축하고 있기 때문에 한마디로 정의하는 것은 위험한 일이겠으나, 민족국가 혹은 국민국가(nation-state)[1]의 경계를 무너뜨리는 경향이 포함되

---

1 nation-state의 역어로는 민족국가, 국민국가 두가지가 쓰이는데, 이것은 영어의 nation이 원래 (민족 성원이라는 의미인) '민족'과 '시민 혹은 국민'이라는 두가지 의미를 포괄하고 있기 때문이다. 이 글에서는 편의상 '민족국가'로 통일하되, nation의 경우 꼭

어 있음은 누구나 쉽게 생각할 수 있다. 대개 민족국가를 토대로 해서 형성되어온 갖가지 학문이나 문학의 실천, 이념들이 지구화의 현실 속에서 근원적인 도전에 직면하게 된 것은 당연하다고 할 것이다.

필자는 지구화가 학문의 패러다임에 미친 영향에 주목해야 한다는 입장에서, 문학연구의 입지와 관련한 몇가지 문제들을 짚어보고자 한다. 근대문학이 민족 형성과 불가분하게 맺어져 있을 뿐만 아니라 민족문학의 이념과 실천이 근대의 진행에서 하나의 전통으로 자리잡은 우리 현실에서, 지구화가 주는 충격은 그같은 전통과 성취를 재검토하지 않을 수 없게 한다. 물론 이런 과제는 단순한 것이 아니어서 지구화 현상 자체가 복합적인 만큼 이에 대한 해석도 어떤 시각에서 이루어지느냐에 따라 달라질 수밖에 없다. 필자는 논의의 대상인 지구화 개념 자체가 연구자에게 가하게 마련인 어떤 중압감이나 추상성을 우선 고려할 필요가 있다고 본다. 그것은 연구대상으로 인식하는 일부터가 막연할 정도로 거창한 개념이어서 어떤 점에서는 상상력을 동원하지 않고서는 파악하기 어렵다고 여겨지기 때문이다. 따라서 지구화의 전모를 논의하는 일은 그만큼 한계를 지닐 수밖에 없다. 결국 이 글은 지구화라는 명제를 앞에 두고, 지금까지의 핵심적인 사안인 근대성과 탈근대성, 민족국가와 민족주의, 민족문화와 문학을 다시 생각해보는 자리가 될 것이다.

새로운 핵심어가 담론에서 부각될 때에는 그에 걸맞은 현실의 변화가 수반되어야 정당성을 얻는데, 지구화 담론을 뒷받침하는 실제적인 혹은 상징적인 변화는 누구도 부정하기 힘든 위력을 가지고 있다. (탈)근대성 논의가 지구화에 대한 논의로 계승되고 중심을 옮겨온 때가 1990년대라면, 우선 이 시기가 가지는 세계사적인 혹은 민족 내적인 의미를 생각해볼 필요가 있겠다. 단적으로 지난 연대는 사회주의권의 최종적인 몰락으

필요한 때에는 '국민'을 병용하기로 한다.

로 자본주의체제로의 전일화가 이룩된 시기였다. 이에 냉전체제의 기반은 결정적으로 허물어지게 되었고, 동시에 세계체제로 단일화된 자본주의에 대한 대안적인 가능성도 희미해지게 되었다. 일차적으로 이러한 정치경제적 변화가 지구화 논의를 가속화하는 데 주된 요인이었음을 부정하기 어려울 것이다. 이제 자본주의체제의 바깥이 사라짐으로써 모든 세계가 예외 없이 하나의 시장구조 속으로 편입되어 움직이게 되었다. 하나의 지구에 대한 상상력의 한 축은 여기에서 비롯한 것이다.

또다른 하나의 축은 전자매체의 발달로 대표되는 소통기술의 고도화에서 비롯되었다고 할 수 있다. 수많은 인공위성이 지구 전체를 엮어주며 거대한 네트워크를 구성하고 있는 현실은 확실히 전지구가 하나로 묶여 있다는 분명한 이미지를 제공한다. 각종 영상매체와 정보들이 국경의 제한을 받지 않고 흘러들어 모니터 앞에 있는 모든 사람이 그것들에 접근할 수 있게 된 사실은 세계가 지리적인 거리나 민족적인 경계를 넘어서고 인종이나 성별의 차이를 넘어선 동일한 차원으로 통합되어 있다는 느낌을 강화한다.

이 두가지 축을 중심으로 한 지구화의 상상력은 이민(immigration)과 이산(diaspora)의 증가, 국제관계와 교류의 빈번함, 외국 상품의 범람과 대중문화의 전세계적 확산, 외국 기업 특히 다국적·초국적 기업의 확장 등으로 점점 각 지역이나 민족의 생활현장에서 실감을 얻게 되었다. 세계화가 시대의 대세임을 당연시하고 부추기는 대중매체의 선전과 민족적 활로를 위해서는 세계화가 살길이라는 정부의 구호가 대중들에게 미치는 영향을 감안하면, 일반의 의식에도 학계에서 담론으로 자리를 굳혀가는 지구화의 이론에 걸맞은 어떤 변화가 일어나고 있을 것이라는 추정도 가능하다. 적어도 앤서니 기든스(Anthony Giddens)의 널리 알려진 정의, "지구화는 원거리의 지역들을 묶어주어서 멀리 떨어진 곳에서 일어나는 사건들에 의해 국지적인 사건들이 형성되고, 또 그 역도 일어나는 그런 광범한 사회적 관계의 강화"[2]가 진행된다는 생각은 어느정도 일반화되어 있다고 보아도 좋을 것이다.

달리 말해 지구화는 하나의 단일한 세계라는 전망에 따라 세계가 한 방향으로 전체화되고 통일되어가는 경향을 일컫는 말이다. 그러나 기든스의 이같은 일면 중립적인 정의에는 두가지 정도 더 깊이 고려해야 할 사항이 있다. 하나는 '광범한 사회적 관계의 강화'란 것이 과연 어느 정도의 '강화'를 말하는가 하는 질적인 차원의 물음이며, 다른 하나는 '국지적인 사건들'의 상호작용에서 필연적으로 일어나게 마련인 권력관계와 그것이 각 지역에 미치는 영향에 대한 물음이다.

첫번째 물음의 경우, 이러한 강화된 사회관계의 어느 단계부터를 지구화로 칭할 것인가란 문제가 제기된다. 먼저 지구화를 자본주의의 전개나 기술 확산 등 장기적인 과정에 걸쳐 일어나는 현상으로 보는 경우와, 이러한 과정 가운데 세계시장의 발전이나 서구 제국주의 시대가 열리면서 근대성의 일정한 확산이 일어난 시기로 한정하는 경우가 있고, 그리고 마지막으로 범위를 더 좁혀 논자에 따라서는 포스트모던 시대라거나 혹은 후기자본주의 시대 등으로 부르는 금세기의 일정 시점을 염두에 두는 경우가 있다.[3]

장기적인 관점에서 보는 경우, 지구화는 대개 15세기 자본주의체제의 발흥기 때부터 진행되어온 지속적인 현상으로 해석되는데, 이런 시각에서 보면 최근 부각되고 있는 지구화 논의는 별로 새로울 것이 없다. 이에 비해 나머지 두 관점은 자본주의의 발전단계와 그에 따른 지구화의 강도에 대한 각각 서로 다른 판단에 토대를 둔 일종의 단계론이다. 단순화하

---

2 Anthony Giddens, *The Consequences of Modernity*(Cambridge: Polity Press 1990) 63면.

3 이런 구분의 예로는 Jan N. Pieterse, "Globalization as Hybridization," Mike Featherstone & Scott M. Lash & Roland Robertson eds., *Global Modernities*(London: Sage Publications 1995) 48면.

자면 전자가 지구화를 근대의 기획과 관련짓는다면, 후자는 탈근대의 속성으로 이해하려고 한다. 지구화를 해석함에 있어 1990년대의 변화가 중요한 의미를 가진다는 입장에서는 탈근대 논의가 상대적으로 더 적실성을 가지지만, 장기적인 관점은 그 나름으로 지구화를 현상적인 차원이 아니라 체제적인 시각에서 이해하고자 하는 미덕이 있다. 결국 지구화 현상이 20세기의 어느 시점에서 어떤 질적인 변화를 야기했다 하더라도 역시 장기적인 진행이라는 관점은 변함이 없는데, 근대성 혹은 탈근대성과 관련해 착잡한 논란이 예상되는 곳도 바로 이 대목에서이다.

　기본적으로 기든스의 정의는 지구화가 근대의 결과라는 판단에 기반하고 있다. 근대의 필연적 귀결로서의 지구화는 무엇보다 서구에서 기반한 근대성의 기획이 전지구적으로 확산되는 과정에서 실현된 것으로, 이것이 역사적 현실이라는 것이다. 그러나 바로 이 현실이 하나의 필연으로 받아들여지는 순간, 서구적 유형과 어긋나는 형태의 근대성을 사색하는 것은 봉쇄된다. 즉 지구화를 둘러싼 논의에서 반드시 짚어야 하는 것은 지구화가 그 근본에서는 서구화의 한 양상이라는 점이며, 제국주의적 팽창과 서구의 타자들에 대한 식민화가 그 과정에 수반되고 있다는 사실이다. 이 점을 간과할 때 지구화가 일종의 신판 근대화론을 뒷받침하는 논리가 되기란 쉬운 일이다.

　두번째의 질문은 시공간의 축약으로 정리되는 지구화 경향을 권력문제와 관련짓는 일이다. 지구화 속에서 동일한 공간과 시간이 형성되지만, 구체적인 '시공간' 속의 지역이 삭제되거나 사라지는 것은 아니며 오히려 그 반대이다. 지구화가 하나의 단일한 세계를 지향하는 움직임인 것은 분명하나, 그것이 체험되고 실현되는 곳은 다름 아닌 구체적인 지역을 통해서이며, 그런 점에서 '국지적인 곳'은 딜릭(Arif Dirlik)의 표현대로 "이 시대의 가장 근본적인 모순들을 조절하고 해결해내는 터"[4]일 수밖에 없다. 지구화로 드러나게 되는 것이 전지구화된 자본주의의 모순이라면, 각 지역은 이 모순관계가 구체화되어 실현되는 장소이며, 그런 점에서 국지적인 것은 지구화의 현실 속에서 더욱 커다란 관심을 받게 된다. 지구화는 국지화를 동반하게 마련이고, 그 동시적인 진행을 포함하기 위해서 지구화라는 오해의 여지가 있는 말 대신 '지국화'(地局化, glocalization)라는 조어도 생겨났다.[5]

지구적인 것과 국지적인 것의 이러한 동시 발생과 그 변증법적인 관계에 대한 인식과 더불어, 국지들 간의 차별성과 권력관계가 고려되지 않는다면 지구화 논리란 그야말로 모순 없는 유토피아를 부추기는 꼴이며, 형태를 달리한 구태의연한 지배이데올로기로 떨어지게 된다. 여기서 다시 제기되는 것이 바로 지구화를 주도하는 현실적인 힘, 즉 미국을 중심으로 하는 소수 강대국의 초국적 기업과 금융산업이 각 국지에 차별적으로 적응하고 지배해나가는 기제들이며, 지구화가 가속화됨으로써 세계가 하나의 질서 속으로 통합되는 일이 각 지역들에 대한 제국주의의 지배질서가 더욱 공고해지는 현상과 맞물리는 점이다.

결국 지구화에 대한 '중립적인' 정의 속에 가려진 이같은 고려사항들은 지구화가 발현되는 일반적인 방식에 대한 이해뿐 아니라 그것이 국지에서 개별적으로 작용하는 방식과 기제에 대한 이해, 이에 맞서는 전략의 문제를 제기한다. 국지의 중요성이 지구화와 더불어 새삼스럽게 부각되면서, 민족국가와 민족주의, 그리고 민족문화에 대한 논의가 새로운 차원을 맞게 되었다. 지구화가 허물고 있다고 상정되는 것이 근대 이후 국지적인 것의 가장 보편적인 형태인 민족국가라면, 민족에 대한 질문은 곧

---

4 Arif Dirlik, "The Global in the Local," Rob Wilson & Wimal Dissanayake eds., *Global/Local: Cultural Production and the Transnational Imaginary*(Durham and London: Duke Univ. Press 1996) 22면.

5 glocalization이란 말은 원래 마케팅 전략에서 나온 말이나, 이 개념을 지구화 이론에 활용하기로는 Roland Robertson, "Time-Space and Homogeneity-Heterogeniety," Mike Featherstone & Scott M. Lash & Roland Robertson eds., 앞의 책 25~43면 참조.

지구화 현실에 대한 현 단계 대응의 핵심에 닿아 있다.

2. 민족국가와 민족주의의 향배

지구화가 중심 논제로 떠오르면서 새로운 조명을 받게 된 것이 있으니 다름 아닌 민족범주를 둘러싼 문제들, 즉 민족국가, 민족주의, 민족문화 등이다. 이것은 어떻게 보면 역설적인 현상인 것이, 지구화는 무엇보다도 민족국가의 '무너짐'을 전제하고 있고, 민족 단위의 경계를 넘어선 활동과 실천들이 일반화되는 현상이기 때문이다. 실제로 지구화가 강화되는 가운데, 민족주의의 시효는 이제 상실되었고 민족국가는 쇠퇴기에 접어들었다는 판단이 지배적인 흐름을 이루고 있다.[6] 비록 구 소련권에서 민족 간의 격렬한 분쟁이 일어나고 민족주의가 새롭게 발흥하고 있으며, 선진국에서도 민족 이익에 대한 집요한 추구가 드러나기는 한다. 하지만 이같은 현상은 강화되는 지구화에 대한 반작용으로서 스튜어트 홀(Stuart Hall)의 표현을 빌리면 "지구화에 있어 민족국가의 시대가 쇠퇴하는 때 매우 공격적인 인종주의에 의해 추동되는, 무척 방어적이고 극히 위험한 형태의 민족정체성으로의 퇴행"[7]이라고 해석되기도 한다.

그러나 민족국가에 대한 장기적인 예상을 별개로 한다 하더라도 현 국면에서 '민족국가의 쇠퇴'라는 명제는 쉽게 수긍하고 넘어갈 사안이 아니다. 일차적으로 민족국가의 쇠퇴를 당연시하는 논리는 엄연히 국가관계

---

6 가령 대표적으로 에릭 홉스봄(Eric Hobsbawm)을 들 수 있다. Gopal Balakrishnan, "The National Imagination," Gopal Balakrishnan ed., *Mapping the Nation*(London and New York: Verso 1996) 198면 참조.

7 Stuart Hall, "The Local and the Global: Globalization and Ethnicity," Anthony King ed., *Culture, Globalization and the World-System*(Minneapolis: Univ. of Minnesota Press 1997) 26면.

속에서 이루어지는 현재의 세계질서에 대한 망각으로 이어지고, 그런 세계화의 이미지가 뇌리에 그려지는 순간 지배/종속의 역학이 여러 차원에서 작동하고 있는 민족국가 안팎의 움직임에 대한 인식은 배제된다. 한마디로 지구화의 논리에 내장된 이같은 지배이데올로기가 끊임없이 틈입해 들어옴으로써, 국지적인 실천 속에서 중요한 의미를 가질 민족범주와 민족주의의 현실성이 합당한 고려를 받지 못하게 된다.

실제로 지구화시대에 민족국가가 쇠퇴하고 있는가에 대해서도 확실한 합의가 있는 것은 아니다. 유럽연합을 구성한 유럽의 경우는 다소 다르지만, 그밖의 지역에서는 정치적으로 중앙집권적인 민족국가가 국내의 각 지역이나 사적 영역을 관할하는 통제권(가령 전자주민증 같은 것이 그 한 예가 될 수 있다)이 여전하거나 오히려 더 강화되고 있다. 그런 점에서 "민족국가는 어느 곳에서도 전반적으로 쇠퇴하는 것이 아니라 여전히 성숙하고 있는 중"이라는 다른 판단도 나오게 된다.[8] 이런 논리에 따르면 유럽에서 이야기되는 민족국가의 쇠퇴란 유럽과 더불어 세계경제의 축이면서 강력한 민족국가로 남아 있는 미국과 일본에서는 '이상한 소리'에 불과하며, 그외의 저개발국가들에서는 나라마다 편차는 있지만 탈민족이 문제가 아니라 시민사회를 이룩하고 근대적인 민족국가를 창조해내려는 싸움이 더 일차적인 관심사이다.[9] 민족국가가 성숙하고 있는 중이라는 주장에 동의하지 않는다 할지라도 중심과 주변의 이분화가 강화되고 있는 상황에서 이같은 변별적 인식이 긴요하다는 점은 부정하기 어렵다.

민족주의가 처해 있는 상황도 이와 유사하다. 민족국가의 형성을 그 지향으로 가지는 민족주의가 지구화의 추세 속에서 극복되어야 할 이데올로기이며, 가까운 미래에 사멸하고 말 것이라는 예상은 서구의 주류 학계

---

8 Michael Mann, "Nation-States in Europe and Other Continents: Diversifying, Developing, Not Dying," Gopal Balakrishnan ed., 앞의 책 295면.
9 같은 글 310~14면.

에 널리 퍼져 있다. 민족주의에 대한 서구의 반감에는 무엇보다 독일 파시즘에 대한 착잡한 기억이 개입되어 있다. 대체로 서구 학계가 근자에 민족주의에 대해 보이는 극도의 적대감에는 '보편적인' 서구민족주의와 '편협한' 동구민족주의로 가름해온 (한스 콘Hans Kohn으로 대변되는) 서구 중심의 자유주의적 민족관이 짙게 드리워져 있다. 즉 20세기 들어 발흥한 비서구 지역의 민족주의는 '반동적이고 시기하고 종족적이고 인종차별적이며 일반적으로 나쁜' 동구민족주의의 맥락을 잇는 것이다. 이것은 과거 19세기에 존재했던 구미의 '원래적·제도적·자유주의적이고 좋은' 민족주의와는 완전히 반대되는 것이다. 권위있는 민족주의 이론가 톰 네언(Tom Nairn)은 이같은 유서 깊은 자유주의적 논리에 기반한 서구 학계의 일반적인 추세를 '민족을 악마화하기'(demonizing nationality)라고 비판한다.[10] 동시에 이런 추세에는 제국주의 시대 이후 제3세계에서 일어난 민족국가 건설의 기획에서 민족주의가 서구를 '악마화'하는 반제국주의 투쟁의 이념적 무기로 동원된 것에 대한 불편한 감정도 개입해 있다고 보아야 할 것이다.

민족국가와 민족주의에 대한 고찰은 네언이 말하는 '악마화에 대한 반대'(anti-demonism)를 전제로 해야 하겠지만, 그같은 이데올로기적 장애를 걷어내는 것이 곧바로 민족범주에 대한 옹호로 직결되는 것은 아니다. 오히려 지구화가 민족국가와 민족주의 이념에 끼친 심대한 변화를 있는 그대로 보기 위한 시작에 지나지 않는다. 민족주의를 악마화하는 흐름이나 논리에서도 드러나다시피 같은 혈통이라는 단일민족을 앞세우는 원초적인 신화에 입각한 관념이나 논리로는 변화하는 지구적 현실에 대한 올바른 관찰이 나오기 어렵다. 민족범주에 대한 논의가 이같은 단선적인 부

---

10 Tom Nairn, *Faces of Nationalism: Janus Revisited*(London and New York: Verso 1997) 57~59면.

정과 긍정의 이원론에서 벗어날 필요성은 지구화시대일수록 더욱 절실해진다. 이러할 때 지구적인 것과 국지적인 것의 변증법적 작용에 대한 복합적인 이해는 민족을 논의하는 데 중요한 바탕이 된다.

지구화가 민족국가의 경계를 약화시킨다는 말은 무엇보다 전일적인 자본주의체제가 국경 내부에 대한 국가의 유형·무형의 통제력을 약화시키고, 국민경제를 통제할 수도 거부할 수도 없는 세계자본과 세계시장의 기제에 종속시키는 것을 뜻한다. 이런 의미에서 세계는 하나의 단일한 체제로 통일되어가고 있으며, 지구화야말로 세계체제론자들의 주장처럼 근대 초기 이후 진행되어온 자본주의 세계체제 구축의 최종 국면이라는 가설도 가능하다. 그러나 그같은 지구화의 구현이나 자본주의 세계체제 구축은 국지적인 것을 매개로 이루어진다. 결국 자본이 실제로 활동하는 공간은 민족국가를 큰 틀로 삼는 여러 차원의 국지적인 정치·경제·문화적 현실이다. 자본의 활동은 그같은 상이한 현실과 교섭하거나 타협하면서 또는 거기에 침투하고 적응하는 가운데 각기 상이한 방식으로 이루어진다. 즉 중심부·주변부·반주변부라는 각각의 위상에 따라 다르게 나타나고, 각 민족국가 안에서도 종족적·성적·계급적·지역적 사정에 따라서 발현방식이 달라지게 된다. 다소 단순화하면 통일적이고 동질적인 세계로의 움직임이 분열적이고 이질적인 흐름과 서로 갈등하면서 창출된 국지적인 공간의 역학이 지구화의 실상인 것이다.

이같은 지구적/국지적인 것 사이의 역동적 관계 속에서 과거와 동일하지는 않다 하더라도 적어도 현 단계에서 두 항 사이를 매개하고 중심을 잡는 민족국가라는 중간항의 존재와 작용은 여전히 필수적이다. 지구화가 "자본을 위해서는 민족국가를 허물지만, 노동에 대해서는 민족국가를 더 경직시킨다"는 잘 알려진 문구[11]는 물론 지구화가 노동에 대한 자본의

---

11 Neil Lazarus, "Transnationalism and the Alleged Death of the Nation-State," Keith

승리를 향해 움직인다는 점을 지적하는 말이지만, 다른 한편으로 민족국가가 지구화의 국면에서 맡고 있는 역할이 여전하다는 점을 말해준다. 더나아가 자본의 유동이 민족국가의 통제를 벗어나는 양상이 심화되고 있기는 해도, 국가적 차원의 정책 결정과 제도의 운용이 그 흐름에 미치는 영향력과 비중은 역시 간과할 수 없다. 결국 어느 민족국가의 성원일 수밖에 없는 한 인간에게 해당 민족국가의 정치적·경제적 종속성의 정도와 국내 자본의 안정성 여부가 끼치는 영향은 가령 IMF 경제위기에서 보듯이 다른 어떤 것보다도 더 직접적인 것이다. 민족국가라는 '수문조직'(어니스트 겔너Ernest Gellner)이 여기저기 구멍이 뚫려 벌어지고 있다 해도, 구멍이 나 있는 대로 일정정도 둑의 역할을 하면서 국민들의 삶을 규정하고, 국제관계의 주체로 기능하고 있는 것이 현실이다.

필자는 민족국가에 대한 이같은 인식에서, 곧바로 민족국가를 지켜야 한다는 주장으로 나아가려는 것은 아니다. 민족국가가 세계체제의 한 단위이자 지구화를 수행하는 중요한 도구라는 점은 우선 인정해야 하나, 지구상에 다양한 차원의 비민주적 국가들이 엄존하고 있는 현실에서 민족국가 자체를 구별 없이 지지하는 태도가 위험하다는 점은 두말할 나위도 없다. 그럼에도 논리적으로나 현실적으로 현 국면에서 민족국가의 틀에 대한 옹호는 지구화에 맞서는 길이 될 수도 있다. 지구화가 자본주의체제로의 통일을 목표로 움직인다면, 그같은 흐름을 막을 이러저러한 장애요인들을 거느린 민족국가는 사라져야 할 구체제가 된다. 따라서 민족국가의 존속은 지구화의 진행을 막거나 혹은 그 방향에 어떤 식으로든 영향을 미칠 수밖에 없다. 이런 관점에서 민족국가가 지구화에 맞서는 거점이 될 수도 있고, 그 이데올로기인 민족주의가 저항과 실천의 힘을 가질 수도 있다.[12] 그러

Ansell-Pearson & Benita Parry & Judith Squires eds., *Cultural Readings of Imperialism*: *Edward Said and the Gravity of History*(New York: St. Martin's Press 1997) 33면.

12 이 점을 강하게 주장하는 논자로는 닐 래저러스(Neil Lazarus)와 마사오 미요시

나 이같은 민족범주나 민족주의에 대한 옹호가 과거처럼 외세에 대한 민족적 저항의 차원에서 이해되고 실천될 수 없는 것이 지구화된(혹은 지구화되고 있는) 세계의 복합성이다. 지구화가 확산시켜놓은 서구적 근대성은 식민지 체험을 한 비서구 민족국가 내부에도 뿌리내리고 있으며, 이들 국가들의 '탈식민적 조건'(postcolonial condition)에서는 대개 전근대·근대·탈근대가 착종되어 있는 특유의 모순이 배태되기 마련이다.

지구화가 민족국가에 초래한 큰 변화 가운데 하나는 이산과 이민이 대폭 확산됨으로써 민족 내부의 인종갈등이 새로운 양상을 띠게 되었다는 것이다. 이주민들로 이루어진 미국과 같은 다민족 국가는 워낙 그러한데, 식민주의의 결과 서구 제국으로 흘러들어간 식민지 출신들은 소수민으로 각 중심국의 주변부에 자리잡게 된다. 이같은 인구이동은 노동이민의 특성을 가진 것인데, 최근에는 한국과 같은 신진 공업국에도 외국인 노동자들의 유입이 현저하게 증가하고 있다. 냉전 종식 이후 중심국에서 새롭게 부상한 민족주의는 핵심종족 중심의 지배권을 강화하고 타민족에 배타적인 경향을 보이는 것인데, 이같은 종족적 민족주의(ethnic nationalism)를 지구화에 대한 정당한 저항으로 일반화할 수는 없을 것이다. 그렇다고 제3세계 혹은 주변부의 민족주의가 이같은 함정에서 완전히 벗어나 있는 것도 아니다. 민족주의 자체가 가지고 있는 야누스적인 속성이 여기서도 존재하기 때문이다.

민족국가는 지리상은 아닐지라도 상징적 차원에서 그 경계가 무너지고 있고, 이것이 민족 간의 교류에서 비롯됨은 주지의 사실이다. 굳어져 있던 경계가 무너짐으로써 경계지대가 형성되는데, 지구화가 가속화할

(Masao Myoshi)가 있다. Keith Ansell-Pearson & Benita Parry & Judith Squires eds., 앞의 책에 수록된 그들의 글 참조. 가령 "국가는 통제할 수 없는 무질서/무매개적 폭력으로부터 민중을 보호할 수 있는 현재로서는 유일한 정치구조"(55면)라는 미요시의 발언이 대표적이다.

수록 경계지대는 더욱 분명한 실체와 의미를 부여받게 된다. 지금까지 이 경계지대는 각 민족국가 내부에서 새로운 인종갈등과 대립을 초래하면서 어떤 점에서는 민족문제를 새롭게 야기하는 하나의 축이 되어왔다. 그러므로 그 '잡종적인'(hybrid) 존재양식에 주목하는 것이 민족국가와 지구화의 의미를 다시 생각하는 데 필수적인 것은 분명하다.[13] 즉 잡종화 논리는 본질주의적인 민족관에 대한 일정한 비판이 될 수 있다. 그러나 동시에 이같은 잡종이나 경계지대를 특권화하거나 지구화의 보편적인 특성으로 일반화하면서 이를 상찬하는 경향은 문제에 대한 해결이 될 수 없다. 잡종성이란 해결책이 아니라 문제제기일 뿐이며, 헤게모니나 신식민지적 권력관계와 관련해서 고려되지 않는 잡종성 논의는 허구에 불과하다. 따라서 잡종성 자체가 해방의 한 지표로 상찬되는 현상은 지구화를 합리화하는 논리와 맥을 같이할 뿐이다. 대체로 잡종성을 강조하는 논리는 민족의 현실에 토대를 둔 운동이 여전히 의미를 가지는 현실에서 주변부적인 제3세계의 민족운동의 입지를 빼앗는 주류담론의 한 갈래에 불과하다.[14]

현 국면에서 민족국가의 중심적인 역할을 부정할 근거는 별로 없고, 따라서 그 향방은 지구화 논의에서 중대한 관심사가 된다. 그러나 동시에 지구화가 민족국가의 위상과 역할에 어떤 변형을 가하고 있는 것도 분명하다. 부르주아 국가는 폐지될 것이라는 맑스주의의 고전적인 전망은 지금 유보되고 있지만, 국가를 계급관계를 지탱하는 틀로 파악하는 맑스의 생각은 자본주의로 전일화되는 상황에서 오히려 새로운 의미를 얻는 측면이 있다.[15] 실상 지구화가 민족국가의 경계를 넘어 자본의 자유로운 유

13 Jan N. Pieterse, 앞의 글 50~52면.
14 Jonathan Friedman, "Global System, Globalization and the Parameters of Modernity," Mike Featherstone & Scott M. Lash & Roland Robertson eds., 앞의 책 86~87면.
15 Gopal Balakrishnan, 앞의 글 199면.

통과 이윤추구의 회로를 확대해가는 것이라면, 각 민족국가의 노동계급 특히 주변부 국가의 노동계급은 전지구적 자본의 메커니즘에 노출되게 마련이며, 지구화의 궁극적인 피해자가 될 가능성도 그만큼 높아진다. 부르주아 국가가 계급지배의 도구로 기능하는 만큼 분명 한계를 가지지만, 현존하는 민족국가는 민족 성원을 국민으로 통합하려는 지향을 가지기 마련이므로, 지구화가 심화시키는 계급분열에 저항할 여지를 일정정도 가지고 있다. 이러할 때 민족국가를 단지 허무는 것이 아니라 민주화하려는 싸움은 지구화에 대한 대응에서 중요한 의미를 가진다.

근대 들어 민족국가가 탄생하고 발전해온 경로를 보면 이는 더욱 분명해진다. 하버마스(Jürgen Habermas)가 정리하고 있다시피 서구에서 민족국가의 발흥은 문화적 차원의 '민족'을 정치적 차원의 '시민'으로 변형하는 과정과 관련되어 있으며, 그 점에서 민족국가가 공화주의로의 지향을 그 목적으로 하고 있음은 일반적으로 인정되는 사실이다.[16] 그런 점에서 '민족'(nation)이라는 말 자체에 종족(ethnie)이라는 의미와 시민(citizen)이라는 의미가 공존하게 된 것은 근대화 과정에서 성립된 민족국가의 기원상 피할 수 없는 운명인 셈이다. 서구적인 근대성의 기획이 지구화하는 가운데 2차대전 이후 주변부 민족주의에 의해 만들어진 민족국가의 상(像)에는, 민주적 시민의 형성과 민족으로서의 자립을 통합하려는 소망이 내포되었다. 민주주의의 실현에는 다수 대중의 민주적 민중으로서의 변환이 필요하고, 여기서 민족이라는 문화적 집단의 존재가 중요한 의미를 가지게 되는데, 대개 민족은 민중범주와 겹치거나 아주 근접해 있다고 할 수 있다. 다수 민중의 동원과 통합은 악용될 수도 있지만 민중적 저항과 민주시민의 형성을 뒷받침하는 힘이 되기도 한다. 근대성의 달

---

16 Jürgen Habermas, "The European Nation-State—Its Achievements and Its Limits. On the Past and Future of Sovereignty and Citizenship," Gopal Balakrishnan ed., 앞의 책 281~86면.

성과 그 초극이 사회 전체의 중요한 목표가 되는 이 시점에서 민족국가가 일정한 진보성을 담보할 전망이 생긴다.

결국 민족국가는 자본주의적 지구화 속에서 국지적인 대응의 한 중심이자 계급문제가 구체적으로 떠오르는 공간이며 대중적 움직임을 결집해내고 이를 현실화시킬 수 있는 터전이 된다. 지구화 가운데서 새로이 떠오르는 인종분규와 소수민 문제는 계급문제를 도외시한 다양성의 고취로 풀릴 일이 아니며, 민족국가를 중심으로 한 민주주의적 전망을 가짐으로써 해결의 단초를 찾을 수 있다. 결국 궁극적인 민주화를 지향하는 반자본주의 운동은 민족의 현실을 떠나서는 성공하기 어려운 것이다. 그러나 그럼에도 불구하고 일국적 차원의 국가권력의 획득이나 민주주의의 실현만으로 지구화하는 자본주의에 대한 온전한 대응이 될 수는 없다. 따지고 보면 이같은 일국의 민주화도 국제관계의 정치적 지배와 간섭에서 완전히 벗어난 채 이루어지기는 어렵고, 무엇보다 자본의 작동과 시장 메커니즘의 점증하는 개입 속에서 단순히 민족 내부의 문제로만 한정되지 않는 복합성을 안고 있다. 이는 지구화가 초래한 새롭다면 새로운 국면일 것이다. 민족국가의 소멸을 당연시하는 지구화 이데올로기에 맞서 그 저항 가능성을 되살리는 한편, 민족국가를 넘어선 국제적 연대의 전망이 필요한 것도 바로 이 때문이다.

3. 민족정체성, 상상력 그리고 문학의 자리

민족범주는 정치적인 차원에서 현실성을 가짐과 아울러 인간의 사적인 체험이나 의식 혹은 무의식에 닿아 있는 문화적 차원을 동반한다. 근대 이후 민족국가가 성립하는 과정이 당대의 정치적 조건들의 결합에서 가능했던 것은 사실이지만, 한편으로 근대 이전부터 형성되어 민족 혹은 국민이라는 단일한 정체성으로 통합될 수 있게 한 원재료들도 민족국가의 중요한 구성요소이다. 대개 민족을 구성하는 요소들로 거론되는 공통된 혈통, 문화, 언어, 역사 등이 그것이다. 그러나 그렇다고 이 요소들이 민족 형성의 '필수적인' 원재료라고 보기는 힘들 것이다. 무엇보다도 민족이 형성되는 과정에서 이같은 요소들은 확립되고 구성되어진 측면이 강하다는 점을 부인할 수 없고, 따지고 보면 반드시 현존 민족국가의 기본 요소도 아니다. 실상 이러한 동질적인 요소들이 원초적으로 민족에 내재해 있다고 보는 관점은 민족본질주의라는 민족주의 이데올로기의 핵심이다. 그럼에도 불구하고 다른 무엇도 아닌 민족을 기반으로 한 정치체제가 수립되고 국가적 형태를 띠게 된 데에는, 일정한 정도의 동질성과 동류의식이 밑바탕에 있었다는 사실까지 부정하기는 어렵다.[17]

민족에 대한 해석에서 두가지 큰 갈래는 원초주의(primodialism)와 근대화론(modernization theory)이라고 할 수 있다. 어니스트 겔너(Ernest Gellner)가 후자를 주창한 이후, 근대화와 그 지구적인 확산 및 불균등 발전이 민족과 민족주의를 형성한 중심 요인임은 일반적인 상식이 되었다. 그러나 민족문제에는 민족을 근대화의 한 '효과'로 환원할 수 없게 만드는 특성이 있다. 비록 원초주의가 민족 해석의 전부가 될 수는 결코 없지만, 톰 네언이 말했다시피 원초주의와 근대주의의 논쟁이 어느 일방의 승리로 끝나버릴 수 없는 연유가 있는 것이다.[18] 네언은 겔너의 근대화론의 성과를 인정하는 한편으로, 그것으로 포괄할 수 없는 민족문제의 다른 측면을 한 논자의 용어를 빌려 '박명의 지대'(a twilight zone)라고 칭하고, 세대를 통해 이어지면서 기억되고 생겨나는 어떤 '연속성의 의식'(sense

---

17 민족 혈통에 대한 참혹한 기억이 생생한 가운데, 혈통에 대한 언설 자체가 금기시되어온 서구의 연구풍토도 참조할 만한데 여기에 대해서는 Tom Nairn, 앞의 책 9~11면 참조.
18 같은 책 11면.

of continuity)을 거론하며, 민족이란 것이 우리 자신의 상상력과 인격에 깊이 의존한다고 하는데, 다음의 구절을 읽어보자.

여기서 중요한 것은 모든 '박명의 지대'가 무언가 의미를 얻게 되는 점을 인식하는 일이다. 이는 환경과 개인의 통합 노력에 의해 여기에 부여된 상상력과 문화가 그러한 것과 마찬가지이다. 우리는 모두 밑바탕에 깔린 '연속성'의 의식과 형태에 크게 좌우되게 마련인데, 이 의식 및 형태는 황혼에서부터 뒤로는 어둠에까지 앞으로는 상상된 빛에까지 닿아 있다. 그리하여 근대화론에서 그토록 현저하게 나타나는 물질적 혹은 사회경제적 관심과는 구별되는 '이해관계'가 생겨나는 것이다.[19]

사회의 구성원을 민족으로 형성하는 과정에는 이처럼 인간의 깊은 곳에서 작용하는 의식과 인격의 형성이라는 사건이 연루되어 있다. 이야기의 형태로 전승되는 과거의 기억과 여기서 비롯되는 어떤 소속감에는 인간의 심리구조와 결합되어 한 인간의 정체성을 구현하는 기본적인 특질이 내장되어 있다고 볼 수 있다. 필자가 보기에 이같은 민족정체성의 성립에서 일차적인 매개는 성원 간, 세대 간에 공유되는 언어이며, 그런 점에서 언어는 단순히 소통의 도구만이 아니라 정체성의 원천에 닿아 있다고 볼 수 있다. 언어가 개인 그리고 집단 속에 어떤 형태로든 구조화되어 있다면 의식의 차원을 넘어 무의식의 경계에까지 걸쳐 있다고 보아도 좋을 것이다.[20]

---

19 같은 책 15면.
20 민족주의에 대한 문화론적 접근으로 민족 이해의 새로운 장을 열었다고 평가받는 베네딕트 앤더슨이 상상된 공동체로서의 민족을 위해 죽음을 선택하는 심리에 대해 말하면서 '어머니의 무릎에서 만나고 무덤에서야 헤어지는 언어'의 중요성을 거론한 것은 이와 관련이 있다. Benedict Anderson, *Imagined Communities: Reflections on the Origin and Spread of Nationalism*(London and New York: Verso 1991) 154면.

물론 여기서 이같은 연속성의 의식과 관련된 정체성이 민족국가 성립 이전부터 원초적으로 존재하고 있었다거나 그것이 민족 자체의 영원성을 입증하는 본보기로 제시되는 것은 문제가 있다. 그러나 민족정체성과 민족 혹은 민족국가의 관계가 쉽게 분리될 수 있는 것은 아니다. 실제로 민족국가가 형성되는 과정에서는 이같은 정체성의 체험은 개별적으로 혹은 집단적으로 일어나고, 이것이 일종의 변증법적 과정 속에서 민족국가의 구성에 끽긴(喫緊)한 조건으로 자리잡았다고 보는 것이 옳을 것이다.

민족과 민족국가 그리고 민족적 정체성을 상상의 산물로 이해하는 것은 민족을 '상상된 공동체'(imagined community)로 본 베네딕트 앤더슨(Benedict Anderson)의 관찰 이후 일반화된 생각이다. 앤더슨은 민족성, 민족됨, 민족주의 등이 문화적 조형물(cultural artefact)이라는 전제 아래, 민족을 "본디 제한된 것으로, 주권을 가진 것으로 상상되는 정치공동체"라고 정의한다. 여기에는 "얼굴을 마주 대할 수 있는 원초적 마을보다 큰 공동체는 모두(그리고 아마 이 마을조차도) 상상된 것"이라는, 실질적으로 모든 공동체가 상상의 산물이라는 전제가 깔려 있다.[21] 민족에 대한 이러한 정의가 아주 새로운 것은 아니며, 민족이 근대화 과정에서 구성되어진 면에 대한 관찰은 실상 일반적이기도 하다. "민족주의는 민족이 없는 곳에서 민족을 발명해낸다"라는 겔너의 유명한 표현이 말하는 바도 다름아닌 민족의 상상적 성격이다.

민족을 정의할 때 정치적·경제적 설명에 치중해왔던 일반적인 민족론을 문화적인 민족 논의로 전환시킨 앤더슨의 '코페르니쿠스적인 정신'은 대체로 인정받고 있으며, 최근 흔히 접할 수 있는 민족에 대한 구성론적인 혹은 해체론적인 시각의 토대에는 대개 앤더슨의 이론이 자리잡고 있다. 민족이 상상된 공동체라면 마땅히 절대적인 실체가 아니며, 그 자체

---

21 같은 책 4~7면.

가 해체의 대상이 될 수 있는 것은 당연하다. 필자는 이러한 민족범주에 대해 상론할 생각은 없지만, 앤더슨이 제기하고 일반화한 상상된 공동체에서 그 '상상력'이 손쉬운 해체의 근거로 이용될 위험성이 있음을 지적하고자 한다. 앤더슨은 실상 상상의 힘에 의한 이 문화적 구성물의 '그토록 깊은 정서적 정당성'(such profound emotional legitimacy)을 말하고 있거니와, 공동체가 상상의 산물이라는 전제에는 상상이라는 창조작용의 힘과 진정성에 대한 인정이 깔려 있다고 볼 수 있다.

필자가 앤더슨의 논의에서 주목하고자 하는 것은, 이러한 상상의 활동이 일부 식자층의 조작이나 허위의식의 부추김이나 강요가 아니며, 겔너식으로 사회적 구조의 변화가 그 유일한 동인도 아니고, 다수 민중의 변화하는 의식 속에서 그 활동이 일어난다는 점에 대한 인식이다. 그 점에서 민족에 대한 상상의 주체는 다름 아닌 민중이라고 할 수 있다. 즉 민중이 사용하는 지방어를 중심으로 하는 언어의 변화, 인쇄매체를 통한 공동체적 상상력의 발휘, 그리고 중세적인 지배질서의 붕괴 속에서 평등의식과 형제애에 기반한 새로운 공동체로서의 민족의 형성이야말로 민중이 주체로서 등장하는 역사의 한 계기이면서 근대적인 민주주의를 뒷받침하는 토대가 된다. 장편소설이 민족을 상상하는 것에 끼친 결정적인 영향에 대한 앤더슨의 지적은 한편으로는 장편소설을 창조해낸 사회적 상상력이 민중적인 것이며, 그것이 기본적으로 리얼리즘의 정신과 형식을 띠고 나타났다는 점을 고려할 때 더욱 흥미롭다. 여기서 다시 한번 그 기원에 있어서 근대성과 민족국가 그리고 리얼리즘문학의 긴밀한 상관관계가 드러나고, 그것이 공통적으로 민주주의를 지향으로 하는 민중의 등장과 궤를 같이하고 있음을 확인할 수 있다.

그러나 이같은 리얼리즘문학의 전통이 이후 서구문학에서 20세기를 전후하여 모더니즘의 발흥으로 흐트러지고, 탈근대성의 범주가 떠오르면서 더욱 주변화되어간 사정을 돌이켜볼 필요가 있다. 바로 이 대목에서 우리는 지구화의 문제로 돌아오게 된다. 즉 지구화가 동반한다고 여겨지는 민족의 해체는 민족적인 것과 깊이 연루되어온 리얼리즘문학의 쇠퇴와 곧바로 유비된다. 필자는 서두에서 지구화 현상이 일종의 상상의 작용인 측면이 있다고 했는데, 여기에서 민족을 상상하는 문학으로서의 리얼리즘에서부터, 지구를 상상하는 문학으로서의 새로운 문학양식들, 즉 모더니즘 혹은 포스트모더니즘으로의 변화를 말하는 것도 가능할 것이다. 이때 지구를 상상하게 하는 대중매체는 더이상 인쇄매체가 아니라 전자매체가 된다. 이 점에 주목한 아파두라이(Arjun Appadurai)는 전자매체가 집단적 상상력을 일깨우고 있음을 거론하면서, 인쇄매체가 일반 민중에게 보편화되는 과정에서 민족을 구성해냈듯이, 전자매체는 일상적인 삶속에서 탈민족적인 혹은 이산적인 공공영역(diasporic public sphere)을 만들어낼 수 있다는 주장을 펼친다.[22]

이는 손쉽고도 매력적인 도식이기는 하지만, 두어 측면에서 문제가 있다. 하나는 지구화와 연관된 주도적인 문학양상은 넓은 의미에서의 모더니즘이라고 하기보다 대중문학, 더 넓게는 대중문화 자체라고 해야 할 것이며, 대중문화의 지구적 확산이야말로 모더니즘을 포함한 문학 일반에 가장 중대한 도전이 된다는 것이다. 매체의 성장을 해방의 관점에서 읽고자 하는 시도는 그 자체로 의미가 있지만, 아파두라이의 가설이 너무나 낙관적으로 여겨지는 것은 전자매체의 '집단적 상상력'이 문화의 획일화로 발현되고 그것이 더욱 확고해지는 것이 지구화시대의 현실이기 때문이다. 다른 하나는 더 근본적인 문제와 연관되어 있다. 즉 지구화와 함께 민족범주의 해체를 당연시하는 논리가 이데올로기적이며, 특히 민족범주가 가지고 있는 진보적이고 운동적인 가능성을 찾으려 하는 주변부의 시

---

22 Arjun Appadurai, *Modernity at Large: Cultural Dimensions of Globalization*(Minneapolis: Univ. of Minnesota Press 1996) 8면.

각에서 이같은 논리는 근거가 희박한 것이 된다. 확대되는 이산으로 드러나는 지구화의 추세가 민족이 해체된다는 상상을 자극할 수는 있으나, 민족정체성의 체험에 뿌리박은 민족적 상상력이 쉽게 사라질 리는 없다. 오히려 이산적인 상상력이 민족적 상상력에 영향을 미치면서 상호작용하는 가운데 새롭게 창출되는 의식공간을 통해 새로운 문학을 모색할 수도 있을 것이다. 이것을 딱히 포스트모던한 것이라고 규정할 이유는 없거니와 지구화시대에서 민족적인 것이든 이산적인 것이든 문학의 지향이 민중의 현실과 떨어질 수 없는 것이라면, 여기서 민중적 전통에 뿌리박고 있는 민족문학과 리얼리즘의 새 국면을 예상해봄직하다.

이같은 발상과 함께 리얼리즘의 토대를 이룬다고 여겨지는 일종의 재현론적 현실관과 지구화시대의 현실에 대한 탈근대주의적인 인식을 대비시키는 경우도 생각해볼 수 있다. 이같은 대비는 지구화를 이끌고 있는 두가지 변화, 즉 전일적인 자본주의와 전자매체가 창출하는 이미지 범람이 더이상 현실에 대한 재현을 불가능하게 하고 있다는 흔한 논리로 이어진다. 한 논자에 따르면 근대성이 문제되는 시기의 현실이 '상상된' 것이라면, 지구화시대의 현실은 '가상적인'(virtual) 것이라고 한다. 초국적기업에 의해 기호화된 사물들이 더이상 실체로서 재현되지 않고 실물의 가상과 이미지로 채워지는, 이를테면 보드리야르(Jean Baudrillard)가 말하는 씨뮐라시옹(simulation)의 공간에 위치하게 된다는 것이다. 이 가상현실이야말로 현실보다 더욱 현실적인 것, 즉 '하이퍼리얼'(hyperreal)이라는 것이다.[23]

이처럼 문학에 있어 지구화 담론은 대체로 리얼리즘 이론과 실천에 대한 비판 혹은 재해석으로 이어진다. 이것은 상상 영역에 가하는 지구화의 충격이 준 피할 수 없는 도전이다. 그러나 한편으로 이것은 역설적이게도

---

23 이와 같은 주장을 펼친 논자의 예로는 Timothy Luke, "New World Order or Neo-world Order: Power, Politics and Ideology in Informationalizing Glocalities," Mike Featherstone & Scott M. Lash & Roland Robertson eds., 앞의 책 90~107면 참조.

리얼리즘 문제가 이 시대에 풀어야 할 사유의 고리라는 점을 드러내고 있기도 하다. 즉 '리얼한' 것이 무엇인가 하는 문제와 그것을 재현해내는 양식과 관점에 대한 사색이 지구화시대 문학의 자리를 모색하는 일에서 중심을 이룬다는 것이다. 지구화시대에 역으로 부각되는 민족국가의 의미에 대한 탐색과, 그것의 민주적·민중적 동력에 대한 새삼스런 관심이 지구화를 보는 비판적 인식에 필수적이라면, 문학영역에서도 진정으로 '리얼한' 것에 대한 추구로서의 리얼리즘의 문제의식이 지구화에 대한 저항의 한 거점이 될 가능성은 여기서 열리는 것이다.

4. 결론을 대신하여: 지구화와 비평의 입지

필자는 지구화에 대한 대응에서 민족국가의 정치적 의미 그리고 민족범주와 관련된 상상력 및 문학의 자리를 개괄적으로 살펴보았다. 민족은 이처럼 정치에서부터 사적인 인격과 심리의 차원에까지 인간의 실천에 깊이 개입되어 있고, 민족범주에 일어난 변화는 지구화의 흐름이 야기한 좀더 근원적인 변화의 한 양상일 수 있다. 이 글의 문제의식은 지구화와 민족범주의 이러한 복합적인 관련을 객관적으로 살펴봄으로써 이같은 근원적 변화에 대한 이해의 단초를 얻고자 하는 데 있다.

그러나 무엇보다 지구화를 보는 객관적인 관점의 확보라는 문제는 여전히 남는다. 지구화의 진행은 그야말로 지구적이고 보편적인 시각을 가능하게 하는 토대가 되어야 할 것이나, 실제로 지구화에 대한 해석은 중심국의 주류 학계에서 생산된 담론이 주도하고 있다. 지구화는 각 지역에서 그리고 각 민족의 관점에서 각각 달리 해석되어질 수 있으며, 그런 점에서 보편을 위장한 서구적 논리를 우리가 답습할 필요는 없다. 그렇다고 중심도 주변도 아닌, 소위 경계에서의 글쓰기가 객관성을 보장해주는 것도 아니다. 오히려 어떤 점에서는 지구적인 것과 국지적인 것의 변증법적인 관계를 고려할 때, 국지적인 입지에 충실한 관점이 좀더 현실에 근접한 판단을 내릴 여지가 있다.

지구화가 불러일으킨 변화로 인해 비평의 입지를 세우는 일은 더욱 어려운 과업이 되고 있다. 무엇보다 민족범주에 대한 근원적인 질문이 제기되면서 비평이 뿌리박고 있는 언어활동의 토대부터가 문제시되고 있다. 주체적인 동시에 자민족 중심주의에서 벗어나고자 하는 정신이 필요하다는 타당한 일반론에도 불구하고, 한 민족의 사고구조와 연결되어 있는 민족어를 통해 이루어지는 작업이 넓은 의미에서 민족적 관점을 피하기는 어려울 것이다. 지구화와 민족의 문제를 검토해본 이 글쓰기는 이 아포리아 앞에서 일단 멈출 수밖에 없다.

제2부

세계문학의
이념과 실천

경쟁하는 문학과 세계문학의 이념

1. 서: 세계문학이라는 의제

세계문학이라는 친숙하고 상식적인 용어가 최근 들어 일종의 학문적인 위엄을 가지고 부활하고 있다. 세계문학을 둘러싼 논의가 국내외에서 활발하게 진행되는 가운데 지구화, 세계체제, 국민국가, 탈근대 혹은 탈식민주의, 세계시민주의에 이르기까지 인문학과 사회과학 분야의 중요한 범주들이 이것과 관련을 맺고 있다. 어떤 면에서는 이같은 범주들이 세계문학이라는 전혀 새롭지 않은 개념(혹은 이념)을 중심으로 수렴되고 있는 듯이 보이기도 한다. 구미 학계의 일각에서 2000년대 이후 제기되어온 '지구적 문학연구'(global literary studies) ── 문학연구의 대상과 방법을 일국이 아닌 세계로 확장해나가고자 하는 ── 의 문제의식 또한 세계문학에 대한 학문적 관심과 별개의 것이 아니다. 왜 이처럼 세계문학이 새삼스럽게 주목의 대상이 되고 있는가?

세계문학 논의도 다른 연구와 마찬가지로 연구자가 처해 있는 지역적 혹은 문화적 입지에 따라 관점이나 방식이 다를 수 있는데, 우선 이 논의가 가지는 '지구적' 의미에 대해서 생각해보는 것이 필요할 듯하다. 무엇보다 세계문학 논의에서 보이는 것은 문학연구에서의 새로운 방향성이다. 즉 세계문학과 관련해 새롭게 떠오른 학문적 관심은 한동안 후경으로 물러나 있었던 것처럼 보이는 '보편' '지구' '세계' '역사'라는 용어들을 논의의 중심으로 복귀시키는 것, 다시 말해 억눌린 '거대서사'(grand narrative)의 귀환이다. 리오따르(J. F. Lyotard)가 일찍이 『포스트모던의 조건』(*The Postmodern Condition*, 1979)에서 일체의 "총체성에 대한 추구"를 테러리즘이라고 공격하며 계몽주의를 바탕으로 한 온갖 "거대서사의 종언"을 선언한 이래, 국내외 학계나 평단에서 역사와 현실과 변혁을 문학연구와 관련지어 말하는 거시적 관점은 현저히 약화되고, 일상생활의 다양하고 미세한 차원과 거기서 비롯하는 정서에 주목하는 흐름이 지배적이 되었다. 학계나 평단이 근대적인 기획의 해체라는 철학 영역의 탈근대주의와 결합하여 '차이'와 '다양성'에 경도되는 한편 '역사적 접근'과 '변혁적 관점'에는 무관심했으며, 이런 환경에서 다원주의를 넘어설 '총체적' 사고에 대한 모색이 문학연구의 중심으로 떠오르기 어려웠다.

세계문학이라는 의제는 이같은 추세에 근원적인 질문을 던진다. 세계문학 논의가 단순히 지금까지의 정전(正典)을 '지구적으로' 좀더 넓혀나간다거나, 비교문학 영역을 서양문학과의 대비만이 아니라 '지구적인' 상호비교의 차원으로 발전시켜보겠다는 정도에 그치지 않는 까닭은, 그 논의가 결국 세계란 무엇인가 그리고 보편이란 무엇인가라는 질문을 다시 끌어낼 수밖에 없으며, 세계에 대한 재고찰을 통해서 문학의 방향과 역사를 거시적으로 바라보게 하기 때문이다. 그런 점에서 세계문학 논쟁의 과정에서 괴테의 '세계문학'(Weltliteratur) 개념에 스며들어 있는 근대적인 문제의식이 다시 부각되는 점도 주목된다. 즉 근대화의 확산과 민족간 교류의 증대로 야기되는 소통과 상호이해의 과제, 그리고 지구공동체에 대한 세계시민적 문제의식이 근저를 이루는 것도 그렇고, 일종의 역사

발전론에 입각한 맑스의 '세계문학' 등장에 대한 예언적인 관찰, 일부 논자들에 의해서이긴 하지만 세계체제론적인 인식이 세계문학 이해의 핵심에 놓이는 점도 주목받아 마땅하다.

물론 기존의 문학연구에서 세계문학적인 조망이 없었던 것은 아니며, 국내의 민족문학 논의가 애초부터 세계문학과의 관련 속에서 전개되어 온 것도 사실이다. 또한 제3세계문학론이나 서구 모더니즘의 향방이라든가 사회주의 리얼리즘의 지향도 세계사에 대한 나름의 관점을 바탕으로 한 세계문학의 모색이었다. 그럼에도 불구하고 현금의 지구화가 모든 문제들의 지구적인 확산 내지 심화를 강화하는 가운데, 그에 대한 문학적 대응으로 세계문학의 이념이나 그 방향성에 대한 질문으로 나아가고 있는 것은 분명 새 국면의 도래라고 할 것이다. 이것은 기존의 세계문학 지형에 어떤 균열의 징후가 있다는 말이며, 자본주의체제의 지구화가 야기하는 위기가 한편으로는 새로운 사회에 대한 모색의 필요성을, 그리고 지구적인 책임과 윤리에 대한 관심을 점점 더 고양시킨다는 말이기도 하다. 세계문학이 의제가 되면서 다시 한번 '문학이란 무엇인가' '문학은 이 시대에 무엇을 할 수 있는가'라는 본원적인 물음이 환기될 수밖에 없었고 또 환기되고 있는 것이다.

이 글은 세계문학 논의의 중심적인 쟁점들을 그 이념과 관련지어 점검해보는 것을 목적으로 한다.

2. 세계문학의 현실과 '경쟁'의 문제

세계문학은 세계가 공유할 만한 문학적 자산을 지칭하는 것이라는 인식은 지나치게 일반적이며, 그런 맥락에서 세계에 존재하는 모든 문학을 포괄하는 의미의 '세계의 문학'(literatures of the world)과는 구별되어야 한다는 주장도 있다. 실상 세계에 존재하는 모든 문학이라는 집합적 의미에서의 세계문학이라면, 여기에는 각 문학들의 고유하고 개별적인 지위에 대한 평등주의적인 전제가 깔려 있다. 이런 의미의 세계문학들 사이에서는 본디 '경쟁'이 일어날 수 없다. 정전 위주의 세계문학에서도 이는 마찬가지여서, 비록 그같은 자격을 얻는 과정에서 일종의 경쟁이 개입하기는 하지만, 이미 세계적인 문학으로 인정받은 정전들 사이에는 달리 경쟁이 끼어들 여지가 많지 않을 듯하다. 세계문학 전집 혹은 선집들의 형태로 존재하고 있는 세계문학 정전은 말하자면 엘리엇(T. S. Eliot)적인 의미에서의 어떤 '동시적 질서'(simultaneous order)를 그들끼리 형성하고 있는 듯 보인다.

그러나 세계문학의 현실은 이와 다르다. 작금의 국면에서 문학들 사이의 '경쟁'은 국제적인 차원에서 치열하게 일어나고 있다. 지구화의 진행이 문학에 끼친 여파로 문학의 세계화가 이루어지는 과정은, 한편으로는 문학들끼리의 만남과 소통의 장을 열어가는 것이지만, 그 이면에는 세계적인 문학으로서의 지위를 둘러싼 싸움이 더욱 노골화되는 과정이다. 그리고 무엇보다도 이 경쟁과 싸움은 작가나 작품의 차원에서뿐만이 아니라 각 민족문학 혹은 국민문학들 차원에서도 전개된다. 민족국가들의 문화경쟁력 추구가 국가의 이익이나 문화적 자부심과 결합되어 나타나기로는 가령 노벨문학상을 둘러싼 경쟁이 국민적 관심 속에 해마다 되풀이되는 현상에서 분명히 드러난다.[1]

세계문학의 장에서 경쟁은 대개 두가지 양태로 나타난다고 할 수 있다.

---

1 한국의 경우와 마찬가지로 중국도 1980년대 이후 노벨문학상에 기울인 국가적 관심은 유명하고, 뽀르뚜갈이나 동구권처럼 유럽 변두리에 속한 나라들에서도 이와 유사한 현상들이 나타난다. 중국의 경우에 대한 상세한 논의는 Julia Lovell, *The Politics of Cultural Capital: China's Quest for a Nobel Prize in Literature*(Honolulu: Hawaii Univ. Press 2006) 참조.

하나는 세계적 문학지형에서 일정한 입지를 차지하기 위한 싸움, 말하자면 민족문학의 대표적인 작가나 작품을 세계적인 정전에 편입시키려는 싸움이며, 다른 하나는 세계시장에서의 지명도나 판매량을 확보하기 위한 싸움이다. 문학의 세계화라고 일컬어지는 현상과 더불어 강화되어온 이같은 두가지 경쟁이 지구화에 그 근원을 두고 있다는 점은 쉽게 추론될 수 있다. 지구화는 일차적으로 세계를 하나로 통합하는 경제적인 과정을 말하나, 이 과정에서 민족이나 민족국가의 경계를 넘어선 문화적인 교섭과 충돌도 동시에 생겨난다. 문학의 세계화라는 양상은 그런 점에서 다양한 문화들의 만남과 소통 이면에 경쟁과 대립도 만들어내고 있다.

여기서 주목할 점은 민족 혹은 민족국가와 결합되어 있는 민족문학의 성취들이 경쟁의 무대에 올려졌을 때 새로운 차원의 국제적인 문학질서가 형성될 수 있다는 것이다. 가령 프레드릭 제임슨(Fredric Jameson)은 2008년 홀베르상 수상 기념 심포지엄에서 「세계문학은 외무부를 두는가?」라는 흥미로운 제목의 발표를 통해, 세계문학을 "투쟁, 즉 경쟁과 대립의 공간이자 터전"으로 보자는 제안과 함께 "작품은 형태적 돌연변이로서 그 자체의 내부적인 문화적 서식처나 생태계에서 살아남으려고 노력하는 동시에, 인정과 종족보존에 목말라하는 다른 나라들의 경쟁자들에 맞서서 세계적인 차원에서 스스로를 주장해야 하는 이중적인 투쟁을 해내야 한다"고 주장한다.[2] 여기에는 지구화 이후 격화되는 문학들의 '경쟁'을 인정하는 것에서 더 나아가 각각의 민족문학이 처해 있고 맞서고 있는 곤경을 극복하려는 모색이 담겨 있다. 보편이라는 잣대로 가늠하기에는 너무나 다른 저마다의 특이성을 가지고 있는 각 민족(국가)의 작품은 세계문학이라는 경쟁의 터에서 어떤 위상을 가질 수 있는가? 더구

2 Fredric Jameson, "Does World Literature Have a Foreign Office?," A Keynote Speech for Holberg Prize Symposium 2008.

나 그 경쟁의 터가 이미 불평등한 정전 구성과 굳어진 보편주의 이데올로기를 가지고 있는 상황에서 말이다. 제임슨의 강연은 세계문학이라는 이 '수수께끼와 같은 영역'이 정전의 불평등함을 시정하는 차원을 넘어 각각의 특수한 상황에서 빚어진 여러 민족문학들의 특이성과 차이를 포괄해야 한다는 잠정적인 결론을 담고 있다. 제임슨의 문제제기는 실제로 민족문학/국민문학의 일국 문학사적인 정전들이 어떻게 세계문학에서 자리를 잡아갈 것인가라는 과제의 복합성과 어려움을 환기하고 있다.

그런데 제임슨이 말하는 각 민족국가의 특이성과 차이에 대한 수용과 인정이라는 것이 '힘있는 나라의 주요 언어와 그 문학'과 '힘없는 나라의 문학' 사이의 대립구도에서 후자의 문학을 세계문학의 장에서 보편의 위치로 올릴 가능성을 열어둔다는 장점이 분명히 있다. 두 문학 사이에 엄연히 존재하는 '차이'를 드러낸다는 것은 그 자체가 단순한 아이러니만은 아니다. 이중적인 투쟁이란 것은 결국 비서구권의 '힘없는 문학들'에 해당되는 것이며, 서구 중심국들의 문학은 상대적으로 보편성을 확보하기 위한 싸움이 불필요하거나 그 경쟁에서 이미 유리한 지점을 선점하고 있다. 실제로 세계문학이라는 현실에서 중심부의 서구권 국가들이 따로 외무부를 둘 필요가 없는 데 비해서, 한국과 같은 비서구권의 문학들이 비유만이 아닌 실제의 '외무부'를 통해서 세계문학으로의 진입을 위한 국가적인 지원과 노력을 기울이고 있는 것은 무엇을 말해주는가? 소수 언어권의 민족문학들이 정전 싸움에서 반드시 거쳐야 할 과정이 주요 언어로의 번역이라면, 자국 문학을 외국어로, 특히 중심국가의 언어로 번역·출간하고자 하는 비유럽 언어권의 국가적 노력은 세계문학의 장이 민족국가의 경쟁력 강화 차원과 관련되어 있음을 말해준다.

문화부문의 세계화라는 이름 아래 이루어지는 국가의 문화정책은 이른바 국가경쟁력을 높이고자 하는 목적을 가지고 있다. 자국 문학에 대한 국제적인 인정이라는 문화적 욕구 이면에는 이를 시장과 연결시키는 경제논리가 작용하고 있다. 상징적 차원의 경쟁과 물질적 차원의 경쟁이 결합해 있는 이러한 양상은, 지구화 현상이 심화되면서 때로는 음험하고 때로는 노골적으로 나타나고 있는 것으로 보인다. 19세기에 괴테와 맑스에 의해서 제기된 세계문학의 대두라는 미래상은 당시에는 예기만 되었던 자본주의적 질서가 완성단계에 이른 이 시대에 더욱 예각화되었다고 할 수 있다.

이같은 현실과 관련하여 짚어야 할 것은, 세계문학 이념의 진원지로 이해되는 1820년대의 괴테나 그로부터 약 20년 후 이 이념을 자본주의 경제 구조 차원에서 다시 내세운 맑스에게서, 민족문학들 사이의 경쟁이라는 개념은 세계문학 이념과는 거리가 멀다는 점이다. 괴테가 처음 세계문학의 도래를 말한 것은 자신의 작품이 프랑스 저널에 번역·소개되고 논평된 것을 보고 나서였다. 그의 세계문학 개념은 각 민족어로 씌어진 국민문학들이 서로 읽히고 논의되는 교류와 소통의 장을 염두에 둔 것이었고, 핵심이 되는 매개는 물론 번역이었다.[3] 괴테의 세계문학 개념에는 국제적인 저널의 존재가 말해주다시피 국가 간의 교류증대와 무역의 확대, 그리고 통신수단의 발달 등과 같은 근대적 기술문명이 가져온 변화에 대한 인식도 함께하고 있다. 당시 나뽈레옹 전쟁을 수습하는 과정에서 싹튼 민족들 간의 화해 흐름에 발맞춘 코스모폴리탄적인 지향이 그의 세계문학 발상 속에 배어 있는 것은 물론이다. 그 점에서 민족들 간의, 그리고 민족문학들 사이의 쟁패로서의 세계문학보다는 훨씬 더 낙관적인 차원에서 제기된 것이 괴테의 세계문학론이라고 할 수 있다.

맑스가 『공산당 선언』에서 언급한 세계문학의 대두에 대한 예상도 낙관적인 전망 속에 있는 것은 마찬가지다. "민족적 일방성과 편협성은 점

---

3 괴테의 세계문학에 대한 논의는 여기저기 단편적으로 흩어져 있는데, 이에 대한 소개로 참조할 만한 글은 David Damrosch, "Goethe Coins a Phrase," *What is World Literature*(Princeton: Princeton Univ. Press 2003) 1~36면.

점 더 불가능해지고, 수많은 민족 및 지역 문학으로부터 세계문학이 일어난다"[4]는 그의 언명은 문학이 세계화되면서 '편협성'과 '일방성'을 극복할 것이라는 일견 밝은 전망을 담고 있지만, 그것은 부르주아계급이 주도하는 자본주의의 역동성에 힘입은, 궁극적인 공산사회로의 진전을 위한 한 단계임이 짚어져야 할 것이다. 당시 맑스의 전망에는 서구에서 민족주의가 강화되고 그것이 제국주의로 확장되어간 세계사의 전개에 대한 인식이나, 식민지의 저항과 식민지 민족문학들이 함유한 변혁적인 에너지에 대한 이해에서 미흡한 점이 많았다. 맑스가 일국의 편협성과 일방성의 극복을 통해 도래할 것으로 예고한 세계문학이란 것은 현재로서는 역설적이게도 국경을 넘어 세계 자본시장에 제한없이 놓이게 된 문학의 상품화와, 민족범주를 넘어섰다고 자임하는 탈민족적 성격의 문학들의 성행으로 나타나고 있다.

괴테와 맑스가 말한 19세기적인 세계문학 전망이 '경쟁'과 '쟁패'보다 '소통'과 '교환'을 염두에 둔 것인 반면, 20세기 이후의 현실 속에서 경쟁과 쟁패가 지배적이 되고 있는 것은 근대성과 그것의 전개에 대한 어떤 역사적 판단을 요구한다. 과연 근대의 어느 시점에서 세계문학에 대한 이같은 역점의 변화가 일어났는가? 우선 두 논자가 모두 간과했다고 볼 수 있는 민족주의의 세계사적 발흥이라는 현상을 통해 설명할 수 있는데, 괴테가 서구에서 경쟁을 부추기는 민족주의 시대가 도래할 것을 예견하지 못했다면, 맑스는 제국주의 및 그것의 식민주의적 확산과 그에 맞선 저항을 제대로 고려하지 못했다. 이와 아울러 자본주의가 일정 단계에서 질적 변화를 이룩했다는 이해에 기반하여 세계문학 개념의 변화를 설명하는 것도 가능하겠다. 그렇지만 여기서는 세계문학의 공간을 부르디외(Pierre

---

4 Marx & Engels, "Manifesto of the Communist Party," Robert C. Tucker ed., *The Marx-Engels Reader*(New York: Norton 1978) 477면.

Bourdieu)적인 장(field)으로 설명하면서 그것이 '경쟁'과 '대립'을 통해 형성되고 있음을 역설하고 있는 빠스깔 까자노바(Pascale Casanova)의 관점을 참조해보는 것도 좋을 것 같다.

우선 까자노바는 경쟁과 대립이 현재만이 아니라 세계문학사 전체에 걸쳐서 작용해왔다고 본다. 그녀에 따르면, 세계문학의 장은 "평화로운 영역이 아니라 문학의 성격을 둘러싼 끊임없는 투쟁과 경쟁"이 있는 곳이고, 이런 경쟁이 세계문학을 창조했다고 한다. 서구문학이 가진 보편성의 위용도 바로 이같은 장에서의 경쟁을 통해 획득한 문화자본의 힘이며, 현재 성립된 기성 세계문학은 빠리를 수도이자 '세계문학의 표준시'로 삼는 일종의 '세계문학공화국'을 형성하고 있다고 한다.[5] 까자노바의 주장은 댐로시(David Damrosch)라는 세계문학 연구자로부터 유럽중심주의를 넘어 빠리중심주의라는 비아냥을 듣기도 하지만,[6] 세계문학 수도의 권위가 무너지는 현상에 대한 까자노바의 지적에는 세계문학 논의에서 간과할 수 없는 통찰이 있다. 그것은 지구화가 초래한 두가지의 경쟁 범주, 즉 국제적 정전의 지위를 얻으려는 싸움과 시장에서 경쟁력을 얻으려는 싸움 사이의 관계에 대한 것이다. 다음 구절을 보자.

세계문학은 오늘날 실제로 존재한다. 새로운 형태와 효과를 동반하고 있는 세계문학은 사실상의 동시적 번역을 통해 쉽고 빠르게 유통되고, 그것의 탈민족화된 내용이 일말의 오해의 위험조차 없이 흡수될 수 있다는 사실에 의존하여 특별한 성공을 거두고 있다. 그러나 이러한 환경에서 진정한 문학적 국제주의는 더이상 가능하지 않고 국제적 사업의 물결에 휩쓸려버린다.[7]

---

5 Pascale Casanova, *The World Republic of Letters*, trans. M. B. DeBevoise(Cambridge: Harvard Univ. Press 2004) 3~5면.
6 David Damrosch, 앞의 글 27면.

까자노바가 출판자본에 의한 세계시장 장악이 점점 더 강해지는 현상과 아울러 문학성이라는 외양을 가진 국제적인 인기작가들의 도래를 말하고 있는 것은 당연한데, 그녀는 이같은 상업적인 형태의 세계문학의 중심을 미국자본으로 보고 있다. 빠리나 런던이 아니라 뉴욕이 이 새로운 세계문학의 중심이 되고 있다는 것이다. 현실의 맥락에서 보자면 정전을 두고 벌이는 경쟁의 방향이 1960년대를 기점으로 현저하게 시장에서의 경쟁국면으로 전환되었다는 것이 까자노바의 판단이다.

세계문학의 수도로서 빠리가 쇠퇴하면서 새로운 중심으로서 뉴욕이 등장하고, 맑스가 예견한, 민족의 경계를 초월하는 세계문학의 도래가 세계화된 시장을 통해 실현되고 있는 것은 역사의 아이러니처럼 보이기도 한다. 이같은 중심의 이동에 대한 까자노바의 비판에는 유럽과 미국 사이, 고급문화와 대중문화 사이의 대립과 분화가 세계문학의 위기를 초래하고 있다는 인식이 깔려 있다. 또 이 비판은 미국이 주도하는 지구화의 흐름에 대한 유럽의 위기의식이 문학적으로 드러난 것일 수도 있다. 세계문학 정전에 들어가는 입장권처럼 여겨지는 노벨문학상의 수상자 선정에서 상징권력이라 할 노벨문학상위원회가 최근 10년 동안 미국작가를 일절 배제한 것도 이같은 위기감의 발현이라고 볼 소지가 있다. 비록 뽀르뚜갈이나 아일랜드 그리고 동구권 등 유럽 내의 변방, 심지어 터키의 작가까지 포함하고 있지만 이 기간의 수상자들이 거의 모두 유럽권에 속한 작가들이라는 점, 특히 이미 창작자로서의 활력을 거의 상실한 영국 작가들, 즉 해럴드 핀터(Harold Pinter)와 도리스 레싱(Doris Lessing)이 한해 걸러 잇따라 수상하게 된 것도 우연만은 아닐 것이다. 세계문학에 외무부가 있다면 스웨덴 아카데미야말로 유럽 중심적 세계문학의 보편성을 국제사회

---

7 Pascale Casanova, 앞의 책 172면.

에 관철하려는 일종의 외교전을 수행하고 있는 셈이다.

그러나 빠리와 뉴욕의 대립으로 현상하는 이같은 싸움, 즉 기존의 정전으로 구성된 세계문학 질서와 이 질서를 교란하는 상업자본의 뒷받침을 받은 새로운 지구화된 문학형태 사이에 일어나는 싸움이 그 나름의 역사적 의미를 지니고 있다고 하더라도, 이 싸움의 틀이 유럽 중심의 문학적 헤게모니를 둘러싼 문학권력 내부의 갈등인 측면이 있다. 더구나 시장현실만 보더라도 서구의 정전과 상업적인 문학이 오늘날 공존하거나 상호보족적인 양상을 보여주고 있기 때문에 둘의 관계를 단순히 적대적으로만 이해해서는 안될 것이다. '경쟁'의 이면에 작동하고 있는 자본주의체제가 어떻게 중심-주변, 혹은 유럽(미국까지 포함한)-비유럽 사이의 억압관계를 문학에서 재생산하고 있는지, 세계문학이 어떻게 서구중심주의라는 일종의 보편주의에 침윤되어 있는지를 보지 않으면, 그 인식은 일면적일 수밖에 없다. 다음 장에서 이 문제를 좀더 들여다보기로 하자.

3. 변혁의 전망과 세계문학의 이념

세계문학이라는 용어가 뜻하는 바는 '세계'라는 말의 의미에 따라 달라진다. 여기서 세계는 지구 전체를 가리키는 중립적 표현일 수도 있고 세계적 수준이라는 가치를 의미할 수도 있다. 얼핏 보아 유의미한 세계문학이라면 전자보다는 후자의 뜻을 함축하는 경우겠지만, 이것이 정전의 질서 속에 포함된 세계적 걸작을 지칭하는 데 그친다면 이념으로서는 한계를 지닌다. 반면, 차라리 지리적인 차원의 세계라는 용어를 어떻게 인식하느냐에 따라서는 공간적 인식이 세계문학의 지향을 새롭게 할 가능성도 있다.

유럽 중심의 정전으로 구성된 세계문학에 진정한 의미의 파열이나 균열을 야기하자면, 정전에 비유럽의 문학작품을 추가하는 것 이상의 이념성이 부과되어야 한다. 이미 보편성을 선점한 기존 정전의 질서에 합세하는 것만으로는, 가령 미국의 대표적인 선집인 노턴 세계문학선집에 비유럽권의 작가가 과거보다 더 많아지는 것만으로는, 그것이 가지는 유럽 혹은 서구 중심성이 묽어질지언정 정전 형성에 깃든 서구적 가치관과 그 중심성이 혁파되는 것은 아니다. 이런 까닭에 비유럽권 작품 가운데 정전에 포함되는 경우엔 오히려 그 서구적 가치관에의 매몰이나 침윤을 의심해보아야 한다는 지적이 나오는 것이다.[8]

지리와 지역이 세계문학의 지형에 가하는 의미가 문학사에서 크게 부각되기로는 1970년대에 제기되었던 제3세계문학론이 있다. 담론상에서 제3세계론은 미국 학계를 중심으로 한 탈식민주의의 위세에 밀려났고 실제로도 냉전체제가 종식되면서 제2세계로 불리던 사회주의 블록이 무너지고 자본주의체제로 일원화되는 추세 속에서 추동력을 잃게 되었지만, 그것이 가지는 세계문학론에서의 의미는 작지 않고 지금도 그 파장이 살아 있다고 보아야 할 것이다. 어떤 점에서 그런가? 세계에 대한 변혁적 관점에 있어서 그러한데, 제3세계문학론의 핵심은 세계를 셋으로 나누어서 보자는 것이 아니라 하나로 보자는 것, "제3세계의 관점에서" 즉 세계체제 내의 억눌리고 핍박받는 민중의 관점에서 세계를 바라보자는 것이다.[9] 지리적인 제3세계로 분류되는 비유럽권 후진국에서 민중들의 주체적인

---

8 가령 롱맨 세계문학전집에는 20세기 작가 가운데 일본 작가로는 유일하게 무라까미 하루끼가 들어 있다. 카와바따 야스나리나 오오에 켄자부로오와 같은 작가 대신 무라까미를 선택한 것은 일본 평단의 논의와 평가와는 무관하게 이루어지는 미국 독서시장의 성향을 반영한 것으로 볼 수 있다. 무라까미가 탈민족적이고 심지어 미국문화에 경도된 점에 유의해야 할 것이다. David Damrosch & David L. Pike eds., *The Longman Anthology of World Literature: Compact Edition*(New York: Pearson Education 2008) 참조.
9 제3세계론에 대한 이같은 관점에 대해서는 백낙청의 선구적이고 주도적인 논의 참조. 특히 인용한 대목은 백낙청 「제삼세계와 민중문학」, 『인간해방의 논리를 찾아서』(시인사 1979) 178면.

자각을 통한 세계질서 변화, 제임슨이 앞의 강연에서 제3세계문학의 특성으로 지적하기도 한, 그 '집단성'의 요소가 문학의 국제주의적인 전망에 힘을 실어주고 있는 것이다.

제3세계론의 이론적 맥락을 잇고 있는 브로델(F. Braudel)과 월러스틴(I. Wallerstein)의 세계체제론은 실제로 모레띠(Franco Moretti)와 까자노바를 비롯한 세계문학론의 주요 논자들에 의해 세계 이해의 기본 패러다임으로 활용되고 있다. 그렇지만 이들이 '하나이자 불평등한 세계'에 대한 가설에 근거해서 전개하는 세계문학론에는 세계체제론이 내포하고 있는 변혁에 대한 지향성은 희석되어 있다. 즉 반체제운동까지 포함하면서 보편주의, 인종주의, 성차별주의 등의 체제이데올로기와 결합된 기성질서에 맞서는 세계체제론의 변혁적 요소가 살아 있지 못한 것이다. 모레띠가 세계문학을 주변(및 반주변)과 중심의 틀로 이해할 필요성을 제기한 것 자체는 혁신적인 발상이지만, 서구 장편소설이 전세계적으로 전파되는 서사시장에 대한 분석만으로는 체제 극복의 전망을 포괄하지 못한다. 까자노바는 세계체제의 불평등 구조를 그것과는 독립되어 움직이는 문학장의 논리로 환원하여 그 물질성을 희석할뿐더러, 그런 희석을 통해, 즉 그 구체적인 지역성의 탈피를 통해 도달하는 세계문학의 보편성을 그것대로 긍정함으로써 서양중심주의를 교묘하게 재생산하고 있다. 그의 논리가 민족범주와 민족문학의 한계에 대한 지적과 연결되어 있다는 사실은 시사적이다. 제3세계문학론에서도 그랬듯이 민족범주와 그것의 문학적인 표현이 가지는 의미에 대한 평가와 모색은 세계문학론의 정립에 필수요건이라고 할 것이다.

문제는 주변부 문학과 중심부 문학이 어떤 관계 속에서 이해되어야 하며, 변혁의 전망이 지구화의 강화로 특징지어지는 후기자본주의 시대에 과연 어떻게 세워질 수 있는가 하는 점이다. 주변부 문학에서 그런 가능성을 보는 것이 제3세계문학론의 인식이라면, 이 문제의식은 현 시대에도 유효하다고 할 수 있다. 세계체제론은 자본주의체제를 유지시키는 구조를 국가간체제로 이해하고 있으며, 이것은 한편으로 민족국가가 이 체제의 작동에서 중요한 주체일 수 있음을 말해준다. 민족국가 단위에서 주류문학의 외곽에서 창출되는 문학의 창조적인 동력이 변혁의 한 요소로 떠오를 수 있는 것이다. 주변에 의한 중심의 전복과 변혁이라는 해체담론이 세계문학의 재구성이라는 문제의식과 이어진 흥미로운 예로는 들뢰즈(Gilles Deleuze)와 가따리(Félix Guattari)의 소문학(minor literature)에 대한 의미 부여와 그 혁명적 성격에 대한 논의, 그리고 세계문학의 영역에 대한 호미 바바(Homi Bhabha)의 탈식민주의적 제안을 들 수 있다.[10]

들뢰즈와 가따리는, 프라하의 체코문학이나 바르샤바의 이디시(Yiddish) 문학이 독일문학과 같은 대문학(major literature)과는 달리 종족집단의 집합적 삶에 초점을 두고 있고 사회문제를 해소해버리지 않으면서 갈등을 표현할 매개체를 제공한다는 카프카(Franz Kafka)의 발언을 더욱 확장시켜서 그같은 소문학의 혁명성을 강조하고 카프카를 철저하게 정치적인 작가로 부각한다. 이들에 따르면 소문학에서는 언어가 "탈영토화의 높은 계수"를 함유하고 있고, "모든 것이 정치적"이며, 또 모든 발화(enunciation)가 개인에 그치지 않고 "집단적인 가치"를 지니고 있다고 한다. 소문학의 이 세가지 속성, 즉 "언어의 탈영토화, 개인의 정치적 직접성과의 결합, 발화의 집단적 조합" 가운데 후자 둘은 소문학의 정치적 기능과 작가의 집단적 성격을 말하는 카프카 자신의 언명에서도 엿보이는데, 여기서 들뢰즈와 가따리가 카프카에 기대어 말하는 소문학이야말로 주변부 문학으로서의 성격을 가지면서 기성질서에 대한 변혁적 열망을 내장하며, 그런 점에서 기존 세계문학의 유럽보편주의를 깰 전망을 안

---

10 각각 Gilles Deleuze & Félix Guattari, *Kafka: Toward a Minor Literature*(Minneapolis: Univ. of Minnesota Press 1986) 16~27면; Homi Bhabha, *The Location of Culture*(London: Routledge 1994) 9~13면 참조.

고 있다고 할 수 있다.

그러나 이들이 말하는 소문학이 워낙 주요 언어권 내의 군소 언어를 통해 이루어지는 일정 그룹의 문학을 지칭하고 있거니와, 소문학의 혁명성에서 초점은 직접적 정치성이나 단결의 에너지가 아니라 언어의 혁신에 모아져 있다는 것은 다음 구절에서 드러난다.

> 우리는 소문학이 더이상 특정 문학들을 지칭하지 않고 대문학(혹은 기성문학)이라고 불리는 것의 중심부에 자리잡은 모든 문학을 위한 혁명적 조건을 지칭한다고 말해도 무방할 것이다. 대문학의 나라에서 태어난 불운을 가진 사람일지라도 그 언어로 써야 한다. 체코계 유대인이 독일어로 쓰거나 아니면 우즈베끼스딴인이 러시아어로 써야 하는 것과 마찬가지로 말이다. 구멍을 파는 개처럼, 굴을 파는 쥐처럼 쓰는 것. 그러면서 자기 자신의 미개발 지점을, 그 자신의 방언을, 그 자신의 제3세계를, 그 자신의 사막을 발견하는 것.[11]

카프카로 드러난 소문학의 혁명성은, 카프카가 프라하 독일어로 글을 쓰면서 그 유동적인 언어를 극단으로 밀고 나아가 통상적인 어법을 해체함으로써 그것이 영토화하고 있는 질서를 해체한 점이라고 이들은 말한다. 카프카가 쓴 독일어는 체코 방언이 아니라 고급 독일어라는 점을 들어 이들이 내세운 가설의 오류를 지적하고, 아울러 이들이 카프카의 유대인으로서의 정체성에 얽매여 있다는 비판[12]도 있다. 사실 세계문학과 관련지어 더욱 중요한 것은 이들이 소문학의 혁명성을 주장하면서 언어의 혁신과 해체라는 모더니즘 논리를 되풀이하고 있다는 점이다. 카프카가

---

11 Gilles Deleuze & Félix Guattari, 앞의 책 18면.

12 Christopher Prendergast, "The World Republic of Letters," Christopher Prendergast ed., *Debating World Literature*(London: Verso 2004) 15~17면.

대문학의 내부에서 그 질서를 해체하는 '탈영토화된' 언어를 구사함으로써 주변에 의한 중심의 전복이라는 변혁성을 담고 있다고 해석될 여지는 있으나, 그같은 해석은 서구사회 내의 단절과 그 극복을 향한 아방가르드적 충동을 내부의 소수자 관점에서 되풀이한 것이지, 애초에 이들이 소문학의 동력으로 거론한 집단성과 정치성과는 거리가 있다. 그같은 혁명성이 동력을 얻기로는 기실 서구 바깥의 제3세계 지역현실 속에서 배태되는 물질적 토대에 근거해서이며, 그런 현실에서는 실천의 문제가 이들이 언어의 기능으로 경시한 재현(representation)과 좀더 긴밀하게 결합되어 있음을 알 수 있다. 집단성이 문학적인 성취로 나타나는 제3세계의 민족문학에는 민족구성원이 공유하는 고통과 원한의 체험이 깃들어 있다는 점에서 들뢰즈와 가따리가 애초에 '소문학'에 부여한 집단성과 정치성이 삶의 현실과 변혁의 요구에 좀더 밀착되어 있을 가능성이 큰데, 실체로서의 공간적인 요소에 깃든 이런 혁명성은 유목적인 것을 전복의 조건으로 보는 이들의 해체론적 관점에서는 유실되고 만다.

까자노바가 세계문학 쟁패의 장에서 기성질서의 혁신이라는 중요한 역할을 부여하고 있는 소문학(small literature)도 일정정도 들뢰즈와 가따리의 이같은 한계를 공유할뿐더러 서구중심주의적 경향을 더욱 노골적으로 드러내고 있다. 카프카를 비롯하여 조이스(J. Joyce)와 베케트(S. Beckett) 그리고 포크너(W. Faulkner)는 소문학으로서의 변방의 민족문학을 자신의 민족적 한계에 매이지 않고 혁신을 통해 세계문학의 장에 진입시킨 문학의 '혁명가'로 호명되는데, 이같은 까자노바의 발상은 서구문학 내에서의 정전에 대한 재조정이라는 차원에서 크게 벗어나 있지 않다. 이처럼 유럽 변방에서 유럽어로 작업한 이 작가들을 대표적인 혁명가로 치켜세운 반면, 제3세계 국가들에서 소수 언어로 중요한 문학적 성취를 이룩한 각 민족문학들에 대한 까자노바의 시각은 매우 제한되어 있다. 결국 까자노바의 관점은 '민족적인' 리얼리즘문학은 특수한 문학이고, '탈민족적

인' 모더니즘문학은 보편적인 문학으로 세계문학이라는 데로 귀결된다.[13]

세계문학을 재구성하는 과정에서 지구화시대의 민족과 민족문학이 초점으로 부각되는 것은 당연하다. 그렇다면 서구적인 관점의 해체와 극복을 앞세우는 탈식민주의 담론에서 세계문학에 대한 관점은 어떠할까? 가령 스피박(Gayatri Spivak)이 인도문학에 대해서 그러했듯이 탈식민주의 비평가들은 아프리카, 아시아와 같은 비유럽권의 문학텍스트들을 주류 비평의 영역으로 끌어들이기도 했지만, 지금까지 소외되었던 문학을 세계문학의 새로운 정전으로 올려놓는 일보다는 오히려 '하위자' (subaltern)의 입지에서 문학을 보는 관점을 도입하는 데 더 역점을 두었다. 그런 점에서는 '문화적 차이들의 표현'에서 생겨나는 '사이 공간'(in-between spaces)의 중요성을 말한 바바도 마찬가지인데, 그녀의 논의에서는 '문화적 혼종성들'을 드러내는 복잡한 협상과정이라고 할 수 있는 차이의 사회적 표현이 '소수자의 관점'에서 이루어진다는 점이 전제되어 있다.[14]

특히 해체론자인 바바가 괴테의 세계문학 구상에 기대어 현 시기에 세계문학 이념을 새롭게 정립할 필요성을 제기하는 것은 주목을 끈다. 『문화의 위치』(*Location of Culture*, 1992) 서장에서 그녀는 세계문학에 대한 괴테의 모색은 전쟁이나 분쟁으로 생긴 문화적 혼란에서 비롯되었고 세계문학은 이러한 새 국면에 부응하는 범주로 떠올랐다고 하면서 다음과 같이 발언한다.

세계문학 연구는 문화들이 '타자성'을 투사함으로써 스스로를 인식

---

13 이 점에 대해 필자는 다음 글에서 상세히 다루었다. "Discourses on World Literature and the Question of Nation," *The Journal of English Studies in Korea* 18호(2010) 169~84면(본서 154~67면).

14 Homi Bhabha, 앞의 책 2면.

하는 방식에 대한 연구가 될 수 있다. 한때 민족적 전통들의 전달이 세계문학의 주된 주제였다면, 우리는 이제 이민자, 피식민자, 정치적 망명자들의 초민족적 역사들, 이들 경계와 접경의 조건들이 세계문학의 영역일 것이라고 주장해도 좋겠다. 이런 연구의 중심은 민족문화의 '지배'나 인간문화의 보편주의가 아니라, (탈식민사회의 삶의 조건에서 연원한—인용자) '사회적·문화적으로 기형적인 전이'에 초점을 둔다.[15]

　바바는 괴테를 불러낼 때 타자에 대한 열림과 민족적 삶의 무의식적 성격을 말한 괴테의 언명을 '문화적 불일치와 타자성'에 대한 자신의 관심사로 끌어들였으며, 이를 통해 세계문학의 영역을 그가 말한 혼종성의 조건으로 환원한다. 괴테가 '타민족의 시선으로 우리 민족을 되비추어보는 일'의 의미를 중시한 것은 사실이지만, 그의 세계문학 이념은 민족문화의 확립이라는 과제와 결합되어 있으며, 그가 역점을 두어 궁구한 교양(Bildung)에 대한 기획이야말로 바바 자신이 비판하는 민족적이고 근대적인 주체의 보편성과 관련을 맺고 있다. 물론 괴테의 언명에는 민족의 경계를 넘어선 세계시민적인 전망도 담겨 있기 때문에, 바바가 말하는 '경계인'이나 '사이 존재'가 그러하듯 국적을 초월한 혹은 강제로 초월할 수밖에 없는 "지방적인 코스모폴리탄"(vernacular cosmopolitan)의 입지와도 만날 소지는 있다. 그렇지만 이같은 경계지대의 존재를 탈식민적 주체의 조건으로 일반화하고 더 나아가 담론상의 특권적인 지위에 둠으로써 문제가 생겨난다.

　바바의 해체론적 탈식민주의 담론이 언어상의 해체논리에 매몰된 채 식민지의 해방이나 진정한 탈식민을 위한 동력을 무화시킨다는 비판은 흔히 제기되는데, 세계문학의 지형과 관련하여 중요한 것은 결국 바바의

---

15 같은 책 12면.

초국가주의 논리가 실제로 존재하는 각 민족문학의 구체적인 성과 — 중심국뿐만 아니라 주변국 민족문학의 성취 — 를 세계문학의 재구성을 위한 기획에서 배제하는 결과를 낳는다는 점이다. 세계시민주의가 민족주의와 꼭 배치될 이유는 없으며, 지역에 뿌리내린 세계시민주의를 추구하는 과정에서 민족주의가 함유한 국지적 동력과 결합하는 것은 긴요할 터인데, 이는 일찍이 괴테 자신이 독일 민족의식의 형성과 세계시민의 자격을 함께 거론한 일견 모순된 태도에서도 그 싹이 엿보인다.

실천적인 역량이 집단적으로 표현되는 영역으로서의 민족은 여전히 정치적으로든 문화적으로든 변혁의 (또 그만큼 창조의) 활동이 일어날 수 있는 터전이라고 할 수 있다. 문화의 혼종성 논리는 근본적으로 초민족주의에 기반하고 있으며 이것은 민족(국가)의 경계를 넘나드는 활동이 현저히 증가한 지구화 현실에 의해 뒷받침되고 있다. 변화된 현실을 제대로 이해하려면 이산과 이민, 여행 등 잦은 이동만이 아니라 인터넷 매체의 발전 등으로 나타나는 유동성 증가에도 유의해야 하고, 그것을 문학적으로 표현하는 세계문학을 개척하는 것도 필요하다. 그럼에도 불구하고 민족범주의 현실성이나 민족문학의 창조적 성취의 의미를 삭감하거나 해체하고 이같은 초국가적 영역을 세계문학의 연구대상으로 특권화하는 것은, 세계체제가 민족국가들의 관계를 통해서 작동하고 있는 현실을 부정하는 관념론이며, 톰 네언(Tom Nairn)이 진작에 지적했듯이 오히려 '민족을 악마화'(demonizing nationality)하는 서구 중심의 시각과 논리에 일조하게 될 위험성이 크다.[16]

---

16 Tom Nairn, *Faces of Nationalism: Janus Revisited*(London: Verso 1997) 57~59면. 여기서 네언은 '보편적인' 서구민족주의와 '편협한' 동구민족주의를 구별한 한스 콘(Hans Kohn)으로 대변되는 서구자유주의적인 민족주의관을 비판하고 있다.

4. 결: 세계문학이란 무엇인가

　지금까지 필자는 현재의 세계문학이 경쟁의 터가 되고 있고, 민족문학들과 그 기반을 이루는 민족(국가)들이 이 경쟁의 주체로서 각축하고 있는 현상에 대해서 말하였다. 그리고 이처럼 세계문학의 지형을 둘러싼 싸움에서 세계문학의 정전을 새롭게 구성하고자 하는 상징적 차원의 경쟁과 세계시장에서 우위를 점하고자 하는 물질적 차원의 경쟁이 공존하거나 결합되어 있는 양상에 대해 말하였다. 그렇다면 복잡하게 얽혀서 작동하는 이 경쟁의 메커니즘 속에서 세계문학의 지향점은 어떠해야 하는가라는 질문이 따르는데, 이는 다름 아닌 이념으로서의 세계문학에 대한 질문이기도 하다. 그렇지만 이 질문에 제대로 답하자면 또다른 자리가 마련되어야 한다. 필자는 세계문학이라는 의제는 모레띠의 표현을 빌리면 '대상'(object)이 아니라 하나의 '문제'(problem)로서 접근되어야 한다는 입장에 동의하는 편이다.[17] 이 관점에서 본다면 세계문학을 경쟁의 터전으로 이해하는 것은 이 물음에 대한 답변의 기초가 될 수 있다. 19세기 중반부터 제기된 세계문학은 아직도 유효한, 앞으로 이룩해나가야 할 과제로 남아 있는 것이다. 아니, 지구화가 현실로 다가온 상황에서, 그리고 그에 따른 문화의 세계화·상품화·획일화가 심화되는 상황에서 이 물음은 더욱 절실하다고 하겠다.

　세계문학이 무엇인가라는 질문은 세계문학이 어떠해야 하는가라는 물음과 결합되어 있을 수밖에 없다. 이 질문에 잠정적으로 답한다면, 지구화시대에는 이 시대의 핵심적인 모순들과 씨름하는 문학에 세계문학의 지

---

17 Franco Moretti, "Conjectures on World Literature," Christopher Prendergast ed., 앞의 책 149면.

위를 부여해야 할 것이다. 말하자면 지구화가 초래한 불평등한 현실을 바꾸어나가고 지구적 공존의 윤리를 실천하는 문학, 어떤 국지, 어떤 기원에서든 전세계 민중의 삶을 더 나은 방향으로 이끄는 데 기여하는 문학, 상품으로서의 자기 존재를 부정하지 않더라도 그 회로에서 벗어나 인간적 요소들을 구축하고자 하는 문학이 세계문학이어야 하고, 이러한 문학이라면 세계 차원의 모순이 구체적으로 드러난 양상들에 창조적 사유의 힘으로 맞설 수 있을 것이다. 이처럼 국지(그것이 종족이든 지역이든 국가든)에서 일어나는 문학의 싸움들을 모아 세계시민으로서의 국제연대를 이룩하려는 노력과 운동도 세계문학의 이념을 지향하고 실천하는 길이기도 하다. 세계문학의 헤게모니를 향한 '경쟁'이 단순히 우위를 점하고자 하는 싸움에만 그치지 않고 이같은 방향성을 가지도록 하는 것, 그것은 앞으로 '지구적 문학연구'가 감당해야 할 몫이 아닌가 한다.

세계문학 담론과 민족문제[*]

1

문학연구와 문학비평의 영역에서 최근 들어 세계문학의 개념과 지향을 둘러싼 논쟁이 활발하게 벌어지고 있다. 이 논쟁에는 민족문학들 사이의 관계에 대한 비교문학적인 관점에서의 연구를 넘어 문학연구의 패러다임을 변환하려는 이론적 모색이 시도되고 있다.[1] 이 논의의 원천에는 세계문학을 부르디외(P. Bourdieu)적인 의미의 하나의 장(field)으로 설정하고 그 내부의 권력관계를 분석해낸, 그런 의미에서 세계문학 논의

---

[*] 이 글은 필자가 2009년 12월 인도 트리반드룸에서 열린 제12회 국제현대이론포럼 (International Conference of Forum on Contemporary Theory)의 초청을 받아 발표한 "Discourses on World Literature and the Question of Nation"을 한국어로 번역한 것이다.

[1] 최근의 쟁점을 다룬 대표적인 책으로는 *New Left Review*의 논쟁적인 글들을 모은 Christopher Prendergast ed., *Debating World Literature*(London: Verso 2004)와 런던 대학에서 이 주제로 진행된 일련의 세미나 발표문을 모은 Anna Guttman & Michel Hockx & George Paizis eds., *The Global Literary Field*(Cambridge Scholars Publishing 2006)가 있다.

를 문화정치학적인 담론의 영역으로 끌어들인 프랑스 비평가 빠스깔 까자노바(Pascale Casanova)의 1999년 저작 『세계문학공화국』(*The World Republic of Letters*)이 있다.[2] 최근에 전개된 세계문학 담론들은 탈식민성(postcoloniality), 이산문학(diaspora), 혼종성(hybridity), 이전의 제3세계문학에 대한 논의와 어떤 식으로든 관련을 맺고 있으면서, 그 근저에는 지구화와 그 문화적 여파에 대한 대응이라는 더 광범한 과제와 불가피하게 이어져 있는 것으로 보인다.

우선 나로서는 세계문학이라는 담론 자체 혹은 여기에 개입하는 일이 주는 어떤 특별한 애매성이나 불편함을 먼저 말해야 할 것 같다. 그것은 단적으로 세계문학 지형에서 주변에 위치해 있고, 세계문학의 장에서 거의 눈에 보이지 않는 한 특수한 국민문학에 근거해 발언하는 문학비평가로서의 자의식에서 나온 것이라고 할 수 있다. 가령 이딸리아 출신으로 미국에서 활동하는 비교문학자 프랑꼬 모레띠(Franco Moretti)처럼 세계문학을 연구하면서 생소하여 잘 모르는 문학들 ─ 여기에는 한국문학도 물론 포함될 것이다 ─ 에 대해서는 '멀리서 읽기'(distant reading)[3]가 필요하다고 자신있게 말할 수 있는, 중심부에 있기 때문에 가능한 그런 조망적인 입지에 나는 서기 어렵다. 나의 정신 속에서 세계문학 지형은 까자노바가 구태여 밝힐 필요도 없이 이미 유럽문학 중심으로 구성되어 있고 어린 시절부터 나의 독서는 소위 유럽문학 정전(Western canon)을 중심으로 이루어져왔다. 서양문학의 고전은 먼 곳의 민족문학들에 대해 마땅히 그럴 수 있는 '멀리서 읽기'의 대상이 아니라 오히려 '꼼꼼히 읽기'(close reading)의 대상에 해당하는 작품들이었고, 그것을 통해 좀더 보편

---

2 Pascale Casanova, *The World Republic of Letters*, trans. M. B. DeBevoise(Cambridge: Harvard Univ. Press 2001).

3 Franco Moretti, "Conjectures on World Literature," Christopher Prendergast ed., 앞의 책 151면.

적인 세계이해에 도달하여 삶을 보는 안목을 기르려고 한 훈련의 수단이었으며, 나아가 인류의 위대한 자산의 소유에 동참하는 체험이었다. 거기에 비하면 한국문학은 세계문학의 장에서는 거의 존재하지 않는 것과 같다고 할 수 있다. 한국문학 평론가로서 유럽문학이 중심이 된 세계문학 담론에 개입하는 것은, 마치 변변치 않은 지방의 수확물을 가지고 대도시 시장에 나타나 말로만 듣던 화려한 물품이 가득한 가게들을 기웃거리는 변방 출신 상인의 심리적 착잡함을 느끼게 만든다.

연구자가 세계문학의 현장을 모두 파악할 수 없다는 당연한 한계 때문에 모레띠가 제기한 '멀리서 읽기'의 필요성, 각 민족문학의 현지 연구자 혹은 평론가들과의 협업에 대한 요청은 자연스럽다고 생각하지만, 그 현지 문학인들 사이에도 해당국의 민족문학에 대한 평가가 다르거나 때로는 상충될 수 있다는 점은 여기서는 간과되고 있다. 이같은 사실은 그의 의도와는 상관없이 세계문학이라는 것이 하나의 '대상'이라기보다 하나의 '문제'임을 말해준다고 할 것이다. 간접적으로밖에 접할 수 없는 개별적인 작은 민족문학(small national literature)들을 세계문학이라는 범주 속에 수합하고자 하는 노력 자체는 소중하지만, 그의 거리감각에서부터 이미 유럽을 중심으로 하는 국제 문학질서가 다시금 환기된다. 한국이 그렇듯이 자국의 근대문학을 형성하는 데 서구문학이 처음부터 개입하고 뿌리내린 지역에서, 그곳의 서구문학 전공자들과 연구자들은 민족문학 전공자나 연구자들 못지않게 혹은 그 이상으로 해당국의 문학지형을 형성하는 데 큰 영향력을 발휘해왔고 발휘하고 있다. 한국의 경우 중심부 문학을 전공한 평론가들이 20세기 한국문학의 담론지형을 형성하는 데 거의 결정적인 역할을 해왔다는 사실, 즉 서양문학에 대한 꼼꼼히 읽기를 할 언어능력을 가진 지식인들이 한국문학에서 비평적 권위를 가지고 오랫동안 군림해오고 있다는 사실은 한국문학 속에 이미 유럽문학으로 현상된 세계문학의 요소들이 깊이 스며들어 있음을 말해준다. 주변부의 근대문학은 중심부 문학의 특성을 받아들이면서 국지적인 민족의 현실과 역사 속에서 이 만남을 기록하고 그것을 흉내내며 변형하는 과정을 거치지 않을 수 없었다.

물론 "하나이자 불평등한 세계"를 상정하는 세계체제론의 관점에서 세계문학의 새로운 개념을 찾아나가고자 하는 모레띠의 시도(「세계문학에 관한 추정들」)[4]는 한편으로는 세계화의 진행에 대한 문학의 대응이 긴요하다는 인식에서, 다른 한편으로는 중심부 문학이 중심이 된 기존의 세계문학을 주변부 및 반주변부 문학을 포괄하는 진정으로 세계적인 차원에서 재구성하고자 한다는 점에서 의미가 있다. 이는 그가 일찍이 『근대 서사시』에서 근대 자본주의체제에 대한 총체적 서사라고 할 텍스트들을 범주화하여 여기에 세계텍스트(world text)로서의 지위를 부여한 발상에서 더 나아간 것이다.[5] '근대 서사시'는 세계체제로서의 역사적 자본주의의 모순에 대한 상징적 해결을 제시한 세계적 차원의 대작들을 말하는데, 여기에는 괴테의 『파우스트』에서 제임스 조이스의 『율리시즈』에 이르는 서구 모더니티의 서사적 표현이 중심을 이룬다. 이 목록에 비유럽 문학으로는 유일하게 마르께스(Gabriel García Márquez)의 『백년 동안의 고독』이 포함되는데, 마술적 리얼리즘(magic realism)이라는 모더니즘의 남미적인 형태를 통해서 근대체제의 확장에 대한 비서구의 서사적 반응을 서구 모더니티의 제3세계적 구현이라는 맥락에 위치짓고 있다. 이 세계텍스트 개념이 세계체제론을 참조하여 유럽문학사를 재구성하는 것에 초점이 맞추어져 있다면, 최근의 세계문학에 대한 그의 '추정들'은 아시아·아프리카를 포함하는 전지구의 민족문학들을 하나의 범주 속에 포괄하고자 하는, 그야말로 지구적인 관점을 좀더 명백히 하고 있다고 여겨진다.

---

4 "Conjectures on World Literature," *New Left Review* 2000년 1-2월호.
5 Franco Moretti, *Modern Epic: The World-System from Goethe to García Márquez*, trans. Quintin Hoare(London: Verso 1996).

여기서 지리적 거리뿐 아니라 인식론상의 거리 문제가 떠오르는 것은 자연스럽다 하겠다. 세계텍스트가 역사적인 발전과정에 있는 자본주의 세계체제에 대응하는 문학이라면, 세계의 각 지역에서 발원한 문학은 그 민족이나 지역이 이 체제에 포섭된 정도와 시차에 따라서, 그같은 서사시적인 위엄을 획득하는 서사문학에 도달할 수도 그렇지 않을 수도 있다. 세계텍스트의 산출은 서구적 자본주의체제에 진작부터 유기적으로 관련되어온 유럽의 민족국가들에서 주로 나올 수밖에 없었다. 모레띠가 최초의 세계텍스트로 호명한 『파우스트』의 작가인 괴테부터가 세계문학 (Weltliteratur)이라는 용어를 통해, 각 민족문학들을 넘어선 보편적인 문학, 즉 유럽 전체를 포괄하는 문학의 존재를 상정하고 그것을 지향했던 것이다.

2

내가 여기서 말하고자 하는 것은, 유럽 중심적인 세계문학 개념이 전세계적인(global) 규모로 확산될 때 각 지역이나 민족문학의 현장에서는 그 개념에 동반된 보편주의 이데올로기와의 싸움이 필연적으로 일어나게 된다는 점이다. 유럽문학이 중심이 되고 그외의 지역이 주변부로 불평등하게 구성되어 있다는 세계문학의 상은 최근 세계문학 논쟁을 촉발한 까자노바의 『세계문학공화국』에서도 생생하게 드러난다. 민족문학들 사이의 경쟁과 쟁패 관계 속에서 형성된다는 그녀의 '세계문학공화국'이란 개념 자체가 민족문학들 사이에는 문화자본(cultural capital)의 크기나 축적에 따른 문화의 위계와 권력관계가 작동하고 있다는 부르디외적인 현실 이해에 토대를 두고 있다. 까자노바는 중심부인 유럽을 더 세분하여 세계문학공화국의 수도 빠리를 중심에 놓고 런던, 로마, 프랑크푸르트, 바르셀

로나, 뉴욕 등을 그 하부의 중심도시로 하는 세계문학의 지도를 그린다. 각각의 특수한 민족문학들은 이 중심의 판단과 인정을 거쳐 문학적 가치를 부여받을 때 비로소 문학으로 존재한다고 하며, 이를 그녀는 문학화(literarization)라고 표현한다. "문학적 영토들은 문학적 인정이 부여되는 장소로부터의 미적 거리에 따라 정해진다"라는 까자노바의 발언에서 모레띠가 말한 물리적 차원의 '거리'는 가치의 차원으로 전화된다.[6]

나에게 까자노바의 이 노골적인 빠리 중심 혹은 유럽 중심적인 세계문학 지도가 흥미로운 것은 이것이 세계화가 초래하는 양면적인 위기 혹은 도전에 대한 대응으로 제기되고 있기 때문이다. 그런 대응의 하나는 서양의 바깥에 대해서이고 다른 하나는 서양의 내부에 대해서라고 할 수 있다. 서양 바깥의 도전에 맞선다는 것은, 비서구권 민족문학들의 발흥과 진출이 증가하는 현상 및 구식민지 출신의 디아스포라 작가들이 민족의 경계를 허물고 새로운 글쓰기의 영역을 개척해나가는 문학환경의 변화에 대한 대응이며, 안에서의 도전에 대한 대응이란 서구문명이 강화시켜온 전지구적인 상업문화의 지배, 즉 문학이 미국 중심의 세계시장경제에 휩쓸리면서 대중문화가 전지구적으로 확산되고 강화되는 것에 대한 대응이다. 까자노바의 세계문학 구상은 빠리를 중심으로 하며, 빠리라는 국제화되고 보편화된 문화자본, 보편적인 판단기준을 지닌 어떤 국제위원회가 세계문학의 전통을 지키고 보전해나간다는 발상인데, 이는 바로 19세기 후반 영국의 매슈 아널드(Matthew Arnold)가 그토록 부러워하고 영국에서 세우고자 열망했던 프랑스 아카데미의 이상, 즉 편협하거나 촌스럽지 않으면서 권위있는 판단의 중심으로 기능하는 그런 아카데미의 이상을 전세계적으로 확장시켜놓은 것으로 보인다. 공산권의 몰락 이후 가속화된 미국 중심의 세계질서와 미국문화의 세계적인 확산에 맞서서, 전통적

---

6 Pascale Casanova, 앞의 책 23면.

세계문학 담론과 민족문제 159

인 유럽문화의 우월성을 더 강렬하게 환기하고 그런 환기가 문학적인 가치평가를 통해서 이루어지는 현상은, 가령 최근 10여년에 걸쳐 노벨문학상이 거의 예외없이 유럽 작가에게 집중적으로 — 흥미롭게도 미국 작가는 일절 배제된 가운데 — 주어진 것에서도 엿보이는데, 까자노바의 세계문학론은 바로 그것의 담론상의 표현이라고 할 수 있다. (물론 빠리가 아니라 스톡홀름이 노벨문학상 수상자를 결정하는 장소이지만, 스웨덴 아카데미의 정신이 유럽보편주의적 가치관에 기반하고 있고, 실제로 빠리 출판계나 평단의 인정이 수상자의 결정에 큰 영향을 미치고 있음은 주지의 사실이다.)

세계시장에서 미국 대중소설이 차지하는 압도적인 지위에 대한 대응에서도 그렇거니와, '작은 민족문학들' 즉 제3세계적인 민족민중문화에 대한 대응에서 까자노바가 앞세우고 있는 것은 이미 역사적으로 보편성을 인정받은 유럽문학 정전의 전통이다. 까자노바에 의하면 주변부 문학들이 자국의 민족적인 한계에서 벗어나 중심부의 가치에 열려 있게 되면서 오히려 문학에서 혁명적 변화를 불러일으킨 문학의 영웅들을 탄생시켰다고 하는바, 여기서 주목할 점은 20세기에 들어와서 탄생한 그 영웅들이 다름 아닌 모더니즘의 거장들이라는 점이다. 카프카, 조이스, 포크너, 베케트 등이 그녀가 지칭하는 영웅들이며, 이들은 진정으로 새로운 혁신을 통해 빠리로 대표되는 중심부의 인정을 받으면서 세계문학의 일원이 되었다는 것이다. 바로 유럽 내의 주변부에 해당하는 아일랜드, 체코, 그리고 문화적 주변부라고 할 미국에서, 민족국가나 민족문학의 한계를 넘어 국제적인 시야를 가지고서 민족적인 환경과의 고투를 통해 혁신을 이룩해낸 이 작가들을 불러낸 것에는 주변부의 위치에서 문학의 진정한 혁신이 가능하다는 까자노바 나름의 통찰이 실려 있기도 하다. 그렇지만 다른 한편으로 유럽 주변부를 중심으로 편입하는 이같은 수용 자체는, "호메로스로부터의 유럽문학 전체"가 이루는 "이상적인 질서"를 상정하고 진정으로 재능있는 작가가 등장해 이 질서를 재조정해나간다는 T. S. 엘리엇의 정전주의적인 사고와 일맥상통한다.

빠리를 세계문학공화국의 수도로 하고, 그곳의 시간을 문학의 국제적인 가치를 판단하는 기준인 그리니치 표준시로 보는 까자노바의 시각에서 보자면, 20세기의 경우 서양문학의 주도적인 경향이라고 할 모더니즘이 세계문학의 보편성을 획득하고 있는 점은 이해가 간다. 그렇지만 모더니즘문학이 서구적인 모더니티의 지배적인 표현이라고 해도, 그것이 가장 중요한 문학적 성취인지의 여부는 따져보아야 하거니와, 각 민족문학의 발현양태를 세계문학의 표준시에 따른 발전의 한 단계로 이해하는 것은 대표적인 서구보편주의 이데올로기라고 할 수 있다. 까자노바의 구도에 따르면, 카프카나 조이스의 문학적 역정이 예시하듯, 작가는 리얼리즘에 닻을 대고 있는 민족문학의 틀을 깨고 나올 때라야 비로소 보편성의 영역으로 들어설 수 있게 된다고 한다. 탈민족적이고 탈정치적인 지향을 가진 문학을 보편적인 문학으로 전제하는 이같은 시각에는 민족적이고 정치적인 민족문학은 특수한 문학이며 문학이 정치에 종속된 후진적인 문화에서나 산출되는 것이라는 모더니즘 이후 서양의 일반화된 인식이 바탕에 깔려 있다. 실제로 까자노바는 한국의 대표적인 소설가 박경리와 시인 신경림을 각각 호명하여 이들의 민족주의적인 서사와 리얼리즘적인 추구가 가지는 한계를 지적하기도 한다. 과연 이런 일반화가 가능할 수 있는가?

모더니티의 원천이 서양에 있는 것은 맞지만, 그것의 국지적 발현은 민족의 상황에 따라 달리 나타나고, 식민지 혹은 신식민지 조건에 처해 있었던 비유럽 제3세계국가들에서는 더욱 그러하다. '정치적이고 특수한' 것으로서의 리얼리즘에서부터 '국제적이고 보편적인' 모더니즘으로 현대문학이 발전해나간다는 일종의 발전론적인 도식은, 제3세계에서 근대문학이 형성될 때 서구에서는 이미 모더니즘이 개화하고 있었으며, 그런 점에서 제3세계문학에 이같은 서양문학의 변화와 경향이 처음부터 스며들어 있다는 사실을 망각한 것이다. 그같은 서구적 시간과의 시차에 따라서, 혹은 사회 내적으로 '비동시성의 동시성'(simultaneity of non-simultaneity)이라고 칭할 수 있는 복합국면(conjuncture)의 존재로 인해서, 한국문학의 경우는 20세기 중반 이후 근대문학이 리얼리즘에서 모더니즘으로 발전해갔다기보다 처음부터 리얼리즘과 모더니즘이 공존하고 대립하면서 민족문학으로서의 특성을 발전시켜갔다. 가령 카프카가 한국문학에 끼친 영향은 매우 크지만, 그럼에도 불구하고 카프카의 공포와 고독의 정조가 어떤 사회, 어떤 시간대에서나 보편적인 것으로 이해되기는 어렵다. 일상에 도사린 무의미의 덫과 가족관계의 해체에서 오는 불안이 「변신」(Die Verwandlung)의 기괴한 판타지를 낳게 했다면, 좀더 직접적인 물리적 폭력이 일상 속에서 일어나고 언로가 막힌 독재체제 속에서는 판타지가 단순히 개인주의적인 현실도피의 수단으로 쓰일 위험이 있으며, 좀더 직접적인 언어적 표현을 통한 상세한 현실묘사가 더 큰 문학적 충격과 예술적 성취에 이를 수가 있다. 1990년 한국의 한 작가가 카프카의 변신 모티프를 활용해 작품을 썼는데, 거기에는 벌레로 변신했다고 착각을 하는 한 주인공이 등장한다. 그러나 추상화된 환경이 빚어내는 공포 속에서가 아니라 민주화 운동으로 체포되어 고문받고 결국 감옥의 독방에 갇힌 상태에서 카프카의 악몽이 변주된다. 「벌레」라는 이 작품에서 작가는 어려운 집안의 대들보로서 기대를 모으던 명석한 친구의 형이 대학에서 카프카에 몰두하다 허망하게 자살하고 만다는 에피소드를 삽입하고 있다.[7] 이 작품에서 카프카적인 환상은 민족의 현실에 대한 고민 속에서는 풍자적으로 활용되거나 비판적 거리감각을 가지고 대결해야 하는 것으로, 기본적으로 사실주의적 현실묘사와 결합되어 나타나지, 현재의 '후

---

7 김영현 「벌레」, 『깊은 강은 멀리 흐른다』(실천문학 1990).

진적인' 민족문학이 '국제적인' 텍스트가 되기 위해 전면적으로 받아들여야 할 미래의 전범으로 보편적인 의미를 지니는 것은 아니다.

한국에서 근대문학이 형성된 이후 최근까지 몇차례에 걸쳐 리얼리즘과 모더니즘에 대한 논쟁 ─ 서구에서 모더니즘 초기에 벌어진 표현주의 논쟁에서 이미 그 근간이 나타나 있고 20세기 후반에는 철 지난 것으로 여겨지는 논쟁 ─ 이 되풀이해 일어난 것은, 그만큼 근대성 문제가 착종되어 있고 문학에서도 서구적 발전단계로 환원할 수 없는 요소가 내재해 있다는 말이다. 근대성의 문학적 발현에서 세계문학의 그리니치 표준시와 주변부 문학 사이에는 시차가 있으며, 이를 문학적 가치의 위계관계로 환원하는 것은 일면적이다. 모더니즘이 주축이 된 서구문학의 현대적 성취들이 제국주의의 팽창과 더불어 광범하게 세계문학의 정전으로 자리잡은 반면, 식민 혹은 탈식민 사회의 독자들에게는 리얼리즘의 기법과 정신이 더 폭넓은 보편성을 얻어왔기 때문이다.

사실을 따지고 보면 빠리를 수도로 하는 세계문학공화국은 당초 근대적인 민족의 형성에 큰 역할을 한 유럽 민족문학들 사이의 상호관계 ─ 교섭이나 경쟁 ─ 를 통해 이루어졌다. 나아가 유럽 각지의 민족문학들은 민족국가를 구성하는 데 큰 역할을 하였다. 그리고 세계문학의 고전으로 인정받는 유럽의 문학이 전세계적으로 유포된 제국주의적인 팽창과정에서, 유럽 혹은 빠리는 결정적으로 세계문학의 중심부라는 문화자본을 획득하게 된다. 유럽 제국주의가 식민지 경영을 통한 근대화 과정에 들어설 때, 비유럽권 민족의 저항적 민족주의는 한편으로는 반제국주의 투쟁과 결합하였고, 다른 한편으로는 민주적인 민족국가 건설에 대한 열망과 결합하였다. 이런 민족문학들의 저항적 성격과 현실비판적인 요소들이 강한 호소력을 가지면서 리얼리즘의 기법과 정신은 보편성을 담지하게 되었다.

물론 유럽 중심적인 모더니즘에 대한 옹호는 출판시장을 장악하고 있는 사이비 세계텍스트인 대중적인 베스트셀러에 대한 경계라는 맥락을 분명히 가지고 있다. 모든 것이 상업화하고 시장의 지배에 넘어가는 상황에서, 시장 지향성을 오히려 부정하는 모더니즘의 실험적이고 엘리뜨주의적인, 그리고 창조적 에너지를 중시하는 가치론적인 접근이 가지는 의미는 크다. 까자노바가 뉴욕이 세계출판시장의 중심을 이루고 있는 현실에서 여전히 런던이 영어권의 문화 중심이라고 주장하는 것도, 그리고 애초에 모든 문화적인 텍스트를 평가하고 그것의 상대적인 가치를 부여하는 중심을 설정한 것도, 획일화와 평준화로 드러나는 이같은 세계문화의 대중화와 하락에 맞서서 지적인 방파제를 구축하고자 하는 시도라고 할 수 있다.

3

그러나 여기서 우리가 짚어보아야 하는 것은 세계문학을 구성하는 주된 요소인 문학의 탈민족화 현상이 과연 바람직한가 하는 문제이다. 가령 세계시장에서 잘 팔리는 상품으로서의 대중문학이 광범한 독자를 확보한 배경에는 출판사의 기획과 자본력 등의 이유도 있겠지만, 민족과 국적을 벗어나야 더 세계적이 될 수 있다는 서사전략도 존재한다. 미국 기원의 대중문학, 가령 『다빈치 코드』의 댄 브라운 같은 베스트셀러 작가는 말할 것도 없고, 경제적 힘과는 달리 세계문학의 장에서 보면 주변 혹은 반주변이라고도 할 수 있는 일본문학이 세계시장에서 성공할 수 있었던 것에는 바로 이같은 탈민족적·탈정치적인 내용이 한몫을 하고 있다. 일본문학의 세계화 사례로 무라까미 하루끼(村上春樹)가 자주 거론되는데, 국제시장에서의 성공에도 불구하고 정작 일본 평단의 평가는 그리 높지 않으며, 오히려 일본문학의 위기의 한 징후로 거론되기도 한다. 일본의 평론가 카라따니 코오진(柄谷行人)이 "근대문학의 종언"을 선포할 때 염두에 둔 것은 바로 하루끼류의 포스트모던한 대중문학의 성세였다.[8] 중국의 경우는 어떠한가? 일본문학이 사회변화에 영향을 미치는 진지한 문학의 쇠퇴가 심각한 반면, (나의 제한된 독서경험에 의하면) 중국문학은 오랜 잠에서 깨어난 듯 활기를 띠며 자신의 과거 역사와 변화하는 현 단계를 구현해내려고 활력있는 언어를 창출하고 있는 것처럼 보인다. 중국 작가 위화나 쑤퉁 등 이미 국제적인 명성을 얻은 작가들의 작품에 깔려 있는 것은 현실과 역사에 대한 충실하면서도 사실적인 관찰이다. 이런 식으로 범박하게 말하면, 한국의 경우는 1970~80년대에 중심을 이루던 민족문학적 리얼리즘이 탈민족적인 성향의 모더니즘과 대중문학의 협공에 의해 약화되고 있는 중이라고 해도 좋을 것이다. 이와 같은 현상을 문학의 그리니치 표준시의 시각에서 본다면 어떨까? 까자노바적인 발전론의 시각에서 보면 일본문학은 서구화 및 탈민족화·비정치화를 통해 좀더 중심에 가까워진 반면, 중국은 지금 정치성을 앞세운 리얼리즘적인 문학의 단계로 후진적인 위상을 가지고, 한국문학은 그 중간쯤이라고 말할 수 있을 것이다. 그러나 이같은 발전론을 통한 민족문학의 위상 매기기, 즉 민족문학의 성취를 유럽적 중심에서의 거리로 판단하기를 거부한다면, 오히려 일본의 문학적 쇠퇴와 떠오르는 중국의 문학적 성세를 말할 수 있을 것이다.

여기서 문학의 창조적 자리가 결국 언어, 민족어를 통해서 열리게 된다는 사실을 환기해둘 필요가 있다. 세계화 추세에 의해 민족국가의 경계가 흐려지면서 이민과 이산 등 민족국가의 경계를 넘는 일이 빈번해지며, 동시에 전자매체가 전지구적으로 확산되고 자본주의 시장이 단일시장으로 통합되어가는 현상 등을 고려할 때 민족범주를 본질론적으로 옹호하는 것은 시대착오적이다. 그러나 지구화가 심화되는 가운데서도 민족국가라

---

8 카라따니 코오진 『근대문학의 종언』(조영일 옮김, 도서출판 b 2006).

는 '수문조직'(system of locks)은 여기저기 물이 샌다 하더라도 일정하게 그 기능을 유지하고 있는 것이 현실이고, 가령 IMF 경제위기 때의 한국의 예에서 보듯 국가의 틀은 민족 혹은 국민의 삶에 결정적인 의미를 가진다. 그런 점에서 민족에 대한 거론을 추문으로 만드는, 즉 민족을 악마화(demonizing the nationality)하는 것에 대한 톰 네언(Tom Nairn)의 경고도 그것대로 의미를 지닌다.[9] 결국 민족은 여전히 갖가지 모순과 복잡한 관계로 얽혀 있고 그 속에서 언어의 창조작업이 일어나는 작가들의 현장이기에 민족문학적인 창조물의 집적과 발흥을 떠나서 세계문학의 흥기를 말하는 것은 무리일 것이다. "지구적으로 사고하고 지역적으로 행동하라"(think globally, act locally)라는 지구화시대의 모토는 문학의 영역에서도 적용될 수 있다. 한국의 한 원로 여성작가는 지구화시대 세계문학에 대한 의식이 필요함을 인정하면서도 문학이 언어를 통한 창조인 한, 작가에게 있어 모국어가 가장 중요하다고 하면서 "나는 한국어 가운데서만 자유롭다"고 말한 바 있다.[10] 문학의 자율성이라는 이데올로기를 내세워 문학에서 민족범주를 삭제하는 것은 세계체제의 전일적인 억압에 대한 실천적인 대응을 가로막는 것이다. 민족문학의 종언이 곧 세계문학의 종언이기도 하다는 말은 과장일지는 모르지만, 서구 중심의 질서를 재구축하는 것에 의해 세계문학 담론을 세우려고 하는 것은 체제 내적 한계에 갇힐 수 있다는 점을 염두에 두어야 한다. 주변부 문학이 각각의 지역에서 창출하는 복합적 근대성들(multiple modernities)의 상호 만남을 통해서 공감과 유대를 강화해나가는 것은 서구중심주의를 극복하는 한 방법일 것이다. 괴테가 꿈꾼 작가와 지식인들의 지적 만남을 위해 유럽 중심에서

---

9 Tom Nairn, *Faces of Nationalism: Janus Revisited*(London and New York: Verso 1997) 57~59면.

10 박완서 「포스트식민지적 상황에서의 글쓰기」, 2000년 서울국제문학포럼 논문집 『경계를 넘어 글쓰기: 다문화세계 속에서의 문학』(민음사 2001) 663면.

벗어난 아시아·아프리카의 문학적 연대를 구상하는 것도 그 한 방법이겠다. 2년 전 한국에서 아프리카와 아시아의 작가 70명이 함께 모인 포럼에서 그같은 비유럽적 민족문학들의 상호이해와 연대를 위해 토의한 것은 그 한 예가 되겠지만, 이 문제에 대한 논의를 위해서는 또다른 장이 마련되어야 할 것이다.

한국문학 세계화를 둘러싼 쟁점들

1. 왜 한국문학의 세계화인가

한국문학의 '세계화'를 말할 때 떠올릴 수밖에 없는 물음은 한국문학
은 세계문학인가 아닌가 하는 것이다. 이 질문은 다소 난감한 면이 있지
만 답변이 어려운 것은 아니다. 세계문학의 개념을 어떻게 규정할 것인가
의 문제일 수도 있기 때문이다. 세계문학이 개별 민족/국민문학[1]들로 구
성되어 있다는 점에서는 한국문학도 어김없이 그 구성원이지만, 세계문
학으로서의 국제적 인정이라는 면에서는 그렇다고 할 수 없다. 이런 점에
서 한국문학은 세계문학이기도 하고 아니기도 하다. 그런데 이보다 더 투
박하고 곤혹스런 질문은 한국문학이 과연 세계문학의 수준에 도달해 있

---

1 영어의 national literature에 해당하는 역어는 '국민문학' '민족문학' 둘 다 가능한데, 이
글에서는 한 나라의 문학이라는 좀더 중립적인 의미가 강한 경우에는 '국민문학'을, 민
족의 위기에 대응하는 문학이라는 비평사적 의미가 있는 경우에는 '민족문학'이라는
말을 쓰되, 구태여 구분하여 사용할 필요가 없을 때에는 맥락에 따라 혼용하거나 '민
족/국민문학'으로 표기한다.

는가라는 것이다. 얼핏 우문처럼 들리는 이 질문에 대해 한국문학의 창조적인 성취 속에 세계가 공유할 만한 보편적인 가치가 없다고 답한다면 분명 어폐가 있을 것이다. 그렇지만 한국문학에 셰익스피어든 똘스또이든 발자끄든 카프카든 세계적 거장들로 공인된 작가들과 동등한 무게를 지닌 인물이 있는가라고 물어본다면? 한국문학에 대한 애정과 전문적인 식견으로 무장한 독자라도 선뜻 답변이 나오지 않을 것이다. 세계문학선집에 실린 외국 작가들과는 별개로 한국 작가들을 대해온 우리 독자로서는 세계적 거장은 세계적 거장이고 한국 작가는 한국 작가일 뿐이다. 세계적 거장으로서의 한국 작가라는 문제는 아직 우리 문학의 인식지평에 온전히 떠오르지 않고 있다. 한국문학을 세계문학의 지평에서 바라보고 평가하지 않을 수 없는 시점에 이르렀다는 인식, 이것이 문학의 '세계화'라는 명제가 한국문학에 던진 것 중 하나이다.

따지고 보면 '세계화'가 이슈로 떠오른 것부터가 한국문학이 세계문학의 수준에 도달하는 '과정'에 있으며 이를 위한 노력이 필요하다는 함의를 담고 있다. 영문학이나 독문학, 불문학이 세계화를 화두로 삼을 이유가 어디 있겠는가? 그렇다면 세계화가 이슈로 떠오른 데에는 현재 한국문학이 세계적인 수준에 미달하고, 세계문학으로 등록되기 위해 질적으로 더 고양되어야 한다는 일종의 발전론적인 전제가 숨어 있다고도 할 수 있다. 그러나 민족/국민문학들 사이에 창조적 성취의 정도를 판단하고 순위를 매기는 객관적인 기준이 있을 수 있는지부터가 논란거리이고, 있다 하더라도 그것을 누가 어떻게 세울 것인가는 여전히 난제일 수밖에 없다.

이런 점에서 '세계화'라는 말 속에 세계적인 수준에 부합하려는 과정이라는 의미와 함께 세계 자체가 민족단위를 넘어 단일한 체제로 통합되어가고 있다는 좀더 가치 중립적인 의미가 들어 있음을 환기할 필요가 있다. 문학의 세계화라는 명제에도 이러한 이중성이 투영되어 있다. 각 민족/국민문학은 일국적인 환경에 머물거나 민족이나 국가 단위로 독자적으로 존재하는 것이 아니라 세계문학의 체계에 편입되어 그 일부가 되는 추세를 피하지 못한다. 일찍이 이같은 현상은 19세기에 괴테나 맑스가 '국민문학'을 대체하는 '세계문학'의 도래를 말할 때부터 근대문학의 피할 수 없는 운명으로 거론되었지만, 근년에 심화된 지구화는 이 흐름을 더욱 촉진하고 있다. 세계문학의 형성이 서구에서 발원하여 전세계로 파급되어간 근대문학의 경로와 유관하다면, 한국문학의 세계화 문제는 그 역방향의 영향을 모색하고 세계문학의 재편을 요구하는 흐름과 이어져 있다. 한국문학의 세계화라는 단순해 보이는 명제 속에는 세계문학의 이념과 현실, 그리고 한국문학의 성과와 한계에 대한 복잡하면서도 범위가 큰 문제들이 도사리고 있는 것이다.

한국문학의 성취에 대한 민족구성원들 내부의 인정과는 무관하게 세계 차원에서 한국문학의 위상이 높지 않다는 사실은 우리 작가들을 사랑하고 자랑스러워해온 독자들에게 착잡한 감정을 불러일으킨다. 한국문학이 세계적인 성과를 산출하고 있고 최근 어느정도 국제적인 인정을 받기도 했으나, 현 세계문학의 장에서는 아직 극히 주변적인 입지만 차지하고 있다는 것은 엄연한 사실이다. 세계화와 더불어 한국문학이 세계와 만나는 새로운 국면으로 진입한 것은 의미있는 일이지만, 이 만남은 한국문학이 세계문학의 변방에 불과하다는 사실을 더욱 뚜렷하게 각인시켜주고 있다. 이런 주변성에 대한 인식은 한국문학이 세계문학에 비해 촌스러운 이류문학이라는 좌절감으로 귀결되기도 하고, 우리도 어서 우리의 민족상황이니 하는 편협함을 벗고 '세계화'해야 한다는 주장에 힘을 실어주기도 한다.

세계로 확장되면서 오히려 그 주변성이 두드러지는 이 역설은 한국문학으로 하여금 전에 없던 질문을 하게 만든다. 도대체 전세계의 독자들은 한국문학을 어떻게 보고 있는가? 이 질문은 한국 독자들이 가질 만한 궁금증이고 특히 세계화가 화두로 제기되는 현금에 와서는 더욱 그러하다.

세계를 단일한 하나로 여기는 것 자체가 소박한 생각이니 이 질문은 우문일 수도 있지만, 답은 의외로 간명할 듯하다. 한마디로 한국문학이 무엇인지 전세계 사람들은 모른다는 것이다. 가령 한 미국 학자가 20년 전 '타자들이 읽는 우리'라는 주제로 각국에서의 미국문학 이해방식에 대해 15개국 학자들이 논의한 내용을 책으로 편집한 바 있는데,[2] 한국문학을 대상으로 이런 유형의 책을 편집하기란 그야말로 요원한 일이다. 각 국민문학의 교류와 공유를 통해 세계문학의 이념이 구현된다는 괴테의 발상 자체가 실제 역학관계 속에서는 현실이라기보다 이념에 속한다는 사실이 분명해진다. 한국문학을 세계화한다는 명제 앞에 서는 순간, 세계문학의 이념을 구현해야 한다는 시대적 요구와 한국문학이 세계문학의 공간에서 초라하게 존재하는 현실 사이의 엄청난 괴리를 어떻게 해명하고 해소할 것인가라는 과제가 우리 앞에 던져지는 것이다.

세계문학의 지형이 유럽을 중심으로 형성되어 있다는 것은 구태여 논증을 필요로 하지 않을 것이다. 세계문학을 부르디외(Pierre Bourdieu)적인 의미의 '장'(field)으로 파악하고, 그것이 동등한 요소들로 구성되는 것이 아니라 권력과 문화자본의 양에 따라 편성된다는 까자노바(Pascale Casanova)의 '세계문학공화국'에서, 한국문학은 문학공화국의 중심도시에서 멀리 떨어진 벽지에 자리하고 있다.[3] 문학에서의 세계질서는 꼭 국

---

2 Huck Gutman ed., *As Others Read Us: International Perspectives on American Literature*(The Univ. of Massachusetts Press 1991). 이 책에는 유럽 중심부의 나라들만이 아니라 터키·그리스·불가리아 등 유럽의 주변 그리고 일본과 중국 등 동아시아에서의 논의도 포함되었으나 한국은 빠져 있다. 이 책이 편집되던 무렵 한국에서는 민족문학론적 관점에서 주체적인 영문학 읽기란 무엇인가라는 외국문학 수용의 이념과 방법론에 대한 논의가 활발하게 이루어지고 있었다. 이처럼 국내의 주목할 만한 영문학 수용 논의에도 불구하고 미국의 '타자' 목록에서 제외되었다는 사실은 문학의 세계화 담론에서 한국이 소외되어 있는 현실을 반영한다.

3 빠리를 수도로 하고 유럽의 중심도시들을 축으로 하는 '세계문학공화국'이라는 발상에 대해서는 영역판 Pascale Casanova, *The World Republic of Letters*, trans. M. B.

력의 크기로 형성되는 것은 아니며 그 나름의 자율적인 체계를 가지고 있
다는 것이 까자노바의 주장이지만, 이 체계의 형성에는 당연히 문화정치
적인 권력과 자본이 작용하고 있다. 한국문학이 세계문학의 지형에서 미
미한 위치를 점하고 있다면 그것은 지구적인 권력관계에서 한국의 낮은
위상과 무관하지 않을 것이다. 세계문학은 세계적인 보편성이라는 이념
을 내세우는 한편으로 그 이면에서 국가 간 혹은 언어 간의 힘이 부딪치
는 경쟁의 공간이 되고 있다.

　한국 정부가 국책사업의 하나로 한국문학의 해외 번역과 소개를 추진
하고 한국문학의 '세계화'를 지원하게 된 데에는 이같은 국가경쟁력 제고
의 논리가 뒷받침되고 있는 것은 물론이며, 또한 한국이 가지고 있는 경
제자본에 비한 문화자본의 빈곤 문제를 일정부분 해결하려는 시도라고
할 수 있다. 여기에는 현재 국제사회에서 한국이 경제력에 비해 문화적
지위가 미미한 데 대한 보상심리와 자존심의 문제도 있다. 세계에서 우리
문학의 우수성을 인정받아야겠다는 심리의 한편에는 자부심에 얽힌 일종
의 콤플렉스가 자리하고 있음을 부정할 수는 없다.

　그렇다면 괴테가 말한 세계문학의 이념, 즉 각 국민문학의 만남을 통해
서 좀더 보편적인 지적 자산을 공유하고 문학지식인들의 연대를 이룩하
고자 하는 이상을 한국문학을 통해 실천할 길은 처음부터 막혀 있는가?
그렇지는 않다고 본다. 까자노바의 지적처럼 주변성은 어떤 면에서는 기
존의 세계문학 질서를 개혁할 수 있는 가능성의 터전이기도 하기 때문이
다. 문제는 개입의 방식으로, 한국문학이 몇겹의 곤경 속에서 어떻게 세계
문학 이념의 실현에 동참할 수 있는가이다. 이는 결국 한국문학의 존재를
세계 차원에서 어떻게 의미있게 만들 것인가, 세계문학의 장에 한국문학

DeBevoise(Cambridge: Havard Univ. Press 2004) 참조. 까자노바는 소문학들(small
literatures)을 논의하면서 주변부 문학에서 두드러지는 저항적 민족주의 성향이 강한
한국문학의 예로 소설가 박경리와 시인 신경림을 거명한다.

의 무엇을 어떻게 가시화할 것인가의 문제가 될 것이다.

2. 무엇을 어떻게 세계에 내놓을 것인가

각각의 민족문학들이 전세계 독자들과 만나는 방식은 번역을 통해서라고 할 수 있다. 한국 독자들이 세계문학을 접하는 주된 통로도 세계문학 전집을 비롯한 번역물이다. 호메로스에서부터 셰익스피어, 꼬르네유 등으로 대변되는 르네상스 시대 이후의 근대문학, 모더니즘이 중심을 이루는 현대문학에 이르기까지 서구문학은 우리가 아는 세계문학의 중심을 이루고 있고, 여기에 일본과 중국, 인도 등 일부 아시아 국가를 비롯한 비유럽권의 극소수 작품들, 특히 현대에 들어와서는 일부 남미 작가들의 작품이 포함되어 세계문학의 정전을 이루고 있다. 이는 한국만의 상황이 아닌 어느정도 보편적인 것으로서, 비유럽권 국가들의 근대문학 역사에서 서구문학, 특히 유럽문학이 압도적인 비중을 차지해온 사실을 말해준다. 이 정전 리스트에 포함되는 데서 비유럽권 문학 가운데 스페인어가 중심인 남미의 경우는 상대적인 이점이 있으나 아시아문학은 유럽 주요 언어로의 번역과 소개가 기본요건이 된다. 여기에다 민족현실에 대한 천착보다 유럽적인 시각에 부합하는 것이 정전에 포함되는 관건이라는 관찰도 설득력을 얻고 있다.[4]

한국문학이 세계에 자신의 존재를 알리기 위해서는 서양의 주요 언어

---

4 이와 관련하여 현대문학에서 세계문학 정전에 포함되는 중요한 통로 가운데 하나인 노벨문학상의 동양권 수상자의 경우를 살펴보면 흥미롭다. 인도문학의 유일한 수상자인 타고르는 영국 식민통치기 때의 시인으로서 영역판 시집 『기탄잘리』 한권으로 수상하였고, 동양권의 실질적인 첫 수상자라고 일컬어지는 일본의 카와바따 야스나리는 서양인의 취향에 맞춰 일본적 신비주의를 조장한다는 비판을 받고 있으며, 중국 출신으로는 빠리 망명자로서 중국에서는 상대적으로 무명인 가오 싱젠에게 이 상이 주어졌다.

인 영어나 프랑스어, 또는 독일어로의 번역을 통하지 않고는 불가능하다. 이 가운데서 영어로의 번역은 현재 영어가 차지하고 있는 세계 보편어로서의 위세로 보아 앞으로 더욱 중요해질 전망이다. 지금까지 이루어진 한국문학의 번역에서도 영어로의 번역이 전체에서 차지하는 비중이 가장 크다. 한국문학번역원의 통계에 따르면, 2010년 6월 말까지 외국어로 출간된 한국문학 총수는 26개 언어 1801종이며, 그 가운데서 영어번역물이 491종으로, 일본어(352종) 중국어(228종) 프랑스어(214종) 독일어(162종) 순으로 이어지는 해외번역물들 가운데서 가장 많은 수를 차지하고 있다. 이 수치만으로 본다면 한국문학의 해외 소개가 어느정도 이루어졌다고도 볼 수 있다. 그럼에도 불구하고 소수 언어권은 물론이거니와 영어권을 비롯한 서구어권과 러시아어권 등의 한국문학 관련자 및 독자들로부터 읽을 만한 문학작품이 태부족하고 교재로 사용할 텍스트조차 구하기 어렵다는 말이 들리는 것은 왜일까? 그것은 현재 외국 서점들에서 유통 중인 한국문학 작품의 수가 주요 언어권에서도 사실 손가락으로 꼽을 정도이고 그나마 거의 눈에 띄지 않을 정도의 독자층만 가지고 있는 현실 때문이다. 26개 언어로의 소개라는 것도 노르웨이, 슬로바끼아, 우끄라이나 등에서 한두편의 번역물이 출간된 경우까지 합한 수치여서 의미 있는 통계라고 보기 어렵고, 총계인 1801종도 20세기 이후에 기록으로 남아 있는 번역물을 모두 합산한 결과로, 그 대부분은 절판상태라고 할 수 있다. 한국문학이 세계 각국에서 의미있는 외국문학의 일부로 받아들여지기 위해서는 출판된 한국문학 작품에 대해 현지의 전문적인 독자들, 가령 출판편집자나 평론가, 문학교수 등 문학 전문가와 외국문학 연구자 및 고급독자들의 관심과 평가가 필요하다. 그러나 아직까지 출판사의 비중이나 서점 유통상황, 서평란의 대접, 독자들의 반응 등을 볼 때 한국문학이 소개의 차원을 넘어 의미있는 외국문학으로 자리잡지는 못하고 있다.

다른 언어권은 물론이고, 가장 큰 비중을 차지하는 영어권으로의 번역이 본격화되기 시작한 것은 2000년대 들어와서였다. 한국문학이 세계문학 정전 속에 편입되기 위해서는 대표적인 장편소설들이 번역되고 주류 비평계의 인정을 얻는 일이 관건이라고 하겠는데, 1990년대까지는 시집 외에는 단편소설 선집이 해외번역의 중심을 이루었다. 물론 황순원의 『일월』과 『카인의 후예』, 이문열의 『시인』 『우리들의 일그러진 영웅』, 박완서의 『나목』, 박경리의 『토지』 제1권 등이 번역 소개되었고 이어서 황석영의 『무기의 그늘』이 출간되었지만, 번역 수준도 떨어지고 현지 출판사의 영향력도 약해 그리 큰 주목을 받지 못하였다.

2000년대 들어 정부 지원이 강화되면서 한국문학의 해외번역이 기하급수적으로 늘어나자, 이를 계기로 영어권 출판에서 변화의 조짐이 생겨나기 시작하였다. 비영리 미국 출판사 혹은 대학출판부의 교재 중심으로 출판되던 한국문학 작품이 한국 정부나 대산문화재단 등의 지원금으로 유통망을 갖춘 상업출판사를 통해 나오기 시작한 것이다. 한국의 고전작품 가운데는 2005년 유영란 번역의 『삼대』(*Three Generations*, Archipelago)가 그 처음이라고 할 수 있다. 같은 해에 황석영의 『손님』이 쎄븐스토리즈 (Seven Stories)에서 출간되었고, 이어서 2007년 김영하의 『나는 나를 파괴할 권리가 있다』가 중견출판사 가운데 하나인 하코트(Harcourt)에서 나옴으로써 비로소 현대 한국의 대표 장편소설들이 미국 평단의 평가를 받을 수 있는 조건을 갖추게 되었다. 실제로 이 번역작품들에 대한 평이 『네이션』 『로스앤젤레스 타임즈』 등 주요지의 서평란에 실렸고, 이를 계기로 작품에 대한 후속 번역계약이 이루어져 황석영의 『오래된 정원』과 김영하의 『빛의 제국』 등을 비롯한 근작들이 영미권에서 출간되었거나 조만간 출간될 예정으로 알려져 있다.

그렇다면 우리 문학작품에 대한 미국 독서계의 반응은 어떠한가? 미국의 독자들에게 한국문학 작품들이 어떻게 읽히고 받아들여지는지를 보여주는 자료가 거의 없는 상태에서 영어로 된 번역문을 포괄적으로 다루는 한 서평싸이트의 평가는 그것을 짐작해볼 수 있는 지표가 될 수 있을 것이다. 장르소설 등을 제외한 본격 외국문학에 대한 정기적인 서평을 싣고 그것과 여타 언론에 실린 서평들을 종합하여 등급을 매기는 것으로 잘 알려진 웹싸이트 '컴플리트 리뷰'(The Complete Review)에서 등급평가의 대상이 된 한국 작가는 현재 고은 시인 외에 소설가 7명으로, 염상섭(『삼대』)을 비롯, 이청준(『당신들의 천국』), 황석영(『손님』), 이문열(『우리들의 일그러진 영웅』『시인』『두 겹의 노래』), 이승우(『생의 이면』), 조경란(『혀』), 김영하(『나는 나를 파괴할 권리가 있다』『빛의 제국』)가 있다. 등급판정에서는 고은을 비롯하여 대부분이 B+등급을 받아, 예외적으로 탁월(A)하지는 않지만 "읽을 만한 가치가 있다"는 평을 얻고 있어서, 적어도 이 작가들에 대한 미국 독자들의 평가가 그리 나쁜 편은 아니라고 할 수 있다. 같은 동아시아권 문학으로 중국(25명)과 일본(50명) 작가들의 리스트에 비하면 수적으로 현저하게 뒤지고 '예외적으로 탁월'한 작품 수에서도 처지는 것이 사실이지만, 군소문학 가운데 리스트에 아예 들지 않은 언어권의 문학도 많거니와, 이미 노벨문학상 수상작가를 배출한 이집트와 터키에 비해서도 많이 뒤지는 것은 아니다. 가령 15편의 작품이 평가대상이 된 나기브 마흐푸즈(Naguib Mahfouz)를 포함하여 22명의 작가가 평가 리스트에 오른 이집트문학에는 꽤 뒤지지만, 터키문학은 오르한 파묵(Orhan Pamuk)을 포함하여 6명만 평가의 대상이 되었고 전체적인 평점도 오히려 한국문학에 비해 낮다는 점을 고려하면, 유독 한국문학이 미국의 독서환경에서 박대당하고 있다고 하기는 어렵다. 실제로 미국의 출판시장에서 번역물이 차지하는 비율은 2~4%에 불과하다는 통계가 있으며, 이 가운데서도 문학작품은 더 적은 편이다.[5] 한국문학의 해외 소개를 지원하더라도 번역 출간

---

5 미국 출판산업의 통계를 집산하는 Bowker의 2005년도 보고서에 따르면 2004년도 영어권의 신간 출판물이 총 37만 5천종으로 이중 번역서는 전체의 3%에 불과한 것으로 나와 있다. 여기에는 논픽션이나 컴퓨터 매뉴얼 등 비문학서도 포함되어 있다. 미국 출판

을 양적으로 늘리기만 하는 방식에는 한계가 있기 마련이며, 지금까지의 작업을 바탕으로 앞으로는 현지의 유통망을 확보한 출판사들의 자발적인 번역과 출판을 이끌어낼 수 있는 방향으로 바뀌어야 할 것이다. 이런 국면일수록 해외 독서계와 출판사가 한국문학의 성취를 올바로 인식하도록 하는 일이 중요한데, 주요 언어권별로 어떤 작품을 어떤 수준에서 번역하고 소개할 것인가라는 해묵은 물음이 한국문학 세계화를 위한 관건으로 한층 실다운 의미를 부여받게 된다.

'무엇을 어떻게'의 문제에는 크게 보아 두가지의 상반된 입장이 대립해왔다. 무엇을 번역할 것인가의 물음에 대한 한가지 답변은 한국문학을 대표하는 고전 혹은 본격문학을 번역해야 한다는 것이고, 다른 하나는 해외 독자들이 받아들일 수 있는 문학을 번역해야 한다는 것이다. 어떻게 번역하느냐에 대해서는, 원작에 대한 충실성을 원칙으로 해야 한다는 입장과 현지 독자들에게 잘 읽히는 것을 우선해야 한다는 입장이 갈린다. 이 입장들을 범박하게 구분하면 한편에서는 한국문학의 맥락과 관점을 강조하고, 다른 편에서는 수용하는 현지의 현실을 중시하는 것으로 정리할 수 있겠다.

무엇이 우선적으로 번역되어야 하는가는 한국문학의 맥락에서 쉬운 문제는 아니며, 한국문학의 정전과 문학사에 대한 논의가 함께 개입되기 때문에 구체적인 작가와 작품에 이르면 선택하기 어려운 경우가 많다. 그럼에도 불구하고 한국문학의 근대적인 성과에 대한 우리 평단의 일정한 합의를 바탕으로 우선적으로 번역될 만한 작품목록을 만들 수는 있을 것이며, 특히 정부 지원으로 진행되는 번역사업에서는 이같은 원칙이 지켜져야 할 것이다. 한편 다른 나라의 독자가 선호하는 작가와 작품을 우선해

에서 정작 성인문학 출판물 중 해외문학은 874종에 그친다. 그나마 여기서 고전작품이나 대중문예물을 빼면 현존 본격작가의 번역서는 더욱 줄어든다. Esther Allen ed., *To be Translated or Not to be*(Institut Ramon Llull 2007) 24~25면 참조.

야 한다는 주장은 해당 언어권의 출판사와 번역가의 판단이나 선호가 현지 출판에서 관건이 되며, 한국문학의 번역에 대한 해외의 자생성과 자발성을 이끌어내는 요건이라는 점에서 일리가 있다. 그럼에도 한국문학의 소개가 현저하게 미흡한 조건이라면 구체적인 여건을 파악하기 어려울 수밖에 없으므로 대개의 경우 이 주장은 추상성을 면하지 못할 소지가 크다. 세계 각 나라의 독자들 사이에는 문학적인 환경에 따라 다양한, 때로는 상반된 취향이 나타날 수 있고, 각 나라 내에서도 계층이나 지적 수준에 따라 서로 다른 독자층이 공존하게 마련이다.

문제는 다른 나라의 독자 취향에 맞춰야 한다는 주장이 때로는 한국의 특수한 상황과 여건에 초점을 둔 문학보다 좀더 '보편적'이고 '탈민족적'인 문학이 번역에 적합하다는 논리, 일정하게는 민족문학이나 리얼리즘문학은 세계시장에서 통하지 않는다는 관점과 결합되어 있다는 점이다. 여기에는 민족문학은 지역의 '특수한' 문학이고 세계문학은 민족범주를 넘어선 '보편적인' 문학이라는 이분법이 전제되어 있다. 그런데 세계문학의 구성은 이처럼 단일한 속성을 띠는 것일까? 유럽문학에도 프랑스처럼 참여문학의 전통이 강하게 남아 있는 곳이 있고, 남미의 경우 한때 주된 흐름을 이루던 마술적 리얼리즘에 대한 비판이 1980년대 이후 강하게 제기되면서 남미의 구체적 현실에 대한 사실적인 접근이 새로이 주목받고 있으며, 러시아에서도 난해한 모더니즘문학과 대중문학의 성세에 맞선 네오리얼리즘에 대한 추구가 평단에서 강하게 일어나고 있는 사실에서 보듯, 세계 각국의 문학들은 다양한 층위에서 발현되고 있다. 결국 한국문학의 정수를 수준 높은 번역으로 소개해야 한다는 상식이 여전한 현안이 되고 있는 셈이다.

번역의 수준이 낮다는 지적은 외국에서 출판된 한국문학에 대한 평가에서 종종 볼 수 있다. 가령 『손님』에 대한 『쌘프란시스코 크로니클』의 서평은, 이 작품의 기법적인 한계를 지적하며 "현재의 번역에 따르면"이라는 유보를 달고 있다. 고은에 대한 스웨덴 신문의 기사에는 '번역' 때문에 그의 본령이 제대로 소개되지 못했을 가능성이 거론된다. 일반적으로 번역에는 질에 대한 논의가 따를 수밖에 없고 원작에 얼마나 충실한가가 번역의 중요한 기준이 되기 마련인데, 특히 대상작이 언어구사의 정교함과 사고의 깊이를 담보하는 작품인 경우에는 더욱 그러하다. 그러나 미국 출판계의 경우 번역에 대한 일반적인 이해 수준이 떨어지며 아울러 원작에 대한 충실도보다는 미국 독자들의 수월한 독서를 더 중요시하는 관행이 일반화되어 있어 이 문제를 더욱 복잡하게 만든다. 원작에 대한 존중보다 편집권의 행사를 우선시하는 것이 출판관행이다보니, 한국문학의 번역가들 가운데서도 이 관행에 따를 것을 주장하는 목소리가 강하다. 그러나 셰익스피어나 호손이나 하디를 번역할 경우 원문에 충실하라는 것이 당연한 요구이듯이, 한국문학의 해외 출판에서 황석영이나 이청준의 원문이 그 언어의 힘을 간직한 채 외국어로 옮겨지기를 바라는 것은 자연스러운 일이다. 과연 원작에 충실하면서도 외국 독자에게 호소력이 있는 한국문학의 번역은 불가능한 것인가? 연전에 한국문학번역원이 해방 이후 대표적인 한국 문학작품의 번역 수준을 전반적으로 검토한 작업에서 그 실상을 확인할 수 있었다.[6]

가령 이상(李箱)의 「날개」는 개역까지 포함하여 총 6종의 번역본이 존재하는데, 이 가운데 월터 루(Walter K. Lew)와 유영주가 공역한 역본만이 '추천할 만한' '훌륭한 번역'이라는 평가를 받았고, 나머지 5종 중 4종은 번역본을 통해서는 '원작'의 이해가 어렵다는 판정을, 1종은 축약된 부분이 많아 판정 불가라는 평가를 받았다. 원문 왜곡 혹은 명백한 오역의 정도도 추천본과 비추천본 사이에 현격한 차이가 났지만, 작가 특유의 언

---

6 이 작업은 해방 이후 한국문학의 영역 수준에 대한 총체적인 평가로 주목을 받았는데, 이하 예문은 『영어권 기 출간도서 번역평가 사업』(한국문학번역원 2008)의 검토문을 참조한 것이다.

어구사에 담긴 미묘한 함의들이 제대로 번역되어 있느냐의 여부에서는 질적인 차이가 드러났다. "'박제가 되어버린 천재'를 아시오?"라는 첫 문장의 번역들을 보자.

1) "Have you heard about 'the genius who ended up a stuffed specimen'?"

2) "Have you ever seen a stuffed genius?"

3) "Have you ever heard of 'a genius who had been stuffed and preserved'?"

4) "Have you ever heard of the 'genius who became a stuffed specimen'?"

5) "Do you know the story, 'The genius who became a Stuffed Specimen'?"

단순한 구문이고 뜻도 명백해서 무시해도 좋을 차이처럼 보이지만, 검토자들이 지적한 것처럼 '되어버린'의 뉘앙스를 온전히 전달한 경우는 'ended up'이라는 표현을 '또박또박' 챙긴 첫번째 번역문(추천본)밖에 없다. '박제가 되어버린 천재'를 무슨 글의 제목처럼 취급한 마지막 번역문을 제외한 다른 번역들도 미흡할지언정 오역이라고 하기는 어렵고 뜻도 그런대로 전달되고 있지만, 문제는 여기서 엿보이는 원문에 대한 소홀한 태도가 작품 전체의 번역에서도 이어져 원작의 품격이나 뜻에서 심각한 왜곡을 초래하고 있다는 점이다. 가령 작품의 말미 클라이맥스에 해당하는 부분, "사람들은 모두 네 활개를 펴고 닭처럼 푸드덕거리는 것 같고 온갖 유리와 강철과 대리석과 지폐와 잉크가 부글부글 끓고 수선을 떨고 하는 것 같은 찰나, 그야말로 현란을 극한 정오다"(People extended their four limbs and flapped around like chickens, while all sorts of glass, steel, marble, money, and ink seemed to rumble and boil up right then, the noon reached the zenith of its dazzling splendor. ―추천본)를 "사람들이 유리, 강철, 대리석, 돈, 잉크가 소용돌이치는 가운데를 활기차게 돌아다니고 있는, 찬란한 정오였다"(It was a glorious noon, people vigorously whirling around amid the commotion of glass, steel, marble, money, and ink.)처럼 부정확할뿐더러 단순화하여 번역한다면, 번역본을 통해 「날개」의 문체와 이미지, 그리고 기법과 메시지의 관계를 말하는 것은 한낱 공염불에 불과할 것이다.

한국문학의 해외 번역에서 원문에 대한 충실성을 희생하더라도 문화번역이 더 필요하다거나 독자들에게 읽히는 번역이 중요하다는 주장은, 「날개」의 예에서 보듯 가독성을 동반한 충실한 번역이 가능하다는 점에서 초점에서 벗어난 주장이다. 사실 미국 출판계의 번역 출판은 미국 번역학자 베누티(L. Venuti)도 비판하다시피 외국문학의 '외국적 성격'을 지우고 '내국화'하는 기제로서, 타자의 인정과 수용에 인색하며 닫혀 있는 미국문화의 이데올로기적 성격을 드러내고 있다.[7] 한국의 대표적인 작가의 작품이 미국화되어 가독성을 획득한 대신에 나름의 고심어린 문체와 언어사용이 범상한 수준으로 떨어져버린다면, 수준있는 외국문학 독자들에게는 오히려 외면받는 결과를 빚게 되리라는 것은 자명한 일이다.

---

[7] 가령 「날개」의 추천본 작품이 실린 선집은 컬럼비아대학 출판부에서 출간되었는데 같은 선집에 수록된 작품들 가운데 평가대상이 된 이호철(「탈향」), 이청준(「눈길」), 김영하(「도마뱀」) 등이 모두 번역에 문제가 있지만 영어로만 읽으면 수월하게 읽히는 것으로 지적되었다. 여기에는 심각한 '내국화'의 과정이 개입된 것으로 추정된다. 베누티의 견해를 자세히 알기 위해서는 Lawrence Venuti, *The Translator's Invisibility: A History of Translation*(Routledge 1995) 참조.

3. 한국문학은 세계문학이 될 수 있는가

한국문학이 세계문학의 장에서 주변부에 위치하며 그 존재감이 매우 미미한 것이 현실이라면, 세계문학의 일원으로 대접받고 싶은 욕망과 그것이 실현되기 어려운 상황 사이의 간격이 앞으로 좁혀질 수 있을까? 어차피 세계문학은 유럽 중심으로 형성되어 있고 이 지형이 변화하지 않는한 한국문학이 세계문학의 중심에 서는 일은 무망해 보인다. 중심부 문학에 대한 선망은 거기에 도달하기 어려운 현실과 부딪치면서 자부심과 열등감이 뒤섞인 복합적인 감정을 낳고 여기에 민족주의적 정서가 개입하는 현상도 생겨난다. 물론 국민들이 자국 문학의 국제적인 인정을 바란다는 점은 모국어의 창조적인 역량에 대한 믿음과 결합되어 있기에 한국문학의 가능성과 자산을 말해주는 징표이기도 하다. 그럼에도 국민문학이 세계문학계에 입장하는 통로처럼 인식되는 노벨문학상에 대한 국민적 기대와 강박이 비롯되는 이유도 바로 이런 인정에 대한 갈망 때문이다.

이와 같은 현상이 한국에서만 나타나는 것은 아니다. 주로 비유럽 국가들에서 이같은 인정의 욕망이 강하게 나타나며, 유럽 내의 주변부라고 할수 있는 뽀르뚜갈이나 동유럽권에서도 이런 현상이 보이고, 동아시아의 경우는 특히 두드러진다. 일본이 자국 문학의 해외 소개와 번역에 기울인 노력과 투자는 널리 알려져 있는데, 두명의 노벨문학상 수상자가 일찍이 해외에서 높은 인지도를 얻게 된 것도 이런 번역의 덕이 컸다.[8] 중국의 경우에도 이런 점은 예외가 아니다. 중국인들의 노벨문학상에 대한 열망과

---

8 일본은 미국 시장의 베스트셀러 목록에 여러 작가가 올라가는 등 세계화의 일정한 단계에 도달했음에도, 몇년 전 시작된 현대일본문학 번역보급사업(JLPP)을 통해 현대일본 작가의 해외진출을 위해 투자하고 있으며 펭귄 출판사의 일본문학 씨리즈도 이 기금의 지원을 받고 있다.

노력은 1980년대 중국의 개방과 함께 중국문학의 세계화에 대한 지향이 본격화하면서부터 시작되었고, 여기에는 전통적인 중화주의와 현재의 세계질서에 어떤 식으로든 결합해야 한다는 사회적 요구가 복합적으로 실려 있었다. 개방 이후 이에 대한 관심은 중국문학의 해외 소개를 위한 학술대회, 번역 지원, 스톡홀름 대표단 파견 등 여러 형태의 문화정치를 낳았다.[9]

동아시아 삼국에서 중국문학이 급성장하고 있기는 하지만, 세계문학의 주류 시장에 일찍부터 진입하여 일정한 지분을 확보했다고 여겨지는 쪽은 일본문학이다. 일본문학이 세계화하는 과정에서 결정적으로 작용한 것은 물론 번역이다. 여기에 카와바따 야스나리(川端康成)의 경우에서 보듯 어느정도 신비화된 일본적 특성이 서구 독자의 취향에 맞았던 면도 있다. 그러나 근자의 일본문학의 성세에는 이와는 다르거나 상반된 요인이 작용하는 듯 보인다. 하루끼를 비롯하여 대중적인 일본 현대소설가들의 이름은 해외 출판사들의 관심대상이 된 지 오래고, 이같은 세계시장에서의 성공에는 1990년대 이후 일본문학이 급격하게 탈민족적인 경향으로 나아간 것도 한 요인으로 작용하고 있다. 이것은 국가나 민족의 경계를 뛰어넘는 대중문화의 확산과 지배, 그리고 획일적인 소비문화의 세계적인 팽창이라는 지구화의 대세에 문학이 종속되는 흐름과도 관련이 있다. 일본문학의 세계문학시장 진입이 어떤 점에서는 괴테적인 의미의 세계문학의 이념과 상충되는 지점을 드러내고 있는 것은 이런 이유 때문이다.

한국문학이 세계문학의 장에 진입하더라도 일본의 경우를 모델로 삼아서는 곤란하다. 가령 하루끼처럼 지구화의 추세 속에서 한국문학에서

---

9 노벨문학상을 위한 중국의 국가적 노력은 최근 미국 대학의 박사학위 논문의 주제가 되기도 했는데, 논문은 하와이대학 출판부에서 출판되었다. Julia Lovell, *The Politics of Cultural Capital: China's Quest for a Nobel Prize in Literature*(Honolulu: Hawaii Univ. Press 2006).

도 이른바 국제적으로 통하는 작가가 대두될 수 있고, 그것이 국내 문학의 평가와 꼭 일치하지 않을 수도 있다. 그렇다고 국제적인 인정을 더 많이 확보한 작품이 꼭 세계문학적인 성취인가는 또다른 문제이다. 가령 까자노바는 주변부 문학들 내에서 민족적인 작가와 국제적인 작가가 분화되는 점을 지적하면서, 국제적인 작가가 국제경험과 세계문학의 흐름에 열려 있다면, '민족작가'는 "세계적 경쟁을 무시하고, 고국에서 문학적 실천에 부여된 지역적 규범과 한계만을 고려하는" 작가라고 규정하기도 한다.[10] 여기서 까자노바가 말하는 '국제적인' 작가는 세계적으로 시장경쟁력을 가진 잘 팔리는 작가나 그것을 지향하는 작가를 말하는 것이 아니라, 세계문학 공간의 법칙을 이해하고 이를 이용해서 문학의 지배적인 규범들을 전복하고자 노력하는 작가를 지칭하는 것이다. 그런 점에서 까자노바가 미국 출판시장의 지배력이 강화되는 작금의 현상을 세계문학 이념의 위기라고 하는 것은 자연스러운 일이다.

그렇다면 한국문학의 경우는 어떠한가? 한국문학은 지역적 한계를 넘어서 세계적인 보편성을 지닌 세계문학의 일원이 될 수 있는가? 까자노바는 일본이나 중국의 문학보다 한국문학에서 그럴 가능성이 있음을 제기한 적이 있다. 물론 그녀가 신경림과 박경리를 거론하면서 현재의 한국문학은 민족주의적 편협성 및 한계를 지니고 있음을 지적하고 있다. 그럼에도 문학적 혁명을 통해 세계문학의 장을 변화시키는 계기는 바로 주변부 문학을 통해서 열리며, 현대문학에서 그 가장 강력한 흐름이 아일랜드문학에서 생겨났다고 보는 그녀가 한국문학에서 아일랜드적인 가능성을 읽는다는 것은 시사적이다. 아일랜드문학이 유럽 주변부의 핍박받는 나라에서 나온 새로운 문학적 실천을 통해 세계문학의 지형을 재구성하는 데 결정적인 기여를 했다면, 한국은 아시아의 아일랜드와 같은 환경에 있다

---

10 Pascale Casanova, 앞의 책 94면.

는 것이다.[11] 한국문학에 문외한이라고 할 수 있는 비평가의 발언이기는 하지만, 우리가 처한 민족적 조건이 오히려 한국문학의 세계적인 성취를 가능하게 해줄 수 있다는 민족문학론의 논리와 만나는 면도 없지 않다.

그러나 아일랜드와 한국이 결정적으로 달라지는 대목은 아일랜드가 유럽의 변방이긴 하지만 기본적으로 유럽문화권에 속한다는 점, 그리고 무엇보다 영어로 작품을 발표할 수 있다는 점이다. 다시 말해 아일랜드문학은 유럽에 개입할 때 '번역'을 필요로 하지 않는다는 것이다. 물론 이는 번역만 되면 곧바로 세계문학을 '변혁'할 수 있는 에너지를 한국문학이 가지고 있다는 말은 아니다. 우리에게는 번역이라는 활동 자체, '무엇을 어떻게' 번역하느냐부터가 세계문학의 이념과 실천을 둘러싼 문화정치 차원의 싸움을 불러일으킨다. 그런 점에서 세계문학에 대한 지향은 한국문학 내부의 역량—민족문제의 핵심에 근접하고 이를 국제적인 감각으로 표현해낼 수 있는 힘—을 시험하는 계기가 되는 셈이다.

한국문학이 세계문학을 지향하는 가운데 서구의 보편주의나 시장의 확대에 매몰되지 않고 세계에 대한 새로운 상을 구성해나가는 데 일정한 기여를 할 수 있는 것도 이 때문이다. 세계문학에서 보편성의 신화를 선점한 유럽 중심의 지형도를 뛰어넘어 비유럽권으로 그 지평을 넓혀나갈 필요성은 여기서도 제기된다. 가령 타이의 주요 작가 중 한 사람인 수찻 사왓시(Suchat Sawatsi)는 우리 작가들과 대화를 나누는 가운데 타이문학이 현재 활력을 상실하게 된 이유 중 하나로 '한국문학'의 악영향을 말하기도 하였다. 청춘로맨스 등 한국의 상업적인 문학들이 타이의 청소년 독자를 사로잡아 타이문학의 기반을 허무는 데 일조하고 있다는 것이다. 그런 점에서 한국 본격문학의 번역 소개는 이 추세에 맞서는 문화적인 싸움에

---

11 빠스깔 까자노바 「문학의 세계화의 길, 노벨문학상」, 2000년 서울국제문학포럼 논문집 『경계를 넘어 글쓰기』(민음사 2001) 337~38면.

기여할 수 있을 것이다. 이는 세계문학에 대한 문제의식을 공유하는 교류와 연대가 비서구권 문학에서도 이룩될 수 있다는 한 예라고 하겠다. 한국문학의 주된 성취를 중심부의 언어로 번역하고 교류하는 것이 세계문학 이념을 실천하는 한 방향이라면, 비유럽권 작가와 작품에 대한 이해를 높이고 이들과 연대해가고자 하는 노력도 그에 못지않은 실천이다. 괴테가 말하는 문인들 사이의 국제적인 교류는 원래 유럽 작가들 사이의 대화와 교섭을 염두에 둔 것이지만, 진정한 세계화의 국면에서 그것은 서양과 비서양의 대화와 교섭으로, 나아가 비서양권 내의 대화와 교섭으로 확산될 필요가 있다.

한국문학이 세계문학이 될 수 있는가라는 물음은 이제 한국문학이 세계문학의 새로운 구성에 어떻게 기여할 수 있는가란 질문으로 바뀌어야 한다. 까자노바의 추정과는 달리 한국문학은 아일랜드문학처럼 될 수 없을지도 모른다. 그러나 세계문학에 그와 같은 혁신을 불러일으키는 것이 당장에는 무망해 보인다고 하더라도 한국문학은 스스로의 민족문학적 성격을 심화하면서 국제적인 차원의 연대와 교류를 통해 세계문학 형성과정에 참여할 수는 있다. 왜냐하면 세계문학이란 민족문학과 대립되는 어떤 것이 아니라, 오히려 각 민족문학이 각각의 민족상황과 대결해나가는 가운데 이룩한 성취들을 국제적인 평가구조 속에 편입시키는 과정을 통해 이룩된 공간이라고 할 수 있기 때문이다. 그런 만큼 세계문학은 어떤 고정된 개념이나 이상이라기보다 이같은 지향성을 가진 나라의 문학들이 함께 참여하여 구축해나가는 살아 움직이는 하나의 운동이라고 할 수 있다. 세계화하는 국면에서 문학이 어떤 종류의 싸움을 하느냐는 한국문학의 세계화를 위한 관건이 된다.

세계문학 번역과 근대성

◆

세계적 정전에 대한 물음

1. 들어가는 말

세계문학이라는 말이 최근 들어 부각되고 있는 현상의 배경에 지구화 혹은 세계화(globalization)의 흐름이 자리잡고 있다는 것을 부정할 사람은 별로 없을 듯하다. 세계가 하나의 시장으로 통합되어가면서 인적·물적인 교류의 폭도 세계적 차원으로 더욱 확장되고 민족국가의 경계를 뛰어넘는 가로지르기와 인구이동이 광범하게 일어남과 더불어 문화 영역에서 각 민족문화들 사이의 소통과 만남도 활발해지고 있다. 각 민족 혹은 국가를 토대로 이룩되어온 민족/국민문학(national literature)들이 국경을 넘어 자국의 독자들만이 아니라 해외 독자들에게 번역되어 읽히는 현상이 한층 현저해졌고, 작가들 사이의 상호교류도 전에 없이 빈번하고 다양해지고 있다. 창작에서든 담론에서든 세계문학에 대한 관심이 높아지는 최근 문학계의 경향은 근대의 새로운 국면, 혹은 그 정점이라고 할 수 있는 지구적 차원의 자본주의 성립이라는 추세를 반영하고 여기에 대응하고자 하는 움직임이라고 해도 무방할 것이다.

그러나 주지하다시피 세계문학이라는 용어는 오래전부터 이미 광범하게 사용되어왔고 그 실체도 이미 형성되어 있으니 일종의 세계적 정전(正典)의 전통으로 수립되어 있기도 하다. 세계문학 개념이 괴테의 조어(Weltliteratur)에서 비롯되었다는 것이 일반적인 생각인데, 괴테가 에커만과 대화하면서 "민족문학은 이제 큰 의미가 없고 세계문학의 시대가 온다"라고 발언했던 1826년 무렵은 서구사회에서 근대화가 본 궤도에 들어서던 시기였다. 괴테의 발언은 한편으로는 각 나라의 문학들이 해외에 번역되어 출간되는 출판시장의 국제화, 구체적으로는 괴테 자신의 작품이 프랑스 신문 『르 글로브』(*Le Globe*)에 번역 소개된 것에 자극받은 바도 있고, 다른 한편으로 나뽈레옹 전쟁 이후 유럽에서 고조된 국제주의 경향에 힘입은 바도 있지만, 이처럼 유럽에서 근대적인 사회개편이 이루어지고 민족주의의 발흥이 예기되던 바로 그 시기에 세계문학이 하나의 개념으로 형성되었다는 사실은 주목을 요한다. 괴테가 민족문학이 의미 없다고 말한 것에는 아직 제대로 된 민족문학 전통을 이룩해내지 못한 독일문학의 '편협성'과 '지방성'을 극복하기 위해 다른 국민문학들로 시야를 확대하고 범유럽적인 문학전통과 결합하고자 하는 의도가 깔려 있다.[1] 그런 의미에서 괴테에게 세계문학은 민족을 벗어난 것이 아니라 구체적인 현실을 토대로 하여 보편성을 가진 민족/국민문학을 온전하게 이룩하려는 것, 말하자면 근대성 기획의 일환이었다.

주목할 만한 것은 이런 간격의 존재, 즉 근대에서 발원한 세계문학 이념이 탈근대가 논의되는 지금 이 시기에 새로운 위력을 가지고 부활하고 있다는 사실이다.[2] 이 사실이 말해주는 바는 무엇인가? 국민/민족국가

---

1 John Pizer, *The Idea of World Literature: History and Pedagogical Practice*(Barton Rouge: Louisiana State Univ. Press 2006) 31~38면.
2 근년에 국내외에서 활발하게 이루어지는 세계문학 논의의 밑바탕에는 괴테의 세계문학 개념에 대한 환기나 재해석 혹은 비판이 깔려 있다 그 추세를 소개하거나 보여준

의 경계를 뛰어넘는 문학, 단일화된 세계시장에서 가장 잘 팔리고 광범하게 유통되는 작품을 세계문학이라고 한다면, 그런 유형의 세계문학은 지구화된 현 시대에 세계적인 베스트셀러의 등장으로 실현되었다. '해리포터' 씨리즈를 위시하여 댄 브라운(Dan Brown), 빠울루 꼬엘류(Paulo Coelho), 스티븐 킹(Stephen King) 같은 작가들의 작품, 그리고 논의의 여지는 있으나 일본의 무라까미 하루끼 같은 '탈민족적' 작가들의 작품은 지구화된 이 시대의 세계출판시장을 장악하고 있는 새로운 유형의 세계적인 혹은 지구적인 문학의 등장을 말해준다. 타리크 알리(Tariq Ali)의 표현을 빌리면 '시장 리얼리즘'(market realism)이 지구화된 이 시대의 새로운 문학적 지배종이 되고 있는 상황에서 괴테적인 의미에서의 세계문학 이념이 새롭게 환기되고 있는 것이다.[3]

최근의 세계문학 논의를 보면, 이같은 세계적인 베스트셀러의 등장은 세계화의 합당한 문학적 성과물이 아니라 오히려 세계문학에 밀어닥친 위기, 더 나아가 문학 자체의 위기를 말해주고 있다는 시각이 일반적이다. 세계문학 논의에서 괴테를 거듭 거론하고 있는 것도 괴테가 제시한 세계문학의 이념, 즉 민족/국민문학들 사이의 교류와 소통, 그리고 인류 공통의 지적 자산을 공유하는 가운데 형성되는 문학지식인들의 연대라는 전망이 문학의 상품화에 의해 세계문학의 근거가 위협당하고 있는 상황에서 새로운 적실성을 획득하고 있기 때문이다. 타자 혹은 외국문화에 대한 관용과 이해라는 코스모폴리탄적 이상까지 고려하면, 괴테적인 의미의 세계문학은 그 당시보다 오히려 세계화가 실현된 현재의 국면에서 추구되고 이룩되어야 할 기획이다. 세계문학에 대한 논의가 활성화되고 그것이 괴테의 이

작업으로는 국외의 경우 존 파이저(John Pizer)가 대표적이다. 국내의 경우 『안과밖』 29호(2010년 하반기)에 실린·백낙청 「세계화와 문학: 세계문학, 국민/민족문학, 지역문학」과 윤지관 「경쟁하는 문학과 세계문학의 이념」(본서 수록) 참조.

3 John Pizer, 앞의 글 25면.

름으로 진행되고 있는 현상의 이면에는, 지구화가 초래한 문학의 위기에 맞서고자 하는, 그리고 이를 통해 문학의 가능성을 일깨우고자 하는 이론 적이면서도 실천적인 탐색이 존재한다고 보아야 할 것이다.

괴테의 세계문학 구상은 근대화의 초기 국면에서 제기되었던 까닭에 일말의 낙관주의가 스며 있는 것은 사실이지만, 한편으로는 그 당시 이미 그 전조를 보이던 대중 취향의 하향평준화와 예술의 상품화라는 현상에 대한 경계도 함께 있었다. 따라서 지구적 문화의 부정적인 양상들이 현저 해지는 상황, 테리 이글턴(Terry Eagleton)의 표현을 빌리면 "예술이 어차 피 상품이라면 상품임을 아예 버젓이 내놓고 나오는"[4] 포스트모던한 상황 에 처하여, 괴테의 세계문학 이념은 바로 이런 위기를 극복하기 위한 일 종의 지표이자 지향이다. 괴테 스스로가 개발주의적 속성을 지닌 근대화 가 어떻게 인간의 욕망을 불러일으키고 어떻게 인간의 영혼과 가치를 파 괴하는가를 『파우스트』를 통해 웅대한 서사로 보여주지 않았던가? 세계 문학에 대한 주창은 '파우스트'의 근대적 욕망에 내재해 있는 파괴성을 제어하고 좀더 보편적인 인간적 가치를 이룩하고자 하는 그런 노력의 표 현이 아니던가?[5] 지구화시대에 세계문학을 재론하는 동기는 다양하겠지 만, 이같은 문제의식이 좀더 예각화될 필요가 있겠다.

2. 세계적 정전의 형성과 세계문학 번역

근대성 혹은 탈근대성의 문제와 관련하여 세계문학을 바라볼 때 세계

---

4 Terry Eagleton, "Capitalism, Modernism and Postmodernism," *Against the Grain: Essays 1975-1985*(London: Verso 1986) 140면.

5 괴테의 『파우스트』를 세계문학의 이념과 관련해 논의한 글로는 임홍배 「괴테의 세계문 학론과 서구적 근대의 모험」(『창작과비평』 2000년 봄호) 참조.

문학 이념은 근대성을 위한 하나의 요건으로 제기된 동시에 근대성이 초래하는 문제에 대한 대응으로 떠오르기도 하였다. 한국에서 근대 이후 지금까지 활발하게 이루어지고 있는 세계문학전집의 발간 현상을 어떻게 볼 것인가 하는 문제도 세계문학 이념의 이같은 두 측면과 무관하지 않다. 한국에서 세계문학전집의 발간이 폭발적으로 이루어지던 1960, 70년대는 근대화가 사회의 가장 중심적인 명제로 떠오르던 시기와 거의 일치한다. 이와 함께 소위 지구화시대의 도래 이후인 1990년대 중반 이후 지금까지 다시 세계문학전집들이 기획, 출간되기 시작하면서 2000년대에 접어들어 세계문학전집 출간 붐이 다시 일어나고 있다.[6] 시차를 두고 이루어진 이 두번의 세계문학전집 출간 현상은 시기상으로 보아 각각 근대성과 탈근대성의 문제와 무관하지 않아 보인다. 이 현상을 어떻게 이해할 것인가?

외국문학 특히 서구문학이 근대 초기부터 한국에 도입되어 한국 근대문학의 형성에 큰 영향을 미쳤지만, 1950년대 말에 시작하여 20여년간 지속된 세계문학전집 발간은 세계와 세계문학의 상을 우리 내면에 형성시킨 결정적인 사건이었다. 이 세계문학전집들을 통해서 세계적인 정전, 즉 세계적으로 인정받고 보편적인 가치를 가진 뛰어난 작가 및 작품에 대한 인식이 생겨나고 그런 가운데 '보편성'의 관념이 형성되었다. 입증하기는 쉽지 않은 일이나, 세계문학전집이 활발하게 출간되고 읽히던 당시 성장기를 보낸 필자와 같은 세대는 세계문학전집에 대한 독서체험을 통해 문학관뿐만 아니라 삶 전체에 대한 사고를 형성시켜왔다. 가령 헤르만 헤세의 『데미안』(*Demian*)으로 대표되는 서양 교양소설이 오랫동안 한국 청

---

6 1960, 70년대에는 정음사, 을유문화사, 계몽사, 삼성출판사, 학원출판사, 동서문화사, 범우사, 삼중당 등에서 세계문학전집이 출간되었고, 1998년에 시작된 민음사의 세계문학전집 출간에 이어서 2000년대에는 대산, 들녘, 푸른숲, 시공사, 웅진, 문학동네, 열린책, 책세상, 그리고 새 번역과 목록으로 다시 출발한 을유문화사 등이 가세하고 있다.

소년들이 가장 애독하는 책 가운데 하나였다는 사실[7]에는 단순히 한때의 인기로 흘려버릴 수 없는 문제들이 내장되어 있다. 즉 세계문학전집은 근대 시기의 한국인에게 교양이라는 말로 표현될 수 있는 자기형성의 중요한 한 계기가 되어왔고, '근대적인 주체'를 형성하는 과정과 깊이 관련되어 있는 것이다.

이것은 당시 출판된 세계문학전집이 서구 국민문학의 고전을 중심으로 구성되어 있다는 사실과 긴밀히 연관되어 있다. 세계문학전집에 수록된 비서구권의 작가와 작품들은 그야말로 극소수이고, 러시아까지 포함하면 거의 전부가 서구 고전들로 구성되어 있었다고 해도 과언이 아니다. 방향은 서로 다르지만 대표적인 두 인문학자인 백낙청(白樂晴)과 김우창(金禹昌)도 각각 이같은 상황을 고려하고 있는데, 백낙청이 "상대방이 이미 우리 속의 구석구석에까지 들어와서 정신과 몸뚱이를 마비시키고 있는 상태"임을 말하고, 김우창이 서양문학에 매혹되는 한국의 현상을 분석하면서 서양문학이 근대성을 선점한 결과 보편성을 획득했음을 말하는 것도 이런 연유에서이다.[8]

그렇다면 한국에서 근대성 추구와 세계문학전집의 출간 붐이 긴밀한 관계를 가진다는 사실은 서구의 근대화 과정에서 괴테가 제기한 세계문학의 성격이나 이념과는 어떤 상관관계가 있는가? 이 문제는 서구의 근대화 과정과 한국의 그것 사이의 시차와 형태 차이를 고려해야 하는 만큼

---

7 이에 관해서는 설준규·최윤·김태현·성은애 좌담 「서양 명작소설, 지금 우리에게 무엇인가」(『창작과비평』 1994년 가을호) 참조.

8 백낙청의 「민족문학과 외국문학연구」(『민족문학의 새 단계』, 창비 1990)를 비롯한 1980년대의 글들과 같은 시기에 씌어진 김우창의 「서양문학의 유혹」 「외국문학 수용의 철학」(『법 없는 길: 현대문학과 사회에 관한 에세이』, 민음사 1993) 등의 글이 그 대표적인 예로, 더 자세한 내용은 외국문학 수용에 대한 이 두 입장을 비교 고찰한 필자의 「타자의 영문학과 주체: 영문학 수용논의의 비판적 고찰」(『안과밖』 창간호, 1996)을 참조할 수 있다. 인용문은 이 글 54면(본서 242면)에서 재인용.

쉽게 설명되기는 어려울 것이나, 우선 말할 수 있는 것은 1960, 70년대 한국의 세계문학전집이 전제하고 있었던 세계문학의 상(像)은 괴테가 19세기 초에 제시했던 세계문학과는 분명히 괴리가 있다는 점이다. 세계문학전집은 세계문학 정전들의 집합이며, 유럽의 국민문학들이 중심이 된 세계문학 정전의 질서는 괴테 이후 서구에서 민족주의가 발흥하고 국민문학의 성과들이 제국주의 시기를 거치면서 전세계적으로 전파된 것과 맞물려 주로 구미의 대학들에서 형성된 것이다. 교육과정에서의 이같은 세계문학 고전의 구성은 19세기 유럽에서 국민국가의 형성을 뒷받침한 민족주의가 폭발적으로 대두하면서 국민국가가 경쟁과 쟁패 및 식민지배를 위한 이데올로기로서 서구 국민문학의 우월성을 고취하고 제도화한 과정과 서로 맞닿아 있다. 미국 대학들의 경우 1차 세계대전 이후 주로 서구의 정전들로 구성된 '위대한 책들'(Great Books) 강좌가 생겨나고 2차 세계대전을 거치면서 세계문학 정전들에 대한 선별이 이루어지면서 세계문학 강의가 교양강좌로 활성화된다.[9] 그렇다면 이 흐름은 괴테적인 세계문학 이념에 부합하는가? 그렇지 않다. 괴테가 내세운 세계문학의 상이 각 국민문학들 사이에 형성되는 연대와 소통의 운동 및 그 전망에 토대를 두고 있다면, 세계문학의 정전을 구성하는 과정에서는 이같은 이념이 망각되고 리비스(F. R. Leavis)가 비판한 '위대한 책들' 즉 "죽은 책들의 박물관"이라는 세계문학[10]이 일종의 교양필독서로 대학과정에 자리잡게 된 것이다. 또 이와 연관된 미국 대학의 교재나 출판물들이 세계의 각 주변부 지역으로 확산되는 과정에서 구미문학 중심의 세계문학 정전의 질서가 자연스럽게 자리잡게 된 것이다.

---

9 미국 대학에서 유럽 중심의 정전이 성립하게 된 경위에 대한 간략한 언급으로는 Sara Lawall, "Introduction: Reading World Literature," Sara Lawall ed., *Reading World Literature: Theory History Practice*(Austin: Univ. of Texas Press 1994) x~xii면 참조.

10 F. R. Leavis, "The 'Great Books' and a Liberal Education," *The Critic as Anti -*

1960, 70년대 한국의 세계문학전집이 암묵적으로 받아들인 것도 이처럼 이미 구미에서 정전화된 형태의 세계문학이었다. 번역을 통한 서구문화 도입의 역사가 길고 활발한 일본은 1920년대부터 서양 중심의 세계문학 정전을 번역 발간했으며, 종전 이후 1960년대까지 여러 종의 세계문학전집을 발간한 바 있다. 이 전집들에는 중국의 『수호지』와 같은 동양의 고전이나 『천일야화』 같은 페르시아 문학이 포함되기도 했지만, 전체적인 구성은 그리스·로마 시대의 고전에서부터 근대 이후 유럽(러시아도 포함된) 국민문학 거장들로 구성된 정전의 틀을 고스란히 받아들였다.[11] 그리고 1960, 70년대 한국출판계의 세계문학전집은 일본의 전집들을 판박이처럼 그대로 베낀 것이었다.

주목해야 할 것은 한국에서 1차 세계문학전집 발간 시기의 말기에 정작 그같은 정전 구성의 발상지인 미국 대학들에서는 전통적인 정전에 대한 문화론적 비판이 발흥하기 시작했다는 사실이다. 이같은 정전 비판의 흐름은 '작고한 백인 남성' 작가 중심으로 구성된 주류문학의 기성질서를 해체하고 유색인종, 여성 등 소수자의 입장에서 그들의 문학적인 성취에 새로운 중요성을 부과하는, 일종의 정전 해체와 재구성에 대한 논의로 이어졌다. 나아가 미국 문단이나 학계 내부에서 진행된 이같은 정전 비판의 흐름이 확장되면서 비주류로 치부되던 소수문학을 정전 항목에 포함시키는 것에서 더 나아가 선별과 탁월함의 기준 자체를 비판하는 해체론적인 사고도 생겨나게 된다.[12] 물론 우리 사회에서도 1970년대 중반부터 이

Philosopher(London: Chatto & Windus 1982) 163~66면.

11 가령 1928~32년 사이 출간된 신쬬오샤(新潮社)의 세계문학전집 및 1940~41년 사이 출간된 카와데쇼보오(河出書房)의 신세계문학전집이 이런 경우로, 일본에서의 세계문학전집 출간 목록은 日外アソシエーツ 編 『世界文学全集·内容綜覽』(東京: 日外アソシエーツ 1986) 참조.

12 영미학계에서의 정전논쟁을 비판적인 관점에서 다룬 글로는 유명숙 「정전논쟁: 그 허와 실」(『안과밖』 창간호, 1996) 참조.

같은 유럽중심주의 비판과 결합된 제3세계문학론에 대한 관심이 일어나고 이것이 일정정도 문학 출판에 영향을 미치기는 하지만 당시 전집 출판의 중심을 이루던 대형 출판사들의 의식에는 거의 변화가 없었고 중심부 내부에서 진행된 세계문학 지형에 대한 문제의식도 당시의 세계문학전집 출판에는 반영되지 못했다.

아울러 세계문학이라는 용어 자체가 외국문학으로서 서구문학과 동일시되고 국내의 국민문학 혹은 민족문학과는 별개로 여기는 관념이 굳어지게 된다. 미국에서 작성된 세계문학 정전 리스트는 자국 및 유럽 문학의 기원에서부터 근현대까지의 명작들을 중심으로 한 이른바 '서구 정전'(western canon)의 형태를 띠다가 차츰 비유럽권의 작품으로 확장해나가는 과정을 밟아왔다. 한국은 이와는 반대로 세계문학이란 서구 정전이며 한국문학이 세계문학의 일원이라는 인식은 희박했다. 이같은 경향은 한국에서 출간된 세계문학전집의 원형인 일본의 세계문학전집뿐 아니라 중국의 세계문학전집에도 나타났던 문제이다. 이것은 근대화가 결국 서구화이기도 한 이 지역의 역사와 유관하다고 보아야 할 것이다.

세계문학으로의 인정이나 편입에서 한국이 가장 뒤처져 있다고 할 수 있는데, 일본의 경우 전후 가속화된 일본문학의 해외 번역 및 1968년 카와바따 야스나리의 노벨문학상 수상으로 전기를 마련하였으며, 중국의 경우 개방 이후 인민문학출판사의 250권짜리 세계문학전집에서 중국작가의 작품이 20퍼센트를 차지하도록 구성한 바 있다.[13] 한국의 경우 세계문학전집의 구성에 한국문학이 수록되기 시작한 것은 민음사의 세계문학전집이 시초라고 할 수 있는데,[14] 민음사의 세계문학전집 발간이 성공

---

13 이에 대해서는 『人民日報』 2002년 4월 12일자의 영문판 기사 "Compilation of World Literature Masterpiece Collection Completed"(http://english.peopledaily.com.cn/200204/eng20020412_93928.shtml) 참조.

14 민음사 세계문학전집에 포함된 한국문학으로 『구운몽』 『홍길동』 등 고전과 『한국단

한 이후 다른 여러 문학출판사들이 세계문학전집 출간에 뛰어듦으로써 2000년대는 말하자면 근대 이후 두번째로 맞이한 세계문학전집 출간 시기라고 해도 좋을 법하다. 문제는 첫번째 전집시대와의 차별성이 무엇인가 하는 점이다.

새롭게 일어난 세계문학전집 출간현상의 배경에는 앞에서 말한 지구화가 초래한 변화가 깔려 있다. 한 출판사(웅진씽크빅)가 이미 세계적 판매망을 가진 미국 출판그룹 펭귄과의 협약을 통해 펭귄 고전씨리즈를 기반으로 세계문학전집을 번역 출간하는 것은 바로 다국적 자본이 출판영역에서 세계문학 구성에 개입하고 있는 한 사례라고 할 수 있다. 그렇다면 이 달라진 환경에서 이루어지는 세계문학전집 발간에는 1960, 70년대 근대화의 와중에서 일어난 세계문학전집 출간 붐과는 다른 지향이나 이념이 있는가? 근본적으로 지구화시대에 문학 정전의 존재 자체를 위협하는 시장의 논리가 강해지는 국면에서 이같은 세계문학전집 발간은 시장성을 확보하면서 문학성을 견지해야 한다는 딜레마에 봉착할 수밖에 없어 보인다.

새롭게 출간되고 있는 세계문학전집의 구성을 보면 분명 과거 수십년간의 세계문학 지형의 변화들이 반영되어 있다. 기존의 서양문학 고전들 가운데서 아직 번역되지 않은 작품이 새로 번역되고 20세기 후반 들어 세계적인 명성을 얻은 작가들의 작품이 포함된 것을 비롯해, 근대 이후 비유럽권 국민문학의 대표작이 다수 목록에 포함된 것이다.[15] 그런 점에서

편선』, 현대의 주요 작가인 이문열·황석영·김승옥 등의 작품들이 있다.

15 대산세계문학의 경우 국내 초역을 중심으로 하고 있고, 민음사의 경우에도 18세기 영국 작가 쌔뮤얼 존슨(Samuel Johnson)의 『라셀라스』(*The History of Rasselas, Prince of Abyssina*) 등 그동안 번역이 되지 않았던 서양문학 고전이나 현대 나이지리아 작가 아체베(Chinua Achebe)의 『모든 것이 산산이 부서지다』(*Things Fall Apart*)를 비롯하여 제3세계의 대표작들을 대거 포함시키고 있다. 최근에 출간을 시작한 들녘과 푸른숲은 제3세계문학 등 그동안 소외되었던 중요한 작품들을 목록에 포함하는 것을 편집방침

는 그간의 정전 비판과 재구성에 대한 논의를 일정부분 반영하여 새로운 세계문학 정전을 형성하려는 의식이 엿보인다.

흥미로운 점은 한국에서 세계문학의 번역은 세계문학의 근거 즉 문학적인 탁월함의 기준이 '시장 리얼리즘'에 휩쓸리는 상황에서 진행되고 있다는 것이다. 얼핏 보아 세계문학 출판현상은 담론상의 지향과는 어긋나는 길, 즉 정전에 대한 옹호를 기반으로 하고 있다. 이 출판현상은 세계문화의 획일성과 상품화로 문학의 '위대한 전통'이 위기에 처한 현실에 맞서는 일종의 문학운동 내지 출판운동이라고 할 수 있는가, 아니면 지구화하는 자본의 현실에서 세계적인 정전조차 상품화되어 세계시장의 유통구조 속에 놓이는 위기국면의 한 증좌인가? 이런 의문 속에서 괴테가 말하는 이념으로서의 세계문학은 '탈근대'의 시대 혹은 지구화의 시대에 던지는 화두로 부각되며, 최근의 세계문학전집 출간이라는 현상 속에 얼마나 그 이념이 살아 있는가를 생각하게 된다.

3. 세계문학 읽기와 교양의 문제

세계문학은 왜 읽는가? 연구를 목적으로 하는 전문가가 아니라면 대개의 독자들에게 세계문학 독서는 타자의 문화를 이해하고 세계에 대한 인식을 깊게 하며 보편적인 가치를 습득하는 교양의 과정이다. 서양의 고전을 중심으로 한 세계문학 정전에 대한 이해와 지식은 우리 사회에서 중요한 교양이기도 하고, 실제로 대부분의 대학들에서 교양독서의 상당부분을 차지하는 것이 이러한 고전이며, 여기에서 문학작품은 필수이자 가장 중요한 부분을 이룬다. 애초 미국의 대학에서 세계문학 과목이 생겨나기

으로 천명하기도 했다.

시작했을 때부터 그것은 교양과목이었고, 전공을 공부하기 전에 익혀두어야 할 기초 교양으로 인식되었다. 그 결과 미국 대학에서 고전적인 작품들은 저학년이나 학부생의 교양독서 대상으로 축약본이나 번역본을 통해서 읽어도 무방한 것인 반면, 덜 정전적인 작품들까지 포함하는 좀더 전문적인 텍스트는 비교문학이라는 이름으로 고학년 및 대학원생들에게 '꼼꼼히 읽기'의 대상으로 설정되어왔다.[16] 그러나 정전이야말로 '꼼꼼히 읽기'의 대상이 되어야 하며 그것을 통해 살아 있는 의미를 획득할 수 있는 창조성의 공간임을 고려하면 이같은 관행은 문제가 있지만, 세계문학이 한 인간이나 사회의 교양을 형성하는 데 중요한 기능을 한다는 사실 자체를 부정하기는 어렵다. 물어야 할 것은 세계문학을 통해 도달하고자 하는, 혹은 내면화하려는 그 교양이 과연 무엇이냐는 것이다.

독서나 음악이나 미술을 통해 교양을 키우는 것이 일반인에게도 사회적 의미를 가지게 된 것은 근대사회에서 시민계층이 사회의 중심세력으로 대두되던 과정에서라고 할 수 있다. 그런데 이같은 개인적 교양의 추구가 근대 국민국가체제에서 시민을 형성하려는 사회적 요구와 결합되어 있고 민족주의와 이어져 있다는 인식은 프리드리히 실러(Friedrich Schiller)가 '미적 교육'(aesthetic education)에 대한 국가의 책임을 거론한 이후 일반화되었다. 사실 교양 이념의 국가주의적 성격에 대한 지적과 비판은 그것이 부각되던 19세기 중엽 이후부터 줄곧 있어왔다. 이는 교양이라는 범주 자체가 지배계급의 헤게모니를 확보하고 교양의 바깥에 존재하는 자들을 분리시키는 기제라는 에드워드 싸이드(Edward Said)의 비판과도 이어진다.[17] 교양의 이데올로기적인 성격에 대한 이같은 비판적 인식, 말하자면 현대의 담론에서 일반화된 이같은 반교양적 담론조차 교

---

16 John Pizer, 앞의 글 96~103면.

17 Edward Said, *The World, The Text, and the Critic*(Cambridge, MA: Harvard Univ. Press 1983) 10~11면.

양을 위해 갖추어야 할 지식 가운데 하나로 교육되고 있는 것이 현금의 교양교육에 담긴 아이러니이다. 이 아이러니는 세계문학의 리스트에 교양의 가능성을 회의하고 그 해체를 선언하고 있다고 보이는 유형의, 크게 보아 모더니즘 혹은 포스트모더니즘으로 분류되는 일부 작품들도 다름 아닌 교양텍스트의 일부로 올라 있는 현상과도 관련된다. 이 문제는 어떻게 이해해야 하는가?

세계문학 정전의 구성에서 근대 이후의 산물 가운데에서는 교양소설(Bildungsroman) 혹은 범주적으로 이와 유관한 장편소설이 중요한 부분을 차지하고 있다. 교양소설을 근대 장편소설의 본질로 이해하고 있는 시각도 있는 것처럼 젊은이들의 성장서사는 근대 이후의 사회에서 가장 전형적인 성격을 띠고 있고, 교양과정 그 자체가 소설 내용을 이룬다는 점에서 개별적으로 교양을 쌓아나가고 시민의 일원으로 주체를 수립해야 하는 젊은 독자들의 삶에 좀더 밀착된 형식의 문학이다. 비록 본래의 교양소설 범주에 들지 않고 역사소설이나 사회소설로 부르는 것이 더 적합한 장편소설에도 부분적으로 이같은 근대적 자아의 형성이라는 모티프가 어떤 형식으로든 스며들어 있다. 근대적 자아의 형성이 주된 내용을 이루는 교양소설을 '근대성의 상징형식'(symbolic form of modernity)이라고 한 프랑꼬 모레띠(Franco Moretti)의 발언도 이런 맥락에서 환기해볼 수 있는데, 근대가 함유하고 있는 역동적 에너지를 어떻게 교양이라는 형식 속에서 규범화하고 화해시키느냐가 소설의 과제가 된다.[18] 따지고 보면 시민적인 교양 또는 고등교육을 통해 젊은이들이 갖추어야 하는 교양의 본질은 사회와 관계를 맺는 영혼의 모험을 개별적으로 체험하는 과정인 것이다.

---

18 Franco Moretti, *The Way of the World: The Bildungsroman in European Culture*, trans. Albert Sbragia(London: Verso 1987) 4~9면.

19세기 내내 번성하던 교양소설이 20세기에 접어들자 서구에서 위기에 처하고 그 불가능성이 운위되는 이유가 개인의 진실과 사회체제와의 조화나 화해를 더이상 서사화할 수 없는 근대성의 단계로 접어들었기 때문이라는 설명이 가능하다면, 전통적인 교양소설의 위기와 소멸이라는 서구문학사의 한 국면이 모더니즘을 낳았다는 모레띠의 주장에도 일리가 있는 셈이다.[19] 주지하다시피 20세기 이후 서구 모더니즘문학이 정전으로 되고 이후 세계적 정전의 중요한 항목으로 떠오른 것 자체가 정전으로서의 세계문학이 문제성을 띠고 있음을 말해준다. 우리는 서구 모더니즘문학의 정전들을 교양텍스트로 받아들이고 교양의 불가능성과 이데올로기성에 대한 회의에 기반한 작품들을 '교양'을 위해서 읽게 되는 곤혹스럽지만 실제로는 그리 곤혹을 실감하지 않는 이율배반을 독서체험에서 되풀이하고 있는 것이다.

이같은 독서체험이 삶과 사회에 대한 갱신된 인식으로 이어지려면 정전을 굳어진 기념비가 아니라 지금 이곳의 현실 속에 살아 있는 것으로 체험하는 읽기가 요청된다. 이것은 세계문학 정전에서 서구 모더니즘문학의 위상을 어떻게 보느냐라는 물음과 관련되면서 다시 한번 진정한 의미의 교양이란 무엇인가라는 질문을 야기한다. 과연 모더니즘 텍스트는 반교양적인 것인가? 교양이 단순히 사회규범에 복속하거나 그것을 받아들이는 과정이 아니라 그 규범에 끊임없이 질문을 던지며 자신과 세계의 모순을 사유하는 살아 있는 정신이라면, 카프카와 같은 얼핏 반교양적인 모더니즘 텍스트도 교양적인 독서의 대상이 될 수 있다. 카프카를 꼼꼼히 읽는 과정을 통해서 독자는 근대성 혹은 탈근대성의 문제에 대한 비평적인 인식과 삶에 대한 사유 훈련을 경험할 수 있는 것이다. 장르로서의

---

19 Franco Moretti, *Modern Epic: The World-system from Goethe to García Márquez*, trans. Quintin Hoare(London: Verso 1995) 195면.

교양소설과는 무관하지만 탈근대적 조건 속에서 삶의 문제를 궁구하게 한다는 점에서 이러한 모더니즘 소설은 교양소설의 이름을 얻을 만한 것이다.

세계문학에서 근대성의 상징형식으로서의 교양소설 문제는 지역성과도 얽혀 있다. 서구문학에서 교양소설의 형식이 해체되고 교양의 실현이 불가능한 곤경이 오히려 서사의 대상이 되고 있는 반면, 비유럽권의 근대문학 혹은 유럽권 내의 소수그룹의 문학에서는 이같은 성장서사들이 여전히 의미있는 성과들을 내고 있다는 사실은 무엇을 말하는가?[20] 그것은 근대화에 있어서 서구와의 시간적인 차이에서 유래하는 면도 없지 않겠으나, 비서구권 민족문학들의 특수한 문화적인 배경과 서사의 전통이 서구적 근대성과 길항하면서 서사에서 새로운 창조의 가능성을 열고 있다는 점도 고려해야 한다. 가령 케냐의 응구기 와 시옹오(Ngũgĩ wa Thiong'o)의 『울지 마라 아이야』(*Weep Not, Child*, 1964)에서부터 인도의 아룬다티 로이(Arundhati Roy)의 『작은 것들의 신』(*The God of Small Things*, 1997)에 이르기까지 식민주의에 의해 파괴된 공동체적 삶에 대한 경험과 이주의 체험이 빚어낸 새로운 세계와의 만남을 통해 소수민적 정체성을 궁구해나가는 과정에서 근대성의 서사는 여전히 살아 있다고 할 수 있으며, 대개 소외와 비극으로 귀결되는 고전적인 의미의 교양소설과 다르긴 하지만, 교양소설 장르의 가능성 또한 전지구적으로 보자면 소진되지 않고 있다.[21] 이것은 영문학이든 불문학이든 구미의 국민문학으로 이루어진

---

20 비유럽권 근대문학의 경우 서구적인 소설장르의 유입과 함께 성장소설 내지 교양소설이 풍성하게 산출되었고, 유럽권 내의 소수그룹 문학의 경우 흑인문학을 비롯하여 인종적인 소수자 그룹의 문학에서 성장서사가 새로운 의미를 띠는데, 대개 '탈식민적 교양소설'(postcolonial Bildungsroman)이라 불리는 이 장르의 형성배경과 의미를 논의한 예로는 Ericka Hoagland, "postcolonializing the Bildungsroman: A Study of the Evolution of a Genre," Ph.D. Dissertation 2006 Purdue University.

21 한국문학의 경우에도 이광수의 『무정』에서부터 시작된 교양소설의 전통이 1990년대

정전에 대한 새로운 구성을 요청하고 있을 뿐 아니라, 세계문학 지형을 서구 중심이 아닌 새로운 내용으로 갱신해나가야 한다는 더 근본적인 요구와도 이어진다. 여기에서 비유럽권의 민족문학 혹은 국민문학의 성과들이 세계문학체제 속에서 어떤 위상을 가지느냐라는 문제가 제기된다.

　민족문학이 세계문학과 가지는 관계의 문제는 전자가 특수한 것이라면 후자가 보편적인 것이라는 단순한 이분법으로는 풀리지 않는다. 세계문학이라는 범주 자체가 각 국민문학 혹은 민족문학의 성취를 떠나서 이루어질 수 없는 까닭이다. 다만 고려해야 할 것은 근대 이후 세계문학의 정전이 형성되는 과정에서 특정한 서구 국민국가들의 문학이 보편성의 영역을 선점하면서 비유럽권의 문학이 이 보편성과 대립되는 특수성의 영역에 들어가게 되는, 세계문학 장에서의 권력관계가 이미 형성되어 있다는 사실이다. 국민문학들 사이의 평등한 관계라는 설정 자체는 관념일 뿐이며, 몇몇 구미 중심국의 문학과 그 성취들로 이루어진 중심부의 대문학(major literature)과 기타 비유럽권 민족문학 혹은 국민문학을 지칭하는 주변부의 소문학(minor literature)이 뚜렷한 위계관계를 이루고 있는 것이 현재 세계문학의 장이다.[22]

　이런 상황에서 일반적인 의미의 국민문학 범주와는 다른, 민족이 처한 특수한 상황과 그 위기를 극복하고자 하는 '민족문학'이 세계문학의 틀 속에서 차지할 수 있는 영역은 매우 협소한 것처럼 보이며, 오히려 세계문학의 보편성을 위해 극복되어야 할 지역적인 특수성, 혹은 맑스의 표현 그대로 민족적인 '편협성'과 '일방성'을 벗어나지 못한 문학으로 여겨지

까지 많은 성과를 낳고 있다는 점에 대해서는 졸고 「빌둥의 상상력: 한국 교양소설의 계보」(『놋쇠하늘 아래서』, 창비 2001) 참조. 최근에도 이 장르는 박민규의 『죽은 왕녀를 위한 파반느』(예담 2009)를 비롯한 수작들을 산출하고 있다.

22 이같은 방식의 세계문학 이해는 세계체제론적 시각을 문학에 도입한 논자들에게서 일반적으로 나타난다. 빠스깔 까자노바(Pascale Casanova)가 그 대표적인 경우이다.

기 쉽다. 그러나 지구화의 대세 속에서 '민족'이 그렇듯, 세계문학이라는 범주에서 '민족문학'은 보편성을 빌미로 추방할 수 없는 현실성을 가지고 있다. 세계문학이 유럽 중심의 정전질서라는 전통에 매여 있다면, 그 극복은 단순히 정전목록에 편입되는 작품을 늘리는 방식이 아니라 새로운 문학질서를 만들기 위한 세계문학의 갱신을 필요로 한다. 이것은 각 민족이 처한 고통과 원한을 문학형식 속에 끌어안는 '민족적인' 문학들이 그 특수성을 인정받을 때 비로소 가능해질 것이다. 결국 세계문학이란 미완의 기획으로서, 각 민족/국민문학들이 국지적인 현실에서 마주치고 형상화하는 근대성의 양상들, 즉 자본주의적 전일화가 각각의 국지에 초래한 모순의 현장들을 포착하고 그것을 토대로 성취를 이루어내는 각각의 문학들의 새로운 질서, 그리고 이를 세계적으로 공유하는 활동이라고 할 수 있다.

애초에 괴테가 세계문학의 도래를 말하면서 독일문학의 기여가 중요함을 강조한 것도 민족문학과 세계문학 사이에 존재하는 끊임없는 상호작용을 염두에 둔 것이다. 당시의 발언이 일차적으로 각 국민문학의 경계를 뛰어넘는 유럽문학이라는 총체를 설정하고 그것을 대상으로 한 것이라면, 서구적 근대성이 세계로 확산되어 전지구적인 자본주의가 가동되고 있는 현 단계에서 민족과 민족문학은 각 국지의 문학들이 소통하고 서로를 타자로서 관용하는 운동으로서의 세계문학에서 본질적인 요소라고 해야 할 것이다.

이같은 이해와 연대의 활동, 즉 이미 세계적인 정전으로 굳어진 서구의 문학만이 아니라 주변부 민족문학의 성취들을 읽고 이해하고 해석하는 과정은 교양에 새로운 빛을 던진다. 중심부에서 겪은 근대성의 힘과 매력과 예지는 서양 고전의 가치를 보여주지만, 근대성이 각 주변부로 퍼져나가 각각의 특수한 민족현실과 만나 이룩되는 창조적 고투들은 서구적인 근대적 자아의 상을 넘어서는 새로운 삶의 모험을 유발한다. 괴테의 언명

속에 담긴 코스모폴리탄적 이상도 궁극에는 타자의 고통에 대한 이해와 관용과 유대 속에서 구현될 수 있고, 진정한 세계시민으로서의 형성 또한 이같은 타자에 대한 인정과 연대의식이 있어야 가능할 것이다. 진정한 '세계시민적 교양'은 각각이 처한 민족의 언어와 그 문학에 대한 '국민적 혹은 시민적' 교양과 별개로 존재하기 어려운 것이다.

4. 결론을 대신하여: 번역의 문제

세계문학은 번역이라는 매개를 통해서 경험될 수밖에 없다. 물론 꼭 그렇지 않은 경우도 있다. 세계문학 목록에 포함되는 해당국의 민족/국민문학들의 경우, 가령 한국인 독자에게 현대 한국문학은 번역이 필요없고 고전문학의 경우 현대어로의 전환이라는 소극적인 번역만 필요하다.[23] 또 지구화시대의 보편어로 이해되고 있는 영어의 경우, 비록 영어권이 아니더라도 영어로 씌어진 문학은 번역 없이 전지구적으로 유통되고 읽힐 가능성이 그만큼 클 것이다.[24] 그렇지만 대개 각 언어권별로 존재하는 국민문학은 상호번역을 통하지 않고는 세계문학으로 형성될 수 없기 때문에, 세계문학은 그런 점에서 번역문학이기도 하다.

번역과 세계문학의 문제를 말하자면 또다른 글이 필요하겠고, 문학 번역의 경우 오히려 축자역에 가까운 '충실성'이 그 번역의 성패를 좌우하

---

23 동일 언어의 과거 형태를 현대어로 바꾸는 경우도 번역의 일환으로 보는 시각으로는 George Steiner, *After Babel: Aspects of Language and Translation*(Oxford Univ. Press 1975) 18~20면 참조.

24 그런 점에서 세계문학을 "번역이든 원어로든" 자기의 기원을 떠나서 유통되고 읽히고 있는 작품들로 정의하고 있는 데이비드 댐로시(David Damrosch) 같은 관점이 서구중심적임도 자연스럽게 드러난다. David Damrosch, *What is World Literature?*(Princeton Univ. Press 2003) 3면.

는 가장 중요한 기준이라는 필자의 주장은 이미 다른 글에서 피력한 바 있다.[25] 여기서는 세계문학의 정전 구성에서 근대성과 관련하여 번역의 이념과 실천이 어떠해야 하는지를 부연하고 끝맺고자 한다.

충실한 번역이라고 했지만 수사적인 기능이 강한 문학언어의 번역에서 충실성의 기준을 객관화하기는 어렵고 두 언어를 변환할 때 문화적 맥락의 차이에서 발생하는 간격이 있을 수밖에 없는데, 이는 번역의 창조성이 발휘될 수 있는 공간이기도 하다. 번역에서 일정한 자유의 영역(즉 의역)을 인정할 수밖에 없는 한편으로, 축자적인 번역을 통해서 원어 고유의 언어구사에서 발생하는 이질적인 요소를 살려내는 것 또한 번역의 과제이다. 이같은 타자성이 번역에서 삭감되고 자국 언어에 친숙하게끔 '내국화'(domestication)하는 경우, 타자와의 만남과 그것을 토대로 한 교류와 유대라는 세계문학의 이념은 제대로 구현될 수 없다.

전세계에 정전화된 세계문학이 존재하는 것은 사실이지만 각 언어권마다 그 리스트에 크든 작든 차이가 있다는 점을 고려하면, 엄밀히 말해 하나의 세계문학이 아니라 복수의 세계문학들이 존재한다고 말하는 편이 더 합당할 것이다. 지배언어인 영어로의 번역, 특히 미국 출판사의 번역관행이 문제가 되고 있는 것도, 자민족중심주의에 갇혀 번역에서 타자성을 지우고 자국민의 입맛에 맞는 방향으로 번역하고 편집하는 것이 결국 세계와의 만남을 저해할 수 있기 때문이다.[26] 물론 이같은 번역관행을 통해 다수 독자를 확보하고 시장을 확장해나가는 면은 있겠으나, 그런 방식의 번역활동은 괴테적인 의미에서의 세계문학운동에 오히려 역행하는 결과를 초래하기 마련이다.

---

25 졸고 「번역의 정치학: 외국문학 번역과 근대성」(『안과밖』 10호, 2001년 상반기; 본서 수록) 참조.

26 Lawrence Venuti, *The Translator's Invisibility : A History of Translation*(London and New York: Routledge 1995) 15~17면.

한국의 세계문학 번역, 특히 세계문학전집의 출간에서 어떤 정전 리스트를 작성하느냐에 못지않게 어떻게 원작의 의미를 잘 살려내는 번역을 하느냐도 중요하다. 1960, 70년대 세계문학전집 출간에서 그 리스트가 일본의 세계문학전집을 그대로 답습했다는 점은 앞에서도 말했지만, 그 답습은 번역 방식이나 내용에 있어서도 마찬가지이다. 모두 확인된 것은 아니나 당시 출간된 세계문학전집의 대다수가 일본어 번역을 중역하거나 크게 참조했음은 어느정도 밝혀진 사실이다. 필자도 참여한 영미고전 번역에 대한 영미문학연구회의 총체적인 검토사업을 통해서도 확인한 바지만,[27] 원어 해독력이 부족했던 당시의 번역역량을 고려하면 일본어를 통한 중역이 오히려 번역의 수준을 일정정도 유지하게 한 측면도 없지 않다. 그러나 언어 사용에서 일본어 말투가 지속적으로 발견된다거나 애초의 일본어 번역본에서 나타난 오역이 그대로 되풀이되고 중역과정에서 새로 오역이 생겨나는 등, 당시 세계문학은 일역본을 다시 번역한 서구문학이었다. 당시의 의식수준이나 문화적 역량에서는 어쩔 수 없는 선택이고, 그 결과물이 국민적 교양에 일정한 기여를 했다 하더라도, 문화에서 식민지적 유제를 극복하는 것이 근대성 달성의 한 조건이라면, 최근에 들어와서 원전을 통한 충실하고 정확한 번역을 추구하는 것은 분명 진전이라고 할 수 있다.

요컨대 세계문학의 번역은 번역본만을 통해서도 꼼꼼한 읽기를 견디는 그런 수준을 지향해야만 괴테적인 세계문학의 이념 및 운동에 부합하리라고 본다. 번역작품에 따라 차이는 있지만 최근의 세계문학전집들이 중

---

27 5년에 걸쳐 진행된 영미문학연구회의 영미문학 고전번역 평가에 대한 결과물은 『영미명작, 좋은 번역을 찾아서』(창비 2006)와 『영미명작, 좋은 번역을 찾아서 2』(창비 2007)로 출간되었다. 이 연구에서 일역의 중역 여부나 그 정도는 검토대상에 포함하지 않았으나 작업과정에서 상당부분 확인되었고, 이를 언급한 예로는 『영미명작, 좋은 번역을 찾아서』에 실린 『모비 딕』 번역본 평가개요를 들 수 있다.

역을 배제하고 충실한 번역을 원칙으로 삼는 경우가 많아지고 있는 것은
이 맥락에서 주목된다. 세계문학 번역에서 보이는 이같은 움직임은 지구
화시대에 세계문학 지형을 새롭게 형성하는 데에 일정한 기여를 하리라
고 본다. 그러나 그것이 과연 얼마나 세계문학 이념에 부합하고 지구화에
맞서는 출판운동으로 이어질지는 우리 앞에 질문이자 과제로 던져져 있
다고 하겠다.

세계문학에 지방정부는 있는가

◆

동아시아문학과 관련하여

1. 세계문학의 외무부와 지방정부

동아시아문학의 위상을 생각해보려는 이 글의 제목에 얼핏 부자연스러워 보이는 '세계문학'과 '지방정부'를 함께 넣은 것은 프레드릭 제임슨의 매력적이면서도 함축적인 강연 「세계문학은 외무부를 두는가?」에 자극받은 것이다. 3년 전 인문사회과학 부문의 노벨상이라고 불리는 홀베르상을 수상한 제임슨은 수상기념 심포지엄 기조강연에서 지구화시대에 민족적 차이들의 관계맺기와 중심 없는 지구적 다양성의 가능성을 모색하는 하나의 문제 혹은 수수께끼로서 세계문학이라는 의제를 다시 부각시켰다. 세계문학은 "이미 정해져 있는 판테온이나 걸작들이 정기적으로 추가되는 상상의 박물관"이 아니라 "투쟁, 즉 경쟁과 대립의 공간이자 터전"이며, 이 문학투쟁은 무엇보다도 "힘이 강한 언어와 힘이 약한 언어 사이"에서 발생하고 있다는 것이다.[1]

---

1 Fredric Jameson, "Does World Literature Have a Foreign Office?," Keynote Speech

이같은 제임슨의 관점은 일찍이 비서구 제3세계 국민문학들의 지배적인 특성을 '민족적 알레고리'(national allegory)라고 칭하면서 이를 서구의 시각에서 재단할 수 없다는 주장[2]을 펼친 논자로서는 당연한 것이고, 서구 중심의 세계문학 질서에 대한 비판이나 조정 요구가 힘을 얻고 있는 작금의 상황에서 특별할 것은 없다. 그러나 이 강연에서 감지되는 것은 지구화와 더불어 해체되고 있는, 혹은 해체되었다는 '민족적인 것'의 의미를 복원하려는 의지이다. 세계문학이라는 의제는 지구화시대에 민족국가는 과연 유효한가, 또 민족적 특수성이 세계라는 차원에서 어떤 의미를 가지는가라는 물음들을 촉발시킨다.

'민족적인 것'이 서구의 역사경험에서 파시즘과 직결되어 있지만 그렇다고 쉽게 해체되거나 버려질 수 없는 것은, 여기에 저항과 변화의 동력인 집단성이 늘 결합해 있기 때문이다. 따라서 민족범주는 여전히 살아 있는 힘이며 각 민족의 구체적 상황과 역사에는 근원적 독특성(radical singularity)이 있어서, 근대성에 도달하는 목적론적인 도상에서의 선후관계를 따질 일은 없다. 각 민족의 문학적 산물들이 저마다 고유성을 인정받고 있다면, 그것이 세계문학에서 어떤 자리를 차지하는가는 경쟁에 맡겨질 수밖에 없다. 세계문학을 "위대한 혹은 고전적인 한가지 텍스트의 가치라는 관점이 아니라 민족적 산물들 사이의 관계로" 볼 때, 이 관계는 조화로울 수도 있고 적대적일 수도 있다. 이런 세계문학의 장(場)에서라면 문학의 국제관계를 관장할 '외무부'가 필요할 법하지 않은가?

그렇더라도 세계문학의 외무부라니, 꽤나 당혹스럽게 들릴 수 있을 것이다. 그런데 다양한 국민문학의 산물들이 전세계 독자에게 각각의 고유

at 2008 Holberg Prize Symposium(http://www.holbergprisen.no/fredric-r-jameson/holbergprisens-symposium-2008.html).
2 Fredric Jameson, "Third-World Literature in the Era of Multinational Capitalism," *Social Text* 15호(1986년 가을) 65~88면.

성을 내세우며 나타나게 될 때 그 복잡한 관계를 조절하고 관리하는 업무가 비유만이 아닌 실제로도 생겨날 수 있지 않을까? 가령 세계문학을 국민문학들의 연합체로 본다면, 각 국민문학들이 경쟁하면서 형성하는 관계에는 자국 내의 문학논리나 여건과는 다른 어떤 해외적인 메커니즘이 작용할 수도 있다.

제임슨의 이 강연이 필자에게 흥미로웠던 것은 한국문학의 세계화를 목적으로 하는 공공기관인 한국문학번역원에서 일하기도 했던 개인적 경험 때문만은 아닐 것이다. 실제로 한국만이 아니라 세계 각국 정부는 국가적 차원에서 자국 국민문학의 해외 번역과 출판을 지원해왔고 여기에는 국가경쟁력을 높이고자 하는 정책적인 목적이 내재되어 있다. 그렇지만 제임슨이 말하는 세계문학의 외무부는 국민국가들 사이에 무역 역조를 시정한다거나 어느 한 국민문학의 경쟁력을 높이는 것을 목표로 삼지는 않는다. 세계문학 개념에는 '불균등과 정전(正典) 상의 불평등'이 작용하고 '근본적 차이와 대립'이 포함되어 있다. 세계문학의 국제관계를 조화롭게 형성해나가는 일은 각 민족의 특수성을 살리면서 그 문학적 성취들이 패권적인 보편의 틀로 전환되지 않도록 하는 것이며, 여기에는 정치상의 외교 못지않은, 아니 그보다 더 정교한 수완과 타자에 열려 있는 정신이 필요하다.

이를테면 한국문학의 외무부서라 할 한국문학번역원의 존재 자체가 세계문학이 안고 있는 일종의 모순을 증언하고 있다. 설립에서부터 국가 재정이 투입된 이 공공기관은 자국 문학의 뛰어난 성취를 전세계 독자와 공유한다는 취지의 이면에 세계문학의 공간 구성에 전략적으로 개입하여 뒤떨어져 있는 한국문학의 대외경쟁력을 높이고자 하는 국가의 의도가 개입되어 있다. 이것은 세계문학이 국민문학에 소속될 수밖에 없는 개별 작가들로 이루어진 자율적인 질서가 아니라 정치적 기원을 가지고 있다는 것, 애초부터 국민국가 사이의 권력관계에 따라 형성된 불평등한 공간이라는 사실을 말해준다.

제임슨이 말하는 외무부가 비유를 넘어 실체를 가진다는 사실과 아울러 세계문학의 공간이 서구적 보편성의 질서에 포박된 현실을 돌아볼 필요가 있다. 제임슨이 최종적으로 던진 물음, 즉 "차이들이 어떻게 서로 관계맺고, 민족적 특수성이 어떻게 보편적이 될 수 있으며, 중심 없는 지구적 복수성이 어떻게 상상될 수 있는가"란 문제는 외교로 조정될 수 있는 것이 아니라 현존 질서를 심문하고 해체하는 기획을 요구한다. 가령 세계문학을 관장하는 '문학적 유엔'과 같은 국제기구를 상정한다 하더라도, 실제로 이 국제기구를 움직이고 정책을 좌우하는 힘은 현존하는 유엔이 그런 것처럼 미국을 비롯한 서구 열강이 될 것이다.

동아시아론이 그렇듯이 동아시아문학론 또한 이런 상황을 극복하고자 하는 실천의 한 방식이 아니라면 큰 의미가 없을 것이다. 서구 중심의 세계문학 질서에 개입하는 방법으로서 동아시아문학론을 거론하려면, 이 지역의 문학이 내부적으로 얼마나 통합되어 있고 대외적으로 얼마나 독자성을 확보할 수 있는지가 중요한 관건이 된다. 과연 동아시아의 지역문학은 일종의 자치적인 지방정부로서 중앙권력에 맞서 변화를 추동할 만한 역량과 자원을 가지고 있는가?

사실 제임슨의 강연은 지구화의 현실에서 민족적인 것이 지닌 의미를 되새긴 데 큰 의의가 있지만, 민족을 지리적으로든 문화적으로든 광역으로 통합하여 사고하지는 않고 비서구권의 국민문학들을 통칭하여 '민족적 알레고리'로 해석하는 초기의 관점은 그대로 유지된다. 역사적 체험이 낳은 원한의 정서와 고통의 현실로 인하여 비서구권 문학에는 극히 사적이고 심리적인 이야기도 늘 집단적인 경험과 결합해 있다는 것이다. 세계문학 논의에서 제3세계문학의 특성을 이처럼 통괄해내는 것에는 기존의 제1세계적 관점을 갱신하는 미덕은 있지만, 대신 희생이 뒤따른다. 그 자신도 말한 각각의 국민문학이 지닌 '근원적 독특성'은 물론 동아시아나

아랍 등 비서구권의 광역지역을 사유의 대상으로 떠올리지는 못하는 것
이다.[3]

그는 루쉰(魯迅)의 「광인일기」나 「아Q정전」을 서구적 근대성의 침투
에 대한 중화민족의 반응을 알레고리화한 것으로 해석하고 이를 꾸바나
아프리카 등 제3세계의 텍스트들과 병치시키지만, 루쉰 문학의 세계문학
적 의미는 중국을 포함한 동아시아의 시각을 확보할 때 더 온전히 살아날
수 있다. 한 중문학자는 루쉰이 토오꾜오에서 이광수(李光洙) 홍명희(洪
命熹)와 같은 시기에 머물렀다는 흥미로운 사실에 착안하여 근대의 도래
에 직면한 동아시아 지식인들의 공통 운명과 그 반응의 차이를 환기하고
더 나아가 루쉰의 문학적 대응에는 서구적 근대화에 대한 추구와 탈근대
의 지향이 결합된, 말하자면 '이중과제'적인 성격이 있다고 주장한다.[4] 이
것이 동아시아의 지역적·문화적 특성과 결합되어 있는지, 혹은 동아시아
문학의 핵심성취가 이같은 성격을 공유하고 있는지는 논의거리겠으나,
이처럼 지역문학의 가능성에 대한 모색은 세계문학의 갱신을 위한 중요
한 계기가 될 수 있다. 보편화하는 서구 헤게모니에 맞서서 지역에 토대를
둔 국민문학들의 연대와 소통이 의미를 가지는 것은 이 때문이다.

2. 세계체제론적 문학론과 주변의 문제

세계문학을 일종의 국제기구로 형상화하기로는 '세계문학공화국'을
내세운 빠스깔 까자노바의 이론작업이 있다. 까자노바는 부르디외(P.

---

3 또다른 '희생'이라면 제3세계문학 내부의 계급갈등 등 다양한 요소를 간과한다는 점
  인데 여기에 대해서는 아흐마드의 비판 참조. Aijaz Ahmad, "Jameson's Rhetoric of
  Otherness and the 'National Allegory'," *Social Text* 17호(1987년 가을) 3~25면.
4 전형준 『동아시아적 시각으로 보는 중국문학』(서울대출판부 2004) 55~57, 140~42면.

Bourdieu)가 말하는 장(field)의 개념을 세계 차원의 문학영역에 적용하고 있는데 그에 따르면 이 문학공화국은 정치적 영역으로부터 독립되어 있으면서 그 나름의 권력관계에 따라 문학의 가치와 존재를 평가하고 인증하는 체제로, 자체의 자본과 지방과 경계를 가지고 있으며 그 권력의 도구는 언어라는 것이다. 이 공화국의 구성원들은 작가로 인정받기 위해 투쟁하며 여기에는 가치를 결정하는 기준으로서 '문학의 그리니치 표준시'가 있고 그 중심이 되는 수도는 빠리이다. 빠리는 언어의 우월함과 문학적 성취 및 그것을 가능케 하는 제반 여건 등 풍부한 문화자본을 바탕으로 특수한 민족범주에서 벗어나 세계문학의 탈민족화된 보편적 수도로 확립되었다.[5]

세계공화국의 꿈은 칸트의 영구평화론 이래 근대세계에서 면면히 이어져온 살아 있는 전통으로 유엔은 그 이념의 한 구현이라고 할 수 있다. 유엔의 목적은 그 구성원인 국민국가들 사이의 분쟁을 막고 상호협력을 끌어냄으로써 세계의 평화를 지키는 것이지만, 실질적인 규제력은 강대국의 힘에 의존하고 있다. 각 국민국가들이 자신의 주권을 양도할 때 비로소 가능해지는 정치체제로서의 세계공화국이 현재로서는 성립되기 어려운 반면,[6] 문학에서 세계질서는 일정한 가치척도이자 기원인 수도 빠리, 더 넓게는 유럽을 중심으로 하여 실재하고 있는 셈이다. 그렇다면 까자노바의 세계문학공화국에 지방정부는 존재하는가?

문학의 세계질서에 대한 인식이 높아진 것은 지구화 현상이 강화된 1990년대 이후의 세계사적 변환과 관련이 있고, 세계문학이라는 기왕의 범주가 비교문학의 차원을 넘어 이론화하게 된 데는 월러스틴(I. Wallerstein)을 비롯한 세계체제론자들에 빚진 바 크다. 까자노바도 그렇지만 비교문

---

5 Pascale Casanova, *The World Republic of Letters*, trans. M. B. DeBevoise(Cambridge: Harvard Univ. Press 2004) 3~30면 참조.
6 카라따니 코오진 『세계공화국으로』(조영일 옮김, 도서출판 b 2007) 223~25면.

학자인 프랑꼬 모레띠(Franco Moretti)의 근년의 작업도 그 대표적인 예인데, 이들은 자본주의 세계체제가 명실상부하게 수립된 현 국면에서 세계문학과 그 역사를 이해하기 위한 통합적인 모델을 제시하여 세계문학 논의의 패러다임을 전환시킨 공이 있다. 그러나 이런 문학의 세계체제론에서 기존의 유럽중심주의에 대한 발본적인 혁신이 있었는가는 의문이며, 대표적인 세계문학 연구자인 데이비드 댐로시처럼 까자노바를 '빠리 중심주의라고 간단히 치부하는 것[7]에 동의하지는 않더라도, 까자노바의 세계문학공화국은 권력과 자본이 중심부에 집중되어 있어서 동아시아 같은 특수한 지역이 일정한 권한과 자율성을 가지고 지방정부를 구성할 여지는 없다고 하겠다.

기실 세계문학은 그 개념의 기원에서부터 유럽중심주의에 침윤되어 있다. 이 용어로 타자의 문학에 대한 열린 자세와 외국 작가들과의 교류와 연대를 말하고자 했던 괴테에게도 그 세계문학은 대개 유럽문학이었다. 영국에서도 이는 마찬가지였으니, 19세기 후반 영국의 대표적인 비평가 매슈 아널드가 프랑스에서의 아카데미 설립에 의미를 부여하면서 아카데미를 통해 문학 평가의 보편적 기준을 수립하고자 한 프랑스문화의 선진성을 영국의 후진적인 편협성과 대비했을 때, 이는 다름 아닌 까자노바적인 빠리 중심의 유럽문학 질서에 대한 증언인 셈이며, 유럽 전통의 세계성에 대한 이 인식은 "호메로스로부터의 유럽문학 전체와 그 내의 자국 문학 전체가 동시적으로 이루는 질서"를 말한 T. S. 엘리엇으로 이어진다.[8]

그렇다면 유럽이 세계와 다를 바 없었던 괴테 시대와는 달리 자본주의

---

7 David Damrosch, *What is World Literature?*(Princeton Univ. Press 2003) 27면.

8 각각 Matthew Arnold, "The Literary Influence of Academies," William E. Buckler ed., *Prose of the Victorian Period*(Boston: Houghton Mifflin Co. 1958) 441~48면; T. S. Eliot, "Tradition and the Individual Talent," *The Sacred Wood: Essays on Poetry and Criticism*(London: Methuen & Co. 1920) 49면.

세계체제가 전지구적으로 확산된 현 국면에서 국지의 문학들은 어떻게 세계문학 영역으로 편입되는가? 누구보다 앞서 세계체제론을 문학연구에 도입하고, "하나이자 불평등한" 세계에 대한 인식에 기초하여 비교문학 연구의 차원을 높였다고 평가받는 모레띠의 경우에도 서구 중심적 시각은 여전하다. 본격적인 세계문학 논쟁의 촉발제가 된 「세계문학에 관한 추정들」을 비롯한 그의 작업에 두드러지는 것은 중심부의 관점에서 세계문학의 지형을 그리는 지도 작성자의 눈이다. 그는 각각의 국민문학들에 대한 면밀한 읽기(close reading)의 실질적 불가능성을 내세워 각 지역연구자들의 작업에 의존하는 원거리 읽기(distant reading)를 세계문학 구성의 방법론으로 제시한다.[9] 필자는 재작년 인도에서 열린 한 국제회의에서 '세계문학 담론과 민족문제'를 주제로 발표하면서 모레띠처럼 원거리 읽기를 당당히 내세울 수 없는 (서구문학에 대한 면밀한 읽기가 가지는 민족문학적 의미를 천착해온) 한 변방 출신 비평가의 당혹감을 피력한 적이 있지만,[10] 장편소설이라는 서구적 형식이 어떻게 각 국지로 전파되고 문학적 의미를 얻게 되는가를 탐구한 그의 핵심작업부터가, 서구적 근대성의 파급과 각 국지에서의 반향에 대한 탐사라는 점에서 세계문학 형성을 바라보는 서구중심주의의 소산이라고 할 수 있다.

모레띠의 세계체제론적 문학사 기술 중 필자에게 깊은 인상을 준 작업은 근대 이후의 문학사를 '세계텍스트'(world text)의 탄생과 관련하여 규명하려 한 『근대 서사시』(Modern Epic)이다. 여기서 그는 근대 자본주의 체제의 발전단계에 걸맞은 문학의 이데올로기적 표현, 즉 세계체제의 모순구조를 반영하고 이를 상징적으로 해결하려 한 '세계텍스트' ─ 『파우스트』 『모비 딕』에서부터 『황무지』 『율리시즈』를 거쳐 『백년 동안의 고

---

9 Franco Moretti, "Conjectures on World Literature," *New Left Review* 1호(2000년 1-2월호).

10 윤지관 「세계문학 담론과 민족문제」, 『영미문학연구』 18호(2010).

독』에 이르는── 를 호명해낸다. 문학이 세계체제의 형성이라는 장기 추세를 반영하고 있다는 생각은 자칫 소박한 반영론으로 떨어질 위험도 있지만, 근대화의 기획에 총체적으로 대응하는 문학들을 '근대 서사시'로 범주화한 점이나 이를 통해 리얼리즘과 모더니즘의 해묵은 대립구도에서 벗어나고자 한 시도는 주목할 만하다. 특히 모더니즘에 대한 그의 관찰은 흥미로운데, 조이스(J. Joyce)의『율리시즈』가 그렇듯 모더니즘은 근대성의 족쇄가 더욱 강고해진 소비자본주의 시대의 반영이자 활력이 상실된 범속성의 극치라는 것이며, 이 현실을 '있는 그대로' 그려낸 점에서『율리시즈』는 탁월한 성취라는 것이다. 이것은 모더니즘의 일정한 성과를 부정하지 않으면서도 그 이데올로기를 비판하는 루카치(G. Lukács)의 논법과도 이어지는 통찰이라고 할 수 있다.[11]

그러나 그의 문학사 독법이 서구 중심의 사고에서 벗어나지 못한 점은 다분히 자의적이기까지 한 서구 대작 중심의 '근대 서사시' 목록에서도 엿보인다. 그의 초점은 근대성의 모순이 어떻게 모더니즘의 폭발을 낳고 모더니즘이 어떻게 세계체제의 강고함을 반영하는가에 있으며, 근대성과 만난 제3세계의 구체적 현실이 어떻게 세계체제의 주변부에서 모더니즘만이 아니라 리얼리즘의 갱신을 통해 창조적 성과를 산출하고 있는가는 시야에 들어오지 않는다. 물론 이 대작 목록 말미에 제3세계 작가로는 유일하게 가브리엘 가르시아 마르께스(Gabriel García Márquez)가 포함되어 있기는 하다. 그러나 마르께스의 '마술적 리얼리즘' 텍스트는 서구가 마주친 서사의 한계를 돌파하는 면도 있지만 다른 한편으로 세계체제에 포섭되어 제국주의의 역사를 감추고 합법화하는 '결백의 수사학'에도 봉사하고 있다는 것이 모레띠 자신의 관찰이다. 세계문학으로서의 보편성을

---

11 윤지관 「근대성의 황혼: 프랑코 모레티의 모더니즘론」, 이상섭 엮음 『문학·역사·사회』(한국문학사 2001) 380~91면; 본서 327~39면 참조.

획득하는 일이 곧 악마와의 계약일 수 있으며 그만큼 그 문학이 발원한 민족이나 지역의 정치적 기원을 감추려는 무의식의 소산일 가능성도 큰 것이다.

이 지점에서 다시 까자노바로 되돌아오게 된다. 유럽 중심의 세계문학 공화국을 구성한 까자노바에겐 주변부 문학의 위상이 중심부와의 거리에 따라 정해지는 것은 당연하다. 문학의 자산은 본질적으로 민족에 토대를 두되 보편성을 얻게 되는 '마술과 같은 변환'은 바로 민족으로부터의 도피, 즉 탈민족적 과정을 통해서이다. 까자노바의 통찰이 돋보이는 대목은 이 변환과정에서 지배질서를 흔드는 문학혁명의 전망이 열린다는 것이다.

> 중심부의 문학세계와 그 외곽들 사이의 돌이킬 수 없는 과격한 불연 속성은 단지 주변부의 작가들에게만 인식 가능한데, 이들은 (옥따비오 빠스의 말을 빌리면) "현재로 진입하는 관문"을 찾으려는, 그리고 그 중심구역에 대한 입장권을 얻으려는 그런 목적만으로 매우 구체적인 방식으로 투쟁하기 때문에, 문학의 권력균형의 성격과 형태를 다른 사 람들보다 더욱 명백하게 볼 수 있는 것이다.[12]

중심부 작가들이 세계문학의 불평등구조를 보지 못할 수밖에 없는 데 비해 주변부 작가들은 이를 볼 수 있는 유리한 입지에 서 있다는 까자노 바의 지적은 곱씹을 만하다. 주변부 중남미의 작가들을 역사의 교외 거주 자이자 "근대성의 잔치에 불이 꺼질 무렵에 도착한 틈입자"라고 칭한[13] 옥따비오 빠스(Octavio Paz)는 타자의 시간인 빠리와 런던과 뉴욕의 표준 시를 발견하고 자신의 후진성을 자각함으로써 새로운 미적 가능성의 세

---

12 Pascale Casanova, 앞의 책 43면.
13 옥따비오 빠스의 에세이집 『고독의 심연』(*The Labyrinth of Solitude*, 1950)에 나오는 대목으로, Pascale Casanova, 앞의 책 92면에서 재인용.

계를 추구할 수 있었다는 것이다.

주변부적 관점에 대한 이같은 까자노바의 인식은 세계문학을 바라보는 제3세계적 시각을 환기한다. 근대성의 시차에 대한 그의 의미 부여는 문학혁명을 촉발시키는 어떤 복합국면으로서 '비동시적인 것의 동시성'을 거론한 페리 앤더슨(Perry Anderson)의 관찰과도 통한다. 그러나 까자노바가 말하는 문학혁명은 제3세계문학의 문제의식과는 상반된 방향으로 나아간다. 시차에 대한 주변부 작가의 인식은 '보편적인' 문학에 근접하려는 노력으로 이어지고 이는 결국 탈민족, 탈구체화의 요구를 수용하는 것으로 나타난다. 제3세계적 관점이 세계를 전체로서 보되 민중적인 시각에서 보려는 것임에 비해, 까자노바의 주변부에 대한 시각에는 지역의 구체적인 현실과 그 극복의 운동까지 포함하는 변혁의 원천에 대한 인식이 빠져 있다. 오히려 정치적 기원을 지우는 것이 바로 혁신의 내용을 이룬다. 까자노바가 설정한 20세기 문학의 그리니치 표준시는 다름 아닌 모더니즘인 셈이다.

물론 모더니즘이 이룩한 혁신의 의미를 부정하기 힘들고, 복합국면에 대한 페리 앤더슨의 관찰도 모더니즘의 폭발이라는 서구문학의 장관을 역사적으로 해명하고자 하는 시도였다. 그러나 서구적 근대성의 유입으로 창출된 주변부 문학공간에는 좁은 의미의 모더니즘이 아니라 낭만주의나 사실주의 등 근대와 대결하는 가운데 탄생한 여타의 근대문학 자산들이 오히려 더 풍성한 창조의 원천으로 작용하기도 한다. 가령 근대 초기 한국문학에서 중심부와의 시간적 거리감에 대한 이상(李箱)의 자의식과 초조감이 「오감도」라는 실험적 모더니즘 시로 나타났다면,[14] 봉건과 식민체제 그리고 근대적 세계와의 만남이라는 복합국면은 염상섭(廉想

---

14 「오감도」가 독자들의 항의로 연재가 중단된 후 이상은 이렇게 말했다. "왜 미쳤다고들 그러는지 대체 우리는 남보다 수십년씩 떨어져도 마음놓고 지낼 작정이냐."(권영민 엮음 『이상 전집 4: 수필』, 뿔 2009, 161면)

渉)의 『삼대』에서 보듯 리얼리즘의 성취를 낳았던 것이다.[15]

문학에서 대표적인 세계체제론자라고 할 모레띠나 까자노바에게 세계문학은 결국 서구의 보편성에 대한 확인이며, 혁신을 통해 도달하려는 문학의 새로운 세계질서도 그 정전의 범위를 세계화된 각 국지의 성취들까지 확장하는 것에 불과하다. 이것은 세계문학을 기존 정전에 새 작품을 추가하는 것이 아니라 진정으로 '특수하고 독특한' 민족적 성취를 포함하는 국민문학들의 관계로 설정하고자 하는 제임슨의 문제의식에 미치지 못하고, 그들이 원용하는 월러스틴의 인식, 즉 지구적인 차원으로 조직되는 반체제운동의 일환으로서 서구보편주의를 극복해나갈 국지의 문화투쟁("특수주의적 문화적 실체들을 창조·재창조하는 것")이 필요하다는 인식[16]도 포괄하지 못한다. 그렇지만 문학의 세계체제론자들의 이런 한계 때문에 문학의 지역연대가 세계체제에 저항하는 실천의 거점이 될 수 있다는 문제의식은 더 절실해진다.

3. 동아시아문학, 현실과 과제

월러스틴의 말대로 자본주의 세계체제가 전지구적으로 확립되는 그 완성의 시기가 동시에 위기의 시작이라면, 미국 중심의 신자유주의 확산에 대처하는 지역적인 움직임들은 그 위기에 대한 대응이라고 할 수 있다. 국가 간의 경계를 지우는 지구화가 각 국지의 민족주의를 촉발하고 유럽

---

15 중국의 루쉰도 그런 예지만 일본의 경우에도 이 시기의 모더니즘이 "프루스뜨와 삐란델로의 혁신전략들만큼이나 입센과 체호프의 리얼리즘과 공유하는 바가 있다"는 지적 참조. "Introduction," Sara Lawall & Maynard Mack ed., *The Norton Anthology of World Literature: The Twentieth Century*(W. W. Norton & Co. 2002) 1590면.

16 Immanuel Wallerstein, "The National and the Universal," *Geopolitics and Geoculture: Essays on the Changing World-System*(Cambridge Univ. Press 1991) 199면.

연합이 그렇듯이 권역별로 국민국가들의 결속이 이루어지는 현상도 목도된다. 동아시아를 사유와 실천의 대상으로 삼는 작금의 동아시아학계의 움직임도 이 자본주의체제의 위기에 슬기롭게 대처하자는 것이며, 문학에서 동아시아론을 모색하는 일도 마찬가지이다.

그렇지만 이 지역의 국민문학들을 동아시아문학이라는 하나의 범주로 통합하고 이를 기존의 세계문학 구조를 혁신할 동력으로 만드는 일은 그리 수월해 보이지 않는다. 동아시아란 개념부터가 좁게는 동북아시아 지역에서부터 넓게는 동남아시아까지 포괄하고, 정치적인 역학관계를 고려할 경우 미국이나 러시아가 포함되기도 한다. 문학에서 동아시아라면 역시 과거 한자문화권으로 분류될 수 있는 지역, 즉 한·중·일 삼국과 몽골 및 베트남 정도를 포함할 수 있겠지만, 여기서도 일정한 독자성을 가진 대만문학이라든가 민족적으로는 남한과 함께 묶일 수 있지만 같은 국민문학으로 볼 수 없는 북한문학도 있어서, 동아시아 지역에서 세계문학으로부터 상대적인 자율성을 확보한 하나의 문학체제를 설정하는 일에는 많은 난관이 도사리고 있다.

가령 유럽문학의 경우 그 지역의 문학전통이 동일한 기원을 가지고 있고 국민문학으로 분기된 이후에도 일정한 통합성을 유지하였으며, 더구나 자본주의체제가 전지구적으로 확산되는 과정에서는 세계문학으로 보편화되기까지 하였다. 유럽연합의 형성은 이같은 역사·문화적 배경에서 자연스러운 데 비해, 동아시아 지역의 경우에는 각 민족들의 반응이나 태도에서 많은 차이가 있다. 단적으로 말해 동아시아의 주축인 한·중·일 삼국만 하더라도 중국은 스스로를 중화(中華)로 여기는 사고가 여전하고 해양세력인 일본은 동아시아를 패권의 대상으로 여기고 있어, 이들과 더불어 지역 주민의식을 공유하는 것 자체가 어려운 일이다. 문학에서도 이 지역의 국민문학은 동아시아라는 단위로 세계문학과 관계맺기보다 정도의 차이는 있지만 개별 국민문학 단위에서 세계문학 체계를 지향하고 또 그렇게 결합되어 있다. 가령 세계문학의 등용문처럼 상징화되어 있고 실제 그만한 권력을 가지고 있는 노벨문학상의 수상을 위해 각 국민문학의 대표주자들은 오랫동안 경쟁관계에 있어왔고 지금까지도 어느정도는 그러하다.

최근 들어 동아시아를 사유와 실천의 대상으로 삼는 활동이 점차 내실을 확보하고 있는 상황은 이 지역의 문학적 연대와 실천을 위해서 고무적이라고 할 것이다. 동아시아를 서구 패권질서에 대한 대안으로 삼고자 할 때 과거의 동아시아가 하나의 독립된 우주, 즉 화이사상(華夷思想)을 이념으로 하고 조공체제를 구조로 하는 중국 중심의 공동체적 질서였음이 흔히 강조된다. 자본주의 세계체제와는 별개인 이 질서는 강압적이고 경쟁적인 국민국가들의 관계가 아니라 호혜관계였으며, 최근의 동아시아 관련 심포지엄에서는 앞으로 동아시아에 이를 재구축하는 방향으로 나아가야 한다는 주장까지 제기되기도 한다. 국민국가들로 이루어진 현재의 세계체제에서 동아시아국가 간의 관계를 전근대체제로 복원하는 것은 가능하지도 바람직하지도 않다는 점을 우선 지적할 수 있겠지만, 현재 경제적 규모와 정치적 위상에서 비서구의 어느 지역보다도 더 큰 세계사적 비중을 가지고 있는 이 지역의 향배는 세계체제의 미래에 결정적이라고 해도 좋을 듯하다.

이럴 때 눈에 들어오는 것은, 세계체제에서 차지하는 동아시아의 정치적·경제적 비중에 비해 세계문학에서 차지하는 비중이 현저히 떨어지는 일종의 불균형이다. 한국이나 베트남 등 상대적으로 소국에 해당하는 나라들의 문학은 물론이고, 중국이나 일본의 문학도 근대 이후의 문학에 관한 한 아프리카나 중남미의 문학들이 세계문학공화국에서 얻게 된 지분에 비하면 변방으로 밀려나 있다. 노벨상 수상자들만 하더라도 미겔 아스뚜리아스(Miguel Asturias, 과떼말라), 빠블로 네루다(Pablo Neruda, 칠레), 가르시아 마르께스(꼴롬비아), 옥따비오 빠스(멕시코), 바르가

스 요사(Mario Vargas Llosa, 뻬루)로 이어지는 중남미문학은 1960년대부터 1980년대에 걸쳐, 서사양식이 약화되고 모더니즘의 활력이 쇠퇴하던 서구문학의 한계를 돌파할 성과로 부각되면서 새로운 정전의 목록에 추가되었다. 남미보다는 통합지역으로서의 의미가 크지 않지만 쌍고르(Léopold Sédar Senghor, 쎄네갈), 응구기 와 시옹오(Ngũgĩ wa Thiong'o, 케냐), 쏘잉카(Oluwole Soyinka, 나이지리아)와 아체베(Chinua Achebe, 나이지리아), 나딘 고디머(Nadine Gordimer, 남아공)와 존 쿠체(John Coetzee, 남아공)로 대변되는 아프리카문학도 탈식민주의의 성행과 맞물려 1980년대를 거치면서 세계문학의 새로운 정전으로 편입되었다.

물론 일본의 근현대문학이 세계문학에서 일정한 지분을 얻고 있긴 하지만, 전체적으로 아시아, 특히 동아시아문학이 아프리카나 중남미 같은 이른바 제3세계권의 다른 지역문학들보다 더 주변에 위치한 이유는 무엇일까? 경쟁으로 이루어지는 세계문학 질서에서 가장 중요한 도구가 언어라는 점을 상기하면 이유는 자명하다. 중남미와 아프리카 많은 나라의 문학이 유럽의 주요 언어인 영어·프랑스어·에스빠냐어·뽀르뚜갈어를 사용함으로써 주류 세계문학권에 쉽게 융합된 반면, 동아시아는 고유한 민족어로 각각의 국민문학을 발전시켜왔기 때문에 중심어로의 번역이 없이는 소통 자체가 불가능하다. 또한 에스빠냐어나 영어나 프랑스어 등 지역의 공통어가 존재하는 두 지역과는 달리 동아시아에는 공통의 지역어도 존재하지 않으며, 기원을 공유하는 유럽의 언어들과는 달리 언어가 매우 상이하여 서로의 국민문학 또한 번역을 매개로 해야만 교환될 수 있다.

중남미와 아프리카의 국민문학이 주목받고 정전화되는 과정에는 중심부 언어의 사용과도 관련이 있는 이 지역의 식민지적 상황, 즉 오랜 서양 제국주의의 지배 아래서 서구의 제도가 이식되고 식민본국과의 교류가 문학지식인들을 포함한 엘리뜨 지배계급에게 일상화되어 있었던 사정이 있다. 중남미문학의 경우 진작부터 유럽 아방가르드의 유입과 영향, 그리고 작가들의 잦은 해외여행 및 서구문학계와의 교류, 식민본국 평단에의 접근 용이성과 출판활동이라는, 세계문학장 내에서의 '자본'이 큰 작용을 하였다.[17] 이 두 지역의 문학을 일률적으로 평가하기는 어렵고 보는 관점에 따라 달라지는 점을 고려하더라도, 적어도 세계문학에 편입되는 과정에서 유럽보편주의를 넘어서고자 하는 도전의식은 미흡했다고 할 수 있다. 종종 탈식민문학으로 범주화되기도 하지만, 문화제국주의의 새로운 양상으로 비판받기도 하는 것은 이 때문이다.

동아시아문학은 말하자면 중남미문학과는 다른 경로를 밟고 있다고 할 수 있다. 세계문학의 자장에서 소외되어 있다는 사실은 오히려 세계문학의 기성질서를 흔들 위력을 숨기고 있다는 역설을 가능하게 한다. 서구적 근대성이 밀려오는 과정에서 견고한 고유 민족어가 확립되어 있고 여기에서 발원하는 문화자원이 풍성했다는 점에서, 동아시아지역은 문학에서 유럽중심주의 내지 유럽보편주의에 대한 도전과 극복의 에너지를 담고 있는 거의 유일한 장소라고 할 수 있다. 여기에 문학 외적인 조건으로 동아시아가 세계 자본주의체제에서 차지하는 비중이 그 어느 때보다 증대하고 있는 사정, 이것과 맞물려 문학시장, 특히 세계문학의 번역시장이 활성화되어 있고 일정 수준의 독서층이 존재한다는 점을 고려할 필요가 있다. 동아시아의 문학자산이 실력이 부족해서가 아니라 번역을 통한 공유과정이 미흡했기 때문에 세계문학에 진입하지 못했다면, 백낙청(白樂晴)의 표현처럼 이 한계는 여건만 갖추어지면 '급격히 개선될 여지'도 있을 법하다.[18]

여기서 확인해두어야 할 점은, 동아시아의 문학을 말하는 이유가 그 이

---

17 신정환 「중남미 노벨문학상 수상작가들과 탈식민지 문학의 정전화」, 박철 외 『노벨문학상과 한국문학』(월인 2001) 199~202면.
18 백낙청 「세계화와 문학: 세계문학, 국민/민족문학, 지역문학」, 『안과밖』 29호(2010년 하반기) 31면.

름으로 유럽 중심의 정전체계에서 더 많은 지분을 얻기 위해서가 아니라, 기존의 일원적인 세계문학 구조를 혁신할 수 있는 틀을 창출해내기 위해서라는 것이다. 여기서 세계문학을 '정기적으로' 정전목록이 추가되는 판테온으로 보는 관례를 넘어 '중심 없는 지구적 복수성'의 계기로 상상해보자는 제임슨의 제안을 다시 한번 생각해보게 된다. 동아시아문학의 지향은 바로 이런 상상의 한 방식이 아니겠는가? 만약 어느정도 자율적이고 독립성이 있는 동아시아의 문학적 지역정부가 성립한다면 세계문학공화국의 패권구도도 해체의 단초를 얻을 수 있을 것이다.

기존의 보편성에 편입되지 않고 각 국민문학의 특수성이 온전히 살아 있는 그런 세계문학의 질서를 창조하는 일에 동아시아가 기여하려면 이 지역의 국민문학들 사이의 소통과 연대, 즉 괴테적인 의미에서의 세계문학운동이 활성화되어야 할 것이다. 1990년대 중엽 동아시아론이 주창된 이후 동아시아 지식인들 사이의 대화와 교류가 활발해지는 추세이고, 아울러 아시아 문학인들의 만남의 기회가 현저히 증가한 것이 사실이다. 이모든 일은 고무적인 변화이지만, 그렇더라도 동아시아문학의 진정한 연대를 위해 극복해야 할 장애 내지 여건은 엄연히 존재한다. 그것은 '동아시아 문학정부'의 문제의식에 대한 절박성이나 체감도가 한·중·일의 경우 현저히 차이가 난다는 점이다. 중국의 주요 작가들은 개별적인 교류를 넘어선 동아시아적인 유대에 그리 큰 관심이 없고 심지어 유럽중심주의에 대한 문제의식조차 미약하다.[19] 일본 현대문학은 이미 세계시장에 영향을 미칠 정도의 위상을 가지고 있다.

중국문학과 일본문학이 기존 세계문학의 장에서 목소리를 내고 있는

---

19 가령 2010년 제1회 인천 AALA문학포럼에서 중국 작가 류 전원(劉震雲)의 다음 발언을 참조하라. "유럽 중심 문학의 극복이라는 (…) 주제를 충분히 이해하고 있다. 하지만 대단히 유감스럽게도 문학만 가지고 논하자면 중국에서는 유럽이 중심이 된 적이 거의 없다."

데 비해 한국문학은 최근의 괄목할 만한 성과들에도 불구하고 서구 주요 세계문학선집에서는 여전히 존재가 없다. 또한 동아시아 삼국의 문학교류에서도 1990년대 이후 한국에서 일본문학의 번역이 왕성하게 이루어지고, 근래에 들어서는 중국의 대표적인 현대 작가들의 작품이 속속 출간되고 있는 반면, 한국문학이 이 양국에 소개되는 정도는 조금씩 늘어나고 있다고는 해도 그 격차가 점점 벌어지고 있지 않나 한다. 이 현저한 불균형이 삼국의 문학을 동아시아적인 시각으로 통합해서 사고하고자 하는 합당한 노력에 균열을 일으켜, 동아시아론이 그렇듯이 동아시아문학론 또한 한국이 중심역할을 할 수밖에 없는 상황에 놓여 있다고 할 수 있다. 당위와 현실 사이의 이 격차는 세계문학 질서의 재편을 위한 반체제적 문학운동이 많은 난관에 직면해 있음을 실감케 한다.

그러나 달리 생각하면 이처럼 동아시아 국민문학들 사이의 불균등, 혹은 그 내부에 있는 중심과 주변의 관계야말로 동아시아문학을 수립하려는 노력에 실천적 계기를 부여하고 있다. 중국의 학자 쑨 거(孫歌)는 수년 전 '아시아라는 사유공간'의 의미를 말하는 가운데 "중국의 경우 '동아시아 지역적 개념'이 수용되기 어렵고 중국 지식계는 동아시아에 관심이 없다"고 잘라 말하면서, "아시아 문제는 문화대국의 주변부, 즉 주변국가에 해당하는 곳에서 진정한 문제"라고 말한 적이 있다. 흥미롭게도 그는 1990년대 이래 동아시아론의 진원지이자 중심축이라고 할 수 있는 『창작과비평』이 기획한 2011년 봄호 특집 '다시 동아시아를 생각한다'에 기고한 「민중시각과 민중연대」에서, 백낙청의 한반도 분단체제 인식과 그 극복논리를 높이 평가하고 여기에 내재한 민중적 시각이 냉전의 참혹한 희생물인 일본의 오끼나와와 타이완의 진먼다오(金門島) 주민들의 고통 및 항거와 "살아 있는 민중의 생활감각"으로 맺어져 있음을 말하고 있다. 이는 동아시아에 대한 쑨 거 자신의 문제의식이 진전되었음을 말해주는 동시에 동아시아문학에서 각 국민문학들의 교류가 어떤 시각에서 이루어져야 하는가를 시사한다. 세계문학에서도 그러하듯이 동아시아에서도 문학지형의 혁신은 주변에서부터 그리고 주변부적 관점을 통해서 이룩되는 것이다.

따라서 한국 출판시장에 무라까미 하루끼(村上春樹)를 비롯한 일본문학의 성세에 이어서 최근 중국문학이 대거 유입되고 있는 현상을 부정적으로 볼 일만은 아니다. 오히려 이는 한국의 문학계가 동아시아문학의 현장에 그만큼 열려 있다는 것을 의미하며, 이 자원들의 축적을 바탕으로 지역의 문학운동을 견인해나갈 가능성도 그만큼 커지는 것이다. 주변부적이고 민중적인 시각에 입각한 동아시아문학의 형성을 장기 기획으로 삼는 비평이라면 동아시아의 문학을 현장비평의 영역으로 끌어들이는 노력도 있어야 할 것이다. 동아시아문학이 이루는 자율적인 질서로서 세계문학의 지방정부라는 비유는 현재로서는 꿈에 불과할지도 모른다. 그렇지만 지구화의 현실에서 문학인들의 연대와 소통을 통해 각 국지에 있는 창조적 역량을 모아내고 이를 체제변혁의 에너지로 전환해나가는, 체제극복운동으로서의 세계문학의 기획을 동아시아에서 실천해나감으로써 그것이 현실화할 전망도 서서히 생겨나리라 기대한다.

제3부

세계문학의 이념과 실천

타자의 영문학과 주체

◆

영문학 수용 논의의 비판적 고찰

1. 한국 영문학 연구의 위기 혹은 부재

한국에서 영문학 연구란 무엇인가? 이 질문은 이제 비단 영문학에 종사하는 연구자들에게만 중요한 것은 아닌 듯하다. 한 미국 학자의 표현대로 "영어에 대한 허기"(the hunger for English)[1]가 우리 사회의 사적·공적 삶을 억압하고 추동하는 욕망으로까지 화하고 있는 시대에, 영어라는 '지배적' 언어의 통용에 대처한다거나 영어로 씌어진 문학에 대한 연구와 교육에 관계하는 일이 비단 영문학자들만의 문제가 아니라 우리 사회 전체의 삶과 깊이 연루되어 있음은 더욱 분명해지고 있다. 과연 영문학 연구는 우리 민족구성원의 삶에 어떤 의미를 가지며, 어떻게 이루어지고 있고, 또 이루어져야 하는가? 영어 사용권 국가의 영향력이 더욱 증대하는 이

---

1 시카고대학 동아시아문명학과의 노마 필드(Norma Field) 교수의 표현. 1996년 4월 26일 창작과비평사(창비) 주최로 서울대 호암관에서 열린 국제심포지엄 '새로운 전지구적 문명을 향하여 ─ 민중과 민족·지역 운동들의 역할'에서 일본에서 발견되는 최근의 현상을 지칭한 것이지만, 우리 사회에도 얼마든지 적용될 수 있으리라 생각된다.

른바 세계화의 국면에서 영미권의 문화적 영향력은 더욱 커질 것이 분명하고, 그 가운데 문학영역의 영향력도 마찬가지일 것으로 판단된다. 영문학에 대한 연구와 교육 문제가 광범한 사회적 중요성을 얻게 되는 이러한 사정 때문에, 학문적 실천으로서 영문학 연구를 선택한 사람들의 '짐'은 더욱 무거워지고 있다. 이러한 상황은 한국에서의 영문학 연구가 일종의 위기국면에 처해 있다는 말이기도 하다.

한국 영문학의 위기는 물론 최근의 세계화 현상에 의해 생겨난 것은 아니다. 한국 영문학은 애초부터 우리 현실에서 특수하게 제기되고 추구되어야 할 과제들을 안고 있었다는 점에서 일종의 연속적인 위기상황 속에 처해 있었다고 할 수 있다. 가령 급속한 근대화로 요약되는 사회적 변화 속에서의 (영미)문학의 자리찾기, 문화적 지배와 종속이라는 신식민지적 상황에 대한 인식과 대응, 근대문학으로서의 영문학의 도입과 팽창으로 빚어진 민족문화 및 민족문학과의 갈등과 혼융은 외국문학 가운데서 특히 영문학을 하는 사람들의 의식을 억누르는 위기감의 원천이 되는 문제들이다. 이러한 문제들에 더하여 문학의 창조성과 주체에 대한 회의, 인문적 이념에 대한 공격 등 소위 '영문학의 위기'(the crisis of English) 담론과 관련되어 있는 영미 영문학계 일반의 문제들이 개입한다. 이 착잡한 상황들이 한국 영문학 연구자들에게 '위기'를 조성하고 있다고 말할 수 있다.

그러나 구미에서 제기된 영문학 위기론을 시간적 간격을 두고 되풀이하는 것 이외에 과연 한국 영문학 연구의 현실에서 진정으로 '위기'라고 할 만한 상황이 존재하는가? 위기를 말하려면 적어도 재검토되고 무너져야 할 전통이 이미 수립되어 있어야 한다. 그러나 한국의 영문학 연구에서는 그 나름의 연구전통이 세워져 있지도 않거니와, 나아가 민족의 삶과 현실을 다루는 우리 특유의 학문풍토가 존재한다고 보기도 어렵다. 그렇다면 우리에게 영문학이나 영문학 연구의 위기란 과연 무엇인가 물어볼 필요가 있다. 비록 '우리 입장'에서 영문학을 읽고 연구하려는 움직임이 일부에서 없었던 것은 아니지만, 한국의 영문학이 그 정체성을 주장할 만큼 의식적인 학문으로 자리잡은 적은 없었다고 해야 할 것이다.

한국의 영문학 연구는 다른 인문학 분야에 비해 민족적 자의식에서 현저하게 뒤떨어지고 있고, 때로는 그러한 의식의 부재가 학문적인 객관성의 표지인 것처럼 여겨지는 분위기조차 없지 않았다. 영문학 분야에서 '주체적인 관점'이 그다지 환영받지 못한 것은 다른 학문분야도 대동소이하지만, 오랜 군사정권 아래서 길러진 극단적인 보수적 학문풍토와도 관련이 있는 이것은 해방 이후 미국의 영향력 강화와 함께 영문학의 형성과 전파 자체가 문화적 지배의 도구로서 강력한 힘을 행사해온 점을 고려하면 남달리 보아야 할 면이 있다. 영문학의 이런 특수한 성격은 자의식 부재의 요인이기도 하지만 역으로 자의식을 더욱 요구하는 것이기도 하다. 이러한 점에서 영문학 연구 '주체'의 자의식 부족이 문제로 여겨지지 않는 현상은 그 자체로 우리 영문학의 두드러진 '위기'를 말해주는 것인지도 모른다.

이처럼 '위기'가 없다는 사실, 혹은 있다 하더라도 영미의 '위기'를 뒤늦게 관념적으로 재연하는 가짜 위기야말로 한국 영문학 연구의 항상적인 위기라고 할 수 있다. 이런 현상은 외국문학 연구 일반이 원래 그 "의의가 분명치 않은"[2] 수상한 것이라는 면과도 무관하지는 않겠으나, 그 점을 인정하든 인정하지 않든 영문학 연구에서 주체에 대한 관심의 부재나 망각이 문제를 더 심화시킨다는 점은 분명해 보인다. 영문학 작품에 대한 연구에서 '주체'나 '정체성'의 문제만큼 자주 연구의 대상으로 채택되는 주제가 드문데도 불구하고, 정작 영문학 연구의 '주체'에 대해서는 전혀

---

2 김우창 「서양문학의 유혹: 문학읽기에 대한 한 반성」, 『법 없는 길: 현대 문학과 사회에 관한 에세이』(민음사 1993) 262면. 김교수는 이러한 "의의의 부재 또는 불투명성"이 "연구에 대한 동기를 근본으로부터 무화해버리는 것"이라고 주장한다.

문제삼지 않는 것은 얼핏 보아 납득하기 힘든 태도라고 생각된다. 학문연구 일반에서도 연구 주체와 시각의 문제는 근본을 이루며, 특히 외국문학을 연구할 때 그 중요성은 더욱 커진다. 그럼에도 불구하고 대다수 영문학 전공자들이 '주체적인 연구'에 대해 거부반응을 보이는 것은 주목할 만한 현상이다.

비록 오래전에 이루어진 조사지만 주체적인 영문학이라는 문제의식에 대해 영문학 교수들의 압도적인 다수가 적극적 혹은 소극적 반대 입장을 가지고 있음을 보여준 설문조사는 시사적이다. 이상섭 교수는 1983년 영문학과 교수 400명을 대상으로 한 설문에서 "외국문학 교육은 한국의 주체성에 대한 충분한 고려하에서 계획되고 시행되어야 한다"는 관점에 대한 견해를 물은 결과, "학문의 보편성의 원칙에 비추어 반대한다"가 39%, "학생, 교수, 시설 등 한국적 여건을 참작하는 것으로 족하다"가 32%로, 응답자 중 압도적인 다수가 '주체적인 영문학 교육'이라는 명제에 부정적인 반응을 보였다고 보고한다.[3] 이 조사는 한국 영문학자들의 의식을 알려주는 드문 자료인데, 그 시기가 반미의식이 팽배했으며 억압적 분위기가 문화영역에서도 고조되던 5공화국 시기라는 점을 고려한다면 해석에 신중을 기할 필요가 있겠다. 그럼에도 역시 이 조사가 영문학 연구자들의 일반적인 보수의식을 보여준다는 점만은 부정하기 어렵다. 이 결과를 두고 조사자 또한 "정치적 대립관계 때문에 이웃나라의 문학에 대하여 대립적인 태도를 취해야 한다는 것"은 문제이므로 주체성 반대에 동조하면서, "학생, 교수, 교재, 시설 등 한국적 여건을 실질적으로 참작하는 것"이 "가장 현실적이고 가능한 주체적 행위"라고 정리한다. 그러나 이런 '현실적' 입장은 '보편성'을 부정하지 않고 '대립'만을 내세우지 않는 주체적 연구의 가능성을 고려하지 못한다는 점에서 문자 그대로 '현실적'일 뿐 비주

---

3 이상섭 「영문학 교육의 문제점」, 『영어영문학』 1986년 여름호 292~93면.

체적 태도와 별반 다를 것이 없다.

홍미롭게도 이교수는 그후 같은 주제의 논문에서 이 조사결과를 소개하면서, 별 근거를 제시하지 않은 채 "8년 이상 지난 오늘날, 같은 질문을 한다면, 학문의 보편성을 지지하는 비율보다는 주체성을 찬동하는 비율이 더 높을지도 모른다"고 추측하고 있다. 그 이유로 '저간의 지적 분위기의 변화'를 들고 있는데, 즉 "전세계적으로 전통적인 의미의 보편성이 의심되고 그 대신 개별성, 특수성이 부각되고 있다"는 것이다.[4] 이처럼 '추정된' 주체성에 대한 찬성이 우리 내부의 요구에서가 아니라 서구이론의 영향에서 비롯되는 것 자체가, 필자의 의도와는 무관하게 한국 영문학의 실상에 대한 정확한 판단일 수 있으며, 동시에 그 위기를 말해주는 한 예가 될 것이다.

물론 주체적인 영문학 연구가 과연 가능한가, 가능하다면 어떻게 이루어져야 하는가라는 문제는 쉽사리 결론을 낼 수가 없다. 여기에는 문학의 연구방법뿐 아니라 인식론 일반의 문제와 정치적·문화적 조건의 문제 등이 개입한다. 그러나 이상섭 교수도 지적했다시피 근래 들어 영문학 연구의 주체에 대한 물음은 구미의 영문학계에서도 중요한 질문이 되고 있다. 가령 영문학의 본토에 해당하는 영국과 미국 이외의 지역, 특히 영연방 국가들에서 '새로운 영문학들'(new English literatures)을 내세우고 나오는 것부터가 바로 영문학 연구의 주체에 대한 나름의 물음에 기반한 것인데, 그 가운데서도 인도에서의 활발한 모색이 광범한 주목을 받고 있는 현상은 영문학과 관련지어 주체성의 문제를 사고하는 입장에서 참조할 만한 대목이다. 가령 인도 출신의 미국 영문학자 가야트리 스피박 (Gayatri Spivak)이 "인도 영문학 연구의 짐"을 말하며 "탈식민지적 맥락에서 영문학 교육은 모국어의 문학적 혹은 문화적 생산물의 교육에 긴밀

---

4 이상섭 「한국 영문학 교육의 문제」, 『현대 비평과 이론』 1992년 봄호 85면.

하게 결합되어 있을 때만 비평적인 것이 될 수 있다"고 토로하기도 하고, 인도 영문학 연구자들과 대비해 스스로를 "모국에서 이주한 영문학 교수"(expatriate English professor)로 칭하며 미국 대학에 자리잡은 학자로서의 자의식을 보여주는 것[5]도 흥미롭지만, 1970년대에 시작되어 1980년대에 본격화된 인도 영문학 연구에 대한 반성적 인식을 반영하고 있는 한 논문집의 서문 첫머리는 이들의 '주체적 영문학 연구' 문제의식을 그대로 보여주고 있다.

> 우리의 분야(영문학) 내에서 점증하는 우리의 소외감과 더욱이 우리 시대의 모순과 위기에 대해 느끼는 참담함은 우리의 학문적 실천에 대한 그리고 그것이 현 우리 사회의 정치적·문화적 과정들의 성격뿐 아니라 역사적 상황에 대해 가지는 관계에 대한 여러가지 문제를 제기하였다. 우리 상황의 모순과 압력들은 식민지 인도에서 영문학 연구를 형성시켰던 역사적 과정과 독립 후에 이루어진 영문학 연구의 지속과 팽창을 조사하지 않을 수 없게 한다. 이는 인도의 영문학 연구를 한번 개괄적으로 설명해보기 위한 것이 아니다. 우리가 필요로 하는 것은 오히려 우리 역사와 문화의 구성에서 영문학의 기능을 이해하고 분석하는 일로, 이는 그것이 우리의 학문적 활동뿐 아니라 현 시기를 이해하는 데도 중요한 의미를 가진다고 믿기 때문이다. (…) 이 학문분야의 위치를 역사적 이해와 정치적 의식을 담지한 참여를 통해 다시 설정하고자 하는 움직임이 우리 사이에 증대하고 있다.[6]

---

5 Gayatri Spivak, "The Burden of English," Rajeswari S. Rajan ed., *The Lie of the Land*: *English Literary Studies in India*(Oxford: Oxford Univ. Press 1992) 295~98면.

6 Svati Joshi ed., *Rethinking English*: *Essays in Literature, Language, History*(New Dehli: Trianka 1991) 1면.

인도의 영문학 연구와 한국의 상황을 단순 비교하는 것은 무리이고, 사실 이러한 문제의식이 인도 영문학 전체에 해당한다고 볼 수도 없겠지만, '주체성'에 대한 질문에 알레르기 반응을 보이는 한국의 다수 영문학 교수들의 완강한 보수성에 비추어볼 때, 동시대 제3세계 영문학자들의 활발한 문제제기와 그것이 '본토' 영문학계에 불러일으킨 학문적 파장을 생각해보는 일은 우리에게 계몽적이다. 가령 1980년대 인도 학자들의 주체적이고 민중적인 인도사회 연구에 토대를 둔 '하위계층 연구'(the subaltern studies)가 인도 영문학 연구뿐 아니라 미국 중심의 현대 이론의 주류에 개입하여 문학해석의 새로운 가능성을 열었던 데 비해, 한국의 경우 1970, 80년대 우리 사회의 구성과 변혁의 과제에 대한 지식인들의 다양한 논의와 그 성과가 영문학 연구나 서구문학 수용의 방법 일반과 맺어진 예는 드물다. 물론 인도는 과거 영국의 식민지로서 '영어의 토착화'(the indigenization of English)와 그에 기반한 창작활동이 주체적이고 민족적인 관점에서 논의될 정도로[7] 영문학이 민족의 삶에 긴밀하게 얽혀들어가 있다. 그러나 이런 사실을 고려한다 해도 인도의 경우는 영문학 연구를 한국의 현실과 관련지으려는 사고나 실천을 경원하거나 심지어 수상쩍게 보는 우리 영문학의 풍토와는 현격한 차이가 있음을 부정할 수는 없다.

인도의 경우 영어 및 영문학 교육이 인도사회의 지배층이 된 도시 중간계급의 형성과 긴밀히 연관되어 있고 영어가 공적 언어이자 지배언어로 자리잡은 역사적 사정이 있는 데 비해,[8] 한국은 일본 제국주의의 지배 상황에서도 민족어가 문화적 통일성의 확고한 기반을 이루었다. 그 점에서 인도와 한국의 영문학 연구는 그 물적인 토대가 엄연히 다르다고 할 수

---

7 G. S. Balarama Gupta, "Broadening the Spectrum: English Studies in India," Gorden Collier ed., *Us/Them: Translation, Transcription and Identity in Post-Colonial Literary Cultures*(Amsterdam: Rodopi 1992) 164~67면.

8 Svati Joshi ed., 앞의 책 3~9면.

있다. 그렇지만 한국에서 해방 후 새로운 패자로 등장한 미국의 영향력
이 강해짐으로써 영어는 단순히 제1외국어 이상의 지위를 얻게 된다. 가
령 중·고교 수업에서 영어시간이 국어시간보다 많다든지 미국 유학생들
이 지배엘리뜨 구성에서 압도적 비중을 차지하는 사실, 그리고 그러한 현
상이 근래 더욱 강화되고 있는 현실을 고려한다면, 영어가 남달리 우월한
위치를 점했다는 면에서 인도와 유사점이 있다.

　이러한 유사성이 있음에도 불구하고, 나아가 우리의 경우 민족어와 민
족문학의 전통이 확고하게 수립되어 있음에도 불구하고, 인도의 영문학
자들이 당당하게 자신들의 사회적 과제와 연관된 영문학 연구를 지향하
는 데 비해, 한국의 영문학자들이 주류 영문학에 대해 여러모로 주눅이
들어 있는 상황은 어떻게 해석해야 옳을까? 기본적으로 영문학 연구에서
의 물적 토대의 차이를 감안하지 않을 수 없겠으나, 인도와는 달리 영어
가 '낯선' 언어임에도 사회 전반을 거의 강박적으로 지배하고 있고, 연구
자들 또한 일반적으로 영미적인 관점에 근접하는 것을 학문적 성취로 이
해하는 데에는 한국사회 특유의 조건이 작용하는 듯 보인다. 물론 영문학
담당자들의 역사의식도 문제가 되겠지만, 영문학 연구가 한국사회의 실
천적 과제와 무관하게 이루어져온 것은 반드시 영문학 연구의 미발달이
나 연구 담당자들의 탓만은 아니라고 생각된다. 여기에는 독립 후 서구의
패권에서 상대적으로 벗어나 있던 인도와는 다른 우리 민족의 독특한 현
실 상황, 즉 분단의 고착으로 말미암은 친미 독재정권의 수립 및 지속과
이와 결합한 특별히 강렬한 냉전의식이 학계에 영향을 미쳐온 사실이 고
려되어야 할 것이다.[9] 이것이 실천적인 연구를 위축시킨 중요한 원인으로

---

[9] 동일하지는 않지만 이와 유사한 외국의 경우로는 그리스의 영문학을 들 수 있다. 장기
간의 친미 독재정권 아래에서 "미문학에 대한 그리스 비평은, 양도 한정되어 있고 질
도 빈약하지만, 미합중국 우파의 수사학과 전혀 다르지 않는 특정한 미국상을 투사
하려 했다"는 한 그리스 영문학자의 지적은 비슷한 조건에 처해 있던 우리의 경우에

보인다.

대체로 영미권의 지배적인 조류로서의 신비평과 그 이후 이루어진 넓은 의미에서의 형식주의적 접근이 한국 영문학 연구의 가장 합당한 방법론으로 통용되어온 사정도 이와 무관하지 않을 것이다. 그렇게 본다면 최근의 서구이론들 가운데 정치적인 비평방법들, 가령 신역사주의나 탈식민주의 혹은 여성해방론 등이 영문학 연구에 도입되는 현상은, 그간의 관행에 대한 한국 영문학계 내의 비판의식이 커진 점도 있지만, 더 넓게 보면 냉전의식이 완화된 국내 사정과 더욱 활발해진 미국 담론 수입이 결합해서 생겨난 현상으로 볼 수 있다. 하여간 지금은 이러한 달라진 여건에서 서구 연구방법의 풍향에 좌우되어온 한국 영문학 연구에 대한 비판적 인식이 긴요해지는 국면이라고 할 수 있다. 이제 한국에서의 영문학 연구는 이러한 여건을 주체적 시각 형성을 위한 하나의 전기로 삼을 계기가 주어졌다고도 하겠다.

2. 타자의 인식과 문제제기: 공감인가 적대감인가

한국에서의 영문학 연구는 복합적 상황에 대응해야 할 그 나름의 과제를 안고 있으며, 따라서 연구주체에 대한 물음이 여전히 중요한 의미를 띠는 것은 당연하다. 서구이론에서 현재 유행하는 용어를 사용해 표현하자면, 한국 영문학은 이중적인 의미에서 '타자(他者)의 영문학'이라고 할 수 있다. 영문학은 엄연한 외국문학이란 점에서 '타자'이며, 한편으로 서구의 '타자'인 우리 자신의 학문분야이기도 한 것이다. 한국 영문학 연구

도 들어맞을 것이다. Savas Patsalidis, "(Mis)Understanding America's Literary Canon: The Greek Paradigm," Huck Gutman ed., *As Other Read Us: International Perspectives on American Literature*(Amherst: The Univ. of Massachusetts Press 1991) 119면.

자의 자의식과도 유관한 주체의 문제와 여기에 대한 우리 영문학계의 대응을 서구이론에서 말하는 '타자' 및 그 정치학과 관련하여 이해할 소지가 있는 것은 이 때문이다.

영문학 연구에서 주체의식의 빈곤은 동시에 '타자'의식의 빈곤이기도 하다. 자의식이 결여된 상태에서 이루어지는 영문학 연구는 주체와 타자의 구별이 따로 없는 미분화의 상태, 라깡(Jacques Lacan)의 유명한 용어를 빌리면 '상상계'(the imaginary order)에 머물러 있다고 할 수 있다. 한국에서 나오는 영문학 논문들은 '지금 이곳'에 대한 인식이나 고려 없이 영문학을 대하는 것이 대부분이고, 이 경우 연구자는 영문학과 자신이 서로 타자의 관계에 있음을 자각하지 못하고 있다. 대개의 논문들에서 '우리의 상황'이니 혹은 '오늘날의 문제'니 하는 말들을 사용할 때 그 '우리'가 누구를 지칭하는지, '오늘날'이 어디의 오늘을 말하는지 불분명한 경우가 허다하다. 이처럼 대타의식 혹은 대자의식이 전혀 형성되지 않은 상태에서, 연구자는 서구의 현실이나 문제를 우리의 현실이나 문제와 전혀 구별하지 않고 있을 뿐 아니라, 구별의 필요성에 대한 의식조차 없는 것처럼 보인다. '타자'가 나타나지 않은 상태에서 '자아' 또한 형성되지 않는데, 이 '행복한' 일치의 공간에서 영문학 연구는 말하자면 스피박이 말하는 의미에서의 '짐'이 될 필요도 그럴 요량도 없다.

그런데 이러한 상상계에서의 연구는 대개 영문학이 대상으로 하는 사회 및 상황에 연구자 자신이 맞춰나가는 방식을 통해 그 특성이 뚜렷이 드러나는데, 개중에는 자신의 현실을 타자인 영미문학의 모습에 비추어 그것과 동일시하는 태도를 취할 수도 있다. 이왕 비유한 김에 더 나아가면 '거울상 단계'(mirror stage)라고 부를 수 있는 연구자의 상태가 있을 수 있다. 연구자는 영문학이라는 대상을 통해 스스로의 모습을 확인하고 그것을 자신의 자아라고 생각한다. 연구자는 비추어진 자신의 상을 바로 주체라고 인식하지만, 실제로 그것은 영미인들 혹은 영문학을 통해 형성된 자아의 상(像), 즉 타자에 불과하다. 거울상 단계의 한국 영문학자는 타자에 지나지 않는 영미의 입장에 동화되어 영미의 고민과 아픔과 영광을 자신의 것으로 상상한다. 더 구체적으로 말하면 영미의 지배적인 관념을 자신의 것과 동일시함으로써 벗어나기 힘든 서구 혹은 미국 중심의 태도를 내면화하게 된다.

미분화의 상태이든 동일시의 상태이든 이러한 상상계에서의 영문학 연구에서 주체의 문제는 의식의 전면으로 떠오르지 않는다. 연구자가 주체를 내세우면 흔히 이데올로기적이라는 비판을 받는데, 주체에 대한 의식이 부재한 경우는 의식화되지 않고 있다는 점에서 오히려 더 심층적인 차원에서 이데올로기에 사로잡혀 있다고도 할 수 있다. 물론 학문연구와 이데올로기의 관계에 대한 물음은 이데올로기란 무엇이며, 학문의 객관성은 어떻게 확보될 수 있는가라는 더 커다란 주제와 이어져 있다. 상상계에 대한 라깡의 생각을 이어받아 이데올로기론을 펼친 알뛰세르(Louis Althusser)처럼 이데올로기가 주체를 속속들이 그리고 '이미, 언제나' 구성한다는 입장에서는 이데올로기를 벗어난 인식이나 활동은 불가능한 것이다.[10]

그러나 한국에서의 영문학 연구가 학문 일반이 그렇듯 보편성이나 객관성을 그 목적으로 삼고 있다면, 이데올로기에서 벗어난 진리의 차원에 대한 관심이 있을 수밖에 없다. 구성물로서의 주체라는 문제틀을 넘어서는 주체에 대한 사유가 필요한 것도 이 때문이다. 여기에는 주관성이 어느 영역보다도 강하게 작용하는 문학연구에서 객관성이 어떻게 가능하며 실현될 수 있을 것인가의 문제라든가 당파성과 객관성의 관계를 어떻게 볼 것인가 등의 이론적 문제가 개입된다. 이런 문제를 여기서 거론할

---

10 라깡의 주체에 대한 생각이 알뛰세르의 이데올로기 개념에 미친 영향에 대한 간단한 논평으로는 Terry Eagleton, *Literary Theory: An Introduction*(Oxford: Basil Blackwell 1983) 171~73면, 국역본은 김명환 외 옮김 『문학이론 입문』(창비 1986) 210~12면.

여유나 준비가 없는 형편이지만,[11] 다만 경계해야 할 것은 실제적으로 주체에 대한 문제의식을 앞세우는 관점이 이데올로기적이라는 혐의를 받기 쉬운 반면, 그러한 의식의 부재가 보편성이나 객관성의 이름으로 포장될 가능성이 크다는 점이다. 결국 연구주체에 대한 자의식의 결여나 망각이 보편성의 외피를 얻는다는 사실 자체가 우리 영문학 연구의 곤경을 말해주며, 주체가 배제된 이런 식의 보편성에 대한 주장, 서구의 지배적인 관념이기도 한 이러한 주장을 따르는 것은 타자의 의식을 상상적으로 살고 있다는 점에서 가장 이데올로기적인 태도라고 하겠다.

그러나 거꾸로 영문학을 타자로 대하는 인식이 배타적인 자민족중심주의 혹은 민족이기주의로 귀결될 소지도 없지 않으며, 이러한 태도 또한 상상계적인 의식의 한 양태라고 보아야 할 것이다. 라깡의 개념을 더 활용하면, 거울상 단계에서의 동일시는 동시에 공격성의 근원이기도 하다.[12] 영문학에 대한 배척이나 불인정이라는 정반대되는 반응도 근본에서는 자의식의 부재와 같은 내용이 자리잡고 있다. 그런 점에서 배타성은 동일시의 역상(逆像)이라고 할 수 있다. 그러므로 주체에 대한 의식화가 타자의 배격이나 타자의 몰각으로 이어질 수는 없고, 진정한 대타·대자 의식의 형성은 자기중심적인 의식을 벗어나 타자의 타자성을 인정한 결과라는 점에서 오히려 창조적인 만남의 가능성을 열어놓는 것이 된다.

문학연구가 이데올로기와의 관련성을 벗어나기 어려운 이유는 주체 및 타자의 문제가 개입하는 이러한 존재론적 혹은 인식론적 문제가 필연적으로 힘 혹은 권력관계의 맥락을 떠나서 존재하지 않기 때문이기도 하다.

---

11 영문학 연구의 방법과 관련해 비평의 객관성 문제를 천착한 국내의 논의는 김영희 『비평의 객관성과 실천적 지평: F. R. 리비스와 레이먼드 윌리엄즈 연구』(창비 1993)가 있다.

12 라깡의 상상계 개념에 대한 이러한 설명으로는 Fredric Jameson, "Imaginary and Symbolic in Lacan," *The Ideologies of Theory* 제1권(Minneapolis: The Univ. of Minnesota Press 1988) 85면.

다시 말해 타자로서의 영문학은 미국의 제국주의적 힘과 결합하여 우리 현실에서 상당한 영향력을 행사하며, 이러한 권력의 작용은 비단 제도 차원뿐 아니라 연구자의 의식이나 감각에까지 영향을 미치게 마련이다. 그렇기 때문에 한국의 영문학 연구자는 우리 현실에 대한 고찰이나 관심과 아울러 자기 자신의 주체됨의 문제에 대한 성찰을 토대로 해야만 의미있는 연구를 진행할 수 있다.

그러나 한국의 영문학자가 어떻게 주체적인 관점에서 영문학 연구에 임할 수 있는가는 쉽지 않은 문제이다. 영문학 연구 자체의 보편성을 확보하면서 동시에 보편주의 이데올로기의 함정을 피해갈 수 있는 길은 어디에 있을까? 연구자의 의식이 이미 서구의 영향력 아래 놓여 있다면, 과연 연구주체의 입지는 어떻게 확보되며 그 연구는 어떻게 보편성을 얻을 수 있을까? 이 난제를 푸는 통로의 하나로, 우리는 주체와 타자의 관계에 대한 사고를 새롭게 할 필요가 있다. 그것은 주체의 입지에 서면서도 배타적이지 않은 연구시각을 어떻게 확보할 수 있는가란 물음에 답하는 일이다. 과연 동일시에서 벗어나면서도 대립이라든가 분리로 떨어지지 않는 발상은 어떻게 가능할 것인가?

백낙청(白樂晴) 교수가 한 강연에서 서구문학을 읽는 법에 대해 말하는 가운데, 공감 외에 적개심이 필요하다고 하면서 "우리 서양문학 연구는 적개심과 공감을 얼마나 절묘하게 배합하느냐에 그 성패가 갈린다"[13]고 말한 것은 그 모색의 한 예가 될 수 있을 것이다. 백교수의 발언은 서구문학 연구에서 주체적 관점의 필요성과 신식민지적 상황의 민족현실을 감안하고 있는 것으로, 서구보편주의의 허구성이나 이데올로기적 성격에 대한 환기와 아울러 우리 입장에 서면서도 배타적이지 않은 서구문학 읽기를

---

13 백낙청 「민족문학과 외국문학연구」, 『민족문학의 새 단계: 민족문학과 세계문학 Ⅲ』 (창비 1990) 184면.

모색하는 것이어서 흥미롭다. 그렇지만 사실 특정 텍스트를 대하는 연구
자나 독자의 입장에서 공감이나 적대감만이 아닌 그 '절묘한 배합'이 구
체적으로 어떻게 가능하고 구성되며 실현될 것인지는 여전히 난제로 남
는다. 백교수의 말대로 "상대방이 이미 우리 속의 구석구석에까지 들어와
서 정신과 몸뚱이를 마비시키고 있는 상태"라고 한다면, 그 '절묘한 배합'
을 해내는 주체는 과연 누구인지, '절묘함' 혹은 '지혜'가 어떻게 과학적
인식과 만날 수 있는지, 이러한 정신의 활동은 개인적 수련의 문제인지
민족이나 계급 등의 집단적 차원의 문제인지 등의 물음들이 생겨난다. 실
제로 백교수는 인문학의 과학성과 실천성을 검토하는 가운데 "민족주의
적 실천"이 "학문의 과학성과 양립할 뿐만 아니라 정말 과학적인 인식의
원동력이기도 함"을 논증하기도 했다.[14] 여기에 대해서는 따로 논의가 필
요하겠지만, 이러한 문제의식은 한국의 영문학 연구에서 공감과 보편성
의 문제와 적대감과 (민족적) 특수성의 문제가 어떻게 결합될 수 있는지
에 대한 탐구를 불가피하게 요구한다.

　백낙청 교수의 명제는 바로 이 보편성과 특수성의 문제에 대한 변증법
적 인식과 이어지며, 그것이 문학작품에 구현되는 방식을 사고하는 작업
은 다름 아닌 문학연구라 할 수 있다. 결국 이러한 논의는 추상 차원에서
끝날 일이 아니라 구체적으로 작품을 읽는 작업을 통해 검증되어야 할 별
도의 사안일 것이다.[15] 이 자리에서 보편성/특수성 문제에 대한 영문학계

---

14 백낙청 「학문의 과학성과 민족주의적 실천: '인문과학'의 문제와 관련하여」, 같은 책
　309~49면 참조.
15 이러한 작업은 '학문적 업적'으로 제출되는 대개의 연구논문과는 달리 '비평적' 성격
　을 띠게 되는데, 영문학 작품을 대상으로 한 이러한 읽기의 예는 사실 그다지 흔치 않
　다. 백낙청 교수 자신의 몇몇 작업 외에 비교적 최근의 것으로는 설준규·서강목 교수
　의 『햄릿』 논의(「영미문학연구의 현황과 과제: 그리고 『햄릿』의 경우」, 『창작과비평』
　1991년 겨울호), 한기욱 교수의 『주홍글자』론(「『주홍글자』와 미국문학의 특성」, 『창작
　과비평』 1992년 봄호) 등을 들 수 있다. 이러한 해석들이 얼마나 적실한지에 대해서는
　별도의 논의가 필요할 것이다.

의 대응을 검토하는 것도 의미있는 일일 것이다. 변증법적 인식이나 지혜로운 읽기가 쉽게 규정될 수 없는 만큼이나, 문학연구에서는 보편성과 동일성을 강조하거나 차이와 타자성을 강조하는 각각의 편향이 나타나기 마련이다. 우리 영문학 연구의 방법론에서 이러한 편향을 살펴보는 것도 주체의 문제를 논의하는 한 방편이 될 수 있겠다.

'타자'로서의 영문학에 대한 인식과 연구는 기실 그다지 활발하다고 볼 수 없지만, 그 가운데 인문주의와 관련되어 나타나는 어느정도 전통적인 서구 중심의 논의와, 현재 서구이론에서 강하게 제기하고 있고 우리 문학에서도 주목하기 시작한 탈식민주의(post-colonialism) 담론의 문제틀을 검토해볼 필요가 있다. 전자는 주체에 대한 전통적인 관점이 우리 영문학 연구에서 어떤 의미를 가지는지를 살펴보는 계기가 되고, 후자는 서구 쪽에서 탈서구적 관점으로 제기되는 새로운 문학연구의 흐름이 우리 영문학 연구의 주체적인 접근에 어느 정도의 유용성이 있는지를 점검하는 기회가 될 것이다. 또 이러한 관점들을 비판적으로 고찰하는 과정에서 한국 영문학 연구의 진정한 주체의 문제를 생각해볼 수 있을 것이다.

3. 근대주의와 '대화적 일치'론 비판

한국의 영문학 연구가 대개 의식적 혹은 무의식으로 '동일시'의 오류에 빠져 있다고 한다면, 우리 사회의 성격과 관련하여 영문학 연구의 동일시 문제를 해명하는 작업은 중요한 일이다. 왜냐하면 이 동일시는 단순히 개인의 허위의식의 소산이 아니라 역사적·사회적·이념적 배경에 의해 형성되고 부추겨지기 때문이다. 영문학에서 이런 문제에 대한 천착이 드문 가운데, 서양문학 일반에 대한 시각이나 연구방법의 착잡한 상황에 주목한 김우창(金禹昌) 교수의 작업은 주목할 만하다. 김교수는 「서양문학의 유혹」(1986)「외국문학 수용의 철학」(1988)「한국문학의 보편성」(1994) 등 일련의 논문을 통해 서양문학 연구자가 처한 조건과 그 대응의 문제를 본격적으로 거론한 바 있다. 우리의 관심사는 과연 김교수의 이러한 글이 앞에서 말한 동일성과 차이의 변증법적 이해에 근접하는가, 그리고 더 나아가 일반화된 동일시 현상을 극복할 전망을 담지하는가이다.

김교수는 서양문학이라는 타자와의 만남에서 일어나는 일종의 복합감정을 '유혹'이라는 말로 칭하면서 그 속성을 분석하고 있다.[16] 그의 설명에 따르면 서양문학에 끌리는 요인으로는 여러가지 외면적인 것들 외에 "어떤 역사적 불가피성, 운명적 관계"(268면)가 있다. 그것은 서양문학, 그중에서도 서양 현대문학이 "인간의 내면적 상태에 민감한 문학"이라는 것과 관계된다. 여기서 내면의 상태란 "심리적인 의미에서 파악된 것을 말하는데, 이 심리는 모든 충동과 욕망과 정신적 동경을 두루뭉수리로 싸잡아가지고 있는 개인의 마음의 움직임"을 지칭한다. 서양문학은 바로 이러한 자아에 대한 이해에 토대를 두고 있고, 르네상스 이후 강화된 경험적 내면성 때문에 서양문학의 유혹이 강하게 일어난다. 서양문학의 매력이 특히 사춘기에 강하게 작용하는 연유는 욕망과 자아가 이 시기에 형성되기 때문이다. 말하자면 서양문학에 대한 체험을 통해 자아와 욕망이 비로소 깨어나는 것이다.

그러나 이러한 깨어남은 개개인의 체험일 뿐 아니라 우리 문학 및 사회 전체의 역사와 관련되어 있다는 것이 김교수의 판단이다. "우리가 개인적으로 체험하는 서양문학에 의한 의식의 변화는 우리 신문학의 역사에 확대되어 나타나고, 또 그러니만큼 어떤 역사적 필연성이 있는 것처럼도 보이는 것이다."(270면) 이런 점에서 그는 이광수(李光洙)의 『무정』에 나타난

---

16 김우창「서양문학의 유혹: 문학읽기에 대한 한 반성」,『법 없는 길』 261~72면 참조. 이하 이 책에서의 인용은 괄호 안에 면수만 밝힘.

"욕망과 자아의 인식"이 "우리 사회 내면의 역사에 하나의 결정적인 전기"가 되고 있다고 주장한다. 즉 『무정』에서 "욕망은 자아구성의 중요한 원리"로 생각되는바, "자각된 욕망이 자아의 조직과 지속의 원리로서 내세워지게 된 것이다."(271면)

　서양문학의 유혹이 가지는 의미에 대한 이러한 설명은 서양문학이라는 타자에 대한 이해와 그 수용과정에 대한 심리적·사회적 접근이라고 할 수 있다. 일차적으로 김우창 교수는 우리 사회에서 자아와 욕망이 깨어나는 계기를 서구와의 만남을 통해서 설명하고 거기서 문학텍스트가 차지하는 중요성을 말하고 있다. 물론 이광수의 『무정』에 대한 의미 부여에 대해서는 그 자체로 논란의 여지가 있겠지만, 일반적으로 근대화라 칭할 수 있는 변화를 먼저 겪은 서양에서 형성된 문학이 어떻게 '보편성의 비밀'을 가지게 되었는가를 묻는 과정에서 김교수는 근대 이후 서구의 자아개념에 바탕을 둔 이성 중심의 과학적 사고가 전세계적 보편성을 가지고 확장되어온 역사에 주목하는 듯 보인다. 그가 서양문학의 유혹에 '어떤 역사적 필연성, 운명적인 관계'가 있다고 말하는 근저에는 이러한 서구적 근대화 과정과 그 세계적 실현이 현 단계 역사의 피할 수 없는 흐름이라는 인식이 깔려 있다. 근대성의 구현이 근대 이후 우리 사회의 당면 과제로서 제기되고 실천되어왔다는 점에서, 그의 관찰은 영문학을 포함한 서양문학 연구가 우리 현실에서 갖는 현재적 의미를 분명히 하는 성과가 있다.

　그러나 근대적 의미의 자아는 서양과의 만남을 통해 획득되며 그 과정은 헤겔적인 의미에서 보편성의 자기실현 과정이라고 하는 시각 자체는 전통적인 근대주의적 발상과 통하는 면이 많다. 서구문학 텍스트와의 만남으로 야기된 충격과 그것이 준 영향이 자아를 깨어나게 하는 계기 중 하나라는 것은 부정할 수 없지만, 그 자아가 자기 주체로서 형성되는 것이 아니라 타자의 욕망과 의식에 의해 전유되는 식민화의 과정과 얽혀 있다는 사실을 고려하지 않는 순간, 그의 시각은 근대주의적 발상과 한층 가까워진다. 물론 김우창 교수 자신도 '보바리슴'(bovarysme)의 위험을 말하며 "소유된 욕망의 움직임을 따라가노라면 전혀 예기치 못한 곳에 이르게 되고, 급기야는 주어진 현실 저 밖에 서 있는 자신을 발견하게 되는 것"(272면)이라는 말로 근대적 자아의 추종을 경계하고 있지만, 그럼에도 불구하고 서양문학의 전개는 "어떻게 서양인이 사회적·이데올로기적 제약을 넘어서 자아에 대한 총체적 의식에 이르고, 또 보편적 인간성의 가능성을 깨우치게 되는가"(279면)를 말해준다는 설명에서 볼 수 있는 것처럼 '서구문학의 보편성'이라는 틀을 어렵지 않게 인정한다.[17] 그가 보편주의 이데올로기를 따른다고 하기는 어렵지만,[18] 서구 중심적인 시각에서 벗어나지 못했다고 보는 것은 이 때문이다.

"서양문학이 우리의 보편성의 수련에 필수적인 타자"가 될 수 있다는 그의 발언에서 영문학 연구를 포함한 서양문학 연구가 대타의식을 가지고 이루어져야 한다는 인식이 엿보이긴 하지만, 서구의 '패권주의적 영향력'이 이러한 타자 인식에 작용하는 사회적·심리적 기제들에 대한 관심은 부족하다. 타자와의 만남의 의미에 대한 그의 결론적인 관찰은 이러한 혐의를 짙게 만든다.

---

17 서구문학의 보편성에 대한 이러한 태도는 '서구문학의 융통성'을 말하며 그 보편성을 설명하는 이상섭 교수의 그것과 유비될 수 있다. 다만 이교수가 원래 융통성을 특성으로 하는 서구문학이 우연한 계기(즉 서구의 득세)에 의해 세계화되었다고 보고(이상섭 「한국 영문학 교육의 문제」, 앞의 책 73면) 그런 점에서 순진한 서구 중심 이데올로기에 가깝다면, 김우창 교수의 경우는 그 보편성의 '역사적' 필연성을 짚어낸다는 점에서 이러한 소박한 관념과는 구별되면서도 본격적인 근대주의자의 관점을 보여준다고 할 수 있다.

18 김우창 교수는 '서양의 문학이 얼마나 깊이 제국주의에 의해 오염되어 있는가'를 말하고 '문학의 보편성과 제국주의'의 문제가 중요한 연구과제임을 지적하고 있다. 김우창 「외국문학 수용의 철학」, 앞의 책 294~97면 참조.

참다운 의미에서의 문학의 소유는 지식에 의한 소유가 아니라 안으로부터의 일치 또는 최상의 상태에서는 대화적 일치라야 한다. (…) 문학적 소유에 이르기 위하여서는 우리는 작품이나 문학전통의 내면으로 들어가야 한다. 그러나 이것은 우선적으로 타자의 내면으로 들어가는 것임을 우리는 강조할 필요가 있다. 문학의 업적은 그것에 대응하는 정신의 소산으로 파악됨으로써 내면을 우리에게 열어놓아준다. 탁월한 문학작품은 정신의 역동적 움직임의 외면화이다. 여기서 움직이는 정신은 작품이나 문학전통의, 즉 타자의 정신이지 나의 정신은 아니다. 그러나 정신만이 정신과 대화할 수 있다. 다른 문학에 대한 객관적·역동적 정신으로부터의 이해는 그 문학에 대한 이해인 동시에 우리 자신에 대한 이해가 된다.[19]

'정신과 정신의 대화'라는 테제에는 추상적으로나마 서구문학 텍스트를 대하는 대타적인 인식이 개재해 있지만, 이러한 만남에서 이루어지는 '대화적 일치'라는 이상은 허상일 가능성이 크다. 일차적으로 이러한 '정신'들의 투명성도 문제거니와 타자의 압도적인 헤게모니가 작용하는 상황을 충분히 고려하지 않고 '대화'나 '일치'를 강조하는 것은 관념적이 된다. 일치를 전제로 한 대화란 처음부터 대등한 대화이기 어렵고, 그 점에서 상상계적인 동일시의 상태에 있는 연구들도 기실 이러한 '일치'의 결과물이라고 해도 아주 틀린 말은 아닐 것이다. 결국 '나'의 정신이 이미 '타자'의 정신에 의해 점거되고 있는 현실에서는 이러한 아름다운 이론으로서의 '일치'와는 어긋나는 모순과 간극이 문학해석의 중요한 계기로 나타날 수밖에 없다.[20] 모호한 대로나마 연구주체의 '적개심과 공감의 절묘

---

19 같은 글 310면.
20 일반적으로 문학교육의 목표로 일컬어지는 이러한 '텍스트와의 만남'이라든지 '일치'라는 관념이 식민지적 상황에서 일정한 이념적 전제를 깔고 있다는 지적으로는 스

한 배합'이라는 문제제기가 유효하게 여겨지는 것도 이 때문이다.

김우창 교수에 의해 제시된 '대화적 일치'의 이상은, 서구문학의 유혹이라는 문제와 그 인식론적 의미에 주목하여 서양의 보편성에 대한 추구와 그 역사적 성격, 즉 근대성을 우리 사회의 과제와 일치되는 것으로 보는 면은 있지만, 결국 대화와 일치라는 타자 인식에서 별로 벗어나지 못함으로써 우리 나름의 곤경에 대한 실천적 대응으로서의 전망은 얻지 못한 듯하다. 「서양문학의 유혹」의 마지막 부분에서 김교수는 "서양의 유혹에 넘어간 눈은 서양을 내면화하고 우리 자신의 문화와 역사를 외면으로 바라보는 데 익숙해진다. 이 시각 습관의 전도를 바로잡는 것은 용이치 않다. 뿐만 아니라 우리 문화가 밖으로부터 보여진다는 것은 그것 자체가 보편적 능력을 상실했다는 것을 말하기도 한다"고 언급하면서도, "창조적 삶으로부터의 소외"가 "우리들 모두의 지속적인 상황"임을 인정하는 (282면) 것 이상의 진전된 사고를 보여주지는 못한다.

우리가 처한 어려움을 있는 그대로 인정하는 태도는 바람직한 것이며, 김우창 교수의 이러한 부정적 결론이 곧바로 우리 현실의 창조적 가능성을 송두리째 부정하는 것으로 읽힐 이유는 없다. 그러나 이러한 상황판단이 있은 다음에는 현실의 성격과 구조에 대한 이해와 그에 바탕하여 이를 넘어서기 위한 방법 모색이 있어야 마땅하다. 물론 사회과학적 해명이 있어야 한다는 말은 아니지만, 자본주의체제라든가 그런 것이 민족문제와 결합한 양상에 대한 일정한 구조적 이해와 현실 극복의 과제를 건너뛰고서는 '인문적 인식'이라는 것도 허약하기 짝이 없는 것이다. 가령 문학이해의 경우에 제시된 대화와 일치가 그 전망의 하나라면, 김교수 자신이 말한 것처럼 '보편적 능력을 상실'한 우리의 상황에서 그러한 대화를 통한 일치만으로 문제가 극복될 리 만무하다. 이런 맥락에서 이와는 다른

피박의 체험과 분석이 흥미롭다. Gayatri Spivak, 앞의 글 276~77면.

판단, 즉 제3세계의 문화적 현실에서 '창조적 삶으로부터의 소외'가 아니라 오히려 서구에서 상실된 창조력이 간직되어 있다는 관점도 되새겨봄 직하다.

결국 김우창 교수가 대변하고 있는 것처럼 보이는 서구적 지성 및 보편성에 대한 믿음과 근대주의적 사고는 근대성의 구현이 시대적 요구가 되는 사회에서 중요한 흐름임을 부정할 수는 없으나 민족적 특수성에 대한 천착이 부족함으로써 우리의 현실에서는 근대성이 구현될 가능성이 어디에 있으며 그것이 외국문학 읽기에서는 어떻게 나타나는지 등에 대한 사고를 더 밀고 나아가지 못하고 있다. 사실 민주적 민중으로서의 시민의 형성과 그것을 위한 기획에서 교양이 중요하다는 입장에서는, 서양문학이 공민(公民)의 형성을 위한 교양의 일환으로 기능할 수 있다는 말에 반대할 이유가 없다. 문제는 그러한 교양을 갖춘 공민이 서구의 교양층과 일치하지 않는다는 것인데, 결국 문학연구에서 민족적 특수성이 중요한 범주가 되는 까닭도 여기에 있다. 역시 세계적인 자본주의체제 내에 포함되어 있되 약자의 위치라고 할 제3세계적 현실에서 공민은 말하자면 민중적 토대와 정신을 가질 수밖에 없으며, 영문학을 포함한 서양문학 읽기를 통한 교양도 이러한 특수성에 토대를 둔 우리 나름의 이해와 해석을 통해 이루어나갈 필요가 있을 것이다. 문학연구에 개입되는 인문적 지식은 근대주의를 넘어서 자본주의체제 및 민족적 특수성의 문제와 대결하는 가운데 비로소 실천적 힘을 얻게 되리라고 본다.

4. 탈식민주의는 대안이 될 수 있는가

한국에서의 영문학 연구가 외국문학을 대상으로 하면서도 민족적 특수성을 고려하지 않을 수 없는 것이라면, 여기에는 민족적 주체의 문제가 개입되게 마련이다. 민족적 주체의 문제는 개방에 이은 식민지 체험과 함께 근현대사의 핵심적인 사안이 되어왔음에도, 외국문학연구에서 이러한 주제는 문제의 틀로 거의 자리잡지 못했다. 1970년대 우리 사회에서 제3세계에 대한 관심이 고조되고, 그 이후 백낙청 교수를 중심으로 민족문학론을 '제3세계적 시각'에서 재정립하는 문제가 문학논의에서 중요한 비중을 차지해왔지만, 정작 영문학 작품을 제3세계적 관점에서 읽고자 하는 시도는 영문학계 내부에서 그다지 활성화되지 못했고, 다만 몇몇 영문학자들이 백교수에 가세하여 논의하는 정도에 불과했다.[21] 이런 상황에서 서구의 지배적인 비평담론으로 떠오른 탈구조주의를 위시한 포스트모더니즘 논의들이 1980년대 이후 국내에 유입되어 성행하면서, 한국의 영문학 연구에서 민족주체 문제는 점점 더 관심대상에서 멀어졌다. 왜냐하면 이러한 새로운 담론들은 각각 차이는 있지만 주체에 대한 회의와 해체라는 전략을 동원하고 있어, '주체적 읽기'라는 명제 자체를 의문시했기 때문이었다.

기실 탈구조주의는 일차적으로 서구의 인문주의적인 주체와 관련해 그 구성적 성격을 드러내는 방식으로 주체를 '해체'하지만, 이러한 주체의 해체는 서구뿐 아니라 신식민지적 상황에서 이루어지는 '민족적 시각'에 입각한 읽기의 근거까지 허무는 경향이 있다. 탈구조주의와 깊은 친연성을 가진 포스트모더니즘의 논리는 가령 리오따르(Jean François Lyotard)의 대서사(grand narrative) 폐기라는 주장에서 단적으로 드러나듯 '대서사'에 토대를 두고 있는 저항의 논리를 근본에서부터 부정하는 이념적 입

---

21 「제3세계와 민중문학」(1979)을 필두로 한 백낙청 교수의 제3세계문학론은 『인간해방의 논리를 찾아서』(시인사 1979) 및 『민족문학과 세계문학 Ⅱ』(창비 1985)에 잘 나타나 있다. 백교수 이외 논자의 제3세계문학론에 대해서는 김종철 「제3세계문학과 리얼리즘」(『제3세계문학론』, 한벗 1982)과 김영무 「제3세계문학: 개념의 명료화와 대중화를 위하여」(『외국문학』 1984년 가을호) 참조.

지에 서 있다.[22] 말하자면 중심의 전복 혹은 해체와 주변의 복원이라는 포스트모더니즘의 애초의 기획은 주변의 동력화를 오히려 부정하는 역설에 빠지게 된다.[23] 이같은 '포스트모던의 역설'(postmodern paradox)이 주체적 연구의 기반을 위협하는 것이 됨은 물론이다. 주체에 대한 믿음이 허구에 불과하다는 이같은 논리의 확산은 기존의 제3세계론이 확보하고 있다고 여겨지는 반제국주의적 활동의 입지를 약화시킨다.

1990년대 들어서 영미를 중심으로 탈식민주의나 탈식민성에 대한 논의가 활성화된 것은 민족문제가 중요한 과제인 우리에게도 관심의 대상이 되었다. 영문학 연구에서 주로 이루어지던 탈식민주의적인 관점이나 읽기는 맑스주의 문화론을 비롯하여 푸꼬(Michel Foucault), 데리다(Jacques Derrida), 라깡 등의 프랑스 탈구조주의론에서 그 이론적 동력을 얻고 있었으며, 다양한 편차가 있지만 그 중심적인 논리는 역시 중심과 주변의 대립 및 해체라는 것이다. 단적으로 말해 탈식민주의는 포스트모더니즘의 중심/주변 논리를 정치적 차원에서 식민/피식민의 구도로 재구성한 것이라고 할 수 있다. 어쨌든 영미에서 중심 담론으로 떠오른 이러한 정치적 비평의 논리가 한국의 영문학에서 하나의 방법론으로 주목받게 된 사태는 얼핏 놀라워 보인다. 이같은 급진적 논의가 과거 제3세계적 시각을 비롯한 민족적 시각에 매우 배타적이던 보수적인 학계에 어렵지 않게 들어설 수 있게 된 현실은 우리 영문학계의 발전이라면 발전이라 볼 수도 있겠다.[24]

---

22 이러한 관점에 있는 포스트모더니즘에 대한 국내의 비판으로는 도정일 「포스트모더니즘: 무엇이 문제인가」, 『창작과비평』 1991년 봄호 310~20면 참조.

23 Rajagopalan Radhakrishnan, "Ethnic Identity and Post-Structuralist Difference," *Cultural Critique* 6호(1987년 봄) 202면; Gisela Brinkler-Gabler ed., "Intro-duction," *Encountering the Other(s): Studies in Literature, History, and Cul-ture*(Albany: State Univ. of New York Press 1995) 6~7면에서 재인용.

24 그러나 한편으로 미국 이론계의 중요한 경향이 '수입'된 것인 만큼 영미 이론의 추이에

그런데 탈식민주의에 입각한 연구나 읽기가 영문학 연구의 주체성 확보에 얼마나 유효한 것인가? 국내에 탈식민주의 담론을 소개한 대표적 인물 가운데 한 사람인 김성곤(金聖坤) 교수에 따르면 탈식민주의의 도입은 그야말로 우리 영문학 연구에서 획기적인 계기가 되었다. 그는 「탈식민주의적 책읽기와 영문학 연구」라는 논문에서 탈식민주의의 읽기전략은 "우리들에게 탈식민주의적 인식을 통한 민족주체성을 갖도록 해준다"는 점에서 일차적인 중요성이 있다고 하면서 이렇게 결론짓는다.

탈식민주의적 책읽기는 또 우리로 하여금 서구가 임의로 정해놓은 가치관의 서열을 뒤집어엎고, 영문학 텍스트들을 우리의 입장에서 재위치시킬 수 있도록 해준다는 점에서 중요한 의의를 가진다. 그것은 영문학 텍스트에 대한 단순한 비판을 넘어서서, 그것을 새로운 시각으로 바라보고 해석하는 것을 의미한다. 그렇게 되면, 궁극적으로 국내 영문학 연구와 교육에는 커다란 변화가 오게 될 것이고, 더 나아가 국내 학자들에 의한 영문학 텍스트에 대한 독창적이고도 새로운 해석도 가능해져 국제 학계에서도 크게 공헌할 수 있게 될 것이다.[25]

필자가 이 문장을 인용한 것은 최신 이론인 탈식민주의 담론에 대한 '무비판적' 호응의 한 예를 예시하고자 하는 뜻도 있지만, 과연 그것이 '민족주체성'을 갖게 한다거나 혹은 영문학 텍스트를 '우리의 입장'에서 재위치시킬 수 있게 해주는 것인지를 따져보기 위해서이다.

민감한 우리 학계의 거부반응이 상대적으로 작았다고 할 수 있다. 한편 탈식민성이라는 말이 특히 제1세계 학계에서 성황을 이룬 것에는 냉전의 승리에 대한 자신감이 반영되어 있다고 한 제3세계 학자의 지적도 숙고해볼 만하다. Rajagopalan Radhakrishnan, "Postcoloniality and the Boundaries of Identities," *Callaloo* 16권 4호(1993년 가을) 750~51면.

25 김성곤 「탈식민주의적 책읽기와 영문학 연구」, 『외국문학』 1994년 봄호 30면.

탈식민주의는 문화적 종속을 통해 지속되는 신식민지적 지배의 상황에서 이 지배/종속의 틀을 해체하고자 하는 충동과 연관되어 있으며, 그 점에서 억압에 맞선 피식민지인들의 '민족적 주체성' 확보에 어떤 식으로든 관련된다고 볼 소지가 없는 것은 아니다. 그러나 일반적으로 탈식민주의는 주체를 확고한 어떤 실체가 아니라 항상 해체 가능한 구성물로 전제하고 있다. 이것은 민족적 주체의 문제에서도 마찬가지이다. 즉 식민지의 주체는 실상 식민권력의 담론구성에 의해 주체로 불려나온 것이며, 그런 점에서 확정할 수 없는 해체의 대상이지 저항의 근거로서 확보된 실체는 아닌 것이다. 한마디로 탈식민주의는 그 선구적 논자인 에드워드 싸이드 (Edward Said)의 '오리엔탈리즘'(orientalism) 개념에서 보이듯 담론의 지배성을 대전제로 하는 것으로, 그 때문에 실제 정치의 동력을 담론의 회로 속에 가두고 있다는 비판도 나오고 있다.[26] 더구나 민족이라는 구성체부터가 하나의 담론에 불과하며 해체의 대상이라는 주장이 탈식민주의에서 제기되고 있음도 고려해야 한다.[27]

따라서 '우리/그들'식의 이분법은 실상 탈식민주의의 본령과는 어긋나는 것임에도, 이러한 구분이 탈식민주의적 읽기의 한 근거로 쓰이는 것이 현실이다. 그러나 이 현실을 받아들이더라도 과연 이같은 구분 자체가 식민지 주체의 구성에 얼마나 유효한 틀인지는 의문이다. 신식민지적 상황에서 '우리'란 과연 누구를 가리키는가? 여기에 대한 구체적 해명이 없는 상태에서 '우리/그들'의 이분법은 식민지의 모순적 현실, 즉 계급적·성

---

26 Rajagopalan Radhakrishnan, 앞의 글 751면; Steven Conner, *Postmodern Culture: An Introduction to Theories of the Contemporary*(Cambridge: Basil Blackwell 1989) 234면. 싸이드에 대한 비판적 접근으로는 졸고 「세속성인가 실천성인가: 에드워드 사이드 비평의 딜레마」, 『실천문학』 1993년 봄호 참조.

27 Homi K. Bhabha, *Nation and Narration*(London/New York: Routledge 1990)의 "Introduction: Narrating the Nation"(1~7면) 및 "DissemiNation: Time, Narrative, and the Margins of the Modern Nation"(291~321면) 참조.

적·인종적 문제들의 다양한 층위에서 일어나는 차이와 갈등을 단일체적인 '우리'로 환원하는 결과를 낳으며,[28] 그리하여 내부의 역동적인 사회변화의 힘들에 대한 고려는 배후로 물러나게 된다. 이러한 차원에서의 탈식민주의는 일종의 민족주의적 환원론에 빠져 있다고 할 수 있다.

결국 탈식민주의를 통한 한국 영문학 연구의 획기적인 전환은 허황된 기대일뿐더러, 거기서 내세우는 새로운 읽기전략이라는 것도 얼마나 '주체적'인지 따져볼 필요가 있다. '다시 읽기'니 '되받아쓰기' 따위의 말을 사용하지만 대개 탈식민주의의 읽기는 '대항담론'(counter discourse) 혹은 '저항담론'(resistant discourse)의 형성을 목표로 한다. 즉 텍스트의 기저에 깔린 숨겨진 가치체계를 드러냄으로써 기존 담론을 전복·해체하고자 하며, 이것이 텍스트 읽기의 주된 전략이 된다. 한국 영문학 연구에서 최근에 이러한 유형의 작품 읽기가 심심치 않게 선보이고 있지만, 기실 이 전략은 1980년대 말에 이미 소개된 바 있다. 강내희(姜來熙) 교수의 「영문학의 연구와 버텨읽기」가 그것으로, 이 논문에서 강교수는 '주체적인 독서'로서 '버텨읽기'를 제시하고, 『로빈슨 크루소우』(Robinson Crusoe)의 새로운 읽기를 선보인다. 사실 그의 버텨읽기는 최근 내세워지고 있는 탈식민주의적 읽기와 한치도 다르지 않은 것으로, 버텨읽기의 한계는 곧바로 탈식민주의 일반의 문제점을 그대로 노정한다는 점에서 살펴볼 필요가 있다.

강교수는 우선 한국의 영문학이 "영미인이 쓴 작품에 '보물'처럼 담긴 의미를 찾고자 영미인이 마련해놓은 '완벽'한 방법론의 그물만을 사용하려는 무비판적인 태도에 빠져 있다고 해도 과언이 아닐 것"이라고 비판하면서, "영문학이 연구와 실천의 학문이 되기 위해서는 주체적이어야" 하

---

28 이런 점에서 탈식민주의가 다시 이분법을 재생한다는 것이 가장 큰 문제점이라는 지적
  이 나온다. Frank Schulze-Engler, "Beyond Post-Colonialism: Multiple Identities in East
  African Literature," Gorden Collier ed., 앞의 책 321~23면.

며, 이를 위해 "제3세계적 시각"이 필요하다고 주장한다. 이 타당한 문제 제기에 이어 그는 영문학이 가진 "억압의 무게"에 맞서는 "버텨읽기"를, "영문학이 강요하는 가치체계와 세계관의 수용에만 급급하는 굽혀읽기"와 대비시켜 "주체적 독서"의 방법으로 내세운다.

제국의 변방에 있는 사람인 '우리'는 타자로 파악되면서 중심부의 주체와는 '다른' 존재로 정의된다. 이렇게 타자화된 인간은 중심부의 주체와는 '다른' 존재이므로 그 자신은 주체가 되지 못하는 것으로 인식된다. 버텨읽기가 주체적인 독서행위인 것은 바로 이러한 타자화의 과정을 재현 속에서 들추어내어 변방인, 즉 제3세계인을 포함한 모든 비주체인을 그 자신의 주체로 회복시키는 일에 기여하기 때문이다.[29]

강교수의 버텨읽기가 목표로 삼는 타자화의 과정에 대한 폭로는 동양은 '동양으로 만들어졌다'(orientalized)는 싸이드의 식민담론 분석과 동일하다. '우리'가 영문학에서 '타자화'되어 있다는 인식은 싸이드적인 담론 이해에서 기본이 되는 것이나, 문제는 바로 이 서구의 타자인 '우리'가 너무 일반화된다는 점이다. 싸이드가 말하는 '우리'가 일차적으로는 중동지역이나 인도를 염두에 두는 것임을 고려해야겠지만, '제3세계인'이라는 '동일성'에 대한 강조가 제3세계주의에 떨어지지 않기 위해 더 중요한 것은 제3세계 내부의 민족 간 차이와 각 민족 내부의 모순을 동시에 인식하는 것이다. 그럼에도 강교수는 제국과 주변이라는 이원론적 범주를 받아들이면서, '우리'라는 주변으로 다양한 정체들을 환원시킨 나머지, 정작 개별성을 가진 민족적 주체와 그 내부적 모순의 문제에까지 사고의 범위를 넓히지 못한다.

---

29 강내희 「영문학의 연구와 버텨읽기」, 『외국문학』 1987년 봄호 138면.

버텨읽기니 저항적 독서니 하는 대항담론의 전략이 진정한 의미에서 주체적 읽기가 되기 어려운 것은 주체가 자리잡고 있는 민족적 특수성과 사회의 구체적 현실 및 모순들을 고려하지 않은 채 서구 대 제3세계라는 단순 도식에 의존하기 때문이다. 실상 우리 사회는 단순히 식민사회로 환원되기 어려운 복합적인 사회구성을 가지고 있으며, 그렇기에 탈식민성으로 규정하는 것은 또다른 단순화라 할 수 있다. 결국 식민지적 규정성과 관련된 민족문제와 자본주의적 현실 속의 계급문제가 착종된 사회라는 복합적인 인식, 문학연구의 주체성에 대한 모색은 별개의 것이 될 수 없다. 이 점에서 제1세계와 제3세계의 구분을 타자성으로만 절대화하는 것은, 아이자즈 아흐마드(Aijaz Ahmad)가 제임슨(F. Jameson)의 제3세계주의적 발상을 비판하면서 지적한 것처럼, "소위 제3세계 내의 사회구성체들의 커다란 문화적 이질성을 '경험'이라는 단일 정체성으로 요약하는 일"로서, 공사(公私)의 분리 등 식민구성체 속에서 나타나는 자본주의적 특징들에 대한 논의를 어렵게 만든다.[30] 따라서 식민지 주체의 특수성을 쉽게 설정하는 일종의 특수주의적 입장으로는 식민담론의 해체와 전복을 아무리 누적해도 주체적 이해의 길은 열리지 않으며, 실상 버텨읽기 논자의 표현[31]과는 달리 그다지 '고통스러울' 것도 없는 기계적 읽기의 되풀이에 그치고 마는 것도 의외의 일은 아니다.

이러한 탈식민주의적인 인식은 영문학 텍스트를 식민담론으로 환원하고 이를 전복하는 전략이라는 점에서 말하자면 '적개심'을 가진 읽기의 한 예가 될 것이다. 그러나 이런 식의 독서는 탁월한 작품이 던지는 '동감'의 힘을 일방적으로 거부하는 것이며, 그 점에서는 오히려 김우창 교

---

30 Aijaz Ahmad, "Jameson's Rhetoric of Otherness and the 'National Allegory'," *In Theory: Classes, Nations, Literatures*(New York: Verso 1992) 103~107면.

31 이홍필 「달콤한 유혹과 고통스런 버텨읽기: 탈식민주의적 책읽기의 한 방법」,『외국문학』 1994년 여름호 31~47면.

수가 시도한 '유혹'의 정체에 대한 복합적 고찰에서 후퇴하고 있다는 느낌도 준다. 물론 김우창 교수의 경우에는 반대로 '동감'의 의미에 대한 인정과 해석이 주를 이룰 뿐 '적개심'을 찾아보기 어렵다는 점에서 또다른 문제가 있는 셈인데, '적개심과 동감의 절묘한 배합'이라는 백낙청 교수의 명제는 여전히 주체적 읽기의 방향 모색에서 하나의 화두로 떠오른다. 백교수가 말한 '지혜로운 읽기'는 영문학 텍스트의 작품적 성과 속에 담긴 진보성은 진보성대로 읽으면서 동시에 그 한계와 허위의식을 보아내는 이중적인 작업으로 그런 점에서 변증법적 과정이라 할 수 있는데, 폭로와 전복의 읽기전략이 이러한 인식에 미달함은 말할 것도 없다. 제3세계 연구자의 양면적인 입지에 주목하고 있는 미국의 탈식민주의 논자들의 경우도 이 점에서는 마찬가지이다.

제3세계 출신의 영문학자인 스피박(G. Spivak)과 바바(Homi K. Bhabha)는 이러한 양면성을 탈식민성의 주요 요소로 파악하는 대표적인 탈식민주의 논자들인데, 이들에게 탈식민성은 '주체적인 읽기'를 위한 조건이 아니라 끝없는 해체의 한 속성으로 파악된다. 바바는 피식민인의 이 양면적인 존재양식을 '혼종'(hybrid)이라고 표현하는데, 그에 따르면 '식민지 주체'는 식민체험을 거치면서 혼종화될 수밖에 없고, 바로 이 '혼종성'이 중심으로서의 제국주의에 대한 개입을 가능케 하는 요소가 된다고 한다.[32] 식민지 주체 속에 이미 지배자의 속성이 내재해 있다는 이러한 이해는 사실 새로운 것이 아니지만, '담론과 권력의 혼합'으로서의 이 양면성에 대한 인식이 주체를 끝없는 차이(差移, différance) 속으로 밀어넣는다는 생각은 결국 '혼종'이라는 관념을 통해 민족적 주체의 구성을 담론의 회로 속에 가두는 결과를 낳는다. 교배를 통한 혼혈로 인해 식민/피식

---

32 Homi K. Bhabha, "Signs Taken for Wonders," Bill Ashcroft & Gareth Griffiths & Helen Tiffin eds., *The Post-Colonial Studies: Reader*(London/New York: Routledge 1995) 32~35면.

민의 구별이 없다지만, 한 인도 영문학자의 비판처럼 "메트로폴리탄적인 혼종"이 "탈식민지적 혼종"을 위해 발언하며 후자의 정치성을 원천무효로 만들고 실제로 주체를 무화시킨다. 따라서 이러한 혼종의 비유망 속에는 유럽적인 주체가 숨어 있다고 할 수 있다.[33]

식민지 주체가 확고한 정체성을 가지고 있다는 '본질주의적' 경향에 대한 비판은 데리다적인 발상을 탈식민주의와 결합시킨 스피박의 논의에서도 보인다. '하위계층 연구그룹'의 연구방법을 비판하면서 하위자를 새로운 주체로 설정하는 것에 반대하고, 주체의 담론 구속성과 구성적 성격을 말하는 스피박의 주장은 "하위계층은 말할 수 없다"(the subaltern can not speak)는 명제로 요약된다.[34] 그러나 스피박의 이러한 입장은 정치적 차원에서의 반식민주의 기반을 와해하는 것으로, 이 점은 스피박 자신에게 하나의 곤경이 되고 있다. 그가 인식론상으로는 저항주체의 설정을 부정하면서도, 현실적으로는 '본질주의의 전략적 사용'(strategic use of essentialism)을 수긍하는 것은 그의 탈구조주의적 입지가 안고 있는 딜레마에 대한 하나의 임시 대응이자, 인도 출신 지식인으로서의 자의식을 말해주는 것이기도 하다.[35]

이상에서 본 것처럼 탈식민주의가 문화적 헤게모니와 그에 따른 주체의 곤경을 드러내는 신식민지적 상황에 대한 이해에 한몫을 담당한 것은 사실이지만, 역시 포스트모더니즘과의 강한 친연성에서도 확인되듯 담론 우위에 대한 믿음과 실천과의 괴리로 인해 실제로는 진정한 탈식민을 위한 동력을 차단하는 역기능을 보여주기도 한다. 이러한 곤경은 많은 비판

33 Rajagopalan Radhakrishnan, 앞의 글 753~54면.

34 Gayatri Spivak, "Can the Subaltern Speak?," Carry Nelson & Lawrence Grossberg eds., *Marxism and the Interpretation of Culture*(Urbana/Chicago: Univ. of Illinois Press 1988) 271~313면.

35 Gisela Brinkler-Gabler ed., 앞의 책 "Introduction"(6~7면) 참조.

자들로 하여금 탈식민주의가 제1세계적 지배담론으로서의 성격이 있음을 지적하게 하는 소이가 되고 있다.[36] 이로써 탈식민주의를 주체 회복의 한 이론적 계기로 환영하는 목소리에도 불구하고, 한국의 영문학에서 이것의 수용은 강내희 교수의 의도와는 다르게 "영미인이 마련해놓은 '완벽'한 방법론을 무비판적으로 받아들이는 태도"의 한 예가 되는 역설이 생겨나는 것이다.

5. 한국 영문학 연구의 방향 모색을 위한 제언

한국 영문학 연구의 의의는 일차적으로는 동일시에서 벗어나는 일, 즉 상상계적 연구를 탈피함으로써 시작되겠지만, 영문학을 타자로 인식한다 해서 반드시 주체적인 연구로 이어지는 것은 아니다. 영문학의 방법과 이념에 대한 기존의 모색들에서 보이는 문제 혹은 편향들이 그것을 말해주고 있다. 한국의 영문학 연구가 민족적 특수성에 바탕을 둔 보편성을 추구해야 한다는 주장에 굳이 반대할 사람은 없지만, 이러한 변증법적 연구가 방법론 또는 작품에 대한 비평으로 충분히 구현되지 못하고 주목받지 못한 현실 또한 인정할 필요가 있다. 그렇기 때문에 한국의 영문학 연구는 상상계적 동일시(그 역인 배타성도 포함하여)의 틈입에 항상 위협받고 있다고 할 수 있다. 따라서 서구적 근대주의와 합리성을 수용하는 보편주의적 편향, 탈식민주의 담론의 이름으로 이루어지는 특수주의적 편향에서 모두 벗어나는 진정으로 주체적인 연구에 대한 모색은 한국 영문

---

36 대표적인 비판자들로는 Ellen Shohat, Anne McClintock, Arif Dirlik 등을 들 수 있는데 이들의 주장과 그에 대한 재반론으로는 Stuart Hall, "When Was 'the Post-Colonial'? Thinking at the Limit," Iain Chambers & Lidia Curti eds., *The Post-Colonial Question: Common Skies, Divided Horizons*(London/New York: Routledge 1996) 242~60면 참조.

학 연구의 항상적인 과제라고 할 것이다.

　사실 전통적 의미의 주체개념을 수용하는 것이 '주체적'이지 않다는 비판을 받는 것은 당연하지만, 그렇다고 구성물로서의 주체를 말하는 것도 그에 대한 답변이 될 수 없다. 연구의 실천적 지평은 주체를 지움으로써가 아니라 세워나감으로써 비로소 열릴 것이기 때문이다. 해체론으로도, 전통적인 근대적 관념으로도 풀리지 않는 이 주체의 문제를 이론적으로 규명하는 일도 (현재 필자의 능력에 부치는 일이나) 필요한 일이지만, 영문학 연구에서 주체의 확립은 무엇보다 영문학 연구를 우리 현실에 대한 이해 및 참여의 일환이 되게 하는 데서 출발한다. 영문학 연구는 이런 의미에서 다른 실천활동과 마찬가지로 우리 자신의 주체됨을 일깨우고 길러내는 싸움터이기도 하다. 영문학 연구가 '우리 자신에 대한 연구'일 수 있는 것은 이 때문이다.

　그런 점에서 한국에서의 진정한 영문학 연구는 연구자의 인식과 활동이 한국사회와 연관되어 이루어지는 경우에 달성된다. 연구자에게 필요한 것은 민족적 정체성에 대한 질문과 사회변혁 과정에 대한 지식인으로서의 실천적·이론적 개입, 그리고 모국어로 이루어지는 모든 문화적 작업, 그중에서도 문학작품들에 대한 이해를 깊게 하는 일이다. 결국 미국 중심의 자본주의체제가 전지구적 규모로 자리잡은 현실에서, 영문학 연구는 민족이 처한 이러한 위기를 극복하려는 좀더 큰 운동의 일부를 이룬다. 그렇기 때문에 분단의 극복이나 근대적인 민주사회의 달성이라는 현단계 민족의 과제에 대한 문제의식은 영문학 연구에서 우리 특유의 성과를 이룩하는 계기가 될 수도 있다.[37] 역으로 주체 확립을 위한 싸움터인 영

---

37 해방 이후 한국사회의 과제를 근대화의 달성으로 볼 때 영문학 연구가 이러한 과제와 관련해 수행되지 못한 점에 대한 반성과 아울러, 필자는 최근 서구이론의 주류로 떠오른 근대성(modernity) 담론의 올바른 수용이 한국 영문학 연구에 일반화된 실천과 연구의 괴리현상을 넘어설 계기가 될 수도 있다는 생각을 피력한 바 있다. 졸고「영

문학 연구를 통해 획득되는 통찰과 안목은 현 체제의 극복을 위한 민족적 자산의 일부가 될 수도 있다.

물론 연구의 대상이 '우리'의 모국어 문학이 아닌 '타자'의 문학이라는 난처한 사실은 언제나 의식있는 연구자들의 정신을 억압하는 문제이다.[38] 그러나 이러한 억압의 무게를 느끼는 일은 '타자의 영문학'의 진전을 위한 시작이 되며, 그 억압의 원천 자체가 연구의 추동력이 될 가능성도 있다. 가령 영어 텍스트를 대하는 일은 한국의 연구자에게 하나의 장애이자 한계이기도 하지만 동시에 번역의 과제를 포함한 양국 언어에 대한 관심을 깊게 하는 계기가 되고, 여기서 영문학의 탁월한 성취들에 대한 독특한 해석이나 새로운 관찰이 가능해지기도 하는 것이다.[39] 이와 마찬가지로 한국사회와 영미사회의 차별성에 대한 인식도 영문학의 성취를 '우리'의 관점에서 읽어내는 데 토대가 되기도 한다. 한국 영문학자가 처한 이러한 곤경이 오히려 한국 영문학의 가능성이 되기도 하는 것이다.

현금의 한국 영문학 연구의 상황이 '위기 부재'의 항상적 위기상태라면, 어디에서부터 이 상황을 하나의 전기가 될 진정한 '위기'로 몰아갈 수 있을까? 문학의 읽기에서 전통적인 근대주의를 견지하든 이를 뒤엎는 탈식민주의를 포함한 각종 포스트주의를 도입하든 간에 이것만으로 이 문

문학 교육과 리얼리즘」, 김용권 외 『영문학 교육과 연구의 문제들』(한신문화사 1998) 250~53면; 본서 299~302면 참조.

38 한국의 영문학 연구가 연구자에게 가하는 '억압'에 대한 송승철 교수의 지적은 그런 점에서 흥미롭다. 송교수는 한국영어영문학회가 주최한 심포지엄 '광복 50주년: 영어영문학의 회고와 전망'에서 주제발표를 통해 한국 영문학도의 현재적 상황이 "영문학 텍스트로부터의 억압, 영문학자의 분열된 주체의 입지로 인한 억압, 한국문학에 대한 빚으로 말미암은 억압"을 겪고 있다고 지적한다. 송승철「문화연구와 한국 영어영문학의 장래: 윌리엄즈의 개입점」, 『영어영문학』 광복 50주년 기념 특집호(1996. 5.) 167면.

39 이러한 변환과정에서 생겨날 수 있는 새로운 이해의 예로 우리 문단의 리얼리즘 논쟁에서 영어의 'realism'을 경우에 따라 사실주의나 리얼리즘(혹은 현실주의)으로 달리 번역하여 리얼리즘의 인식을 깊게 한 경우를 들 수 있겠다.

제가 풀리지 않을 것임은 앞에서 논한 바 있다. 필자는 현재 구체적으로 두가지의 중요한 연구과제가 한국의 영문학에 주어져 있다고 보며, 이를 간단하게 설명하는 것으로 이 글을 끝맺고자 한다.

그중 하나는 '한국에서의 영문학 연구란 무엇인가'에 대한 이론적 논의를 확장·심화하는 일이다. 우선 한국 영문학의 형성과 그 이념적 자리에 대한 일종의 문화론적 연구를 본격화하는 것이 필요하다. 주체적 영문학 연구의 확립은 한국 영문학 연구의 과거와 현재에 대한 고찰에 근거해서 이루어져야 한다는 일반론에서도 그렇지만, 식민지시대부터 시작된 영문학의 형성이 민족사의 전개와 어떻게 결합되어 있는가를 연구하는 일은 중요한 의미를 지닌다. 여기에는 영문학의 도입과 전파의 이념적 기능, 미국 중심의 유학이 한국의 영문학 연구에 끼친 영향, 미국의 공보정책과 문화침투 및 영문학의 수용양상, 영문학과의 이상비대 현상과 그 사회적 의미 등의 과제들이 포함된다. 이러한 주제에 대해 그간 단편적인 지적이 있어왔고 최근 문화론적 관점에서 이 문제에 접근하는 경우도 나타나고 있지만,[40] 한국 영문학의 형성과 성격에 대한 연구는 아직 초보적인 수준에 있다고 보아야 할 것이다.

이와 같은 문화론적 접근이 한국 영문학의 연구방향에 참조가 되는 것은 사실이지만, 그렇다고 문학을 문화분석의 대상으로 삼는 것으로 문학연구를 대신할 수는 없다.[41] 그렇기 때문에 우리 사회 및 문학연구에서 문화연구의 몫이나 의미에 대해서는 별도의 논의가 필요하겠으나, 서구의 일부 경향이 그렇듯 이를 본격적인 연구를 위한 토대가 아니라 문학연구

---

40 설준규·서강목, 앞의 글 117~23면. 문화론적 접근으로는 강내희 「한국 영문학 연구와 교육의 전화를 위한 한 모색」, 김용권 외, 앞의 책 169~200면.

41 최근에 문학연구를 '정전중심주의'로 규정해 비판하고 문화연구로 전환해야 한다는 이스트호프(Antony Easthope) 식의 주장이 우리 영문학계에서도 나오고 있다.(강내희, 앞의 글 196~97면) 한편 송승철 교수도 유보적이기는 하지만 그 필요성을 주장하고 있다.(송승철, 앞의 글 167~69면)

의 대안으로 보는 것은 영문학 연구자로서의 정면대응이 되기는 어렵다. 역시 이 경우에도 서구의 추세를 따르는 것만으로는 우리 나름의 영문학 연구는 힘들며, 우리 현실에 기반한 나름의 연구가 긴요하다 하겠다.

두번째로 필자가 말하고자 하는 것은 바로 이러한 인식과 관련된 작업으로, 최근 서구 영문학 연구의 경향에서 과거의 것으로 밀려나는 것들이 우리의 영문학 연구에서 오히려 핵심으로 자리잡을 필요가 있다는 것이다. 말하자면 공동체라거나 민족의 문제, 총체적인 이해의 모색이라거나 창조성 탐구 등 서구의 논의에서 철 지난 것으로 치부되는 듯한 주제들의 현실성을 다시 생각하는 가운데 우리 사회의 역동적인 힘과 영문학 연구가 결합할 가능성이 생길 수 있다고 본다. 우리 사회가 영미 등 서양의 사회적 상황에서는 고갈되어 있다고 판단되는 변혁적 에너지와 공동체적 가치를 상대적으로 풍부하게 유지하고 있기에 이러한 인식과 조건에 토대를 둔 문학연구는 서구의 연구와는 다른 독특하면서도 탁월한 성과를 기대할 수 있을 것이다. 이처럼 (영)문학 속에 담지되어 있지만, 서구문명과 그 반영인 문학방법론들이 은폐하고 있는 창조적 요소들의 현재적 의미가 드러날 때, 이러한 작업은 이제 중심부의 담론이자 하나의 기술이 되어버린 해체론보다 더 근본적으로 기존 체제의 논리를 해체하는 힘으로 실천성을 가질 수 있을 것이다.

이런 맥락에서 민족문제, 계급문제, 분단문제가 착종된 한국사회에 대한 인식과 실천을 통해 길러지는 비평력은 영문학 연구에 활용될 수 있으며 또 그 역도 가능하게 된다. 필자는 우리 영문학 연구의 일각에서 발견되고 있는 몇가지 독특한 현상들, 즉 영문학의 고전에 대한 적극적 독서와 리얼리즘의 의미에 대한 천착, 그리고 문학의 창조성과 변혁력에 대한 믿음, 사회적 실천으로서의 집단적 연구의 움직임 등이 이를 위한 중요한 징후라고 생각한다. 이러한 경향들은 기실 서구의 지배적 흐름의 결을 거스르는 활동으로서, 보기에 따라서는 후진적인 연구경향으로 폄훼될 수도 있다. 그러나 최근 서구의 연구추세인 포스트주의의 성행이 말해주는 것은 주체와 문학에 대한 믿음의 상실이며, 후기에 이른 서구 자본주의 문명의 병적인 국면의 도래이다. 영문학 연구가 실천성을 상실하고 담론의 세계 속으로 침잠하는 시기에, 제3세계의 한구석에서 일어나는 이러한 적극적 연구활동은 영문학 연구의 새로운 가능성의 터전이 될 수도 있다. '타자의 영문학'이 어떻게 주체적으로 수행될 수 있는가 하는 문제는 그런 의미에서 우리의 주체성과 사회적 건강성을 재는 한 척도가 된다.

분단체제하에서 영문학하기

◆

백낙청의 주체적 영문학 연구론

1. 백낙청 영문학 연구의 의의

영문학자로서 백낙청(白樂晴)의 연구작업은 '주체적 영문학 연구'로 통칭할 수 있다. 외국문학을 우리 나름으로 받아들이고 해석해야 한다는 요구가 있어왔지만, 이같은 요구에 내용을 채우는 일, 즉 이론적 토대를 세우고 작품해석을 통해 이를 뒷받침함에 있어서 영문학뿐 아니라 외국문학 연구 전반에서 백낙청이 차지하는 자리는 독보적이다. 명시적으로 '주체적인' 영문학 연구를 내세우고 나온 것은 1980년에 발표한 「영문학 연구에서의 주체성 문제」에서지만, '시민문학론'의 전개로 시작된 그의 초기 활동에서 "외국문학의 연구도 한마디로 자유·평등·우애의 정신에서 행해져야 한다"는 신념 아래 서구의 시민문학 전통을 '우리 입장에서' 탐구하기를 주창한[1] 때부터 민족의 위기에 맞서는 '주체적인' 대응으로서의 민족문학론을 세워나가고 이를 제3세계문학에 대한 인식으로 확장시켜

---

1 백낙청 「시민문학론」(1969), 『민족문학과 세계문학 I』(창비 1978) 27면.

나간 1970~80년대까지, 그리고 탈구조주의 이후 서구이론에 대한 1990년대 이후의 비판적 논의도 포함하여 영문학자로서 백낙청의 모색은 줄곧 '주체적 영문학 연구'를 정립하고 심화해온 과정이라고 할 수 있다.

이 글은 백낙청의 '주체적 영문학 연구'론을 개괄하면서 그것을 영문학에 대한 접근법 가운데 독특한 성취로 자리매김하는 것을 목표로 한다. 여기에는 '주체적 연구'라는 것이 여타의 연구방법론들과 다른 점은 무엇이고 또 어떤 관계를 맺느냐는 물음도 포함된다. '주체적 영문학 연구'는 최근에 성행하는 탈구조주의나 해체론 혹은 탈식민주의처럼 일반적인 문학연구의 체계나 방법을 거느린 이론과 등치될 수는 없다. 또한 단지 '비주체적인' 연구태도와 대립하는 연구자세에 한정되는 것처럼 이해될 소지가 있는 것도 사실이다. 그러나 백낙청의 '주체적 연구론'은 단순한 태도 차원 이상의 이론적 근거, 읽기의 방법에 대한 일관되고 정교한 논의와 실천이 뒷받침되고 있다는 것이 이 글의 입장이다. '주체적 연구'론은 서구의 여러 방법론들과 만나는 지점도 있지만, 뚜렷하게 변별되는 면모도 가지고 있다. 더 나아가 모든 방법론들이 전제하는 '방법'으로서의 읽기전략의 근거를 심문하기 때문에, 백낙청에게 '주체적 연구'는 방법으로 환원되지 않는, 그러면서도 체계적인 세계이해와 관련된 영문학의 새로운 접근을 지향한다. 이것은 백낙청의 '주체적 영문학 연구'가 한국 영문학 연구의 한 경향을 대변하는 것만이 아니라, 영미 학계를 포함한 영문학 연구 전반의 방향이나 모색 가운데서도 독창적이고 중요한 시도로 탐구될 성격의 것임을 말해준다.

이는 백낙청이 말하는 연구의 '주체성'이 무엇이며 그것이 어떻게 한국 특유의 상황에서 분단체제에 대한 인식을 포함한 인간과 사회에 대한 체계적인 이해와 맺어져 있는가를 논의하는 가운데 점검되어야 한다. 그러나 우선 한국에서 탄생한 이같은 영문학 연구론이 두어가지 점에서 오늘날 서구의 연구방법론들과는 구별되는 특성이 있음을 짚어둘 필요가 있다. 첫째, 백낙청의 영문학 연구론은 한국사회의 실천적 혹은 운동적인 과제 및 그 실행과 철저히 결합되어 있다는 점이다. 영문학 연구가 민족문학운동의 일환이라는 백낙청 자신의 되풀이된 발언도 그렇지만, '주체적 영문학 연구'는 분단체제에 대한 이론화 노력과 함께 한국의 사회변혁운동과 깊숙이 결합된 현장성을 가진다. 문학연구가 사회적 실천과 결합되어 수행된다는 발상은 우리 학계에서도 새로운 것이었거니와, 이론상으로 운동과의 결합을 끝까지 모색한다는 것부터 대개 현대의 방법론들에서 찾기 어려운 특유의 면모라고 해도 좋을 것이다. 둘째, 백낙청의 '주체적 영문학 연구'는 진리를 깨닫고 행하기라는 개별적인 혹은 집단적인 삶의 과제를 문학연구의 핵심사안으로 끌어안고 있다는 점이다. 진리 추구가 모든 학문의 목표라는 점에서는 특별할 것이 없겠으나, 깨달음의 차원에 대한 질문이 있는 비평은 현대의 방법론들에서 대개 희박하고 심지어 소멸되고 있다는 점을 고려해야 할 것이다.[2] 이를 첫번째 특성과 관련지어 말하면 이러한 진리에의 물음은 늘 현실 속의 운동이나 실천과 결합되어 있어서 백낙청이 말하는 민족문학운동의 일환으로서의 영문학 연구는 깨달음과 자기수련의 길이기도 하며, 이러한 결합양상을 이론적으로 규명해내려는 노력은 '주체적 연구론'을 지탱하고 있다.

이처럼 사회적 실천과 주체의 깨달음을 동시에 밀고 나아간다는 특성 때문에 '주체적 영문학 연구'를 정립하려는 그의 노력에는 민족문제에 대한 실천적·이론적 개입, 민족문학과 세계문학의 관련 양상에 대한 사색, 문학해석에서 민족주체의 자리와 실천성의 문제, 자본주의 세계체제에

---

[2] 여기서 백낙청이 말하는 '진리'는 영구불변의 본질로 상정되는 것도 아니고 사실과의 정합성을 말하는 것도 아니며, 삶의 실천을 통해 드러나고 이룩되는 어떤 경지라는, 진리관의 새로운 혁신을 전제한다. 백낙청의 진리관은 초기부터 일관되게 피력되고 있으나 특히 다음의 글에서 본격적으로 논의된다. 백낙청 「학문의 과학성과 민족주의적 실천」 및 「작품·실천·진리」, 『민족문학의 새 단계』(창비 1990) 309~82면.

대한 인식과 (영)문학 및 인문학의 입지, 변혁운동과 변혁이론 및 문학의 변증법적 성격에 대한 탐구 등이 포함된다. 이것은 백낙청의 '주체적 영문학 연구'론이 서구의 담론을 이식한 것이 아니라 연구주체의 '입지', 즉 연구자가 처한 구체적 상황에 뿌리박고 거기서 싹튼 것임을 말해준다. 자신이 처한 자리에서 주체적인 노력을 통해 획득한 새로운 깨달음이 영문학 작품 읽기를 갱신하는 힘으로 작용한다는 것이 그의 주장이기도 하고, 민족문학의 입장에서 외국문학을 읽어온 그의 실천이 입증하는 바이기도 하다.

2. 연구방법에서의 주체성 문제

영문학을 '주체적으로' 연구한다고 할 때 과연 연구를 행하는 그 '주체'는 무엇이고 누구인가가 관건이 될 수밖에 없다. 백낙청의 '주체적 영문학 연구'에서 주체라는 개념이 어떻게 형성·발전되어왔고 그 이론적인 기반이 무엇인가를 따지는 일은 중요하다. 특히 주체개념은 해체론의 영향 아래 있는 현대 서구의 담론에서 '해체'의 일차적인 대상일 정도로 비판받는 것이며, '주체의 죽음'이라는 말이 일반화된 데서도 드러나듯 그 존립 자체가 의문시되어왔다. 기본적으로 주체란 고유한 특성을 가진 어떤 실체로서 존재하는 것이 아니라, 사회·문화·정치적으로 형성된 구성물이라는 것이 구조주의 이후 일반화된 주체관이며, 여기에는 그것이 구성되어 있는 만큼 허구의 산물이고 해체의 대상이라는 전제가 깔려 있다. '주체'를 내세우는 이론이나 연구는 대체로 고유의 본질적인 주체에 대한 일정한 신념에 기반하고 있다고 이해되고, 그 때문에 현대의 주류담론에서 소외되고 때로는 후진적인 관념으로 폄훼된다. 백낙청의 '주체적인 연구'에 대한 주장이 상당기간 학계의 대표적인 저항담론 가운데 하나로 받아들여지거나 대접받아왔고 또 그 때문에 경원시되기도 했음에도, 1990년대 이후 민족이나 주체개념에 대한 해체담론이 성행하면서 문학연구에서 주체를 말하는 것 자체는 중심의 형이상학에 빠진 것으로 치부되었던 것이다.

해체적인 관점에 근거한 주체에 대한 이러한 거부감과 비판은 이상적이고 단일하고 고유하고 영원불변한 것으로 상정되는 계몽주의적 주체에 대한 문제제기로서는 의미가 있다. 그러나 백낙청이 말하는 주체적인 연구의 그 '주체'란 형이상학적으로 설정된 근대적 주체와는 거리가 멀며, 오히려 전통적인 주체개념에 대한 문제의식에서 그의 주체논의가 시작하는 것이니, 가령 1973년 발표한 「문학적인 것과 인간적인 것」에서 휴머니즘의 문제점을 말하면서 "깨달음과 실천이 하나가 된 경지에서 한 걸음 벗어나 인간의 본성을 형이상학적·형이하학적 인식의 대상으로 규정하고 출발하는 사고방식의 한 전형"[3]이라고 지적한 대목이 그 한 예이다. 그의 주체개념은 인간본성을 선험적인 것으로 상정하는 관념론과 다른 것은 물론이며, '깨달음과 실천이 하나가 된 경지'를 말하고 있는 데서도 드러나듯 인간의 주체성이란 어떤 본질로 환원되는 불변의 실체가 아니라 살아 있는 삶의 총체적 발현으로서 드러나고 이룩되는 것이라는 하이데거적인 통찰에 근거하고 있다. 이것은 하이데거(Martin Heidegger)가 서양 형이상학의 기반이 되어온 주체의 해체에 있어 데리다(Jacques Derrida) 혹은 탈구조주의적인 사고의 선구로 이해될 수 있다는 것을 상기시킨다. 백낙청의 주체관이 구조주의 혹은 탈구조주의의 그것과 같은 것이 아니고 이에 맞서는 면이 있지만, 주체의 구성성에 대한 인식을 도외시한 것이 아닐 뿐만 아니라 오히려 해체 이후 주체의 운명과 지향에 대한 사색까지 담지하고 있다는 사실은 주목을 요한다.[4] 이것은 백낙청의

---

3 『민족문학과 세계문학 I』 105면.

'주체적 영문학 연구'의 이념이 (탈)구조주의의 문제의식을 선취하고 있음과 동시에 서구적 관념의 과잉과 주체의 죽음이라는 상투화된 논리에 대한 비판까지 선취하고 있음을 말해준다. 그리고 이 점은 백낙청이 하이데거의 존재론과 관련지어 주객 이분법에 대한 로런스(D. H. Lawrence)의 비판을 서구문명의 주류에 대한 핵심적인 통찰로 읽어낸 독보적인 로런스론을 통해서 거듭 확인되고 있다.[5] 주체적인 영문학 연구의 이념이 일부 단순화된 계몽주체 비판의 화살을 처음부터 피하고 있음과 동시에, 주체의 문제가 시야에서 멀어져가고 있는 서구의 담론이나 방법론 일반의 비평적 한계에 대한 하나의 돌파구가 될 가능성도 여기서 열린다.

주체적 영문학 연구의 이론적 기반의 하나가 하이데거의 형이상학 비판인 것은 사실이지만, 백낙청의 인식은 하이데거 혹은 로런스의 존재론에 머물지 않고 그것에 대한 주체적인 이해와 활용으로 이어진다. 계몽적인 주체개념에 대한 해체를 행하면서도 탈현대성 내지 탈근대성 논자들의 일방성이 가지는 이데올로기적 한계를 지적하며 그 의미내용에 대한 관찰을 동반하는 다음 대목을 보자.

데까르뜨적 사유주체(cogito)라는 것 자체가 원래부터 주어졌던 것도 아니고 일거에 발생한 것도 아니며 오랜 세월에 걸친 수많은 사람들의 신념에 찬 노력과 투쟁의 결과로 구성된 것이며, 그것이 19세기 중

---

4 가령 구조주의의 문제점을 말하면서, 구조주의가 결국 "역사를 창조하는 인간의 능동적 실천(praxis)이 결여된 세계"임을 지적하고, 이와는 달리 김수영의 "온몸으로 온몸을 밀고 나가는" 실천의 의미를 궁구하는 대목이 그런 예라 할 것이다. 백낙청 「역사적 인간과 시적 인간」, 같은 책 171~75면.

5 로런스와 하이데거를 관련짓는 대목은 초기 글에서부터 산견되나 특히 로런스의 『연애하는 여인들』을 다룬 「로런스문학과 기술시대의 문제」(한국영어영문학회 엮음 『20세기 영국소설 연구』, 민음사 1981)와 「로런스와 재현 및 (가상)현실 문제」(『안과 밖』 창간호, 1996)가 대표적이다.

엽에 이르러 특히 집중적인 회의와 비판의 대상이 된 것은 이때쯤 그러한 주체의 해방적 기능이 탕진되고 진실한 사고와 행동의 방해물로 굳어졌기 때문이다. 오늘날 이것이 '해체'(deconstruct)될 필요성은 앞서 로런스의 예를 통해 이미 수긍했지만, 그 정당한 해체작업은 그것이 인간해방에 봉사하면서 구성되었던 측면에 대한 인식을 당연히 포함해야 하며, 단순히 '메타적 사유'만이 아니고 종전보다 더욱 집단적이면서 동시에 개인 각자가 더욱 자기다워지는 실천적 주체의 창출을 지향해야 하는 것이다.[6]

계몽주체의 해체에 대한 요구에 응하는 것이나 그 의미를 인정하는 것이나 백낙청의 관찰에서 기본이 되는 것은 그 역사성에 대한 고려이다. 근대 서구사회 및 담론에서 주체의 형성과 해체의 드라마가 근대 역사의 전개와 더불어 이해되어야 한다는 말은 당연해 보이지만, 해체주의적 관점에서는 일정한 역사적 국면에서 형성된 주체의 창조적 기능이 지워지고 만다. 주체의 해체와 형성을 통합하여 보지 못할 때 역사성은 억압되고 거기서 주체에 대한 논의 자체를 본질론으로 치부하는 단순화가 비롯된다. 그러나 백낙청의 '역사적'인 관점에서 계몽주체는 일방적인 해체의 대상이 아니라 그 '해방적 기능'이 역사적 맥락에 따라 복원되고 활용될 여지를 가지는 것이며, 그것이 '구성'된 것일지라도 '수많은 사람들'의 노력에 의해서 '구성'된 것임을 적시함으로써 '구성'이면서 동시에 집단적인 '창출'이기도 한 그 복합적인 맥락을 읽고 있는 것이다. 그렇기 때문에 주체의 해체라는 현상에 대한 관찰에서 더 나아가지 못하는 탈근대론 혹은 탈현대론의 난점에 얽매이지 않고 역사의 원천에서 창조적이고 살아 있는 주체를 구상할 수 있는 근거를 확보한다.

---

6 「모더니즘 논의에 덧붙여」, 『민족문학과 세계문학 II』(창비 1985) 475면.

문제는 '주체의 해방적 기능'이 19세기 중엽부터 진작 탕진된 상황에서 새로운 주체의 창출이 어떻게 가능할 것인가라는 점이다. 근대 이후 서구사의 전개과정에서 하이데거나 로런스의 관찰처럼 진정한 역사와 진리가 은폐되어왔다면, 주체에 대한 '해체'의 현실적 정당성은 인정되는 셈이며, 주체의 '창출'은 한낱 '메타적인 사유'에서만 가능한 이상주의 혹은 관념론으로 떨어지고 만다. 그렇다면 백낙청이 말하는 '실천적 주체'의 터전과 원천은 어디에서 찾을 수 있을 것인가? 여기에서 그가 주체적인 접근과 시각의 근거로 내세우는 제3세계의 지평이 중요한 의미를 획득한다. 제3세계적 시각을 내세우고 나온 것은 1970년대 말부터이지만, 제3세계라는 범주가 19세기 중엽 이후 가속화된 제국주의 지배를 통해 생겨났으며, 일정하게 변혁적인 기능을 담보하던 부르주아계급이 이러한 세계사적 변화를 거치면서 '시민성'을 상실하고 '소시민화'됨으로써 역사적 주체로서의 정당성을 상실했다는 것이 애초부터 「시민문학론」(1969)에서 피력된 백낙청의 관찰이기도 하다. 그리고 이같은 건강하고 변혁적인 시민층의 전락이 개인적 혹은 집단적인 허위의식으로 이어져 진정한 삶의 상실을 초래했으며, 실천적 주체를 창출해내고 인간의 인간다움을 실현할 수 있는 가능성이 제3세계에서 새롭게 열리게 된 것이 세계사의 전개라는 것이다.[7]

　　제3세계적 지평의 도입은 초기의 시민문학론을 민족문학론으로 심화하는 데 크게 기여하며 이후 '제3세계적 관점'은 '주체적인 관점'과 거의 동의어로 사용될 정도로 백낙청의 주체적 연구론에서 중요한 자리를 차지한다. 또 영문학을 포함한 외국문학을 수용 해석하는 작업에서도 이는

---

7 가령 다음과 같은 대목이 그 한 예이다. "제3세계 민중의 각성과 더불어 무언가 인류 역사 전체로서 새로운 시대가 시작되었고 인간의 인간됨에 어떤 근원적 변화가 요구되고 있음을 깨달아야 하는 것이다." 「로런스문학과 기술시대의 문제」, 한국영어영문학회 엮음, 앞의 책 116면.

마찬가지였다. 여기서 백낙청이 말하는 '제3세계적 관점'이란 물론 제3세계의 입장에서 보는 것을 뜻하지만, 그것은 단순히 지리적인 차원이 아니라 세계나 문학을 보는 시각과 관련이 있다. 즉 제3세계론은 "세계를 셋으로 갈라놓은 말이라기보다 오히려 하나로 묶어서 보는 데 그 참뜻이 있는 것"이며 "강자와 부자의 입장에서 보지 말고 민중의 입장에서 보자는 것"[8]이다. 제3세계적 관점은 민중적 관점을 좀더 세계적인 차원으로 열어놓으며 세계화의 과정에서 비단 제3세계뿐 아니라 제1세계 내에 존재하는 민중들과의 국제적 연대의 전망을 전제하는 것이다. 결국 백낙청에게 '주체'의 창출이란 세계사의 현 단계에 와서 서구적인 의미의 부르주아 주체의 복원이 아니라 '민중적 주체'를 일구는 일임이 드러나고, 민중이 민중으로서 자기의식을 획득하는 순간이 곧 자기주체의 정립이며 진정한 시민으로서의 민중, 즉 민주적 시민의 형성이기도 하다.

제3세계적 관점이 곧 민중적인 관점이며 이것이 바로 주체적 관점이기도 하다는 논리는 이러한 특정한 입장에 선 연구가 과연 객관적일 수 있는가라는 의문을 불러일으킨다. 이 객관성에 대한 물음은 그의 '주체적 연구'가 순수한 학문의 영역에서 벗어나 정치와 운동에 종속되어 있다는 보수학계의 비판적인 시각과도 관련되어 있다. 이같은 비판에는 순수와 참여를 이분법적으로 바라보는 사고가 깔려 있는데, 백낙청은 비평활동 초기에 평단과 학계에 만연한 이러한 이분법을 "순수한 마음으로 순수하게 문학을 해나가는 것이 민중과 하나가 되어 역사발전에 기여하는 것과 떼어 생각할 수 없다"[9]는 통찰을 통해 넘어서고 있거니와, 실상 이 객관성 문제에 대한 백낙청의 대응은 발본적인 면이 있다. 그는 기존의 주객 이분법에 대한 비판을 통해 객관성을 새롭게 사고할 것을 요구하는 정공법

---

8 「제삼세계와 민중문학」, 『인간해방의 논리를 찾아서』(시인사 1979) 178면.
9 「문학적인 것과 인간적인 것」, 『민족문학과 세계문학 Ⅰ』 110면.

을 취했던 것이다. 비록 자신이 제3세계나 민중의 입장에 서 있긴 했지만, 그런 입장의 선택으로 정당성이 자동적으로 확보된다는 식의 사고를, 백낙청은 제3세계주의 혹은 민중주의라고 비판하고 있다. 즉 주관적인 선택의 문제가 아니라 역사적 실천을 통해 실현되고 이룩되는 그 무엇, 그의 말을 빌리면 '근원적 진리'의 차원에 닿을 때 민중적 입장의 객관성을 말할 수 있는 것이다. 그렇기 때문에 연구자로서의 실천 또한 단순히 자신의 입장을 주장하고 관철하는 문제가 아니라 진리를 깨닫는 공부의 차원으로 나아간다. 진정한 의미에서 연구자의 주체성이란 역사를 통해 발현된 근원적 진리와 대면하고 그것을 실현하는 가운데 획득된다. 곧 백낙청의 주체성에 대한 물음은 새로운 차원의 객관성에 대한 모색이기도 한 것이다.

백낙청이 말한 '우리 자신'의 입장에서 본다거나 더 구체적으로 '우리의 눈과 귀'로 경험하는 방식이라는 것은 우리의 개인적 혹은 집단적인 관점을 대변하거나 우리의 경험을 앞세우자는 것만은 아니다. 그렇지만 주체적인 관점에서는 억압자와 피억압자, 제국주의 본국과 (신)식민지사회의 대립이라는 현실에 맞서며 이를 극복해내려는 의식적인 노력이 요구된다. 결국 어떤 입장의 선취를 통해서가 아니라 주체를 형성해나가는 실행과 그 형성과정에서 생겨나는 현실 극복이라는 지향 자체가 주체적 관점의 근거가 된다. 이것은 일종의 순환론이라고도 할 수 있겠으나, 일정한 입장에 종속되지 않으면서도 보편적이고 객관적인 것을 사유하는 길은 이같은 순환론을 감당하는 이론일지도 모른다.

실상 '우리 자신'이 순수한 어떤 실체로서 존재하는 것이 아닌 한, 우리 자신의 '구성' 속에는 이미 사회적 요소가 결합되어 있고, 이 주체의 생산에 서구적 근대화 혹은 제국의 요소가 필연적으로 틈입한다. 한편으로 서구 중심적인 세계 속에서 '우리'가 아닌 '그들'의 요소가 지배적으로 '우리' 속에 자리잡고 있을뿐더러 나아가 '그들'이 오히려 '우리'를 대신하는 상황도 충분히 예상된다. 그렇다면 이때 '우리 자신'의 입장에서 본다는 말이 어떤 의미내용을 담지할 수 있을 것인가? 백낙청이 진작부터 이 같은 주체문제의 복합성이나 착잡함에 대한 인식을 외면하지 않았다는 사실은 서양이라는 "상대방이 이미 우리 속의 구석구석에까지 들어와서 정신과 몸뚱이를 마비시키고 있는 상태"[10]라는 언명에서도 암시된다. 이 경우 과연 이 '마비된' 주체를 통해서 주체적 관점을 이룩하는 일이 이론상에서든 현실에서든 가능할 것인가 하는 물음이 제기된다. 이것은 학문적 실천의 일환인 영문학의 주체적 이해의 근거를 위협할 수도 있는 문제이다.

우리 내부에 자리잡은 식민성에 대한 관찰은 새로운 것이 아니고, 특히 최근에는 해체주의적인 탈식민주의론자들이 주목하는 바이기도 하다. 가령 식민지에서 형성되는 주체의 '혼종성'(hybridity)을 말하는 호미 바바 (Homi Bhabha)의 이른바 '식민지 주체'의 형성에 대한 묘사가 그 한 예가 될 것이다. 서구의 '흉내내기'(mimicry)로서 식민지 주체를 규정짓는 이 '혼종성'은 실제로 서구지배의 현실 속에서 부정할 수 없는 일단의 진실을 담고 있다. 혼종성에 대한 인식이 동일하고 단일한 식민지인의 정체성을 말하는 본질론적인 민족주체 개념의 허구성을 폭로하고, 그 신화를 해체하는 효과를 가지는 것은 분명하다. 그러나 바바 식의 식민지 주체에 대한 이해가 결국 제국/식민지의 이분법을 해체한다는 이름 아래 현실적으로 저항의 원천까지도 봉쇄한다는 점이 지적되어왔지만, 더 근원적인 문제는 이러한 관찰이 단지 현상에 대한 좁은 의미의 객관적인 기술 이상은 아니라는 점이다. 바바의 '혼종성' 개념에 동조하는 스피박 (Gayatri Spivak)이 이런 딜레마를 해결하기 위해 '본질주의의 전략적 사용'(strategic use of essentialism)을 거론하는 것은 그 나름으로 이같은 곤

---

10 「민족문학과 외국문학연구」, 『민족문학의 새 단계』 184면.

경에서 벗어나기 위한 현실적인 선택이다.[11] 그러나 이것이 이론으로나 실천의 근거로서나 애매한 절충이요 타협이라는 점은 자명하다.

이같은 복합성 혹은 혼종성의 관찰이 나올 수밖에 없는 상황에 대한 백낙청의 대응은 탈식민주의자들에 비해 발본적인 면이 있다. 그의 관점을 따르자면 스피박의 '전략적인 본질주의'에서 '전략'도 '본질주의'도 받아들여질 수 없다. 기본적으로 백낙청에게 영구불변의 어떤 본질을 상정하는 본질주의는 극복되어야 할 이데올로기이며, 반제국주의적 저항운동은 단순히 '전략' 차원에서 뒷받침되고 사고되는 것을 허용하지 않는다. 그에게 핵심이 되는 것은 따로 존재하는 실체로서의 본질이 아니라 불교적인 의미의 '본마음'과 관련이 있는 깨달음의 '상태'이며, 운동에서의 실천이란 것도 그때그때의 이익에 따른 '전략'적인 선택의 차원에 갇힌 정치주의가 아니라 올바른 역사를 열어나가고 그것이 '본마음'과의 관련에서 어떠한가를 진정으로 가늠하는 가운데서 수행되는 것이다.

백낙청의 현실인식이라든가 변혁의 지향점에 대한 생각은 호미 바바나 스피박 같은 해체론적 탈식민주의자들보다는 외면적으로 에드워드 싸이드(Edward Said)에 더 방불하다. 싸이드가 반제국주의를 실천함에 있어 대개의 해체론자들과는 달리 담론상의 싸움만이 아닌 현장에서의 실천에도 구체적으로 참여했기 때문이다. 그러나 주체의 문제에 대한 싸이드의 해명은 그 복합성을 뚫고 나아가는 사고의 면에서 미흡하다. 싸이드는 연구의 주체가 세속적인 힘의 질서와 속속들이 결합되어 있는 양상을 말하면서, 연구자는 텍스트가 그러하듯이 제도와 담론의 망에 갇혀 있는 존재인바 이러한 '세속성'(worldliness)을 인정해야만 보편성을 가장하는 기성의 해석방법이 가진 이념적 성격을 적시할 수 있다고 한다.[12] 해석의

---

11 "Introduction," Gisela Brinkler-Gabler ed., *Encountering the Other(s): Studies in Literature, History and Culture*(Albany: State of New York Press 1995) 6~7면.

12 '세속성'에 대한 인식은 초기 비평에서부터 지금까지 싸이드의 사고에서 일관된 것이

문제에서 싸이드가 제시하는 탈출구 혹은 대안은 비평가로서의 지식인이 체제와 문화의 경계에 서서 텍스트에 내재한 세속성을 밝혀내는 작업이라고 할 수 있다. 싸이드의 세속성에 대한 인식 혹은 기성권력과 연구자의 결탁에 대한 관찰에는 주체의 곤혹스런 입지에 대한 인식이 있지만, 그것이 백낙청이 말하는 '주체적인' 연구의 지향으로까지 나아가지는 못한다. 싸이드에게 있어 연구주체에 허용된 전망은 스스로를 포함하여 모든 것이 세속성이라고 일컫는 문화의 영역 속에 존재하고 있음을 자인하고 폭로하는 것이다. 싸이드의 관찰이 어떤 연구주체나 텍스트도 권력과 이데올로기의 망에서 벗어날 수 없음을 밝힌 점에서 객관성과 보편성을 가장하는 주류담론에 대한 타격인 점은 분명하지만, 이 아포리아에 대한 본원적인 질문에까지 나아가지는 않는다.

모든 지식이 권력의 작용이며 권력에 물들어 있는 것이라는 푸꼬적인 인식은 그것대로 유효하더라도, 백낙청이 (탈)구조주의의 한계를 지적하면서 쓴 표현 그대로 "남의 불민을 탓하는 것만으로 새로운 것을 만들어낼 수 없는 것"도 엄연하다. 백낙청 자신은 이미 1970년대에 "우리 내부에서의 싸움은 곧 바깥과의 싸움으로 이어지고 바깥의 힘은 재빨리 우리를 내부의 싸움으로 되돌릴 만큼 충분히 강력하고 세련되어 있는 것"임을 인정하는 데서 더 나아가 "현대적 지식 자체가 지닌, 어떤 본원적인 매판성"을 말한 바 있다.[13] 그 점에서 백낙청은 탈식민주의의 기본요소들을 선취한 측면이 있으며, 본원적인 매판성에서 탈각하지 못한 '지식'을 넘어선 깨달음의 차원, 즉 '근원적 진리'의 문제를 사유함으로써 싸이드까지 포함하여 탈식민주의자들이 처한, 혹은 때로는 망각하고 있는 이 아포리아를 넘어설 수 있는 계기를 마련해두었던 것이다.

다. Edward Said, *The World, the Text and the Critic*(Cambridge: Harvard Univ. Press 1983) 24~26면 참조.
13 「역사적 인간과 시적 인간」, 『민족문학과 세계문학 I』 194면.

주체적 영문학 연구가 민중적인 관점임을 되새긴다면, 영문학 연구의 주체성 논의에서 또 한가지 피할 수 없는 질문이 재현의 문제이다. 연구자가 민중 자체는 아니면서 민중의 관점을 가지고 활동한다는 것에는 일정한 괴리가 있기 마련인데, 과연 주체적 연구론은 이 문제에 어떻게 대응하는가? 실상 연구자의 입지라는 문제가 연구방법과 관련해서 중요한 의미를 가지는 것은 탈식민주의 비평의 경우에서도 엿보인다. 가령 싸이드가 경계인에게 가능한 해석의 지평을 말한 데에는, 망명자로서의 자기 정체성에 대한 인식이 깔려 있는 것이다. 미국 학계에서 탈식민주의적인 논리의 융성이 싸이드나 바바 혹은 스피박처럼 제1세계에 정착한 제3세계 지식인들의 애매한 처지에 힙입은 것이라는 지적도 이런 맥락에서 나온다. 민중적인 관점을 내세우는 지식인의 학문활동이 반드시 '민중'의 목소리를 대변하는 민중주체의 그것이라고 볼 수 없는 면도 있고, 이와 관련하여 가령 하위주체(the subaltern)의 관점에서 인도 역사를 기술하는 것을 비판적으로 성찰하며 내세운 '하위주체는 말할 수 없다'는 스피박의 명제가 그렇듯이 아무리 민중적임을 자처해도 민중의 재현은 결국 불가능한 것이라는 생각도 가능하다.

재현의 정당성 여부에 대한 스피박의 물음에는 해체론의 영향이 짙게 배어 있는데, 해체론 전반에 대해서와 마찬가지로 백낙청의 주체적인 영문학 연구에는 이 문제에 대한 나름의 응답이 있다. 우선 민중을 하나의 본질론적인 실체로 환원하는 것을 경계하는 것이 백낙청의 입장인 한, 지식인 또한 민중범주 속의 민중에 단순히 통합되지는 않는다. 다만 '민중적인' 성격과 지향을 습득하고 추구하는 지식인의 경우, 그의 활동에 민중적 의미가 실려 있다고 말할 수 있다. 비록 창작품을 두고 한 말이긴 해도 "민중이 역사의 올바른 주인노릇을 못하는 시대에도 엄연히 역사의 주체로서 활약을 한다고 주장하는 것과 마찬가지로, 민중이 직접 쓰지 않은 글에도 민중의 주체적인 개입이 있다고 인정해야 할 것"[14]이라는 발언은 연구주체의 경우에도 유효해 보인다. 그리고 여기에는 재현이 있느냐 없느냐 하는 형이상학적 질문의 틀을 넘어 실천의 지평을 여는 새로운 인식의 단초가 있다. 주목할 것은 이 발언에는 지식인이 당대 민중운동의 일환으로 전개되는 민족문학운동에 주도적으로 참여하는 과정에서 획득한 실천의식, 특히 백낙청의 학자적 삶에서 두드러지는 이같은 투신과 그 운동의 역사적 의미에 대한 믿음이 반영되어 있다는 점이다.[15]

실상 영문학에 대한 주체적인 연구라는 과제 자체가 '민족문학운동의 일환'으로서 민족현실이 요구하는 '학문적 실천'의 요구에 부응해야만 의미있다는 것이 백낙청의 일관된 입장이다. 백낙청의 주체적 연구에서 그 근거가 되는 '민족주의적 실천' 문제는 중요하다. 민족문학론 혹은 민족문학운동이 '민족적 위기'의 국면에서 실천의 과제로 문학인 혹은 문학연구자에게 부과된다면, 외국문학 연구에서의 주체성도 마땅히 민족의 구체적인 요구에 부응하는 가운데서 획득될 것이다. 즉 진정한 민족주의적 실천은 '민족주의'나 '제3세계주의'라는 이념에 갇히는 것이 아니며 오히려 '학문의 과학성'을 확보하는 길이기도 함을 그는 논증하고 있다.[16] 여기에는 세계사의 현 단계에서 요구되는 변혁운동의 국지적인 실현의 장으로서 한국의 독특한 위상에 대한 그의 인식이 있으며, 그런 점에서 좁은 의미의 민족주의에서 벗어난 국제적인 민중연대의 구상과도 이어진다.

주체에 대한 백낙청의 물음이 민족적 주체에 대한 인식과 어떻게 맺어져 발전되고 또 구체화되었는지 여기서 짚을 필요가 있겠다. 민족문학운

---

14 「민족문학과 민중문학」, 『민족문학과 세계문학 Ⅱ』 347면.
15 스피박의 명제와 백낙청의 인식의 차이에는 인도의 하위주체와 한국에서 말하는 민중의 차이점이 고려될 수 있다. 범박하게 말해서 전자가 기술적(記述的) 차원이라면 후자는 가치적인 면을 포함하고 있고, 하위주체가 정체성과 관련된다면 민중은 주체성과 관련된다고 할 수 있다. 그런 점에서 "하위주체는 말할 수 없"지만 실천의 주체로서의 "민중은 말할 수 있다"고 할 수 있지 않을까?
16 「학문의 과학성과 민족주의적 실천」, 『민족문학의 새 단계』 309~49면.

동에서 지향하는 것이 인간해방이자 그것과 관련된 반식민·반봉건이라는 역사적 요청이라면,[17] 그것은 한두 사람의 개별적인 노력만으로는 어렵고 집단적 운동으로 추구될 수밖에 없다. 그럴 경우 그 운동의 집단적인 주체에 대한 요구와 물음이 생긴다. 또한 영문학자로서의 문학연구가 개별적인 자기해방과 깨달음을 통해서만 실다운 내용을 얻을 수 있다는 점에서 개별 주체의 삶에 대한 일정한 갱신과 성숙도 필수적이다. 백낙청에게 있어 주체의 이같은 이중적 성취는 어느 하나의 성취 없이는 다른 것도 이룩할 수 없는 상호불가분의 관련 속에 있고, 일종의 변증법적인 상호작용을 통해 통합된다. 그가 민족주의적 실천은 "학문의 과학성과 양립할 뿐만 아니라 정말 과학적인 인식의 원동력"이며, "인간에게 진리는 실천적 관심과 별개의 것으로 드러나지 않는다"라고 한 것은 이를 염두에 둔 말이다.[18]

영문학 연구의 주체성에 대한 백낙청의 물음이 이처럼 학문과 실천에 대한 심원한 사색으로 이어지고, 그것이 민족현실 혹은 세계사의 단계에 대한 체계적인 이해의 시도를 통해서 좀더 보편이론의 면모를 갖추어가고 있음은 경이롭다. 1990년대부터 전개된 그의 '분단체제'에 대한 탐구는 우리 민족의 특수한 현실인 분단문제에 대한 진작부터의 천착을 발전시킨 결과로서, 민족문학론의 발전단계에서 분단체제론이 가지는 의미는 따로 논의할 필요가 있다. 이 자리에서 짚어두고 싶은 것은 분단체제론이

---

17 이 대목에서는 근대적 민족국가의 형성을 강조하던 초기에 비해 근자에는 '반식민·반봉건'보다 '근대적응과 근대극복의 이중과제'로 역점이 옮겨와 있음을 지적할 필요가 있겠다. 마찬가지로 운동의 차원에서나 이론의 차원에서 민족주의에 대한 새로운 고찰이 요구되고 있음을 적시하기도 한다. 특히 학문의 주체성 문제에서 민족주의의 한계와 관련해서는 백낙청 「세계시장의 논리와 인문교육의 이념」, 『분단체제 변혁의 공부길』(창비 1994) 238~39면 참조. 그럼에도 불구하고 민족을 기반으로 하는 민중주체의 현 단계적 역할에 대한 기본적인 믿음은 여전하다고 보아야 할 것이다.
18 「학문의 과학성과 민족주의적 실천」, 『민족문학의 새 단계』 348면.

한편으로는 문학작품이 그려낸 분단현실에 대한 복합적 인식을 체계화하고자 한 시도였던 만큼, 주체적인 영문학 연구에서 그 주체란 것의 성격을 좀더 정밀하게 설명해줄 수 있다는 점이다. 즉 세계체제의 한 특수한 하위체제로서의 분단체제에 대한 인식은 영문학 연구자의 주체적 사고와 실천에서 남한 시민, 민족의 한 구성원, 그리고 세계 시민으로서 그 복합적인 정체성에 입각한 대응을 가능케 하는 것이다. 분단체제에 대한 인식을 통해 영문학을 주체적으로 이해하려는 연구자의 노력은 배타적인 민족주의나 허구적인 보편주의를 동시에 넘어서는 일이자 국지적인 싸움을 통해서 세계체제의 변혁에 기여하는 학문적인 실천이 된다. 여기서 한국에서의 '주체적 영문학 연구'가 가진 보편적인 의미가 다시 새겨지는 것이다. 분단체제에 대한 인식과 주체성의 문제는 더 탐구해볼 만한 주제로서 아직 이 방면의 본격적인 연구는 나오지 않았지만, 이같은 분단체제론적인 인식을 영문학 연구의 방법론과 결합하는 작업을 통해 '주체적 연구론'의 새 경지가 열릴 가능성은 크다고 본다.

3. 영미문학의 주체적 읽기

민중적이며 제3세계적인 것이 주체적인 관점과 상통한다면 이러한 관점은 어떻게 영문학의 개별 작품들에 대한 해석으로 구현되는가? 대개 하나의 경향으로 자리잡은 문학이론들, 이를테면 탈식민주의나 해체주의는 어느정도 규범화된 읽기를 동반한다. 거기에는 특유의 비평개념과 전문용어들이 동원되고, 작품을 일정한 방법으로 해석하거나 분석한다. 그렇지만 백낙청의 '주체적 영문학 연구'에는 이같은 특정한 방법론이 따라다니지 않는다. 오히려 그는 이러한 방법론이 문학에 대한 총체적인 해석의 가능성을 제약한다는 점에서 비판적이며, 방법으로서의 비평이 아니라 방법을 넘어서는 어떤 읽기, 그의 표현으로는 '지혜로운 읽기'를 모색한다. 과연 이 '지혜로운 읽기'라는 것이 고유한 독법으로 자리매김될 수 있는가라는 물음이 제기될 수 있지만, 특정한 방법론에 얽매이지 않는 이 '지혜로운 읽기'야말로 바로 주체적인 읽기의 다른 이름이기도 하다. 특히 신식민지시대에 통용되는 방법론은 그것이 무엇이든 이미 서구담론의 체계 속에서 형성된 것이며, 특히 탈구조주의 이후 서구의 문학해석에는 그야말로 전문화된 방법의 지배가 두드러져 그 자체가 서구담론의 헤게모니를 보여준다. 서구의 기성 방법론을 습득하거나 그 전문성을 획득하는 것이 필요는 할지언정, 그것만으로는 신식민지시대의 '주체적' 대응이나 해석이 될 수는 없는 것이다.

'지혜'라는 용어를 읽기의 요건으로서 제시한 배경에는 제3세계 혹은 한국의 연구자가 처한 난처한 처지에 대한 인식이 있다. 즉 "지금 이곳의 삶속에서 서양의 문학을 읽는 문제"는 구체적으로는 "제국주의시대에 살면서 제국주의 본국의 문학들을 읽는 문제"이기도 하기 때문이다. 그런데 서구 제국주의의 문학작품에는 "묘한 양면성"이 존재한다.

> 한편으로는 위대한 작품일수록 그것은 식민주의자들에게 '문명화의 사명'을 수행한다는 자신감을 주고 피압박민족의 자주의식을 마비시키는 데 유리한 면이 있다. 그러나 진정한 예술은 인류 공통의 유산이라고 우리가 흔히 말하듯이, 작품이 좋을수록 그것은 원래의 국적에 관계없이 인간해방에 기여하고 구체적으로 식민지적 상황에서는 식민지의 민족해방에 기여할 수 있는 잠재력을 지니게 마련이다.[19]

따라서 이같은 양면성을 담기 마련인 서구의 고전을 바르게 해석하려

---

19 「신식민지시대와 서양문학 읽기」, 『민족문학의 새 단계』 214면.

면 그 해방적 요소를 호도하는 서구 제국주의 담론의 이런저런 방해공작을 피하거나 뚫을 수 있는 능력을 필요로 하는데, 특히 탈근대론이 대두한 후의 신식민지적 상황에서 서양의 주류담론들은 고전의 의미를 부정하고 고전을 말하는 것부터가 이데올로기라고 하는 '해체'전략을 내세우고 있기 때문에 더더욱 어려운 싸움이 된다. 이 싸움에 임하자면 "진보에 대한 일체의 안이한 사고를 뒤흔들어놓기에 충분한 그 작품의 전체적 의미에서 제국주의에 대한 타격과 역사진보에의 기여를 찾아야 할 것"이며, 우리 나름의 해석이 "신비평이나 구조주의의 치밀한 분석을 견뎌낼 만큼 탄탄해야 할 것"이고, 고전작가를 거론하는 것이 "문학주의이자 식민지시대 서양숭배의 잔재이며 도대체 '작품의 전체적 의미'를 들먹이는 것부터가 형이상학적이고 체제순응적인 발상이라는 이론들 앞에서 스스로를 지켜낼 식견과 용기와 문학적 수련이 필요한 것"이다.[20]

지금 이곳에서의 읽기가 이처럼 복합적인 요구에 부응해야 한다면 그것은 백낙청의 표현대로 '특별한 지혜'가 아니고서는 어려울 것이며, '지혜로운 읽기'는 이 어려움을 정면으로 돌파하는 방식이 된다. 서구의 지배적 문학담론에 맞서는 방법으로는 서구의 정전에서 제외된 주변적인 작품들(가령 흑인문학이나 소수민문학 등)을 찾아내고 거기에 의미를 부여하는 방법도 있지만, 서구 중심적인 읽기를 진정으로 극복하려면 정전 그 자체와의 대결을 피할 수는 없다. 최근 서구에서 부각된 탈식민주의 이론은 대체로 이 두가지 작업을 다 행하며 서구의 제국주의적 지배담론을 전복하는 이념과 독법으로 두드러지는데, 제국주의에 대한 인식을 서구 19~20세기 정전 읽기에서 도입하기를 주장하고 그것을 실천한 싸이드의 작업은 '문화와 제국주의'에 대한 총괄적인 관찰을 동반하면서 이루어진다는 점에서 백낙청의 주체적인 읽기와 상통하는 바가 있다. 싸이드는

---

20 같은 글 222면.

『문화와 제국주의』(*Culture and Imperialism*)에서 과거의 식민지 주체가 직접 "제국주의 및 그 위대한 문화적 업적에 대한 해석자로 등장하는 것"이 중요한 의미를 가진다는 점을 지적하고, 하나의 독법으로서 '대위법적 읽기'(contrapuntal reading)를 새로운 읽기의 방법으로 제시하고 있다.[21] 싸이드의 '대위법적 읽기'를 백낙청의 '지혜로운 읽기'와 대비해보는 것은, 탈식민주의적 해석과 주체적인 연구가 무엇을 공유하고 있고 어디에서 갈라지는지 짚어보는 데 유용할 것이다.

서구의 위대한 정전들에 대한 싸이드의 독법은 "작품 속에서 침묵하고 있는, 혹은 주변적으로 나타난, 혹은 이데올로기적으로 재현된 것을 끌어내고 확장하며 거기에 역점을 두어 목소리를 부여하는 것"을 말한다. 가령 『데이비드 커퍼필드』의 오스트레일리아에 대한 언급이나 『제인 에어』의 인도에 대한 언급, 까뮈의 『이방인』의 아랍에 대한 언급 같은 경우가 이에 해당한다. 이것이 단순히 지난 세기 혹은 과거 한 시기의 식민지에만 해당되는 것이 아니라 오늘날의 현실에도 해당되는 것임은 19세기적인 제국주의의 지배와 그에 맞선 싸움이 지금도 계속되고 있다는 언명에서 분명해지거니와, 이와 아울러 이러한 새로운 읽기는 19~20세기의 서구 정전에 어떤 식으로든 끼어든 제국주의적 요소를 비판적으로 환기하고 있다.[22] 싸이드 자신도 동참하는 '저항적 읽기'로서의 탈식민주의적 독법이 잘못 적용되는 경우, 그 스스로도 비판한 '비난의 수사학'(the rhetoric of blame)에 빠질 수도 있다. 가령 『맨스필드 파크』에서 작가의 도덕적 지향과는 달리 노예무역에 대해 침묵한다는 점을 들어 제인 오스틴(Jane Austen)의 백인적인 정체성과 특권적이고 무감각하며 타협적인 면모를 비난하는 식이다. 『문화와 제국주의』에서 싸이드는 직설적으로

---

21 Edward Said, *Culture and Imperialism*(London: Vintage 1994) 77~78면.
22 같은 책 79~81면.

당대 상황을 거론한 하급의 작품에 비해 노예무역에 대한 침묵에도 불구하고 오스틴의 소설이 획득한 예술적 성취와 깊이로부터 읽어낼 수 있는 것의 가치를 높이 사는데, 이 점에서 그는 대개의 정전해체론자들과 다르며 백낙청과 상통하는 면이 있다. 그러나 이러한 인정에도 불구하고 인간 역사의 혼종성을 강조하면서 "연관들을 맺어주고, 가능한 한 많은 증거를 충분하고도 구체적으로 다루고, 거기에 있는 것과 없는 것을 읽어내고, 무엇보다도 보충성과 상호의존성을 보는 것"이 자신의 읽기가 가진 의의라고 설명하는 대목에서,[23] 그가 예술이 가지는 힘에 대한 관심보다 결국 텍스트에서 침묵하고 있는 것을 말하거나 그 억눌린 요소를 복원하는 일종의 정치주의적 사업에 치중하고 있음을 알 수 있다. 즉 그의 '대위법적 읽기'는 식민지 저항의 역사를 함께 고려하면서 서구의 정전텍스트가 침묵하고 있는 것을 적발해내는 그 나름의 '저항적 읽기'의 한 형태이지만, 고전작품의 고전성 그 자체에 내재하는 '인간해방적 요소'를 발굴해내고 그것을 새로운 역사 창조의 전망 속에서 살아 있는 탈식민의 힘으로 활용하는 백낙청의 '지혜로운 읽기'에 담긴 적극성에는 미치지 못한다. 백낙청도 싸이드와 마찬가지로 셰익스피어와 같은 작가의 어느 일면을 근거로 그를 보수로 배격하거나 혹은 진보이념의 대변자로 내세우는 방식이 바람직하지 않다고 생각하지만, 작품을 '전체적 의미'에서 읽어내되 그것을 '면밀히 읽음'(close reading)으로써 기존의 서구적 방법들이 놓치고 있거나 아니면 알게 모르게 방해하는 셰익스피어의 현재적 의미를 복원하는 방식으로 제국주의와 싸우는 읽기의 업무를 행한다는 점에서 문학연구자로서의 고유한 책무에 한결 더 다가서 있다.

---

23 같은 책 115면. 같은 면의 다음 대목도 싸이드의 읽기 이념을 말해주는 좋은 예가 될 것이다. "『맨스필드 파크』와 같은 작품들을 좀더 정확하게 읽기 위해서는 그 형식적 포괄성, 역사적 정직성, 예언적 암시성 때문에 완전히 감추어지지 않는 다른 배경(즉 식민주의 현실)에 그 작품들이 대개 맞서거나 혹은 그것을 회피하는 점을 보아야 한다."

다음 대목은 그 한 예가 될 것이다. 백낙청은 토머스 하디(Thomas Hardy)의 『테스』가 지닌 현재성을 면밀히 분석한 후 19세기 말 영국 농촌의 위기가 '더욱 심각한 세계사적 의의'를 띨 가능성을 언급하는 가운데 다음과 같이 말한다.

　『테스』가 포착한 역사적 순간은 초기 자본주의시대의 농민분해라기보다 영국의 제국주의적 팽창에 따른 새로운 위기라고 보는 것이 좀더 정확할지도 모른다. 대부분의 식량과 원료를 해외에서 헐값으로 조달할 수 있게 된 제국 본토에서는 자본주의화가 일찌감치 이룩된 농촌에서조차도 국민경제 속에서 보잘것없는 요인으로 전락해버리고 그와 더불어 민족문화의 연속성과 국민생활의 건강성, 아니 국가의 안전보장을 위해서도 농촌에서의 인간다운 삶이 반드시 지속되어야 한다는 사실마저 무시되기에 이른 것이다. (…) 영국 농촌의 특정계층만이 문제가 아니라 영국민 전원의 인간적 건강성의 문제이며 나아가서는 대규모의 이농현상이 '근대화'와 '발전'의 이름으로 진행되고 있는 모든 후진국들의 문제이기도 함을 뜻있는 제3세계 독자라면 간과하지 않는다.[24]

19세기 내내 제국주의의 최강국으로 군림했던 바로 그 나라의 문학을 말하면서 제국주의의 현실이 문학작품 속에 어떤 방식으로 개입되어 있음을 지적한다거나, 그같은 현실에서 배태된 허위의식이 '농촌빈민'의 문제를 제대로 다루지 못하게 한 점을 짚는 것은 당연해 보인다. 그러나 그와 함께 백낙청의 관찰은 그처럼 텍스트 상에서 '눈에 안 보이게' 된 농촌빈민의 삶의 양상조차도 실상 "절대빈곤의 문제가 그 자체로서 본질적인

---

24 백낙청 「소설 『테스』의 현재성」, 백낙청 엮음 『서구 리얼리즘소설 연구』(창비 1982) 322면.

문제랄 수 없는" 현실을 반영하는 것임을 놓치지 않는다. 아울러 백낙청은 하디가 포착한 한 여성의 비극적 운명에 대한 리얼리스틱한 묘사를 통해서 그것이 결국 근대화의 국면 속에서 좀더 근원적인 차원에서 삶의 건강성이 훼손되는 보편적인 드라마이며, 지금에 이르러 그같은 드라마의 진실이 다름 아닌 제3세계에서 더욱 통렬하게 작용하고 있음을 밝혀낸다. 이와 같은 방식의 정공법은 싸이드로 대변되는 탈식민주의 독법에서는 기대하기 어렵거니와, 예의 '대위법적 읽기'의 차원에서도 밝혀지지 않는다. 이 작품에서도 제국주의의 지배현실에 대한 '침묵'은 존재한다. 그러나 가령 에인절의 브라질 생활에 대한 소략한 언급이 브라질의 제3세계적 현실에 대한 '침묵'일 수는 있겠으나, 그것에 대한 탈식민주의적인 환기는, 하디가 이 작품에서 "다른 작가들이 보여준 안이한 대안(가령 식민지 이민)"을 내놓지 않았고 "그의 주요작들 대부분이 가차없이 파국으로 치닫는 이면에는 식민지로의 도피를 영국땅에서의 창조적 삶의 진전을 위한 해결책으로 인정치 않는 작가의 엄격한 자세가 깔려 있는 것"[25]이라는 백낙청의 복합적인 인식에는 미치지 못한다.

서구의 정전적 작품들에 대한 싸이드의 관찰에서 또 한가지 흥미로운 점은 그가 19세기 영국소설들이 여타의 서구문학에 비해 해외의 식민지를 대상화하는 경향이 강함을 지적하는 대목이다. 프랑스 작가와 달리 "영국 작가에게 '해외'는 막연히 저기 바깥 어디에 있는 것으로 '우리'가 통제하거나 '자유롭게' 무역하거나 토착인들이 항거하면 억압해야 하는 그런 것으로 느껴졌다."[26] 실상 영국문학의 이같은 특수성은 19세기 영제국주의가 지속되면서 초래한 문학적 양상이라 볼 수 있으며, 백낙청도 진작부터 이 점을 '주체적 연구'의 난점으로 지적한 바 있다. 1980년 발표한

---

25 같은 글 323면.
26 Edward Said, 앞의 책 88면.

「영문학 연구에서의 주체성 문제」에서 백낙청은 영문학 연구가 '주체적 학문의 자세'에 불리한 점을 몇가지 열거한다. ① 영문학 고전 대다수가 우리가 말하는 민족문학 개념과 관련된 민족의식을 찾기 어렵다는 점 ② 자본주의사회의 이념이나 그 모순에 대한 인식을 가장 명료하고 보편타당한 형태로 제시하는 문학이 못된다는 점 ③ '민중'의 모습이 거의 보이지 않는다는 점을 꼽았다. 영국문학의 이같은 특성은 '영국 역사의 선진성의 결과'로 보이기도 하지만, 거꾸로 "역사상 유례없는 식민지 경영의 열매를 즐겨오는 동안, 어느덧 범세계적이고 민중적인 체험으로부터 멀어졌다"는 사실을 말해주기도 한다. 이 때문에 그는 영국문학 연구를 "주체적인 학문의 자세에 위험한 사업"이라고 말한다. 그런가 하면 영문학의 다른 주요항인 미국문학 또한 "자본주의 건설에 따르는 사회적 갈등이라든가 압박받는 민중의 생활을 구체적으로 다룬 고전을 남기지 않았"던 것에 비하면 "실제보다 더 높은 차원의 보편성을 인정받고 있"기 때문에, 영국·미국문학을 통틀어 영문학의 특수성에 '주체적으로' 대응하는 자세가 더욱더 긴요해진다는 것이다.[27]

영문학의 특수성에 대한 이같은 인식은, 그 '선진성'을 인정하면서도 거기에 동반된 허구적 보편성이 "몇몇 개인의 착각이 아니라 여러 세기를 휩쓸어온 허위의식이며 우리에게도 직접적인 영향을 미쳐온 허위의식"[28]임을 명백히 하는 자세와 결합되어 있다. 이것은 비단 『테스』나 『폭풍의 언덕』 등 19세기 영문학의 고전들에 대한 개별적인 읽기를 통해서만이 아니라, 20세기 들어 더욱 심화된 그 허위의식의 작용에 대한 좀더 적극적이고 심화된 비판을 통해서 드러난다. 이는 주체적인 관점에서의 영문학사 전반의 흐름에 대한 비판적인 재구성이라고 해도 좋을 것이다. 즉 백낙청

---

27 「영문학 연구에서의 주체성 문제」, 『민족문학과 세계문학 Ⅱ』 159~65면.
28 같은 글 165~66면.

의 주체적인 영문학 탐구 혹은 다시 읽기의 가장 커다란 맥락은 영미를 중심으로 하는 서구 현대문학의 주된 흐름과 그 이데올로기로서의 모더니즘에 대한 비판이라고 할 수 있다. 그리고 이것이 서구의 리얼리즘 전통에 살아 있는 해방적 요소에 대한 재해석과 그것의 민족문학론적 전유의 시도로 이어짐은 물론이다.

백낙청은 영문학을 포함한 외국문학을 읽고 수용하는 자세를 명쾌하게 설파한 1980년대 후반의 일련의 강연(「민족문학과 외국문학연구」「외국문학을 어떻게 이해할 것인가」「신식민지시대와 서양문학 읽기」)에서, 서양문학의 '명작'이나 '고전'을 주체적인 관점에서 읽어냄으로써 서양문학에 내포된 지배자의 허위의식이나 그릇된 방향을 밝히는 일을 '이이제이(以夷制夷)'라는 말로 재미있게 설명한 바 있다. 그런데 이같은 '이이제이'의 방법이야말로 백낙청의 주체적이고 지혜로운 읽기의 중추를 이룬다. 특히 서구 현대문학의 경향과 그 성취에 대한 분석이라는 영문학 연구의 핵심과제를 수행함에서, 그는 탁월한 현대작가의 작품이나 그의 문학관을 새롭게 고찰함으로써 모더니즘의 문제성을 부각하곤 했는데, 그가 이를 위해 선택한 작가가 바로 로런스(D. H. Lawrence)이다.

그는 로런스에 대한 주체적인 읽기를 통해 서구 현대문학이 처한 질곡의 양상을 밝혀내고 로런스가 현대문학의 모더니즘적 대세 속에서 어떻게 리얼리즘의 참의미를 되살리고 있으며, 로런스가 이룩한 성취뿐만 아니라 그가 노정한 한계마저도 서구문학의 대세에 대한 비판적 개입이자 새로운 제3세계적 문학과 문학론 정립을 위한 자산임을 일관되게 논증한다. 로런스의 서구 극복 노력을 거론하면서 그것이 어떻게 우리의 주체적인 문제의식과 상통할 수 있는가를 처음 제시한 「현대문학을 보는 시각」(『민족문학과 세계문학 I』) 이후, 여러 글에 걸친 로런스 해석을 통해서 제3세계적 관점과 새로운 리얼리즘론의 가능성을 끈질기게 모색한다. 초기 비평에서부터 백낙청은 로런스의 작품적 성취와 그의 문학관을 근거로 하여 현대 서구문학 일반의 불모성을 지적해왔으며, 모더니즘에 대한 이론적 옹호라고 할 수 있는 신비평에서부터 탈구조주의로 이어지는 서구 비평담론들의 이데올로기적 성격과 문제점을 면밀히 검토한바, 특히 1990년대에는 작품분석을 통해 포스트모더니즘과 데리다의 해체론이 지닌 인식론적 근거와 한계를 심도있게 파고들어가는 새로운 형태의 이론 작업을 진행했다.

로런스와 더불어 현대문학에 대한 이이제이적 비판에서 그가 자주 활용하는 작가는 엘리엇(T. S. Eliot)이다. 특히 엘리엇의 '감수성의 분열'론을 재론한 「현대 영시에 대한 주체적 접근의 한 시도」(1986)에서 그는 '감수성의 분열'론이 시인 개인의 시론(試論) 차원을 넘어선 남다른 성취임을 읽어내는 가운데, 이를 영국의 "위대한 소설의 문학사적 자리매김"을 위한 근거로 올려세우고, 엘리엇 자신은 전혀 의도한 바가 아닐망정 다름 아닌 리얼리즘론의 새로운 열림에 기여할 수 있음을 논증하는데, 이는 백낙청의 '이이제이'의 위력을 잘 보여준다. 엘리엇의 후기작 『네편의 사중주』의 의미를 리얼리즘과 관련해 말하는 대목에는 이런 분석이 있다.

다만 이런 리얼리즘론에 비추어 후기작이 예컨대 『황지』보다 진일보한 걸작이 되려면, 리비스가 거듭 주장하듯이 이 작품에서 시인 자신의 신앙고백보다, 섣부른 긍정을 끝까지 인내하고 극기하는 시 자체의 ─ 개인 엘리엇이 아닌 위대한 시인 엘리엇의 ─ 실로 '영웅적인 성실성'이 확인될 때만 가능하다. 그때야 비로소 현실세계를 넘어선 어떤 '초시간적' 또는 '영원한' 실재를 추구하고 심지어 설교하려는 엘리엇의 '반리얼리즘적' 의도보다, 그러한 추구의 과정에서 드러나는 현실세계의 실제로 공허하고 허구적인 측면과 이 허구성의 완강한 부정으로 구현되는 인간적 창조성 ─ 시간 속에 사는 인간의 창조성 ─ 이 『사중주』의 더욱 주목할 만한 특징으로 꼽힐 것이다. 그리고 이처럼 까다로

운 작업은 시인 쪽에서든 독자 쪽에서든 '감수성의 분열'의 상당한 극
복을 요구하지 않을 수 없을 것이다.[29]

  백낙청의 이이제이적인 수법은, 일차적으로 엘리엇의 감수성 분열론을
면밀히 읽음으로써 '사고와 감정의 통일'이라는 잘 알려진 명제 못지않
게, 아니 더욱 핵심적으로 중요한 것이 "일상언어로부터 너무 멀리 떨어
져나가지 않는 시어"임을 들추어내고, 다음으로 엘리엇 스스로 전자를 부
각하면서 결국 '현대시의 어쩔 수 없는 난해성'을 강조하는 쪽으로 나아
간 결론이 오히려 자신의 가설의 의의를 제약하고 있다는 점을 지적하며,
나아가 이 감수성 분열론을 제대로 읽고 살릴 경우 현대시뿐 아니라 소설
문학의 리얼리즘적 성취를 설명할 수 있는 이론임을 입증하는 것이다. 위
의 인용은 이처럼 백낙청이 엘리엇의 논리를 3단계에 걸쳐 이론적으로 추
궁한 직후에 나온 대목으로, 감수성 분열론을 엘리엇의 시작품에 대한 평
가에 활용한다. 즉 『황지』가 감수성 분열론의 의미를 제대로 살리지 못한
모더니즘의 한계에 붙잡혀 있다면, 『네편의 사중주』는 엘리엇 자신의 의
도와는 무관하게 좀더 리얼한 성취일 수 있음을 읽어낸다. 이것은 작가의
이념에 맞서거나 그것을 넘어서는 '작품'의 성취를 읽어낸다는 점에서 소
설에서 흔히 말하는 '리얼리즘의 승리'론과 일맥상통한다. 엘리엇에 대한
이같은 해석에는 민족문학론과 관련을 맺고 있는 리얼리즘의 문제의식이
살아 있는데, 이런 대목이야말로 영문학의 본토에서 활동하는 연구자가
아니라는 입지의 어려움을 문학의 가능성에 대한 새로운 모색으로 전환
하는 '지혜로운 읽기'의 힘을 보여준다.

---

29 백낙청 『현대문학을 보는 시각』(솔 1991) 161면.

4. 비평으로서의 연구

백낙청은 영문학자로서뿐 아니라 문학평론가로도 커다란 족적을 남겼고, 학문적인 성격의 연구논문보다 민족문학론을 주도하면서 쓴 민족문학운동과 관련된 평문들을 통해 우리 사회와 학계에 깊고도 넓은 영향을 미쳤다. 그에게는 영문학 연구도 민족문학론의 일환으로서 이루어질 때 비로소 주체적이게 된다. 이와 같은 성격 때문에 그의 영문학 연구는 민족문학론의 이론과 실제를 뒷받침하기 위한 것이기도 하고, 혹은 민족문학론이 감당해야 할 이론적인 문제를 해결하기 위한 모색으로 이어지기도 한다. 민족문학론과의 이같은 긴밀한 관련에서 이루어지는 만큼, 그의 영문학 연구에서는 민족문학을 통해 길러진 인식과 관점이 영문학 작품을 읽고 이해하는 데에 적용된다. 즉 그의 경우 영문학 연구가 민족문학론에 영향을 미친 것 못지않게, 민족문학론이 영문학 연구에 영향을 미치고 있는 것이다. 가령 민족문학론의 형성에 큰 역할을 한 김수영(金洙暎)의 문학관과 시에 대한 이해는 로런스에 대한 관찰과 그 제3세계적인 의미 해명에 도움을 주는가 하면, 해방 이후 한국에서의 리얼리즘문학의 개화는 서양의 모더니즘적 대세에 맞서는 새로운 차원의 리얼리즘론의 형성을 위한 인식과 논의의 원천으로 활용된다.

백낙청의 영문학 연구가 통상적 의미에서의 '연구논문'이라기보다 '평론'적 성격이 강한 비평문으로 이루어지는 점도 이와 관련이 있다. 영문학 연구가 결합되거나 혼합된 그의 평론은 물론이고, 영문학 작품에 대한 단독적인 글도 학술적인 형식이나 문체보다는 비평 투가 강하다. 이것은 백낙청의 영문학 연구에 '학술성'이 부족함을 입증하는 것이라기보다 평론가적 안목과 방식의 도입으로 통상적인 차원의 학술연구를 넘어 진정한 '학문성'을 획득하려는 의식적인 시도로 받아들여야 할 것이다. 즉 문학작품의 본래적인 '변증법적 성격'과 그것을 통한 훈련으로 다져진 비평적 사고능력을 모든 영역에서 중요한 지적 자질로 이해하고 있는 것이다. 실제로 그는 스스로의 작업에 대해서 "서양문학에 관한 저의 글 어느 하나도 인류 공동의 유산을 민족문학의 한 일꾼의 입장에서 평론하겠다는 의도로 씌어지지 않은 것은 없"다고 토로하기도 했다.[30]

평론가로서의 의식이 철저하게 밴 백낙청의 '주체적 영문학 연구'는 학문세계에만 통용되는 전문가의 담론이 아니라 문학 읽기를 통해 단련된 실천적 지성의 살아 있는 지적 활동이다. 그렇기 때문에 그것은 단순히 어떤 이념의 구현이나 방법론의 적용에 그치지 않는다. 그것은 서구의 연구자와는 달리 번역의 과제까지 안고 있는 한국 연구자의 독특한 위치를 의식하면서 연구자와 독자 사이의 진정한 대화를 실현하기 위한 노력이기도 하다. 백낙청의 영문학 연구는 이처럼 민족문학적 실천의 성격을 지니고 있다는 점에서 본원적으로 '주체적'이라고 해도 좋다.

---

30 「제2회 심산상을 받으며」, 『분단체제 변혁의 공부길』 293면.

영문학 교육과 리얼리즘

1. 들어가는 말

모든 외국문학의 경우가 그렇겠지만 영문학을 공부하고 가르치는 일을 직업으로 선택한 사람들은 좀 남다른 문제에 봉착하게 마련이다. 문학이 전통적인 인문학의 한 분야임은 부정할 수 없는 사실이라 해도, 우리 문학이 아닌 영문학을 연구하는 사람을 두고 엄밀한 의미의 '영문학자'라고 칭할 수 있는지 의심스러워하는 시각이 있을 수 있고, 실제로 외국어로 씌어진 문학에 대한 전문적 연구와 전수가 어디까지 가능할 것인지도 문제가 된다. 우리나라 대학에서 영문학과와 영문학 전공자가 인문학 분야에서 양적으로 수위를 다투는 것은 사실이나, 그렇다고 이 문제들이 저절로 해소되는 것은 아니다. 이것은 '학문이란 무엇인가'라는 좀더 근본적인 문제와 닿아 있고, 외국의 문학이나 문화의 수용 및 활용에 관한 이론적 고찰을 필요로 한다. 특히 우리 교육현장에서 영문학과의 팽창으로 확보된 영미문학 연구의 남다른 지위에 대해서는 좀더 깊이 그 문화적·사회적 의미가 짚어져야 할 것이다.

이 글에서 다루는 '영문학 교육과 리얼리즘'의 문제도 이러한 전반적인 문제와 분리되어 생각할 수 없다. 물론 한국의 영문학자로서 영문학에서 나타난 리얼리즘의 역사나 이론, 작품의 성과가 무엇인지를 공부하고 가르치면 그만이라고 할 수도 있으며, 실상 이런 입장은 영문학이 어느 분야 못지않게 확고한 학제적 자리를 차지하고 있는 우리 대학에서 가장 일반화된 태도가 아닌가 한다. 그러나 영문학자로서 교단에 서는 일이 단순히 영어나 영문학에 관한 지식을 전수하는 것만이 아니라 삶과 현실에 대한 감각과 이해력 및 비판력을 기르는 인문적 교육에 동참하는 것인 이상, 영미문학의 리얼리즘에 대한 공부가 우리에게 어떤 의미를 가지는가를 생각하지 않을 수 없고, 그 교육의 문제도 외국문학 일반의 수용이라는 더 큰 맥락과 연결될 수밖에 없다. 특히 리얼리즘의 경우에는 속성상 그 방법이나 이념이 항상 사회현실과의 관련성을 염두에 두기 때문에, 이러한 문제가 필수적이고도 중요한 관건으로 나타나기 마련이다.

필자는 이 글에서 이러한 전반적인 문제를 염두에 두면서, 과연 영문학 교육에서 리얼리즘이 어떤 의미를 가지는지, 실제 교육현장에서 리얼리즘 교육이 어떻게 이루어질 수 있는지를 생각해보고자 한다.

2. 영문학 교육에서의 리얼리즘의 의미

영문학에서 리얼리즘 이론이나 그 작품이 중요한 항목을 차지하고 있는 것은 사실이지만, 실제로 영문학과에서 리얼리즘 자체를 강의대상으로 삼는 경우는 흔치 않을 것이다. 물론 이러한 현상은 우리의 경우든 영미의 경우든 영문학의 전공과 교과구분이 시대별 장르별로 이루어지고 있는 탓이 크다고 생각되며, 교실에서 리얼리즘 교육은 18세기 영국소설이나 19세기 영미소설 과목에서 주로 이루어지고 있다. 그러나 리얼리즘이 영국의 장편소설에서 집중적으로 구현되기는 했으나 어느 시기 어느 장르에서나 가능한 이념이라는 점을 감안한다면, 이러한 현실에는 리얼리즘을 그다지 적극적으로 고려하지 않는 일반적인 학문경향 및 분위기의 작용이 있는 듯 보인다. 가령 영문학에서 리얼리즘과 함께 짝을 이루는 모더니즘의 경우 그에 대한 별도의 강의가 비교적 많은 편이며, 최근에 와서는 포스트모더니즘 강의도 일부에서 자리를 잡고 있다. 그럼에도 영문학의 위대한 전통으로 확립되어온 리얼리즘에 대한 상대적인 홀대는 오늘날 영문학 전공자들 사이에 리얼리즘의 중요성에 대한 인식이 빈약하다는 사정과 유관한 듯 보인다.

이러한 리얼리즘 교육의 빈곤은 일차적으로 서구의 문학현실 자체가 리얼리즘문학을 과거지사로 돌리면서 새로운 경향을 옹호하고 나왔던 것과 관련되어 있다. 20세기 들어 리얼리즘문학을 '넘어섰다'고 자처하는 모더니즘문학이 점차적으로 영문학 연구와 교육의 중심으로 자리잡으면서 리얼리즘은 이미 낡은 것이 되고, 문명의 와해라거나 가치관의 붕괴, 도시화와 인간의 소외, 새로운 형식의 실험과 난해성의 문제 등 모더니즘의 영역들이 문학연구의 현안으로 등장하게 되었다. 여기에는 물론 20세기 모더니즘문학을 선진적이고 탁월한 성과로 평가하는 비평담론들이 강력하게 대두되어온 영미 비평계의 사정도 한몫을 하였다. 영문학 연구의 역사가 이러한 현실에서, 당대의 지배적인 모더니즘문학을 중시하고 신비평(New Criticism)을 필두로 한 모더니즘의 담론들이 우리 연구와 교육의 중심적인 논리가 된 것은 어쩔 수 없는 일이었는지도 모른다.[1]

---

[1] 특히 1970년대 이후 우리 문단이나 학계에서 리얼리즘 연구가 유럽대륙의 문학연구와 관련성을 가지고 활발하게 진행되어왔다는 점을 생각하면, 이와 같은 현상은 영문학 영역의 특수한 입장을 말해주는 한 증거가 될 수도 있다. 가령 1930년대에 독일 표현주의(Expressionism) 논쟁을 비롯해 리얼리즘 이론에 대한 관심들이 고조되었으나, 우리 영문학계에서는 이 문제가 그다지 관심을 끌지 못했다. 표현주의 논쟁이 실은 모더니즘문학의 변혁적 의미에 대한 서구이론의 진지한 문제의식에서 이루어진 것임에도

우리 영문학의 현실이 이처럼 20세기 서구문학의 주류로서의 모더니즘 문학을 자연스럽게 수용하고 있는 점에서도 알 수 있듯이, 이에 대한 비판적 인식이나 주체적인 이해가 부족한 것도 사실이다. 원인을 한마디로 말하기는 어렵지만, 영미 모더니즘문학의 우세가 영문학의 현실일 뿐 아니라 문학 자체의 보편적인 경향으로 인식되는 일조차 없지 않다. 결국 리얼리즘은 모더니즘적인 관점에서 비판되거나 해석될 수밖에 없고, 문학교육에서도 그것은 '현대적'인 것이 아니라 과거의 '근대적'인 것이라는 인식이 암묵적으로 자리잡게 되었다고 할 수 있다.

　영문학 연구에서 현실에 대한 긴밀한 관여나 총체적인 반영 등 리얼리즘적 주제를 천착하기보다는 기법이나 형식의 문제로 관심의 초점이 옮겨지게 된 것도 모더니즘적인 문학관이 우세해지는 결과를 초래했다. 실제로 우리 영문학 교육에서 리얼리즘에 대한 문제의식은 소설에서 리얼리즘적 특성을 말하는 맥락에서 제기되기는 하지만, 형식상의 특성으로 리얼리즘(혹은 사실주의)을 거론하는 차원에서 더 나아가는 경우는 드물다. 소설 강의에서 리얼리즘 논의는 장편소설의 태동기인 18세기의 '형식적 리얼리즘'(formal realism)에서부터 이 장르의 전성기라 할 19세기까지 장편소설을 지배한 사실주의적인 기법이 강조된다. 물론 전형(典型)에 대한 논의나 총체성의 문제, 그리고 변혁적 전망의 문제 등 서구 리얼리즘 문학론에서 핵심을 이루는 주제들이 영국적 리얼리즘의 전통과 더불어 논의될 수 있음에도, 이러한 20세기 이후의 리얼리즘론에 대한 관심보다는 모더니즘적인 소설기법론과 대비시킨 형식주의적인 접근이 대세를 이

　불구하고, 영문학의 모더니즘문학이나 그 담론들에서 이러한 가능성들에 대한 문제의식이 빈약했다는 것은 주목을 요한다. 여기에는 영미의 모더니즘문학이 프랑스나 독일 등 유럽대륙의 모더니즘에 비해 전위적이거나 정치적인 면이 부족한 점도 한몫을 하였다. 리얼리즘의 문제의식과 더불어 모더니즘을 포함한 근대문학의 가능성을 탐구한 경우로는, 대상이 영문학을 벗어나기도 하지만 백낙청 엮음 『리얼리즘과 모더니즘: 서구 근대문학론집』(창비 1984년)이 대표적이다.

루고 있다.[2]

그러나 우리의 문학논의에서 초점이 되고 있는 리얼리즘의 문제가 단순히 문학형식이나 양식(樣式) 차원만이 아니라 그 이념과 정신의 문제이기도 한 이상, 18·19세기 소설에 한정된 리얼리즘만으로는 이런 문제에 제대로 대응할 수 없다. 리얼리즘문학의 발전에서 영국소설이 중요한 역할을 하는 것은 사실이지만, 그것으로는 가령 셰익스피어(William Shakespeare)의 위대성을 그 리얼리즘적인 성취에서 읽어내는 서구 리얼리즘론의 폭을 포괄하지는 못한다. 또한 미국문학의 경우 영국적인 사실주의적 전통으로 설명되기 어려운 19세기 초의 고전적인 성과물들, 가령 호손(Nathaniel Hawthorne)이나 멜빌(Herman Melville)의 작품들이 당대 사회에 대한 치열하고도 핍진한 접근의 결과물이라는 점을 제대로 짚어내지 못한다.

결국 영미문학에서의 리얼리즘에 대한 논의를 의식적이고도 본격적으로 하려면, 리얼리즘문학을 과거의 기법을 견지하는 낡은 것으로서가 아니라, 오늘날도 살아 있는 것으로 보는 관점이 긴요해진다. 그렇지 않을 경우 리얼리즘은 극히 작은 일부분으로, 근대 이후의 문학에서 고전주의도 낭만주의도 모더니즘도 아닌, 겨우 장편소설 영역에서 20세기 이전에 널리 쓰이던 기법(그것도 미국 19세기 전반기 문학은 제외한)으로 협애해지고 만다.

리얼리즘과 모더니즘을 대립적인 것으로 설정하는 일반화된 틀도, 그

---

2 여기에서 영국소설이 다른 서구문학에 비해 시민문학적인 특성이 강하다거나 변혁의 사상보다는 사회통합의 역할이 두드러진다는 점을 고려할 필요는 있다. 가령 리비스(F. R. Leavis)가 말하는 영국소설의 '위대한 전통'(great tradition)은 리얼리즘 전통에 대한 강조이지만 동시에 변혁적 사상보다 도덕적인 인식의 깊이라는 점에 역점을 두고 있다. F. R. Leavis, *The Great Tradition*(Penguin 1972) 9~39면. 대륙의 소설에 비해 영국소설이 보수적 전통을 가진다는 입장에 선 비평작업의 예로는 Franco Moretti, *The Way of the World: The Bildungsroman in European Culture*(Verso 1987) 참조.

것이 오늘날의 문학이 처한 조건과 그 가능성을 사유하는 맥락에서 이루어진다면 가치있지만, 모더니즘문학의 전 단계로 리얼리즘을 파악하거나 모더니즘의 이데올로기에 입각하여 리얼리즘을 폄훼하는 수단이 되어서는 효과적인 것이 못된다. 대개 모더니즘문학만이 '모던'(modern)한 현상에 대한 정통적이고 자연스런 대응이며, 그 이전의 문학양식들이나 사조들, 가령 낭만주의나 리얼리즘 등은 '모던' 이전의 것이라는 인식이야말로 다름 아닌 모더니즘적 세계관의 소산이며, 이러한 시각에서 벗어나는 일이야말로 영미문학 전통에 대한 새로운 이해를 위해서나 우리 현실과 관련하여 영미문학을 읽는 작업을 위해서 꼭 필요하겠다.

중요한 것은 모더니즘문학만이 아니라 리얼리즘문학도 바로 모던한 현상에 대한 문학적 대응으로 얼마나 유효하며 얼마만큼의 인식적 깊이를 획득하고 있는가를 따져보는 일이다. 이를 위해 현대문학까지 포함하여 근대 이후의 영문학 전체를 좀더 폭넓게 이해할 필요가 있는바 그 바탕이 되는 것은 다름 아닌 근대성(modernity)에 대한 질문이라고 할 수 있다. 결국 르네상스문학에서 모더니즘문학이나 포스트모더니즘문학에 이르는 서구문학 전체를 총체적으로 이해하는 것은 영문학에서 보더라도 중요한 의미를 지닌다. 왜냐하면 최근에 와서 분명하게 드러나고 있듯 영미를 포함한 서구사회의 성격과 장래에 대한 성찰이 근대에 대한 새로운 인식과 근대 극복에 대한 모색으로 나타나고, 영문학 연구에서 근현대의 속성과 그 문학적 성격을 묻는 질문은 각 시대의 문학적 경향에 대한 해석에서 중요할 뿐 아니라 그 현재성에 대한 탐구이기도 하기 때문이다. 이 시각에서 볼 때 모더니티를 확보한 문학으로는 모더니즘문학이 유일하다는 식의 상식이 하나의 이데올로기임이 드러나고, 반면 리얼리즘이 근대 이후 이룩해낸 폭넓고도 끈질긴 대응이 새롭게 조명될 수 있을 뿐 아니라 근대성이 문제되는 사회에서는 여전히 현재적 의미를 얻게 될 전망까지 가지게 된다.

근대성이라는 범주의 부각은 영문학을 공부하고 가르치는 한국의 연구자들에게도 사고틀을 조정할 계기를 제공한다. 한국에서 영문학을 하는 사람들에게 있어 그간 수십년에 걸쳐 이룩되어온 우리 사회의 근대화 과정에 대한 인식이나 관심이 영문학 연구와 맺어진 경우는 그다지 흔하지 않다고 할 수 있다. 역시 이러한 관심의 부족은 학문의 성격과 무관하지 않겠지만, 대체로 근대 이후 우리의 영문학 수용이 서구 모더니즘의 맥락에서 벗어나지 못한 탓도 클 것이다.

서구 모더니즘의 여러 중심적인 문제들, 가령 공동체적 질서의 와해와 문명의 위기, 대중과 사회로부터의 예술가의 소외, 인간의 존재조건으로서의 고독 등은 어디까지나 당대 20세기 초 서구사회의 일반적인 삶의 조건이었지 우리 삶의 조건에 그대로 부합하는 것은 아니었다. 물론 근대화된 우리 사회에서 그같은 정서나 내용이 나타나지 않은 것은 아니지만, 역시 제3세계적 개발도상국 상황에서 더 절실한 것은 산업화와 계급갈등, 이농현상 등 경제적 현실, 외세 및 분단 등과 관련된 민족문제, 그리고 왜곡된 정치구조 속에서 드러난 민중에 대한 억압과 민중의 저항의식 등이었고, 실상 해방 이후 근대문학의 전통은 이러한 민족현실을 반영하는 리얼리즘적이고 참여적인 문학이 중심이 되었다. 그런 점에서 가령 19세기 영국 리얼리즘 소설문학은 산업화 과정에서 나타나는 여러 모순에 대한 총체적인 보고서인 면이 있으므로 급속한 근대화 과정 속에 있는 우리 문학이나 사회에 그 무엇보다 더 생생한 공부의 재료이자 교육의 대상이 될 수 있었다. 그러나 주지하다시피 영미문학에서 주된 관심은 역시 모더니즘문학과 그 논리였고, 리얼리즘문학조차 그 민중성이나 사회성 혹은 참여성보다 기법상의 문제나 작품의 구조적 차원, 혹은 소박한 내용주의적 접근에 더 초점이 가 있었다.

최근 서구 문학담론에서 근대성이 중요한 범주로 떠오르고 있는 현상이 한국의 영문학자들에게 망외(望外)의 소득이 될 수 있는 것은 이 때문이다. 즉 구조주의나 탈구조주의 등 넓은 의미의 모더니즘적인 방법론이나 이념의 경우와는 달리, 영미에서의 영문학 연구 대세를 따라가면서도 근대화와 근대성의 문제라는 우리 사회 고유의 문제에 눈을 돌릴 수 있는 계기가 마련된 것이다. 우리 사회가 벌써 탈근대(postmodern)적인 시대로 접어들었다고 주장하는 목소리도 일부 있긴 하지만, 통일된 민족국가의 형성도, 민주주의적 정치체제도, 시민의식의 고취도 이제 본격적인 논의와 실천의 국면에 있는 만큼 중심적인 관심사는 역시 근대성의 실현일 것이며, 여타 사회적 성격에 대한 논의는 어디까지나 이 중심적인 논제를 떠나서는 존립하기 힘들 것이다. 근대성의 문제가 중심적으로 사유되는 순간, 영미문학에서 모더니즘의 주류성이 문제시되고, 새로운 시각에서 근현대문학을 점검하는 일이 가능해지면서, 우리의 문학현실에서 핵심적인 관건으로 떠오르는 리얼리즘의 문제의식과도 자연스럽게 만날 수 있게 된다.

물론 모더니즘의 주류성이 해소된다 해서 곧 리얼리즘이 복권되거나 중심으로 진입하는 것은 아닐 것이다. 기실 근대성이 문제된 데에는 바로 포스트모더니즘과 탈근대성 논의의 등장과 이에 입각한 모더니즘에 대한 비판이 있다. 그렇게 본다면 모더니즘의 자리는 이제 포스트모더니즘에 양도되어야 하는 것이지 거기에 리얼리즘이 들어선다는 것은 시대착오적이라는 견해도 있을 수 있다. 그러나 흥미로운 것은, 포스트모더니즘이 애초 모더니즘의 주류성을 해체하고 나온 연유가 무엇이었든 간에, 그것을 통해 모더니즘 이전의 문학 전체에 대한 근본적인 재고찰이 가능해졌고 이에 따라 리얼리즘의 문제가 새롭게 조명받을 전망도 열렸다는 점이다. 리얼리즘문학의 특성이 현실에 대한 천착과 삶에 대한 창조적 인식이라면, 근대성 문제가 본격적으로 논의되는 국면에서는 역시 현실인식의 문제가 핵심적인 관건이 된다. 만약 여기서 모더니즘 대신 포스트모더니즘으로 영문학 연구나 교육의 초점이 옮겨진다면, 그것은 과거 영문학 수용기에서부터 오늘에까지 지속된 연구와 실천의 괴리현상을 다시 되풀이하는 것이 될 것이다.

이 문제에 대해서는 더 깊은 논의의 자리가 마련되어야겠지만, 필자로서는 우선 영문학에서 근대성에 대한 문제제기가 지금까지 대체로 우리 연구자들에게 괴리되어 있던 두 과제, 즉 연구 및 교육을 우리 현실에 대한 이해와 실천의 과제와 결합하는 계기가 될 것임을 강조하고 싶다. 이 국면에서 리얼리즘 교육은 새로운 주목을 받을 필요가 있다. 왜냐하면 리얼리즘이야말로 영문학 교육을 현실에 대한 실천적 관심과 맺어줄 수 있는 논리이자 입지가 되기 때문이다.

3. 리얼리즘을 어떻게 가르칠 것인가

영문학 교육에서 리얼리즘이 중시되어야 한다는 것은 리얼리즘이 중심적인 성격을 이루는 영국 근대장편소설이나 미국 19세기 후반기의 소설을 교육의 중심으로 삼아야 한다는 말은 물론 아니다. 좁은 의미의 리얼리즘문학이 영문학의 '위대한 전통'을 구성할 정도로 성과를 보인 것은 사실이지만, 리얼리즘 교육은 딱히 '리얼리즘 작품'으로 분류되는 것만을 대상으로 할 필요는 없다. 범박하게 말해 리얼리즘은 기본적으로 당대의 삶을 얼마나 총체적이고도 깊이있게 반영하고 있는가의 관점에서 문학을 보는 태도라고 할 수 있는데, 근대 이후 사회적 삶에 대한 이러한 궁구는 실로 근대문학의 중심적인 성취와 항상 이어져 있다고 볼 수 있다.

실제로 영문학의 경우 초서(Geoffrey Chaucer)에서 셰익스피어로 이어지는 르네상스 시대의 고전적 성취부터가 리얼리즘적인 성과를 보여준다고 할 수 있고, 낭만주의 시대의 중요한 업적들 중에도 리얼리즘의 시각에서 읽고 가르칠 작품들이 적지 않다. 장르로 말한다면 소설뿐만 아니라 시의 경우에도 리얼리즘적인 관점에서 읽고 교육하는 것이 가능하다. 미국문학의 경우에도 이는 마찬가지이다. 가령 19세기 문학의 경우 '미국 르네상스'(American Renaissance) 시기에 산출된 낭만주의적인 업적들도 마크 트웨인(Mark Twain) 이후의 '사실주의' 시대의 저작들에 못지않게 리얼리즘 교육의 교재가 될 수 있다.[3]

결국 리얼리즘 교육은 그 대상이 무엇이든 구체적인 작품을 어떻게 읽을 것인가의 문제와 연결된다. 그 때문에 문학작품의 시대적 배경이라든가 작가의 사상, 독자대중과 실천의 문제, 그 이데올로기적 측면 등등에 대한 논의는 필수적이다. 이러한 항목들은 영문학 교육에서 상당기간 중심적인 지위를 누려온 신비평에서 특히 경계하는 오류들, 즉 의도론적 오류(intentional fallacy)나 영향론적 오류(affective fallacy)를 일견 의도적으로 범하는 것으로서, 문학작품을 그 당대의 상황에 대한 살아 있는 대응으로 되살리기 위한 필수조건이 된다. 이러한 되살리기가 작품 읽기를 통해 구현되고 문학과 현실의 살아 있는 관계가 회복됨으로써, 문학작품이 '지금 이곳'의 삶과 맺고 있는 양상을 느끼고 이해하는 것, 이것이 리얼리즘 교육이 목표하는 바이다. 즉 리얼리즘 교육은 탁월한 문학작품을 통해 독자 내지 학생들이 현실과 관련맺도록 훈련하고 교양시키는 일이라고 할 수 있다.

물론 리얼리즘 교육은 이러한 사회적 조건에 대한 정보를 전달하고 해

---

3 이는 영미에서 성행하는 연구경향 중 하나인 해체적 읽기에 대한 비판과도 이어지는데, 이런 점에서 최근 소장 영문학자들에 의해 낭만주의 시나 모더니즘 시 혹은 19세기 전반기 미국소설에 대한 리얼리즘적인 읽기가 활발하게 시도되고 있는 것은 주목할 만하다. 시의 경우 대표적인 논의로는 강대건 외 『영미시의 수정주의적 접근』(한신문화사 1995)에 수록된 이종민 「중층적 글읽기: 블레이크의 『천국과 지옥의 결혼』의 경우」와 강필중 「'있음의 없음'과 시인의 '있음': T. S. 엘리어트의 『네 편의 사중주』가 있다. 19세기 미국문학에 대한 최근의 연구로는 한기욱 「추상적 인간과 자연: 미국 고전문학의 근대성과 탈근대성」(제1회 영미문학연구회 학술대회 발표논문, 1996. 3.)이 있다.

석하는 것만으로는 충분치 않다. 그것은 다른 무엇도 아닌 문학작품을 통해 이루어지는 일인 만큼 이른바 '작품성'에 대한 고려를 빼놓을 수 없다. 다시 말해 작품에서의 창조적 언어사용과 문학적 재현과정에서 성취된 인식을 제대로 이해하는 작업이 그 작품의 '사회성'을 되살리는 데서도 핵심적 관건이 되는 것이다. 이런 문학적 성과의 인식이야말로 사회과학이나 여타의 인식과는 다른 창조적 사유의 훈련이며, 감수성의 세련과 이어지는 문학교육 고유의 영역에 해당한다. 리얼리즘이 현실과 많은 관련성을 가지고 있는 만큼 리얼리즘 교육은 삶의 실감과 사회적 실천에 대한 교육이기도 하다. 이런 점에서 리얼리즘 교육은 문학에 대한 공부일 뿐 아니라 삶에 대한 훈련이며 동시에 자기가 처한 현실에 대한 실천감각을 기르는 일과도 관련된다.

그러나 이러한 리얼리즘 교육의 이념이 과연 교실에서 어떻게 실현될 수 있는가의 문제는 간단하거나 만만하지가 않다. 단순히 리얼리즘에 관한 지식의 전달이라면 또 모르겠으나, 우리 영문학 교육의 현장에서 영미문학에 대한 이해를 깊게 하는 것도 쉬운 일이 아닌 터에 그 이상으로 우리 현실에 대한 이해와 자기 삶에 대한 감각을 영문학을 통해 훈련하는 일은 하나의 이상(理想)일 뿐 실현되기 어렵다는 느낌이 들 법도 하다. 그러나 한편으로 생각하면 문학작품을 '리얼'하게 읽는 훈련을 하도록 한다는 것은 학생들에게 작품에 그려진 현실과 아울러 자신들이 처한 현실에 대한 깊이있는 이해를 하도록 독려하는 일이다. 문학교육자의 몫은 교실에서의 만남을 통해 학생들이 문학과 삶의 필연적인 관련성에 대한 인식을 일깨우고, 영문학을 죽은 것으로 만드는 방법이나 사고방식들에서 벗어날 수 있도록 돕는 것이다.

특히 학부과정에서 학생들을 가르치는 경우 이러한 문학교육의 필요성이 크다고 생각한다. 대다수 학생들에게 실상 영문학은 평생의 관심사가 되기 어렵다. 그런 점에서 작품 읽기는 단순히 문학작품 해석의 방법론이나 기술을 습득하거나, 최신의 해석경향에 대한 지식을 접하는 일로 낭비되어서는 안될 것이다. 영문학이 살아 있는 현실의 언어들로 이루어진 것이면서 바로 우리 삶의 현장들과 맺어져 있고 그런 점에서 삶의 훈련이기도 하다는 사실을 느끼게 하는 것은 우리 영문학 교육이 한계가 있는 대로나마 추구해야 할 일이다.

앞에서도 말했듯 영문학의 현실 관련성은 크게 보아 근대 체험의 보편성과 유관하며, 근대 체험을 총체적이고도 실감나게 묘사한 리얼리즘 작품이 의미를 가지는 것도 그 때문이다. 실상 리얼리즘의 대표적인 장편들을 다루는 경우 현실 관련성에 대한 교육이 좀더 직접적이고 활발할 것은 분명하겠지만, 다른 유형의 작품에서도 이러한 교육이 가능할 뿐 아니라, 이런 관점에서의 비판적 읽기를 통해서 리얼리즘 교육을 실현할 기회를 얻기도 한다. 좁은 의미의 리얼리즘문학에 대한 강의 못지않게 모더니즘 작품이나 20세기 문학에 대한 강의에서 이러한 리얼리즘 교육의 문제를 고민하는 일은 중요하다고 본다. 대개 학생들의 영문학에 대한 접근방식은 딱히 언표되지 않았지만 문학의 탈사회적 면모나 영원성 따위의 모더니즘적 이데올로기와 관련되어 있는 것처럼 느껴지는데, 오히려 그런 생각을 부추기는 문학유형을 통해 현대성 혹은 근대성의 의미를 새겨보고 우리 현실과의 관련성을 사유하는 것은 문학에 대한 감각을 일깨우는 데 도움이 될 것이다.

'현대영미소설'이나 '현대영미시'를 강의한 필자의 경험에 따르면, 모더니즘문학을 공부하면서 리얼리즘의 문제의식을 논의하는 것은 각별한 의미를 가진다. 모더니즘문학이 영미 현대문학의 주류이고 그 이론들이 우리의 서구문학 연구방법론에 있어 대세를 이루고 있지만, 그렇기 때문에 오히려 우리 문학에서는 모더니즘이 빈약한 반면 중심적인 성과들은 리얼리즘적인 작품이라는 사실이 새삼스러워지는 것이다. 즉 모더니즘문학에 대한 해석을 통해 영미를 포함한 서구문학의 성격과 그 현대성의 문제, 그리고 그것이 우리 현실과 어떻게 접합되고 어떻게 괴리되어 있는가의 문제를 사고할 수 있는 것이다. 교육의 현장에서 그 성과가 어떻게 나타나는지는 한마디로 말할 수 없지만, 모더니즘문학의 성취는 그것대로 이해하면서, 근대성에 대한 대응으로서 모더니즘이 이룬 공과를 따져보는 것은 모더니즘을 평가하는 가장 유효한 접근일 수 있다. 그러나 실제의 강의에서 이러한 시도는 여러 난점들을 낳는다.

필자의 경우를 예로 들어보겠다. 현대영국소설 강의에서 중심 저작의 하나인 로런스(D. H. Lawrence)의 『아들과 연인』(*Sons and Lovers*)을 다루는 학기에 필자는 학생들에게 몇명씩 팀을 짜서 각 장(章)에 대해 발표하게 한 다음 이어서 전체 학생들과 함께 토의하는 방식으로 강의를 진행한 적이 있는데, 그 학기의 상당부분을 소위 정신분석학적 방법으로 이해된 이 작품에 대한 학생들의 선입관과 싸워야 했다. 많은 학생들에게 『아들과 연인』은 오이디푸스 콤플렉스(Oedipus Complex)라는 정신적 장애가 있는 주인공 폴(Paul)과 그 어머니의 이야기로 이해되고 있었다. 이같은 현상은 학생들이 쉽게 접할 수 있는 이 작품에 대한 소개나 논문들이 대개 이런 시각에서 씌어졌기 때문으로, 사실 이 작품에 대해 이같은 해석이 불가능한 것은 아니다. 그러나 『아들과 연인』이라는 작품에 대한 심리학적 분석이라는 문학해석 방법론을 반성적으로 성찰할 능력이 없는 학생들에게 이러한 이해는 살아 있는 현실과 역동적으로 관련을 맺고 있는 작품의 의미를 심리적 문제로 치환하는 결과를 낳을 뿐이다.

문학과 삶의 관련성을 환기시키는 입장에서도 학생들에게 심리학적 해석의 가능성들을 가르칠 수 있지만, 심리적 문제까지 포함한 이 작품의 문제제기가 당대의 역사적·정치적 상황과 맺고 있는 양상을 일차적으로 느끼게 하기 위해서는 그런 방식의 해석보다는 차라리 작품의 생생한 실감이 어떻게 당대의 구체적 삶들로부터 획득되는가를 먼저 말해야 할 것이다. 즉 폴을 비롯한 등장인물들이 겪는 일들은 19세기 후반에서 20세기 초에 걸쳐 영국 탄광촌의 구체적인 삶을 통해 드러난 양상이면서, 동시에 근대성의 문제가 제기되는 국면에서 보편적으로 일어나는 현상이기도 하다는 점을 사고할 수 있게 학생들을 유도하는 것이다. 여기서 중요한 것은 이 작품에서 어머니의 모습이 아들에 대한 억압적인 면과 더불어 근대적 삶에 대한 지향을 지니고 있으며, 나아가 특수한 상황에 처한 어머니의 보편적 상(像)으로 전형성을 지니기도 한다는 등의 내용을 논의에 포함하는 일이다. 이를 통해 학생들이 근대화가 급속도로 이루어지는 시기 학부모들의 과도한 교육열과 자식에 대한 기대, 그리고 노동자계급의 대두와 중산층 윤리의식 사이의 착잡한 관계, 그리고 일반적으로 남녀의 만남과 결혼에 끼어들기 마련인 세속적 현실에 대한 실감과 함께『아들과 연인』을 읽게 된다면, 목표의 일부분은 달성된 것이다.

물론 로런스의 경우는 모더니스트라기보다 리얼리스트의 면모가 강하기 때문에 이러한 논의가 비교적 쉬운 편이다. 그러나 조이스(James Joyce)나 울프(Virginia Woolf) 같은 본격 모더니즘 작가의 경우에도 리얼리즘의 관점에서 읽을 때 얻어지는 이점들이 적지 않다. 학부에서 흔히 읽는 조이스의『젊은 예술가의 초상』(A Portrait of the Artist as a Young Man)이나『더블린 사람들』(Dubliners)도 '소외된 인간'이라는 말로 추상화하기보다는 식민지 상황이라는 당대의 현실적 맥락에 놓인 사람들을 구체적인 문제에 비추어 이해할 때 작품의 의미가 더 생생해지며, 울프의『등대로』(To the Lighthouse)나『댈러웨이 부인』(Mrs. Dalloway)처럼 모더니즘적 실험이 두드러진 작품들의 경우에도, 꼼꼼한 읽기를 통해 그 '심리적 사실주의'(psychological realism)를 느끼고 모더니즘적 현실 이해와 접근의 문제들 및 기법 실험의 의미를 서구문화의 관점에서 이해하는 동시에 우리 자신의 삶의 국면에서 그 힘과 한계를 생각해보는 일은 가능하다. 이 작품들을 가령 신비평적 방식으로 기법을 분석하거나 구조주의적으로 도해하거나 요즘의 경향을 따라 해체전략을 동원하여 갈가리 찢어

놓는 등 하나의 방법론을 적용하여 마치 작품의 의미가 그 방법론을 대변하는 것처럼 만드는 것보다는, 리얼리즘적 접근이 학생들의 인문적 교육이나 문학적 훈련에 훨씬 더 도움이 될 것이다.

시 강의에서도 대체로 비슷한 이야기를 할 수 있다. 물론 시에서 리얼리즘은 소설과는 다른 차원의 문제를 안고 있는 것이 사실이다. 시에서 리얼리즘론이 어떻게 적용될 수 있을지부터가 아직 해결되었다고 할 수 없는 이론적 난제려니와, 영미문학에서도 고전주의 시나 낭만주의 시나 모더니즘 시는 이야기해도 리얼리즘 시는 거론하지 않는다. 그러나 이것은 오히려 리얼리즘이 고전주의나 낭만주의처럼 시간적·공간적으로 한정된 특정 '사조'를 넘어선다는 것을 간접적으로 보여주는 현상이라고 할 수 있다. 사실 문학의 당대적 재현으로서의 성격, 삶의 실감 획득이라는 리얼리즘의 특성들은 탁월한 시일수록 여실히 살아 있게 마련이다.

우리는 낭만주의 시인들의 시작품, 특히 블레이크(William Blake)나 워즈워스(William Wordsworth)가 격변기 현실과의 대결에서 이룩한 시적 성취를 리얼리즘의 맥락에서 해석할 수 있다. 모더니즘 시의 경우에도 마찬가지여서, 모더니즘의 이데올로기나 해석방법에 그대로 따르는 식이 아니라 시의 성취가 당대의 사회적·개인적 삶과의 살아 있는 관계를 얼마나 감당하는가를 살피며 읽는 태도가 중요하다. 만약 그 성취가 진정으로 창조적인 것이라면 서구사회의 현대적 삶의 양상에 대한 시인의 시적 언어구사와 재현을 이해하고 느낌으로써 우리 삶에 대한 실감을 일정정도 공유하는 일도 가능할 것이다.

모더니즘과 리얼리즘의 관련 양상을 고려하면서 읽을 때 여러가지 시사점을 얻어낼 수 있는 작가로는 대표적인 모더니스트로 이해되는 엘리엇(T. S. Eliot)을 들 수 있다. 엘리엇의 평론들은 모더니즘 시론이나 신비평적인 방법의 원천으로 동원되기도 하는데, 그러면서 문학의 사회적 의미에 대한 그의 진지한 문제의식은 묻혀지기 십상이다. 엘리엇에 대한 이러한 일면적 이해는 모더니즘 논자들의 해석에서 기인함이 분명한데, 문제는 그의 시를 읽는 경우에도 이러한 모더니즘적 해석이 중심이 됨으로써 시의 일면만이 강조된다는 점이다. 좋은 예가 될지는 모르지만, 필자가 학부에서 '현대영미시'를 강의하면서 엘리엇의 대표작 「제이 알프레드 프루프록의 연가」(The Love Song of J. Alfred Prufrock)를 다룰 때마다 거의 매년 강의실에서는 비슷한 상황이 벌어진다. 학생에게 발표를 시키거나 작품을 함께 읽고 나서 작품에 대한 이해를 물을 때면 대개 다음과 같은 우습다면 우스운 대화가 오가게 된다.

> 선생 이 작품을 읽고 난 뒤의 소감이나 견해가 있으면 말해봐요.
> 학생 예, 이 작품은 분리된 자아에 대한 것인데, 객관적 자아와 주관적 자아가 대립하고 있습니다.
> 선생 그러니까 첫 구절에 나오는 "그러면 우리 갑시다, 그대와 나"(Let us go then, you and I)에서 그대와 나는 결국 한 인물의 분리된 두 측면을 지칭한다는 말이지요? 구체적으로 어떻게 분리되어 있는지 말해보겠습니까?
> 학생 시인의 내면적 욕구라는 측면과 이성적이고 현실적인 측면이 분리되어서 대화하는데 주관적 자아가 하고 싶은 것을 객관적 자아가 불가능하다고 일러주고 있습니다.
> 선생 그러면 '그대'가 주관적 자아입니까, '나'가 주관적 자아입니까?
> 학생 ………

물론 이 작품을 분리된 자아의 대립과 대화라는 측면에서 읽지 못할 것도 없고, 이를 통해 이 시의 의미망을 넓히는 것도 가능할 터이다. 그러나 문학선생으로서 필자가 원하는 것은 학생들이 어렴풋한 상태로라도 직접 시를 읽으면서 받은 느낌이나 감흥을 이야기하는 일이다. 강의의 목적은 학생들의 일차적인 반응을 토대로 시에 대한 감각을 훈련하려는 데 있지, 이 시에 대한 특정한 이해방식에 대한 지식을 듣자는 것이 아니다. 그런데 '분리된 자아의 대립'이라는 식의 해석이 나오게 되면, 시를 읽는 학생들은 일차적 반응이나 실감은 건너뛴 채, 혹은 그것과는 상관없이 미리 정해진 선입관과 정답처럼 제공된 특정한 해석에 매달리게 된다. 이는 작품을 심리적 차원으로 환원시키고 그 사회적 맥락을 봉쇄하는 기능을 한다. 학생들은 분리된 자아니 객관이니 주관이니 하는 추상적 논의를 이 시의 차원과 동일시하게 되고, 시어가 주는 실감과 그것에 기반을 둔 구체적 삶에 주목하지 못하게 된다. 어느새 이 시는 난해하고 복잡한 모더니스틱한 인간조건이나 심리적 곤경의 표현이 되고 마는 것이다.

아니나 다를까, 대화를 진행하다 보면 학생들 대다수는 이 시를 우유부단하고 육체 아닌 정신만 강조된 현대인을 그린 것으로 이해하는데, 그러면 필자는 또 그 현대인이란 것이 도대체 누구냐고 묻지 않을 수 없게 된다. 그러한 과정을 통해 그 현대인이 20세기 초-영국-도시-중간계급-중년-남자라는 사실이 짚어진다. 결국 막연한 현대인에 대한 일반화가 아니라 구체적인 삶과 구체적인 사회적 현실 속에서 비롯된 화자의 심리와 그 딜레마를 짚어내는 것이 시 이해의 출발점이 되어야 한다. 그런 이해를 바탕으로 하되 거기에 학생들 자신의 현대인으로서의 자리(20세기 말-한국-대도시-대학생-젊은 여성)에 대한 반성적인 실감이 함께할 수 있다면, 그리고 이 작품에 나타난 삶의 곤경이 특수하면서도 보편적인 현실이며, 그런 점에서 전형성이 있다는 점, 나아가 이와 같은 전형을 창출하게 된 서구문학이나 문화의 전반적 성격이라든가 그런 문화현상에 관여한 역사적·정치적 차원 등에 대한 이해를 함께할 수 있다면, 이 작품을 리얼리즘적인 성과란 면에서 보는 일에도 일정한 진전이 있게 된다.

물론 영문학 교사가 이러한 목적으로 강의를 진행한다 해도 실제로 교실에서 이루어지는 작품 읽기가 학생들의 삶의 실감과 이어지는 일은 우리 영문학 교육의 현실로 보아 드문 편일지도 모른다. 학생들의 당장의 관심사는 영문학 및 인문교육보다 영어 습득이며 더 나은 경우라도 영문학에 '대한' 지식일 것이다. 더구나 근대사회에서 문학이나 문학교육이 사회의 중심에 서기 어렵고, 일각에서는 문학도 결국 진리의 차원이 아닌 이데올로기의 하나에 불과하다는 관점을 강력하게 제기하는 실정이다. 그런 점들을 고려할 때 문학작품 읽기를 통해 삶의 실감을 파악하고 그 것으로 문명의 추세나 사회적 대세에 맞선다는 생각은 문학주의라는 혐의를 받기도 한다. 그럼에도 불구하고 문학이 기술이나 정상과학(normal science)과는 다른 차원으로서 창조적인 삶의 한 형태이며, 그것을 읽는 우리에게 삶에 기계적으로 끌려다닐 것이 아니라 주체의 자리에 서기를 요구하는 한, 영문학을 가르치는 사람으로서 문학을 통한 삶의 훈련이라는 대의와 노력은 포기할 수 없다. 문학교육은 개개인이 실다운 주체로서도록 북돋아주는, 하나의 '의식화'이며 인문교육의 중요한 일환이기 때문이다.

4. 마무리

지금까지 필자는 영문학에서 리얼리즘 교육은 작품의 현재성을 되살릴 수 있는 독서를 통해 실현될 수 있음을 말해왔다. 반드시 리얼리즘 계열의 작품이 아니더라도 리얼리즘적인 읽기의 대상이 될 수 있다는 것이 필자의 생각이지만, 설혹 리얼리즘으로 분류되는 작품이라 하더라도 그 작품성이 중요한 관건이 된다. 모더니즘 작품을 예로 든 경우에서도 드러나듯 이러한 읽기의 대상은 결국 영문학의 고전이 중심이 되는 셈이다. 논자에 따라서는 서구문학 정전(正典, canon)에 대한 비판을 통해 텍스트 목록을 새롭게 개편하는 것이 리얼리즘적인 관점에서 교육을 갱신하는 것이라는 생각을 할 수도 있다. 그러나 역시 모더니즘문학을 리얼리즘의 시각에서 읽어내는 이러한 시도가 또다른 환원론으로 떨어지지 않기 위해서는, 무엇보다 작품에 대한 꼼꼼한 읽기라는 노고가 뒷받침되어야 하며 이러한 독서를 할 만한 문학적 성취가 있는 텍스트가 중심이 될 수밖에 없다.

결국 리얼리즘 시각에서 작품을 읽는 일을 여러 시각 가운데 한 방법론으로 여겨서는 안되며, 단순한 현학이나 분석기술의 차원이 아니라 삶과 연관성을 가진다는 점에서 가장 기본적인 독서라는 인식이 있어야 할 것이다. 리얼리즘 교육은 그런 점에서 여타의 방법들, 즉 구조주의나 정신분석학처럼 가시적인 효과를 바로 낳는 것도 아니고 쉽게 눈에 뜨이지도 않지만, 삶의 훈련이라는 문학 고유의 내용으로 교육적 효과를 얻게 한다. 말이 나온 김에 언급하자면 최근 영미문학을 식민주의 담론으로 읽어내는 새로운 해석방법이 필자에게는 그다지 신뢰할 만한 교육법으로 여겨지지는 않는다. 그러한 해석이 기존의 여러가지 폐해들, 즉 영미문학을 보편적인 것으로 인정하고 그에 따라 해석하고 교육하는 경향에 대한 반대인 점은 수긍한다 해도, 영미 텍스트를 단순히 식민담론으로 읽어내는 작업은 또 하나의 환원론이며, 그러한 방식에는 작품을 읽는 실감과 질의 문제를 담지하는 리얼리즘을 말할 근거가 별로 없다. 마찬가지로 그러한 해석 아래 기존의 텍스트 외에 새로운 정전을 생각해보는 일도 의미있는 일이지만, 비록 어렵더라도 서구문학 고전들의 리얼리즘적인 의미를 따지는 것이 영미문학을 읽고 교육하는 일의 중심이 될 필요는 여전하다.

영문학 연구나 교육이 우리 현실에서 차지하는 비중이 크면 클수록 과연 그것이 우리 삶과 어떤 구체적인 관련을 맺으며, 어떻게 학생들의 삶에 접근할 수 있는가의 문제는 앞으로 더욱 진지하게 논의되어야 할 사안이다. 이를 위해서는 현 단계 우리 사회가 안고 있는 근대성의 과제에 대한 인식과 영문학에서의 여러 성과들에 대한 비판적 검토, 그리고 더욱 확고해져가는 서구 중심의 세계질서 속에서 영문학이 과연 우리 현실에서 어떻게 연구되고 가르쳐져야 하는가에 대한 이념적·실천적 문제들이 활발하게 제기되고 모색되어야 할 것이다. 이 쉽지 않은 과제에 지금까지 우리 영문학계에서 충분히 주목하지 못했던 리얼리즘적 시각이 큰 역할을 할 수 있다는 말로 이 시론(試論)을 끝맺고자 한다.

근대성의 황혼

◆

프랑꼬 모레띠의 모더니즘론

1.모레띠 읽기의 의미

이 글은 프랑꼬 모레띠(Franco Moretti)의 모더니즘론을 살펴보는 것을 목적으로 한다. 모레띠는 우리 학계에는 비교적 덜 알려져 있긴 하지만,[1] 서양문학에 대한 맑스주의적인 접근을 고수해온 진보적 비평가이다. 미국 평단과 학계가 포스트모더니즘과 해체주의에 휩싸여 있는 시기에, 이 같은 경향에 휩쓸리지 않으면서 일관되게 문학의 사회적 의미와 방향을 모색해왔고, 한편으로는 최근 이론들의 문법을 구사하여 맑스주의를 재가동하려 한다는 점에서 그의 작업은 프레드릭 제임슨(Fredric Jameson)

---

1 모레띠의 중심 저작들이 번역 출간될 예정으로 알려져 있지만, 현재 국내에 소개된 모레띠의 글은 다음과 같다. 설준규 옮김 「근대 유럽문학의 지리적 소묘」, 『창작과비평』 1995년 봄호("Modern European Literature: A Geographical Sketch," *New Left Review* 1994년 7-8월호); 신현욱·안수진 옮김 「1850년경의 서사」(Narrative Market, ca. 1850), 『안과 밖』 1997년 하반기호 참조. 필자가 알기로 그에 대한 국내 학계의 논의는 유희석 「자본주의 세계체제와 근대성:『근대의 서사시』의 비판적 소개」(『안과 밖』 1998년 상반기호)가 유일하다.

의 작업과 이어지는 면이 있다. 그러나 모레띠 스스로 밝힌 바처럼, 그는 '새로운 이론을 구축하는 사람이라기보다는, 구체적인 사례들을 통해 기존 이론들의 적합성을 검증하는' 비평가이며,[2] 실제로 교양소설의 의미를 근대성과 관련하여 고찰한 첫 저서 『세상의 길』(*The Way of the World*, 1987)에서부터 최근의 중요 업적인 『근대 서사시』(*Modern Epic*, 1996)에 이르기까지 그는 서양의 수많은 작품들을 거론하고 분석한다.

이같은 풍성한 작품과의 만남 때문에 그의 저서를 읽는 일은 대개의 딱딱하고 추상적인 이론서들을 읽는 것과는 다르다. 더구나 구어체에 가까운 날렵하고 현란하고 수사적인 문체 또한 통상의 이론가의 논문 투와는 거리가 멀다. 그래서 모레띠를 읽는 일은 마치 모험으로 가득한 무성한 서양문학의 숲을 헤치고 다니는 듯한 느낌을 준다. 그런 만큼 (서양문학의 소양이 깊지 않은 사람으로서는 더더욱) 그의 생각을 정리하는 일이 수월치 않은데, 그럼에도 불구하고 모레띠의 논점 자체는 선명하다고 할 정도의 명쾌함을 보여주며 도처에서 빛나는 통찰을 전해준다. 비교문학자인 그의 소양에 도저히 미치지 못하면서도 필자가 그의 논의를 정리해보기로 한 것은 이같은 매력 때문이다.

모레띠의 모더니즘에 대한 생각은 그 독특성 때문에 눈길을 끈다. 그가 미국 학계의 일반화된 평가, 이를테면 포스트모더니즘적인 모더니즘관에 비판적이리라는 점은 짐작되는 바이고, 모더니즘을 실제로 수백년에 걸친 근대성(modernity)의 한 국면으로 규정하고 나아가 그 개념을 혁신적으로 해소하고 있다는 사실은 우리의 흥미를 끌기에 족하다. 워낙 근대성과 모더니즘의 관계에 대한 관찰이 그의 작업의 중요한 부분을 이루고 있기 때문에, 이 문제를 살펴보는 것은 모레띠를 이해하는 관건이기도 하다.

---

2 Franco Moretti, *Signs Taken for Wonders*, Revised Edition (New York: Verso 1988) 1면. 이하 *Signs*로 약칭하고 인용 시에는 면수만 표시한다.

무엇보다도 모레띠는 모더니즘까지 포함하는 문학형식에 관심을 놓지 않으면서도 그것의 역사적인 부침을 거시적인 시각에서 고찰한다. 형식과 사회변화의 유기적인 관련성에 주목하는 것이 모레띠 비평의 특징으로서, 그 스스로 '반은 형식주의자고 반은 사회학자인, 켄타우루스 같은 비평가'의 필요성을 강조하기도 한다.[3]

모레띠는 미국 대학에 자리잡은 이딸리아 출신의 학자로서 지금은 미국 학계에서 중견의 위치에 있지만, 저서가 그다지 많은 편은 아니다. 앞에서 거론한 『세상의 길』『근대 서사시』 외에 논문집 『경이로 여겨진 기호들』(*Signs Taken for Wonders*, 1983)과 『1800~1900 유럽 소설의 지도』(*Atlas of the European Novel 1800~1900*, 2000)가 전부이다. 이 글은 그중에서 모더니즘문학을 본격적으로 다룬 『경이로 여겨진 기호들』과 『근대 서사시』를 중심으로 거론하되, 『세상의 길』에 밀도있게 나타난 근대와 근대문학에 대한 그의 생각들도 고찰하게 될 것이다. 모레띠가 우리에게 생소한 이론가인 만큼, 필자의 주장을 내세우기보다 그의 모더니즘론을 될 수 있는 한 충실하게 소개하는 방식을 택하고자 한다.

2. 모더니즘의 역사적 위치

모더니즘이란 말은 여러 차원의 의미를 내포하고 있어 쓰임새에 따라서 내용이 달라진다. 문학이나 예술에서의 용법인지 철학적인 논의의 일부인지에 따라서도 달라지고, 전자라 하더라도 그것이 하나의 특성을 말하는지 아니면 시기상의 한 사조나 경향을 말하는지에 따라서도 달라진

---

3 Franco Moretti, *Modern Epic: The World-System from Goethe to García Márquez*, trans. Quintin Hoare(New York: Verso 1996) 6면. 앞으로 *Modern Epic*으로 약칭하고 인용 시에는 면수만 표시한다.

다. 또 일정한 시기의 사조를 지칭하는 경우라도 그 시기를 어떻게 설정하는가에 따라서 그 내용이 달라지게 된다. 여기에 모더니즘이라는 영어식 표현, 아방가르드(avant-garde)나 표현주의라는 프랑스·독일 등 유럽대륙에서의 용어가 겹쳐서 사용되면서 서로 쓰임새가 달라지기도 하는데, 가령 모더니즘을 아방가르드와 동의어로 사용하는 예가 있는가 하면 둘을 구별하거나 나아가 서로 대립시키는 관점까지 있다. 그렇기 때문에 모더니즘이란 용어를 확정하기는 그만큼 어렵고 난처한 일이다.

그러나 이같은 난점에도 불구하고, 서구에서 좁은 의미의 모더니즘은 대개 1890년부터 시작해서 20세기 전반기 동안 문학의 중심을 이룬 흐름의 통칭으로 이해하는 것이 일반적이다. 그중에서도 1차대전을 전후한 20~30년간의 폭발적인 문학활동을 대개 모더니즘의 전성기로 일컫는다. 모레띠의 논의도 모더니즘에 대한 이같은 일반화된 시기 규정에서 크게 벗어나 있지는 않다. 다만 모레띠의 관심사는 이러한 모더니즘이 서구사, 특히 자본주의적인 근대성이 발현되는 서구 근대사에서 어떤 위치에 있는가 하는 점이다. 실상 모더니즘을 역사적으로 위치짓는 문제는 서구문학사 기술에서 가장 중요한 과제 중의 하나이다.

모레띠에게 일차적으로 모더니즘은 서구사에서 근대적 흐름의 한 극점이자 중요한 실상이라는 이중적인 의미를 가지는 것으로, 공적 삶과 사적 삶의 분리현상이 완성되는 시점에서 발흥하고 번성한다.

모더니즘의 상상력은 과거보다도 엄청나게 더 아이로니컬하고 자유롭고 놀라운 것이 되었지만, 우리의 '일차적' 삶에서 이러한 성질(영감과 변화의 원천이라는 성질 ─ 인용자)들을 완전히 박탈해버린 댓가를 치르고서다. 이런 관점에서 모더니즘은 다시 한번 당대 서구사회에서 일어난 저 거대한 상징적 변화의 핵심요소로 나타난다. 즉 삶의 의미가 더이상 공적 삶과 정치 그리고 일의 영역에서 찾아지지 않고, 소비와 사적 삶의

세계로 이주해버린 것이다. (*Signs* 246면)

당대 서구사회에서 일어난 '거대한 상징적 변화'는 생산이 아니라 소비가 중심을 이루게 된 사회 성격의 변화를 일컫는다. 근대성이 서구사회에서 모습을 드러낸 르네상스 시대 이후로, 문학형식과 성과들은 근대성의 변화하는 단계들을 반영하고 상징적으로 재현해냈다. 근대성이 기본적으로 자본주의체제의 형성과 발전과정에서 발현된 가치와 특성들을 총칭하는 것이라면, 문학형식과 문학장르들은 서구사회를 근본에서부터 변혁하고 있는 이 기나긴 혁명의 와중에서 등장하여 발전하고 소멸하면서 새롭게 의미를 부여받았다. 모레띠는 문학사를 기술하면서 문학의 형태와 기법들이 사회 변화와 불가피하게 맺고 있는 관련 양상에 주목하는데, 모더니즘이라는 현상에 대해서도 그러하다.

역사적으로 모더니즘의 위치를 설정하는 문제에서 먼저 주목할 것은 "모더니즘이 서구 모더니티의 더 광범한 역사에서 단지 한 장(章)에 불과하며, 이 장은 불가피하게 일어나야만 했다"(*Modern Epic* 194면)라는 모레띠의 판단이다. 인간중심주의(anthropocentrism)가 무너지기 시작하는 18세기 말부터 모더니즘 흐름이 형성된바, 20세기 초 모더니즘은 그 몰락의 가장 철저한 표현이라고 할 수 있다. 서구에서 일어난 근대화는 한편으로는 역동적이면서도 다른 한편으로는 파괴적인 힘을 동반하였고, 이 모순적인 근대의 움직임은 그것을 합리화하는 상징화를 필연적으로 수반한다. 크게 보아 문학도 그같은 상징적 작용의 하나라고 한다면, 근대가 진행되면서 문학형식 혹은 장르의 부침에 사회적 내용의 변화가 개입되어 있는 것은 당연하다 하겠다.

모더니즘이 어떤 점에서 근대성의 최종국면에서의 상징적 형태인가라는 질문은 모레띠를 읽는 데서 피할 수 없는 물음이다. 모레띠가 근대와 문학장르의 상관성에 주목한 것은 당연한 일인데, 그의 『경이로 여겨진 기호들』은 이 문제에 대한 일관된 관심을 가지고 르네상스 비극에서 현대 모더니즘에 이르는 문학양식의 변화를 다룬다. 모레띠가 보기에 16~17세기 비극의 탄생과 번성은, 근대의 도래로 이미 유기적인 세계가 무너진 상황에서 현실적으로 파괴된 유기적 통일성이 여전히 지배이데올로기로 기능하던, 그런 의미에서 반복될 수 없는 역사적 종합국면에서 이루어졌다. 현실과 이념의 간극으로 말미암아 고통스러우면서 이해 불가능하고 따라서 '비극적'인 정서가 형성되었다는 것이다. 그런 의미에서 근대문학은 비극 '이후'일 뿐만 아니라 비극에 '맞서서' 탄생하였으니, 이제 그것은 '연민과 공포'로 사회를 그려내는 것이 아니라, "상호 적대되는 가치체계와 이해관계들이 비록 진정한 화해는 아니라 할지라도 적어도 어떤 종류의 공존과 타협에 늘 도달할 수 있음을 보여주는 것을 과제"로 삼게 된다.(Signs 28~29면)

　이처럼 근대 자본주의체제가 굳어지면서 문학에서 비극적인 인식이 약화되는 대신, 타협과 공존의 논리가 그 자리를 대신하게 되는 것은 근대사회가 애초부터 어떤 통합을 향해서가 아니라 분리를 향해 나아가고 있다는 것을 말해준다. 모레띠의 일관된 문학사적 관심은 이같은 분리현상을 상징적으로 해결하려는 이데올로기적 기획의 일환으로 근대문학을 관찰하는 것이며, 이 상징화 과정에서 서구문학이 도달한 성취의 성격을 짚어보는 것이다. 여기서 '타협'과 '공존'이라는 용어는 모레띠의 문학사 평가에서 핵심어라고 할 수 있다. 가령 19세기 부르주아문학의 가장 높은 성취 가운데 하나인 발자끄(Honoré de Balzac)의 작품이 가지는 활력에 대해서 말하면서 모레띠는 발자끄에게서 보이는 '근대적 긴장'(modern suspense)이 그 이전의 '비극적 아이러니'(tragic irony)와 대비된다는 점을 지적한다.(Signs 117면) 도시적 삶을 통해 가능해진 일상의 모험이 이같은 긴장을 하나의 문학적 관습으로 만든 한편으로, 근대 자본주의가 범속성이 지배적으로 되는 단계로 나아갔다는 것이다. 모더니즘문학은 이러한 반비극으로서의 문학, 범속한 문학이라는 추세가 필연적으로 낳을 수밖에 없는 최종적인 결과였다.

그런데 근대의 초기부터 '유럽문화의 유전자 코드' 속에 이미 새겨져 있던, 그리고 수많은 징후들에 의해서 엿보이던 광범한 모더니즘 흐름이, 150년이 지난 20세기 초에 와서야 비로소 본격적으로 등장한 것은 왜일까? 『근대 서사시』의 다음 대목은 모더니즘의 위상, 나아가 근대 서구문학사를 정립하는 모레띠의 핵심적인 생각을 담고 있다.

도대체 무엇이 그것이 도착하는 것을 백년 이상이나 막고 있었던가? 내가 믿기로는 장편소설(novel)이다. 즉 미래의 위기의 첫 징후들이 나타나고 있었을 때 서구가 운 좋게도 써먹을 수 있었던 형식, 그리고 위대한 인간 중심적 장치들을 통째로 포함하고 있었던 형식이다. 딱히 보수적이라고는 하지 못할, 그러나 분명히 조절기능을 가진 그런 형식이 바로 장편소설이다. 즉 근대성에 대한 상징적 제동장치인 것이다.

이것은 내가 다른 곳(『세상의 길』—인용자)에서도 제시한 적이 있는 가설이다. 여기서는 다만 장편소설조차도 짐멜(Simmel)이 가리킨 저 점증하는 균열에 굴복하는 것으로 막을 내린다는 점만 추가하자. 서너 세대 사이에 형식들은 영혼이 견딜 수 없을 정도로 너무나 강해져서 괴테적인 교양소설의 위대한 타협을 분쇄한다. 20세기 초기에, 마치 어떤 비밀스런 신호에 복종하는 것처럼, 콘래드와 만, 무질과 릴케, 카프카와 조이스, 이들 모두는 '형성'(formation, Bildung)의 이야기를 쓰는 데 착수하나, 거기서 형성은 일어나지 않는다. 즉 관습과 제도로 응고된 객관적 문화는 개별적 주체를 구축하는 데 더이상 도움을 주지 않고, 그것에 상처를 주고 그것을 와해시킨다. (*Modern Epic* 195면)

"근대성에 대한 상징적 제동장치로서의 장편소설!" 이 가설은 흥미롭다. 이것은 18세기 중반 이후부터 19세기에 걸쳐서 이룩된 서구 리얼리즘 소설을 염두에 두고 있는 것이며, 분리현상이 사회 내에서 뚜렷해지던 근대 초기에 서구가 장편소설 양식을 통해서 이 균열에 적절히 대응하고 또 그것을 상징적으로 해결해냄으로써 분리를 당연시하는 모더니즘의 필연적인 도래를 저지하였다는 말이다. 그리고 장편소설이 근대사회와 맞서거나 대응하는 과정에서 내세우고 구축한 것이 다름 아닌 '빌둥(Bildung)의 기획'이다. 즉 서구가 근대성의 흐름에 휩쓸리는 와중에서, 그 문화적 기획의 핵심에 교양소설의 형성으로 대변되는 빌둥이 존재하며, 이 빌둥이 무너짐으로써 근대성에 대한 상징적 저지선도 무너지고 마치 둑이 터지듯 결국 서구문학은 모더니즘의 홍수에 휩쓸려 들어가게 된 것이다.

근대사회에서 빌둥의 과제는 한 개인이 사회 속에서 삶의 의미를 발견해내는 과정이자, 사회의 규범에 스스로를 종속시키는 사회화 과정이라는 양면성을 가진다. 이 빌둥의 과제가 근대성의 핵심에 자리잡고 있음에 주목한다는 점에서, 모레띠는 『소설의 이론』의 루카치(G. Lukács)와 문제의식을 공유한다. 모레띠의 『세상의 길』은 이 빌둥의 모험을 서사화한 서구 교양소설의 형식적 구조와 근대성의 사회적 구조를 대비하면서, 교양소설의 성과와 그 의미를 짚어본 이 분야의 대표적인 저서인데, 그에 따르면 서구소설은 18세기 말 괴테의 『빌헬름 마이스터의 수업시대』와 19세기 초 제인 오스틴의 『오만과 편견』이라는 고전적인 교양소설에서 시작하여, 19세기 발자끄와 스땅달, 그리고 뿌시낀의 성취를 거쳐, 19세기 말 플로베르와 조지 엘리엇을 마지막으로 중심적인 형식으로서는 종말을 고한다. 교양소설의 문제를 따지는 것이 이 글의 목적은 아니지만, 교양의 기획과 그 문학형식으로서의 교양소설의 존재 및 전개는 서구 모더니즘의 의미와 문제를 분명히 하기 위해 짚어보아야 할 사항이다.

교양소설을 통해 모레띠가 읽어내는 서구문화의 변화 양상은 그것이 '근대성의 상징적 형식'(symbolic form of modernity)이라는 그의 규정에

축약되어 있다. 혁명적인 변화로 서구가 돌연 근대로 뛰어들게 되지만 근대성의 '문화'를 미처 생성하지 못한 시기 교양소설은 근대사회의 상충된 요구들을 합리화할 필요에 따라 등장한다. 즉 근대성은 특유의 역동성과 파괴성을 가지고 극도의 유동성과 불안감을 산출하는데, 젊음을 하나의 기호로 삼는 교양소설은 모순적인 속성들을 서사 속에 용해하고 상징적으로 해결하는 형식이 된다. 교양소설에서 중심이 되는 것은 물론 '형성' 그 자체이나, 한편으로는 '타협' '승복' 나아가 '기만'이라는 말들이 중요한 의미를 띠게 된다. 모레띠의 표현에 따르면, 근대세계는 자유와 행복, 정체와 변화, 안전과 변혁 등 상반된 충동의 공존을 "재현하고 탐구하고 검증할 수 있는 문화적 메커니즘"을 요구하고 있는바, 그것은 일찍이 『파우스트』가 모색하려다 실패한 통합(synthesis)이 아니라 "훨씬 덜 야심적인 타협(compromise)", 달리 말해 '이것이냐 저것이냐'가 아니라 '이것과 저것 모두'라는 이념을 모색한다. 사회 속에서의 삶을 이룩하려는 노력인 교양소설이 근대문학에서 살아남고 중심적이 된 것은 이러한 시대의 요구에 부응하였기 때문이다.[4]

　이것이 교양소설을 다룬 책의 제목을 '세상의 길'이라고 한 까닭인데, 교양소설의 고전적인 성취인 『빌헬름 마이스터의 수업시대』와 『오만과 편견』의 행복한 결말은 개인과 사회가 갈등할 수밖에 없는 근대사회에서는 실제로 가능하지 않은 통합의 비전을 꾸며낸 것이다. 이런 속성을 가리켜 모레띠는 '문명의 위안'(comfort of civilization)이라는 말로 표현하고 있다. 19세기가 지나면서 이같은 고전적 이상이 더이상 지탱될 수 없을 때도, 비록 간극은 드러나기 시작하나 거기에 함유된 이념성이 사라지지는 않는다. 19세기 교양소설은 사회와의 통합을 지향하거나 꿈꾸지 않고

4 Franco Moretti, *The Way of the World*: *The Bildungsroman in European Culture*(New York: Verso 1987) 9~10면. 앞으로 인용 시에는 면수만 표시한다.

그 불가능성을 인정하지만, 일정한 타협이나 냉소를 통해서 사회에 쓰라리게 적응하는 절충의 양식을 선택하게 된다. 가령 스땅달의 『적과 흑』에서 주인공 쥘리앙 쏘렐이 선택한 기회주의 전략은 이같은 타협과 절충이 부르주아사회의 피할 수 없는 일상임을 말해준다.

그렇다면 모레띠는 결국 교양소설을 부르주아의 이데올로기로 환원시키는 것일까? 그렇게는 생각되지 않는다. 교양소설은 개인과 사회의 통합 불가능성을 한편으로 인식하면서도 그 모순을 견디고 지양해내려는 시도를 내포하고 있다. 부르주아사회의 초기 단계를 지나 혁명의 이념이 퇴색해버린 19세기 중엽 이후 나타난 교양소설의 경우를 보자. 형식상으로는 더이상 고전적인 교양소설의 존립이 불가능해진 '고도로 모호해진 분위기'에서 교양의 형성이 가지는 의미는 무엇인가?

> 뿌시낀과 스땅달은 무엇보다도 통합이라는 이념을 포기함으로써 이러한 근본적인 질문들에 대답한다. 불일치들을 누그러뜨리고 그 딜레마를 해소하는 대신에, 그들의 작품은 그 모순들에, 심지어는 그들이 택한 소재의 부조리성에 오히려 역점을 둔다. 그 지성과 용기로 우리를 아직도 놀라게 하는 그런 노력으로, 『적과 흑』 『빠르마의 수도원』 그리고 『에우게니 오네긴』은 개인적 형성의 새롭고도 기만적인 길을 추구하는 집요함에 의해 온통 팽팽하게 긴장되고 그리고 때때로 착란상태에 빠진다. 이 활기찬 물음의 결과들이 과연 지속적인 가치를 가지는지는 말하지 않겠으나, 이것이 부르주아 의식의 최고의 순간들 중 하나였다는 점을 보여주고자 한다. (*The Way of the World* 76~77면)

부르주아계급이 서구사회의 지배세력으로 굳어지면서, 이제 사회는 혁명적인 영웅들의 예외적인 삶이 아니라 점차 범인들의 평범한 일상 즉 '세상의 길'의 지배하에 놓이게 된다. 세상과 화해하고 성숙하려는 빌둥의 꿈은 범속한 일상을 받아들일 수밖에 없는 상황에서 위기에 처하고 만다. 결국 자신의 진실과 세상의 허위라는 모순, 헤겔이 정리한 '시적인 가슴'과 '산문적인 현실' 사이의 간극이 명료해지는 시기에, 범속성에 굴복할 수 없는 정신이 겪는 형성의 모험이 교양소설의 한 극점을 이루게 된다는 것이다.

이것은 교양소설이 서구문학의 정전(正典)으로 형성되는 과정과도 유관한 것이니, 가령 교양소설과 유사한 시기에 발생한 공포소설이나 19세기의 탐정소설 등 하위 장르와의 차이점은 근대성을 대하는 시각차에서도 엿볼 수 있다. 이 공포소설이나 탐정소설들이 그 소재의 특이성에도 불구하고 범속성의 이념에 철저하게 종속되어 있는 반면, 교양소설은 그 너머를 바라보는 비전에 의해 늘 부르주아 의식의 한계를 지양하려고 한다. 『경이로 여겨진 기호들』에 수록된 두편의 논문 「공포의 변증법」(Dialectic of Fear)과 「단서들」(Clues)은 전자가 『프랑켄슈타인』과 『드라큘라』라는 공포문학을, 후자가 '셜록 홈즈'를 중심으로 한 탐정소설들을 분석한 흥미로운 글로, 두 글에서 모레띠가 주목하는 바는 이 장르들이 부르주아사회의 범속성에 대한 철저한 긍정에 기초해 있다는 것이다. 즉 공포문학에서 괴물은 예외적인 존재로 상정되고 결국 죽임을 당하는데, 그 괴물의 적은 "19세기적 범속성에 속속들이 물든" 사회이며, 작품의 결말은 늘 "예외에 대한 관습의 승리"를 증명한다는 것이다.(The Way of the World 84~85면) 또한 탐정소설에서도 죽음을 피하려면 상투형이 되는 플롯에 주목하여 결국 "문화가 개인적 삶의 자료들을 철저히 파악하고 있는 상황"임을 입증하려고 한다. 모레띠의 흥미로운 통찰은 탐정소설에서는 빌둥이 존재하지 않고 그것이 소설 내부나 독자와의 관계에서도 증발한다는 지적에 이른다. 아울러 홈즈라는 탐정의 성격을 "엘리엇이 말하는 몰개성론에 딱 들어맞는 인물"이라고 지적하는데, 이는 빌둥의 과업이 불가능해짐으로써 현대문학이 대중문학과 모더니즘이라는 양 방향으로 분

화된 현상에 대한 통찰로 읽히는 대목이다.(*The Way of the World* 137~43면)

　이제 우리는 다시 근대성과 모더니즘의 관련이라는 문제로 돌아오게 된다. 빌둥의 과업이 불투명해지고 현저히 약화되며 범속성이 지배적이 되는 상황에서, 가까스로 지탱되던 교양소설 양식은 19세기 중엽 이후부터 소멸된다고 모레띠는 판단하고 있다. 그리고 앞에서 인용한 구절처럼, 이같은 교양소설이라는 제동장치가 사라짐으로써 개인과 사회의 통합이라는 틀은 무너지고, 범속성이 사회 전반에 확산되고 지배적으로 되는 서구 근대성의 한 단계가 도래한다. 모더니즘은 바로 근대적 긴장의 소멸과 유관하긴 해도 근대성 자체의 약화를 말해주는 것은 결코 아니며 오히려 그 반대이다. 즉 근대체제가 이처럼 형식의 족쇄를 풀고 무한한 기법 실험과 대중화에 열려 있게 된 것은, 그 체제가 이미 세계에 더욱 강고한 족쇄를 채우고 있는 현실을 반영한 것이다. 모더니즘은 유럽문학의 '대폭발'(Big Bang)이며 '갑작스런 에너지의 해방'이기는 하지만,(*Modern Epic* 200면) 동시에 통합의 비전이 상실됨으로써 문학적 발현이 산지사방으로 분산되어 분출하는 혼란상을 보여주기도 한다. 따라서 이 모두를 모더니즘이란 이름으로 포괄하는 것은 문제성을 띠게 된다.

　모레띠가 모더니즘이라는 범주나 개념을 해체하고, '근대 서사시'라는 새로운 모델을 내세우게 된 것은 이런 연유 때문이다. 모레띠는『근대 서사시』라는 비교적 최근의 저서에서 모더니즘이라는 용어를 훨씬 더 폭넓은 역사, 즉 1800년에서 현재에 이르는 역사의 일부로 위치시킨다. 말하자면 모더니즘은 이런 전과정의 '높은 지점'이기는 하나, "더이상 특수한 범주를 요구하는 자율적이고 일관된 실체"는 아니라는 것이다.(*Modern Epic* 3면) 이처럼 모더니즘의 범주를 허물고 그것을 더 긴 근대성의 장기국면에 위치시키는 것은, 모레띠가 보기에 모더니즘의 옹호로 현격하게 기울고 있는 맑스주의 비평의 최근 경향에 대한 불만과 비판과도 연관되어 있다.『경이로 여겨진 기호들』에 실린「비결정의 방법」(The Spell of

Indecision)에서 그는 최근 맑스주의 비평이 해체주의로 기울어 "좌파적인 '모더니즘 옹호'"로 떨어지고 있음을 비판하고, 총체성에 대한 모더니즘의 부정은 전복적 이미지라기보다 오히려 현대적인 광고의 기본 기법과 극히 유사하다는 점을 짚고 있는데,(Signs 240~41면) 이같은 인식이 그로 하여금 모더니즘이라는, 너무 광범하여 확정할 수도 없는 용어를 버리고 새로운 모색을 하게 한 요인으로 보인다.

모레띠는 '근대 서사시'라는 개념을 서구문학사를 읽는 새로운 전략으로 내세움으로써, 19세기 리얼리즘 소설의 소멸과 20세기 모더니즘의 등장이라는 기존 틀을 해체하고 근대성과 문학형식의 관계를 재해석하고자 한다. 근대 서사시는 기존의 장르나 범주를 가로지르면서 지리적인 경계를 넘어 근대화라는 장기적이고 세계적인 현상에 대응하는 대작들을 일컫는다. 이 범주에 들어가는 것으로 모레띠가 열거하는 작품들은『파우스트』『모비 딕』『니벨룽의 반지』『율리시즈』『황무지』『특성 없는 남자』그리고『백년 동안의 고독』등 일곱편에 불과하다. 여기에서 그가 적극적으로 활용하고 있는 것이 월러스틴(Wallerstein)의 '세계체제'(world system) 개념으로, 이 세계체제가 작동하면서 세계텍스트(world text)라고 할 수 있는 근대 서사시가 탄생하고 이 체제가 진전됨에 따라 그런 유형의 문학이 계속 산출된다는 것이다. 이러한 작품들은 분명 걸작임에 틀림없으나 그것은 '결함 있는' 걸작, 때때로는 '반 실패작'이 되기도 한다. 이는 근대 서사시들이 '근대'와 '서사시'라는 두 항목 사이의 불일치, 즉 근대세계의 분리된 현실과 서사시의 총체화하려는 의지 사이의 불일치를 드러낼 수밖에 없는 만큼 불완전하기 때문이다. 그가 근대 서사시로 꼽는 작품들 가운데, 기존의 본격 모더니즘문학의 범주에 들어가는 것은 제임스 조이스의『율리시즈』, T. S. 엘리엇의『황무지』, 그리고 로베르트 무질(Robert Musil)의『특성 없는 남자』뿐이고, 모레띠가 집중적으로 다루는 것은『율리시즈』와『황무지』두편인데, 그가 말하는 세계텍스트가 어떤 성취와 결함을 내보이는가를 살피는 일은 모더니즘을 자리매김하는 한 방법이 될 것이다.

3. 기법 혁신과 모더니즘의 이데올로기

20세기 초 봇물 터지듯 넘쳐흐르던 모더니즘의 활력은 그 이후 기대와 달리 "몇몇 고립된 빙하들과 많은 모방자들"을 낳았을 뿐 과거에 비견할 만한 성취는 나오지 않았다는 것이 모레띠의 판단이다. 한마디로 모더니즘의 성취는 "서구문화의 마지막 문학의 계절"이었다는 것이다.(*Signs* 209면) 모레띠는 엘리엇의 『황무지』를 다룬 장문의 논문 「『황무지』에서 인공낙원으로」(From *The Waste Land* to the Artificial Paradise)에서, 『황무지』가 그같은 최후의 경계에 서 있는 대표적인 문학적 산물이라고 지적하지만, 크게 보아 제임스 조이스와 프란츠 카프카를 포함하는 모더니즘의 거장들이 모두 여기에 해당된다고 할 수 있다. 앞에서 지적했다시피 모더니즘은 공과 사의 분리 등 분리추세가 극단화되고 생산 대신에 소비가 중심을 이루는 근대성의 한 단계에서 나온 것으로, 이 가운데서도 세계텍스트들은 세계체제가 서구 중심의 완벽한 지배를 형성하게 된 국면을 반영한다.

모레띠의 모더니즘에 대한 논의는 무엇보다도 조이스의 『율리시즈』에 집중되어 있고, 『근대 서사시』에서 20세기를 다룬 페이지의 대부분은 이 작품에 대한 논의로 채워져 있다. 그것은 모레띠가 이 작품을 어떤 작품보다 높이 평가한다는 말도 되고, 동시에 모더니즘 작품들 가운데서도 유독 이 작품이 다른 작품들에 비해 구별된다는 의미이기도 하다. 『율리시즈』의 조이스가 어떻게 엘리엇 및 카프카와 갈라지는지를 살펴보는 것은 모레띠의 모더니즘 평가에 도달하는 한 방법이 될 것이다.

단적으로 말해 모레띠는 『율리시즈』가 부르주아 자유주의 형식의 종언을 말해주며, 고전적 자본주의의 자율적인 시장이 결정적으로 쇠퇴하고 있던 (그리고 이처럼 변화하는 상황에 제대로 대처하지 못한 영국의 쇠퇴도 동반된) 20세기 초에 조이스가 "고전적 자본주의의 위기의 시인"으로서 "전체적인 사회구성체의 기념비적인 시체 해부"를 해냈다고 말한다. 맑스주의 비평(가령 루카치)은 이 작품의 정태성과 평범성을 공격한다는 점을 언급하고 나서 모레띠는 이렇게 말한다.

『율리시즈』는 사실 정태적이며, 그 세계에서는 위대한 것은 아무것도, 완벽하게 아무것도 없다. 그러나 이것은 조이스 편에서의 무슨 기법적인 혹은 이념적인 결함 탓이 아니라, 오히려 그가 영국사회에 종속된 탓이다. 즉 조이스에게 영국사회는 분명 상상할 수 있는 유일한 사회였다. 비록 그가 그 최악의 특성들을 과장되게 묘사함으로써 그 사회를 마비된 평범성의 미래로 선고해버리기는 하지만 말이다. (⋯) 조이스의 글쓰기를 두고 '혁명적'이라는 말을 쓰기는 아무래도 어울리지 않겠지만, 그러나 소설가든 아니든 어떤 맑스주의자도 그토록 지성을 가지고 혹은 그토록 분노를 가지고 자유주의 세기의 종언을 포착할 수 있었던 사람은 없었다. (*Signs* 189면)

이것은 맑스주의자를 자처하는 비평가로서 모더니즘문학에 바칠 수 있는 최대의 경의라고 할 것이다. 『율리시즈』에서 구현된 모더니즘의 문학적 성과는 바로 "근대 자본주의의 거창한 세계"가 기실 역동성을 잃어버린 평범성의 극치임을 꿰뚫어보고 그것을 "있는 그대로" 제시한 그 가차없음에 있다.[5] 근대 자본주의는 애초 농촌 중심의 봉건체제를 허물어뜨리

---

5 이같은 판단이 루카치의 그것과 차이가 있다는 것은 지적해둘 만하다. 가령 루카치는 『율리시즈』의 기법적 특성(내적 독백)이 그 나름 성공을 거두고 있음을 인정하면서도, 그 '정태적인 세계관'을 '역동적인 세계관'(가령 토마스 만)과 대비하면서 비판한다.

며 도시화를 진행하였고 도시는 생산과 소비의 양면이 공존하는 역동적인 공간으로 발전하였다. 그러나 세기 전환기인 조이스의 시기에 이르러 대도시는 생산의 모습은 자취를 감추고 소비생활로 넘쳐나게 된다. 수많은 생산물들은 상품으로 화하여 홍수처럼 대중들에게 밀려들고 그것은 도시인들의 삶에 매혹과 위험을 동시에 던지며 극도의 긴장과 연속적인 자극을 주었다. 『율리시즈』는 이미 소비사회로 진입한 영국 자본주의의 한 국면에서 이 근대성의 자극을 "하나도 잃어버리지 않고서 모두 현전하게 하는"(Modern Epic 163면) 그런 작업을 해낸 점에서 탁월하다. 이같은 모레띠의 평가로 미루어 『율리시즈』는 '리얼리즘의 접경'[6]에 있는, 모더니즘의 최고 성취라고 해도 틀린 말은 아닐 것이다.

대도시의 삶을 리얼리스틱하게 제시하고자 하는 조이스의 과업을 가능케 한 것이 바로 '의식의 흐름'(stream of consciousness) 기법이다. 한마디로 의식의 흐름은 대도시에서 격렬하고도 과도한 자극에 종속되어 있는 현대인의 모습을 포착하기에 가장 효과적인 기법이다. 소비 중심으로 전환된 자본주의사회의 대도시는 거리마다 넘치는 자극들로 현란하고, 무한한 듯 보이는 상품의 환상은 거의 피할 수 없으며, 심지어 우리의 사적인 공간까지 침범해 들어온다. 그러나 일반 대중이 그 상품들을 온전히 소유할 수는 없는 이상, 도시는 이 욕망을 대리 충족하는 메커니즘, 모레띠의 표현으로는 "이러한 '끔찍스러운 불균형'을 치유하고 부르주아 상품의 거창한 세계를 모두에게 접근 가능케 만드는 메커니즘"이 필요하니,

---

모레띠는 조이스의 정태성이 '이념적 결함'에 있지 않음을 분명히 함으로써 모더니즘의 성과, 그리고 당대 유럽문학이 거둔 성과의 극대치로서 『율리시즈』를 제시하고 있는 듯 보인다. Georg Lukács, *The Meaning of Contemporary Realism*(London: Merlin Press 1963) 17~19면.

6 이 표현은 프레드릭 제임슨의 것으로, 모더니즘의 성취를 리얼리즘과 관련하여 이렇게 관찰한 대목은 Fredric Jameson, *The Political Unconscious: Narrative as a Socially Symbolic Act*(Ithaca: Cornell Univ. Press 1981) 266면.

그것이 바로 광고이며, 의식의 흐름이다.(*Modern Epic* 132면)

 말 말 말 말. 이것은 아무도 예상치 않은 폭격이며, 그리고 19세기 문법이 견뎌낼 수 없는 폭격이다. 주의, 명료, 집중, 이 옛 미덕들은 쓸모없는 정도가 아니라 그 이상으로 나쁘기까지 하다. 광고와 조화를 이루는 대신에, 그것들은 광고를 신경 쓰이는 소음으로 인식한다. 말의 도시에서 길을 찾기 위해서는 다른 스타일이 요구된다. 의식의 문법보다 더 약한 문법, 뾰족하고 불연속적인 구문, 말하자면 언어의 입체파 같은 것이다. 그리고 의식의 흐름은 정확하게 그것을 제공한다. 즉 주체가 뒤로 물러나 사물들이 침입할 여지를 마련해주는 단순하고 조각난 문장들, 문을 활짝 열어젖히고 늘 한 문장 더, 한 자극 더 들어올 자리를 보장해주는 병렬적인 문단들이다. (*Modern Epic* 134~35면)

 의식의 흐름을 광고와 동일시하고 "현대 생활의 속도"에 대응하는 핵심적인 형식으로 이해하는 대목은 모레띠의 번득이는 재기(번쩍이는 네온사인의 언어들과 이미지들의 연쇄로서의 대도시의 거리와, 끊임없고 불연속적인 말의 연쇄로 이루어진 의식의 흐름이 대칭을 이룬다는 사실을 포착한 탁월한 지적 연결!)가 드러난 것이면서, 사회현상 혹은 사회구조와 문학형식을 통합적으로 사고하는 그의 문학사가로서의 안목이 발휘된 대목이기도 하다. 즉 『율리시즈』에서 의식의 흐름과 광고는 "사회현상과 문학형식 사이의 특별한 야합"으로 서로 연결되어 있으니, 광고가 자본주의 대도시의 지칠 줄 모르는 송신기라면, 의식의 흐름은 요동하는 자극들을 붙들어내어 조직하는 수신기라는 것이다. 이 점에서 『율리시즈』의 주인공 리어폴드 블룸(Leopold Bloom)의 직업이 광고업자라는 사실은 시사적이며, 모레띠의 분석도 이 주인공의 삶의 양상이 어떻게 자본주의 대도시의 삶의 모습과 일치하는가를 밝히는 데 집중된다. 가령 광고가 상품과 맺는 관계인 일종의 '집적대기'(flirtation)는 블룸의 집적거리는 행위와 유비되고, 블룸이 어느 한곳에 집중하지 못하고 '정신을 딴 데 두고 있는' 것은 주목할 수 없게 정신없이 지나가버리는 광고의 그것과 유비된다. 블룸은 이처럼 아무 생각 없이 눈앞에 전개되는 도시의 자극을 거침없이 받아들이고 그것을 가지고 집적거린다. 거기에는 아무런 목적도 없으며 의미도 부재한데, 이런 의미 부재가 어떤 점에서는 주인공으로 하여금 대도시에서 살아남을 수 있게 한다. 마치 광고처럼 수없이 되풀이되면서도 의미는 없는, 늘 우리를 자극하지만 이미 친숙해져서 더이상 놀랄 일도 없는 그런 세계상과 그 속에서 살아가는 속물적인 평범한 인간상을 『율리시즈』의 블룸은 대변한다. 그리고 이같은 '정신없음'을 오히려 대도시적 삶의 한 존재방식으로 전환시킨다.[7]

말과 이미지로 넘치는 현대의 대도시를 그려내는 언어가 19세기의 것일 수 없고 그 주인공도 더이상 주체적 행위를 통해 플롯에 개입하는 인물이 될 수 없다면, 의식의 흐름이야말로 삶을 포착하는 가장 효과적인 길일 수도 있겠다. 의식의 흐름이라는 기법은 비단 조이스만 사용한 것은 아니고, 포크너나 프루스뜨 그리고 울프 등 대표적인 모더니스트들이 애용하던 수법이기도 하다. 더 나아가 이 기법이 모더니스트의 전유물만도 아니다. 문제는 그것이 『율리시즈』처럼 지배적인 서술방식으로 될 때의 효과와 거기에서 일어나는 어떤 질적인 변환이라고 할 것이다. 이에 모레띠는 모더니스트가 아닌 똘스또이의 『안나 까레니나』의 한 대목을 들어,

---

7 이와 관련하여 모레띠는 원래 블룸이 '마비'를 주제로 하는 『더블린 사람들』의 마지막 주인공으로 의도되었다는 점을 들면서, 조이스가 『율리시즈』에서 '극적인 기능 변화'를 통해 주인공의 수동성을 오히려 세계에 대한 수용성과 개방성으로 전환하고 있다고 지적한다.(*Modern Epic* 142~43면) 즉 조이스의 작품 중에서도 『율리시즈』는 『젊은 예술가의 초상』이나 『더블린 사람들』과 성격이 다르고 이것들과 구별되어야 한다는 말인데, 이는 『율리시즈』를 대표적인 근대 서사시로 따로 분류해낸 모레띠의 의도와 유관하다고 하겠다.

안나의 의식의 흐름이 어떻게 그녀의 삶의 결단과 결합되어 활용되고 배치되는가를 보여준다.(*Modern Epic* 168~73면) 『안나 까레니나』의 경우, 안나의 의식의 흐름 장면은 하나의 징후로서 제시되며, 스스로를 통제하려는 격렬하고 불균등한 고투를 동반하는데, 이같은 특성은 블룸의 완전한 자기방어와는 전혀 다른 것이다.

모레띠는 조이스의 '의식의 흐름'과 유사한 기법이 리얼리즘 소설에서는 달리 쓰인다는 점을 지적한 것에 이어서, 포크너와 울프의 그것도 조이스의 경우와는 다르다고 지적한다. 그 두 작가에게 의식의 흐름은 예외적인 상황을 위한 문체였다면, 조이스의 경우에는 "절대적인 정상성의 문체, 평범한 하루의 평범한 한 개인의 문체"라는 것이다. 이 점에서 조이스의 『율리시즈』는 비단 리얼리즘과 구별될 뿐 아니라 모더니즘의 다른 유형과도 구별된다. 블룸이 아무 기대도 없이 이미 다 알고 있는 친숙한 것 속을 걷는 일은, 1920년대의 '위대한 문학적 신화들 가운데 하나'를 허물어뜨린다고 모레띠는 말한다.(*Modern Epic* 141면) 즉 초현실주의를 포함하여, '산책'(promenade)이라는 목표 없는 헤매기를 통해 수많은 놀람과 계시를 얻을 수 있다는 그런 믿음이다. 『율리시즈』는 우리의 운명이 일상을 통해 바뀔 수 있다는 생각에 대한 조이스의 냉소를 전해준다.[8]

모더니즘이 여러 갈래로 나누어져 있다고 보는 모레띠의 생각은 '실체 없는' 모더니즘이라는 개념을 포기하고, 새롭게 '근대 서사시'를 규정하는 작업으로 이어지지만, 이 새로운 개념틀을 통해서 배제된 모더니스트

---

8 이 대목은 아방가르드와 모더니즘을 구분하는 논의와 통하는 바가 있다. 아방가르드의 전복성과 그같은 성격이 박탈된 모더니즘의 비정치성을 비판하는 관점은 유명한 모더니즘 이론가인 뷔르거와 만나는 점이 있으면서도 또한 대비를 이루기도 한다. 모레띠는 모더니즘의 비정치적 성격을 비판하면서도 『율리시즈』가 당대로서 가능한 '리얼리스틱'한 성과의 한 극점임을 인정한다. 뷔르거의 모더니즘관에 대해서는 Peter Bürger, *Theory of the Avant-Gard*(Minneapolis: Univ. of Minnesota Press 1984)의 Jochen Schulte-Sasse의 서문 참조.

가운데 가장 핵심적인 인물이 바로 카프카이다.『율리시즈』와『황무지』가 세계텍스트의 속성을 가지고 있는 데 비해서, 카프카는 이 대열에서 배제된다. 그렇다고 이를 카프카의 작업이 전자들의 성과에 비해 떨어진다는 증거로 볼 필요는 없다. 세계텍스트로 분류된다는 것은 그만큼 그것이 세계체제의 이데올로기 작업에 합당한 상징적 형식이라는 의미가 부과되는 것이며, 애초부터 모레띠는 카프카와 아울러 상징주의가 이 틀에서 빠지게 됨을 언급하기도 하였다. 역시 모레띠는 모더니즘의 내부적인 분열에서 조이스와 카프카를 서로 다른 두 경향을 각각 대변하는 작가로 읽고 있는데, 이 두 경향은 근대성 속에 내재한 모순들의 20세기적인 발현이라고 보아야 할 것이다.

조이스와 카프카의 두 경향을 전자의 다성성(polyphony)과 후자의 알레고리(allegory)로 대비하면서 고찰하는 다음 구절을 읽어볼 필요가 있다.『율리시즈』의 처음 여섯장이 의식의 흐름에 지배된다면, 마지막 일곱장은 다성성에 지배되며 조이스 작품의 다성성은 의식의 흐름에 그 기원을 두고 있다. 모레띠는 주로『율리시즈』와『심판』을 대비하여 이렇게 설명한다.

19세기에 이 두 장치는 여전히 광범하게 서로 얽혀 있었다. 즉 위대한 역사적 새로움은 다의성(polysemy)에 의해 구성되었고, 그 특수 양태(다성적이거나 혹은 알레고리적이거나)는 상대적으로 배경에 남아있었다. 그러나 한 세기 후에 차이점들이 점점 커져서 마침내 모든 유사성을 지워버리게 되었다. 다성성 쪽(조이스의 쪽)에서는 기표의 거의 한없는 증식이 있어왔고, 알레고리 쪽(카프카 쪽)에서는 그와 동등하게 기의의 제한 없는 성장이 있어왔다. 전자의 경우에는 생성할 수 있는 언어의 수나 자유에 한도가 없으니, 무슨 문제든 나머지에 덧보태어질 수가 있고 우선권이나 특유성을 내세우는 법이 없다. 그렇지만 알레고리의 경우에는 강제적 제한이 있으니, 그것은 매우 강력한 것 즉 법(the Law)이다. (*Modern Epic* 201면)

모레띠의 설명대로, 다성성과 알레고리는 실상 근대성의 발흥과 긴밀하게 관련된 양식으로, 19세기의 서사들 속에서는 병존하고 있었다. 가령 근대 초기의 세계텍스트 『파우스트』에서 다성성은 다양하고 이질적이며 확장된 근대의 모습을 나타내기 위해, 그리고 알레고리는 "자본주의적 근대성의 시적 비유"라는 표현대로, 구체적 현실(즉 사용가치)을 감추는 추상적 현실(즉 교환 가치)을 나타내기 위해 사용된다. 이후 근대가 진행되면서 세계텍스트에서는 다성성의 장치는 점차 축소되어왔고, 다의성의 알레고리는 증가하는 방향을 취해왔다는 것이 모레띠의 판단인데, 이처럼 다의적으로 의미가 확산되는 것은 통일된 의미가 사라지는 것을 뜻하며, 20세기 초 모더니즘의 '빅뱅'도 여기서 예고되는 셈이다. 불확실한 의미의 무한한 가능성을 허용하면서도 출처를 알 수 없는 '법'이 지배하는 악몽을 그려낸 카프카의 알레고리 소설이 그 한 증좌이되, 또다른 방향에서 조이스는 다성성을 재기능화하여 현대적 개인의 언어를 마지막으로 구사하는 동시에 현대적 **제도**들의 언어를 최초로 구사한다는 것이다.(*Modern Epic* 202면)

조이스나 카프카에게 있어, 이같은 의미의 확산과 궁극적인 소멸에 대한 관찰은 결국 총체적인 현실 이해나 묘사의 가능성에 대한 점증하는 의구심과 깊이 연관되어 있다. 과연 세계를 이해하는 전체적인 틀이나 전망이 존재할 수 있는가란 물음에 대해 이 두 모더니스트가 내놓은 답은, 그 방향은 다르지만, 그 불가능함에 대한 철저한 자인이다. 카프카의 알레고리에는 어떤 단일한 목소리에 지배되고 강제되는 양상이 그려지지만, 소위 공식적이라고 알려진 '법'은 철저하게 신비에 싸여 있고, 그것은 어떤 공적인 영역에서 나오는 것이 아니라 제도의 질곡과 관련되어 있다. 한편

조이스의 의식의 흐름과 거기서 발흥한 다성성은 스쳐 지나가는 삶의 흐름들을 포착하는 주체의 중심성보다는 자본주의 대도시의 양상을 수동적으로 받아들이는, 그런 점에서 주체의 부정으로 나아가는 경향을 보여주고 있다. 이것이 만일 모더니즘적 성취의 한 극점이라면, 그것이야말로 이미 내용을 상실한 근대성의 한 국면에서 그 전체상에 가장 근접하는 성과라고 볼 수 있지 않을까? 그 불가능성에 대한 인정에도 불구하고, 모더니즘을 총체성에 대한 모색과 무관한 것으로만 치부할 수 없는 것도 이같은 이유 때문이다. 그러나 이같은 '총체성'이 통일된 어떤 의미보다 오히려 분열에 근거하고 있다는 사실은 모더니즘의 성취가 근원적으로 내포하고 있는 한계를 말해준다.

그렇다면 모더니스트 가운데 총체성에 대한 새로운 지향을 언표하는 경우는 어떤가? 몰개성적인 객관성을 중시하면서 일종의 심층구조로서의 신화를 새로운 이념으로 제시한 엘리엇의 모더니즘이 여기에 해당한다. 엘리엇의 『황무지』는 대개 시에서의 『율리시즈』라는 평을 받고 있는데, 모레띠의 관점은 전혀 다르다. 『황무지』는 황폐한 도시문명에 대한 가차없는 기록이란 점에서나 다성성을 그 나름대로 실현하고 있다는 점에서 『율리시즈』와 유사한 점이 많다. 『황무지』는 수많은 단편(fragment)들로 구성되어 있는 셈인데, 이 단편들이야말로 조이스적인 의미에서의 다성성을 엘리엇이 그 나름으로 구현한 것이다. 그러나 이와 동시에 『황무지』의 밑바탕에는 신화가 깔려 있고 그것을 이해하기 위해서는 "역사적 특수성을 괄호 치고, 즉 그 이질적인 표면을 꿰뚫고 신화적 지층"에 도달해야 한다는 모레띠의 지적은 시사하는 바가 크다. 엘리엇의 단편들은 심층의 신화구조에 종속되어 "다성성을 길들인" 것이며, 이것은 이질성들의 공존을 한없이 허용하는 『율리시즈』의 세계와는 다르다.(*Modern Epic* 226~27면)

이와 같은 시각에서 모레띠는 엘리엇이 『율리시즈』를 읽는 방식을 비판한다. 엘리엇은 『율리시즈』와 『황무지』의 심층구조를 말하면서 신화적 방법이란 "단적으로 당대의 역사인 황폐함과 무질서의 거대한 파노라마를 조절하고 그것의 질서를 잡고 거기에 형태와 의무를 부여하는 방식"이라고 주장한다.[9] 이 유명한 구절은 모더니즘이 새로운 질서를 창출하는 문학임을 선포하는 대목으로 흔히 인용되곤 하는데, 모레띠는 이같은 관점이야말로 오히려 『율리시즈』를 취소하는 꼴이라고 통박한다. 『율리시즈』가 신화를 사용하고 있기는 하나 그것을 탈신성화하려는 것이며, 그에 따라 당대 역사도 탈신성화된다. 신화와 역사는 서로를 패러디하고 있는 것이다. 그러나 '신화 즉 질서잡기, 역사 즉 무의미와 혼란'이라는 식의 엘리엇의 관점은, "새 단계의 자본주의의 기본 욕구를 표현"하는 것으로 극히 이데올로기적이다. 이에 반해 조이스는 이처럼 쇠퇴하는 영국 지배계급의 위기에 어떤 종류의 '해결책'도 제시하지 않고 다만 그 세계에 대한 '끔찍한 캐리커처'를 그려낼 따름이다.(Signs 191~92면)

하여간 총체성의 문제에 있어서, 파편에 머물러 있기를 지향한 조이스에 비해 엘리엇의 신화 창조가 새로운 의미의 총체성에 대한 물음을 던진 것은 분명하다. 『황무지』가 구성하는 '신화적 총체성'은 가령 빌헬름 마이스터에게 구현된 빌둥, 즉 '유기적 총체성'과는 분명 다르며, "부르주아 문명의 '위대한 통합적' 순간들"은 19세기에 들어 그 가능성이 상실되었다는 것이 모레띠의 판단이다. 그렇다면 파편적인 표면과 심층의 신화가 이룩하는 『황무지』의 효과는, 사회에 대한 총체성의 회복이라는 관점에서 어떻게 해석되는가?

엘리엇의 독자는 도시 운전자나 텔레비전 시청자처럼 정말 이상한

---

9 T. S. Eliot, "*Ulysses*, Order and Myth," *The Dial* 1923년 11월호. *Modern Epic* 227면에서 재인용.

입지에 있다. 보이고 읽히고 들리는 모든 것은 그것이 어떤 밑바탕의 '총체성'에 연결되어 있는 한에서만 의미를 띤다. 그러나 그 메시지가 주는 효과와 매혹은 그것의 약호가 확실하게 추적될 수 없다는 사실, 그리고 그 총체성이 드러날 수 없으며 오히려 아른거리고 규정할 수 없는 상태로 유지된다는 사실, 바로 거기에 있다. (*Signs* 231면)

이 대목이 흥미로운 점은, 모레띠가 모더니즘 거장의 독자를 대중문화의 소비자와 같은 자리에 놓고 있다는 것이다. 대중문화의 소비자가 세계와 관계를 맺는 동기는 이해관계나 책임 등이 아니라 호기심에서이다. 이 호기심은 불안감에 의해서 추동되지만, 더이상 프로이트적인 정신적 외상(trauma)의 공포에 추동된 그런 불안이 아니다. 말하자면 진리에 대한 추구가 사라지고 한 문장에 의미(sense)만 있고 지시대상(reference)은 사라져버린 세상이 근대적인 혹은 현대적인 삶의 양태라면, 『황무지』 읽기는 딱히 무엇을 지칭하는지가 모호해진 그런 세계를 겪는 일이다. 모레띠의 표현대로 이것이 바로 '의식의 황혼 상황'이니, 소통의 구조 자체가 당혹과 분리와 주저를 배태하고 있어 어떤 결론도 불가능해진다.(*Signs* 232면) 그리고 이와 같은 신화적 총체성, 즉 서로 다른 이미지를 연속으로 보여줄 뿐 스스로를 나타내지 않는 그런 총체성이야말로, "자본주의 세계체제에서 상상할 수 있는 가장 추상적인, 그리고 아마도 가장 진실한 형태의 '총체성'"이라는 것이다.(*Modern Epic* 229면) 『황무지』와 대중문화 양자에서는 공히 사실이 문제가 아니라 '상징적 효과성'(*Signs* 234면)이 문제이며, 이는 가치체계 혹은 문화의 수립이 중시되는 데서도 엿보인다. 즉 20세기에 일어난 '문화의 미학화라는 막강한 경향'(*Signs* 235면)은 모더니즘과 대중문화를 한꺼번에 몰아가는 흐름이 된다.

엘리엇의 '신화적 방법'은 개별적인 해석의 가능성을 약화시키는 대신 '객관적인' 상관물들에 대한 '즉각적' 인식으로 그것을 대체하는데, 이처럼 신화구조라는 '객관적인' 가치체계를 만들어냄으로써 역사는 그 모든 구체적인 맥락을 상실하고 정지하게 된다. 여기서 엘리엇의 객관적 상관물론이 실상 "독자들을 다시 한번 '편하게' 느끼도록 하는 것, 즉 의미와 가치, 가치와 현실 사이의 간극을 메우는 것"에 그 목적이 있다는 모레띠의 지적(*Signs* 218면)은 통렬하다. 우리는 여기서 모더니즘의 미학주의가 몰역사적인 관점에 입각해 있음으로써 자본주의 근대의 양상인 소비사회의 이데올로기로 기능하며, 그런 점에서 늘 유행과 호기심에 의해 추동되는 대중문학의 이념과 맥이 닿아 있다는 점을 확인할 수 있다. 즉 이 둘은 모두 생산이라는 문제를 아득하고 어렴풋한 공간으로 밀어내 결국 망각케 하고, 소비라는 현상에 매혹된 세상을 그려냄으로써 극도로 미혹되고 가망 없이 진행되어버린 근대의 한 국면을 증언하고 합리화한다. 모더니즘이 결국 소비사회의 세계상과 일치한다는 점은 『율리시즈』를 논의하면서도 지적한 바지만, 다만 조이스가 이 국면을 그 자체로 가혹하리만치 냉정하게 그려낸 리얼리스트라면, 엘리엇은 여기에 의미를 부여하려 한 이데올로그인 점이 다르다.

모더니즘의 폭발이 기법들의 혁신과 함께 도래했음은 주지의 사실인데, 모레띠에게 기법 혁신은 모더니즘의 성격과 의미를 가늠하는 중요한 기준이 된다. 의식의 흐름을 비롯하여 다성성, 다의성 등 모레띠가 말하는 소위 '브리꼴라주'(bricolage)는 문학사적인 진화의 과정을 거쳐서 등장하게 된다. 혁신과 진화의 관계에 대해 모레띠는 다윈의 진화론에 입각하여 진화의 과정이 돌연변이를 수반하고 있다는 생물학적 가정이 문학사에서도 성립한다고 본다. 이 자리에서 상술할 수는 없지만, 이는 문학사에서뿐 아니라 작품에서도 적용되는데, 가령 『율리시즈』에서 초반의 서술을 지배하던 의식의 흐름이 후반에 다성성으로 바뀌는 것은 조이스가 애초부터 계획한 일이 아니라 우연히 발생했다는 것이다. 그런 점에서 모더니즘 기법의 실험이 지닌 '과감성'(daring)이 거론될 수 있고, 새로운 형

식과 기법의 등장이 세계를 보는 새로운 시각과 연결되어 있다는 말도 수
긍할 수 있다.

　그러나 조이스와 엘리엇의 새로운 기법들이 그러하듯, 모더니즘은 역
시 근대성의 새 국면에 대한 합리화이자 상징화인데, 여기에는 문학의 근
본 기능이 "동의를 확보하는 것"이라는 모레띠의 가정이 깔려 있다. 동시
에 '과감성'이 부각되기 위해서는 '관례성'이라는 배경이 필요하듯, 단절
을 강조하느냐 안정을 강조하느냐에 따라 관습과 혁신을 보는 시각은 달
라진다. 여기서 모레띠가 학계에서는 대체로 혁신이 강조되고 관습은 지
식의 대상조차 되지 못했다고 비판하는 대목은, 모더니즘의 기법 혁신에
대한 판단과 맞닿아 있다.(Signs 14~15면) 즉 모레띠는 기법 혁신을 예찬하
고 그 의미를 높이 평가하는 모더니즘적 시각에 부정적이고, 오히려 이같
은 자유로운 실험이 가능하게 된 것은 조직화가 강화되고 족쇄가 사회 일
반에 채워져 상대적으로 관대하게 된 근대체제 덕이라는 관찰을 일관되
게 전하고 있다. "일단 자본주의 경제의 말없는 족쇄가 장착되면, 이데올
로기적 사슬은 느슨해질 수 있고 사회는 분열된 상징적 선택지들에 열려
있을 수 있다. 더 강해졌기에 더 자유로울 수 있기도 한 것이다."(Modern Epic
89면)라는 통찰은, 모더니즘의 형식실험의 '자유'가 결국 막바지에 도달한
근대성의 강화되고 완벽해진 '족쇄'와 유관함을 시사한다. 여기에 서구
모더니즘의 영광과 오욕이 있는 것이다.

4. 결백의 수사학과 제3세계적 전망

　모레띠의 근대성과 근대문학 논의는 서구문학에 집중되어 있다. 물론
모레띠가 그리고 있는 것은 세계적인 문학의 지형도라고 할 수 있지만,
그러나 근대란 곧 서구적인 근대체제의 형성이라는 그의 시각은 여전한

데, 월러스틴의 세계체제론을 문학사 해석에 활용한 것도 그렇고, 세계체제의 형성을 서사 속에 담아내는 세계텍스트를 서구 중심으로 구성한 것도 그러하다. 앞에서도 논의하였듯이『근대 서사시』는 이같은 세계텍스트의 형성과 전개를 세계체제의 발전과정과 관련하여 살펴본 야심적인 저서인데, 이 목록에 흥미롭게도 남미 작가 마르께스의『백년 동안의 고독』이 포함되어 있다. 모더니즘 시대의 작품들 이후로는 서구문학 대신 제3세계의 작품이 근대 서사시로 지목되어 거론된다는 사실이 눈길을 끈다. 이 문제를 살펴보는 것으로 논의를 끝맺고자 한다.

서구에서 발원한 근대성이 전세계로 확장되어간 수백년의 기간(월러스틴은 15세기 말부터 세계체제가 작동하기 시작했다고 본다)은 비서구에 대한 서구의 정복과 지배 즉 제국주의의 문제를 필연적으로 포함한다. 세계체제의 합리화이자 상징화인 세계텍스트가 이같은 현실에 정면대응을 하지 않거나 혹은 의식적·무의식적으로 무시했다 하더라도, 폭력과 정복의 서사는 억압된 형태로나마 세계텍스트에 내재되어 있다. 모레띠가 이 문제를 본격적으로 거론한 것은 아니지만,『근대 서사시』의 군데군데에는 이같은 인식이 나타나 있다. 그는『파우스트』에서 시작하여『율리시즈』로 이어지는 세계텍스트의 전개과정에서, 서양의 지배가 점차 광범해지고 마침내 완성됨에 따라 이 문제가 담론에서 사라져가는 현상에 주목한다. 즉『파우스트』에서처럼 자본주의의 도약단계인 산업화 국면에서는 정복이 근대화의 이름으로 옹호되는 만큼 서구의 타자에 대한 의식이 존재하는 데 비해서, 정복이 이미 완료된 시기의『율리시즈』에 이르면 오히려 옹호가 필요없을 정도로 세계의 좁음은 당연시되고 타자는 소멸한다.(*Modern Epic* 160면)

세계텍스트에서 이처럼 제국주의의 문제를 감추거나 합리화하거나 해소하려는 노력을 모레띠는 '결백의 수사학'(rhetoric of innocence)이라고 칭하는데,『파우스트』가 그 발원지로 지목된다. 메피스토펠레스라는 악마를 창조하여 주인공 파우스트가 자신이 저지른 죄에서 벗어나게 하는 장치로 사용하고 있다는 것이다. 즉 제1부에서 마가레타를 유린하고 파멸시킨 죄도 파우스트가 악마에게 유혹된 결과이므로 책임이 없고, 제2부에서 헬레나와의 결혼 장면에서도 파우스트는 정복자가 아니라 야만주의로부터의 해방자로 그려지는데, 이처럼 서양인과 원주민 여성의 결혼이라는 플롯은 식민지 정복을 승인하고 합리화하는 것이다. 『파우스트』가 '본원적 축적에 관한 시'라는 루카치의 평가에 동의하면서, 모레띠는 이같은 거짓과 진실의 혼합이 "그 자신의 세계 지배에 자랑스러워하면서도 그것을 지탱하는 폭력을 간과하기를 택하는 서양에 전형적인 것"이라고 지적한다.(*Modern Epic* 26면)

그렇다면 이같은 '결백의 수사학'이 비서구 작품으로서 세계텍스트의 반열에 오른 『백년 동안의 고독』에도 관철되는가? 이것은 이른바 '마술적 리얼리즘'(magical realism)의 성취를 설명하는 문제와도 관련이 있는데, 모레띠는 우선 이 작품이 모더니즘의 기법에 현실성을 회복시키고, 아방가르드 문학을 땅에 발붙이게 했다는 점을 높이 산다. 즉 동기가 상실된 채 형식화된 다성성과 의식의 흐름을 재동기화하여, 조이스의 세대가 분리해놓았던 기법과 인간중심주의의 연계를 회복하게 했다는 것이다. 이것은 분명 막다른 골목에 이른 서구문학을 넘어선 새로운 현대문학의 가능성을 말하는 것이며, 그같은 성취가 제3세계 특유의 조건에서 가능했다는 지적은 시사적이다. 이 작품을 두고 1960년대 서구에서 '서사의 복귀'(return of narrative)가 거론된 것만 봐도 그렇듯, "아방가르드 작품이면서도 흥미로운 줄거리를 가진" 이 작품은 분명 유럽과는 다른 문학적 진화의 산물이었다. 모레띠는 제3세계에서 서구적인 장편소설의 부재가 오히려 전(前)사실주의적인 서사형태들(신화·전설·로맨스)을 살아남게 하였다는 점에 주목하는 동시에, 강요된 근대화가 창출한 이 지역에서의 '비동시성'(non-contemporaneity)이 낳은 어떤 활력 혹은 긴장을 지적한다. 한마디로 "불균등하고 뒤섞인 발전에 관한 소설"이라는 것이다.(*Modern Epic* 243면)

이러한 평가는 비서구의 문학에서 돌파구를 찾고자 하는 제3세계적 관점과도 연결되는 것이며, 서구문학의 한계치를 『율리시즈』로 잡고 있는 모레띠로서도 이 시도에 매력을 느낄 만하다. 그러나 그럼에도 여전히 『백년 동안의 고독』이 '결백의 수사학'에서 비껴나 있는가 하는 의문은 해소되지 않는다. 모레띠는 서구 지식인들이 이 작품에 열광하는 이면에서 음험하게 작동하는 세계체제 이데올로기에 의혹의 눈길을 돌린다. 『근대 서사시』의 '에필로그'에 해당하는 제9장의 결론 부분에서 모레띠는 서구에서 마술적 리얼리즘이 수행한 역할에 대해 말하면서 "마술과 제국 간의 야합"의 가능성을 제시한다.

유럽에서 베버적인 차가움의 세기들에 맞서 떠오르는 하나의 소망(의미, 상상력, 매력 되살리기를 향한 당대 사회의 욕망 — 인용자)은 충족되기 어렵다. 그러나 **또다른** 문화에 속하는 이야기들 속에서 출구를 아주 잘 발견할 수 있다. 특히 그 문화가 완벽한 타협적 구성이라면 말이다. 이해가 가능할 만큼 충분히 유럽적('라틴적')이며, 또 비판적 통제를 회피할 만큼 충분히 이국적('아메리카적')이라면 말이다. 우리는 우리에게서 멀리 떨어진 것에는 거의 믿을 준비가 되어 있다. 즉 정복자의 연대기(cronicas)에 해당되었듯이, 마술적 리얼리즘에도 다시 해당되는 것이다. (*Modern Epic* 249면)

이와 같은 가설은 특히 마르께스가 소설에서 마술로 제시하는 것이, 사실은 마술이 아니라 영화나 전화와 같은 기술이라는 점에 대한 주목으로 이어진다. 서구의 기술이 두려운 것이기는커녕 오히려 '놀라운 현실'이라는 점, 이는 『백년 동안의 고독』에서 강요된 근대화가 특별한 환희의 이야기라는 것이 된다. 모레띠가 마지막 대목에서, 자신의 과거에 대한 사면(赦免)이 바로 그 희생자에게서 나온 것이 또 하나의 '결백의 수사학'임을 암시하는 것으로 이 책을 끝맺는 것은, 서구 지식인의 엄혹한 자문(自問)을 동반하는 것이면서, 세계텍스트가 결국 세계체제에 대한 이념적 합리화라는 기본 가정을 다시 한번 증명하는 것이다.

모레띠가 이처럼 근대성의 발현과 그 문학적 소산으로서의 근대문학, 특히 모더니즘의 위상을 둘러싸고 제기한 가설과 해석들은 그 자체가 하나의 이론적 모험이기도 하다. 그리고 서구 모더니즘과 제3세계에서의 그 발현까지 아우르는 그의 거시적 안목과 통찰력 있는 관찰은 근대성이라는 문제와 문학의 입지 및 진로에 대한 많은 시사를 던져준다. 다만 제3세계의 현대문학이라면 마술적 리얼리즘만이 아니라 전통적 리얼리즘 양식의 제3세계적 발현을 검토해보는 것이 필수이겠으나, 이 점에 대한 관심의 부족은 모레띠의 서구 중심적 시각이 가지는 한계라면 한계라고 할 것이다. 그럼에도 불구하고 모레띠의 모더니즘론은 모더니즘의 가능성뿐 아니라 리얼리즘의 당대적 역할을 모색하는 우리의 문학논의에 어떤 자극이 될 만하다. 이 소개와 개괄이 여기에 조금이나마 기여한다면 그 목적은 달성된 것이다.

과학자와 개혁가*

◆

영미 근대소설에 나타난 의사

1. 근대성, 문학, 그리고 의사

의사와 같은 전문직업인이 어떻게 소설(novel) 속에 형상화되어 있느냐는 흥미로운 물음이지만, 결코 간단한 것이 아니다. 여기에는 문학 중에서도 가장 비중이 크고 근대적인 장르인 소설의 특성에 대한 문예론적인 물음에서부터 의사라는 직업이 근대사회에서 차지하고 있는 역사적·사회적 의미에 대한 사회학적인 물음까지, 그리고 인물 재현의 성취도와 진실성이라는 미학적인 혹은 인식론적인 문제에서부터 그 인물이 선택하는 삶의 행로에 대한 도덕적·윤리적 판단이라는 문제에 이르기까지, 광범한 고려와 사색이 요구되는 사안들이 포함된다. 이는 소설에서 인물의 창조가 가지는 결정적인 중요성과도 관련이 있다. 즉 소설에서 인물이란 가장 일차적인 구성요소로서, 소설은 인물의 창조를 통해서 당대 사회의 현실

---

* 이 논문은 2002년 5월 5일 대한의사협회 제30차 종합학술대회에서 발표한 글을 수정 보완한 것이다.

을 있는 그대로 재현하고 당대 사회현실과 가장 생생하게 교섭할 수 있는 문학형식이다. 소설이 가지는 이러한 특성 때문에 소설은 가공의 이야기이면서도 당대 사회의 현실을 비추는 가장 총체적인 거울이 되기도 하고, 프랑스의 발자끄(Honoré de Balzac)나 영국의 디킨즈(Charles Dickens)가 그러했듯이 소설가는 어떤 역사가보다도 충실한 당대의 기록자가 되기도 한다. 소설에서 의사가 어떻게 재현되는가를 살피는 일은 비단 의사라는 직업인이 가지고 있는 소설적 이미지를 환기하는 것에만 머물지 않고 그 인물을 산출해낸 사회적·역사적 배경 속에서 그 의미를 읽어내는 일과도 이어진다.

근대의학의 발전과 의료행위 및 제도의 수립을 떠나서 직업인으로서의 의사를 생각할 수 없는 것과 마찬가지로, 소설을 말할 때에도 피할 수 없는 것이 바로 근대성(modernity) 문제이다. 소설의 발생기는 대체로 18세기로 알려져 있는데, 이것은 곧 소설이 근대의 발흥과 밀접하게 연관되어 있음을 뜻한다. 또한 의사라는 직업인이 소설의 이야기 구조 속에 들어온 시기는, 근대라는 시대적 상황에서 이 전문직의 근대적인 형태가 모습을 드러낸 시기와 일치한다. 즉 서양에서 근대 초기에서부터 소설의 전성기라고 일컬어지는 19세기 후반에 걸쳐 전근대적인 의료행위를 담당하던 다양한 부류의 사람들이 전문지식을 가진 새로운 의사들로 대체·변형되는 현상이 광범하게 일어났으며, 이같은 변화는 소설 속에 어떤 형태로든 반영되게 된다. 또한 주로 사적인 공간에서 사적으로 행해지던 의료행위가 병원이라는 공적인 장소에서 체계적인 방식의 치료행위로 이행되는 과정도 마찬가지이다. 소설 속에서 형상화되는 의사의 상에는 마땅히 이같은 대체와 이행의 드라마가 동반된다.

주지하다시피 근대는 파괴와 구축이 동시에 진행되는 역동적인 움직임을 보였다. 근대는 전근대적인 어둠을 계몽의 빛으로 밝힌다는 긍정적인 측면을 가지고 있는 한편으로, 공동체적인 가치를 무너뜨리고 소외된 삶을 강요한다는 부정적인 측면도 가지고 있다. 근대에 들어와서 등장한 새로운 유형의 의사가 소설 속에서 이중적인 이미지로 나타나는 것도 이와 유관하다. 즉 근대적인 의사는 때로는 자애로운 시혜자인가 하면 공포의 대상으로 나타나고, 때로는 파우스트와 같은 영웅적인 거인으로 나타나는가 하면 범속하기 짝이 없는 범인(凡人)의 모습을 취하기도 한다.[1] 근대의 상반되고 모순적인 움직임을 재현해내는 가장 유력한 문학적 대응이 소설이라면, 소설에서 의사의 모습이 한가지로 통합되지 않고 복합적인 면모를 보여주는 것은 당연하다 할 것이다.

그런데 두가지 의사의 모습 가운데서 소설이 긍정적인 모습이 아니라 부정적인 모습을 주로 보여주고 있다는 사실은 문학의 근대적 성격과 관련하여 흥미로운 대목이다. 문학은, 그리고 소설은, 근본적으로 삶의 본질적인 문제를 제기하고 그에 대한 심층적인 분석과 예감을 전달하려고 하기 때문에, 근대적인 현상들을 단순히 예찬하거나 긍정하는 흐름에 휩쓸리기보다 그것이 초래했거나 초래할 수도 있는 어둠을 경계하고 감지해내고자 한다. 고전적인 서양소설은 이런 의미에서 근대의 삶에 대한 활기찬 기록인 동시에 그 악몽에 대한 놀라운 경고를 내포하고 있다. 의사라는 새로운 전문직이 근대사회의 과학성과 실용성을 가장 잘 결합하여 보여주는 사례 중의 하나이며, 의학의 발전이 전염병의 퇴치 등 사회적인 보건과 인간의 복지 진전에 크게 기여한 면이 있음에도 불구하고, 그같은 근대성의 밝은 면에 얽매이지 않고 과학과 이성이란 이름으로 행사되는 권력이나 폭력성을 가차없이 드러내고자 하는 장르가 소설인

---

[1] 공포의 대상으로 나타난 경우에는, 엄밀한 의미에서 의사라기보다 과학자이긴 하지만, 메어리 셸리(Mary Shelley)의 『프랑켄슈타인』(*Frankenstein*)의 프랑켄슈타인 박사, 그리고 범속한 속물의 전형적인 상으로는 플로베르(Flaubert)의 『보바리 부인』(*Madame Bovary*)의 샤를르 보바리(Charles Bovary)를 꼽을 수 있다. 영웅적인 의사상은 알베르 까뮈(Albert Camus)의 『페스트』(*Le Peste*)의 의사 리외(Rieux)가 대표적이다.

것이다.

소설에서 형상화된 의사의 성격을 말할 때 한가지 반드시 짚어야 할 것은 상투형(stereotype)과 전형(type)의 문제이다. 소설 속의 인물이 상투형인가 전형인가를 구분하는 기준이 확실한 것은 아니지만, 어떤 고정된 상(혹은 일반적인 선입관)에 종속되어 있는 인물과 소설의 구성에 유기적으로 결합된 입체적인 인물은 분명 구별될 수 있고, 의사의 경우에도 이는 예외가 아니다. 대체로 일반인들이 떠올릴 만한 의사의 상투형이라면, 가령 '자신을 희생하며 인술을 펼치는 고귀한 분'에서부터 '치료는 뒷전이고 돈만 밝히는 탐욕스럽고 비정한 인간'에 이르기까지 다양할 듯하다. 그러나 근대의 고전적인 소설들 ─ 의사가 중심인물로 나오는 경우가 그다지 많은 것은 아니지만 ─ 에서 재현되는 의사는 이처럼 고정된 이미지에 붙박인 존재가 아니라 좀더 실재에 가까운 살아 있는 인물로 나타난다. 이런 전형적인 인물을 통해 근대사회에서 의사가 무엇인가라는 물음과 나아가 근대성이란 무엇인가라는 좀더 일반적이고 본질적인 물음까지 제기할 수 있을 것이다.

여기서는 근대적인 의사로서 일종의 전형성을 가지고 있다고 생각되는 두 인물을 분석함으로써, 근대성과 의사(혹은 의학 및 의료행위)라는 문제를 생각해보고자 한다. 한 인물은 너새니얼 호손(Nathaniel Hawthorne)의 『주홍글자』(*The Scarlet Letter*)에 나오는 로저 칠링워스(Roger Chillingworth)이며, 다른 인물은 조지 엘리엇(George Eliot)의 『미들마치』(*Middlemarch*)에 나오는 터티어스 리드게이트(Tertius Lydgate)이다. 이 두 소설은 각기 미국문학과 영국문학을 대표하는 작품으로서, 전자가 미국문학 특유의 로맨스(romance)적인 속성을 구현하고 있는 데 비해 후자는 영국의 사실주의적 전통에 충실하다는 점에서 서로 대비된다. 영국의 사실주의가 상세한 세부묘사와 총체적인 사회상에 대한 있는 그대로의 재현을 목표로 삼는다면, 미국의 로맨스는 사실주의적인 기율에서 벗어나 있는 상징이나 알레고리에 좀더 열려 있다.[2] 그러나 이처럼 서로 다른 경향을 가진 작품임에도 상투형으로 떨어지지 않고 근대적인 인물로서의 의사를 전형적으로 그려낸 점에서는 일치한다. 범박하게 말하자면 『주홍글자』가 근대의 한 핵심적인 사안인 과학에 대한 심층적인 물음을 제기한다면, 『미들마치』는 사회개혁이라는 근대의 핵심사안과의 치열한 대결을 보여준다. 즉 『주홍글자』의 칠링워스라는 과학자로서의 의사상을 통해 근대과학이 안고 있는 가능성과 위험을 읽어내고, 『미들마치』의 리드게이트라는 개혁자로서의 의사상을 통해 근대적인 개혁의 과제에 부과된 여러가지 문제들을 고찰할 수 있는 것이다.

2. 『주홍글자』의 칠링워스: 과학자로서의 의사

『주홍글자』의 주요 등장인물 가운데 한 사람인 칠링워스는 원래 닥터 프린(Prynne)으로 의학 및 연금술에 정통한 학자였으나, 유럽에서 미국으로 이주한 뒤 본명을 숨기고 칠링워스라는 이름을 사용한다. 칠링워스는 미국 청교도 사회의 중심지인 보스턴에서 학식 있는 의사로 인정받으며 유력인사들과 교류하고, 특히 촉망받는 젊은 엘리뜨 목사인 딤즈데일(Arthur Dimmesdale)의 주치의가 되어 알 수 없는 병에 시달리는 그의 치료를 맡는다. 칠링워스는 사실 이 작품의 여주인공 헤스터 프린(Hester Prynne)의 법적인 남편이니, 헤스터가 딤즈데일 목사와 간통을 저지른 사

---

2 미국소설과 영국소설의 특징을 로맨스 대 사실주의의 대립으로 일반화하는 것은 논란의 여지가 있으나 일반적으로 인정되는 것이며, 특히 이 글에서 분석의 대상이 되는 호손과 조지 엘리엇의 경우에는 적절한 대비이다. 미국소설의 특징을 로맨스와 관련지어 설명하는 고전적인 책으로는 Richard Chase, *American Novel and Its Tradition*(NewYork: Doubleday 1957) 1~28면 참조.

실을 알고는 자신의 정체를 숨긴 채 목사에게 복수하려고 하는 인물이다. 초점을 어디에 두는가에 따라 『주홍글자』는 헤스터라는 한 특출하면서 기구한 여성의 드라마가 되기도 하고 딤즈데일이라는 고통스런 인물의 비극이 되기도 하겠지만, 대체로 이 둘과 칠링워스의 삼각관계가 이 작품의 기본구도를 이루는데, 여기서 칠링워스는 복수의 화신이자 거의 악마에 가까운 비정한 냉혈한으로 그려진다. 이 세 사람의 착잡한 애증의 고리들을 당대 미국사회와 관련지으면서 미국문화의 본질을 깊이있게 파고들었다는 점에 이 작품의 위대성이 있고, 칠링워스는 이 삼각형의 한 축으로서 헤스터나 딤즈데일 목사 못지않은 비중을 지닌다.

이 작품의 많은 부분은 헤스터와 딤즈데일이 불륜을 저지른 후 겪게 되는 고통과 비극이 차지하고 있다. 젊은 유부녀인 헤스터는 사정이 있어서 남편보다 먼저 미국에 도착한 이주민으로 교구목사인 딤즈데일과 남몰래 사랑에 빠지고 곧 아이를 가지게 됨으로써 청교도 사회에서 단죄의 대상이 된다. 그녀는 당시의 엄격한 청교도적인 계율에 따라 간통(adultery)을 의미하는 A자 표식을 가슴에 달고 다녀야 하는 가혹한 징벌을 받는데, 이 징벌의 집행 장면에서부터 이 소설은 시작된다. 이후 헤스터는 이 치욕을 꿋꿋하게 견디면서 함께 '죄'를 지은 남자의 신원을 끝내 밝히지 않고 혼자서 사생아인 딸을 키우며 인고의 삶을 살아간다. 한편 자신의 죄를 숨기고 살아가는 목사는 성공한 목사로서 존경을 받으나 이러한 위선에서 비롯된 가책과 죄책감에 시달린다. 그리고 이 사실을 눈치챈 칠링워스의 교묘하고 은밀한 복수로 인해 그 고통은 더욱 심해진다. 세월이 흘러 징벌을 견디며 강해진 헤스터는 목사를 칠링워스의 손아귀에서 구해내기로 결심하고 숲에서 목사를 만나 두 사람이 미국을 떠나기로 언약하나, 목사는 끝내 떠나지 못하고 자신의 죄를 모든 사람들 앞에서 고백한 후 목숨을 거둔다.

이런 기둥 줄거리에서도 금방 드러나듯이 『주홍글자』는 남녀의 사랑이라는 가장 흔하고도 보편적인 주제를 다룬 작품이며, 이는 '하나의 로맨스'(A Romance)라는 이 소설의 부제에서도 어느정도 암시되어 있다. 이같은 금지된 사랑은 어느 사회에서도 환영받는 것은 아니지만, 이들에게 내려진 징벌의 가혹함과 이들의 삶에 닥친 극한적인 고난은 초기 청교도 사회의 경직된 도덕성이 현실 속에서 삶을 구속하는 무서운 굴레가 되었음을 일깨운다. 그런 점에서 『주홍글자』는 젊은 여자라면 응당 가질 법도 한 삶의 충동과 욕망이 마치 쇠처럼 강고한 기성질서와 부딪치는, 즉 자연스런 삶의 충동과 사회적인 제약이 서로 부딪치는 충돌의 서사로 해석될 수 있다. 더 나아가 자유와 평등이라는 이상을 찾아 신대륙을 찾아온 청교도들이 결국 편협한 종교이념에 얽매여 오히려 개인의 자유를 더욱 속박하고 구대륙에 못지않은 신분사회를 이루고 있다는 역설, 즉 '미국의 꿈'(American dream)이 가지는 허구성과 미국문화에 내재한 이중성 혹은 표리부동성(duplicity)을 보여주고 있는 셈이다.[3] 헤스터의 이야기는 단순히 한 여인의 좌절된 사랑 이야기만이 아니라, 미국이라는 나라의 형성과 미국의 근대적인 이념에 대한 진지한 문제제기로서 읽힐 여지가 있는 것이다.

『주홍글자』를 연애 이야기만이 아니라 근대에 대한 하나의 해석이자 비판으로 읽을 때, 칠링워스라는 인물의 의미는 새롭게 부각된다. 그것은 이 의사의 성격과 행동이 무엇보다도 당대에 떠오르던 과학의 문제를 날카롭게 환기하는 알레고리로 이해될 수 있기 때문이다. 칠링워스에게는 중세적인 학문(즉 연금술)에 대한 관심이 있고 어떤 점에서는 마법사에 가까운 이미지도 있어서, 그를 온전한 의미의 근대적 과학자라고 보기 어려운 면이 있다. 그럼에도 그는 당시에 떠오르기 시작한 새로운 학문(베

---

3 이같은 관점에서 이 작품을 읽기로는 로런스(D. H. Lawrence)의 통찰력 있는 저서 *Studies in Classic American Literature*(Harmondsworth: Penguin 1923, 1977) 89~107면 참조.

이컨으로 대표되는 초기 근대과학)을 흡수한 인물로 묘사되며,[4] "당시의 의학에 광범하게 능통하였고", 그때까지 보스턴에서 치료행위를 하던 약종상이나 이발사를 겸하는 외과의와는 질적으로 다른, 근대적인 의료기술을 갖춘 전문적인 최초의 의사이기도 하였다.[5] 그런 점에서 칠링워스가 초창기 미국사회의 '과학'을 대변하는 인물로 부각되는 것은 자연스러운 일이다.

소설의 초점은 배신당한 남편 칠링워스가 애정의 삼각관계에서 과연 의사로서 자신의 환자인 딤즈데일을 어떻게 다루는가 하는 것이다. 이야기의 전개를 따라가보면, 처음부터 목사 딤즈데일을 헤스터의 상대로 의심하였으나 확증을 잡지 못하던 칠링워스는, 목사에게 접근하여 의사로서의 신망을 얻고 그의 병이 위중해짐에 따라 주위의 배려로 함께 생활하면서 자신의 추측에 대한 확신을 얻게 되나, 그런 후에도 공개적으로 그 사실을 폭로하거나 복수하는 대신 목사의 약점을 이용하여 은밀하게 그를 괴롭힌다. 그렇더라도 단순히 이같은 전개를 따라가는 것만으로는, 칠링워스의 과학자로서의 면모보다는 고딕소설에나 등장할 법한 무섭고 잔인한 복수자의 면모가 더 약여하다.

칠링워스가 단순한 복수자가 아니라는 실감은 의사와 환자의 관계를 묘사하는 작가의 필치를 면밀히 추적하면 더욱 확연해진다. 무엇보다도 이는 칠링워스가 자신의 환자를 대하는 태도를 통해서 잘 드러난다. 칠링워스가 목사의 비밀을 눈치채고 나서 보인 반응은 일차적으로 복수자의 것이 아니라 과학자의 것이다.

---

4 칠링워스가 중세의 로저 베이컨(Roger Bacon)과 근대의 프랜시스 베이컨(Francis Bacon)이 통합된 인물이라는 지적은 D. H. Lawrence, 앞의 책 150면 참조.

5 Nathaniel Hawthorne, *The Scarlet Letter* 제3판(New York: Norton 1988) 82면. 『주홍글자』의 텍스트는 Norton Critical Edition의 제3판을 사용하며 앞으로 이 책의 인용은 괄호 안에 면수만 표시한다. 번역본으로는 김종운 옮김 『주홍글자』(삼중당 1983)를 참조하였고, 본문 중의 인용은 이 번역을 토대로 필자가 수정하거나 가필한 것이다.

노(老) 로저 칠링워스는 일생 내내 기질이 차분하였고 비록 따뜻한 인정미는 없다 해도 늘 친절하였으며, 세상을 대하는 데 있어서 깨끗하고 올바른 사람이었다. 그는 자기 생각대로 진상조사에 착수했으며, 판사의 그것에 못지않게 엄하고 공평한 태도로 조사에 임하였으니, 마치 그가 다루려는 문제가 인간의 정열이나 자기가 입은 피해가 아니라, 허공에 그려진 선이나 도형 따위의 기하학 문제를 다루듯이 오직 진리만을 탐구하려는 태도였다. 그러나 진행을 해가면서 무서운 매혹이, 여전히 차분하지만 맹렬한 필연성 같은 것이 노인을 그러잡았고 그것이 명하는 바를 다 끝낼 때까지는 결코 그를 놓아주지 않았다. (89면)

인용문은 의사의 태도가 사물을 대할 때 객관적이고 사심 없는 자세를 기본으로 하는 과학자의 그것임을 말해주며, 동시에 과학이 가진 어떤 필연성으로서의 마력에 사로잡힌 한 영혼의 악마적인 성격을 보여준다. 과학적인 시각은 근대를 배태한 주된 힘 가운데 하나이며 그 자체로 미덕이기는 하지만, 그 대상이 도형이나 기하학이 아닌 살아 있는 인간이 될 때 문제가 생겨난다. 과학이 인간을 위한다는 목적을 가지고 있음과는 무관하게, 과학의 순수한 차원에서는 환자의 삶에 대한 인간적인 배려, 혹은 그의 곤경이나 아픔에 대한 이해는 발을 붙일 여지가 없으며 여기에서 중요한 것은 "마치 금을 찾는 광부처럼" 인간의 영혼을 파헤치는 탐색자의 욕망만이 부각된다.

칠링워스에게 목사와 목사의 비밀은 과학적 탐구의 대상이 되는데, 목사가 겪는 극심한 영혼의 고통에 대한 동감과 보살핌은 실종되고 마치 하나의 물건이나 대상처럼 그것은 냉정한 과학적 시선 아래 놓이게 된다. 이는 근대에 들어와 전문가로서의 의사가 이전의 전통적인 의료인을 대체하면서 새롭게 생겨난, 푸꼬(Michel Foucault)가 말하는 이른바 '임상적 응시'(clinical gaze)라는 근대적 현상을 상기시킨다.[6] 전문적 관찰이 권위를 획득하게 된 것은 의학의 발전에서 분명히 혁신이자 진보라고 할 수 있지만, 종래의 환자와 치료사 사이에 존재하던 교감이나 고통에 대한 공감 대신에, 타자화된 관찰대상으로서의 환자와 그를 응시하고 관찰하는 의사 사이의 비인간화된 관계가 의료행위의 새로운 관례로서 자리잡는 변화를 동반한다.

칠링워스는 목사가 "정신과 육체가 하나인, 말하자면 정신의 도구인 육체가 그 정신을 흡수하여 정신과 육체가 혼연일체가 되어 있는" 그야말로 진기한 사례(a rare case)라는 것을 깨닫고, "다른 것은 그만두고 의술을 위해서만이라도 이것을 철저히 규명해보아야겠다"고 결심한다.(95면) 이것은 칠링워스가 그 당시 하나의 과학적인 전제로 되어 있던 영육(靈肉)의 '공감'(sympathy)에 학문적 관심을 가지고 있음을 암시하며, 목사는 그에게 과학적 연구대상으로 희귀한 만큼 소중하다는 것을 말해준다. 여기서 '다른 것'이 그의 내밀한 복수를 말하는 것이라면, 그의 말에서는 사랑과 미움이라는 일상적인 삶의 문제보다도 지식과 학문에 투신하는 학자로서의 면모가 여실히 드러난다.

그러나 호손이 말하고자 하는 바, 그리고 독자로 하여금 실감케 하는 것은, 의사의 이같은 과학자적 태도가 격심한 영혼의 고통을 겪고 있는 목사에게 겨누어질 때의 섬뜩한 비인간성이다. 의사는 자신의 생각을 확인하기 위해서 어느날 목사가 잠들었을 때 그의 가슴을 풀어헤쳐 보고, 거기에서 무언가를 발견한 뒤 놀라움과 함께 처참한 환희의 광란에 빠진다.(95~96면) 이 작품의 마지막 대목에서 드러나듯이 이때 목사의 가슴살에는 A자가 새겨져 있었는데, 의사의 환희는 다름 아닌 자신의 '과학

---

6 푸꼬의 근대의학에 대한 '미시정치학'에 대한 논의는 Deborah Lupton, "Foucault and the Medicalisation Critic," Alan Peterson & Robin Bunton eds., *Foucault, Health and Medicine*(London: Routledge 1997) 94~110면 참조.

적 의문'을 풀어주는 확증을 얻은 데서 비롯한 것이다. 그러나 이같은 과학자로서의 의사의 승리는 참혹한 목사의 고통에 대한 냉정한 무시와 결합되어 있으며, 그 때문에 작가는 이 대목에서 칠링워스의 얼굴을 "악마의 표정"이라고 적고 있다. 결국 근대과학이 함유하고 있는 부정성이 의사 칠링워스를 통해 전율을 불러일으킬 만큼 극적으로 폭로되는 것이다. 더구나 이같은 과학적 사고의 힘은 한 개인이 쉽게 물리칠 수 있는 것이 아니라는 데 그 공포의 절대성이 있으니, '무서운 매력'이 그를 사로잡아 "그것이 명하는 바를 다 끝낼 때까지 결코 그를 놓아주지 않았"음은 이 때문이다.

이 특이한 의사와 환자의 관계가 근대라는 상황과 관련하여 일깨우는 것 중의 하나는 거기서 발생하는 권력의 문제이다. 목사와 의사는 서로의 학식이나 지성을 인정하기에 나이 차이에도 불구하고 친구 사이가 된다. 그러나 이러한 평등하고 우애 있는 관계는 의사와 환자로서의 동거생활이 진행될수록 깨어지고, 점차 일방적인 지배와 종속의 관계로 변질된다. 즉 의사는 표면적으로는 환자의 건강을 살피며 "온 힘을 다해 성심껏 돌보"지만, 환자의 비밀을 점차 파악해감에 따라 환자를 완전히 지배하는 권력자로 군림하게 된다.

그는 이 불쌍한 목사의 내부세계에서 구경꾼일 뿐 아니라 주연배우가 되었다. 그는 목사에게 마음먹은 대로 장난칠 수 있었다. 목사에게 격심한 고뇌를 불러일으키고 싶다면? 희생자는 언제나 사지를 잡아당길 수 있는 고문대 위에 자리잡고 있었으니, 그 고문대를 조종하는 용수철이 어디 있는지를 알기만 하면 그만이었다. 그런데 의사는 그것을 너무나 잘 알고 있었다! (96면)

지배와 종속의 권력관계는 의사가 환자에 비해 '지식'을 가지고 있다는 점에 주로 기인한다. 목사가 아무리 식견이 탁월한 당대의 학자라 하더라도, 자신의 몸과 영혼의 질병에 대해서는 그것을 관장하고 있는 의사의 '지식'을 따라갈 수 없다. 이러한 의료지식의 독점은 전문화로 특징지어지는 근대적인 의료관계의 본질이기도 하다. 그 때문에 의사는 목사를 마음먹은 대로 조종하고, 결국 자신의 복수욕을 충족시키기 위해 목사의 질병을 치료하여 그를 살림으로써 자신의 어두운 쾌락을 연장하고 악마와 같은 존재로 타락하게 된다. 나중에 이 실상을 파악한 헤스터가 의사에게 목사 딤즈데일 편에서는 "차라리 죽는 것이 나았을 것"이라고 항변하는 것(117면)에는, 자신의 죽음조차 의사의 손에, 혹은 병원의 메커니즘에 맡길 수밖에 없는 현대 의료체계의 질곡에 대한 작가의 통찰이 숨어 있으며, 근대 초기에 이처럼 과학의 아이러니와 이성의 악마성을 날카롭게 드러낸 점이야말로 호손을 근대에 대한 심층적인 탐색자이자 예언적인 작가로 세우는 것이다.

3. 『미들마치』의 리드게이트: 개혁자로서의 의사

디킨즈와 더불어 영국 빅토리아 시대를 대표하는 작가 조지 엘리엇의 대작 『미들마치』를 읽는 경험은 호손의 『주홍글자』를 읽는 것과는 너무나 현격한 차이가 있다. 두 작가가 활동한 시기는 비슷하나 작품세계와 스타일은 서로 판이하게 다르다. 이는 두 작가가 영국의 소설전통을 이루는 사실주의적인 근대소설(novel)과 미국 특유의 근대적 로맨스(romance) 형식을 각각 대변한다는 사실과 밀접하게 관련되지만, 여기서 이 문제를 다룰 여유는 없다. 다만 『주홍글자』의 인물들이 무언가 고양되고 응축되며, 그런 점에서 초인적인 면모를 띠고 있다면, 『미들마치』의 인물들은 우리 주변에서 흔히 볼 수 있는 범상하고, 심지어는 속물적인 성향조차 가지고 있다는 점을 지적할 수 있겠다. 『주홍글자』의 칠링워스만 하더라도 비록 악인이나 악마로 형용되고 있을지언정 범상한 속인은 아니며 그런 점에서 영웅적인 면이 있는데 비해, 『미들마치』의 리드게이트는 고매한 이상과 도덕성을 갖추고 있는 인물임에도 이야기 속의 영웅이 될 수는 없는 일상적인 주인공에 머무르는 것이다. 즉 호손이 자신의 소설을 로맨스라고 칭하면서, 로맨스의 영역은 '현실'(the real)과 '비현실'(the unreal)이 만나는 중립지대에 위치한다고 하는데,[7] 조지 엘리엇의 세계에는 '비현실'이 끼어들 여지가 없는 일상적인 현실만이 존재한다.

　『미들마치』가 『주홍글자』보다는 현실적인 배경과 인물을 소재로 하고 있다는 것은 소설에 나타난 의사의 면모와 의료의 문제를 살펴보는 작업에도 영향을 미친다. 리드게이트는 이 작품에서 남자 주인공을 꼽을 때 첫째 후보일 정도로 중심인물이나 그럼에도 거의 150명에 육박하는 수많은 등장인물들 가운데 한 사람으로 그려진다. '지방 생활에 대한 한 연구'(A Study of Provincial Life)라는 부제에서도 드러나듯 이 작품의 지향점은 지방의 삶에 대한 총체적인 재현에 있다.

　『주홍글자』에서는 칠링워스를 포함한 세 인물이 항시 무대 중심에 자리하는 데 비해, 『미들마치』에서는 주요 인물이 군소 인물과 뒤섞여 등장했다 사라지고 다시 등장하는 좀더 복잡한 무대 설정을 보인다. 그러나 이처럼 리드게이트의 생각과 행동이 주변사람이나 동료의사들뿐 아니라 당대의 수많은 사람들의 생각과 행동에 연루되어 있으며 이러한 복합적인 얽힘 속에서 인물로서의 생명을 얻고 있다는 점은, 의사를 직업으로 하는 인물의 전체적인 상을 그려내기에 효과적인 면이 있으며, 따라서 리드게이트의 형상은 당대의 의사 혹은 지식인의 한 전형으로 자리매김

---

7 호손이 이 작품에 붙인 서문 "The Custom House"에서 스스로의 작업을 로맨스로 규정하면서 한 말로 Nathaniel Hawthorne, *The Scarlet Letter* 제3판(New York: Norton 1988) 27~28면 참조.

하기에 적합하다고 할 것이다. 방대한 작품인 만큼 몇가지 이야기 갈래들이 병존하지만, 리드게이트의 의사로서의 이상과 좌절, 그리고 생활인으로서의 사랑과 결혼은, 여주인공인 도로시아(Dorothea Brooke)의 모습과 병치되고 만나면서 이 작품의 중심을 이룬다.

젊은 의사 리드게이트는 작품의 무대인 소도시 미들마치 태생은 아니지만, 의사로서 자신의 이상과 야심을 위한 공간으로 이 소도시를 선택한다. 리드게이트가 근대적 의사의 상을 그려보려는 우리에게 흥미로운 것은, 그가 근대 지향의 진취적인 젊은이며 과학에 대한 신뢰와 새로운 사회를 위한 개혁에 관심을 가진 지식인이기 때문이다. 미들마치에서 개업할 당시 그의 나이는 스물일곱이었는데, 일찍이 심장 판막에 대한 책을 우연히 접하고 지적인 정열과 천직에 대한 신념을 가지게 된 그는 의사직이 지식과 실천을 결합할 수 있는 최상의 직업이라는 확신과 사명감을 가지고 있었고, 런던과 에든버러 그리고 빠리에서 의학을 공부하고 그 과정에서 당대 의료의 결함들을 환히 알게 되었으며 진보적인 젊은이답게 그것을 개혁하고자 하는 열망을 가지게 되었다. 소도시에서 개업을 선택한 것도 대도시의 번잡함이나 인간관계에 얽매이지 않으면서 의료행위와 연구작업을 동시에 진행할 수 있다는 판단에서였다.

이처럼 젊고 고매한 이상을 갖춘 의사의 등장이 미들마치의 의료계에 새바람을 몰고 온 것은 당연하다 하겠다. 그리고 이 소설의 시대적 배경인 빅토리아 시대 초기, 구체적으로는 1829~32년에 걸친 시기는 한마디로 개혁의 시대였으니, 리드게이트는 1832년의 유명한 선거법 개혁법안(Reform Bill) 제정이라는 역사적인 대사건을 정점으로 하는 시대정신에 부합하는 주인공이기도 하다. 그런 만큼 이 젊은이가 개업과 동시에 병리학에 기초한 새로운 치료법을 선보이고 해부학에 관심을 보이며 당시의 최신 이론이라고 할 수 있는 프랑스 의학자 비샤(Xavier Bichat)의 조직(tissue)론을 탐구하는 등 남다른 행보를 보임으로써, 전통적인 의료와 인간관계를 통해 유지되던 당시 의료계에 충격을 주면서 주목받는 인물로 떠오른 것은 자연스러운 일이었다.[8] 그러나 고매한 이상을 실천하려는 리드게이트의 노력은 점차 좌절되고 결국 그는 애초의 이념을 포기하고 남들이 가는 길, 즉 돈벌이를 위한 의료행위에 매진하는 세속적 의사의 길을 선택하며, 그의 학문적 열정은 새로운 의학이론 대신 통풍에 대한 논문을 쓰는 것으로 귀결되고 만다. 통풍이 당시 귀족이나 유한계급의 특권적인 질병이라는 사실[9]은 그가 젊은 날에 지녔던 의학자로서의 열정이 하나의 소극(笑劇)으로 전락하고 말았음을 암시한다. 남들이 그를 성공한 의사라고 했지만, 그 자신은 평생 스스로에 대해 '실패'라고 말한 것은 이 때문이었다.

어떤 의미에서 이 소설의 주된 관심사 가운데 하나는 패기만만한 의사 리드게이트를 이처럼 좌절하게 한 것이 과연 무엇인가에 대한 면밀한 탐구이자 냉정한 보고라고 할 수 있다. 작가가 이 문제에 접근하는 방식은 단순하지가 않은데 그것은 이 젊은 의사가 좌절한 원인이 복합적이기 때문이다. 그렇지만 일단 말할 수 있는 것은 리드게이트가 부딪친 어려움과 도전이 딱히 치료법이나 의학기술 상의 갈등이라기보다 미들마치 사회를 구성하고 이끌어나가는 기득권 세력, 특히 선배 의사들의 질시와 방관과 방해라는, 말하자면 '비의료적'인 요인이었다는 점이다. 그리고 여기에는 미들마치 사회, 나아가 당대 영국사회 구석구석에 뿌리 깊게 박혀 있는 사회적인 관행과 편견이 있다.

한가지 예로, 리드게이트가 개업의로서 시도한 첫번째 간단한 '개혁'은

---

8 비샤의 조직병리학이 당시의 의술 개혁에서 차지하는 의미에 대해서는 William Coleman, *Biology in the Nineteenth Century: Problems of Form, Function, and Transformation*(Cambridge: Cambridge Univ. Press 1971) 20~22면 참조.

9 당시 통풍이 상류층의 '풍요병'으로 일컬어지던 것에 대해서는 황상익 「역사 속의 질병」, 『첨단의학시대에는 역사시계가 멈추는가』(창비 1999) 99~101면 참조.

의사가 환자에게 처방전을 써줄 뿐 "직접 약을 조제하거나 약방으로부터 수수료를 받는 일"을 못하게 금한 얼마 전 개정된 법률(1825년의 의약분업 개혁법)에 따르기로 한 것인데 이 결정부터가 만만치 않은 저항에 부딪힌다. 우선 기왕의 관행을 지켜오던 동료의사와 약제사들에게 리드게이트의 조치는 '도발적인 비판행위'로 받아들여졌고, 이로써 그는 미들마치의 의사사회에서 소외된다. 이 '의약분업법'은 그 당시 효과가 확실치도 않은 약물을 무분별하게 남용하던 의료행태를 막기 위해서 제정된 것이나, 과거의 뿌리 깊은 관행이 미들마치에서 여전히 존속되고 있었고, 의약분업을 엄정하게 실천하고자 하는 리드게이트의 '개혁'은 이런 관행과 특권에 대한 도전으로 이해되었다.

그러나 리드게이트가 예상치 못한 것은 그의 이런 행위가 의사의 미움보다는 일반 사람들의 미움을 더 많이 샀다는 사실이다. 그는 교구의 민생위원이자 꽤 영향력이 있는 상인 몸지 씨(Mr. Mawmsey)에게 자기 딴에는 일반인인 그가 알아듣기 쉽게 환자에게 물약이라든가 환약을 듬뿍 안겨주는 당시의 의료관행에 대해 설명하며 "그런 짓을 하면 열심히 일하는 의사라도 돌팔이 의사와 마찬가지로 유해한 존재"가 될 것이라고 농담삼아 말한다. 그는 "밥벌이를 위해서 그 사람들은 왕의 가신들한테 약을 과다복용케 해야 하지요. 몸지 씨, 아주 질이 나쁜 사기지요. 내 몸이든 나라의 몸이든 치명적으로 무너뜨리지요"라고 생각 없이 덧붙이는데,[10] 이것은 물정을 몰라도 한참 모르는 소리일 뿐이었다.

리드게이트는 말을 마치고 미소를 띠며 발을 발걸이에 올려놓았고,

---

10 George Eliot, *Middlemarch*(Harmondsworth: Penguin 1985) 483~84면. 『미들마치』의 텍스트는 펭귄판을 사용한다. 앞으로 텍스트 인용은 괄호 안에 면수만 표기함. 국내 번역본으로는 이가형 옮김 『미들마치』(금성출판사 1990)가 있는데, 이 번역본을 참조하였지만 이 글에서 인용한 부분은 필자가 번역한 것이다.

몸지 씨는 웃었다. 그렇지만 만약 왕의 가신들이 누구를 말하는지 알았더라면, 몸지 씨는 모든 것을 명백히 알고 있다는 태도로 '자 그럼, 선생님, 안녕히 계십시오' 하면서 그렇게 웃지는 않았을 것이다. 실은 그의 생각들은 뒤흔들렸다. 오랫동안 그는 조목조목 적혀진 처방전대로 꼬박꼬박 지불을 해왔던 터이며, 반 크라운 18펜스를 지불할 때마다 무언가 그에게 합당한 것이 주어졌다는 것을 확신하고 있었다. 그는 이 일을 만족하며 해왔고, 남편이자 아버지로서의 책임 가운데 하나라고 여기고 평소보다 청구서가 길어지기라도 하면 우쭐한 기분이 되었던 것이다. (484면)

몸지 씨 자신이 이처럼 속마음이 전혀 달랐거니와, 결국 마을에는 리드게이트가 약은 아무 쓸모가 없다고 말한 것처럼 알려지고, 기존의 의사들과의 관계에 익숙해 있고 나름대로 자기 병에 조예가 있다고 여기는 마을 토박이들의 빈축과 반감을 사게 된다. 다른 의사들이 코웃음을 치면서 반발한 것은 물론이다. 이 작은 사건은 약에 대한 믿음을 버리지 않고 있던 일반 주민들 사이에서 새 의사에 대한 경계와 편견이 증폭되는 계기가 되었다. 이는 별것 아닌 증상에도 의사에게 기꺼이 돈을 갖다바치는 데 만족을 느끼는 부유한 고객들을 그가 놓치는 결과를 낳았고, 그로 인한 경제적 궁핍이 결국 역설적이게도 개혁의 이상을 펼치지 못하게 하는 큰 장애로 화하게 된다.

리드게이트의 개혁 열정을 방해하는 요소들은, 이처럼 쉽게 사라지지 않는 대중적인 선입견과 인간적인 질시 및 경제적인 측면에서의 기득권 옹호라는 단순치 않은 현실에 토대를 두고 있는데, 작가의 의도는 이 요소들의 긴밀한 연관관계와 얽힘을 드러내고자 하는 것일 터이다. 누구나 세상의 질서를 떠나서는 존재할 수 없는 법이니, 실제로 리드게이트 자신 또한 개혁의 목적을 위해서라도 이같은 현실구조 속에 편입되지 않을 수 없는 난감하고 모순적인 지경에 처한다. 리드게이트는 병리학에 기반한 새로운 열병 치료 병원을 세울 계획을 가지고 있을 때, 그가 인간적으로 공감하지 못하던 정치적 인물인 미들마치의 유력자 벌스트로드(Nicholas Bulstrode)의 협조를 얻을 수밖에 없었는데, 이 과정에서 자신의 양심적 판단과는 어긋나게 벌스트로드의 뜻에 맞는 인물을 병원 직속 사제로 선임하는 데 동의한다. 자신의 행위가 "일신상의 이익"을 얻기 위한 것이 아니었다는 점에서 문제될 것이 없다고 그는 스스로를 변호하지만, 그가 행한 '정략적인' 투표는 그를 적대세력이나 일반인에게 벌스트로드의 당파에 속한 인물로 자리매김하는 결과를 피할 수 없게 만들었다.(209~18면) 자신의 이념을 실현하기 위한 방편이라고는 해도 세속적인 권력의 구조에 어쩔 수 없이 편입된 리드게이트는 이념적인 순수성을 의심받으면서 도덕적인 부담을 떠안게 된다. 그리고 이러한 관계는 새 병원이 존폐의 위기에 처했을 때 그가 벌스트로드의 추문에 휘말려 파경을 맞게 되는 결정적인 실마리가 된다.

그러나 이처럼 직업과 관련된 공적인 차원의 삶만이 리드게이트의 좌절을 초래한 것은 아니다. 오히려 어떤 점에서 작가는 사랑과 결혼이라는 사적인 삶의 실패가 공적인 면 못지않게 좌절의 요인으로 작용하고 있음을 보여주고, 나아가 공적 삶의 장애요인들이 어떻게 사적 삶의 그것과 유기적으로 얽혀 있는가를 보여주고자 하는 것처럼 보인다. 타지 사람인 리드게이트는 미들마치 시장 집안의 아름다운 딸 로자몬드(Rosamond Vincy)와 사랑하고 결혼하나, 그 결혼은 철저히 실패하고 만다. 로자몬드는 미들마치의 꽃으로 숭앙되는, 뭇 남성의 연모의 대상이자 아름답고 사랑스러운 여성이지만, 그야말로 남성을 위한 장식물로서의 가치 외에는 아무것도 없는, 자기 중심적이고 허영으로 가득한 여인임이 드러난다. 로자몬드의 외면적 아름다움에 혹하여 사랑에 빠진 리드게이트는 결국 아내가 세속적인 위신이나 사교만 중시할 뿐 의사로서 자기가 지닌 개혁의 이상이나 학문에 대한 열정에는 아무 관심이 없을 뿐만 아니라 오히려 못마땅해하고 비난하는 현실에 직면한다. 그가 자신을 이해하는 유일한 여성이라고 할 여주인공 도로시아의 도움 제의에도 불구하고, 결국 새로운 개혁병원의 운영을 포기하고 세속적인 의사의 길을 선택하고 마는 것은, 로자몬드의 생활 및 사고의 방식이 결코 바뀌지 않을 것이고 바꿀 수도 없음을 처절하게 깨달았기 때문이다. 로자몬드와의 결혼을 유지하려면 자신의 이상을 포기하지 않을 수 없기에, 그의 선택은 세속현실에 대한 쓰라린 승복이자 참혹한 결단이라고 할 것이다.

그러나 작가의 가차없는 눈은 이와 동시에 리드게이트 속에 존재하는 범속성을 놓치지 않는다. 즉 리드게이트는 이념상의 진보를 표방함에도 불구하고, 일상생활에서는 전혀 관습과 취향을 바꾸지 않으며, 그 탓에 고급가구에 대한 선호 등 특권적 상류층 생활에 별다른 가책을 느끼지 않고, 이것이 그의 개혁 기획에 위기를 초래한 경제적 곤경을 야기한 한 요인이 된다.[11] 따지고 보면 자신의 삶의 길과 전혀 무관한 여성인 로자몬드를 배우자로 선택하고 사치에 가까운 생활을 한 것부터가 여성은 남성의 장식물이라는 그의 남성 중심적이고 고식적인 여성관, 생활의 유족함을 특권으로 여기는 속물근성이 많든 적든 끼어들어 있음을 부정할 수 없다.

---

11 리드게이트의 모순된 입지와 속물성에 대해서는 다음의 대목이 신랄하다.
"리드게이트의 범속함이 드러나는 곳은 그의 편견들의 양상에 있었는데, 그 편견들 가운데 반은, 고상한 의도나 동감에도 불구하고, 보통의 세속인들의 그것과 같은 것이었다. 즉 그의 지적인 열정에 속해 있는 정신의 탁월성이 가구나 여성에 대한 그의 느낌과 판단, 혹은 자기가 여느 다른 시골 의사들보다 훌륭한 가문의 출신임이 (자기가 말하지 않고서) 알려지는 것이 바람직하다고 여기는 그런 느낌과 판단에까지는 침투하지 않았던 것이다. 그가 지금 가구에 대해서 생각할 마음이 있었다는 것이 아니라, 가구를 생각할 때는 언제라도, 생물학이나 개혁의 계획들도 자기의 가구가 최상이 아닌 것은 있을 수 없는 일이 아닌가 하는 속물적인 느낌을 훌쩍 뛰어넘지는 않을 것이라는 점은 짐작되는 바였다."(79~80면)

4. 맺는 말

지금까지 영국과 미국을 각각 대표하는 두 작품 『주홍글자』와 『미들마치』에 나타난 의사의 상을 추적해왔다. 칠링워스와 리드게이트라는 두 인물이 서로 다른 데에는 두 작품의 스타일과 지향점의 차이가 작용한다. 그럼에도 불구하고 이 두 인물은 근대성에 대한 핵심적인 물음이라고 할, 과학과 진보의 문제에 대한 심도있는 고찰을 하고 있고, 각각 방향은 다르지만 근대적인 직업인으로서의 의사 혹은 의학 및 과학에 종사하는 지식인 일반의 전형을 그려내고자 하는 작가의 의도를 반영하고 있다. 흥미롭게도 이 두 인물은 각각의 작품세계에서 어느정도 특출하고 남다른 면을 보이지만, 이들의 이같은 남다름은 온전한 근대의 실현이라든가 그 영광으로 귀결되지 않고 근대에 숨어 있는 어둠을 폭로하고 좌절의 그림자를 드리우는 방향으로 기울어 있다. 이것은 근대사회에서 의사라는 전문직이, 그리고 전체적으로 의학의 발전과 병원의 개선이 문명의 발전이며 인간의 건강과 복지에 기여하고 있음을 고려하는 입장에서는 부당한 것처럼 보일 수도 있다.

그러나 앞에서도 언급한 것처럼, 탁월한 문학은 시대에 대한 도취를 경계하고 문제의 핵심과 이면을 가차없이 파고드는 특성이 있다. 이 두 작가가 자신의 인물을 다루는 가혹함에서 보여준 진실성은 여기서 비롯하는 것이다. 그리고 칠링워스와 리드게이트의 운명이 비록 우리 당대인의 모습과 일치하는 것은 아니지만, 그들이 가지는 어떤 전형성은 아직까지 진정한 근대성의 달성과 그것을 위한 개혁이 과제로 남아 있는 사회에서는 생생한 현재성을 띤다고 할 수 있다. 즉 의학의 발전과 병원의 종합화와 전문화 등의 근대화가 인간의 살아 있는 삶의 문제와 어떻게 충돌하고 어떤 파장을 던지는가, 질병의 규정과 치료의 문제에서 기계에 대한 숭배라는 근대의 문제가 재생될 위험은 없는가, 현대의 병원체제에서 의사와 환자의 관계를 본원적으로 지배와 종속의 관계로 몰고 가는 메커니즘은 없는가, 의사와 환자의 관계가 권력관계를 내포하고 있다면 의사가 특권적 지위에 있음으로써 야기되는 윤리의 문제는 어떻게 대응해야 할 것인가, 의사라는 전문직이 세속적인 선망의 대상이 되는 사회에서 사회의 공복이자 지식인으로서의 책무와 자본주의사회의 직업인 또는 생활인 사이의 간극은 어떻게 극복될 수 있을 것인가라는 질문이 두 인물에 의해 제기되고 있는 것이다. 이런 질문들은 의사 혹은 의학자의 길을 선택한 지식인들이 구체적인 삶의 맥락에서 늘 부딪치는 것들이면서 때로는 그들을 괴롭히는 것들로, 칠링워스와 리드게이트의 실패와 악몽은 이러한 근본물음들을 환기한다. 이 환기력에 다름 아닌 고전의 힘이 존재하는 것이다.

1867년 선거법 개정과 문학지식인

◆

조지 엘리엇과 매슈 아널드

1. 2차 선거법 개정의 맥락

개혁이 사회적 화두가 되고 있는 시대에 문학지식인의 입지와 역할은 무엇인가? 이 글은 이 물음에 대한 답변을 모색하는 한 과정이다. 문학지식인이 '지식인'인 이상 사회현실에 대한 해석과 참여의 의무를 피할 수 없고, '문학인'인 이상 정치인이나 다른 유형의 지식인과는 구별되는 영역을 가진다. 물론 우리가 앞으로 논의할 매슈 아널드(Matthew Arnold)가 그렇듯이 한 인간이 문학인으로 알려져 있으면서 동시에 정치평론가이고 교육행정가일 수도 있기 때문에 그 다양한 활동영역에 따라 그의 입지와 역할이 다를 수도 있지만, 이 가운데 문학적 정체성이 지배적이어서 문학지식인으로 범주화될 수 있으려면 그가 참여하는 다른 유형의 지식활동에도 문학인다운 특성이 배어 있어야 할 것이다. 문학지식인의 범주를 따지는 일 자체도 단순하지는 않으나 상식적으로 창작자를 비롯하여 문학연구자를 포함한 평론가 등 문필가를 총괄한다고 해도 무리는 없을 듯하다.[1] 이 글에서 사례로 다루어질 소설가 조지 엘리엇(George Eliot)과

다방면에 걸쳐 평론을 썼던 매슈 아널드가 빅토리아 시대의 대표적인 문학지식인임에는 의문의 여지가 없다.

빅토리아 시대는 안정과 번영의 시대라고도 할 수 있으나, 내부적으로는 개혁을 통해 기존 사회질서를 바꾸어나가는 과정이기도 했다. 산업혁명을 거치면서 달라진 사회현실에 걸맞게 사회조직을 재편하는 작업이 개혁이라는 이름으로 진행되었고, 일차적으로 부각된 것이 정치개혁이었다. 크게 보아 정치개혁은 3차에 걸친 선거법 개정을 통해 이루어졌는데, 이 글에서의 초점은 1867년의 제2차 선거법 개정이다. 2차 선거법 개정으로 노동계급은 처음으로 선거권을 획득하며 장차 현실정치의 전면에 등장할 토대를 마련하게 된다. 1832년의 1차 선거법 개정도 당시로는 혁신적이었지만, 문학지식인이 2차 선거법 개정에 대해 더 활발하고 적극적으로 반응을 보인 것은 노동자 문제가 관건이었기 때문이다.[2] 1차 선거법 개정이 중간계급의 선거권 획득에 그치고 노동자가 일절 배제된 데 비해, 35년 후의 두번째 개정에서 일단 도시노동자의 상당부분이 정치적 시민권을 획득하게 된다. 이 새로운 사태 앞에서 대개 중간계급에 속하는 문학지식인들은 노동자계급에 대한 자신들의 입지를 새로이 정립해야 할 처지가 된다. 특히 영국의 경우 문학지식인의 이념적 지향은 혁명사상이 지배한 프랑스의 경우와 달리 버크(Edmund Burke)로부터 콜리지(S. T.

---

1 문학종사자를 통칭하는 말로 전통적으로 '문인' '문학인'이 쓰이는데, 대개 이 말들에는 창작과 관련된 자격을 갖추고 특정 그룹에 속한다는 의미가 들어 있다. 한편 근대 이후 지식인이 하나의 계층 혹은 그룹으로 떠오르면서 문학종사자의 지식인적인 성격이 점차 분명해진다. 여기서 상세하게 논의하기는 어렵지만, 문학연구자를 포함한 문학종사자로서 지식인의 역할을 좀더 의식적으로 맡고 있는 층을 문학지식인(literary intellectual)으로 범주화할 수 있다는 것이 필자의 생각이다.

2 당시의 상황과 관련한 문필가의 대표적인 글로는 토머스 칼라일(Thomas Carlyle)의 "Shooting Niagara: and After?"와 조지 엘리엇(George Eliot)의 소설 *Middlemarch* 및 *Felix Holt, the Radical* 그리고 매슈 아널드(Matthew Arnold)의 정치평론서 *Culture and Anarchy* 등이 있다.

Coleridge)로 이어지는 보수적인 전통이 중심이라고 할 수 있다.[3] 따라서 노동자가 정치영역에 등장한 사건은 문학지식인에게는 하나의 도전이며 그들의 반응에는 사적인 차원만이 아니라 정치개혁의 궁극적인 지향점에 대한 모색과 삶 전반에 대한 도덕적 물음이 동반된다. 이에 1867년 선거법 개정의 정치적 맥락과 그 의미를 짚어보는 것은 앞으로의 논의에 필수적이다.

제2차 선거법 개정(잉글랜드와 웨일즈는 1867년, 스코틀랜드와 아일랜드는 1868년)의 핵심내용은 도시에 1년 이상 거주하고 지방세를 내는 모든 가구주와 한해 10파운드 이상의 집세를 내는 세입자 남성에게 선거권을 부여하는 것이었다. 실질적으로 이는 도시 남성노동자 상당수에게 선거권을 주는 것이었다. 이 선거법 개정은 정치적 권리가 봉쇄되어 있던 노동자계급에게는 커다란 진전이었으며, 당시 중간계급이 지배하던 의회가 내놓을 수 있는 최대치로 받아들여졌다. 그러나 이 선거법 개정을 개혁의 결정적 진전으로 이해할 수 없는 면이 있다. 이같은 선거권 확대는 노동자의 정치개혁 요구를 기성체제 내로 흡수하는 지배블록의 의도와 힘을 보여주는 것이기도 하기 때문이다. 의회정치의 차원에서 시사적인 것은, 1866년에 당시 집권 여당이었던 자유당의 선거법 개정안을 부결시켰던 보수당이 자신들이 집권하자 애초 자유당의 개정안보다 더 진보적인 안을 디즈레일리(Benjamin Disraeli)의 주도로 통과시켰다는 사실이다. 정파간의 이합집산과 정권장악의 전략이 개입한 의외의 결과라고도 할 수 있으나, 의회에서 중요쟁점이었던 재산정도 및 거주기간 논의에

---

3 이 전통에 대한 고전적인 읽기는 Raymond Williams, *Culture and Society: 1780-1950*(Harmondsworth: Penguin 1961) 참조. 이와는 다른 급진주의적 문화전통에 대한 소개는 톰슨(E. P. Thompson)의 *The Making of the English Working Class*(New York: Vintage 1963)가 있는데, 영국사회와 영국문화에 대한 주류해석과는 거리가 멀다. E. P. 톰슨의 책은 나종일 외 옮김 『영국 노동계급의 형성』(창비 2000)으로 번역되어 나와 있다.

서도 보이듯 선거권 범위를 일정한 선에서 제한하려는 중간계급 의회의 의도가 관철되었으며, 실제로 이 선거법 개정은 모든 남성의 선거권을 요구한 1840년대 차티즘(Chartism) 운동의 청원내용에서 후퇴한 것이었다. 선거법 개정 후 총선에서 자유당이 승리하였으나 노동자계급 출신 의원은 나오지 않았고 현실정치는 거의 바뀌지 않은 채 노동자계급의 대표권은 상당기간 동안 자유주의 개혁파에게 위임되었다. 1848년 이후 차티즘이 운동의 차원에서 소멸된 후 영국 정치에서 노동계급의 요구와 사회변혁의 전망이 흐려진 것을 두고 일부에선 1850년대 이후 형성된 일부 직종조합을 중심으로 한 고소득 노동자인 '노동귀족'(labour aristocracy)의 타협성의 영향으로 해석하는 흐름이 있는데,[4] 이 관점에서 보면 1867년의 선거법 개정은 중간계급과 일부 노동귀족의 연합으로 다수 노동자들의 직접선거권 요구를 봉쇄한 것이라 할 수 있다.

2차 선거법 개정 전, 의회 바깥에서 정치개혁 움직임을 주도한 세력은 1860년대 초에 연이어 결성된 개혁연합(Reform Union)과 개혁연대(Reform League)라는 양대 조직이었다. 개혁연합은 곡물법 폐지운동을 주도한 인사들이 참여한 중간계급 자유주의자들의 조직으로 자유무역과 자유경쟁을 이념으로 하고 있었고, 노동계급이 주도한 개혁연대는 노동조합들이 개별적으로 혹은 연합체 차원에서 가담하여 강한 정치적 압력을 행사하였다. 개혁연대는 1865년경부터 대규모 집회와 시위를 주도하였는데, 이같은 대규모 회합은 차티즘 운동이 소멸된 이후 급진운동의 재발진을 말해주는 징표로 이해되었으며 그간 잠복해 있던 혁명과 무질서

---

4 1960년대 이후 에릭 홉스봄(Eric Hobsbawm) 등 맑스주의 사학자들을 중심으로 '노동귀족'론이 상당기간 동안 대세를 이루었으나, 최근에는 성별문제나 민족문제 등의 복합적인 작용을 지적하며 이 흐름을 비판하는 경향도 있다. 계급과 민족의 문제를 결합하여 이 시기를 해석한 논자로는 특히 핀(Margot C. Finn)이 대표적이다. 학계의 연구경향에 대한 간략한 정리는 Margot C. Finn, *After Chartism: Class and Nation in English Radical Politics, 1848-1874*(Cambridge: Cambridge Univ. Press 1993) 3~6면 참조.

의 공포감을 되살리는 과격한 대중운동으로 보수 저널들에서 묘사되기도 했다. 이 가운데 1865년 하이드 파크(Hyde Park) 소요사건은 개혁연대 활동의 과격성을 말해주는 본보기로 사회·정치적으로 커다란 논란을 불러일으켰고 아널드가 『교양과 무질서』(Culture and Anarchy)를 집필하는 계기가 되었다. 동시에 이처럼 물리적 압력이 강화됨으로써 선거법 개정안 상정에 실패한 자유당에게서 정권을 이양받은 보수당은 선거법 개정의 불가피성을 인정하지 않을 수 없게 되었다.[5]

그러나 개혁연대는 대규모 대중동원력을 가지고 있기는 했으나 '과격성'은 알려진 것과 달리 그다지 심하지 않았다는 것이 일반적인 평가이다. 시위는 대체로 집회 허가를 얻어 질서있게 진행되었다. 하이드 파크 사태만 하더라도 대중집회의 장소로 공원을 선택했다가 정부의 불허방침에 부딪혀 우발적으로 일부 참석자들이 철책을 무너뜨리고 화단을 밟고 약간의 소란을 일으킨 정도였는데, 이것이 일반의 불안을 야기한 것은 중산층의 휴식공간으로서 공원이 가진 상징성 탓이 컸고, 당국과의 갈등도 당시 자유당 의원으로 중간계급 급진주의자인 밀(J. S. Mill)의 중재로 실내집회로 대체됨으로써 해소되었다. 더 근본적인 것은 개혁연대 자체가 노동계급 가운데 의회파로 이루어진 타협적인 정파에 의해 주도되고 있었으며, 결성 초기부터 중간계급과의 화해를 지향하였고, 실제로 한때 적대적이었던 중간계급 자유주의 지향의 개혁연합과 정책 연대를 통해 보조를 맞추기도 하였다는 점이다. 이러한 체제 내적인 타협주의가 개혁연대의 주류였기 때문에 1860년대에 부활되기 시작한 노동계급 급진주의

---

5 제2차 선거법 개정을 '고도의 정치'의 결과로 해석하는 영국 주류 사학계의 해석은 노동계급의 압력과 거의 무관하게 정치차원에서 법 개정이 이루어졌다고 보고 있다. 그러나 당대 각 계급의 역학관계에서 이를 이해하는 것이 합당할 것이다. 이에 대한 간략한 정리로는 Catherine Hall & Keith McClelland & Jane Rendall, *Defining the Victorian Nation: Class, Race, Gender and the Reform Act of 1867*(Cambridge: Cambridge Univ. Press 2000) 7~13면 참조.

내부에서는 이에 대한 비판이 있었고, 특히 당시 런던에서 열린 제1차 인터내셔널에 참여한, 차티즘 운동의 맥락을 잇는 좀더 급진적인 노동계급 분파와는 큰 갈등이 있었다.(Margot C. Finn, 앞의 책 222~56면)

중간계급과 노동계급 급진파들의 연대의 움직임이 운동 내부의 중심적인 흐름이 되는 과정에서, 자유무역과 최소정부를 내세우는 자유주의 논리와 사회주의적 지향을 가지는 노동계급 이념 사이에 모순과 혼란이 야기된 것은 당연하다 하겠다. 1차 선거법 개정 이후 지배적이 된 고전적인 자유주의 정치경제학의 논리는 당시까지 강력한 대세를 이루고 있었으며, 노동조합은 이같은 지배적 경향에 근본적으로 맞서기 위한 변혁노선이 흐려지면서 여기에 타협하고 순응하는 경향을 보여왔다. 그러나 동시에 이 연대를 통해 중간계급의 순수 자유주의가 일부 수정되기도 했다. 주목할 것은 이같은 연대의 움직임에서 중요한 담론으로 떠오른 것이 '국민'(nation)이라는 용어를 둘러싼 수사들이다. 국민에 대한 강조는 대개 통합과 조화를 앞세우게 되고, 이것이 국면에 따라서는 계급담론을 억누르는 역할을 맡기도 한다. 실제로 개혁연대가 피력한 내용도 계급적 이해의 관철을 내세우지 않고 국민의 복리를 위해 개혁의 필연성을 말하는 것이었다. 이 국민담론은 노동계급의 계급성과 중간계급의 개인주의적 자유주의 성격을 일부 희생한 결과라고 볼 수 있고, 그것이 가지는 당대적 의미 때문에 이론에서나 실천에서 점차 힘을 얻게 된다. 개혁연대에서 두드러진 이같은 수사가 당시 유럽대륙에서 부각되던 민족주의 흐름과 직접적으로 연관되어 있다는 사실은 주목할 만하다. 개혁연대를 가능케 한 1860년대 중간계급과 노동계급의 조직적인 연대는 당시 이딸리아와 폴란드의 독립운동에 대한 동조, 특히 이딸리아 정치인 가리발디(Garibaldi)의 영국 방문과 모금활동 및 민족주의 운동에 대한 광범한 지지에서 이미 형성되기 시작했다. 당시 각 계급 및 정파마다 각자에 유리한 방향으로 그의 방문을 이용하고 해석하려는 경쟁이 있었지만, 이들 모두를 엮어

준 것은 바로 '국민'이라는 수사였다.(Margot C. Finn, 앞의 책 217~23면) 이같은 상황은 당시 영국의 정치가 개인주의적 자유주의로 정리할 수 없는 민족주의적 성향을 함축하고 있음을 말해준다.

이와 함께 당시의 이념적·정치적 지형을 복합적으로 만들었던 것은 인종주의와 결합된 제국에 대한 새로운 인식이라고 할 수 있다. 선거법이 논의되던 바로 그 시기에 영국 하원의 큰 쟁점 중 하나는 자메이카 총독 에어(E. J. Eyre)에 대한 조사와 처리문제였다. 계엄령을 발동하여 원주민들의 소요를 잔인하게 진압한 에어의 행위에 대해 밀(J. S. Mill)을 중심으로 하는 왕립위원회의 조사가 있었고, 결국 그의 진압은 다소 과도하긴 했으나 정당성은 인정된다고 결론이 났다. 에어의 행위가 과연 법에 따른 정당한 행위인가에 대한 논란에서 영국 시민과 식민지인 사이의 인종적인 구별과 차이가 확인되었고, 제국의 건설과 운용이 보편적 자유보다 우위에 있음이 드러났다.

이상과 같은 정황들은 선거권과 대표권을 가질 자격이 누구에게 있는가라는 선거법 개정 문제로 이어졌다. 1867년의 선거법 개정은 결국 집을 소유하거나 집세를 내고 있으며, 직업이 있고 상주하고 있는 남성을 선거권자로 규정하면서, 모든 계급의 여성[6]과 노동층 중 빈민 및 무직자(대개 소수인종 이민자가 포함되어 있는)에게는 정치적 시민권을 인정하지 않는 배제의 절차였다. 1867년의 정치지형에는 이처럼 계급, 민족, 인종, 성별의 문제들이 복합적으로 작용하고 있었다. 그런 만큼 정치개혁에 대한 문학지식인의 대응과 반응도 이같은 복합적인 국면에 대한 이해 속에서 조명될 수밖에 없다. 이 시기가 중간계급과 노동계급이 타협하고 있던 국면인 만큼, 중간계급 문학지식인의 존재조건과 정치개혁 요구 사이의 모

---

6 여성의 참정권 문제는 여성단체의 압력과 결부되어 밀이 추진했으나 'man'을 'person'으로 수정하자는 안이 받아들여지지 않아 실패한다.

순은 덜 심각해 보일 수도 있다. 그러나 이 시기에 중간계급의 급진파들이 노동조합의 이념적 뒷받침에 나서기도 했고, 앞으로 거론하게 될 프레드릭 해리슨(Frederic Harrison)처럼 노동운동에 적극적으로 개입한 진보이념으로 무장한 대학 강단파들도 있었는가 하면, 반대로 토머스 칼라일(Thomas Carlyle)처럼 선거법 개정의 무모함과 과격성을 비난하면서 귀족제도를 옹호한 철저한 수구지식인도 있었다. 이런 상황에서 개혁의 대의에 동의하면서도 그 방향에 전적으로 승복하지는 않았던 대표적인 두 문학지식인의 판단과 지향은 관심의 대상이 될 수 있을 것이다.

여기서 주로 다루어질 문헌은 1866년 6월 출간된 조지 엘리엇의 『급진주의자 펠릭스 홀트』(*Felix Holt, the Radical*)와 1869년 1월 출간된 매슈 아널드의 『교양과 무질서』(*Culture and Anarchy*)이다. 전자는 장편소설, 후자는 정치평론서로서 약간의 출간 시차가 있지만, 둘 다 선거법 개정을 둘러싼 사회적 갈등의 시기에 집필되었고, 당대의 정치상황, 특히 선거법 개정에 대한 저자들의 개입과 판단이 내용의 중심을 이룬다는 점에서 공통점이 있다. 특히 『교양과 무질서』는 선거법 개정운동을 주도하던 인물인 존 브라이트(John Bright)나 해리슨 등 당대의 대표적인 중간계급 급진파와 벌인 아널드의 논쟁문이다. 엘리엇의 장편소설은 무대가 당대가 아니라 1830년대 1차 선거법 개정 직후이나 선거법 개정 이후 총선과정에 대한 리얼한 묘사와 그 과정에서 벌어지는 사건과 논의들은 1860년대 당대에 다시 불거진 선거법 논쟁을 의식하고 있음이 분명하고, 더구나 2차 선거법 개정안이 통과된 뒤 작가는 펠릭스 홀트의 이름으로 「노동자들에게 주는 말」(Address to Working Men)이라는 글을 써서 작품 뒤에 붙임으로써 그것을 분명히 하고 있다.

2. 조지 엘리엇의 『급진주의자 펠릭스 홀트』

엘리엇은 당대의 급진사상, 특히 꽁뜨(Auguste Comte)의 실증주의(Positivism)에 동감하고 남편 루이스(G. H. Lewes)의 진보저널 『격주간평론』(*Fortnightly Review*) 편집을 측면에서 지원하는 등 진보적인 이념과 관련을 맺고 있었으나, 직접적인 정치참여에는 극히 소극적이었다. 그것이 그를 보수적이며 비실천적이라는 평가를 받게 한 이유지만, 작가의 현실참여 깊이는 작품이나 글쓰기를 통해 드러난다고 하겠다. 격변의 1860년대 상황에서 당대의 개혁운동에 동참한 것도 아니고 직접적인 발언조차 거의 없으나, 이 시기에 그가 발표한 두편의 대작 『급진주의자 펠릭스 홀트』(1866)와 『미들마치』(*Middlemarch*, 1870)에는 선거법 개정과 정치개혁에 대한 작가의 해석이 깊이 녹아들어 있다. 『미들마치』가 선거법 개정을 바로 다루지는 않지만 개혁적인 젊은 의사 리드게이트(Lydgate)의 야심과 열정 그리고 실패를 당대인들의 정치의식 및 사회풍토에 대한 밀도있는 묘사를 통해 드러냄으로써 개혁의 와중에 있는 빅토리아 시대 영국의 총체적인 삶의 양상을 환기하고 있다면, 『급진주의자 펠릭스 홀트』는 '정치소설'로 분류될 정도로 정치이념의 갈등과 정치현장을 그려내고 있고, 노동자이자 급진주의자인 주인공의 발언과 행위가 지닌 정치적 의미는 당대 상황과 아주 긴박(緊縛)되어 있는 편이다.

1867년의 정치적 지형변화에 대해 문학지식인으로서 조지 엘리엇이 대응한 것을 살필 때 가장 직접적인 자료는 「노동자들에게 주는 말」이다. 과거 역사를 소설화하는 작업에 과거뿐 아니라 현재에 대한 일정한 해석이 내포된다는 점에서, 소설 자체를 통해 1860년대 당시 현실에 대한 작가의 관점을 확인할 수 있을 것이다. 그런데 다소 특이하게도, 작중 등장인물인 펠릭스 홀트를 통해서긴 하지만, 선거권을 획득한 노동자들을 가상 청중으로 한 작가의 직접적인 '정치적' 발언[7]이 추가됨으로써 2차 선거법 개정에 대한 작가의 '견해'와 작품의 '입장'을 연계하여 살필 여지가 생긴다. 앞으로 살펴보겠지만, 「노동자들에게 주는 말」에서 정치개혁에 대한 펠릭스 홀트의 견해는 35년의 시차를 뛰어넘어 거의 변함이 없다. 이것은 이 글이 "펠릭스 홀트의 관점에서" 현재의 상황에 대해 발언해달라는 출판사 사장의 부탁[8]에 충실한 결과일 터이나, 작품『급진주의자 펠릭스 홀트』가 1860년대 선거법 개정의 맥락 속에서 구성되었고 그것에 대한 작가의 판단이 배어 있음을 보여주는 것이기도 한다.

연사인 펠릭스 홀트는 "권력을 얻은 자에게 의례적으로 하는 찬사"를 생략하고 우리에게는 "지혜가 더 필요하다"는 말로 시작한다. "하나의 집단으로서 우리는 매우 현명하지도 덕성스럽지도 않다"는 것을 인정해야 하며, 냉소적이나마 '미래의 주인'이라는 말을 듣는 입장에서 무거운 책임감을 가지고 실제로 변화를 이루어낼 방안을 마련해야 할 것이라고 한다. 물론 과거 '신분, 직위, 돈'으로 권력을 휘두르던 사람들이 저질러놓은 악폐에 분노하는 것은 정당하지만, 그럴수록 이 현실을 현실로서 받아들이고 스스로는 잘못을 저지르지 않아야 한다는 의무감을 다져야 하며, 우리가 한 배에 탄 것처럼 한 사회를 구성하고 있다는 상호간의 공통적 이해에 대한 인식이야말로 노동조합이 의미하는 바였음을 환기시킨다.[9] 이 서두는 그 자체로서 건실한 것이며 가령 노동계급의 힘과 정당성을 선험적인 것으로 당연시하는 급진주의 일부의 과장된 수사나 허위의식을 깨는 효과가 있다. 또한 권리를 획득한 만큼 책임과 의무를 실감해야 하는

---

7 Nancy Henry, "George Eliot and Politics," George Levine ed., *The Cambridge Companion to George Eliot*(Cambridge: Cambridge Univ. Press 2001) 141면.

8 같은 글 140면.

9 George Eliot, *Felix Holt, the Radical*, ed. F. C. Thompson(Oxford: Clarendon 1980) 412~15면.

것도 엄연한 사실이다. 그러나 이어서 펠릭스 홀트의 (혹은 작가의) 발언은 보수적인 색채를 분명히 보여준다. 사회의 유기체적인 성격을 말하면서 오래된 사회의 구습들을 인정하고 곡식을 얻기 위해 옛 수로와 둑과 펌프 따위를 이용해야 하는 것처럼, "모든 훌륭한, 느리게 성장하는 사물의 체계"를 활용해야 한다는 주장으로 나아가는 것이다.

사회가 꾸준히 진보하고 우리의 최악의 악폐가 줄어들 수 있는 유일하고 안전한 길은, 마치 누구나 동일한 종류의 일을 하거나 동일한 종류의 삶을 영위할 수 있기라도 한 것처럼(여러분들 가운데 누구도 이런 어리석은 생각을 하지 않겠지만 말입니다만) 실제로 존재하는 계급구별들과 기득권들을 직접적으로 없애려고 시도하는 것이 아니라, 계급 이해관계를 계급 기능이나 의무로 변환하는 것입니다. 제 말은 각 계급이 국민 전체에 대한 책임감의 강한 압력 아래서 주변 여건에 맞추어 각각의 특정 작업을 수행해나가게끔 되어야 한다는 말씀입니다. (416면)

책임감과 의무라는 온당한 당부는 '계급이해'를 앞세우지 말고 '국민'에 대한 책임으로 돌아와야 한다는, 매우 익숙한 당대 지배층의 논리를 따르는 주장과 결합되어 있다. '국민'이라는 수사는 원래 중간계급이 귀족계급의 기득권을 무너뜨리기 위해, 이를테면 국민의 권리인 자유와 평등을 주장하기 위해 사용되던 것이나, 중간계급의 지배권이 확립되고 그것이 구가되는 이 시기에 이르러 노동계급의 계급적 이해를 중화시키고자 하는 사회통합의 이념으로 구사된다. 펠릭스 홀트(혹은 작가)의 발언에 반영된 것도 바로 이것이었다. 개혁연대의 국민개념을 통한 호소도 원래 참정권 요구를 정당화하기 위한 것인데, 여기에는 참정권이 주어지지 않으면 국민통합이 무너지고 무질서가 올 수 있다는 경고가 담겨 있었다.[10] 참정권이 주어진 이후 보수진영에서 오히려 국민의 이름으로 노동자의 협조를 구한 것은 당연해 보인다. 펠릭스 홀트의 연설에서는 사회적 혼란이 무질서를 넘어 내란으로 귀결될 수 있음을 시사하기까지 한다. 노동자 중에는 "일단의 불한당" 혹은 "끔찍스러운 사회의 주변"들이 존재하는데, 우리 모두는 "우리 세대의 가슴속에 있는 이런 야만적인 짐승"을 일깨우지 않도록 조심해야 한다는 것이다. 법과 질서의 준수가 필요할뿐더러 노동자 스스로 질서의 담당자가 되어야 하며, 이는 이제 체제의 일원이 된 노동계급의 새로운 책임감과 맞닿아 있다는 것이다. 연사는 "이미 수천명의 노동자들(artisans)이 세련된 정신과 참을성 있는 영웅주의"를 보여준 바 있다고 말한다. 이상의 발언들은 개혁연대의 중심을 이루는 노동조합의 핵심세력인 숙련노동자들이 상당한 수입과 생활수준을 갖춘 '예의를 아는'(respectable) 시민임을 인정하는 한편, 이 '노동귀족'을 '불한당' 무리로 규정한 하층 노동자들과 구별하고자 하는 당대의 한 기류를 반영하고 있다.

국민주의와 결합된 보수주의라고 칭할 만한 이 글의 입장은 선거법 개정 이후 토리파든 휘그파든 노동자계급의 헤게모니에 위협을 느끼는 기성세력의 호응을 받을 만한 것이었다. 이 글의 첫 발표지면이 당시에 가장 큰 영향력을 행사하던 보수지 『블랙우즈 에든버러 매거진』(*Blackwood's Edinburgh Magazine*)이었고 『급진주의자 펠릭스 홀트』의 '정치적 입장'에 만족하여 이 글을 부탁한 출판사 사장 블랙우드는 이 글이 완성된 후 "대중이 이런 말과 감정을 제대로만 이해하면 우리는 얼마나 위대한 나라가 되겠는가"라고 말했다고 한다.[11] 이 글의 뒷부분에서 펠릭스 홀트(혹은 작가)는 노동자들이 과거로부터의 불평등을 제거한다고 오랜 세대에 걸쳐 형성된 "사회의 공동자산"인 민족적 유산을 훼손하지 말 것이며, 유산

---

10 가령 '국민'개념을 전술적으로 활용한 개혁연대의 지도자 빌즈(Edmund Beals)의 발언이나 연설내용은 Margot C. Finn, 앞의 책 43면 참조.

11 Nancy Henry, 앞의 책 140면.

계급이 "과거로부터 물려받은" 보물은 "탁월함을 간직하고" 있으므로, 가치있고 고귀한 미래를 열어가기 위해서는 이 "상속의 위대한 법칙"에 승복해야 한다고 주장한다. 정치적 입장으로서 이 발언이 노동자의 정치개혁 요구를 순화하려는 기성권력의 이념과 부합함은 분명하다.[12] 그러나 한편으로 삶의 질과 민족문화에 대한 이러한 요청은 마치 아널드의 교양이념이 그러하듯 현실정치의 맥락으로 환원할 수만은 없는 논제들과 맞닿아 있다. 펠릭스 홀트의 급진주의에서 그 '급진성'이 실상 교양적인 것과 관련되어 있는 한,『급진주의자 펠릭스 홀트』를 우리는 1860년대 교양이념 논쟁의 맥락에서 읽을 수 있다.

이 작품에는 트랜섬(Transome) 집안의 가족관계에 얽힌 비극이라는 모티프도 있지만 1차 선거법 개정 이후의 시대상황을 총체적으로 재현해내려는 의도가 뚜렷이 있다. 1차 선거법 개정이 중간계급 대다수에게 선거권을 부여한 정치혁신이긴 하나 그것은 토리파의 농촌선거구 확보와 휘그파 및 중간계급의 새로운 도시선거구 획득이라는 정치적 타협의 결과였고, 이후에도 오랫동안 타락한 구체제(Old Corruption)는 굳건히 유지되었다. 이같은 관행의 유지와 개혁이념 사이의 충돌과 얽힘이 트레비 마그나(Treby Magna)라는 가상 마을의 계급관계 및 인간관계 그리고 이들의 운명의 전환을 통해서 그려지고 있다. 작중인물 펠릭스 홀트의 정치적 입장이 무엇인지는 선거일에 군중 앞에서 한 연설에서 분명히 표현된다. 급진주의 후보자인 트랜섬의 지지연사가 그를 노동자의 권익을 대변하고 보통선거, 1년 회기, 비밀선거 등 대표적인 급진주의자 버뎃(Sir Francis Burdett)의 주장을 관철시킬 후보로 내세운 데 대해, 펠릭스 홀트는 투표나 선거권은 도구에 불과하고 그것을 움직이는 인간의 본성, 정열,

---

12 이와 관련하여 쎄멜(Bernard Semmel)은 조지 엘리엇이 민족주의 이념에 빠질 위험을 지적하고 있다. Bernard Semmel, *George Eliot and the Politics of National Inheritance*(Oxford: Oxford Univ. Press 1994) 13면.

감정, 욕망이 중요하다고 강조한다. 그는 노동자가 장차 권력을 가진다 하더라도 무지한 권력은 오히려 해를 끼칠 것이라고 경고하면서 멀쩡한 30퍼센트를 누르고 술에 취한 70퍼센트의 선거권자들이 지배하게 될지도 모를 사태를 공박하여 급진주의 후보 운동원을 곤혹스럽게 만들고 오히려 토리파 청중들의 박수를 받는다.(246~51면) 작품에서 펠릭스 홀트가 한 주장은 전체적으로「노동자들에게 주는 말」과 맥을 같이한다.[13] 노동자의 자질 향상과 교육의 중요성을 내세우고, 신분상승이나 정치개혁의 급진적 주장보다 노동자 직분에 충실하자라든가, 노동자의 품격과 정체성을 중시하고 권력투쟁이 아니라 여론의 힘을 통해 사회에 작용해야 함을 내세운다는 점에서 꽁뜨의 사상에 대한 작가의 동감이 드러나 있다. 노동자를 개인성이 아닌 사회성을 중심으로 사회를 총체적으로 개편해나가는 새로운 실증철학의 담지자로 보되 정치세력화에는 반대하고, 권력의 담당자라기보다는 노동자의 도덕적 성격과 위엄의 유지에서 가능성을 보는 것이 꽁뜨의 기본적인 입장이기 때문이다.[14]

꽁뜨주의가 당시로는 급진적인 새로운 사조에 속하므로 조지 엘리엇이 그린 '급진주의자 펠릭스 홀트'가 꽁뜨주의적인 노동자의 이념성을 가지고 있을 수 있음은 인정된다. 그리고 사이비 급진주의자인 트랜섬에 맞서 노동자의 진정성을 내세우려는 작가의 의도도 사줄 만하다. 그러나 분명한 것은 펠릭스 홀트라는 인물이 당대 급진주의자의 초상으로는 극히

---

13 물론 작품 속에서의 펠릭스 홀트와 「노동자들에게 주는 말」의 연사로서의 펠릭스 홀트가 동일인이라는 것은 아니며, 이 양자와 작가의 관계를 단순화하는 것은 위험하다. 다만 당시 상황에 대한 작가의 직접적인 발언으로 이해되는 「노동자들에게 주는 말」이 작중인물의 주장과 거의 동일하기 때문에, 펠릭스 홀트의 발언이 작가의 '견해'를 그대로 반영하고 있다고 할 수는 있을 것이다. 그러나 작가의 '견해'가 주인공의 주장을 통해서만이 아니라 작품 전체에 어떤 방식으로 구현되고 있는가 혹은 작가의 '견해'를 작품이 배반 혹은 극복하고 있는 것은 아닌가 하는 문제는 남는다.
14 오귀스뜨 꽁뜨『실증주의 서설』(김점석 옮김, 한길사 2001) 225~42면.

미약할뿐더러, 주인공임에도 인물 형상화에서는 다른 인물, 가령 인물묘사의 심도와 사회현실에 대한 천착이 결합되어 있는 트랜섬 부인이나 매슈 저민(Matthew Jermin) 혹은 루퍼스 라이언(Rufus Lyon) 같은 인물들에 비해 상대적으로 평면적이라는 사실이다.[15] 그의 도덕적 염결성이라든가 순수성에는 나름의 당돌함과 진지함이 보이지 않는 것은 아니고 그것이 에스터(Esther)의 감화와 사랑을 얻게 되는 요인이지만, 복합적인 정치·사회현실 속의 살아 있는 인물이 아니라 이상화된, 그런 점에서 현실감이 상실된 이념형 인물이라는 혐의가 짙다.

당대의 급진주의자를 형상화하려 한 작가의 목적에도 불구하고 이같은 실패의 이유는 무엇인가? 여러 방면에서 대답이 가능하겠지만, 노동자 문제에 초점을 두어온 필자로서는 무엇보다 당대 급진주의의 역사가 이 작품에서 소실되어 있다는 점에 주목하고자 한다. 다시 말해, 1830년대의 정치개혁에서 배제되었던 노동자들이 전국적인 운동으로 항의와 개혁요구를 드러낸 1840년대 차티즘 운동의 활력과 급진성이 배제되어 있다는 것이다. 물론 이 작품의 무대는 그 이전 시기이지만, 그렇더라도 곧 폭발하게 될 노동자 운동의 낌새가 이 작품에서 보이지 않고 선거일의 소요는 오히려 무질서한 무리의 의미 없는 난동으로 묘사된다. 더구나 그동안 소멸되었던 대중운동이 다시 점화되고 있던 1860년대에 노동자의 급진성을 다루면서 차티즘의 기억을 송두리째 생략한 것 자체는 작가의 정치적 입지를 말해주는 것이면서, 작품에서 급진주의자 펠릭스 홀트가 전형성을 얻지 못한 요인이 되지 않았는가 한다.

이와 관련하여 흥미로운 것은 당대 영국의 대표적인 꽁뜨주의자이자 급진주의 논객인 프레드릭 해리슨과 주고받은 편지이다. 해리슨은 이 소

---

15 리비스는 펠릭스 홀트의 비현실성과 이상화에 비해 트랜섬 부인에 대한 묘사의 탁월함을 지적한 바 있다. F. R. Leavis, *The Great Tradition*(London: Chatto & Windus 1960) 50~60면.

설을 보고 작가에게 꽁뜨의 사상을 더욱 깊이있게 구현하는 작품을 제안한다. 꽁뜨의 원리나 개념을 '직접적으로' 제시해달라는 요구가 아니라, "꽁뜨의 세계의 위대한 성격들이 소설 속에서 우리의 친숙한 삶의 형태 아래서 규범적인 관계들로 묘사될 수 있을" 것을 기대한다. 이는 "인간의 본성과 문명화된 사회의 깊은 곳에는 실증주의적 삶이 있기 마련"이며 꽁뜨주의는 "우리 주위에 싹터 있거나 사용되지 않고 있는 사회적 힘을 모두 사용"한다는 그의 강한 신념에 근거한 발언이다.[16] 지금에 와서 꽁뜨주의를 근대사회에 대한 유효하고 총체적인 해석이나 전망으로 받아들일 필요는 없지만, 해리슨의 이 발언은 미흡한 대로나마 이념과 문학, 혹은 사회법칙과 문학질서의 통합이라는 리얼리즘론의 중요한 한 대목과 만난다. 엘리엇이 답장에서 해리슨이 "엄청나게 어려운 문제"를 제기하고 있으며, "어떤 이념들이 정신으로가 아니라 육체로 우선 나에게 나타난 것처럼, 그것을 철저히 육화해내려는 지난한 노력을 하고 또 했다"[17]고 한 것도 이를 의식해서이다.

철저한 꽁뜨주의자인 해리슨과 어느정도 꽁뜨주의에 공감하고 있는 엘리엇이 편지를 주고받았음에도 불구하고, 실상 작품에서 급진주의자의 형상은 중간계급 급진론자 가운데서 노동운동에 가장 동조적이면서 남성 보통선거권 등 노동자 급진파의 정치개혁 요구에 동의하고 있던 해리슨의 관점과는 크게 어긋나는 것이었다.[18] 직접 표명한 것은 아니지만 해리슨은 엘리엇의 작품에서 드러난 진보이념의 빈곤 즉 꽁뜨주의의 빈곤

---

16 George Eliot, *Selected Essays, Poems and other Writings*(Harmondsworth: Penguin 1990) 243~44면.

17 같은 책 248면.

18 해리슨의 꽁뜨주의에서 노동자에 대한 입장은 꽁뜨의 노동자관과는 거리가 있다. 꽁뜨는 보통선거권에 반대하였고 기본적으로 노동자의 단체행동에 대해 부정적이었다. 그런 점에서 해리슨의 꽁뜨주의는 말하자면 꽁뜨주의의 급진주의적 변형이라고 할 수 있고 오히려 엘리엇의 입장이 원래의 꽁뜨주의에 더 가깝다고 할 수 있다.

을 말하고 있으며, 이에 맞서 엘리엇은 소설에서 중요한 것은 '도표'가 아니라 '묘사'임을 주장한다. 이는 작품의 리얼리즘 성격을 옹호하는 정당한 답변으로 보인다. 예술가적 시각은 일정한 입장의 표명을 통해서가 아니라 어떤 객관성을 담보한 미적 판단에서 나오는 것이며, 이같은 '묘사'의 정신 즉 비평적 정신은 문학지식인의 정치문제나 개혁이념에 대한 개입에서는 필수적이다. 그러나 앞에서 말한 것처럼 펠릭스 홀트라는 인물이 충분한 육화를 얻지 못한 이념형에 가깝고 당대 급진주의자의 생생한 형상(꼭 해리슨이 원하는 꽁뜨주의자는 아니더라도 급진운동의 정신과 흐름이 실려 있는 전형적인 인물)과 거리가 있다면, 그것은 작가의 당대 정치개혁에 대한 유보적인 혹은 보수적인 입장 탓이 아닐까? '묘사'나 '이념의 육화'가 객관적 현실에 대한 중립적인 관찰이 아니라 사회변화의 역동성에 대한 통찰에서 더욱 충일해질 수 있다는 것이 리얼리즘의 입장이라고 할 때, 펠릭스 홀트가 급진주의자로서 전형성을 얻지 못한 것은 역시 당대에 퍼져 있던 지배층의 논리('무질서한 무리'에 대한 편견과 경계)를 따르고 있는 작가의 태도와 무관하다고 할 수 없을 것이다.

그러나 펠릭스 홀트라는 인물이 제기하는 삶의 품위와 질적 탁월성의 문제 그리고 교육과 지식의 확산 필요성에 대한 주장은 1860년대의 선거법 개정국면에서 본격적으로 제기되어 이후 노동자의 삶의 방향에 커다란 영향을 미치는 함의를 안고 있다. 인물로서의 실패에도 불구하고 펠릭스 홀트의 급진주의는 선거권 획득으로 대표되는 눈앞의 개혁목표에 매몰되지 않고 그 너머를 보는 도덕적 인식의 지평을 열고 있고, 나아가 재산과 권력을 나눠먹으려는 '정치적' 싸움 자체를 초월하고자 하는 인간주체의 새로운 상을 선보인다. 펠릭스 홀트가 노동자로서의 삶을 유지하기로 하는 것은 꽁뜨주의적 신념의 표현이기도 하지만, 가난한 삶을 선택하고 무소유를 실행하는 자세에 실린 주체적인 결단의 순수함과 위엄은 단순히 기성질서에 복속되려는 허위의식으로 치부할 수 없게 만드는 무언가가 있다. 이같은 삶의 문제가 좀더 본격적인 교양 논쟁으로 터져나온 것이 바로 이 시기이며 그 중심에 선 인물이 바로 매슈 아널드이다.

3. 매슈 아널드의 『교양과 무질서』

정치개혁의 움직임이 다시 불붙은 1860년대는 시작(詩作)을 중단한 매슈 아널드가 평론활동을 본격적으로 전개한 시기였다. 이 시기에 그의 첫번째 문학평론집(*Essays in Criticism*, 1865)이 출간되었고 두권의 평론서(*On Translating Homer*, 1861; *On the Study of Celtic Literature*, 1867)가 나왔으며, 문학만이 아니라 종교, 교육, 정치 분야에서 활발한 평론활동을 벌여 그 결과물이 1860년대에 단행본으로 출간되었다. 이 가운데 『교양과 무질서』는 그가 1866년부터 1년여에 걸쳐 정치현안을 둘러싸고 벌인 논쟁과 관련한 글들을 모아 1869년 1월에 출간한 것이다. 논쟁이 벌어지는 동안 개혁연대 주도의 시위와 집회가 잇달아 열렸고 하이드 파크 소요사태가 터졌으며 결국 선거법 개정안이 의회를 통과하게 된다. 논쟁은 선거법 개정을 둘러싼 사회 전반의 갈등과 논의가 그 배경이 되고 있으나, 선거법 개정 이후 핵심적으로 제기된 아일랜드 국교회 폐지법안 등 당대의 정치문제도 포함하고 있다.

이 책이 이후 중요한 저작으로 주목받게 된 것은 정치현안에 대한 아널드의 견해 때문이라기보다 그가 내세운 '교양이념'이 가지는 지속적인 문화적·사회적 의미 때문이다. 하지만 통상의 정치평론가가 아닌 당시 가장 활발하게 활동한 문학평론가의 정치적 판단과 전망이 실렸다는 점에서 주목받을 만한 책이 아닌가 한다. 아널드의 문학평론이 사회비평을 겸하고 있다는 사실은 잘 알려져 있는데,[19] 거꾸로 그의 정치평론은 그의 문학평론가적인 자세와 결합되어 있기도 하다. 실상 『교양과 무질서』는 딱딱

한 정치문제를 다루고 있지만 그는 여기서 아이러니, 풍자, 은유, 암유 등의 문학적 수사를 동원하고 있고, 이보다 더욱 본질적으로는 문학평론 특유의 비평적인 인식 — 사물을 있는 그대로 본다는 사심 없는 평가의 정신 — 이 '교양이념'에 대한 주장에서나 실제 정치현안에 대한 판단에서 작용하고 있다. 물론 그의 '사심 없음'(disinterestedness)이 결국 당대 지배세력인 중간계급의 이해관계를 반영한 것일 뿐이라는 반론에 부딪힐 수도 있지만,[20] 그의 관점이 당파적인 이해관계에서 발언하는 것을 당연시하는 일반적인 정치평론의 경향과 어긋나는 만큼이나 정치에서 문학지식인 특유의 기여를 확인할 수 있다는 점은 짚어두어야 할 것이다. 그리고 이것은 『교양과 무질서』가 정치개혁에서 문학지식인의 입지와 역할을 묻는 우리의 작업에 대단히 시사적일 수 있음을 말해준다.

매슈 아널드의 주요 논적이 순수한 공리주의자라 할 수 있는 스티븐(J. F. Stephen)과 꽁뜨주의자인 해리슨이라는 점에서도 보이듯, 정치적인 입장에서 보면 당대 정치지형에서 중간계급 급진주의와의 싸움이 『교양과 무질서』의 주요 부분을 차지한다. 그러나 아널드가 의미심장하게도 교양에 대한 논의를 타박하는 존 브라이트의 발언을 거론하며 글을 시작하는 데서도 엿보이듯이, 브라이트가 대변하는 1830년대 이후의 대세라고 할 중간계급 자유주의가 급진주의 못지않게 혹은 어떤 점에서 보면 더욱 본원적으로 그의 표적이라고 할 수 있다. 이것은 그가 교양과 대립개념으로 내세운 무질서가 그 기원에서 자유주의의 모토인 개인적 자유의 신성함

---

19 가령 단일 주제의 두 문학평론서는 '문체'에 초점을 두면서 당대 사회의 정신과 성격에 대한 비판과 전망을 깔고 있거니와, 『교양과 무질서』에 묶인 글들을 쓰게 된 계기는 그의 문학평론집의 서문에 해당하는 「현 시기 비평의 기능」(The Function of Criticism at the Present Time)에 대한 몇몇 비판에 답하는 과정에서였다. 윤지관 『근대사회의 교양과 비평』(창비 1995) 109~14면 참조.

20 Terry Eagleton, *The Function of Criticism: From the Spectator to Poststructuralism*(London: Verso 1984) 60~61면.

에 대한 절대적인 믿음에 있다는 점에서도 확실해진다. 결국 아널드는 중간계급의 본류라고 할 자유주의와 좀더 노동계급 친화적인 급진주의 양자를 모두 겨냥하고 있는 셈인데, 정치적으로도 당시 선거법 개정운동의 양대 세력이라고 할 개혁연대(노동계급이 주도하고 있으나 중간계급 급진파가 가담함)와 개혁연합(중간계급 자유주의자들의 조직)의 활동이나 이념에 대해서 일정한 거리 혹은 비판적 자세를 견지하고 있었다.

그럼에도 불구하고 아널드는 노동자의 선거권 확보라는 사회적 요구 자체를 부정한 것은 아니며, 오히려 그것이 시대의 대세임을 인정하고 있다. 나아가 그는 "사회의 어떤 큰 계급이나 계층이든" 스스로 자신을 대변하는 것이 옳으며 '농업노동자'에게도 그러한 권리를 주어야 한다고 주장하는데[21] 이것은 차티즘이나 개혁연대의 남성 보통선거권 주장과 거의 일치하고, 주로 도시노동자에게 선거권을 부여한 1867년의 2차 선거법 개정범위를 넘어서는 내용이다.[22] 그런가 하면 하이드 파크 사태가 발생하고 나서 발표한 그의 글 「내키는 대로 하기」(Doing as One Likes)에서는 혼란을 야기하는 집단행위에 반감을 표하고 정부의 미온적인 대응을 비판하면서 질서와 권위를 강력하게 옹호하고 나선다. 얼핏 보아 이 두가지는 공존하기 어려운 듯 보이지만 이처럼 '보수성'과 '진보성'의 이율배반적인 성격이 그의 정치적 입지와 개입의 독특함이라고 할 수 있다. 즉 그의 무질서에 대한 경계와 비판에서 핵심이 되는 것은 하이드 파크 사건 자체라기보다 그 근본에 놓여 있는 개인적 자유주의의 폐해와 한계인 것이다. 개인적 자유주의의 흐름이 강력하고 그것이 모든 가치의 중심에 놓일 때의 한 표현으로 하이드 파크 사태를 보기 때문에, 그저 '보수적'이라고 그를 비판하는 것은 온당하지 않다고 본다.[23] 즉 아널드는 보수와 진보라는 당대

---

21 Matthew Arnold, *The Complete Prose Works of Matthew Arnold*, vol. 9, ed. R. H. Super(Ann Arbor: Univ. of Michigan Press 1960~1977) 140면.

22 농업노동자에게 선거권이 부여된 것은 1884년 3차 선거법 개정에서였다.

의 정치적인 담론구도에 얽매이지 않고 오히려 그 대립구도를 재편하려 했다고 볼 여지도 있는 것이다.

가령 국교회 개혁을 기치로 한 옥스퍼드 운동(Oxford Movement)의 실패와 관련하여 아널드가 당시의 정황과 계급문제를 거론하는 것을 보자.

그러나 이 자유주의야말로 옥스퍼드 운동을 실제로 패배하게 만든 세력이며, 뉴먼(Newman) 박사가 맞서 싸우고 있다고 느낀 세력이며, 얼마 전까지만 해도 이 나라에서 최고의 세력이자 미래를 소유하고 있는 것처럼 보였던 세력이며, 그것의 성취를 보고 로우(Robert Lowe) 씨가 형언할 수 없는 찬양의 마음으로 가득하여 그것이 위협받는 것에 그토록 공포에 사로잡히게 했던 그런 세력이다. 그리고 지금 이 속물주의의 거대한 세력은 어디에 있는가? 그것은 두번째 등급으로 떨어졌고, 어제의 힘이 되었고, 미래를 잃어버렸다. 새로운 힘이 갑자기 나타났으니, 이 힘은 아직 완전히 판단하기는 불가능하나, 중간계급 자유주의와는 전혀 다른 세력이다. (⋯) 나는 이 새로운 세력을 칭찬한다거나, 그것의 이상이 낫다고 말하는 것이 아니다. 다만 이 둘이 서로 전혀 다르다는 것이다. 그리고 뉴먼 박사의 운동에 의해 생겨난 감정의 물결들, 그 운동이 키운 아름다움과 달콤함을 향한 예리한 욕망, 중간계급의 고집불통과 천박함에 대해 그 운동이 나타낸 깊은 혐오, 중간계급 프로테스탄티즘의 끔찍스럽고 그로테스크한 환상에 그것이 비춘 강렬한 빛 등 이 모든 것들이, 지난 30년간의 자만심으로 가득한 자유주의의 땅 밑을 파 그것이 갑작스럽게 붕괴되고 폐기되도록 한 감추어진 불만의 물결을 더욱 높이는 데 얼마나 많은 기여를 했는지 누가 가늠하겠는

---

23 아널드의 하이드 파크 사태에 대한 발언을 보수적이라고 비판하는 것이 일반적인데, 아널드의 대응을 어느정도 이해하고 있는 윌리엄즈의 지적도 그 하나이다. Raymond Williams, 앞의 책 3~10면 참조.

가? (Matthew Arnold, vol. 5, 106~107면)

　노동자계급 혹은 민중의 부상이라는 현실과 그들이 미래를 담보하고 있음에 대한 담담한 인정과 함께, '보수적인' 운동이라고 치부되는 옥스퍼드 운동이 실은 '진보성'을 거의 독점하고 있다고 자신해온 중간계급 자유주의 세력을 퇴장시키고 민중을 주인으로 떠오르게 하는 데 기여함으로써 새로운 역사의 열림에 알게 모르게 동참해온 사실을 아널드는 말하고 있다. 실제로 대표적인 자유주의 정치가 로우가 그 대변자인 이 자유주의 세력의 일부는 일체의 선거법 개정에 반대하거나 개정의 범위를 최대한 축소하고자 함으로써[24] 자기기만에 빠지고 스스로 어느새 개혁을 막아서는 보수세력으로 화하고 있었다. 아널드의 정치학에서 기존의 진보와 보수의 대립은 '아름다움과 달콤함'의 자질을 가진 교양인과 교양의 적들, 가장 대표적으로는 중간계급 속물의 대립으로 대체된다.

　노동자계급의 등장을 자연스러운 시대의 대세로 인정하는 아널드에게 핵심이 되는 물음은 아직은 "제대로 판단할 수 없"고 "주요 경향들이 아직은 제대로 형성되어 있지 않"은 이 노동자계급이 과연 교양 편으로 움직이느냐 아니면 속물성의 포로가 되느냐이고, 전자로의 진행이 그가 내세울 수 있는 정치적 전망이 된다. 그리고 바로 이것이 그가 주된 논적으로 삼는 브라이트 및 해리슨과 벌인 논쟁의 핵심이다. 로우와는 달리 이두 중간계급 지식인은 기본적으로 새로운 세력과 연대하거나(브라이트) 혹은 좀더 적극적으로 동참하고 협력하는(해리슨) 노동자계급의 '선의의 친구들'이었다. 이같은 이념적인 지형은 실제 정치에서 선거법 개정 운동과 그 이후의 정치운동 과정에서 중간계급 급진주의자와 노동계급의 연대라는 현실과 맞닿아 있기도 하다.

---

24 H. S. Jones, *Victorian Political Thought*(London: Palgrave Macmillan 2000) 73면.

그러나 '선의'와는 무관하게 이들은 각각 다른 방식으로 노동자계급을 교양의 이념인 완성에서 멀어지게 한다는 것이 이들에 대한 아널드의 비판이다. 즉 중간계급의 위대한 성취를 찬양하는 로우처럼 브라이트가 노동계급의 위대한 성취를 찬양하는 것은 "그들이 대체하고 있는 속물들 대신에 스스로 속물이 되라고 가르치는 것일 뿐"이라는 것이다. 반면에 해리슨의 방식은 자꼬뱅주의(Jacobinism)라고 일컬어진다. "과거에 대한 격렬한 분노, 대규모로 적용된 추상적 혁신체계, 미래에 올 합리적 사회의 모습을 세밀히 그리고 있는 새로운 원리"[25]가 그것이다. 아널드가 이같은 체계와 원리의 효과를 아주 부정하지는 않지만, 그것이 가지는 격렬성과 추상적 체계에 대한 탐닉이 삶의 전체성을 보는 교양의 대의와는 거리가 있음을 분명히 한다. 주목할 것은 브라이트에 대한 아널드의 비판이 가차 없는 데 비해서, 해리슨에 대해서는 좀더 우호적인 정서가 표현되고 있다는 점이다. 스스로 해리슨의 스승인 콩그리브(Richard Congreve) 같은 꽁뜨주의자에 대한 존중과 오랜 친분을 말하기도 했고 본질적으로 교양은 이 자꼬뱅주의의 문제점을 끊임없이 질문함으로써 오히려 그것에 기여한다고 말하기도 했다. 이것은 개혁연합보다 개혁연대를 선호한 그의 정치적 취향이라기보다 교양이라는 기준에서 정치적 지형에 개입하는 아널드의 일관된 문학지식인의 태도로 읽어야 할 것이다. 아널드가 직접 이런 선호를 밝힌 적도 없거니와 현실정치에 대한 참여 자체가 문학지식인의 비평적 입지를 막을 가능성을 진작부터 우려하였고 이것이 그의 비실천성에 대한 비판을 낳기도 했다.[26] 다만 흥미롭게도 그는 노동계급의 현실을 분석하면서 "중간계급의 위대한 사업"에 힘을 빌려주고 협조하는 노동계급 일부와, "노동조합과 다른 수단을 통해 스스로를 조직화하는 데

---

25 Matthew Arnold, vol. 5, 109면.

26 Sidney Coulling, *Matthew Arnold and His Critics: A Study of Arnold's Controversies* (Athens: Ohio Univ. Press 1974) 141~46면.

모든 정력을 쏟는, 노동계급 가운데 활기차고 유망한 일부"를 중간계급의 별칭인 속물(Philistine)에 포함시키고 있다.[27] 전자와 후자의 속물성의 정도는 다소 다르겠지만, (전자는 "속물들에 추가"되는 데 비해, 후자는 "속물들과 동행"한다고 표현한 차이를 고려할 때) 전체적으로 타협적인 당대 노동계급 상층, 즉 선거법 개정운동에 조직적으로 나선 세력의 이념적 타락성을 지적하는 것으로 읽어도 무방할 것이다.

물론 아널드가 속물화된 상층을 제외한 대다수 노동계급에 대해 긍정적인 것만은 아니며, 이 '거대한 나머지'의 투박함과 폭력성을 염두에 두고 이들에게 '우중'(populace)이라는 명칭을 붙이기도 한다. 이들이 미래의 주인인 이상 아널드의 정치적 기획은 이 우중의 교양화라고 할 수 있을 터인데, 이를 위해 그는 의무교육의 확대를 줄곧 주장하는 한편, 이 우중의 교화를 담당할 세력인 현 중간계급의 속물성을 타파하기 위한 중등교육의 국가적 강화를 주장한다. 노동계급 교육에 대한 강조와 중시는 조지 엘리엇의 「노동자들에게 주는 말」에 나오는 펠릭스 홀트의 발언과 흡사하지만, 미래에 노동자의 권력과 지배를 당연시한 점, 그리고 그 교육이 국가기구에 의해 제도적으로 이루어져야 한다는 주장에서 그와 구별된다. 교육의 중요성을 강조하는 것은 중간계급 특유의 점진적 개혁을 의미하는 것이지만, 자유주의자와는 달리 국가의 기능을 강조하는 것은 또다른 의미를 가진다. 선거법 개정 이후 1870년대와 1880년대에 걸쳐 사회주의적 전망을 가진 새로운 노동계급 세력들이 국유화와 더불어 국가에 의한 의무교육을 중심적인 정강으로 내세우고 나왔다는 점도 고려해야 할 것이다.[28] 그럼에도 국가가 각 계급의 이해관계에서 벗어난 '최상의 자아'(best self)를 갖춘 예외자들에 의해 구성된다는 아널드의 국가관도 논

---

27 Matthew Arnold, Vol. 5, 141~43면.
28 Margot C. Finn, 앞의 책 255~56면.

란거리거니와, 자유주의적 개인주의의 폐해를 극복하고 일반적인 교양을 실현할 주체로서 국가, 즉 "민족의 집합적이고 조합적인 성격의 담지체"[29]를 설정하는 것은 계급담론 대신 통합된 국민을 내세우던 당시의 정치적 수사와 연결될 여지도 없지 않다. 아널드의 교양관 내지 국가관이 1860년대 영국의 정황과 관련하여 어떻게 이해될 수 있는지 짚어보면서 논의를 마감키로 하겠다.

서론에서 정리한 것처럼 1867년의 정치지형에서 민족주의의 영향과 제국에 대한 점증하는 인식, 그리고 인종주의 등이 내부의 정치적 동력과 얽혀 있는 상황에서, 정부의 권위와 질서를 강조하는 입장은 노동자에 대해서뿐 아니라 식민지인에 대해서도 고압적인 태도를 취하는 것이었다. 가령 노동자의 선거권 주장에 대해 극단적인 권위주의적 태도를 보인 칼라일이 에어 총독의 자메이카 식민지인에 대한 탄압을 옹호하는 선봉에 나선 것이 그런 예이다.[30] 물론 당시의 정부와 아널드가 말하는 국가가 동일한 것은 아니지만(전자가 지배계급의 통상적 자아로 이루어진 것이라면 후자는 각 계급의 최상의 자아인 예외자로 구성된다는 점에서), 하이드 파크 사태에 대한 그의 발언[31]에서도 보이듯 이 두가지가 늘 명확하게 구별되는 것은 아니다. 그러나 국가를 민족의 '올바른 이성'과 관련짓는다 해도, 자메이카 사태에 대해서든 아일랜드에 대해서든 아널드의 태도

---

29 Matthew Arnold, Vol. 5, 122면.

30 Thomas Carlyle, "Shooting Niagara: and After?" (1867), *Critical and Miscellaneous Essays*, vol. 5(London: Chapman & Hall 1899) 299~308면.

31 "그러나 우리에게는 사회의 골격, 이 장엄한 드라마가 펼쳐져야 하는 무대는 신성하며, 누가 그것을 운영하더라도, 그리고 아무리 우리가 그들의 운영권을 박탈하고자 애쓴다 할지라도, 그들이 운영을 맡고 있는 한 우리는 변함없고 일사불란한 마음으로 그들이 무질서와 혼란을 억누르는 것을 지지한다. 왜냐하면 질서가 없이는 사회가 있을 수 없고 사회가 없으면 인간의 완성도 있을 수 없기 때문이다."(Matthew Arnold, Vol. 5, 222~23면)

는 인종차별주의자라 할 수 있는 칼라일과는 확연히 다르다.[32] 가령 하이드 파크 사태를 아일랜드의 페니언주의(Fenianism)와 연결지어 말하는 다음 대목을 보자.

자유에 대한 이 배타적인 관심, 그리고 거기서 생겨난 느슨한 통치습관들을 옹호하기 위한 말들은 수두룩하다. 그 습관들로 인해 우리가 처해 있는 무질서의 종류를 잘못 알거나 과장하는 것은 매우 쉽다. 아무리 격렬하고 야단스럽다 할지라도 페니언주의 탓에 위험에 처해 있는 것은 아니다. 왜냐하면 이것에 대항해서 우리의 양심은 단호하게 행동하고 정말 그럴 필요가 있을 때에는 즉시 우리의 압도적인 힘을 행사할 만큼 자유롭기 때문이다. 우선 누구든 내키는 대로 해야 한다는 우리의 신조는 영국인에게나 해당되는 것이지 아일랜드인이라든가 이 지상의 다른 누구에게도 적용되지 않는다. 그리고 우리는 영국인이 아닌 자가 주장하는 개인적 자유에 대해서는, 꼭 그래야 한다면, 아무런 가책도 없이 생략해버릴 수 있다. (Matthew Arnold, vol. 5, 121면)

문자 그대로만 읽으면 여기에는 자민족중심주의의 혐의가 짙게 드리워져 있다. 실제로 아널드가 아일랜드의 비참함에 동감하고 있었다 해도 당시 페니언의 테러에 대해 단호한 법집행을 반대한 것은 아니며 하이드 파크 사태 당시 노동자의 무질서를 비판한 것처럼 식민지에서의 질서유지를 옹호했다. 그 점에서는 아널드가 무질서의 대안으로 내세운 교양의 일반성이나 보편성이 거꾸로 일정한 배제의 체계이기도 하다는 비판에서

---

32 자메이카 학살 논쟁에서 아널드가 에어 총독을 옹호하는 입장이었다는 싸이드의 (근거를 밝히지 않은) 지적이 있으나(Edward Said, *Culture and Imperialism*, London: Vintage 1994, 157면) 이 사태가 영국의 '가슴'에 바람직하지 않다는 아널드의 언급은 Matthew Arnold, Vol. 5, "A Courteous Explanation"(35면)에 나온다.

그가 자유롭지 못한 면이 있다.[33] 그러나 이 부분에서 주목해야 할 것은 그가 강력하게 구사하고 있는 아이러니이다.[34] 개인적 자유는 '영국인'에게나 해당되지 다른 민족에게는 적용되지 않는다는 발언이 개인적 자유를 주장하는 것의 허위성과 위험성을 강조하는 반어적인 어법임은 이같은 노골적인 자민족의 우월성과 특별함에 대한 주장이야말로 그가 가장 배척하는 속물주의라는 점을 돌아볼 때 분명해진다. 그렇다면 민족문제와 관련하여 교양은 과연 어떤 위상에 있는가? 그것은 통합의 힘인가 배제의 체계인가?

실상 이 물음은 아널드의 교양이념이 그 속에 어떤 모순과 충돌을 안고 있음을 환기시킨다. 즉 교양 혹은 문화(culture)라는 용어 자체가 보편적인 것과 특수한 것의 공존이거나, 아니면 전자에서 후자로 내포의 이동이 일어나는 역사적 시점에 자리한다. 아널드에게 있어 교양은 "세상에서 말해지고 생각된 최상의 것"이라는 의미에서 보편성을 지향하지만, 동시에 한 민족 혹은 공동체가 공유하는 가치나 삶의 방식 등 특수하고 민족적인 것을 이념에서든 실천에서든 담을 것을 요구한다. 정치개혁의 현장에 선 아널드가 실제에서 벗어나 있기를 주장하고 그 때문에 비실천적이라는 비판을 받은 반면, 제국에 대한 인식과 결합된 민족주의가 강하게 태동하던 1860년대의 시점에서 아널드의 교양이념이 민족적인 문화의 당대적 편협함에 맞서 벌인 싸움이야말로 더욱 깊은 의미에서 문학지식인 아널드의 정치참여라고 하겠다.

---

33 Edward Said, *The World, the Text, and the Critic*(Cambridge, MA: Harvard Univ. Press 1983) 10~11면.

34 앞의 인용문을 문자 그대로 읽느냐 반어적으로 읽느냐는 아널드의 입장을 이해하는 데 중요한데, 문장에서 모호한 면이 있지만 내용상으로 보자면 이 부분의 문장들은 필자의 직접적인 발언이나 주장이 아니라 첫 문장의 "느슨한 통치습관을 옹호하기 위한 말들"을 반어적으로 나열한 것으로 읽는 것이 합당하다고 본다.

4. 맺는 말

조지 엘리엇과 매슈 아널드의 당대 정치개혁에 대한 반응과 대응을 살펴보면 정도의 차이는 있지만 몇가지 점에서 유사성이 확인된다. 노동자계급에 선거권을 부여하는 정치개혁의 마지막 단계에 이르러, 이들은 이 추세를 역사의 흐름으로 받아들이되, 이에 동반되는 무질서에 대한 중간계급 일반의 경계심을 공유하고 있다. 또한 새로운 사회를 구성함에서 급진적인 개혁보다 과거의 유산이나 문화에 대한 활용의 중요성을 강조하고 교육을 실천의 중심에 놓는다. 기본적으로 이같은 노선은 버크(Edmund Burke)나 콜리지(S. T. Coleridge) 이래의 문화비평 전통 속에 자리하고 있는 것이다. 굳이 단순화하자면 1860년대의 정치지형과 관련하여 조지 엘리엇을 '실증주의적 개량주의자'로, 매슈 아널드를 '제한된 자유주의자'로 규정하면서, 칼라일의 '권위주의'와 더불어 "당대 정치의 있을 수 있는 결과들에 대한 두려움"을 공유하고 있다는 지적[35]도 틀린 말은 아니다.

그러나 다른 한편으로 이들의 접근에는 통상적인 의미에서의 진보주의나 급진주의가 미치지 못하는 어떤 급진성이 엿보이기도 한다. 가령 재산 문제에서 조지 엘리엇이『급진주의자 펠릭스 홀트』를 통해 일정 이상의 재산 소유를 거부하는 삶의 방식을 형상화해낸다거나 아널드가 이해관계와 무관한 '사심 없음'의 정신을 일관되게 주장한 것은, 당대 빅토리아 시대에서 보수파뿐 아니라 진보나 급진파들 모두에게 사유재산이 그야말로 신성한 권리로 인식되고 있었음에 비추어볼 때, 기성관념이 아닌 삶의 완

---

[35] Michael Wolff, "The Uses of Context: Aspects of the 1860's," *Victorian Studies/ Supplement* 9호(1965) 55~56면.

성이라는 관점에서 문제에 접근하는 문학지식인 특유의 급진성의 발현이라고 해도 좋을 것이다. 마찬가지로 이들이 공유하고 있는 진보·보수 모두에 걸친 정치적 수사의 허위성과 위선에 대한 강한 거부감과 비판은 정치적 범주를 넘어선 영역에 이들이 서 있음을 말해주면서 그 자체가 부르주아사회의 위선성에 대한 근원적 통찰을 동반한다.

1867년의 국면에서 조지 엘리엇과 매슈 아널드가 보인 현실적인 '보수성'과 근원적인 '급진성' 사이의 일견 모순되는 반응을 두 문학지식인의 특성으로 볼 것인지, 아니면 문학지식인 일반의 속성에 내재된 것으로 이해할 것인지는 더 논의되어야 할 문제이지만, 정치개혁의 대세 속에서 이들이 보인 대응은 늘 개혁의 요구 속에 있을 수밖에 없는 근대사회에서 문학지식인이 처한 곤경과 가능성을 동시에 예시하고 있다고 하겠다.

| 발표지면 |

제1부　지구화시대의 언어와 번역

　　　　번역의 정치학　『안과밖』 10호, 2001년 상반기

　　　　번역의 정치성과 사회적 기능　『번역비평』 2007

　　　　인문정신과 번역　『번역비평』 2008

　　　　언어·문학·공동체　『비평과 이론』 2000

　　　　영어의 억압, 그 기원과 구조　『안과밖』 12호, 2002년 상반기

　　　　지구화에 대한 한 고찰　『안과밖』 8호, 2000년 상반기

제2부　세계문학의 이념과 실천

　　　　경쟁하는 문학과 세계문학의 이념　『안과밖』 29호, 2010년 하반기

　　　　세계문학 담론과 민족문제　『영미문학연구』 18호, 2010

　　　　한국문학 세계화를 둘러싼 쟁점들　『세계문학론: 창비담론총서 4』, 창비 2010

　　　　세계문학 번역과 근대성　『영미문학연구』 21호, 2011

　　　　세계문학에 지방정부는 있는가　『창작과비평』 2011년 겨울호

제3부　영문학 연구와 사회 이해

　　　　타자의 영문학과 주체　『안과밖』 창간호, 1996

　　　　분단체제하에서 영문학하기　『지구화시대의 영문학』, 창비 2004

　　　　영문학 교육과 리얼리즘　김용권 정년기념 논문집 『영문학 교육과 연구의 문제
　　　　　들』, 한신문화사 1998

　　　　근대성의 황혼　이상섭 정년기념 논문집 『문학·역사·사회』, 한국문화사 2001

　　　　과학자와 개혁가　『영미문학연구』 3호, 2002

　　　　1867년 선거법 개정과 문학지식인　『영미문학연구』 6호, 2004

세계문학을 향하여
지구시대의 문학연구

초판 1쇄 발행 / 2013년 12월 5일

지은이 / 윤지관
펴낸이 / 강일우
책임편집 / 이상술 김성은
펴낸곳 / (주)창비
등록 / 1986년 8월 5일 제85호
주소 / 413-120 경기도 파주시 회동길 184
전화 / 031-955-3333
팩시밀리 / 영업 031-955-3399 편집 031-955-3400
홈페이지 / www.changbi.com
전자우편 / lit@changbi.com